国家社科基金重点项目成果

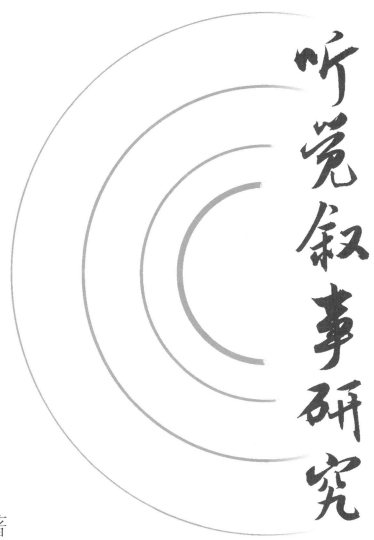

听觉叙事研究

傅修延 著

A Study of Auditory Narratology

北京大学出版社
PEKING UNIVERSITY PRESS

图书在版编目 (CIP) 数据

听觉叙事研究 / 傅修延著. — 北京：北京大学出版社，2021.3
ISBN 978-7-301-32010-5

Ⅰ. ①听… Ⅱ. ①傅… Ⅲ. ①世界文学 – 文学研究 Ⅳ. ①I106

中国版本图书馆 CIP 数据核字 (2021) 第 032737 号

书　　　名	听觉叙事研究 TINGJUE XUSHI YANJIU
著作责任者	傅修延　著
责 任 编 辑	刘　虹
组 稿 编 辑	张　冰
标 准 书 号	ISBN 978-7-301-32010-5
出 版 发 行	北京大学出版社
地　　　址	北京市海淀区成府路 205 号　100871
网　　　址	http://www.pup.cn　新浪微博：@北京大学出版社
电 子 信 箱	lizup_russian@pup.cn
电　　　话	邮购部 010-62752015　发行部 010-62750672　编辑部 010-62759634
印 刷 者	北京鑫海金澳胶印有限公司
经 销 者	新华书店
	720 毫米 ×1020 毫米　16 开本　27.5 印张　520 千字 2021 年 3 月第 1 版　2024 年 1 月第 3 次印刷
定　　　价	99.00 元

未经许可，不得以任何方式复制或抄袭本书之部分或全部内容。
版权所有，侵权必究
举报电话：010-62752024　电子信箱：fd@pup.pku.edu.cn
图书如有印装质量问题，请与出版部联系，电话：010-62756370

自　序

为什么要研究听觉叙事？

听觉叙事，指的是叙事作品中与听觉感知相关的表达与书写。之所以不用声音叙事这个名称，是因为声音叙事只突出声音，而听觉叙事可以把声音与对声音的感知都囊括在内——没有声音的静默也会引起听觉反应，如果只用声音叙事这个名称，那些没有声音发出的事件和状态就有可能被忽略，事实上不少故事讲述人都喜欢让人"于无声处听惊雷"。至于为什么要研究听觉叙事，以及这个话题是否值得用一本书的篇幅来研究，笔者想从以下三方面给出简要回答。

一、叙事从一开始便与听觉结下不解之缘

叙事即讲故事，讲故事的这个"讲"，本身就是一种诉诸听觉的行为。笔者原先以为发生在远古岩洞里的故事讲述，主要是为了传递信息和打发漫漫长夜，后来从人类学家那里得到启发——讲故事更为重要的功能是营造出一种群体感：夜幕降临后周围的一切都变得陌生，洞穴中

人不但需要点燃篝火以驱散心中的恐惧，还需要有一个众人都能听到的声音来维系共同的精神关注——这个声音讲述的故事可以五花八门，但不管讲述的是什么，都会让篝火边的人觉得自己和身边人拥有同样的价值观，都属于一个因各种纽带而联接在一起的群体。随着文明程度的提高，人类以听为主的故事消费方式逐渐转变成以读和看为主，今天的口头叙事显然已经无法与笔头叙事和镜头叙事（荧屏、银幕和计算机显示终端上的故事讲述）相颉颃。然而如果像法国年鉴学派那样从"长时段"角度来观察，就会发现即便是笔头叙事也属比较晚近的事情，人类历史的绝大部分时间还是口头叙事的天下。或许有人会说口传时代已经一去不返，那么这里必须指出，现代人的成长仍在某种意义上重演人类的这段历史：每个人的人生都是在听成年人讲故事中蹒跚起步，在那之后才慢慢学会了通过绘本（连环画）、小说和影视来消费各种形式的叙事。

正是由于这种历史的和个人的原因，诉诸听觉的口头讲述成为人们心目中最具代表性的叙事传播形式。书写和印刷文化兴起之前，古人主要通过口耳相传来记录自己的历史，这就迫使当时的故事讲述人发展出今人无法想象的强大记忆力①，同时也要求听故事者须有相应的听觉敏感。时过境迁，在如今这个视觉独领风骚的时代，"退居二线"的听觉渠道上已经没有往日那种密集的信息流通，但我们的神经系统内部仍有某种反应机制留存，这就是为什么有时候某个声音（如一首老歌或一个熟悉的声音）能穿透重重阻碍，触动听者似已沉睡的感觉神经末端，使其发生莫名其妙的灵魂颤栗。② 这也可以解释为什么在笔头叙事已经大行其道之时，口头叙事的影响仍挥之不去，许多作家坚持用自己的方式向古老的讲故事形式致敬。狄更斯在创作出一系列脍炙人口的小说之

---

① 视觉中心时代的今人很难想象前人的听觉记忆能力是如何强大，所幸在人类非物质文化遗产保存较好的地区，仍有活态的口头叙事传统不绝如缕。我国藏族、蒙古族和克尔克孜族集聚地区，活跃着一批传唱《格萨尔》《江格尔》《玛纳斯》等史诗的艺人，以表演《玛纳斯》的艺人为例，他们可以从夜晚唱到天明，在比赛期间甚至能连续演唱几天几夜。

② 现代神经科学把中枢神经系统中由古皮层、旧皮层演化成的大脑组织以及和这些组织有密切联系的神经结构和核团统称为"边缘系统"，"边缘系统"是记忆和情绪驰骋的舞台，声音对其有激活作用。

余，不忘抽出大量时间向听众诵读自己的作品，有时候"他为了让听众能更清楚看到他的手势，便恳请他们设法创造出'一小群朋友聚集一起聆听故事'的印象"①。果戈理的一些小说出于他本人的口授，据在场者回忆，他的口授伴随着丰富的表情与手势，就像是绘声绘色的说书表演。② 中国小说与口头叙事有更深的渊源，笔者曾指出荀子对叙事艺术的一大贡献，在于对中国最早的说唱形式"成相"进行了模仿性的创作，使一门本来在社会底层传播的民间文艺登上大雅之堂——由"成相"发端的曲艺不但对后世戏剧有哺育之功，其中的说书（唐宋时为"说话"）一支直接孕育了宋以后的话本小说，由宋元讲史话本衍变而来的章回小说中，出现了《三国演义》《水浒传》这样的小说经典。③ 即便是在纯粹由文人创作的章回小说中，也能看到"话说""看官"和"花开两朵，单表一枝"等说书遗痕，说书人常用的"在下""小的"口吻在此类文本中更是屡见不鲜。

二、人类听觉钝化及其对叙事的影响

人类听觉的江河日下，与周遭环境变得越来越喧闹有直接关系。农牧时代的社会总体而言是安静的，因为那时的城乡没有多少能发出高分贝音量的响器。工业革命不仅为人类社会带来了机器，还带来了机器转动时发出的巨大噪音。R. M. 夏弗从听觉角度重新描述了农业社会之后的社会变革，概括来说就是声音环境的喧闹程度不断增加，以及人类听觉感知的不断钝化。在《音景：我们的声音环境以及为世界调音》一书

---

① 阿尔维托·曼古埃尔：《阅读史》，吴昌杰译，北京：商务印书馆，2002年，第317页。
② "他口述得那么有感情，有表现力，因此《死魂灵》第一卷的每一章都在我的记忆里留下特殊的韵味……当念到波留希金的花园一段时，他口授的'夸张'达到登峰造极的地步，同时又不失其一贯的朴实。果戈理甚至离开扶手椅，一边口授，一边做着高傲和命令的手势。"鲍·艾亨鲍姆：《果戈理的〈外套〉是怎样写成的》，载茨维坦·托多罗夫（编选）：《俄苏形式主义文论选》，蔡鸿滨译，北京：中国社会科学出版社，1989年，第188页。
③ 参看傅修延：《先秦叙事研究——关于中国叙事传统的形成》，北京：东方出版社，1999年，第279—300页。

中,夏弗指出农业社会中的"声音景观"(soundscape)处于高保真(hi-fi)状态,那时环境中没有多少噪音,人们能清楚地听到和分辨各种不同的声响,而工业革命后的声音景观(下称音景)则逐渐沦落到低保真(lo-fi)状态——隆隆的机器声和城市里的嘈杂声压倒了各种自然的声音,人们听到的往往是一团无法辨别具体声源的模糊混响。① 以交通运输方面的发展为例,外燃式、内燃式和涡轮式发动机等相继投入运用以来,汽车、火车、轮船和飞机经过的陆地、海洋和天空陆续被机器的轰鸣声所占领。具有讽刺意味的是,现在的航空公司一方面以"安静舒适的空中飞行"招徕旅客,另一方面它们的航班却在起降时发出惊天动地的响声,人们因此抱怨超音速飞机"已经把全世界都变成了飞机场"②。

听觉除了日益钝化之外,还面临着被驱逐出场的危机。亨利·列斐伏尔在论及身体解放时特别强调"恢复视觉之外的感觉",认为这种解放应该"首先是对语言、声音、嗅觉、听觉的感官恢复"③。使用"恢复视觉之外的感觉"之类的提法,显然是因为当代生活中视觉挤压了其他感觉。人类的各个感官本来都有感知和适应空间的功能,但"读图时代"无所不在的图像诱惑将人的全部感觉聚焦于眼睛,这就将空间由三维化约为二维,如今"宅"在电脑前的一些年轻人被称为"二次元人",其所指为他们只生活在电脑屏幕上的平面世界里。与仅能接受来自前方信号的眼睛不同,我们的耳朵不但可以听见来自四面八方的响动,还能让中枢神经同时感受到所在空间的三维性质。弗吉尼亚·伍尔芙《丘园》中有对听觉空间的开拓性叙述,小说主要写不同声源的城市喧嚣纷至沓来地传入花园中的"聆察者"(auscultator)耳中,这种专注于声音的听觉叙事,让读者感受到了一个更为真实立体的世界。④ 听觉叙事

---

① R. Murray Schafer, *The Soundscape: Our Sonic Environment and the Tuning of the World*, New York: Knopf, 1977, pp. 43—44.
② Ibid., p. 86.
③ Henri Lefebvre, *The Production of Space*, Trans. Donald Nicholson-Smith. Malden, MA: Blackwell Publishing, 1991, p. 363.
④ 梅尔巴·卡迪-基恩对此论述甚详。参看 Melba Cuddy-Keane, "Modernist Soundscapes and the Intelligent Ear: An Approach to Narrative through Auditory Perception." James Phelan & Peter J. Rabinowitz (eds.), *A Companion to Narrative Theory*, Oxford: Blackwell, 2005, pp. 386—398.

研究的一个重要意义，在于让人们从对照中认识"二次元世界"的虚妄，只有让人的全部感官都恢复原初的敏感，才有可能走向列斐伏尔所说的身体解放。

不言而喻，处在低保真音景中的故事讲述人，其听觉敏感度与听觉想象力均无法与过去处在高保真音景中的同行相比。仔细观察文学史可以发现，随着环境噪音的增加与视觉霸权的建立，与听觉感知相关的表达与书写简直是每况愈下，时下叙事作品中"诉诸视觉的景观"（landscape）的呈现远远超过了"诉诸听觉的音景"（soundscape），视听两种感觉已经失去了应有的平衡。眼睛和耳朵本是人类感知世界的两种主要感官，只"绘色"而不"绘声"的叙事犹如让人观看默片，那上面的世界很难给人真实的感觉。不妨设想一下，如果我们的《诗经》不是以"关关雎鸠"这样的鸟声起头，《木兰辞》不是以"唧唧复唧唧"这样的机杼声开篇，这些作品留给读者的印象一定要平淡许多。刘勰在《文心雕龙·物色》中提到的"喈喈逐黄鸟之声，喓喓学草虫之韵"，如今只有极少数远离尘嚣的作者还能够做到。

拟声或者说对声音的摹写还不是听觉叙事的全部，本书更关心的是与听觉事件相关的叙事策略。一些叙事大家懂得如何让形形色色的"听"服务于故事讲述，他们在作品关键位置部署的听觉事件，在推动故事发展、凸显人物性格和彰明叙事题旨等方面多有出奇制胜之效。本书主要章节对这些讨论甚详，此处不赘。不能不说的是，由于感知钝化和体验匮乏，今天的叙事作品中已经不大能看到对各类听觉事件的妙用了；更让人忧心的是，现在的读者甚至包括批评家，似乎也感觉不到这方面的萎缩与退步了。正是有鉴于此，本书认为需要把听觉叙事拈出来做专门研究，这种研究除文学意义外，还有助于今人反思自己在感知内外世界上的诸多不足。

三、听觉叙事的研究前景

"听觉叙事"这一名目提出之后,学界翕应者众,迄今为止已有数量可观的一批论文(包括博士学位论文)问世,还有一些年轻学者以与此相关的题目申请到了国家社科基金资助。这些表明从以往被忽略的声音景观和听觉事件入手,可以得到许多有趣的甚至是始料未及的发现。本书导论中,笔者建议将学界前些年的"重读经典"口号改为"重听经典",原因是以往的阅读因过分偏重视觉而显露出"失聪"症状,如果不扭转这种偏向,再多的重读也于事无补。"重听经典"是以传世经典中的听觉叙事为阅读重点,这种带有陌生化意味的角度转换,把叙事领域中一大片亟待填补的研究空白推到人们面前。不仅如此,听觉与视觉相比具有相当大的不确定性,在此影响下形成的模糊与多义的表达,一方面使叙事变得微妙复杂、摇曳多姿,另一方面也给阅读方面带来更大的想象空间和更多的咀嚼意趣,听觉叙事研究因此有可能达到前所未及的深度。还要提到的是,比"失聪"更危险的是"失语",现代汉语需要与时俱进之处甚多,研究听觉叙事首先遇到的问题是表达上的捉襟见肘,但这也反过来促成了话语工具上的创新。本书使用(自创或移植)的一些概念范畴,如音景(与图景相对)、聆察(与观察相对)、被听(与听相对)和声象(与形象相对)之类,可以说都是"倒逼"之下的产物。福柯对话语创新的意义有过论述,他说"话语方式实践中的创始者"不但为后续的"相似"提供了平台,而且还为引入与自己不同的"差异"("非自己的因素")清出了空间,"然而这些因素仍然处于他们创造的话语范围之内",如语言学奠基者索绪尔"使一种根本不同于他自己的结构分析的生成语法成为可能",生物学奠基者古维尔"使一种与他自己的体系截然相反的进化理论成为可能"。[①] 本书所做的工作无

---

① 米歇尔·福柯:《作者是什么?》,逄真译,载朱立元、李钧(主编):《二十世纪西方文论选》(下卷),北京:高等教育出版社,2002年,第193页。

法与这些伟大的贡献相比，也不敢奢望上述概念范畴都能为广大同行接纳，抛出这些引玉之砖，更多是为吸引高明之士的关注与加盟，只有汇聚多方智慧实现全面的话语创新，听觉叙事研究才有可能取得更大的成果。

　　作为初开垦的学术处女地，听觉叙事为研究者提供了各个方向上的不同入口，每个入口深处都藏有值得探寻的诸多奥秘。笔者觉得其中特别有意义的，应该是与"语音独一性"（the uniqueness of voice）相关的研究。"语音独一性"指的是独具个性的语音本身——声音与气息发自每个人的肺腑深处，带有独特的感性特征和个性标志，因而被罗兰·巴特称为人的"分离的身体"[1]。费孝通说国人敲熟人门时听到门内人询问，一般都会用"我"来回答而很少报上自己名字，[2] 笔者认为，这是因为敲门者觉得回答"我"等于把自己"分离的身体"送到对方面前，报上自己的名字反而会令对方觉得生分。"语音独一性"在中西叙事经典中有形形色色的反映，本书第三章以卡尔维诺的《国王在听》为例对这个问题作了较为详细的讨论，相关内容也以长文形式先期在刊物上发表。遗憾的是，这个方向上的研究迄今为止没有引起应有的关注，根本原因在于我们没有认识到语音作为一种特殊的能指，其所指不仅指向语音通过语言符号所传递的事物概念，同时也指向语音本身的源头。秉持这一认识来看叙事作品中的对话，就会发现每个人物都是有独特嗓门的发声者，他们绝不仅仅是一种视觉意义上的存在（现实生活中的人亦如此）。《红楼梦》第二十七回红玉给王熙凤回话，那番一气呵成不打半点疙瘩的流利语言，让一位伶牙俐齿、"口角简断"的聪明丫鬟跃然纸上。《清平山堂话本》中的《快嘴李翠莲》和敦煌出土文献中的《䴙书》，在营构女主人公的声音形象上更是不遗余力。形象一词中的"形"让学界过去更多从视觉角度看待人物，因此有必要用声象一词来专指人

---

[1] 罗兰·巴特：《嗓音的微粒》，载《显义与晦义》，怀宇译，天津：百花文艺出版社，2005年，第275页。

[2] "在'面对面的社群'里一起生活的人是不必通名报姓的。很少太太会在门外用姓名来回答丈夫的发问。"费孝通：《乡土中国 生育制度》，北京：北京大学出版社，1998年，第14页。

物的声音形象，并把对人物声象的研究提上议事日程，仅此一项便有许多工作要做，由此可见"语音独一性"的研究天地何其广阔。

"语音独一性"关乎人物的"说"，人物的"听"也是一个有待开采的富矿，本书讨论的幻听、灵听、偶听和因听而思等均在此范围内，其中人物对内心声音的倾听尤有研究价值。中西叙事作品对此类听觉事件的叙述甚多，本书第十一章举出了不少例子，来证明相关叙述并不是对意识活动的修辞性譬喻，而是人物脑海中真的有声音出现，这样的声音有时甚至会造成对人物自身的惊扰。① 普林斯顿大学心理学教授朱利安·杰恩斯认为，很久以前所有的人都能听到自己右脑中的声音，但当时人的左脑将这种声音感知为神的命令，直至距今三千年前人类自主意识开始萌发，此类声音方渐渐从人的大脑中消失；不过往昔听命于神的痕迹不可能抹除得那么干净，今天许多人仍会莫名其妙地听到子虚乌有的声音，还有一些人特别容易受催眠师声音的摆布。② 杰恩斯之说显然需要更多证据方能立得住脚，不过我们从中看到人的主体意识建构是一个直到今天仍未真正结束的过程。了解这一过程不但可以让我们以新的眼光来看待那些听到内心声音的人物，还能使我们重新认识自己幽深邃密的内心，这也是文学研究的题中应有之义。

是为序。

---

① "一个深埋在他头脑里的声音，在悄声说道：他要杀了你。这个声音是那么的真实，以至于小男孩连忙抬头看房间里还有什么人。"南希·法默：《鸦片之王》，陈佳凤译，海口：南方出版社，2016年，第40页；"（王阳明）忽中夜大悟格物致知之旨，寤寐中若有人语之者，不觉呼跃，从者皆惊"。王守仁撰，吴光等编校：《王阳明全集》（下）卷三十三，上海：上海古籍出版社，1992年，第1228页。

② Julian Jaynes, *The Origin of Consciousness in the Breakdown of the Bicameral Mind*, New York: Houghton Mifflin Company, 1990, pp. 84—99.

目 录

导 论

听觉叙事初探 ·· 3
一、针砭文学研究的"失聪"痼疾 ····················· 4
二、听觉叙事的研究工具 ······························· 8
三、声音事件的摹写与想象 ···························· 17
四、"重听"经典——听觉叙事研究的重要任务 ········ 25

"听"与"讲"

第一章 释"听":我听故我在/我被听故我在 ············· 33
一、太初有声 ··· 34
二、声之所起 ··· 38
三、听之为用 ··· 45
四、视听之辨 ··· 52
五、"听"与"被听" ······································ 59
六、"被听"与"被看" ··································· 63

第二章 释"讲":人类为什么要讲故事 …… 72
一、梳毛与结盟 …… 73
二、八卦:梳毛的升级 …… 77
三、夜话与抱团 …… 83
四、语音与排外 …… 88
五、烙印与赋形 …… 95

第三章 "你"听到了什么:《国王在听》的听觉书写与"语音独一性"的启示 …… 103
一、"你"的三重倾听与倾听的三种模式 …… 105
二、对人类倾听的成功书写 …… 110
三、"语音独一性"的启示:"听声""听人"与"听文" …… 116

"景"与"聆"

第四章 音 景 …… 143
一、音景:故事背景上的声音幕布 …… 144
二、不仅仅是幕布:音景的反转与"声音帝国主义" …… 148
三、音景何以不可或缺:拟声种种及人类本能 …… 152

第五章 聆 察 …… 159
一、"耳睑"开启"觉有声" …… 160
二、"消极的能力" …… 164
三、"最大的好客就是倾听" …… 166
四、倾听作品中的声音 …… 170

第六章 叙述声音 …… 175
一、发现叙述声音 …… 177
二、倾听叙述声音 …… 181
三、梳理叙述声音 …… 189

"听"之种种

第七章　幻听、灵听与偶听 …………………………………… 201
　　一、幻听 ……………………………………………………… 202
　　二、灵听 ……………………………………………………… 209
　　三、偶听 ……………………………………………………… 215
　　四、小结 ……………………………………………………… 222

第八章　偷　听 ………………………………………………… 225
　　一、从"无心"到"有意" …………………………………… 226
　　二、一开始就"有意" ……………………………………… 228
　　三、介于"无心"与"有意"之间 …………………………… 231
　　四、被偷听对象反制 ………………………………………… 233
　　五、为什么作者爱写偷听？ ………………………………… 235

第九章　因声而听、因听而思和因听而悟 ………………… 237
　　一、因声而听 ………………………………………………… 238
　　二、因听而思 ………………………………………………… 242
　　三、因听而悟 ………………………………………………… 247
　　四、小结 ……………………………………………………… 251

"人"之种种

第十章　为什么麦克卢汉说中国人是"听觉人" …………… 255
　　一、"以视为知"：西方文化的视觉耽溺 …………………… 256
　　二、"闻声知情"：中国文化的听觉统摄 …………………… 265
　　三、"因听而酷"：中国文化的尚简、贵无、趋晦与从散 … 271
　　四、从文化差异到叙事之别 ………………………………… 285

第十一章　从二分心智人到自作主宰者 …… 300
　一、内心声音因何产生——来自二分心智理论的解释 …… 303
　二、从"被主宰"到"自作主宰"——任重道远的主体意识建构 …… 311
　三、"to be or not to be"——为何许多人物都处于两难境地 …… 318
　四、小结 …… 325

空间、阅读与感应

第十二章　叙事与听觉空间的生产 …… 329
　一、生产视阈下的听觉空间 …… 330
　二、看戏/听戏 …… 335
　三、你说/我说 …… 339
　四、包裹/沉浸 …… 342
　五、对话/复调 …… 344

第十三章　诵读的意义 …… 349
　一、诵读与理解 …… 350
　二、诵读与创作 …… 356
　三、诵读与视读 …… 363
　四、默读、齐读及其他 …… 368

第十四章　物感与万物自生听 …… 372
　一、物 …… 373
　二、人物 …… 376
　三、物感 …… 381
　四、万物自生听 …… 387
　五、小结 …… 402

参考文献 …… 404
后记　我听故我在 …… 421

导 论

听觉叙事初探

内容提要 听觉叙事研究的意义,在于通过弘扬感觉在文学中的价值,达到针砭文学研究"失聪"这一痼疾的目的。由于汉语中缺乏相应的话语工具,有必要创建与观察平行的聆察概念,引进与图景并列的音景术语。叙事中的"拟声"或为对原声的模仿,或以声音为画笔表达对事件的感觉与印象。视听领域的"通感"可分为"以耳代目"和"听声类形"两类,后者由"听声类声"发展而来——声音之间的类比往往捉襟见肘,一旦将无形的声音事件转变为有形的视觉联想,故事讲述人更有驰骋想象的余地。听觉叙事研究的一项要务是"重听"经典,过去许多人沉湎于图像思维而不自知,"重听"作为一种反弹琵琶的手段,有利于拨正视听失衡导致的"偏食"习惯,让叙事经典散发出久已不闻的听觉芬芳。

听觉叙事这一概念进入叙事学领域,与现代生活中感官文化的冲突有密切关联。人类接受外界信息诉诸多种感觉渠道,然而在高度依赖视觉的"读图时代",视觉文化的过度膨胀对其他感觉方式构成了严重的挤压,眼睛似乎成了人类唯一拥有的感觉器官。对此的觉察与批评始见于英国学者J. C. 卡罗瑟斯20世纪50年代的研究,他认为西方人主要生活在相对冷漠的视觉世界，而非洲人所处的"耳朵的世界则是一个热烈而高度审美的世界"，其中充满了"直接而亲切的意义"。[①]在卡罗瑟斯影响下，马歇尔·麦克卢汉（又译麦克鲁汉）于20世纪60年代尖锐批评了西方文化中的视听失衡现象，指出根源在于用拼音字母阅读和写作而产生的感知习惯，为了治疗这种"视觉被孤立起来的失明症"[②]，需要建立与视觉空间相异的"听觉空间"（acoustic space）概念。[③] 不过，真正赋予听觉空间学术意义的是麦克卢汉的加拿大同胞 R. M. 夏弗，20世纪70年代他在西蒙·弗雷泽大学推动闻名遐迩的"世界音景项目"（相当于给世界各地的"声音花园"摄影留念），为研究听觉文化树立了基本的学术规范，奠定了坚实的理论基础。[④] 进入21世纪以来，恢复视听平衡的呼吁愈益响亮，在其推动下对"听"的关注成了整个人文学科的一种新趋势——2009年美国德州大学奥斯汀分校专门举办"对倾听的思考——人文学科的听觉转向"国际研讨会，此类活动表明人们意识到自己正沦为视觉盛宴上的饕餮之徒，要摆脱这种耽溺，唯有竖起耳朵进行"安静的倾听"。

一、针砭文学研究的"失聪"痼疾

文学研究领域的"听觉转向"，表现为涉及听觉感知的学术成果不断增多，听觉叙事（acoustic narrative）这一概念逐步为人接受，对其内涵的认同渐趋一致。国外这方面的开拓之作，应属加拿大学者梅尔巴·卡迪-基恩2005年的论文《现代主义音景与智性的聆听：听觉感知

[①] Carothers, J. C. "Culture Psychiatry and the Written Word.", *Psychiatry*, 4 (1959): 307—320.

[②] 埃里克·麦克卢汉、弗兰克·秦格龙（编）：《麦克卢汉精粹》，何道宽译，南京：南京大学出版社，2000年，第162页。

[③] 同上书，第364—368页。

[④] Schafer, R. M. ed., *The Vancouver Soundscape*, Vancouver: A. R. C. Publications, 1978.

的叙事研究》，该文将声学概念与叙事理论相结合，对伍尔芙小说中的听觉叙事作了富有启迪性的研究，指出"耳朵可能比眼睛提供更具包容性的对世界的认识，但感知的却是同一个现实。具有不同感觉的优越性在于，它们可以相互帮助"①。国内文学研究一直都有涉及声音的内容，近年来不断有文章关注听觉与叙事之间的联系，虽然理论上的研究有待全面推进，但听觉叙事这一概念已呼之欲出。以上简略勾勒显示：开展对听觉叙事的专门研究，既是对视听失衡现状的一种理论反拨，也是人文学科"听觉转向"的逻辑必然，一个前景广阔的领域正向研究者发出强力召唤。

听觉叙事的研究意义不只体现于视听文化激荡之际闻鸡起舞，更为重要的是响应文学内部因听觉缺位而郁积的理论诉求。众所周知，当一种感官被过度强化，其他感官便会受到影响，在当前这个"眼睛全面压倒耳朵的时代"，人们的听觉已在一定意义上为视觉所取代。文学叙事是一种讲故事行为（莫言说作家是"讲故事的人"），然而自从故事传播的主渠道由声音变为文字之后，讲故事的"讲"渐渐失去了它所对应的听觉性质，"听"人讲故事实际上变成了"看"人用视觉符号编程的故事画面，这种聋子式的"看"犹如将有声电影转化成只"绘色"不"绘声"的默片，文学应有的听觉之美受到无情的过滤与遮蔽。按理来说，这种不正常的情况应当早就被人察觉，然而人的感知平衡会因环境影响而改变，就像鱼对水的存在浑然不觉一样。与此相应，迄今为止的中西文论均有过度倚重视觉之嫌，当前使用频率较高的一些文论术语，如"视角""观察""聚焦""焦点"之类，全都在强调眼睛的作用，似乎视觉信号的传递可以代替一切，很少有人想到我们同时也在用耳朵和其他感官接受信息。笔者曾多次提到，"视角"之类概念对天生的盲人来说毫无意义，他们因失明而变得灵敏的耳朵也无法"聚焦"。眼睛在五官接受中的中心地位，导致研究者的表达方式显示出向视觉的严重偏斜。

---

① 梅尔巴·卡迪-基恩：《现代主义音景与智性的聆听：听觉感知的叙事研究》，陈永国译，载詹姆斯·费伦、彼得·J.拉比诺维茨主编：《当代叙事理论指南》，申丹、马海良、宁一中、乔国强、陈永国、周靖波译，北京：北京大学出版社，2007年，第456页。

前些年有人批评国内文论在外界压迫下的"失语"表现，其实"失聪"更是中西文论的一大通弊。

"失聪"现象之所以普遍存在，深层原因为人们忘记了文学最初是一种诉诸听觉的艺术，听觉叙事研究的最大意义，在于通过弘扬感觉在文学中的价值，达到针砭文学研究"失聪"这一痼疾的目的。许多天才艺术家都有"重感觉轻认知"的倾向，约翰·济慈"宁愿过一种感情的生活，而不要过思想的生活"①，T. S. 艾略特要人像"感觉一朵玫瑰花的香味那样"感觉到思想②，维克托·什克洛夫斯基主张用"反常化"手法来恢复人们对事物的初始感觉③，这些言论都奉感觉为文学圭臬。在蒲松龄《聊斋志异·口技》故事的结尾，人们发现听到的事件原来只存在于自己的想象之中，但这也揭示了"听"是一种更具艺术潜质的感知方式——听觉不像视觉那样能够"直击"对象，所获得的信息量与视觉也无法相比，但正是这种"间接"与"不足"，给人们的想象提供了更多的空间。济慈曾谈到"一段熟悉的老歌"对感官构成的刺激：

> 你是否从未被一段熟悉的老歌打动过？——在一个美妙的地方——听一个美妙的声音吟唱，因而再度激起当年它第一次触及你灵魂时的感受与思绪——难道你记不起你把歌者的容颜想象得美貌绝伦？但随着时光的流逝，你并不认为当时的想象有点过分——那时你展开想象之翼飞翔得如此之高——以至于你相信那个范型终将重现——你总会看到那张美妙的脸庞——多么妙不可言的时刻！④

被声音激起的想象显然是"过分"的，但欣赏口技表演的人和济慈一样并不认为"当时的想象有点过分"，这就是听觉想象"妙不可言"

---

① 约翰·济慈：《一八一七年十一月二十二日致本杰明·贝莱》，载《济慈书信集》，傅修延译，北京：东方出版社，2002年，第51页。

② 托·斯·艾略特：《玄学派诗人》，载《艾略特文学论文集》，李赋宁译注，南昌：百花洲文艺出版社，1994年，第22页。

③ 维克托·什克洛夫斯基：《作为手法的艺术》，方珊等译，载维克托·什克洛夫斯基等：《俄国形式主义文论选》，北京：生活·读书·新知三联书店，1989年，第6—7页。

④ 约翰·济慈：《一八一七年十一月二十二日致本杰明·贝莱》，载《济慈书信集》，傅修延译，北京：东方出版社，2002年，第52页。

的地方。麦克卢汉用"热"和"冷"来形容媒介提供信息的多寡:"热媒介"要求的参与度(或译为"卷入程度")低,"冷媒介"要求的参与度高;听觉与视觉相比要"冷"得多,参与者的想象投入(卷入程度)也要高得多,因此必然是更"酷"(cool)的。①

听觉不但比视觉更"酷",其发生也较视觉为早。人在母腹中便能响应母亲的呼唤,这时专司听觉的耳朵尚未充分发育,孕育中的小生命是用整个身体来感受体外的刺激,而眼睛在这种状态下全无用武之地。听觉的原始性质决定了人对声音的反应更为本能。《周易》"震"卦以"震来虩虩,笑言哑哑,震惊百里,不丧匕鬯"等生动叙述,来反映"迅雷风烈"情况下人的镇定自若;《三国演义》第二十一回曹操邀刘备"青梅煮酒论英雄",曹操的"今天下英雄,惟使君与操"把刘备唬得匕箸落地,此时倘无惊雷突至,为刘皇叔的本能反应提供再合适不过的借口,多疑的曹瞒一定不会将其轻轻放过。T. S. 艾略特将艺术范畴的听觉反应称为"听觉想象力"(auditory imagination):

> 我所谓的听觉想象力是对音乐和节奏的感觉。这种感觉深入到有意识的思想感情之下,使每一个词语充满活力:深入最原始、最彻底遗忘的底层,回归到源头,取回一些东西,追求起点和终点。②

所谓"深入最原始、最彻底遗忘的底层",指的是对声音的反应来自通常处于沉睡状态的感觉神经末端,只有听觉信号才能穿透重重阻碍抵达此处,唤起与原始感觉有千丝万缕联系的想象与感动。与此异曲同工的是W. B. 叶芝说过的一句话——"我的一生都用来把诗歌中为视觉而写的语句清除干净",③ 这样的话只有极度重视感觉的诗人才能说出。李商隐《宿骆氏亭寄怀崔雍崔衮》末句为"留得枯荷听雨声",《红

---

① 马歇尔·麦克卢汉:《理解媒介——论人的延伸》,何道宽译,北京:商务印书馆,2000年,第51—52页。
② Eliot, T. S., *The Use of Poetry and the Use of Criticism*, New York: Barnes & Noble, 1955, p.118.
③ 菲利普·马尔尚:《麦克卢汉:媒介及信使》,何道宽译,北京:中国人民大学出版社,2003年,第42页。

楼梦》第四十回林黛玉说李诗中她只喜欢这一句,此语应视为曹雪芹本人的夫子自道,因为小说有太多地方反映作者的听觉敏感。遗憾的是,不是所有的作家诗人都深谙视听之别,许多人不知道听觉渠道通往人的意识深处,不明白听觉叙事所具有的独特魅力,他们的作品因而难免罹患"失聪症"。要而言之,听觉叙事研究指向文学的感性层面,这一层面貌似浅薄实则内蕴丰厚,迄今为止尚未获得本应有之的深度耕耘。

二、听觉叙事的研究工具

"失聪"的并发症是"失语",研究听觉叙事所遇到的最大障碍,是汉语中缺乏相应的话语工具。遵照孔子"工欲善其事必先利其器"的教导,当前最具迫切性的任务是创建和移植一批适宜运用的概念术语。

1. 观察之外应有聆察

汉语中其实已有一些与"听"相关的现成词汇,如"听证""聆讯""听诊""声纳""收音"和"监听"之类,但它们几乎都是舶来的技术名词,对应的全为专业领域的"听"。在描述"听"这一行为上,我们缺乏一个像观察这样适用范围较广的概念,以指代一般情况下凭借听觉对事件的感知。本来观察应当将"听"与其他感知方式都包括在内,但由于受到视觉文化的压力,"味""嗅""触""听"等陆续被挤出观察的内涵,人们对此习焉不察,在长期的使用过程中逐渐接受了这一事实。不仅如此,"观"字的部首为"见",这个"见"也使望文生义者觉得观察应该是专属于"看"的行为,繁体字"觀"中甚至还保留了两只眼睛的形状。有鉴于此,汉语中有必要另铸新词,用带"耳"旁的"聆"字与"察"搭配,建立一个与观察相平行的聆察概念。

聆察与观察可以说是一对既相像又有很大不同的感觉兄弟。观察可以有各种角度,还像摄影镜头一样有开合、推移与切换等变化,而聆察则是一种全方位全天候的"监听"行为,倘若没有从不关闭的"耳睑",

人类在动物阶段或许就已经灭亡。许多动物依靠听觉保持对外部世界的警觉，聆察有时候比观察更为真实可靠：林莽间的猛虎凭借斑纹毛皮的掩护悄悄接近猎物，然而兔子在"看"到之前先"听"到了危险的到来。人们总以为"看"是主动的，"听"是被动的，殊不知聆察也是一种主动积极的信息采集行为。当观察无能为力的时候，聆察便成了把握外界信息的主要途径。许慎《说文解字》如此释"名"——"名，自命也，从口从夕。夕者，冥也，冥不相见，故以口自名"，意思是"名"的产生首先与"听"有关：夜幕下人们看不清楚对方的面孔，不"以口自名"便无法相互辨识。如果说观察的介质是光波，那么聆察的介质便是声波，潜水艇上有种"声纳"装置，其功能为在黑暗的海洋深处探测外部动静，同样的作用还有医学领域的听诊器，门诊医生借助它了解患者体内的疾病信息。听诊器的"听诊"（auscultation）在英语中本义就是聆察，译成汉语"听诊"后染上了浓重的医学色彩（主要原因在于"诊"字），只宜在专业领域内运用，但"auscultation"在英语中不是医学上的专用名词，人们赋予其适用范围更广的聆察涵义。

行文至此，读者或已看出将聆察与观察对举并非笔者首创。英语世界中人们早已察觉到描述听觉时相关术语的捉襟见肘，卡迪-基恩的论文对此有过专门提议：

> 新的声音技术、现代城市的声音，以及对听觉感知的兴趣，共同构成了对听觉主体的新的叙事描写的背景。但是，要理解叙事的新的听觉，我们需要一种适当的分析语言。我曾经提议用*听诊*、*听诊化*和*听诊器*等术语，并行于现存的*聚焦*、*聚焦化*和*聚焦器*等术语。我的动机不是要断言听是与看根本不同的一个过程——尽管属性相当不同——而是要表明专业术语可以帮助我们区别文本中与特定感知相关的因素。①

---

① 梅尔巴·卡迪-基恩：《现代主义音景与智性的聆听：听觉感知的叙事研究》，陈永国译，载詹姆斯·费伦、彼得·J. 拉比诺维茨主编：《当代叙事理论指南》，申丹、马海良、宁一中、乔国强、陈永国、周靖波译，北京：北京大学出版社，2007年，第445—446页。

引文中加重点号的原文为"I proposed the terms auscultation, auscultize, and auscultator to parallel the existing terminology of focalization, focalize, and focalizer"。显而易见，这段文字的更准确翻译应为"我曾经提议用聆察（auscultation，名词）、聆察（auscultize，动词）和聆察者（auscultator）等术语，并行于现存的观察（focalization，名词）、观察（focalize，动词）和观察者"（focalizer）。在医学领域之外将"auscultation""auscultize"之类译为"听诊"，只会给读者带来困惑，而用聆察来代替"听诊"，就不会闹出"聆察者"译成"听诊器"的笑话。此外，把"focalization""focalize"之类译成"聚焦"虽有许多先例，但我总觉得不大妥当，因为"聚焦"是一个表示焦距调整的光学概念，带有特定的专业术语色彩，不如译成"观察"更具人文意味，"观察者"这种译法也比冷冰冰的"聚焦器"更符合原文实际，因为叙事学中的"focalizer"多半还是有血有肉的人物。

聆察概念的创建，对于叙事分析来说不啻于打开了一只新的工具箱。视角与叙述的关系是叙事学中的核心话题，"看"到什么自然会影响到"说"（叙述）些什么，有了聆察概念之后，人们便无法否认"视角"之外还有一种"听角"（聆察角度）存在，"听"到什么无疑也会影响到"说"，视听各自引发的叙述显然不能等量齐观。卡迪-基恩讨论过的伍尔芙小说《丘园》中，聆察显示了比观察更为强大的包容性与融合力，无法"聚焦"的声音或先或后从四面八方涌向"聆察者"的耳朵，听觉叙事向读者展现了一个不断发出声响的动态世界，与视觉叙事创造的世界相比，这个世界似乎更为感性和立体，更具连续性与真实性。人们常说"耳听是虚，眼见为实"，这一俗语后面还有另一层意思：与"眼见"相联系的"实"代表着图像信息已经收到，而与"耳听"相联系的"虚"则意味着有待从其他渠道进行验证。换而言之，观察可以将明确无误的视觉形象尽收眼底，聆察却需要凭经验对不那么实在的声音信号做出积极的想象与推测，这一过程中必定会发生许多有意思的误测或误判。《红楼梦》第六回刘姥姥在贾府内"听见咯当咯当的响声，很似打罗筛面的一般"，后来"陡听得'当'的一声，又若金钟铜磬一般，倒吓得不住的展眼儿",自鸣钟的声音在乡村老太那里唤起的听觉想象,创造了令人忍俊不禁的叙事效果。从观察出发的叙述给人"边看边说"的印象,而从聆察出发的叙述则有"边听边想"的意味,后者的浮想联翩往往更能引人入胜。

文学是想象的艺术,聆察时如影随形的想象介入,不但为叙事平添许多趣味,还是叙事发生与演进的重要推进器。以叙事的源头——神话为例,无神不成话,神的产生与聆察之间的关系,是一个很值得探讨的问题。在认知水平低下的上古时代,初民主要凭借自己的经验和感觉来认识世界,看到和听到的一切都可以激发他们的想象,但由于神不是一种直观的存在,聆察过程中的积极思维显然有利于神的形象生成。麦克斯·缪勒在考察宗教的起源时谈到,神是由不同的感官觉察到的,太阳、黎明以及天地万物都可以看到,但还有不能看到的东西,例如《吠陀》中诉诸听觉的雷、风与暴风雨等,"看"对躲在它们后面的神来说完全无能为力:

> 我们能听到雷声,但我们不能看到雷,也不能触、闻,或尝到它。说雷是非人格的怒吼,对此我们完全可以接受,但古代雅利安人却不然。当他们听到雷声时,他们就说有一个雷公,恰如他们在森林中听到一声吼叫便立刻想到有一位吼叫者如狮子或其他什么东西……路陀罗或吼叫者这类名字一旦被创造之后,人们就把雷说成挥舞霹雳、手执弓箭、罚恶扬善,驱黑暗带来光明,驱暑热带来振奋,使人去病康复。如同在第一片嫩叶张开之后,无论这棵树长得多么迅速,都不会使人惊讶不已了。[①]

看不见带来的一大好处,是想象可以在一张白纸上尽情泼墨,不必拘泥于那些看得见的具体因素。太阳是天空中的发光体,人人仰首可见,因此古雅利安人眼里的太阳神是一个披金袍驾金车巡游周天、全身上下金光闪闪的神明。相比较而言,他们对雷神的听觉想象没有诸如此

---

① 麦克斯·缪勒:《宗教的起源与发展》,金泽译,上海:上海人民出版社,1989年,第145—146页。

类的约束,这位看不见的神被称为"吼叫者"或"路陀罗",被赋予各种各样的装扮、功能与品质,到头来成为一位集众多故事于一身的"箭垛式人物"(希腊神话中的宙斯也是雷神)。缪勒说的"这棵树",指的是神话生长之树,聆察为其发育提供了丰富的养料,先民的口头叙事就是这样不断积累,故事之树上的新枝嫩叶就是这样生生不已。

2. 图景之外还有音景

音景也是听觉叙事研究中亟待运用的重要概念。就像观察与聆察构成一对视听范畴一样,故事发生的"场域"(field)也有"眼见""耳听"之分,它们对应的概念分别为图景(landscape)与音景(soundscape)。

在阅读文学评论和文学史著作时,我们经常会遇到"展开了波澜壮阔的历史画卷""提供了栩栩如生的人物画廊"之类的表述,这类表述实际上是用图景遮蔽住音景。汉语中带"景"字的词语,如景观、景象、景色、景致等,全都打上了"看"的烙印,听觉转向研讨活动旨在提醒人们,声音也有自己独特的风景,忽视音景无异于听觉上的自戕。本章之所以把虚构空间称为"场域",就是为了避免背景、场景之类词语引发单一视觉联想。将声学领域的音景概念引入文学,不是要和既有的图景或风景分庭抗礼,更不是要让耳朵压倒眼睛,而是为了纠正因过分突出眼睛而形成的视觉垄断,恢复视听感知的统一与平衡。音景概念的首倡者夏弗回忆自己一次乘观光列车穿行于洛基山脉,虽然透过大玻璃窗能清晰看到车外景色,但由于听到的声音只是车厢里播放的背景音乐,他觉得自己并未"真正"来到洛基山脉,眼前飞速掠过的画面就像是一部配乐的风光纪录片。① 许多文学作品中也存在这种隔音效果极好的透明玻璃窗,有些作家甚至缺乏最起码的听觉叙事意识,当然他们也就觉察不到自己笔下的视听失衡。

"音"能否成"景",我们的耳朵能否"听"出场域或空间?这是音

---

① 王敦:《声音的风景:国外文化研究的新视野》,《文艺争鸣》2011年第1期。

景概念传播时必然遇到的拷问。罗兰·巴特对此有肯定回答，他认为人"对于空间的占有也是带声响的"：

> 听是依据听力建立起来的，从人类学的观点看，它借助于截取有声刺激的远近程度和规则性回返也是对于时间和空间的感觉。对于哺乳动物来说，它们的领地范围是靠气味和声响划定的；对于人来讲——这一方面通常被忽视，对于空间的占有也是带声响的：家庭空间、住宅空间、套房空间（大体相当于动物的领地），是一种熟悉的、被认可的声音的空间，其整体构成某种室内交响乐。①

不仅室内有"声音的空间"，室外也是一样，走过夜路的人都知道，眼睛在伸手不见五指的野外没有多大作用，这时辨别方向与位置主要靠耳朵。有意思的是，空间明明是首先诉诸视觉的，人们却喜欢用听觉来做出种种表示：《老子》用"鸡犬之声相闻"形容彼此距离之近；英国人对"伦敦佬"的定义为"出生在能听到圣玛丽勒博教堂钟声的地方的人"②；《大唐西域记》提到印度有个长度单位叫"拘卢舍"，这是人们大声喊叫时声音能够传播的最远距离；麦克卢汉的"地球村"意为全世界已经融合为一个共同的听觉空间，"地球人"在高科技时代变成了能"听"到相互动静的邻居。

以上所举的四个具体例子都属"共听"——发自于不同空间位置的聆察，围绕声源"定位"出一个相对固定的听觉空间。西方教会的堂区大致相当于教堂钟声传播的范围，也就是说"共听"同一钟声的教徒多半在同一座教堂做礼拜。不过在教堂星罗棋布的富庶地区，钟声编织的"声音网络"更为稠密，对19世纪法国乡村听觉文化有深入研究的阿兰·科尔班绘制了这样一幅钟声地图：

> 组成讷沙泰勒昂布赖区（下塞纳省）的161个堂区，在1738

---

① 罗兰·巴特、罗兰·哈瓦斯：《听》，载罗兰·巴特：《显义与晦义》，怀宇译，天津：百花文艺出版社，2005年，第252页。

② 梅尔巴·卡迪-基恩：《现代主义音乐与智性的聆听：听觉感知的叙事研究》，陈永国译，载詹姆斯·费伦、彼得·J.拉比诺维茨主编：《当代叙事理论指南》，申丹、马海良、宁一中、乔国强、陈永国、周靖波译，北京：北京大学出版社，2007年，第445—448页。

年拥有231个"挂着钟"的钟楼——161个堂区教堂，54个小教堂，7个修道院，9个隐修院。和19世纪相比，这个空间的声音网络更稠密，事实上这时堂区网络也更稠密。另外大修道院和众多小教堂填补了一些过渡空间的音响空白。……估计1793年以前，自格朗库尔起方圆6公里都能同时听到分布在19个堂区的50口钟的声音。①

与钟声不绝的法国乡村一样，晨钟暮鼓下的中国古代城市也属某种听觉空间，对时空艺术有独到见解的巫鸿把老北京的钟鼓楼看作"声音性纪念碑"，它们发出的声音威严地回荡在帝国首都的每一个角落：

> 作为建筑性纪念碑，钟、鼓楼的政治象征性来自它们与皇城和紫禁城的并列。而作为"声音性纪念碑"，它们通过无形的声音信号占据了皇城和紫禁城以外的北京。②

这种对空间的声音"占据"带有无法抗拒的规训意味，日复一日的撞钟击鼓传递出统治者的秩序意志，控制着"共听"者的作息起居。不过好景不长，采用西方的计时系统之后，钟鼓楼作为"声音性纪念碑"的功能逐渐式微，1884年国际经度会议将英国确定为中时区（零时区），格林尼治天文台的钟声从此成为全球"共听"的中央声源，昔日的"中央帝国"在世界时区中沦落到"东八区"这样的边陲位置。不无讽刺意味的是，我们有的城市至今还保留着废弃钟鼓楼后建立的西式钟楼（赣州的"标准钟"仍为市中心一景），这一"后殖民"遗物似乎并未引起当地人的反感。

听觉空间不仅诉诸"共听"，"独听"也能单独支撑起一片音景。"独听"对中国古代文人来说代表着沉浸于诗的意境，唐代诗文涉及"独听"者甚多，如李中的"独听月明中"（《遥赋义兴潜泉》）、徐铉的

---

① 阿兰·科尔班：《大地的钟声：19世纪法国乡村的音响状况和感官文化》，王斌译，桂林：广西师范大学出版社，2003年，第7页。
② 巫鸿：《时间的纪念碑：巨形计时器、鼓楼和自鸣钟楼》，载《时空中的美术：巫鸿中国美术史文编二集》，梅玫、肖铁、施杰等译，北京：生活·读书·新知三联书店，2009年，第127页。

"独听空阶雨"（《九月三十夜雨寄故人》）以及赵嘏的"独听子规千万声"（《吕校书雨中见访》）等，听觉叙事为营造这些诗中的"画意"均有贡献。张继的《枫桥夜泊》中，钟声从"姑苏城外寒山寺"飘荡到客船，将月落乌啼、渔火点点的江景统摄为一个听觉上的整体。同为寂寞难眠的"夜泊"，刘言史的《夜泊润州江口》却是"独听钟声觉寺多"——此起彼伏的钟声唤起了诗人寺庙林立的想象。李白《春夜洛城闻笛》的"谁家玉笛暗飞声，散入春风满洛城"，借春风之力将笛声布满全城；王勃《滕王阁序》的"渔舟唱晚，响穷彭蠡之滨，雁阵惊寒，声断衡阳之浦"，声音弥漫的空间更为辽阔。不过最为匪夷所思的音景还属李白的《早发白帝城》：长江三峡两岸猿声清凄，诗人乘坐的轻舟在这一听觉空间中飞流直下，仿佛在不断突破一声声猿啼制造的声音屏障。

　　音景的接受和构成与图景有很大不同。人的眼睛像照相机一样，可以在一刹那间将图景摄入，而耳朵对声音的分辨却无法瞬间完成：声音不一定同时发出，也不一定出自同一声源，大脑需要对连续性的声音组合进行复杂的拆分与解码，在经验基础上完成一系列想象、推测与判断。声学意义上的音景包括三个层次：一是"定调音"（keynote sound），它确定整幅音景的调性，形象地说它支撑起或勾勒出整个音响背景的基本轮廓；二是"信号音"（sound signal），就像"背景"（background）之上还有"前景"（foreground）一样，有些声音在音景中因个性鲜明而特别容易引起注意，如口哨、铃声和钟声等就属此类；三是"标志音"（soundmark），这个概念由"地标"（landmark）一词演绎而来，是构成音景特征的标志性声音——如果说大本钟是现代伦敦的"地标"，那么大本钟的钟声就是它的"声标"（"标志音"）。《儒林外史》第八回南昌府新任太守王惠与原任太守之子蘧公子有番对话：

　　　　蘧公子见他问的都是些鄙陋不过的话，因又说起："家君在这里无他好处，只落得个讼简刑清；所以这些幕宾先生，在衙门里都也吟啸自若。还记得前任臬司向家君说道：'闻得贵府衙门里有三样声息。'"王太守道："是哪三样？"蘧公子道："是吟诗声，下棋声，唱曲声。"王太守大笑道："这三样声息却也有趣的紧。"蘧公子道："将来老先生一番振作，只怕要换三样声息。"王太守道："是那三样？"蘧公子道："是戥子声，算盘声，板子声。"

同为"三样声息"，前者显示"讼简刑清"，后者代表搜刮勒索，它们构成两类衙门迥然有异的"标志音"。

再以辛弃疾《西江月·夜行黄沙道中》为例，这首词上下两阕严格按音景、图景划分，我们不妨来看它的上阕：

> 明月别枝惊鹊，清风半夜鸣蝉。
> 稻花香里说丰年，听取蛙声一片。

在稻田环境尚未被化肥农药污染的时代，蛙声如鼓是夜行人司空见惯的听觉景观，"蛙声一片"因此构成了背景上连绵不绝的"定调音"。鹊儿被月光惊起后的枝头响动，以及半夜里被清风激起的蝉鸣，扮演了画面上突出的"前景"角色，这种情况就像是人声嘈杂的大街上一位迎面而来的熟人打了个响亮的呼哨，人们不可能忽略这种"信号音"。然而这些都属自然之声，在其他地方也能听到，为此词人特别用"稻花香里说丰年"中的"说"，作为整幅音景的"标志音"——"说"的主体我理解是夜行人（紧接其后的"听"与"说"共一主体），就像明月惊鹊与清风鸣蝉一样，稻花香里的穿行也激起了夜行人诉说（自言自语或对同伴）丰年的冲动。

以上只讨论了聆察与音景，对于它们引出的一些概念，如"聆察者"、聆察角度（"听角"）、聆察对象以及听觉空间、"共听""独听""标志音"等，尚未来得及作更为细致的分析，但其内涵已基本明确。需要说明的是，不管是聆察、音景还是更细的范畴，过去人们讨论相关问题时实际上对其已经有所涉及，本章只不过赋予其名称，希望它们能为今后的听觉叙事研究提供方便。

三、声音事件的摹写与想象

事件是故事的细胞，声音如何"制造"事件，声音事件怎样叙述，听觉叙事有哪些表现形态，这是必须回答的问题，而这又得从听觉信号与事件信息之间的关联机制说起。

1. 声音与事件之间的逻辑关系

事件即行动，行动在许多情况下是会发声的，当"聆察者"听到周围的响动时，其意识立即反映为有什么事件正在身边发生。从因果逻辑上说，行动是因，声音是果，声音被聆察表明其前端一定有某种行动存在，或者说每一个声音都是事件的标志，不管这声音事件是大还是小。刘姥姥为什么会被"金钟铜磬一般"的声音"吓得不住的展眼儿"，是因为她无法确定这"'当'的一声"源于何方神圣。然而，自鸣钟敲击声给刘姥姥造成的困惑，与《红楼梦》第七十五回不明声音给贾珍等人带来的惊恐相比，简直就是小巫见大巫了：

> 那天将有三更时分，贾珍酒已八分，大家正添衣喝茶、换盏更酌之际，忽听那边墙下有人长叹之声。大家明明听见，都毛发悚然。贾珍忙厉声叱问："谁在那边？"连问几声，无人应签。尤氏道："必是墙外边家里人，也未可知。"贾珍道："胡说！这墙四面皆无下人的房子，况且那边又紧靠着祠堂，焉得有人？"一语未了，只听得一阵风声，竟过墙去了。恍惚闻得祠堂内槅扇开阖之声，只觉得风气森森，比先更觉凄惨起来。看那月色时，也淡淡的，不似先前明朗，众人都觉得毛发倒竖。贾珍酒已吓醒了一半，只比别人拿得住些，心里也十分警畏，便大没兴头。

墙外究竟是何人出声，书中没有明确交代，联系第七十五回回目中的"开夜宴异兆发悲音"来推断，这一令人毛骨悚然的"悲音"应是贾府衰亡曲的前奏，也就是说"白玉为堂金作马"的富贵之家从此将一蹶不振，祠堂内的列祖列宗为此对不肖子孙发出了痛心的长叹。曹雪芹这里选择贾珍充当"聆察者"颇具匠心，因为贾珍在书中是以长房长孙的身份（且袭世职）担任族长，"忽喇喇似大厦倾"的声波只有先传到他耳朵里才有意义。

声音与事件之间的联系一经拈出，音景也就可以定义为一系列声音事件的集成。可能有人会觉得叙事作品中某些听觉信号无足轻重，实际上所有的声音都有自己的独特作用，否则作者不会为此耗费笔墨。按巴特在《叙事作品结构分析导论》中的说法，事件有核心与非核心之别，前者构成故事的骨干，后者为前者烘云托月，或提供某种"情报"，或展示某种"迹象"。①声音事件亦可据此划分："开夜宴异兆发悲音"属于核心事件，因为它标志着贾府盛极而衰的重大转折；《夜行黄沙道中》中的蛙鸣蝉唱则为非核心事件，其功能在于为整幅音景定调或发出独特的信号，它们相当于巴特所说的"情报"或"迹象"。

不过"核心"与"非核心"有时很难判定，有的音景一方面充当故事中的背景道具角色，另一方面又用暗示方式透露故事进展。莫泊桑短篇小说《菲菲小姐》结尾，一名爱国妓女杀死普鲁士军官后消失得无影无踪，本堂神父顺从地按侵略者要求敲响教堂的丧钟：

> 这时候那口钟第一次敲响了丧钟，节奏轻松愉快，真像有一只亲切友爱的手在轻轻抚摸它似的。晚上钟又响了，第二天也响，以后每天都响，而且叮叮当当你要它怎么打，它就怎么打。有时候甚至在夜间不知什么缘故它突然醒来，怀着令人惊奇的欢乐心情，自己晃动起来，轻轻地把两三下叮当声送进黑暗之中。当地的乡亲们都说它中了邪魔。②

这钟声"欢乐"得有些诡异，夜间"醒来"也不合常规，因此这段

---

① 罗兰·巴特：《叙事作品结构分析导论》，张寅德译，载张寅德编选：《叙述学研究》，北京：中国社会科学出版社，1989年，第14—15页。
② 居伊·德·莫泊桑：《菲菲小姐》，载《莫泊桑中短篇小说选》，郝运等译，北京：人民文学出版社，1981年，第171页。

文字实际上是在提前叙述女主人公逃逸之后的一个新事件：本堂神父安排她藏身钟楼，父老乡亲对此心照不宣——他们当然知道那口钟"自己晃动起来"意味着什么。这种集"景""事"于一身的手法在电影艺术中有更多运用：音景在骤然间发生的变化，常常能使观众提前意识到发生了什么事情，而这时银幕上的相关事件还未来得及呈现。

2. 声音的模拟与事件的传达

声音如何表现，怎样对声音事件进行逼真的摹写，这是故事讲述人为之挠头的大问题。听觉信号旋生即灭，看不见摸不着，对观察对象可以勾勒其整体轮廓，描绘其局部细节，这些在聆察对象那里通常都难以实现。聆察过程中为什么会发生许多错误的推测与判断，是因为对于人类日益迟钝的聆察能力来说，声音具有很大的模糊性和不确定性：刘姥姥没见过自鸣钟，在她听来它的响声就像是农村常有的"打罗筛面"，这种经验主义的错误是任何人都难以避免的。因此表现声音的最便捷手段，就是像曹雪芹那样用"咯当咯当"的象声词来模拟自鸣钟的声音。象声词在世界各民族语言中都有不同存在，其功能主要为表音，即《文心雕龙·物色》所说的"'喈喈'逐黄鸟之声，'喓喓'学草虫之韵"。但汉语中有些"拟声"还有表意之用，如古代文人常把鹧鸪、杜鹃的啼鸣听成"不如归去""行不得也哥哥"。英语中有许多诗歌因鸟鸣而发，雪莱《致云雀》以四短一长的诗行模仿四短一长的云雀啼鸣，济慈《画眉鸟的话》以"半似重复的语句，传出了画眉歌唱的节奏"[①]。这些"拟声"属于上升到艺术层面的模仿。

"拟声"可以是对原声的模仿，也可以是用描摹性的声音传达对某些事件的感觉与印象，而这些事件本身不一定都有声音发出。这一"以耳代目"的现象比较复杂，有必要究其原始回到从前。西方人认为"拟声"（onomatopoeia）概念源起于希腊语的"命名"（onomatopoiia），古

---

① 约翰·济慈：《画眉鸟的话》，载《济慈诗选》，查良铮译，北京：人民文学出版社，1958年，第98页。

希腊斯多葛派哲学家用"拟声"解释语言的形成，认为先民最初用模拟声音的方法来为事物命名（我们的《山海经》中也用"其名自叫"称呼动物），由此而来的词语为语言诞生创造了条件。列维-布留尔对此有深入研究，他发现那些停留在原始状态的民族，特别擅长用"拟声"来表达自己的感知，其中最重要的是对动作的刻画：

> 土人可以通过德国研究者所说的声音图画（Lautbilder），亦即通过那些可以借助声音而提供出来的对他们所希望表现的东西的描写或再现而达到对描写的需要的满足。魏斯脱曼（D. Westermann）说，埃维人（Ewe）各部族的语言非常富有借助直接的声音说明所获得的印象的手段。这种丰富性来源于土人们的这样一种几乎是不可克制的倾向，即摹仿他们所闻所见的一切，总之，摹仿他们所感知的一切，借助一个或一些声音来描写这一切，首先是描写动作。但是，对于声音、气味、味觉和触觉印象，也有这样的声音图画的摹仿或声音再现。某些声音图画与色彩、丰满、程度、悲伤、安宁等等的表现结合着。①

"声音图画"在这里并不是音景，而是用声音为"画笔"描摹"所闻所见的一切"，列维-布留尔认为这是后来名词、动词与形容词的前身，此论与斯多葛派哲学家的观点不谋而合。为了说明"声音图画"对具体事件的叙述，列维-布留尔引述了埃维语对"走"这一动作的多种表达方式：埃维人的动词"zo"（走）可以与"bia bia""ka kā""pla pla"之类的声音分别搭配，这类声音有数十个之多，"zo"与它们的结合对应着形形色色的走路姿态，如"一瘸一瘸地走""挺着肚子，大踏步地走"与"摇着脑袋摆着屁股地走"，等等。②列维-布留尔特别指出"bia bia"之类不是象声词，它们传递的只是说话人对它们的声音印象，而不是某种走姿发出的标志性响声。与"走"一样，"跑""爬""游泳""骑乘""坐车"等动作也有诸如此类的声音搭配，"一般的走的概念从

---

① 列维-布留尔：《原始思维》，丁由译，北京：商务印书馆，1985年，第157—158页。
② 同上书，第158—159页。

来不是孤立存在的；走永远是借助声音来描写的按一定方式的走"①。这种惟妙惟肖、声情并茂的声音描摹无疑更贴近感官，如今只有在方言文化区的基层民众那里，才能听到与其相近的生动表达，遗憾的是，并非所有人都能认识到这种"草根"表达方式的可贵。

"声音图画"在今天似乎还未成广陵绝响。作为一种表音文字，英语中的象声词非常丰富，其中许多兼具动词性质，常见的如"murmur"（咕哝），"whisper"（耳语），与"giggle"（咯咯笑）等，仍然保留着以声音指代动作的特征。汉语属于表意文字，"拟声"并不是其最突出的特征，但这并不意味着象声词在汉语中的地位不够重要。恰恰相反，不管受教育程度如何，日常生活中人人都会无师自通地使用象声词，口语中"拟声"是一种不可或缺的修辞手段。不仅如此，汉语中有些表述也带有"声音图画"的色彩——在叙述某些根本不发声的事件时，人们居然会用象声词来形容，如"脸刷的一下白了"和"眼泪哗的一声流了下来"等，这类表述的形成机制值得深入探究。

3. 从"听声类声"到"听声类形"

以上所论，已经涉及曾引起广泛讨论的"通感"话题。李渔批评"红杏枝头春意闹"的"闹"字用得古怪，钱锺书《通感》一文举出宋诗中大量同类，嘲笑其"少见多怪"，并用近代与西方的例子说明这是一种"通感"现象：

> 《儿女英雄传》三八回写一个"小媳妇子"左手举着"闹轰轰一大把子通草花儿、花蝴蝶儿"。形容"大把子花"的那"闹"字被"轰轰"两字申说得再清楚不过了，这也足证明近代"白话"往往是理解古代"文言"最好的帮助。西方语言用"大声叫吵的""砰然作响的"（loud, criard, chiassoso, chillón, knall）指称太鲜明或强烈的颜色，而称暗淡的颜色为"聋聩"（la teinte sourde），不也有助于理解古汉语诗词里的"闹"字么？用心理学或语言学的

---

① 列维-布留尔：《原始思维》，丁由译，北京：商务印书馆，1985年，第159—160页。

术语来说，这是"通感"（synaesthesia）或"感觉挪移"的例子。①

按照钱锺书的说法，"通感"或"感觉挪移"在视听领域有"以耳代目"和"听声类形"两种表现。前者"把事物无声的姿态说成好像有声音的波动，仿佛在视觉里获得了听觉的感受"②，那些带"闹"字的诗句和引文中的例子皆属此类。后者则正好相反——听到声音后将其类比为视觉形象，《礼记·乐记》用"累累乎端如贯珠"形容声音的"形状"，孔颖达《礼记正义》对此解释为"声音感动于人，令人心想其形状如此"，这便是"听声类形"的由来。"以耳代目"说到底是化"形"为"声"，"于无声处听惊雷"就是这种想象之"听"；而"听声类形"则是化"声"为"形"，将听觉反应转化为想象中的"看"。

如果说"以耳代目"有助于增进语言的感染力，那么"听声类形"则属"不得已而为之"。如前所述，用语言表现声音的手段有限，要想"如实"反映转瞬即逝的声音事件，除了运用模仿性的声音之外几乎无计可施。《三国演义》第四十二回长坂桥头张飞那三声怒喝，罗贯中只付之以"声如巨雷"四个字的形容，这两种声音之间的类比或可名之为"听声类声"。唐诗中此类手段运用甚多，如李白《听蜀僧濬弹琴》的"为我一挥手，如听万壑松"、韩愈《听颖师弹琴》的"昵昵儿女语，恩怨相尔汝"以及韦应物《五弦行》的"古刀幽磬初相触，千珠贯断落寒玉"等。然而，仔细琢磨这些听琴诗，其中可供驱驾的听觉意象实在不多，白居易《琵琶行》的"银瓶乍破水浆迸"固然绝妙，"大珠小珠落玉盘"的比喻在唐诗中却是司空见惯，由琴声想到松涛者也大有人在。似此，由"听声类声"向"听声类形"转变，乃是一件顺理成章之事，因为后者的天地更为广阔，更具驰骋想象的余地。白居易《小童薛阳陶吹觱篥歌》与《琵琶行》的不同之处，在于其中充满了"听声类形"的各种联想："有时婉软无筋骨，有时顿挫生棱节。急声圆转促不断，轹轹辚辚似珠贯。缓声展引长有条，有条直直如笔描。下声乍坠石沉重，

---

① 钱锺书：《七缀集》，北京：生活·读书·新知三联书店，2002年，第64页。
② 同上书，第63页。

高声忽举云飘萧。"

"听声类声"与"听声类形"之间,其实并不存在一条特别明确的界限,叙事中"类声"与"类形"的区别有时并不明显,或者说作者不一定都清楚地意识到自己笔下是"声"还是"形"。《水浒传》第一回洪太尉强行让人掘开禁闭妖魔的洞穴,此时穴内发出一阵天崩地裂之声:

> 只见穴内刮喇喇一声响亮。那响非同小可,恰似:天摧地塌,岳撼山崩。钱塘江上,潮头浪拥出海门来;泰华山头,巨灵神一劈山峰碎。共工奋怒,去盔撞倒了不周山;力士施威,飞锤击碎了始皇辇。一风撼折千竿竹,十万军中半夜雷。

引文中叙述的与其说是各种各样的轰然巨响,毋宁说是造成这些声音的惊心动魄场面,"声"与"形"在这里呈现出相互争斗之势,感觉上后者似乎略占上风。再来看《老残游记》第二回"黑妞说书":

> 几啭之后,又高一层,接连有三四声,节节高起。恍如由傲来峰西面,攀登泰山的景象:初看傲来峰削壁千仞,以为上与天通,及至翻到傲来峰顶,才见扇子崖更在傲来峰上,及至翻到扇子崖,又见南天门更在扇子崖上;愈翻愈险,愈险愈奇。那王小玉唱到极高的三四叠后,陡然一落,又极力骋其千回百折的精神,如一条飞蛇在黄山三十六峰半中腰里盘旋穿插,顷刻之间,周匝数遍。

请注意引文中加重点号的"看"与"见",它们暴露出"声"已经完全让位于"形"——明明写的是声音的盘旋缠绕与低昂起伏,展示在读者"眼"前的却是登山者不断向峰顶攀登的情景,这情景紧接着又叠变为一条飞蛇在黄山三十六峰间快速游动,让人惊叹作者的"听声类形"与黑妞说书一样神奇莫测。这里"声"的谦恭退让与"形"的咄咄逼人,将前述视觉文化的强势尽显无遗,尽管"形"不能直接反映声音,但它可以自由表现声音造成的印象与效果。《三国演义》几乎未对张飞长坂桥怒喝作直接描述,不过罗贯中让"曹操身边的夏侯杰惊得肝胆碎裂,倒撞于马下",却是对张飞声音杀伤力的最好反映。

"黑妞说书"虽然用了"看"与"见"这样的字眼,不等于刘鹗本人意识到自己是"听声类形",就这方面的自觉意识来说,似乎没有哪部小说能比得上雨果《巴黎圣母院》对钟声的摹写,因为书中用了"耳朵似乎也有视觉"这样明白无误的表述:

> 你突然会看见——有时耳朵似乎也有视觉——你会看见各个钟楼仿佛同时升起了一股声音的圆柱,一团和声的烟雾。……你可以看见每组音符从钟楼飘出,独立地在和声的海洋里蜿蜒游动。……你可以看见八度音符从一个钟楼跳到另一个钟楼,银钟的声音像是长了翅膀,轻灵,尖利,直冲云霄;木钟的声音微弱,蹒跚,像断了腿似地往下坠落。……你看见如光一般快速的音符一路奔跑,划出三、四道弯弯曲曲的光迹,像闪电一样消失。……你不时地听见圣日耳曼-德-普雷教堂的大钟连敲三下,看见各种形状的音符掠过眼前;这雄伟壮丽的钟乐合奏有时微微让出一条通道,让圣母玛利亚修道院的三下钟声穿插进来。①

耳朵有了视觉之后,"声"也变得像是"形"了:不可见的钟声化作可见的"圆柱"与"烟雾",音符可以奔跑、游动、坠落或上升,可以从"一个钟楼跳到另一个钟楼",还会给别的钟声"让出一条通道"。这些表达并不令人感到特别陌生,因为前引白居易与刘鹗等人的诗文中,也有坠落、上升、游动之类的动作联想,这些说明了中西听觉叙事的"文心攸同"。引文只保留了原文中与"看"相关的文字,其他大段叙述都付之阙如,因为雨果写到此处时思如泉涌左右逢源,"听声类形"开启的想象之门,让他进入了"下笔不能自休"的自由天地。

"听声类形"堪称听觉叙事的高级境界。"听声类声"的捉襟见肘常使叙述者陷入"欲说还休"的窘境,而一旦改变思路将"类声"调整为"类形",挥笔的自由度骤然间增大,这时叙述对象已由无形的声音事件变为有形的视觉联想,后者更有利于故事讲述人的"施之藻绘,扩其波澜"。本章开始部分提到视觉对听觉的"挤压",这里要指出"挤压"并

---

① 维克多·雨果:《巴黎圣母院》,潘丽珍译,杭州:浙江文艺出版社,1994年,第133—134页。引文中的着重号为笔者所加。

不完全是坏事，听觉叙事的千姿百态乃是外力塑形的结果，没有"挤压"就不会有听觉信号向视觉形象的倾斜与变形。所谓"烦恼即菩提"，尴尬与无奈正是叙事智慧的生成条件。释道二教把"诸根互用"作为成佛成圣的判断依据，"听声类形"打通耳朵与眼睛之间的隔阂，在叙事艺术上也可以视为登堂入室的标志。

四、"重听"经典——听觉叙事研究的重要任务

听觉叙事概念的提出，为今后的叙事研究增加了一项新任务，这就是对经典的"重听"。

近年来读书界不断有人提出"重读"经典，这类呼吁之所以未见多大成效，是因为未将"重读"的路径示人，如果"重读"走的仍然是"初读"的老路，那么再读多少遍也无济于事。"重听"经典明确标举从"听"这条新路走向经典，它当然也是一种"重读"，但这次是以经典中的听觉叙事为阅读重点。由于前面提到的种种原因，以往的阅读存在一种轻视听觉叙事的倾向，人们一味沉湎于图像思维而不自知，"重听"作为一种反弹琵琶的手段，有利于拨正视听失衡导致的"偏食"习惯，让叙事经典散发出久已不闻的听觉芬芳。

"重听"经典不是简单的侧耳倾听，听觉叙事有自己的生成语境，我们无法返回或还原历史的现场，但至少应当认识到这方面的古今之别。视觉排挤听觉是印刷文化兴起之后的事情，先秦经典产生于"读图时代"远未来临之前，那时人与人之间的信息交流主要通过声音渠道，古人的听觉神经细胞比现代人要丰富得多。宋玉《对楚王问》说"客有歌于郢中者，其始曰《下里》《巴人》，国中属而和者数千人"，这是怎样盛大热烈的歌咏场面啊！《论语·述而》提到孔子在齐闻韶，竟然"三月不知肉味"；《韩非子·十过》叙述晋平公为了听到天下最悲之音，可以不顾自己的生命危险。古人对美妙声音的狂热追求，说明他们对听觉信号是何等敏感，古今之耳简直不可同日而语。只有认识到这种差

别,我们才不会将后来的变化强加于古人,才有可能理解他们叙述的声音事件。"听"出声音后面的情感,这应当是"重听"的一个重要前提。

古今之耳存在差别,古今之"听"也有很大不同。了解社情民意从来都是为政者必须要做的功课,古代文献有对"听政"的大量记述:

> 古之王者,政德既成,又听于民。于是乎使工诵谏于朝,在列者献诗使勿兜,风听胪言于市,辨祆祥于谣,考百事于朝,问谤誉于路,有邪而正之,尽戒之术也。(《国语·晋语六》)

> 自王以下,各有父兄子弟,以补察其政。史为书,瞽为诗,工诵箴谏,大夫规诲,士传言,庶人谤,商旅于市,百工献艺。(《左传·襄公十四年》)

值得注意的是,采诗者不单将民间呼叹用文字记录下来,而且还按原腔原调予以讽咏,所谓"瞽不失诵",强调的是瞽矇瞽瞍之辈通过口耳渠道的诵记,就采诗而言这比"史不失书"更为重要,因为只有这样才能让统治者如实听到百姓声音。古之王者明白声音信息更具"原汁原味",他们不仅想知道人家说些什么,还想知道人家说话时所用的语气与声调,后者往往比前者更能反映真情实感。相比之下,"你幸福吗"之类的调查只关心回答是肯定还是否定,却不注意像古人那样细心聆察,其实真正的回答就在答问者的语气与声调之中,所以《文心雕龙·物色》会说"写气图貌,既随物以宛转;属采附声,亦与心而徘徊"。

对声音的高度敏感与重视,决定了先秦时期是使用"拟声"的黄金年代。《诗经》劈头而来就是"关关雎鸠"的鸟声,细细聆察则有虫、兽、风、雨、雷、水等多种自然之声,以及来自人类社会的车马声、军旅声、钟鼓声、伐木声、割禾声、金铁声、玉石声等。据不完全统计,《诗经》涉及音景多达120余处,"三百篇"至少有53篇使用了象声词,它们赋予《诗经》无穷的艺术魅力。先秦之后,文学中视觉形象的涌现令人瞩目,《文心雕龙·诠赋》用"写物图貌,蔚似雕画"来概括赋文,说明图像思维那时已经有所抬头。后世的声音模拟虽然无复《诗经》中的盛况,但这并不意味着听觉叙事从此走入下坡路,应当看到,象声词与口耳传播的关系最为密切，《诗经》中的"拟声"主要来自"风""雅"两部，北朝乐府民歌《木兰诗》开篇即传来"唧唧复唧唧"的织布声，后来又有"不闻爷娘唤女声，但闻黄河流水鸣溅溅"等声音模拟。与此不同，文人笔下的听觉叙事多半不是直接的"拟声"，而是从"类声""类形"等角度展开摇曳多姿的想象，存世经典绝大多数都为文人所作，我们"重听"的重点应当放在声音摹写艺术的发展与进步上。

当然，声音摹写的文野之分并不是那么绝对，"咯当咯当"的声音之所以在《红楼梦》中响起，是因为此时的"聆察者"为来自乡间的刘姥姥，象声词用在这里可谓恰到好处。杜甫《兵车行》首句为"车辚辚，马萧萧"，尾句为"新鬼烦冤旧鬼哭，天阴雨湿声啾啾"，"拟声"在这里与乐府诗的民歌性质甚相契合，更何况诗句假设为"路旁过者"与"行人"之间的问答，钟惺、谭元春《古诗归》甚至说诗中可以听到《木兰诗》"爷娘唤女声"的回响。听觉叙事与古代兵法一样讲究"运用之妙，存乎一心"，没有什么永远不变的规则，只求能创造令人满意的叙事效果。当然，如果将《诗经》以来的经典逐一"听"来，"拟声"的运用确有每况愈下之势，先秦时期的许多象声词到今天已成古董，声音事件在整个故事中所占的比重也越来越小。不过，对这种数量上的减少应作更进一步的辨析：听觉叙事实际上是变得更为精当和灵活了——许多名篇巧妙地将声音事件作为点睛之笔，放在文本的关键位置，作者对其着墨不多，给读者留下的印象却非常深刻。除前引多例可为此作证外，《儒林外史》第五十五回的"弹一曲高山流水"也非常典型，小说此前用浓墨重彩刻画儒林丑类的嘴脸，到这里只对两位世外高人的雅聚挥洒了寥寥数笔，但由于这一声音事件处于整部作品的"压轴"位置，且与第一回同类性质的"王冕画荷"构成首尾呼应，"礼失而求诸野"的叙事主旨因此获得放大与突出。"曲终奏雅"（又称"卒章显志"）的手法在古代文学中屡见不鲜，声音事件于恰到好处时登台亮相，往往能收"一锤定音"之效。由于耳朵与心灵之间的特殊联系，声音触发的感动可以说无与伦比：张祜《宫词》对此有生动形容——"一声何满子，双泪落君前"；李益《夜上受降城闻笛》的"不知何处吹芦管，一夜征人尽望乡",倾倒了古往今来多少读者!

"重听"之"听"有多种形式。"听"的对象可以是单部作品,也可以是多部作品的组合——如"听雨""听禽""听钟"与"听琴"等,仅陆游一人便有"听雨诗"数十首之多。① 由于文学传统的影响,某些声音特别能激发人们的文思,对闻声之作分门别类整理归纳,乃是"重听"经典的题中应有之义。为了避免"重听"过程中的"以目代耳",当前还应大力提倡恢复讽咏、诵读等传统"耳识"方式。郑樵《通志·乐略》之问似乎是向今人而发:"古之诗,今之辞曲也,若不能歌之,但能诵其文而说其义,可乎?"现代人阅读之弊在于只凭眼睛囫囵吞枣,而从听觉渠道重新接触经典,相当于用细嚼慢咽方式消费美食,曾国藩《咸丰八年七月廿一日与纪泽书》如此告诫:"《四书》《诗》《书》《易经》《左传》诸经、《昭明文选》、李杜韩苏之诗、韩欧曾王之文,非高声朗诵则不能得其雄伟之概,非密咏恬吟则不能探其深远之韵。"②《红楼梦》第四十一回林黛玉评论刘姥姥酒后手舞足蹈:"当日圣乐一奏,百兽率舞,如今才一牛耳。"语言学家根据江淮官话中"n""l"不分,"牛"与"刘"是同音字,断定"黛玉所说必是江淮官话,才能以'牛'来讥笑'刘姥姥'"。③ 这一解释让人真正"听"到经典中的声音,《诗经·卫风·淇奥》说"善戏谑兮,不为虐兮",《红楼梦》这段叙述庶几近之。

最后要说的是,"重听"经典的主要目的在于感受和体验。由于听觉联想的白云苍狗性质,我们不可能"听"得十分清晰,因此也无须过于较真,对声音事件的解释更不必强求一致。音乐欣赏中的自由想象方式,完全可以用于听觉叙事的接受与消费。当发现声音事件发送的信息具有很大的不确定性时,最聪明的反应是像外交家那样运用"模糊应

---

① 三野丰浩:《关于陆游的夜雨诗——以"夜里听雨"的主题为中心》,《中文学术前沿》(第五辑),杭州:浙江大学出版社,2012年,第66—73页。
② 曾国藩:《咸丰八年七月廿一日与纪泽书》,载《曾国藩家书》(上),北京:东方出版社,2013年,第45页。
③ 周振鹤、游汝杰:《方言与中国文化》,上海:上海人民出版社,1986年,第183—184页。

对"策略。《汉晋春秋》卷二载"桓帝幸樊城,百姓莫不观之,有一老父独耕不辍,议郎张温使问焉,父啸而不答",这啸声到底意味着什么,叙述者不想交代也不必交代。《晋书·阮籍传》说"(阮籍)时率意独驾,不由径路,车迹所穷,辄痛哭而返",这"痛哭"究竟是因何而发,需要读者见仁见智、自行推测。声音信息的含混或曰"复义",特别有利于传递无法形之于文字的复杂情感,《红楼梦》第九十八回林黛玉临终喊出"宝玉!宝玉!你好……",就是将一切尽付"不言"之中。今天人们在手机上收到某些短信时,也会用"呵呵"之类来应对。声音甚至可能模糊到似有若无的地步,《红楼梦》第一〇八回"死缠绵潇湘闻鬼哭"中,是贾宝玉出现"幻听"还是潇湘馆内真有"鬼哭",叙述者态度模棱两可,然而不管相信的是前者还是后者,读者都会被这段叙述感动。此类捕风捉影的"莫须有"之事,在《红楼梦》中居然出现了多次,与铁证如山的"可靠叙述"相比,这种"不可靠叙述"更能激发读者的想象。

说得透彻一点,虚构世界中的声音事件无所谓可靠不可靠,因其引发的感受和体验才最为要紧,似此"重听"作为一种理解经典的新途径,其功能接近于俄国形式论为恢复感觉而倡导的"陌生化"。卡迪-基恩说"通过声学的而非语义学的阅读,感知的而非概念的阅读,我们发现了理解叙事意义的新方式"[①],这一概括应当也适用于"重听"经典。

[①] 梅尔巴·卡迪-基恩:《现代主义音景与智性的聆听:听觉感知的叙事研究》,陈永国译,载詹姆斯·费伦、彼得·J.拉比诺维茨主编:《当代叙事理论指南》,申丹、马海良、宁一中、乔国强、陈永国、周靖波译,北京:北京大学出版社,2007年,第458页。

"听"与"讲"

第一章 释"听"：我听故我在/我被听故我在

内容提要 "听"是唯一与人的生命相始终的感觉，汉语中的"听"有时候也指涉听觉之外的其他感知。声音的发生与生命繁衍有密切联系，国人在涉及两性关系时常用声音譬喻。声音的转瞬即逝要求接受者集中注意力，人类听觉的相对"迟钝"反而有利于增强思维的专注和想象的活跃。听觉往往比视觉更能触动情感，人类沟通之所以会从视觉符号（手势）向听觉符号（语言）演化，原因在于后者更有利于较大范围内的全天候沟通。说话者的声音被别人和自己同时听见，这种"不求助于任何外在性"的内部传导使得能指与所指完全不隔，声音因此成为一种最为"接近"自我意识的透明存在。声音传递的"点对面"格局，赋予"被听"之人某种特殊地位，听觉沟通对人类社会架构的"塑形"作用体现于此。母系社会转型为父系社会之后，以往处于"被听"位置的女性开始转向"被看"，这是她们顺应男权社会的一种生存策略。

"听觉转向"的提出，为叙事研究打开了一个新的研究维度。从最初意义上说，叙事本是一种诉诸听觉的"讲"故事行为，然而视觉文化兴盛之后,"你讲我听"逐渐受到"你写我看"之类的排挤。到了今天这个"读图时代","听"在许多人心目中已然是一种可以被忽略甚至是可以被替代的信息接受方式。然而"听"和"看"相比真是那么无足轻重的吗?"听"作为一种感觉方式在人类生存与发展中有何意义?"被听"这一概念是否属于被忽略了的叙事研究对象?男性和女性究竟为什么那么在意自己的"被听"与"被看"?在对这些问题做出初步回答之前,让我们走进声音的世界,从宇宙和生命的开端说起。

一、太初有声

科学家对宇宙形成有过许多猜测,当前影响最大的一种理论为大爆炸宇宙学,其主要观点为133—139亿年前,"一锅"密度极大、温度极高的"宇宙汤"中发生了一次规模巨大的爆发,结果形成了我们所在的这个宇宙,这一理论得到了当今科学研究和观测最广泛且最精确的支持。大爆炸宇宙学的英文为 big-bang cosmology, bang 是撞门之类声响的象声, big-bang 的本义为"一声巨响",因此大爆炸宇宙学可理解为"太初有声"——"一声巨响"导致了我们这个宇宙的诞生,有人甚至称大爆炸为宇宙婴儿的"第一声啼哭"。科学家说宇宙目前仍然处于大爆炸之后的膨胀状态,也就是说我们所在地球的周围还荡漾着 big-bang 的袅袅余音,什么时候这一余音消失殆尽,那就是宇宙终结之时的到来。

像宇宙一样,人类生命的历程也是由一声响亮的啼哭开启。国人用"呱呱坠地"形容人生之始,婴儿的第一声啼哭就像是运动场上发布起跑命令的枪声,只有听到这声枪响,裁判员和教练员手中的计时器才开始计数。当然,生命的孕育是一个渐进的过程,怀孕的母亲一般都能察觉到腹中胎儿与自己的互动,而处于母亲子宫内的胎儿什么也看不见,其听觉与触觉此时还处于一体无分的状态,国人所说的"胎教"便是通过这种"听触一体"的渠道进行。听觉不仅在生命孕育阶段最先形成,它还在生命结束阶段最后离开我们——许多经历"死而复生"的人都报告弥留之际其他感官都已关闭，唯有耳朵还能依稀听到声音。这是因为声音信号的接收无需肌肉运动便能完成，消耗的物理能量相当有限，相形之下视觉信号的接收不但需要张开眼睑，而且还要通过睫状肌的收缩来调节眼球晶体的对焦，垂危者此时渐趋停止的血液循环根本无法提供完成这一系列肌肉动作所需的能量。据此而言，"听"是唯一与人的生命相始终的感觉，用"我听故我在"来概括不为过之。

对于"太初有声"这一提法，或许有人会举出《旧约·创世记》第1章第一段话来予以驳斥：

> 起初，神创造天地。地是空虚混沌，渊面黑暗；神的灵运行在水面上。神说："要有光"，就有了光。神看光是好的，就把光暗分开了。神称光为昼，称暗为夜。有晚上，有早晨，这是头一日。

这则叙事似乎旨在说明，诉诸视觉的"光"最为重要，所以耶和华把"要有光"作为照亮天地的第一项任务。与此相关，《创世纪》第3章中亚当与夏娃偷吃禁果之后，最显著的变化为"眼睛就明亮了"：

> 女人见那棵树的果子好作食物，也悦人的眼目，且是可爱的，能使人有智慧，就摘下果子来吃了；又给她丈夫，她丈夫也吃了。他们二人的眼睛就明亮了，才知道自己是赤身露体，便拿无花果树的叶子，为自己编作裙子。

然而，这些恰恰证明《创世记》的叙述者认为视觉在听觉之后发生，不像听觉那样是先在的和固有的。仔细阅读《创世记》便会发现，耶和华造人之后，无论是亚当还是夏娃，他们都立刻能听会说，要不然耶和华无法向他们下达这样那样的指令，他们也无法回答神的种种询问，与之相比视觉则是后天（偷吃禁果之后）的产物。就连耶和华本人也是先用声音发出"要有光"这一指令，然后才执行"看"这一动作——"神说：'要有光'，就有了光。神看光是好的"。"光"固然能照亮人类所处的世界，但没有"要有光"这个声音发出，宇宙万物无从显形。那么为什么耶和华不说"要有听"呢，因为已有的无须再有，已在的毋庸提及，显然叙述者在这里认为"听"是与生俱来的。

《圣经》中可与《创世记》对读的是《新约·约翰福音》，后者第一句话是与"太初有声"相联系的"太初有道"。"太初有道"的英文原文为"In the beginning was the Word"，所以有人又将其译作"太初有言"，但我认为"太初有道"这种译法更为高明——汉语中的"道"既可以表示抽象性质的万物本原（《易经》有"道生一，一生二，二生三，三生万物"之说），又有与"word"对应的"道说"之义，而这两层意思在《约翰福音》第1章中是兼而有之：

> 太初有道，道与神同在，道就是神。这道太初与神同在。万物是藉着他造的；凡被造的，没有一样不是藉着他造的。生命在他里头，这生命就是人的光。
>
> 有一个人，是从神那里差来的，名叫约翰。这人来，为要作见证，就是为光作见证，叫众因他可以信。他不是那光，乃是要为光作见证。

所谓"为光作见证"，实际上就是叙述者安排使徒约翰来为基督作"道说"，如果没有"道说"或者"说出"，人们眼中所见是没有意义的，而一旦用语言来为事物赋予意义，事物便获得了存在的形式与位置。雅克·德里达对逻各斯主义即语音中心主义有过批判，然而他主要还是针对"言在意先"这一传统观点，其论述并未颠覆"太初有声"这一事实（详后）。《道德经》早就指出"道说"并不等于事物的本质，"道可道，非常道；名可名，非常名"开门见山指出符号的局限性，与此同时，这一表述也显示出对"道说"的高度重视。海德格尔也用"道说"（Sage）来命名他的"寂静之音"，但笔者理解其"道说"是一种借喻，主要针对人类的心灵而非耳朵。

不过海德格尔的"寂静之音"或无声的"道说"，倒是与我们古人对声音和听觉的理解有某种契合。汉语中"听"的繁体为"聽"，除了左旁有"耳"表示信号由耳朵接受之外，其右旁尚有"目"有"心"：

聽

一个单字内居然纳入了耳、目、心三种人体重要器官，说明造字者认为"听"近乎为一种全方位的感知方式。不仅如此，"聽"与"德"的右旁完全相同，这也不是没有缘故的——古代的"德"不仅指"道德"之"德"，还有与天地万物相感应的内涵（所以《道德经》原文《德经》排在《道经》之前）。《左传》宣公三年周定王使者王孙满告诉前来"问鼎"的楚庄王，拥有"德"比拥有"鼎"更为重要，这个"德"便有应天顺民、天命所归的意蕴（详见本书第十四章）。《庄子·人间世》说耳听只是诸"听"之一：

> 回曰：敢问心斋？仲尼曰：若一志；无听之以耳，而听之以心；无听之以心，而听之以气；听止于耳，心止于符。气也者，虚而待物者也，唯道集虚，虚者，心斋也。

引文中"听之以心""听之以气"之类，显示古人心目中的"听"非耳朵所能专美，"心斋"可以理解为像母腹中的胎儿一样用整个肉身去感应体外的动静，这种全身心的感应可以说是中国传统文化的一大重要特质。"心止于符"这一表述，与海德格尔所说的"应合"（Entsprechen）庶几相似①，波德莱尔的十四行诗《应和》亦可为此作注，在这方面西方一些人与我们古人的心是相通的。庄子的"听"分别对应"耳""心""气"，而《文子·道德》中的"听"则对应"耳""心""神"：

> 学问不精，听道不深。凡听者，将以达智也，将以成行也，将以致功名也，不精不明，不深不达。故上学以神听，中学以心听，下学以耳听。以耳听者，学在皮肤，以心听者，学在肌肉，以神听

---

① "终有一死的人说，因为他们听。他们关注那区分之寂静的有所令的召唤，即便他们并不认识这种召唤。听从区分之指令那里获取它带入发声的词语之中的东西。这种既听又取的说就是应合（Entsprechen）。但由于人之说是从区分之指令那里获取其所说，人之说便已经以其方式跟随召唤了。作为有所听的获取，应合同时也是有所承认的回答（Entgegnen）。终有一死的人说，因为他们以一种双重的方式，即以既获取又回答的方式，应合于语言。人之词语说，因为它在某种多样意义上应合。"海德格尔：《在通向语言的途中》，孙周兴译，北京：商务印书馆，1997年，第21页。

者，学在骨髓。故听之不深，即知之不明，即不能尽其精，不能尽其精，即行之不成。凡听之理，虚心清静，损气无盛，无思无虑，目无妄视，耳无苟听，专精积蓄，内意盈并，既以得之，必固守之，必长久之。①

古人类似论述甚多，以"听"来囊括各种渠道的信息接收，在视觉文化崛起之前颇为多见。古代君王处理政务称"听政"，官员审案断狱为"听讼"，人们上戏园也说去"听戏"，这些活动其实都不只是诉诸耳根。将"聽"简化为"听"后，"听"便失去了感知的综合性，只有认识到汉字的"聽"中包括多种感官，我们对旧时这类表达方式才不会感到奇怪。汉字"意"为"音"与"心"的组合，这也是强调了"心""音"相合方能生"意"。

二、声之所起

迄今为止，人类之间的沟通还是以声音模式为主。对于语言的起源，学界众说纷纭莫衷一是，1866年巴黎语言学协会曾经通过一个著名的决议，禁止接受任何探讨语言起源问题的论文，因为这方面的探讨缺乏想象之外的硬核证据，就像钱锺书所说的那样——"上古既无录音之具，又乏速记之方"，后人的种种论说统统都属"生无旁证，死无对证"的假说。②

然而没有假说的研究又是不可想象的，对于语言的起源与功用，还是有许多人发表过自己的见解。国人最熟悉的可能是鲁迅的"杭育杭育"说：

> 我们的祖先的原始人，原是连话也不会说的，为了共同劳作，必需发表意见，才渐渐的练出复杂的声音来，假如那时大家抬木

---

① 李定生、徐慧君校释：《文子校释》，上海：上海古籍出版社，2004年，第185页。
② 钱锺书：《管锥编》（一），北京：生活·读书·新知三联书店，2007年，第271页。

头,都觉得吃力了,却想不到发表,其中有一个叫道"杭育杭育",那么,这就是创作。①

"杭育杭育"只是协调发力节律的劳动号子,并未携带任何有实质内容的信息,与真正的语言还相差很远。达尔文在《人类的由来》中提出了另一种假设:

> 在当初,会不会有过某一只类似猿猴的动物,特别的腹智心灵,对某一种猛兽的叫声,如狮吼、虎啸、狼嗥之类,第一次作了一番模拟,为的是好让同类的猿猴知道,这种声音是怎么一回事,代表着可能发生的甚么一种危险?如果有过这种情况,那末这就是语言所由形成的第一步了。②

这种对狮吼、虎啸和狼嗥的声音模拟,属于列维-布留尔所说的"声音图画",③ 在语言初起未起之时,也就是说狮子老虎等动物尚未获得约定俗成的名称之前,最简便的办法莫过于模拟它们的叫声作为代名。《山海经》中屡屡出现的"有兽(鸟)焉……其名自叫(呼)",遵循的就是这样的命名逻辑。爱德华·泰勒如此概括:"世界各种语言中,表示动物的词和表示乐器的词,听起来常常是动物叫声和乐器音调的简单模仿。"④ 我们身边的猫、鸡、鸭等动物,其名称的发音显然与它们特有的叫声("喵呜""唧唧"和"嘎嘎"等)有关。

---

① 鲁迅:《且介亭杂文·门外文谈》,载《鲁迅全集》(第六卷),北京:人民文学出版社,1981年,第94页。

② 达尔文:《人类的由来》(上册),潘光旦、胡寿文译,北京:商务印书馆,1983年,第130页。

③ "土人可以通过德国研究者所说的 Lautbilder(声音图画),亦即通过那些可以借助声音而提供出来的对他们所希望表现的东西的描写或再现而达到对描写的需要的满足。魏斯脱曼(D. Westermann)说,埃维人(Ewe)各部族的语言非常富有借助直接的声音说明所获得的印象的手段。这种丰富性来源于土人们的这样一种几乎是不可克制的倾向,即摹仿他们所闻所见的一切,总之,摹仿他所感知的一切,借助一个或一些声音来描写这一切,首先是描写动作。但是,对于声音、气味、味觉和触觉印象,也有这样的声音图画的摹仿或声音再现。"列维-布留尔:《原始思维》,丁由译,北京:商务印书馆,1985年,第157—158页。

④ 爱德华·泰勒:《原始文化——神话、哲学、宗教、语言、艺术和习俗发展之研究》,连树声译,桂林:广西师范大学出版社,2005年,第164页。

"声音图画"虽然是一种原始的沟通手段，其传递的信息却不那么简单，因为以声音为"画笔"不但能"画"出发声的对象，还可以描摹其动作或状态，后来的名词、动词与形容词中，有许多就是这样由"声音图画"衍变而来，古希腊斯多葛派哲学家甚至认为"拟声"（onomatopoeia）是语言的形成基础。为了说明"声音图画"对动作与状态的传达，列维-布留尔引述了埃维语中与"走"（Zo）相关的32种表达方式：

> Zo báfo bafo —— 小个子人的步态，走时四肢剧烈摇动。
> Zo béhe behe —— 象身体虚弱的人那样拖拉着腿走。
> Zobia bia —— 向前甩腿的长腿人的步态。
> Zoboho boho —— 步履艰难的胖子的步态。
> Zo búla bula —— 茫然若失地往前行，眼前的什么也不看。
> Zo dzé dze —— 刚毅而坚定的步伐。
> Zodabo dabo —— 踌躇的、衰弱的、摇晃的步伐。
> Zo gōe gōe —— 摇着脑袋摆着屁股地走。
> Zogowu gowu —— 稍微有点儿瘸，头向前歪着走。
> ……①

列维-布留尔特别指出，跟在"Zo"之后的"báfo bafo"之类并非都是拟声，主要还是说话人对步态、步伐留下的声音印象，就表现力的生动传神与细致入微而言，现代人使用的"比较拘束的语言"难以望其项背：

> 土人们借助这些词来表现由某种景象、声音或观念使他们引起的突然的直接印象，或者描写什么动作、幻影、闹声。只要听到几次黑人们的那种完全自由的、无拘无束的谈话，就可以发现他们拥有的这一类的词多得多么惊人。也许有人会说，这只不过是儿童的说话方式，不值得注意。然而，事实恰恰相反，正是在这种绘声绘

---

① 列维-布留尔：《原始思维》，丁由译，北京：商务印书馆，1985年，第158页。

影的语言中反映了种族的天性灵活而机敏的智慧。这个智慧能够借助这些词来表现种种细微的意义差别,这是比较拘束的语言所不能表现的。①

在一定的意义上说,语言的文野之分也就是表现力的"拘束"与强大之分,即便是在今天,我们仍然能在方言文化区的民众那里,听到列维-布留尔高度肯定的富于感性魅力的声音。民间表达方式之所以能做到"绘声绘影"与惟妙惟肖,将"种种细微的意义差别"表现得淋漓尽致,关键在于底层社会中有一个世代相传、储藏量极为丰富的"声库",说话者可以根据需要随时调用其中的"声音图画"。我所在的南昌地区有这样一首极富草根韵味的儿歌:

窸 窸 飒 飒 挑 担 谷,
xi xi sa sa tiao dan gu
跂 跂 蹅 蹅 挿 进 屋,
qi qi ca ca ca jin wu
磬 磬 鞥 鞥 舂 成 米,
qin qin kon kon zon cen mi
喊 喊 哼 哼 煮 成 粥。
qi qi kua kua zu cen zu ②

"窸窸飒飒"为农夫挑谷走路时稻粒在箩筐中发出的碰撞与摩擦声,"跂跂蹅蹅"形容挑担者双脚在地面上疾速有力的、但不一定每下都踏到实处的蹬动,"磬磬鞥鞥"模拟木椎舂米时的轰响与回声,"喊喊哼哼"为煮粥至沸腾时粥汤在锅中的翻滚状态。只有真正懂得南昌方言的人,才能充分领略这首民谣的听觉魅力。通过一系列"声音图画"的运用,挑谷进屋、舂米煮粥的过程获得近乎"原汁原味"的再现,听者能从中感觉到扁担在农夫肩上的晃动,还有挑着重物好不容易"挿"进屋

---

① 列维-布留尔:《原始思维》,丁由译,北京:商务印书馆,1985年,第160页。
② 提供者为笔者的中学语文老师兼班主任程光茵女士,特此致谢。

子的艰难,以及舂米的喧闹和粥滚的节律。书面语言要创造同样的效果,不知道要花费比这长多少倍的文字篇幅。

"声音图画"的生动形象源于其直接与自然。以描写细小颗粒相互碰撞、摩擦的"窸窸飒飒"为例,这一拟声激活了人们脑海中贮存的声音记忆,因而能立即唤起装稻谷的箩筐因挑担者行进而悠悠晃动这一印象,南昌人还以此描写雨声,李商隐的"飒飒东风细雨来"保留了这一拟声的遗痕。然而"声音图画"还有间接表意的微妙功能,也就是说可以通过引申、隐喻来创造新的意义,在这方面它和普通语言并无二致。泰勒说奇努克人用"嘿嘿"(hee-hee)称"旅店兼饭馆",因为"嘿嘿"既是笑的拟声,又可引申为娱乐消遣的场所,与此同时他提到"苍蝇"一词在巴苏陀语中的转义:

> 声音经过一个隐喻化(也就是转移)的过程,转变成与最初的意思稍远的新意义。……似乎很难找到某一种摹声语来表示宦臣,但是南非的巴苏陀人(Basuto)能够非常成功地做到这一点。他们有 ntsi-ntsi 这个词,这个词的意思是苍蝇,实际上是对它的营营声的摹拟。他们单纯地赋予这个词以阿谀奉承的寄生虫的意义,这种寄生虫在首领周围发出营营之声,就像苍蝇在肉周围一样。这些取自不文明民族的语言中的例子,跟在最文明的民族的语言中所遇到的例子相似①,例如,英国人采用专门表示"吹"的摹声动词 to puff 来表示关于对某种事或某个人的空洞、欺骗的赞颂的概念。②

东海西海文理攸同,用苍蝇和跳蚤来影射权贵身边的趋炎附势之徒,用"吹"和"捧"来形容口不应心的阿谀奉承行为,诸如此类的表达方式在汉语中俯拾皆是。南昌方言中"跋跋踏踏"又可指代为达到某种目的而作的种种有效无效之挣扎努力,"喊喊咵咵"有时也被用来形容人的心潮起伏难平,这些都属泰勒所说的"隐喻化"转义。"声音图

---

① 本人不同意这种表述。编者注。
② 爱德华·泰勒:《人类学:人及其文化研究》,连树声译,桂林:广西师范大学出版社,2004年,第105—106页。

画"起初只是代名，但一旦成为符号，它们就有可能由名词而向动词或形容词等转化，如引文中"ntsi-ntsi"就由"苍蝇"变为"苍蝇般的"，不言而喻，这种词性转变为鲜活叙事的发育提供了最初的胚胎。

达尔文说狮吼虎啸之类拟声"代表着可能发生的什么一种危险"，这是从安全需要角度探讨语言的发生，鲁迅的"杭育杭育"论则可以归纳为劳动需要，然而除了安全需要与劳动需要之外，人和动物还有性爱或曰繁衍的需要，霭理士认为声之所起更多不是由于劳动而是为了繁衍：

> 我们虽不能接受比埃歇（Buecher）和冯德（Wundt）的见解，认为人类的诗歌音乐只有一个来源，就是在我们做有系统的工作的时间，我们总有一些押着拍子的喉音的陪衬，例如建筑工人打桩时的喊号或搬运工人的"杭育"。我们总得承认，节拍这样东西，无论是简单的呼喊或复杂的音乐，对于肌肉的活动确乎是有强大的兴奋的力量。瑞典语音学家斯泼勃（Sperber）认为性的现象是语言所由发展的主要的源泉。这一层我们倒觉得很有理由可以接受。斯氏的理论是这样的：原始生活里有两种情形，每一种里总是一方面有呼的，另一方面有应的；一是新生的动物在饥饿时的呱呱的哭和母亲的应答；二是雄性在性欲发作时候的叫唤和雌性的应答。两种局面之中，大概第二种的发展在先，所以说语言大概是渊源于性的现象了。这种一呼一应的发展，大概在脊椎动物进化的初期就有了。[①]

这种由荷尔蒙催生的呼唤与应答，属于大自然赋予动物的一种本能，如果没有这种本能，发情时期的雌雄双方无法在莽原林海中找到对方，完成传宗接代的古老使命。也许有人会觉得作为地球上最文明的动物，人类如今已经彻底告别了有伤大雅的"叫春"行为，然而事实并非如此，一到求偶时期，人类身体内的基因就会莫名其妙地作用于人的发

---

① 霭理士：《性心理学》，潘光旦译注，北京：生活·读书·新知三联书店，1987年，第59页。

声系统,导致种种改头换面的"雄呼雌应":

> 还有一点值得留意的,就是春机发陈的年龄来到以后,青年人对于音乐及其他艺术总会表示一些特别的爱好。知识阶层的子女,尤其是女的,在这时期里,对于艺术总有一阵冲动,有的只维持几个月,有的维持到一两年。有一家的研究说,六个青年里,差不多有五个在这时候对于音乐的兴趣表现得特别热烈,假如用一条曲线来描写的话,这兴趣的最高点是在十五岁的时候,一过十六岁,也就很快的降落了。①

明乎此,便不难理解为什么《诗经》开篇会用"关关雎鸠,在河之洲"引出"窈窕淑女,君子好逑"——对于声音与性爱之间的隐秘关系,我们的古人似乎早就了然于心。潘光旦在为霭理士的《性心理学》作译注时,特别举出《诗经》中的例子做出说明:"中国人以前说到婚姻生活的健全,最喜欢用音乐的和谐来比喻,可见是很有根据的,并且事实上也不止是一个比喻。《诗·郑风·女曰鸡鸣》篇第二章说:弋言加之,与子宜之,宜言饮酒,与子偕老,琴瑟在御,莫不静好。又《小雅·常棣》第七章有句:妻子好合,如鼓琴瑟。后世又每称美满婚姻为得倡和之乐或倡随之乐,也有同样的根据。"② 我们还可以从反面举出例子,如果一个家庭中不是常态的"夫唱妇随",那么人们便会用"牝鸡司晨"乃至"河东狮吼"之类来形容,国人在两性孰为主导的问题上

---

① 霭理士:《性心理学》,潘光旦译注,北京:生活·读书·新知三联书店,1987年,第64页。
② 同上书,第91页。潘光旦在该页第79条译注中还有一段有趣的附识:"译者记得美国心理学家霍尔(O. Stanley Hall)的《青年》(Adolescence)一书里有一句最有趣的话,大意说:一只不会唱歌的小鸟,到了春机发陈及求爱的年龄,也总要唱几声!当时同学中有一位朋友又正好做了这句话的一个证明。他并不是一个爱好文学的人,但因为正当求爱的年龄,而同时也确乎追求着一个对象,他忽然做起白话诗来。后来这位朋友学的是商科,目前在商界上也已有相当的地位,这白话诗的调门却久已不弹了。"达尔文也有同样的论述:"我们在这里所更为特别注意的哺乳类这一纲中间,几乎所有物种的公的,一到蓄育的季节,总要使劲地运用他们的嗓音,用得比任何别的时候多得多,而有几种动物的公的,一过这个季节,便绝对不发声。"(见达尔文:《人类的由来》(下册),潘光旦、胡寿文译,北京:商务印书馆,1983年,第859页。)与这些相似,我们中国人也把男女约会称为"谈恋爱",可见"谈"(发声)是爱情交往中的标志性行动。

总是倾向于运用声音譬喻，这一点颇为耐人寻思。①

以上列举的三种假说，安全需要和繁衍需要似较合乎情理，但劳动需要也不是全然无据，这三者都与人类生存演化密切相关，因此不如说是它们的共同作用导致了人类开口说话。

三、听之为用

人类的听觉不像猫狗那样灵敏，与视觉相比，对信息的把握也不是那么直接和准确——"耳听是虚，眼见为实"反映的正是这方面的视听差距，因此"听"似乎并不是人类感觉中的强项。然而这种简单理解未免辜负了造物的神奇，人类之所以需要听觉，更准确地说之所以拥有目前这样的听觉，绝对不是无缘无故的，否则千万年的演化（包括感官间的相互调适）就是虚掷光阴。我们不妨先从听觉的功能说起。

人是时间中的生命，如果说白天和黑夜各占时间的一半，那么视觉和听觉分别在这两个一半中各擅胜场：阳光普照之下视觉可以大显身手，然而到了伸手不见五指的黑夜，占据上风的则是听觉。《创世记》中耶和华说"要有光"，是因为"看"要在有光的情况下才能"看到"，相比之下"听"却是无条件的和全天候的——即便是在其他感觉都已"下班"休息的黑夜之中，"听"仍然保持着相对清醒的"值班"状态。许多叙事作品在描写人物从梦中醒来这一时段的意识时，都会首先提到声音。毫不夸大地说，倘若没有听觉的昼夜守护，或者说假使耳朵也效仿眼睛长出可以关闭的"耳睑"，那么人类的历史也许早已终结。

令人遗憾的是，对于主导生命中这一半时间的听觉活动，迄今为止的学术关注远远不足。当然可以说这是因为人的活动主要发生在白天，晚上作为人的休息时段，与生产劳动相关的活动趋于停顿和静止，因此

---

① 惧内在当下被称为"气管炎"（谐"妻管严"），川渝一带则有更形象的表述——"趴耳朵"，这些都离不开听觉。

"重视轻听"似乎是必然的。然而我们现在讨论的是叙事,叙事的最初形式是讲故事,这一活动更适宜在休息时段进行,讲故事在过去主要诉诸夜色朦胧中的"听"。爱·摩·福斯特为原始人的夜生活描绘了这样一幅栩栩如生的画面:

> 故事在远古时代就已经出现,可以追溯到新石器时代,以至旧石器时代。从当时尼安得塔尔人的头骨形状,便可判断他已听讲故事了。当时的听众是一群围着篝火在听得入神、连打呵欠的原始人。这些被大毛象或犀牛弄得精疲力竭的人,只有故事的悬宕才能使他们不致入睡。因为讲故事者老在用深沉的声调提出:以后又发生了什么事呢?①

鲁迅也认为口头叙事起源于劳动之后的休息:

> 人在劳动时,既用歌吟以自娱,借它忘却劳苦了,则到休息时,亦必要寻一种事情以消遣闲暇。这种事情,就是彼此谈论故事,而这谈论故事,正就是小说的起源。②

根据这一规律,他认为中国早期叙事欠发育的原因在先民居住的黄河流域"颇乏天惠",古人劳作太勤休息甚少,"眠食尚且不暇,更不必提什么文艺了"③。所谓"姑妄言之姑听之,瓜棚豆架雨如丝",说的便是人们在"瓜棚豆架"之下用讲故事活动来消磨时光。一直到晚近,这类活动仍在神州大地上延续。

按照诺思罗普·弗莱的意见,明亮的阳光让人的意识保持清醒,而昏暗的夜色则容易使人陷入梦幻状态:

> 与太阳的白昼光明、夜间黑暗的循环密切对应的,是清醒生活与梦幻生活这一富于想象力的循环。这一循环构成了上文已论及的经验的想象与天真的想象之间那种对立关系的基础。因为人类的节

---

① 爱·摩·福斯特:《小说面面观》,苏炳文译,广州:花城出版社,1984年,第23页。
② 鲁迅:《中国小说的历史的变迁》(《中国小说史略》附录),载《鲁迅全集》(第九卷),北京:人民文学出版社,1981年,第302—303页。
③ 同上。

奏与太阳的节奏恰好相反：当夕阳西沉后，人内心的"力比多"却似巨人般醒来，而白昼时光天化日，常常是人们欲望的黑暗。①

引文的关键为"人类的节奏与太阳的节奏恰好相反"，我理解弗莱的意思是人的欲望在光天化日之下受到种种压抑，夜幕拉开之后体力活动告一段落，"似巨人般醒来"的"力比多"开始发生作用，于是就有了讲故事和做梦等释放欲望压力的"梦幻生活"。这番话还包含了另外一层更为重要的意思——想象力在视觉信息"干扰"较少的情况下表现得更为活跃。笔者在研究太阳神话时发现，先民对日出到日落的叙述，远远不及夜太阳的故事那样丰富多彩②，究其原因，乃是由于红日的东升西坠是"一览无余"的，而太阳落山后到重新升起之前的运行则是看不见的——看不见的一大好处是可以自由发挥想象。在许多民族的日没神话中，太阳的夜间运行被说成是英雄在冥界（或恶魔体内）经历种种匪夷所思的危险，最后于黎明时分从黑暗的包裹中挣脱出来。弗莱认为这一想象构成后世一切复杂叙事的"原型"："在许多关于太阳的神话中，英雄从夕阳西沉到旭日东升这段时间里，危险地穿越一个到处布满怪兽的迷宫般的冥界。这一主题可以构成具有任何复杂情节的虚构作品的结构原理。"③

神话的时代已然远去，但是人类还未"进步"到可以抹去白天和黑夜的界限，因此到了该休息的时候，人们主要还是按鲁迅所说用"彼此谈论故事"来"消遣闲暇"，当然这一活动目前更多是通过现代传媒进行。无论是侃大山、打电话、听广播、看电视、读小说、上影院、传邮件，还是发微博、微信之类，其内容或多或少都离不开叙事。或许有人会说这些活动有不少与"看"的关系更为密切，但请注意现代传媒到晚近才告崛起，电灯的使用也不过只有一百多年的光景。而在照明革命之前的数千年中，夜间的听觉想象往往是庸常生活中的诗意来源。中国古

---

① 诺思罗普·弗莱：《批评的解剖》，陈慧等译，天津：百花文艺出版社，2006年，第227页。
② 傅修延：《元叙事与太阳神话》，《江西社会科学》2010年第4期。
③ 诺思罗普·弗莱：《批评的解剖》，陈慧等译，天津：百花文艺出版社，2006年，第274页。

代有大量与"夜听"有关的诗句,脍炙人口的有孟浩然的"夜来风雨声,花落知多少",陆游的"夜阑卧听风吹雨,铁马冰河入梦来",以及郑板桥的"衙斋卧听萧萧竹,疑是民间疾苦声"等①。传奇初起的唐代,作者为强调所叙述的内容并非虚妄,往往会在文中披露自己的故事是从何处"听"来,这不啻是掀开历史帷幕的一角,让后人窥见当时文人交流见闻的"叙事之夜"(以下引文中的着重号为笔者所加):

> 建中二年,既济自左拾遗于金吾将军裴冀、京兆少尹孙成、户部郎中崔需、右拾遗陆淳,皆适居东南,自秦徂吴,水陆同道。时前拾遗朱放因旅游而随焉。浮颍涉淮,方舟沿流,昼宴<u>夜话</u>,各征其异说。众君子闻任氏之事,共深叹骇,因请既济传之,以志异云。(沈既济:《任氏传》)

> 元和六年夏五月,江淮从事李公佐使至京,回次汉南,与渤海高钺、天水赵攒、河南宇文鼎会于传舍。<u>宵话</u>征异,各尽见闻。钺具道其事,公佐因为之传。(李公佐:《庐江冯媪传》)

> 贞元丁丑岁,陇西李公佐泛潇湘、苍梧。偶遇征南从事弘农杨衡,泊舟古岸,淹留佛寺,<u>江空月浮,征异话奇</u>。(李公佐:《古〈岳渎经〉》)

引文中的"夜话""宵话"与"江空月浮,征异话奇"等表述,有力地印证这种"彼此谈论故事"发生在夜晚。即便是在科技发达的今天,仍然有许多人在入夜之后遵循"夜听"的模式,广播电台的夜话类节目便是应"夜听"之需而设。美国电影《西雅图夜未眠》(*Sleepless in Seattle*)讲述的故事堪称现代"夜听"的典型:一名男子无意间对电台节目主持人讲述了自己对亡妻的思念,没想到感动了夜幕之下侧耳聆

---

① 孟浩然:《春晓》,"春眠不觉晓,处处闻啼鸟,夜来风雨声,花落知多少。"陆游:《十一月四日风雨大作》,"僵卧孤村不自哀,尚思为国戍轮台。夜阑卧听风吹雨,铁马冰河入梦来。"郑燮:《潍县署中画竹呈年伯包大中丞括》,"衙斋卧听萧萧竹,疑是民间疾苦声。些小吾曹州县吏,一枝一叶总关情。"

听的无数女性听众,她们的信件在后来几天中像雪片一般朝这位鳏夫飞来。①

"听"既然如此重要,那么为什么人类的听觉没有演化得更为灵敏一些呢?这个问题其实也适用于人类的所有感觉,在视、听、触、嗅、味等方面,许多动物都远远胜过了我们。然而从总体上看,这些各有所长的动物在演化上都落到了人类后头,因为人类的演化策略表现为将大脑置于首位,身体其他部分的演化必须服从大脑的扩容,这一策略使人类凭借智慧的力量成为万物的灵长。大脑与五官同居头部,大脑中负责与五官联系的区域不能占据太多空间,否则大脑中更为重要部分的发育无法实现。英国牛津大学罗宾·邓巴率领的研究小组注意到,尽管尼安德特人的大脑容积不亚于与其同时的现代智人,但由于视觉系统过于发达,大脑需要分配更多部分来负责视觉处理,结果其额叶(大脑前部控制社会思考和文化传输的部分)未能像现代智人那样自由扩大,这可能是尼安德特人灭绝的主要原因。②美国宾州大学汉塞尔·斯特德的研究团队则认为,古人类颌肌生长速度在某一时期因基因突变而放缓,这一放缓极大地减轻了颅骨所受的束缚,从而使现代人演化出比古人类大三倍的大脑。③ 这两项近期发现似在说明,为了生长出更为聪明的大脑,人类在演化过程中不惜付出身体美学上的代价——更大的眼睛与更宽的下颚均在这些代价之列。

或许有人会提出质疑:人类的演化难道不可以朝着扩大脑袋的方向发展——头颅一大不是什么空间都有了吗?演化论学者斯蒂芬·杰·古

---

① 该影片于1993年上映,导演为诺拉·埃芙恩,男女主演分别为汤姆·汉克斯与梅格·瑞安。

② 该研究报告发表于2013年3月12日出版的英国《皇家学会生物学分会学报》。罗宾·邓巴的团队对距今7.5万年至2.5万年的尼安德特人(远古欧洲人类的近亲)的颅骨化石进行了研究,发现其眼窝要比现代人大得多,演化出这样的大眼睛是为了适应在高纬度地区低亮度的环境中生存,但其负面效应为视觉工作区所占的体积过大,影响了额叶的发育空间。对比之下现代智人是从光线明亮的非洲演化而来,相对较小的眼窝使其能自由地演化出更大的额叶。

③ 该研究发表于2004年3月25日出版的英国《自然》杂志。汉塞尔·斯特德与其合作者(费城儿童医院的外科医生)认为,大约在240万年前,人类体内一个名为MYH16的基因发生突变,使得头部与咬嚼有关的颌肌放慢了生长速度,颅骨因此不再像以前那样受到颌肌紧绷的压迫。2004年3月26日的《解放日报》用"高智商缘于短下巴"为题报道了这一发现。

尔德对此给出了自己的回答:人类的头颅尺寸已经达到上限,再大的话就会影响到产妇的分娩:"人类的脑太大了,若要成功出生的话必须有另外的策略——相对于整个发育,孕期缩短,当脑只占胎儿体积的 1/4 时,就要分娩。我们的脑大概已经达到体积增长的极限。我们进化的最优越特性的进一步发展终于受到了限制。除非女性的盆腔在构造和功能上有根本的改变,否则我们要出生的话就不得不保持这样的脑。"① 有鉴于"人类婴儿的脑在出生时仅为最终体积的四分之一",古尔德提出了一个惊世骇俗的观点——人类婴儿出生时实际上还是未发育成熟的胚胎!"假如妇女在婴儿'应该'出生时再生产,孕期要达一年半。"② 如果此说无误,那么较之于那些生下来便能随父母奔跑的四蹄动物,人类为了维持自己的智力优势,又竟然不惜承受哺育脆弱婴儿的风险。

"大脑优先"的演化原则,让我们认识到人类五官功能均不十分发达的奥妙所在,如果没有这条原则,人类可能已沦为莽莽丛林中某种"一觉独大"的动物。然而又不能简单地将这些"不十分发达"当作为大脑让路付出的代价,上面讲过的演化史故事中还存在着更为复杂的因果纠缠:人类直系祖先的视力不如尼安德特人那么敏锐,因此他们更不能缺少火光的照耀;颌肌变弱后咬嚼能力的下降,必然强化对熟食和切割食物工具的需求。如此看来,先天方面的某些不足对大脑的发育来说又是幸事,从某种意义上说,为弥补自身不足而做出的种种探索与发现充当了人类智慧的磨刀石。人类在视听触嗅等方面比某些动物"迟钝"固然是种不幸,但这种"损失"已经由大脑的发育得到了补偿,人类后来能够驱役视听发达的鹰犬为狩猎活动服务,凭借的就是比这些动物更为聪明的大脑。

听觉在帮助大脑演化方面贡献甚大。声音除了看不见、摸不着、闻不到、尝不出的特性之外,它与其他感觉对象的区别还在于其独特的瞬间性质。沃尔夫冈·韦尔施说:

---

① 斯蒂芬·杰·古尔德:《自达尔文以来》,田洺译,海口:海南出版社,2008年,第48页。
② 同上书,第44—48页。

人们环顾四周意味着去感知相对持久的空间和形体资料，但是人们倾听，则意味着去感知瞬时便消失无踪的声音。这一差异具有意味深长的结果。不妨想一想，假如口说的话不是消失远去，而是像可见的事物一样，存留下来，说话便将不复成为可能。因为下面所有的言辞，都会被先时持久存在的言语吸收进去。这表明视觉和听觉现象的差异，是多么举足轻重。可见和可闻，其存在的模式有根本不同。可见的东西在时间中持续存在，可闻的声音却在时间中消失。视觉关注持续的、持久的存在，相反听觉关注飞掠的、转瞬即逝的、偶然事件式的存在。[①]

转瞬即逝的声音要求听者集中注意力，看不清楚时可以再看，听不清楚时却无法再来一遍。不仅如此，听到声音只是间接地感知发出声音的对象，大脑处理声音信息主要靠推测、想象和判断，由于我们的听力不像别的动物那样灵敏，大脑只有用更有效率的工作来弥补这一不足。似此听觉信息的不确定性，反而成了增强思维专注性和想象活跃性的有利因素。

对于声音的瞬间性及其与思维的联系，黑格尔曾经有过哲学意义上的思辨。他提出"听觉比视觉更是观念性的"，因为视觉让"所观照的对象静止地如其本然地存在着"，而听觉则"无须取实践的方式去应付对象，就可以听到物体的内部震颤的结果，所听到的不再是静止的物质的形状，而是观念性的心情活动"[②]。黑格尔的思想总是在"否定之否定"的辩证轨道上运行，他的意思是声音的传递是一种双重否定：一重是物体发声导致的"震颤"构成对其空间状态的否定，另一重是声音的旋生即灭构成对其持久存在的否定，这样一来声音本身"并不能独立持久存在，而只能寄托在主体的内心生活上，而且也只能为主体的内心生活而存在"：

---

① 沃尔夫冈·韦尔施：《重构美学》，陆扬、张岩冰译，上海：上海译文出版社，2002年，第221页。
② 黑格尔：《美学》（第三卷 上），朱光潜译，北京：商务印书馆，1979年，第331页。

所以声音固然是一种表现和外在现象，但是它这种表现正因为它是外在现象而随生随灭。耳朵一听到它，它就消失了；所产生的印象就马上刻在心上了；声音的余韵只在灵魂最深处荡漾，灵魂在它的观念性的主体地位被乐声掌握住，也转入运动的状态。①

引文中"所产生的印象就马上刻在心上"，这一描述与我们古人对"聽"的认识不谋而合，说明东贤西哲在用"心"倾听这一点上存在共识。不过声音并不能真正"刻"在心上，"观念性的心情活动"本身也是变动不居的，佛典《优婆塞戒经》的"示修忍法"教人别把恶骂当作一回事——骂詈之声就像耳边刮过的"风声"一样转瞬即逝，因此不能构成对被骂者的真正伤害：

有智之人，若遇恶骂，当作是念。是骂詈字，不一时生；初字生时，后字未生，后字生已，初字复灭。若不一时，云何是骂？直是风声，我云何瞋！②

这里的"初字生时，后字未生，后字生已，初字复灭"，与黑格尔的声音"随生随灭"殊途同归。正是由于声音"不能独立持久存在"，人们才需要发明诉诸视觉的文字。不过如韦尔施所言，声音假如不具瞬间性，"先时持久存有的言语"便会成为后来人说话的障碍。蒲松龄《聊斋·鸭骂》写某人偷鸭烹食后肤痒生毛，"触之则痛"，无奈之下向邻人坦白求骂，挨骂之后"其病良已"，这个故事从另一个侧面指出声音与心灵的联系。

四、视听之辨

以上所举黑格尔与韦尔施的论述，均已涉及听觉与视觉的本质区

---

① 黑格尔：《美学》（第三卷 上），朱光潜译，北京：商务印书馆，1979年，第333页。
② 钱锺书对此有引用，见钱锺书：《管锥编》（二），北京：生活·读书·新知三联书店，2007年，第685页。

别，由于后现代社会的视觉依赖以及视听关系的密不可分，我们对听觉的探讨已不可能脱离视觉。

视听之辨的始作俑者是卢梭。在《论语言的起源兼论旋律与音乐的模仿》这本小册子中，卢梭指出人类之间的沟通无非只有两种途径，一种是诉诸视觉的肢体动作（手势以及表情），一种是诉诸听觉的声音。虽然世界各民族都毫无例外地将听觉沟通作为人际交流的主要途径，但卢梭认为"我们眼睛看到的事物多于我们耳朵听到的"：

> 古人的最生动最充满活力的表达方式不是言辞，而是符号。他们不是去说，而是去展示。古老的史书中记载的用符号而不是话语之类的事物去更加有效地表达自己意图的事例比比皆是。……大流士带着他的军队进攻斯奇提亚时，他收到了斯奇提亚国王派人送来的一只青蛙、一只鸟、一只老鼠和五支箭。来人呈上这些物品，*一言不发*就回去了。大流士从来人送来的这些物品中感受到了深深的恐惧，他旋即放弃了对斯奇提亚的进攻而罢兵回国。……因此，诉诸视觉比诉诸听觉更有效。①

卢梭是人类自然天性的崇拜者，他觉得"诉诸视觉比诉诸听觉更有效"，是因为手势比语言更为本能，人的肢体动作包括表情发自天性，无须从后天生活中习得，也更少依赖于人际间的约定（符号学认为规约性是任何符号都必须要有的品质）。②如果斯奇提亚国王派去大流士的使臣不是"一言不发"地呈上物品后转身离去，而是滔滔不绝地表达斯奇提亚的抗战决心，那么大流士也许会把这番言辞看作虚张声势的恫吓。

然而这主要是就"表达自己意图"而言，在"涉及激发心灵、触动情感的问题时"，卢梭认为情况就完全不同了：没有声音的哑剧很难使

---

① 卢梭：《论语言的起源兼论旋律与音乐的模仿》，吴克峰、胡涛译，北京：北京出版社，2010年，第3—5页。引文中的着重号为笔者所加。

② 卢梭此论不无道理，有些民族以摇头表示同意，点头表示反对，但我们仍能从其表情中判断这些肢体动作的真正含义。

人动容,而没有动作的言说却能够感人至深;看到一个悲痛欲绝的人,我们不可能为之落泪,但当此人陈述自己的悲伤时,我们很可能会跟着他一道放声大哭。卢梭还如此阐述声音对情感的催化作用:

> 那些打动我们的语调,那些令我们不可能充耳不闻的语调,那些渗入我们心灵最深处的语调,它们带动了我们全部的情感,让我们忘我地感受我们自己所听到的东西。我们断定,可视的符号能让我们更加精确地模仿,而声音却能更加有效地激发我们的意愿。①

引文中"渗入我们心灵最深处"这一论述,与黑格尔的"声音的余韵只在灵魂最深处荡漾"异曲同工。文学艺术作用于人的心灵和情感,卢梭断定听觉比视觉更能"激发心灵"和"触动情感",不啻是说听觉于文学艺术更有缘分,后世文艺大家如华兹华斯、叶芝与T. S. 艾略特等也对听觉有类似推崇,卢梭此论可谓开其先河。

唐传奇中有一个例子颇能说明卢梭的观点。白行简《李娃传》中,荥阳生为李娃倾尽资财后被鸨母设计赶走,李娃在这场欺骗中无疑扮演了配角,但当荥阳生沦落为丐行乞至其大门外时,她在阁中听出了荥阳生"饥冻之甚"的乞食声,急忙"连步而出","前抱其颈,以绣襦拥而归于西厢","失声长恸曰:'令子一朝及此,我之罪也'"。②此前荥阳生曾在代办丧事的凶肆中练就了"哀歌"的本领,其"乞食之声甚苦,闻见者莫不悽恻",这样的声音在雪夜传入天良未泯的李娃耳中,无怪乎能激活其"心灵最深处"潜藏的悔恨与爱怜,于是乎故事情节为之一转,凄惨的乞食声令男主人公的命运获得改善。

讨论《论语言的起源兼论旋律与音乐的模仿》,不能不提到德里达最重要的著作《论文字学》,因为后者用了十几万字的篇幅来引述和讨论只有寥寥数万字的前者(借他人酒杯浇自己胸中块垒的做法在法兰西

---

① 卢梭:《论语言的起源兼论旋律与音乐的模仿》,吴克峰、胡涛译,北京:北京出版社,2010年,第6页。
② 荥阳生被驱逐过程中李娃是否完全知情,学界有不同议论。参见马幼垣:《扫落叶、话版本——李娃有没有参加驱逐李生的金蝉脱壳计?》,载马幼垣:《实事与构想:中国小说史论释》,台北:联经出版事业股份有限公司,2007年,第309—313页。

文论中屡见不鲜，罗兰·巴特的《S/Z》也属此类），但这也反过来说明了卢梭之作在德里达心目中的地位。《论文字学》的重点并不在视听之辨，不过德里达还是指出了卢梭论述中存在的矛盾，我们不能不佩服德里达目光的犀利："《语言起源论》一开始赞扬，最终又谴责无声的符号。第1章赞扬无声的语言，赞扬眼神和手势（卢梭把它与说话时手舞足蹈区分开来）：'因此，向眼睛说话比向耳朵说话更为有效。'最后一章描述了在历史源头内，无声符号的循环所构成的社会的最终奴役。"①

除此之外，《论文字学》的主体部分（第二部分）还用了《爱弥儿》中的一段话作为题记。只有把卢梭的意思弄清楚，才能懂得为什么德里达会把这段话放在如此重要的地位：

> 我们有对听觉作出反应的器官，即处理声音的器官，但我们没有对视觉作出反应的器官，我们不能像发出声音那样发出颜色。通过主动器官和被动器官的交替使用，这便成了培养第一种感觉的辅助手段。②

从引文中"主动器官"和"被动器官"这样的提法可知，卢梭认为人身上有两个器官涉及听觉：一个是被动地接受声音的耳朵，一个是主动发出声音的嘴巴；相比之下人身上只有一个被动的器官即眼睛来接受视觉信息，也就是说我们缺少一个"像发出声音那样发出颜色"的主动器官。按此逻辑推论，人类的听觉系统作为唯一的主动器官，除了"对听觉作出反应"之外，还要承担"对视觉作出反应"的功能，用卢梭的话来说就是用声音代表颜色。如此一来，不但视觉信息需要转换成听觉信息才能发出，能指与所指之间更隔了一层。《论文字学》的主要任务是扫荡逻各斯中心主义，如果说有人对逻各斯中心主义又称语音中心主义感到困惑，那么阅读这段引文［在此它已经成为《论文字学》的副文本（paratext）］可能有助于他们理解这一表述的涵义——德里达以此表示对声音的越俎代庖及其霸权地位的不满，虽然他承认听觉比视觉在生理

---

① 雅克·德里达：《论文字学》，汪堂家译，上海：上海译文出版社，2005年，第341页。
② 同上书，第143页。

结构上更具先天的优势。

那么为什么上天如此厚爱听觉？或者说，为什么分布在世界各地的人类最后都选择了听觉沟通？卢梭引发我们思考的这些问题，在德里达之后仍有必要给出更为明确的回答。《人类沟通的起源》的作者迈克尔·托马塞洛说："人类开始以声音渠道作为主要的沟通模式，是演化史上非常后期的事。"① 在此之前人类的祖先主要是靠视觉符号来彼此沟通，即用以手指物、比划示意等来为合作活动提供信息，这些肢体动作为声音符号提供了最初的演化平台。② 然而，为什么视觉符号一定要向听觉符号演化呢？我觉得这是因为相对于前者，后者更有利于较大范围内的全天候沟通——体型偏小，视听触嗅偏弱而又不具爪牙角翼之利的人类祖先，只有靠相互合作才能在弱肉强食的黑暗丛林中生存下来。

达尔文说："在高等动物里，最普通的一种互助是通过大家的感官知觉的联合为彼此提供对危险的警告。"为此他讲述了两个灵长类动物靠呼救逃脱魔爪的故事。③ 不仅是高等动物，许多智力较低的动物也会发出表示危险的声音信号，即便没有救援者闻声而来，至少听到声音的同类可以及时逃脱。可以反过来设想一下，如果求救或警告信号只能通过视觉渠道发出，那么在光线昏暗（夜晚和密林中）、物体遮挡和沟通对象麻木不仁（睡眠或昏愦）的情况下，这种信号被及时接收到的可能性是很低的。《红楼梦》第二十三回贾宝玉"大受笞挞"前被贾政关在

---

① 迈克尔·托马塞洛：《人类沟通的起源》，蔡雅菁译，北京：商务印书馆，2012年，第166页。

② 同上书，第120—169页。

③ "在阿比西尼亚，勃瑞姆碰上一大队狒狒……受到了猎犬的袭击，在山坡上的老成一些的雄狒狒便立刻从石丛中赶下来，张开大嘴，吼声震耳，使猎犬吓得急剧地向后撤退。在猎人的激励下，猎犬再一次进攻，但这时候全队的狒狒已经登上高坡，谷里只留下一只大约六个月大的小狒狒，正大声呼救，同时爬上一块大石的顶上，受到了猎犬的包围。在这当儿，山坡上最大的一只雄狒狒，一位真正的英雄，再一次赶下坡来，很镇定地跑到小狒狒身边，抚慰了一番，把它胜利地带走了——猎犬们一时惊得发了呆，没有能进行攻击。到此，我情不自禁地要介绍这同一位自然学家所曾目击的另一个场面：一只老鹰抓住了一只幼小的长尾猴，由于小猴缠住树枝不放，老鹰没有能把它立刻带走，小猴大声呼救，猴队的其它成员闻声赶到，一时叫声大起，包围了老鹰，拔下了它的大量的羽毛，老鹰情急，只想逃命，再也顾不到所要捕食的小猴了。"达尔文：《人类的由来》（上册），潘光旦、胡寿文译，北京：商务印书馆，1983年，第153—154页。

厅上,这时正好有一位老姆妈迎面走过来,宝玉便一迭连声地对她说:"快进去告诉:老爷要打我呢!快去,快去!要紧,要紧",没想到这位老姆妈"偏生又聋,竟不曾听见是什么话",不管宝玉如何"跺脚"和"着急",这些诉诸视觉的肢体动作和表情都没能让她明白过来,由于救兵未及时赶到,宝玉最后结结实实挨了父亲一顿毒打。

托马塞洛关心的是诉诸视觉的手势,但他对听觉沟通的优势也有深入研究,以下不避繁冗,照引其颇耐咀嚼的一大段总结:

> 声音模式之所以优越,是因为:它让人可以在较远的距离沟通;它让人在浓密的森林里也能沟通;它让手可以空下来,于是人类可以一边沟通一边做事情;它通过听觉渠道沟通,让眼睛可以四处搜寻掠食者和其他重要讯息,诸如此类。这些原因或多或少都起过一定的作用。在此我们还想提出另一个可能性,它跟我们这一章里所提供的解释是一致的,就是声音模式的沟通,比起手势沟通来得更公开。第二章探讨灵长类沟通时,我们谈过它们的声音可以一视同仁地传播到附近每个个体的耳朵里,但手势就只能比给几个人看。在历经以手势对着几个人沟通的阶段后,逐渐转变成声音模式的沟通可能意味着,沟通行为还是只针对少数几个人。因此沟通意图本身,可视为一种后设的符号(metasignal),告诉你这是"给你"的信息——但与此同时,声音的媒介让旁边所有人都能意外听见谈话内容(要避免这种情况发生,只能采取特殊手段,如低声私语)。这表示,口说的行为本质上是公开的,因此才会关乎名声一类的事。①

托马塞洛的总结,似可归纳为"远可闻""暗可听""解放手""解放眼""听者众"和"声可控"等六条。"远可闻"和"暗可听"指声音在空间中的弥漫及其对幽暗介质的穿透,旧时值夜巡防多用人声加响器发出信号,传声最远的响器或为《黄帝内传》中提到的夔牛皮鼓:"帝

---

① 迈克尔·托马塞洛:《人类沟通的起源》,蔡雅菁译,北京:商务印书馆,2012年,第162页。

伐蚩尤,玄女为帝制夔牛鼓八十面,一震五百里,连震三千八百里。"①
"解放手"的意义在恩格斯笔下有精辟阐述:"手的专门化意味着工具的出现,而工具意味着人所特有的活动,意味着人对自然界进行改造的反作用,意味着生产。"②前面提到"杭育杭育"之声或为因劳动而发,这里我们可以进一步领悟到,人类如果无法发出"杭育杭育"的声音来相互沟通,也许不会演化到能够腾出手来开展合作劳动。"解放眼"显示人类内部的沟通转为以听觉为主是多么重要,耳朵接管了这项重要的职能之后,眼睛可以更加专注地观察外部世界。这当然不应理解为绝对意义上的"耳不听外,眼不看内",但各有侧重的视听分工正好可以解释人类对外部世界的倾听为什么不那么灵敏,而对自己同类的声音却又能分辨得那么精细。这里同样要对前面所说作一点修正,即人类听觉的不够发达只是就"外听"而言,就群体内部的声音沟通而言,没有哪种动物的"内听"能胜过人类。③"听者众"是说相对于视觉沟通的"点对点"形式——手势只能比划给少数人看,听觉沟通是一种更为公开的"点对面"传播——声音可以"一视同仁"地传递到周围竖起的耳朵里。不难想象,早期人类社会中的诸多信息发布(号令下达、舆论引导、故事讲述、技艺传授)就是在这样的沟通基础上形成。"声可控"指出听觉沟通虽有被人"意外听见"的危险,但说话人可以通过"低声私语"控制传播范围,这种压低嗓门作为一种"后设的符号"(metasignal)也在传递信息:听到的人在接受信息的同时也获悉自己被纳入了一个相对较小的群体,而听不到或听不清楚的人则明白自己被排除在这个范围之

---

① 陈耀文编:《天中记(下)》(卷四十三),扬州:广陵书社影印本,2007年,第1410页。
② 恩格斯:《自然辩证法》,载《马克思恩格斯选集》(第三卷),北京:人民出版社,1972年,第456—457页。
③ 人类对口头语言的精细敏感,主要表现为能识别音素间与语义相联系的关键差异,米歇尔·希翁称这种识别为"语义聆听":"这种以极其复杂的方式运作的聆听模式,一直是语言学的研究对象,而且被研究得最广泛。一个重要的发现就是,它纯粹是基于差异性的。一个音素(phoneme)被听到并不是严格地因为它的声学属性,而是作为整个的对比与差异体系的一部分。因此,如果发音中(由此也就是声音中)相当大的差异不是所论及的语言中的关键差异的话,语义聆听通常会忽略它们。例如,在法语和英语的语言聆听中,对于音素a的某些变化很大的发音并不敏感。"米歇尔·希翁:《视听:幻觉的构建》,黄英侠译,北京:北京联合出版公司,2014年,第25页。

外。中外叙事经典中有太多内容证明这一点，这里暂且按下不表。

托马塞洛的总结似乎漏掉了声音的冲击力。人类和许多动物一样，也会以声音为武器来遏止或威胁对手，我们姑且称此为"声可威"。前述达尔文的故事中，狒狒以吼声吓退猎犬，群猴"叫声大起"令老鹰落荒而逃，这些都证明巨大的声音可以造成对手的心理恐慌。拳击运动员会用挑衅性的肢体动作和凶恶的面部表情来向对手施加压力，但这种作用于眼睛的恫吓不如作用于耳朵的声波来得直接。《三国演义》第四十二回张飞在长坂桥接连三声怒喝，将"曹操身边夏侯杰惊得肝胆碎裂，倒撞于马下"，曹操本人也"惧张飞之威，骤马望西而走，冠簪尽落，披发奔逃"，这样的叙述固然带有文学艺术的夸张性质，但至少声音的杀伤力从中可见一斑。马歇尔·麦克卢汉在《理解媒介：论人的延伸》中谈到服装、住宅和城市是人类肌肤之类的延伸，[①] 据此意义而言，声音的冲击也是人体力量的对外"延伸"，由于听觉在某种程度上与触觉相似（即前述"听触一体"），这种"延伸"对外部世界的"扰动"乃是其他感觉所不能达到的。

五、"听"与"被听"

以上对视听之辨的讨论，特别是"听者众"这一条中包含的"点对面"沟通，已隐约涉及听觉沟通对人类社会架构的塑形。不难想见，一人发声而众人侧耳，这种格局本身就赋予"被听"之人某种特殊地位。声音的传播固然是"一视同仁"的，人人都大声喧哗又是不可能的，因为众说纷纭必然导致莫衷一是，无所适从可以说是群体生存和发展的大忌。如前所述，人类沟通的根本目的在于合作，只有合作才能让集体变得强大，而合作意味着众人要将自己"被听"的权利让渡出一大部分，

---

① 马歇尔·麦克卢汉：《理解媒介：论人的延伸》，何道宽译，南京：译林出版社，2011年，第140—152页。

交给在政治、军事、宗教、生产乃至休闲等方面更有"发言权"的某人。这种"听于一人"的结果,便是"听"的群体中涌现出"被听"的领袖式人物(包括能手)。从"听"与"被听"的角度,可以解释为什么雄辩术在古希腊罗马的公共生活中那么盛行,即便是在传播手段多元化的今天,用慷慨激昂的演说攫获听众,仍然是西方政治家施展影响的本色当行。中国古代虽无雄辩术这样的提法,但笔者在研究先秦叙事时注意到,中国最早的历史文献《尚书》中充满了政治人物的声音,其中不乏威风凛凛的演说与滔滔不绝的训诫。刘知几在《史通·六家》中这样总结:"《书》之所主,本于号令,所以宣王道之正义,发话言于臣下,故其所载,皆典、谟、训、诰、誓、命之文。"也就是说《尚书》的功能为具载政治号令,由于古代的号令发之于"口",形之于"言",故《尚书》的篇名多从"口"从"言"。不仅如此,由于这部记言之作在用文字写定之前经历了相当长时期的口耳相传,后人在阅读时仍能近乎"原汁原味"地感受到上古时期"听"与"被听"的具体情境。

声音传播的"一视同仁",还体现为说话者在被别人听见的同时也听见了自己。我们不可能不借他物看见自己,水面或镜中的映像和真正的自我总是隔了一层,然而听见自己无须通过其他媒介,我们的声音传递的正是我们自己的意识。德里达在这种"被听见—说话"中,发现"声音是在普遍形式下靠近自我的作为意识的存在":

> 向某人说话,这可能就是听见自己说话,被自我听见,但同时,如果人们被别人听见,也就是使得别人在我造成了"被听见—说话"的形式下在自我中直接地重复。直接重复"被听见—说话",就是不求助于任何外在性而再产生纯粹的自我影响。这种再生产的可能性,它的结构是绝对独一无二的,它表现为控制力的现象或一种对于能指的无限的权力,因为能指具有非外在性的形式本身。从理想意义上讲,在言语目的的本质中,能指很可能与直观追求的并导引"意谓"的所指绝对相近。能指会变得完全透明,因为它与所

指绝对相近。①

引文中某些表达由于语言障碍而显得有些晦涩，但若将其与前引卢梭之说（人类缺乏对视觉信息作出主动反应的器官）联系起来，德里达的意思就变得比较清晰了：说话者的声音被别人和自己同时听见，这种"不求助于任何外在性"的内部传导使得能指与所指完全不隔，声音因此成为一种最为"接近"自我意识的透明存在。可以印证我们这种理解的是德里达接下来说的一句话："当我看见自己在写或用手势表达意义而不是听见自己说话的时候，这种接近被打断了。"

引文中较为费解的还有"对能指的无限的权力"这一表述，笔者理解这是"说话—被听见"的题中应有之义。声音在德里达那里既已与意识同义，那么声音便是意识赖以证明和显示自己存在的能指，② 在此意义上说话者当然对这种"纯粹的自我影响"拥有"无限的权力"。德里达这里已经涉及了"说"的深层动机：由于声音总是一言既出驷马难追，因此为了维持生命中的存在感（胡塞尔说"生活世界"中的存在是纯粹意识的意向性存在），人们需要不断发出声音，让别人听见就是让自己听见。"太初有声"一节用"我听故我在"表达人的一生与"听"偕行，本节讨论的则是另一种意义的"我听故我在"，这里的"我听"指听见自己（这同时意味着听见自己的"被听"），强调的是"说话—被听见"对自我存在的提示，因此也可表达为"我被听故我在"。

与一般讲故事的人相比，作为故事讲述者的文人在"我被听故我在"方面更具自觉意识。前面提到唐代文人喜欢"彼此谈论故事"，如果我们进一步考察产生这些故事的具体语境，就会发现当时一些传奇简直就是为了"听"与"被听"之永在而被付诸书写。陈鸿《长恨传》如

---

① 雅克·德里达：《声音与现象》，杜小真译，北京：商务印书馆，2010年，第101—102页。按，德里达此说乃极而言之，能指与所指不可能"绝对相近"。"符号的载体与表意对象必须有所不同，符号表现绝对不会等同于对象自身，不然就不成其为'再现'，符号就自我取消了。"参见赵毅衡：《符号学》，南京：南京大学出版社，2012年，第61页。

② 参见索绪尔的有关论述，索绪尔认为能指是"声音—形象"，即"声音留下的印迹"。Ferninand de Saussure, *Course in General Linguistics*, Trans. Wade Baskin, New York: McGraw-Hill, 1969, p.66. 按，索绪尔此说与陈澧的"文字者，所以为意与声之迹也"不谋而合。

此记述：

> 元和元年冬十二月，太原白乐天自校书郎尉于盩厔。鸿与琅琊王质夫家于是邑，暇日相携游仙游寺，话及此事，相与感叹。质夫举酒于乐天前曰："夫希代之事，非遇出世之才润色之，则与时消没，不闻于世。乐天深于诗，多于情者也。试为歌之，如何？"乐天因为《长恨歌》。意者不但感其事，亦欲惩尤物，窒乱阶，垂于将来者也。歌既成，使鸿传焉。①

这段文字最令人印象深刻的地方，在于王质夫郑重其事地举酒于白居易之前，告诉他口传故事再精彩也无法留存于世，具有"出世之才"的文人应当用自己的生花妙笔将其记录下来。

比王质夫更具鼓动能力的是李公佐，小说史家注意到，李公佐本人不仅是四五部口传故事的记录整理者，他的名字还多次在别人所作传奇的头尾部分出现。②白行简《李娃传》最后如此介绍故事的书写缘由：

> 贞元中，予与陇西李公佐话妇人操烈之品格，因遂述汧国之事。公佐拊掌竦听，命予为传。乃握管濡翰，疏而存之。时乙亥岁秋八月。③

按照这一介绍，没有李公佐热情如火的"拊掌竦听"与"命予为传"，就不会有白行简的"握管濡翰，疏而存之"，联系王质夫在白居易前的"举酒"劝书，白氏兄弟的濡染彩笔看来都离不开别人的大力怂恿。众所周知，儿童在"被听"和"被看"的情况下会产生难以抑止的表演性冲动，一些家长对此以"人来疯"作形容，同样的道理，文人聚谈造成的"被听"也会对作家的创作欲构成良性刺激，所以白氏兄弟会将"被听"的情境也一并写入传奇。

---

① 陈鸿：《长恨传》，载张友鹤选注：《唐宋传奇选》，北京：人民文学出版社，1982年，第97页。引文中的着重号为笔者所加。
② 石昌渝：《中国小说源流论》，北京：生活·读书·新知三联书店，1994年，第146—150页。
③ 白行简：《李娃传》，载张友鹤选注：《唐宋传奇选》，北京：人民文学出版社，1982年，第80页。

鲁迅曾惋惜李公佐的叙事贡献与其名声不甚相符①，这是因为一直以来人们都忽略了传奇写定之前的听觉传播，更具体地说过去的研究只注意传奇的书面形态，而不关心其口传过程中的切磋与反馈。李公佐、王质夫等人的细心聆听与热情鼓励，从某种意义上说也使他们成为相关文本的"共同作者"。"夫希代之事，非遇出世之才润色之，则与时消没，不闻于世"这样的观念，值得用金字镂铭于中华叙事史册，李公佐、王质夫等人应该被追授"最佳聆听者"称号！"与时消没"这一用语，显示出当时人对"听"与"被听"之不能永在已有非常深刻的自觉认识，正是基于这种认识和遗憾，小说这种专属于文人的笔头叙事才会在李公佐、王质夫那个时代开始崛起。顺便说说，"书之为文字"的更深意图是为了对抗肉身的易朽，曹丕的"未若文章之无穷"，道出了古今中外一切搦管为文者对斯文永在的向往。②

六、"被听"与"被看"

听觉沟通对于人类社会架构的塑形，可以一直上溯到母系社会时期。众所周知，人类的父系社会大约只有四五千年的历史，在此之前人类社会的领导角色一直是由女性担任，这种"先来后到"不可能不对男女两性的生理演化产生影响。众所周知，两性除了生殖系统的构造不同，在第二性特征上还存在种种差异，其中之一为青春期后男声较为低沉粗犷，女声趋于高亢尖细。人们注意到，女性在排卵期间嗓音最高，而男性如果在发育之前切除睾丸（中国的太监便是如此），那么这类人群会一辈子保持尖声尖气的嗓音。这两种现象告诉我们，较之于与生俱

---

① "然传奇诸作者中，有特有关系者二人：其一，所作不多而影响甚大，名亦甚盛者曰元稹；其二，多所著作，影响亦甚大而名不甚彰者曰李公佐。"鲁迅：《中国小说史略》，载《鲁迅全集》（第九卷），北京：人民文学出版社，1981年，第80页。

② "年寿有时而尽，荣乐止乎其身，二者必至之常期，未若文章之无穷。是以古之作者，寄身于翰墨，见意于篇籍，不假良史之辞，不托飞驰之势，而声名自传于后。"曹丕：《典论·论文》。

来的生理构造,嗓音高低是更为显性更能反映本质的性别判识依据。那么,为什么会形成"女高男低"这种嗓音配置?如果仅仅是为了两性区别,那么"男高女低"也不失为一种选择,甚至可能是一种更好的选择:摇篮曲用低音哼唱更能令婴儿感到安稳,哺育后代在任何时候都是女性的天职;而对一贯承担外向性任务的男性来说,高音似乎更有利于空旷地域的沟通。因此,大自然赋予女性较高嗓音一定有更为特别的原因,回答这个问题不能不考虑女性在绝大部分时间内是"被听"对象这一重要事实。

物理学中的韦伯-费希纳定律告诉我们,在能量消耗相同的情况下,高音比低音更具传播或曰穿透效率。这一定律经常自觉不自觉地被人类运用于实际生活:为了确保自己说话被别人听清,我们会情不自禁地将自己的声音提高八度。乔奇姆-恩斯特·贝伦特认为,母系社会时期处于领导地位的女性总是提高声音说话,久而久之其嗓音频率便在高音阶段固定下来。在《第三只耳朵——论听世界》中,贝伦特用了整整一章的篇幅讨论"为什么女性的嗓音更高"这个话题,他给出的理由和证据包括:1."女高男低"是漫长的演化所致,如果把人类的历史看作一把2米长的尺子,那么女性统治的时长为1.999米,而男性统治的时长不过0.001米;2."女高男低"这一现象置之四海而皆准,世界各大洲居住的人类无不遵循这一规律,但由于听觉文化在现代社会中不受重视,这一现象从未纳入生物学家、人类学家、心理学家和演化论学家的视野;3.女性的"被听"导致人类对高频率的声音更为敏感和警觉,所以提示人们注意的警笛、门铃、口哨之类皆为高音;4.女性语言能力普遍高于男性,这也和她们长期处于统治地位有关;5.男童嗓音较高,缘于他们是受女性庇护的对象,因此需要用同样的频率发声。①

在谈到两性之间的"听"与"被听"时,贝伦特还饶富兴致地插入了一段写作这段文字时的"窗前即景":

---

① Joachim-Ernst Berendt, *The Third Ear: On Listening to the World*, Trans. Tim Nevill, New York: Element Books Ltd., 1988, pp.129—153.

我是在山间的河流边写作这段文字。一对年轻人正顺着溪谷往上走,由于路上还有积雪,他们需要走到河床上面。他们跳着走——男子带路——从这块浮冰跳到那块浮冰,从这块岩石跳到那块岩石。有时候事情不大顺利,或是由于没看准岩石的距离,或是由于脚下的冰块开裂,他们的脚下溅起水花,身体也被弄湿。男子和姑娘都发生过这种情况。但男子只是继续往前,而姑娘每一次遇到滑跌,不管是在冰块之间,还是踩在不稳的石头上,她都会发出一声尖叫。在我看来,这种尖叫行为带有较为典型的女性特征。①

这幅司空见惯的场景反映了两性在"听"与"被听"上的原始格局;年轻的男子虽然走在前面,但他的沉默显示自己正处于"听"的状态,而"被听"的姑娘则不时发出尖叫以提示存在着的危险。两性和谐的基础在于明确谁是"被听",夫妻之间吵架往往因"你不听我的"而爆发②,按照贝伦特的意见,菲律宾的卡林加人之所以很少发生这种争吵,是因为他们的鱼水之欢是从亲吻和抚摸耳朵(尤其是男性的耳朵)开始,但他们从不亲吻嘴唇。③可以想见,耳朵里一旦灌满了甜言蜜语,对方的思想便在不知不觉之间进入了自己的意识。前面我们提到"夫唱妇随"为家庭常态,"牝鸡司晨"为反常,这些当然是进入父系社会后男权思想的流露,但我们能由此进一步体悟"唱随之乐""琴瑟之好"与"鸾凤和鸣"之类表述的真谛。枕边风力量之大在《圣经》中已有叙述,《旧约·创世记》第3章耶和华明令亚当不得偷食禁果,但亚当最后还是唯老婆之言是听,所以耶和华在将亚当逐出伊甸园时,特别指出对他的惩罚是由于这一罪过:"你既听从妻子的话,吃了我所吩咐你不

---

① Joachim-Ernst Berendt, *The Third Ear: On Listening to the World*, Trans. Tim Nevill, New York: Element Books Ltd., 1988, pp.148—149.
② 有人说英文 LOVE 中的 L 代表 listen(倾听),其他三个字母 O、V、E 分别代表 obligate,感恩;代表 valued,尊重;代表 excuse,原谅。
③ Joachim-Ernst Berendt, *The Third Ear: On Listening to the World*, Trans. Tim Nevill, New York: Element Books Ltd., 1988, pp.19—20. 贝伦特还谈到西方人抵达日本之初,惊讶地发现当地女性竟然没有接吻概念,后来是美国电影教会了她们这一习惯。笔者所在的南昌地区,方言中没有与接吻完全对应的词语。

可吃的那树上的果子，地必为你的缘故受咒诅。你必终身劳苦，才能从地里得吃的。"

《第三只耳朵——论听世界》中的许多论述严格地说只是一种推论或猜想，今天的我们也无法回到母系社会去验证其真伪，但从传世叙事作品中那些涉及女性声音的片断来看，贝伦特的观点似乎不无道理。说唱体话本《快嘴李翠莲》(《清平山堂话本》卷二)中，女主人公的伶牙俐齿与出口成章达到登峰造极的程度，虽然故事中的其他人物对其无法容忍，但我们从叙述中觉察不出作者对这一人物的态度是褒是贬，相比之下，我们在中外文学中很少看到这类以男性语言能力为对象的叙事。《红楼梦》第三回写王熙凤人未到而笑语先闻，引起初进贾府的林黛玉纳罕——"这些人个个皆敛声屏气，恭肃严整如此，这来者系谁，这样放诞无礼"，接下来又写王熙凤上场之后的说话：

> 这熙凤携着黛玉的手，上下细细打谅了一回，仍送至贾母身边坐下，因笑道："天下真有这样标致的人物，我今儿才算见了！况且这通身的气派，竟不像老祖宗的外孙女儿，竟是个嫡亲的孙女，怨不得老祖宗天天口头心头一时不忘。只可怜我这妹妹这样命苦，怎么姑妈偏就去世了！"说着，便用手帕拭泪。贾母笑道："我才好了，你倒来招我。你妹妹远路才来，身子又弱，也才劝住了，快再休提前话。"这熙凤听了，忙转悲为喜道："正是呢！我一见了妹妹，一心都在他身上了，又是喜欢，又是伤心，竟忘记了老祖宗。该打，该打！"又忙携黛玉之手，问："妹妹几岁了？可也上过学？现吃什么药？在这里不要想家，想要什么吃的、什么玩的，只管告诉我；丫头老婆们不好了，也只管告诉我。"一面又问婆子们："林姑娘的行李东西可搬进来了？带了几个人来？你们赶早打扫两间下房，让他们去歇歇。"

从引文中可知，除了贾母之外，其他人在王熙凤开口时几乎都插不上话，这番滴水不漏的言谈配上见风使舵的表演（忽而"用手帕拭泪"，忽而"转悲为喜"），使得一个工于辞令、八面玲珑的管家婆形象跃然纸上。必须指出，这一形象给人的印象主要是听觉的而不是视觉的，因为作者对王熙凤外貌只给了"一双丹凤三角眼，两弯柳叶吊梢眉"这样的简略介绍。王熙凤的大声说笑让林黛玉觉得"放诞无礼"，是因为贾府其他人都是"敛声屏气"，而王熙凤敢于如此是由于她在贾府中属于"被听"的对象，发号施令者的音量不能不达到一定的分贝。

这样我们就能理解，为什么王熙凤会在第二十七回中称赞林之孝的女儿红玉"说话虽不多，听那口声就简断"：

> 好孩子，难为你说的齐全。别像他们扭扭捏捏的蚊子似的。嫂子你不知道，如今除了我随手使的几个丫头老婆之外，我就怕和他们说话。他们必定把一句话拉长了作两三截儿，咬文咬字，拿着腔儿，哼哼唧唧的，急的我冒火，他们那里知道！先时我们平儿也是这么着，我就问着他：难道必定装蚊子哼哼就是美人了？说了几遭，才好些儿了。

母系社会虽已远去，但母系社会以"老祖母"为核心的文化习俗似乎还在《红楼梦》的故事世界中延续——贾母在整个贾府处于至高无上的地位，王熙凤的威风八面源于"老祖宗"自上而下（经过王夫人）的授权，第八十五回中贾母干脆就称王熙凤为自己的"给事中"①。"贾母—王夫人—王熙凤"这种统治格局，使得贾府中各年龄段的男性都处于"失语"状态，旁观者在评论王熙凤时几乎都将其与男性相比较——第二回冷子兴说她"模样又极标致，言谈又极爽利，心机又极深细，竟是一个男人万万不及的"，第六回周瑞家的说她"少说些有一万个心眼子。再要赌口齿，十个会说话的男人也说他不过"。书中男子偶尔也有按捺不住的时候，但他们说出的话多半会被身旁的女性怼了回去，贾宝玉、贾琏、贾环等人自不必说，贾赦和贾政这样的"老爷"辈人物也多次遭遇贾母发出的"呛声"。

王熙凤称赞红玉的话中还有一点颇耐咀嚼，这就是她批评平儿等人

---

① 《红楼梦》第八十五回："贾母想了一想，也笑道：'可见我如今老了，什么事都糊涂了。亏了有我这凤丫头是我个给事中。既这么着，很好。'"

说话老是"把一句话拉长了作两三截儿,咬文咬字,拿着腔儿,哼哼唧唧的"。王熙凤肯定意识到自己说话有违温柔娴静的古训,因此她会用"难道必定装蚊子哼哼就是美人了"的反诘来作挑战。平儿等人说话"装蚊子哼哼",在王熙凤看来无异于刻意遮蔽自己本来就强于男性的语言能力,"美人"这一表述则暗示她们被迫从"被听"转向"被看"。王熙凤也是女性,也有爱美的自然追求,但其争强好胜的本性决定了她对转向"被看"的不屑——对贾瑞过于残酷的惩罚说明了这一点。旧时对女性有"德言容工"四方面的要求,其中"妇言"的要义为贞静,说白了就是少说话甚至不说话。文康《儿女英雄传》第二十七回对此有一针见血的归纳:"'妇言'不是花言巧语,嘴快舌长,须是不苟言,不苟笑,内言不出,外言不入,总说一句,便是'贞静'两个字。"《快嘴李翠莲》与《鷰书》(敦煌出土文献)中的女主人公①,则被许多人认为是有违"贞静"的反面典型。男权社会的话语体系中,"妇言"一词经常处于被污名化的状态:周武王在牧野之战前历数商纣王的种种罪状,第一条便是"惟妇言是用";明太祖向郑濂咨询治家之道,得到的回答竟然也是"不听妇言"。②

无独有偶,西方对"妇言"的厌恶与中国相比亦不遑多让。英语中有这样两条谚语,一条是劝诫型的——"最好的女人保持沉默"(The best woman remains silent),另一条是警告型的——"吹口哨的女孩和打鸣的母鸡都该被拧断脖子"(One should wring the necks of the girls who whistle and hens which crow)。蒂利·奥尔森在《沉默》一文中愤怒抗议:"男人不是为女人创造的,女人却为男人而生。让妇女们学会默不作声和俯首帖耳。与生物学的生育事实相反,上帝取亚当的肋骨做成其妻夏娃。犹太男人早上的祷告:感谢上帝我不是女人。在圣堂不许

---

① 王庆菽校录:《鷰书》(一卷),载王重民等编:《敦煌变文集(下集)》(卷七),北京:人民文学出版社,1984年,第858—864页。
② "王曰:'古人有言曰:牝鸡无晨;牝鸡之晨,惟家之索。今商王受,惟妇言是用。'"《尚书·周书·牧誓》;"濂受知于太祖,昆弟由是显。濂以赋长诣京师,太祖问治家长久之道。对曰:'谨守祖训,不听妇言。'帝称善。"《明史·孝义传一·郑濂》。

说话，要坐在一边，或者根本就不让进去。"① 由于存在着"被拧断脖子"这样的威胁，不但生活中的女性需要保持沉默，女作家小说中的叙述者也经常三缄其口（有些女作家为掩饰自己的性别甚至使用男性名字）。苏珊·S. 兰瑟《虚构的权威——女性作家与叙述声音》有一章专门讨论女作家里柯博尼小说《蜜蜂》中的"自我缄默"：

> 蜜蜂既然无法获得西苏式的（Cixouian）"自我书写"（S'écrire）的能力，于是只好应用她能够随意采用的反面权利，那就是："自我中止"（S'arrêter）。正如露丝·伊里盖蕾论拟态表演时所说的那样：这样的行为对"女子气"的叙事行为（即无写作能力）进行夸张，使之成为对既定的文学规约的抨击，这种文学规约要求那些为名利写作的女性服从主流写作模式。②

这里，"蜜蜂"嗡嗡之声的骤然停歇与平儿的"装蚊子哼哼"相映成趣。还应指出，女性的"自我缄默"看似一种主动退让，实际上却是以退为进，兰瑟看出了这一点，她在上引那段话之后紧接着又说："具有讽刺意味的是，正是这种自我沉默的行为赋予了《蜜蜂》独创性和权威性。"③

与此有几分相似的是，《红楼梦》中王熙凤一味与男性争胜，结果在众叛亲离中撒手人寰，而平儿的委曲忍让与顾全大局，反而使贾琏做出将其"扶正"的决定。④ 母系社会转型为父系社会，意味着男性占据了"被听"地位，女性在此形势下只有转向"被看"，这是她们顺应男权社会的一种生存策略。诉诸视觉的美貌也是一种武器，它可以使被美貌吸引的男性变得困惑乃至失去主见，历史上许多美女都是这样通过

---

① 蒂利·奥尔森：《沉默》，陈彩霞译，载玛丽·伊格尔顿（编）：《女权主义文学理论》，胡敏等译，长沙：湖南文艺出版社，1989年，第94页。
② 苏珊·S. 兰瑟：《虚构的权威——女性作家与叙述声音》，黄必康译，北京：北京大学出版社，2002年，第61页。该书第三章标题为："独处阶级之中：里柯博尼小说《蜜蜂》中的自我缄默"。
③ 同上。
④ 《红楼梦》第一一九回："贾琏见平儿，外面不好说别的，心里感激，眼中流泪。自此贾琏心里愈敬平儿，打算等贾赦等回来要扶平儿为正。此是后话。暂且不题。"

"被看"又重新赢回了"被听"的地位。古往今来的史家异口同声地谴责那些谗言惑主的"狐狸精",殊不知男女在视听上的各有侧重源于两性"共谋":社会既然已经发展到由男性来发号施令,那么处于弱势地位的女性只能用自己的身体来做交换的资本,这是一种两厢情愿彼此有利的安排。

过去人们常用"郎才女貌"来衡量一对男女是否般配,言下之意是男方长得如何并不构成障碍,但我们知道大自然中的标准恰恰相反,那些体格更为强健(例如雄狮)、犄角更为发达(例如雄鹿)、毛羽更为靓丽(例如雄孔雀)的雄性往往被认为更具基因优势,因而更能赢得雌性青睐,据此而言对女性美貌的强调实际上是一种专属人类社会的文化现象。西蒙·波娃《第二性——女人》开篇第一句话为:"一个人之为女人,与其说是'天生'的,不如说是'形成'的。没有任何生理上、心理上或经济上的定命,能决断女人在社会中的地位,而是人类文化之整体,产生出这居间于男性与无性中的所谓'女性'。"[1] 由于处在"被看"的位置,女性很早就开始关注自己的容貌与身体,而男性出于"共谋"的目的也愿意为之提供条件。前面已提到人类不能像直接听到自己那样直接看到自己,因此女性只能通过镜子再现自己的"被看"。《第二性——女人》如此描述女性对镜中影像的迷恋:

> 特别对女人来说,镜中的影像就证实了她的自我。一个有英俊外表的男人,他会感觉他自己超然的存在,女人要看到镜中她的影像后才会确实证明她的存在。只有女人才会企图去捕捉她的影像而成为银色镜子的俘虏。男人不会强烈地需要他自己的身体。男人希望主动进取,不会由一个影像去看自己,影像不会对他有任何吸引力,女人,她了解自己所处的地位于是把自己造成被动的,相信在镜中可以真正看到她自己,因为镜中反射出的像她自己一样也是被动的。她爱她自己的身体,通过爱慕和欲望,她赋予生命于她看到

---

[1] 西蒙·波娃:《第二性——女人》,桑竹影等译,长沙:湖南文艺出版社,1986年,第23页。

的影像。①

波娃没有进一步阐述这种迷恋的原因,女性热衷于来到镜前是因为她想看到别人眼中的自己,与前述"我被听故我在"不同,这里表现出来的是一种"我被看故我在"的心理,即看见自己的"被看"后更为真实地感觉到自己的存在。所以男性读者要理解女性对自己外表的在意,以及对能提升自己被注视度的衣物的热心。《木兰诗》中女主人公从战场回家做的第一件事,便是"开我东阁门,坐我西阁床。脱我战时袍,著我旧时裳。当窗理云鬓,对镜贴花黄"。

时下热门话题之一是外形邋遢的中国男性配不上衣着打扮追赶国际潮流的中国女性,许多人对此提出了自己的见解,笔者觉得唯有用男女在"被听"与"被看"上各有侧重,才能圆满阐述为什么两性对个人仪表的在意程度有如此巨大的不同。

---

① 西蒙·波娃:《第二性——女人》,桑竹影等译,长沙:湖南文艺出版社,1986年,第419页。

第二章 释"讲":人类为什么要讲故事

内容提要 国内叙事学在西方影响下偏于形式论,一些人甚至把研究对象当成解剖桌上冰冷的尸体,然而叙事本身是有温度的,为此我们需要回到人类祖先相互梳毛的现场,听取人类学家对早期讲故事行为的种种解释,看到叙事从本质上说是一种抱团取暖的行为。人类学家如罗宾·邓巴等注意到讲故事活动与人类群居模式关系密切,本章借鉴人类学的相关理论与观点,把叙事的起点提到语言尚未正式形成之前,由此从群体维系角度对梳毛、八卦、夜话和语音等进行逐一讨论,主要考察其结盟、抱团与排他等功能,同时阐发叙事交流对人类群居生活的意义。

叙事即讲故事,讲故事离不开"讲"——不管是真的用嘴讲,还是譬喻性的用笔或其他方式"讲"。一般认为语言是叙事的前提,但若考虑到人类祖先仅凭眼神、手势或轻微的咕哝声,便能传递"野牛过来了"这样的事件信息,我们或许可以把叙事交流的起点提到语言尚未正式形成之前。经典叙事学蜕变为后经典叙事学以来,叙事的所指已经泛化,以较为宽泛的观念来考察早期人类的涉事行为,或许能使我们更为深刻地认识叙事的本源与本质,同时也能更进一步了解人类的本性。在这方面人类学已著先鞭，人类学家如罗宾·邓巴等已经指出讲故事活动与人类群居模式关系密切，以研究讲故事活动为主业的叙事学界需要对此做出自己的回应，本章愿成为这种回应的引玉之砖。

一、梳毛与结盟

与一切交流一样，讲故事活动中须有信息的发送者与接受者，也就是说叙事行为只发生在有成员交往的社会性群体之中。要研究叙事因何发生，必须首先思考人类为何选择群居这一生存模式。对于这一问题，人类学与其他学科的相关研究给出了这样的回答：

- 我们的远古祖先最早生活在树上，由于气候变化导致森林面积减少，700万年前一部分猿类被迫开始利用与森林相邻的广阔草原；

- 较之于容易藏匿的树栖模式，地面生活使其更多暴露在猛禽猛兽的觊觎之下，为了降低被捕食的危险，体型偏小又无爪牙角翼之利的某些猿类很自然地选择了彼此进一步靠拢；

- 这是因为大型群体可以提供更多的预警乃至威慑机制，达尔文早就说过"在高等动物里，最普通的一种互助是通过大家的感官知觉的联合为彼此提供对危险的警告"，[①] 不言而喻，集体狩猎和觅食也比单独行动更有效率；

- 大型群体的另一个好处是有利于智力的提升：群体越大则人际关系越错综复杂，这一生存压力在很大程度上促进了大脑皮层的生长，没有一个能够识别敌我友的聪明大脑，包括叙事在内的诸多社会性行动均不可能发生。

如此看来，人类的演化策略在于抱团取暖，依靠集体的力量实现种

[①] 达尔文：《人类的由来》（上册），潘光旦、胡寿文译，北京：商务印书馆，1983年，第152页。

群的存续与繁衍。然而相互靠拢既有可能获得温暖,也有可能被他人的"棱角"刺伤,群体之中的个人因此需要懂得如何与他人共处。他们既要学会用各种形式的沟通来发展友谊,以此润滑因近距离接触而发生的摩擦,同时也要承担这种合作造成的后果——与一些人结盟往往意味着对另外一些人的排斥。人类学家从这类沟通与排斥中读出了某种意味深长的东西,参观过动物园的人都会注意到灵长类动物经常彼此整理毛发,人们一开始认为这是出于卫生的需要,邓巴却发现长时间的相互梳毛(grooming)代表双方愿意结成稳固的联盟:

> 维系联盟关系对灵长类动物来讲也就至关重要。我们所知道的梳毛就发挥着关键作用。虽然我们并不清楚为何梳毛会这么管用,但它的确增进了盟友间的信任。一方面,这是一种承诺:我愿意坐在这给你梳毛,而不是给阿方斯梳毛。毕竟,用10%的时间给同伴梳毛可是一笔巨大的时间投资。不管梳毛给你心理上带来多大的愉悦感,你愿意做出这样的承诺就表明了对同伴的忠诚。如果只是为了获得快感或保持皮毛干净,谁都能当你的梳毛搭档。而长期固定的梳毛搭档则是表达忠诚最好的宣言。[①]

邓巴在另一部书中还指出梳毛能激活身体内部安多芬的分泌,这种分泌"给人的感觉很像温和地过一次鸦片瘾,给人带来轻柔的镇静、愉悦和安宁。在类人猿中,当然也包括在我们人类中,这种感觉对形成亲密关系起到了直接的作用"[②]。不过一两次的相互梳毛并不能立即导致排他性的结盟,只有"长期固定的梳毛搭档"之间才可能导致牢不可破的忠诚与友谊。

梳毛从表面看只是一种肢体接触,与叙事似乎是风马牛不相及,但邓巴《梳毛、八卦及语言的进化》一书的标题设置,很明显是把梳毛当

---

① 罗宾·邓巴:《梳毛、八卦及语言的进化》,张杰、区沛仪译,北京:现代出版社,2017年,第58—59页。
② 罗宾·邓巴:《人类的演化》,余彬译,上海:上海文艺出版社,2016年,第42页。

作八卦（gossip）的前身来对待①。当代流行语中八卦即嚼舌（汉语中可与 gossip 对应的还有闲言、咬耳朵等），这一行为中叙事成分居多，因为议论家长里短，免不了要讲述形形色色的故事，只有那些添加了想象成分的故事才能引发眉飞色舞的讲述与聚精会神的倾听。梳毛虽非直接叙事，但和人群中那些躲在一边窃窃私语的八卦伴侣一样，梳毛搭档也在向其他成员"秀"自己小团伙的友谊，而按照亲近张三便是疏远李四的社会学原理，这种姿态同时也在宣示它们与其他成员存在情感距离，群体内的山头与小圈子遂因此类宣示而变得界限分明。梳毛并非只是单纯地梳理毛发，就像我们在动物园中看到的那样，某些灵长类动物虽然不会说话，但其手势可以模仿特定动作，眼神可以瞟向群体中的具体成员，面部表情可以透露好恶爱憎，仅凭这些便能让对方心领神会地获悉某些事件信息（如"那家伙又在抢别人的东西了"之类）。诸如此类的交流自然会起到强化或离间某些关系的作用，后世八卦的功能亦不外乎拉帮结伙与党同伐异，两者的目标其实没有很大的差别。

还要看到的是，灵长类动物不会说话并不等于它们不能用声音相互沟通。以往的研究认为它们的咕哝（grunt）没有多大意义，灵长类动物学家多萝西·切尼等人通过分析声谱仪（一种可以区分不同频率声能分布的先进仪器）记录下的声音信号，发现不同情境下发出的叫声远比原先所想的要复杂，有的叫声不仅警告捕食者正在接近，还可以精细到通报来者为谁——地面上奔驰的豹子、天空中飞翔的老鹰和草丛间潜行的毒蛇均可用有细微差别的声音指代。这样的信息传递对群体的安全来说至关重要，因为一旦明确捕食者为何种动物，群体成员便可采取相应的防范措施——豹来则迅速爬上高枝，鹰来则一头扎入树丛，蛇来则密切注视草丛中的动静。② 梳毛活动中的咕哝也有丰富的信息内容，邓巴对狮尾狒的活动有过长时期的观察，他注意到梳毛并不是一个沉默的

---

① gossip 在邓巴笔下并无特别的贬义，本章从之。
② Cheney, D. L., Seyfarth, R. M., and Silk, J. B. (1995), "The role of grunts in reconciling opponents and facilitating interactions among adult female baboons", *Animal Behaviour* 50: 249—57.

过程：

> 当狮尾狒分散在不同地方进食时，它们会用各种声音与自己最喜爱的梳毛搭档进行交流，以保持联系。除了和朋友交谈，它们还会在梳毛的时候发出呻吟和咕哝声来提示对方。……有时候晒太阳晒的太舒服了，暖洋洋的，同伴可能没有意识到梳毛结束了。这时，梳毛的狒狒就会发出轻轻的咕哝声，好像是在说："嗨，轮到你了。"雌狒狒生产的时候，幼崽会引起群体中其他雌狒狒的兴趣，特别是那些刚过青春期但还没有生育过的雌性。她在靠近刚生下宝宝的姐姐或母亲时，明显可以听出声音中的兴奋之情。就像个激动的孩子，说话声音忽高忽低，话一股脑儿地从嘴里全倒出来。①

引文描述的灵长类动物相互沟通的情况，在许多人类学著作中都有反映，此类观察对"只有人类才拥有语言"的传统观点提出了严峻的挑战。我们之所以能听出别人说话的意思，在于语言传递意义"纯粹是基于差异性的"："一个音素（phoneme）被听到并不是严格地因为它的声学属性，而是作为整个的对比与差异体系的一部分。"② 人类仅凭自己的肉耳无从分辨灵长类动物叫声之间的差异（所以灵长类动物学家会动用更为灵敏的声谱仪），但人类不能因为自己听不懂就断定灵长类动物不会用自己的语言传递信息。这种情况就像来到异国他乡一样，异乡人的发音在我们听来是如此怪异，但没有人会因为这种感觉而说人家的语言不是语言。据此可以更进一步认为，不是只有使用人类语言的叙事才是叙事。以上举述表明，灵长类动物之间的沟通带有明确无误的叙事成分，它们不仅能通报"猎豹（老鹰/毒蛇）来了"这类简单的事件，还能做出更为复杂的戏剧性表达——引文中那只激动的雌狒狒显然是在与别人分享自己的兴奋心情。

---

① 罗宾·邓巴：《梳毛、八卦及语言的进化》，张杰、区沛仪译，北京：现代出版社，2017年，第64—65页。
② 米歇尔·希翁：《视听：幻觉的构建》，黄英侠译，北京：北京联合出版公司，2014年，第25页。

叙事学家在讨论什么是极简叙事时，最常举的一个例子是"国王死了"，杰拉德·普林斯的《叙述学词典》亦将叙述/叙事（narration）界定为"表述一个或更多事件的话语"，①按照这样的标准，我们即便不能将灵长类动物的上述表现与人类的叙事等量齐观，至少也可以说此类沟通具有一种"前叙事"性质。对人类叙事起点的探寻，应当追根溯源到这里。

二、八卦：梳毛的升级

梳毛活动中的肢体接触属于一对一的行为，这种行为一旦升格为高级版的八卦，便可达到给多个群体成员"梳毛"的效果，这似乎是语言产生后群体扩大过程中的一种必然。前已提到八卦的内容主要为叙事，此处需要进一步指出，八卦固然可以无所不包，但最具"八卦"色彩的八卦，其内容或为未经证实的他人糗事，或为不宜公开讨论的敏感事件。就功能而言，前者旨在造成对他人名誉的损害，后者则为炫耀自己在这类事情上的知情权，两者都需要用多数人未曾与闻的故事或事件来增加吸引力，所谓"爆料"，就是要"爆"出这种让听者觉得有滋有味的"料"。与效率不高而又顾此失彼的梳毛活动相比，八卦的飞短流长易于形成一对多的扩散，以及接踵而至的连续性再扩散，这种扩散经过多级放大后变成燎原烈火，在相关山头、小圈子间迅速蔓延扩大，其传播效率可谓事半而功倍。

八卦及其前身的发生，伏源于个人在群体内与他人的艰难共处。对于没有鳞毛甲羽护体的人类祖先来说，以易受伤害的血肉之躯跻身于弱肉强食的黑暗丛林，能够一路生存下来已经是奇迹，更何况除了防范群体之外的狼虫虎豹，群体内部也存在着因利益冲突而不断涌现的对手与

---

① 杰拉德·普林斯：《叙述学词典》，乔国强、李孝弟译，上海：上海译文出版社，2011年，第135页。

敌人。古往今来许多群体不是输给强敌而是败于内讧，所以鲁迅会说他对背后捅刀的憎恶"是在明显的敌人之上的"。① 海德格尔从哲学高度阐述过人与人的"共处"窘境，"闲言"在他那里是在世之人首先需要面对的问题：

> 在世的展开状态的这一存在方式却还把共处本身也收入统治之下。他人首先是从人们听说他、谈论他、知悉他的情况方面在"此"。首先插在源始的共处同在之间的就是闲言。每个人从一开头就窥测他人，窥测他人如何举止，窥测他人将应答些什么。在常人之中共处完完全全不是一种拿定了主意的、一无所谓的相互并列，而是一种紧张的、两可的相互窥测，一种互相对对方的偷听。在相互赞成的面具下唱的是相互反对的戏。②

这番话说白了，便是人从出世起就是他人的八卦对象——个人不可避免地要在众人的悠悠之口下生存，因此也就不得不用同样的手段来应对，此即《增广贤文》中所说的"谁人背后无人说，哪个人前不说人"。换用海德格尔的相关表达，人的入世属于一种不由自主的"被抛"——每个人都像骰子一样被命运"抛"到对他来说完全陌生的环境之中，既然已经"沉沦"到了如此粗鄙丑陋的"此在"，个人别无选择只有以其人之道反制其人之身。

《红楼梦》中的相关叙述或许有助于我们理解这种"被抛"。故事中幼年丧母的林黛玉被带到外祖母家，来到贾府后她和别人的互动就是"相互窥测"——"窥测他人如何举止，窥测他人将应答些什么"。第三回中她发现"这些人个个皆敛声屏气，恭肃严整如此"，惟独"放诞无礼"的王熙凤是人未到而笑语先闻，这让她明白了此人在贾府中的地位。用餐过程中她又注意到别人最后是以茶漱口，于是也依样画葫芦，

---

① 鲁迅：《且介亭杂文·答〈戏〉周刊编者信》，载《鲁迅全集》（第六卷），北京：人民文学出版社，1981年，第148页。
② 海德格尔：《存在与时间》（中文修订第二版），陈嘉映、王庆节译，北京：商务印书馆，2016年，第246—247页。

以免"被人耻笑了他去"(按,即提防他人闲话)。第四十五回她与竞争对手薛宝钗"互剖金兰语",两人都掏心掏肺地说了不少自责和恭维对方的话,从故事后来的发展看,这些均属"在相互赞成的面具下唱的是相互反对的戏",竞争的胜利者最后没有对失败者表示一丝半点的同情。引文提及的应对手段除"窥测"外还有"偷听"。对于林黛玉这样的贵族小姐来说,东张西望的"窥测"也会引起议论,还是不动声色的"偷听"更符合其身份——她后来就像是大观园中一只竖起耳朵侦察情况的兔子,小说多次写她在潇湘馆里屋监听丫鬟在外屋的闲言,以此作为把握形势的主要途径。不过这样的听觉侦察对自己也是有伤害的,第八十三回窗外老婆子骂别人"你是个什么东西,来这园子里头混搅",便把与此不相干的她气得"肝肠崩裂,哭晕去了"。如此看来,《葬花吟》中的"风刀霜剑严相逼",也有暗指流言蜚语的意味在内。

八卦在许多人眼中不登大雅之堂,正人君子对此多嗤之以鼻,然而八卦实际上无所不在,《诗经》"墙有茨"便是对一桩宫廷秽闻的含沙射影。① 尤瓦尔·赫拉利告诉我们:

> 即使到了今天,绝大多数的人际沟通(不论是电子邮件、电话还是报纸专栏)讲的都还是八卦。这对我们来说真是再自然不过,就好像我们的语言天生就是为了这个目的而生的。你认为一群历史学教授碰面吃午餐的时候,聊的会是第一次世界大战的起因吗?而核物理学家在研讨会中场茶叙的时候,难道讲的会是夸克?确实有时候是如此,但更多时候其实讲的都是哪个教授逮到老公偷吃,哪些人想当上系主任或院长,或者说又有哪个同事拿研究经费买了一台雷克萨斯之类。②

不仅如此,对于这类看起来庸俗无聊的嚼舌根,赫拉利给出的却是

---

① "墙有茨,不可扫也。中冓之言,不可道也。所可道也,言之丑也。"《诗经·鄘风·墙有茨》。按,该诗用欲说还休的手法,讥刺卫公子顽与父妻宣姜私通之事。
② 尤瓦尔·赫拉利:《人类简史:从动物到上帝》,林俊宏译,北京:中信出版社,2014年,第25页。

一种积极的正面评价:"这些嚼舌根的人,所掌握的正是最早的第四权力,就像是记者总在向社会爆料,从而保护大众免遭欺诈和占便宜。"①八卦能戴上"最早的第四权力"的桂冠,主要是因为它能发挥某种程度上的舆论监督作用:即便是现代社会也有许多难以触及的角落处在媒体的监督之外,这就是我们永远需要有八卦的原因所在。不过需要对赫拉利的话作点补充:许多八卦看上去是在行使"第四权力",实际上还是为了嚼舌者自己内心的平衡,一旦这种权力被恣意行使甚至是滥用(往往无法避免),其作用便从监督变成了伤害。海德格尔在人与人的共处中首先看到闲言,可能会让总看到事物美好一面的人感到难以接受,不过"人不为己,天诛地灭"属于颠扑不破的真理,正是因为看到了这一点,经济学的一代宗师亚当·斯密才写出他那影响巨大的《国富论》,似此叙事学也应沿此方向去对讲故事行为的原始动机作深层剖析。八卦和梳毛一样确有将他人排除在小圈子之外的作用,但这里的排除比梳毛要来得隐蔽一些(八卦多发生于阴暗角落或夜晚),知晓这种排除的更多是八卦的参与者,他们意识到自己处在一个仅仅属于"自己人"的小圈子,并因彼此的亲近与信任而产生出一种归属感。前面提到梳毛能促进体内胺多酚的分泌,八卦自然也有类似功能,人们对与己无关的事情之所以津津乐道,关键在于他人酒杯可浇自己胸中块垒,贬低别人在很多情况可起到抬高自己的作用。

当然八卦之中也不尽是诋毁,通过赞扬张三来贬低李四,也是人们发泄不满时惯用的手段。还有一些八卦故事旨在宣示群体共识或曰价值观,其作用在于维系群体内部的团结,并向认同这些观念的潜在结盟者打开欢迎之门。邓巴说讲述这类故事的目的,在于让人知道哪些人"属于自己人",以及哪些人"可以和我们同属一个群体",这就有利于"把有着共同世界观的人编织到同一个社会网络之中":

讲述一个故事,无论这个故事是叙述历史上发生的事件,或者

---

① 尤瓦尔·赫拉利:《人类简史:从动物到上帝》,林俊宏译,北京:中信出版社,2014年,第25页。

是关于我们的祖先，或者是关于我们是谁，我们从哪里来，或者是关于生活在遥远的地方的人们，甚至可能是关于一个没有人真正经历过的灵性世界，所有这些故事，都会创造出一种群体感，是这种感觉把有着共同世界观的人编织到了同一个社会网络之中。重要的是，故事还能让我们明白，生活在旁边那条峡谷里的人们是否属于自己人，是否可以和我们同属一个群体。这样一来，就具备了创造出150人以外的另一个社交层次的潜力，否则的话，我们的群体中的成员只能局限于那些我们真正认识的个体。①

引文中的"是否属于自己人"和"是否可以和我们同属一个群体"等表述，显示这里的讲故事是为了"创造出群体感"——从最初的八卦开始，叙事的一大作用便是梳理和编织人际关系，用邓巴的话说就是"把有着共同世界观的人编织到了同一个社会网络之中"。至于"创造出150人以外的另一个社交层次"，指的是越过"那些我们真正认识的个体"（人们直接互动的个体数一般不超过150人），在更广的范围内与更多的人结合成更大的群体。前面说到人类演化的策略在于抱团取暖，这里要补充的是，抱团还必须抱大团，因为只有足够大的群体才能给个人提供更多庇护。如果从一开始人们就不去与"生活在旁边那条峡谷里的人们"结盟——当然前提是他们要有或愿意拥有与自己共同的世界观，那么更大的群体如部落、民族和国家这样的组织形式便无产生的可能。

群体在群体之林中与别的群体共处，与个人在群体之中与他人共处基本相似：个体之间的结盟始于相互靠拢、碰触和交头接耳，群体之间的结盟也需要用各种传言和"放话"去铺平道路。《水浒传》前半部分讲述的是各个小群向梁山泊这个大群归并的故事，而江湖上关于宋江的大量传闻便是促成这种归并的粘合剂。小说第五十七回至第五十八回写鲁智深、李忠与孔明等人分别在二龙山、桃花山以及白虎山占山为王，由于各自势单力薄，他们最终都投向了梁山的怀抱，在此过程中宋江的名头发挥了极为重要的作用。第五十八回鲁智深说：

---

① 罗宾·邓巴：《人类的演化》，余彬译，上海：上海文艺出版社，2016年，第274页。

我只见今日也有人说宋三郎好，明日也有人说宋三郎好，可惜酒家不曾相会。众人说他的名字，聒的酒家耳朵也聋了，想必其人是个真男子，以致天下闻名。

不光是鲁智深，许多好汉在未曾与宋江谋面之前，也都风闻其为人行事的风格。为什么人人都在颂扬宋江？深层原因是江湖上的小兄弟需要像"及时雨"一样的大哥形象，这种形象反衬出"白衣秀士"王伦等人的刻薄寡恩。文学是现实的反映，中国历史上的农民起义除了用宗教、经济等方面的诉求来"创造出一种群体感"，还会编造"苍天已死，黄天当立"之类的谶语，以便人们通过八卦途径将其广泛传播。《史记·陈涉世家》中"大楚兴，陈胜王"通过头天晚上的"狐鸣呼"发出之后，第二天相关的八卦立即在兵营中传播开来，"卒中往往语，皆指目陈胜"，说的就是人们一边议论一边用异样的眼光看着陈胜。

"大楚兴，陈胜王"和"苍天已死，黄天当立"都未获得应验，这样的事实好像是在告诉我们八卦于事无补，然而对于八卦的作用还应作更为细致的考察。现实生活中一些事情尚在未定之天时，各种传闻与风声会纷至沓来，形成一种"山雨欲来风满楼"的景观，等到各种相互矛盾的传闻平息之后，曾被反复"辟谣"过的某条八卦消息突然变成了事实，这种情况也许对许多人来说都不陌生。八卦当然不可能都成为事实，但一件事如果被人反复提起，说明其重要性或敏感性不容低估，人们在传播过程中表现出来的意愿、情绪和立场，确有可能影响到事件的进程乃至方向。但要说明的是，那些已然和行将成为现实之事不会引起太多议论。海德格尔认为，闲言的深层驱动力来自人们对"两可"之事的"好奇"，"一旦预料之事投入实施"，"闲言和好奇便失其大势"，"闲言甚至还气不过它所预料之事和不断要求之事现实地发生了。因为这样一来，闲言就丧失了继续预料的机会。"[①] 以现实生活里人们最喜欢议论的男女之事为例，如果某对男女交往的事实被坐实和公开，八卦爱好

---

① 海德格尔：《存在与时间》（中文修订第二版），陈嘉映、王庆节译，北京：商务印书馆，2016年，第245—246页。

者们反而会感到失落，原因在于这剥夺了他们继续"爆料"的乐趣。《红楼梦》中贾宝玉的婚事是贾府政治的集中体现，因为是否继续维持四大家族（贾、王、史、薛）之间的联姻，关系着贾氏家族的未来，所以贾府上下无不对此事保持高度关注，就连不相干的外人也对此说三道四。小说围绕这件事情所作的叙述，让我们看到八卦天然倾向于传播模棱两可、不大靠谱的信息（如第八十九回和九十回中，林黛玉听到的丫鬟议论均为空穴来风），而铁板钉钉、缺乏悬念的真实信息（如贾母拍板敲定的"金玉良缘"）则只在非八卦的正式渠道中流通。海德格尔说"谁要是以真实的方式捕捉一事的踪迹，他是不会声张的"[1]，贾母、王夫人和王熙凤身边的仆妇就是如此，她们洞晓内情却个个守口如瓶，大观园里只有傻大姐这样的另类才可能口没遮拦。

三、夜话与抱团

人类的叙事能力得以发育，离不开夜幕的覆盖与夜间活动的助力。《天方夜谭》里的故事都是在夜间讲述，古今中外更有不少以"夜话""夜谭"为名的作品流行于世。唐传奇的出现标志着中国小说文体的独立，其创作在很大程度上得益于文人交流奇闻轶事的夜间八卦——沈既济《任氏传》中的"方舟沿流，昼宴夜话，各征其异说"，以及李公佐《庐江冯媪传》《古岳渎经》中的"宵话征异，各尽见闻""江空月浮，征异话奇"等，均可为此作证。

时间对人类来说分为运动的白天与静止的夜晚，虽然后者占了总数的一半，但迄今为止这一半仍未获得足够的关注。人的眼睛到了夜间会被黑暗蒙住，但在"看"无英雄用武之地时，"听"却在大显身手主动出击："夜阑卧听风吹雨"和"夜半钟声到客船"等诗句显示黑暗中的

---

[1] 海德格尔：《存在与时间》（中文修订第二版），陈嘉映、王庆节译，北京：商务印书馆，2016年，第245页。

人们并非都在酣睡,许多警惕的耳朵到了深夜还在监听(monitoring)外面的动静。不仅如此,漫漫长夜不可能全部都用于睡眠,不管是成人还是儿童,听人讲故事是无可替代的最佳睡前活动。擅长于讲故事并对此有深入思考的爱·摩·福斯特,在其名作《小说面面观》中用栩栩如生的形象,描绘了一幅远古人类的夜话图:

> 故事在远古时代就已经出现,可以追溯到新石器时代,以至旧石器时代。从当时尼安得塔尔人的头骨形状,便可判断他已听讲故事了。当时的听众是一群围着篝火在听得入神、连打呵欠的原始人。这些被大毛象或犀牛弄得精疲力竭的人,只有故事的悬宕才能使他们不致入睡。因为讲故事者老在用深沉的声调提出:以后又发生了什么事呢?①

不过在人类学家看来,讲故事活动主要还不是为了消磨时间,而是为了建立前文一再讨论的群体感,更直截了当地说是为了强化人际间的抱团行为。邓巴觉得梳毛有助于胺多酚的分泌,这里他又说到夜话中"被激发的情感会促使胺多酚的分泌,有益于群体感的建立":

> 不管讲述的是什么内容,围坐在火塘边,伴着跳跃的火光讲述着引人入胜的故事总能创造出温馨的氛围,在讲故事的人和听故事的人之间形成一种亲密的联接,也许,是因为被激发的情感会促使胺多酚的分泌,有益于群体感的建立。……讲故事一般都在晚上进行,这应该不是偶然的安排。人们对黑夜有天然的恐惧,有经验的讲故事的人会利用这种情绪,从而加强刺激人们的感情反应。黑夜屏蔽了外面的世界,却能让人们产生更加亲密的感觉。②

需要解释的是,黑夜对外部世界的屏蔽为什么会让人们彼此紧密地团团"围坐"。笔者认为,白天之所以不是讲故事活动的最佳时间,除了这段时间更多属于劳作外,还因为阳光照耀下的外部世界时刻在显示

---

① 爱·摩·福斯特:《小说面面观》,苏炳文译,广州:花城出版社,1984年,第23页。
② 罗宾·邓巴:《人类的演化》,余彬译,上海:上海文艺出版社,2016年,第274—275页。引文中的着重号为笔者所加。

自己的"在场",这种"在场"对听众进入故事中的虚构世界形成了严重的干扰。而当夜幕低垂时,周围的一切除了篝火外都已消隐远去,剩下的只有黑乎乎的影子与讲故事的声音,这时候人们会觉得自己所在的群体就是整个和唯一的世界,那个声音将自己和他人"联接"成一个整体,这个整体就是自己需要紧紧"抱"住的主要对象。此外,夜幕笼罩下的旷野危机四伏,植入基因的黑夜恐惧使人们更愿意从充满敌意的现实世界中暂时抽身,与别人一道遁入故事中充满魅力的可能世界。前引唐传奇的"江空月浮""方舟沿流"等语,告诉我们那时文人的侃大山往往是在船上进行,这种相对封闭的安全环境更容易增进参加者之间的亲密感。

不过早期人类的夜话只能以篝火为伴,大凡讨论初始叙事的文字,几乎无不涉及篝火,这种情况的出现并非偶然。一个人会不会讲故事,与其想象力是否丰富有关,邓巴认为火光跳跃可以激发故事讲述人的想象力:"篝火边的对话还有一个重要的功能,火光跳跃中,人们的想象力被激发出来,于是就有可能开始讲故事。"[①] 但火光跳跃何以能激发想象,仍须给出更为具体的理由和解释。今人已经习惯了灯火璀璨的夜晚,即便如此人们在晚上看起来也会和白天有所不同,而在除了篝火之外没有其他光源的情况下,人的外貌和肢体会因火光的映照和跳跃发生更大幅度的变形,甚至连身边司空见惯的景物也会变得怪异和陌生。弗·迪伦马特的小说《法官和他的刽子手》中,病入膏肓的探长利用自己灯光下变形的形象来对犯罪嫌疑人施加心理压力,把后者唬得魂不附体。[②] 环境改变思维,既然周遭事物都已偏离了常态,故事讲述人的想象自然也可天马行空不拘一格。火在燃烧时会产生火苗、火舌和火焰,其摇曳多姿、变幻莫测的形状使人浮想联翩,火光照映下的谈话亦仿佛

---

① 罗宾·邓巴:《人类的演化》,余彬译,上海:上海文艺出版社,2016年,第235页。
② "墙上映出有他本人二倍大的他躯体的凶猛黑影的轮廓,胳臂的有力动作,垂下的脑袋,恰似一个狂欢的黑人酋长在跳舞。钱茨(按,即犯罪嫌疑人)惊愕万分地瞧着病入膏肓者这幕令人恐怖的表演。"弗·迪伦马特:《法官和他的刽子手》,载《迪伦马特小说集》,张佩芬译,上海:上海译文出版社,1985年,第130页。

有了温度,所以旧时会有《剪灯新话》《围炉夜话》这样的读物。安徒生的《卖火柴的小女孩》中,小女孩一连五次擦燃火柴,火光中呈现的幻象每次都有所不同,最后她把手中的火柴全都点着,由此产生了在奶奶怀中飞往天国的死前幻觉。

夜话往往还与夜间的饮食活动相伴,白天的时间既然要用于劳作,人们摄入营养和能量主要便依靠晚餐,有些消耗大的人上床之前还要来点宵夜。唐代文人聚谈大多设有酒食,陈鸿《长恨传》末尾记王质夫"举酒"于白居易之前,劝其以自己的"出世之才"书写唐明皇与杨贵妃之间的"希代之事",可见催生《长恨歌》的仙游寺之聚并非"清谈"。① 那么岩洞中的早期人类是否也有这样的夜话条件呢?西方考古发现的新石器时期超大酒缸,以及野牛之类动物的成堆遗骨,显示欧洲的酒宴有非常古老的历史。② 无独有偶,我国仰韶和大汶口文化遗址中也有许多酒具出土③,再往后还有《史记·殷本纪》记载的夏桀"长夜之饮"。邓巴仍从胺多酚分泌和群体维系角度看待晚餐的功能:

> 酒精能够极大地促进安多芬的分泌。事实上,酗酒人不是对酒精上瘾,而是对胺多酚上瘾……这就解释了为什么社交性的饭局和宴会在我们的生活占据如此重要的位置。很可能从新石器时代起,宴会就起到了既能维系群体团结融洽,又能欢迎远方客人(尤其是陌生人)的作用。邀请他人共进晚餐(不管是否喝酒)依然是现代社交生活的一个重要部分,但是没有人会对这种行为感到很奇怪,或者去探究一下它的缘由。④

让我们沿着邓巴的思路继续探究邀请他人共餐的"缘由"。就其本

---

① "暇日相携游仙游寺,话及此事,相与感叹。质夫举酒于乐天前曰:'夫希代之事,非遇出世之才润色之,则与时消没,不闻于世。乐天深于诗,多于情者也。试为歌之,如何?'"陈鸿:《长恨传》,载张友鹤选注:《唐宋传奇选》,北京:人民文学出版社,1982年,第97页。

② Dietrich, O., Heun, M., Notroff, J., Schmidt, K., and Zarnkow, M. (2012), "The Role of Cult and Feasting in the Emergence of Neolithic Communities, New Evidence from Göbekli Tepe, South-estern Turkey", Antiquity 86: 674—95.

③ 陈文华:《中国古代农业文明史》,南昌:江西科学技术出版社,2005年,第68页。

④ 罗宾·邓巴:《人类的演化》,余彬译,上海:上海文艺出版社,2016年,第320页。

质而言，共餐不是为了吃喝而是为了人际间的抱团，举杯邀饮在许多情况下只是一种交际手段，目的还是为了相互沟通发展友谊，酒精的功能主要在于帮助人们打开话匣子。进食本来就是享受的时间，酒菜入口会让人进入放松状态，这时候无论主客都会不知不觉地解除原先的戒备与拘谨，因此筵席上的交谈永远要比平时来得热烈和欢快。英语中的symposium（研讨会）一词源于古希腊，最初的意思为在正餐（deipnon）之外的一道喝酒①。柏拉图的《会饮篇》用转述的方式，生动翔实地再现了苏格拉底、斐德若和阿里斯托芬等人一边喝酒一边谈话的热闹情景，我们看到觥筹交错令谈话者变得兴奋异常口若悬河，座中诸人唯有苏格拉底能从头至尾保持清醒。②唐代文人的聚谈也有苏格拉底这样的主心骨，研究古代小说的专家注意到，李公佐本人不仅是四五部口传故事的记录整理者，他的名字还在记载这类"征异话奇"活动的文献中频繁出现，③从中可以看出他不但是一个活跃的故事讲述人，更是一位善于倾听和鼓励他人讲故事的大师。从白行简《李娃传》中的记载可见，如果不是遭遇李公佐这样的"超级"聆听者，如果没有他的"拊掌竦听"和"命予为传"，白行简可能不会"握管濡翰"，将这个无数人唏嘘的故事"疏而存之"。④为了铭记这位讲故事活动鼓动者的功绩，我们的叙事学研究会应当向他补授一枚"最佳夜话组织者"的勋章！

与symposium一词相似，汉语中"餐叙""酒叙"之类的名目更为繁多，这类表述显示饭局主人希望以酒食来促进叙谈。如今饥饿的时代已经远去，人们乐于邀宴和赴宴不是为了大快朵颐，而是为了有机会与

---

① 罗伊·斯特朗：《欧洲宴会史》，陈法春、李晓霞译，天津：百花文艺出版社，2006年，第10页。

② 柏拉图：《文艺对话集》，朱光潜译，北京：人民文学出版社，1963年，第211—292页。按，《会饮篇》记载谈话者最后都昏昏睡去，唯有苏格拉底未受任何影响，长夜之饮的第二天仍作息如常。

③ 石昌渝：《中国小说源流论》，北京：生活·读书·新知三联书店，1994年，第146—150页。

④ "予伯祖尝牧晋州，转户部，为水陆运使，三任皆与生为代，故谙详其事。贞元中，予与陇西李公佐话妇人操烈之品格，因遂述汧国之事。公佐拊掌竦听，命予为传。乃握管濡翰，疏而存之。时乙亥岁秋八月。"白行简：《李娃传》，载张友鹤选注：《唐宋传奇选》，北京：人民文学出版社，1982年，第80页。

亲友畅谈，一道消费真假莫辨的各类故事，当代许多八卦就是这样在餐桌之间不胫而走。在食物匮乏、动乱频仍的年代，王公贵族的酒宴更加不可或缺。《周礼·天官冢宰》详细记载了为周天子提供饮食服务的人员数量与职责分工，张光直说"在负责帝王居住区域的约四千人中，有二千二百多人，或百分之六十以上，是管饮食的"。①"管饮食的"队伍如此庞大，显示当时的宫廷中经常举办规模惊人的宴会，这种所费不赀的活动肯定有系紧周王朝内部纽带的考虑。上层阶级之外，聚族而居的平民也可达到较大的用餐规模，唐宋时江西德安的"义门陈"曾历15代而未分家，用餐时人们按长幼次序坐于广席，连豢养的犬只也不争不抢，由此还演绎出"一犬不至，百犬不食"的佳话。

四、语音与排外

讲故事本来是指用人的语音来传播故事，但在当今这个读图时代，"叙事"一词已基本与口述脱钩，"讲故事"之"讲"也更多不是指诉诸口舌的讲述，因此我们需要正本清源，重新认识语音在群体维系上的作用与影响。以上三节均着眼于结盟与抱团，然而群体感不只表现为对"自己人"（包括可能成为"自己人"的人）的认同与接纳，还包括对"外人"（群外之人）的排斥与抵制，本节要讨论的就是把人群分隔开来的不同语音。

人类社会为什么会分出不同的人群？虽然日常生活中我们经常会说"物以类聚，人以群分"，但具体到人群究竟因何而分，不同学科不同立场的学者各有各的见解。不过有一种提法应当多数人都会同意，这就是"群以音分"。众所周知，民族之分首先是语言之分，而语言之分说到底

---

① "这包括162个膳夫，70个庖人，128个内饔，128个外饔，62个亨人，335个甸师，62个兽人，344个渔人，24个鳖人，28个腊人，110个酒正，340个酒人，170个浆人，94个凌人，31个笾人，61个醢人，62个醯人，和62个盐人。"见张光直：《中国青铜时代》，北京：生活·读书·新知三联书店，1983年，第222—223页。

是说话的声音之分，是故英语中各民族之名与其语音多为同一个词，如Chinese、English 和 Russian 既指汉语、英语和俄语，也指用这种声音说话的中国人、英国人和俄国人。民族之下还可细分，在使用同一语种的情况下，每个因地缘、宗法和其他纽带联接在一起的更小群体，在发音上仍然不会完全相同。以笔者所在的江西省为例，南昌话出了省城便无用武之地，各市县乃至一些乡镇的方言只能在本地通行，有的地方甚至村头和村尾的口音也不尽相同。这就导致许多江西人相互之间必须说普通话——如果不是半个多世纪以来推广普通话工作开展得颇为成功，很难想象说江淮官话的九江人和说客家语的赣南人对话会是怎样一副尴尬情景。20世纪初有识之士对此有深怀忧虑的描述：

> 我家的说话，可算得国语标本了。然而家中公用的言语，没有经过标准的审订，故这一句是北方语，那一句是南方语，这一句是北京话，那一句是上海话。发音更不相同了。……看见各杂志、各教科书所用的口语文，没有一定的规则，往往你写的北京话，我写的南京话；你写的山西官话，我写的湖北官话，更有浙江官话，夹了许多土话的官话。我怀疑的，将来弄了这许多种的官话，怎样统一？①

胡适由于主张先推广白话文学，被日本学者平田昌司认为只注重"眼睛的文学革命"，而赵元任由于提倡国语，在其眼中便代表着"耳朵的文学革命"。平田昌司还说中国这个"想象的共同体"的视听统一发生在20世纪六七十年代，是因为那时"官方动员报刊、书籍、音乐、戏剧等一切媒体，不论'眼睛'还是'耳朵'都灌输了规范性的语言"。②

---

① 陆费逵：《小学校国语教授问题》，载《中国近代教育史资料汇编·普通教育》，上海：上海教育出版社，1995年，第681—685页。

② "最终把'眼睛的文学革命''耳朵的文学革命'推到完成的，也可能是人手一本《毛主席语录》、八亿人民八个戏的'文化大革命'。在这十年，官方动员报刊、书籍、音乐、戏剧等一切媒体，不论'眼睛'还是'耳朵'都灌输了规范性的语言。"见平田昌司：《文化制度和汉语史》，北京：北京大学出版社，2016年，第291页。

那么"群以音分"的现象又是怎样发生的呢?《旧约》说这是因为上帝不希望人类联合起来兴建通往天堂的高塔,于是故意混乱其语言,所有的神话后面都隐藏着某种事实,这个故事反映人类各族群之间存在着难以弥合的语音鸿沟。语言学家多从群体的迁徙、融合与隔离等角度思考语言的分化,然而这些只能说明后来的变异,人们更想知道的是,尽管许多语言正在以快得惊人的速度消失,为什么到现在还有六千多种不包括方言在内的语言存在?语言的记录方式或许可以提供一种解释。最初的象形文字后来绝大部分都转化成了表音文字,这方面近东地区的闪米特人首开其端,他们创造了人类历史上第一套字母系统,这套系统经后人改进后可与语音的各种形态大致对应,甚至还能摹写方言、俚语乃至某些族群的特殊发音。以英语为例,美国小说中黑人与下层民众所说的词语往往用独特的拼写方式表现,如 going to、want to 和 out of 常常写成 gonna、wanna 和 outta,它们已经成了一种约定俗成的英文新景观。摹写上的优势带来的是语言和民族分化的严重后果,西欧英法德意等民族的语言本来同属一体,只不过各族群发音上的差别被各自使用的拼音文字固定下来,结果这些语言彼此之间渐行渐远,使用它们的群体也最终演变成不同的民族。与此形成鲜明对照,汉语作为表意文字在摹写声音上虽然不如拼音文字那样精细,但在阻止各方言区继续分化上却是一道牢不可破的"防火墙",尽管如前所述东西南北的国人口音存在千差万别(与西欧语言的差别相比不遑多让),这些语音对应的却是同一套文字符号。不言而喻,假如其他民族使用的也是像我们这样的文字,世界上的现存语言一定不会有如此之多。

不过这还不是"群以音分"的根本原因。当语言学家向哥伦比亚的巴拉族人(Bara)询问为什么印第安人有这么多亚种时,得到的回答是"如果我们都说图坎诺语(Tukano),我们去哪找女人"[①],这话其实说的是世界上不能只有说同一种语言的"我们",必须还有说别的语言的

---

① D. Crystal, *The Cambridge Encyclopedia of Language*, New York: Cambridge University Press, 1987, p.42.

"你们"与"他们",这样男人才能在自己的亲族之外找到可以爱的对象。史迪芬·平克则说不同群体的语音差异提供了可以恨、可以鄙视和八卦的对象:"人类相当善于嗅出些微差异,以发现他该鄙视什么人……当世界上不止一个语言后,民族优越感(ethnocentrism)才开始肆虐。"① 巴别塔故事把人类语言分开的责任归于上帝,实际上人类从一开始就有用声音来区分群内人与群外人的内在冲动:使用不同的语言、方言和乡音犹如佩戴了表明身份的徽章,一开口便标示出此人是"自己人"还是"外人"。前面提到梳毛与八卦的拉帮结伙功能,用语音来统一群体同样是一种将他人排除在外的行为。邓巴发现语言的多样化与群体密集的程度成正比,也就是说"邻居"越多的地方越需要通过语音来辨别敌我友,这种情况下语言的分化会变得非常迅速,因为必须提防投机取巧的外人混入群内:

> 语言起初发展成各种方言,最终变成互不理解的语言,是因为地方群体在面临其他群体的竞争时需要辨别群体成员身份。
>
> 方言还有一个优势:它可以较快地变化,至少一代人可以演变出一种方言。如此一来,便可追踪一个群体在某一时间段里的迁移模式。迁徙的群体经过一代人以后,尽管用的还是原来的词,但会演变出自己的口音和言语风格。澳大利亚和英国口音如今截然不同,而大部分澳洲移民不过发生在过去100年间。显然,方言是为了应对有人搭便车投机取巧。通过不断发展新的话语形式,同一个事情换新的说法,群体可以轻松辨别成员身份。而这种身份徽章很难造假因为语言需要很小就开始学。除非在群体中长时期生活,不然很难学会其中口音和言语风格。②

事实确是如此。笔者有一次远足去九江市管辖下的庐山,发现值守

---

① 史迪芬·平克:《语言本能——探索人类语言进化的奥秘》,洪兰译,台北:商周出版/城邦文化事业股份有限公司,2015年,第294页。
② 罗宾·邓巴:《梳毛、八卦及语言的进化》,张杰、区沛仪译,北京:现代出版社,2017年,第219、217页。

山门者要求进山者说一句九江话方可放行,形成此陋规的原因是当地人一直有登庐山晨练的习惯,庐山管理者为此对"自己人"网开一面,"外人"想搭这趟便车则会因口音露馅。邓巴引《旧约》中两则叙事证明搭便车容易被识破:一则是以法莲的逃亡者因为咬不准"示播列"这一字音而被把守约旦河渡口的基列人所杀,因此而死在河边的以法莲人竟达四万两千人之多(详见本书第三章);另一则是耶稣蒙难时彼得矢口否认自己的身份,围观者却指认说"你真是他们一党的!因为你是加利利人,你的话和他们一样"。① 中国古代也有搭便车的。清代科举考试实行籍贯回避制度,据《清实录》记载,康熙五十一年,江浙一带士子假冒直隶等处北籍参加科举考试者甚多,康熙对臣下说:"十三省语音,朕悉通晓,观人察言即可识辨。"他让臣下向中试的进士宣布,如有冒籍者即速到礼部坦白,复试时向皇帝面奏也行,如果隐瞒不报,一经查出决不轻饶。当然也有少数例外,《水浒传》中的燕青是一位擅用口舌的天才,第六十一回作者介绍他"吹的、弹的、唱的、舞的、拆白道字,顶真续麻,无有不能,无有不会。亦是说的诸路乡谈,省的诸行百艺的市语",正因为有这种本领,第八十一回中他才能"打着乡谈"顺利进入东京城门。② 城门把守者当时防范的主要对象是梁山好汉,后者在他们心目中都操外地口音,故尔燕青的"乡谈"会令其放松警惕。

方言令人感到亲切,在于它是方言区人们的母语。国人对外交往时把汉语当作母语,但在国内甚至是在方言区内,人们又会把仅仅流行于自己家乡一带的乡语乡音视为母语。母语在英语中是 mother tongue,其字面意义为母亲的舌头,乡语乡音其实就是母亲发出的声音,人们从娘胎里听着这种声音长大,自然会对这种声音怀有天然的好感,进而会

---

① 罗宾·邓巴:《梳毛、八卦及语言的进化》,张杰、区沛仪译,北京:现代出版社,2017年,第218—219页。按,邓巴书中说第二则记录出自《马可福音》,经查《马可福音》中未见此条,但《马太福音》"彼得三次不认主"中有类似文字:"彼得又不承认,并且起誓说:'我不认得那个人。'过了不多的时候,旁边站着的人前来对彼得说:'你真是他们一党的,你的口音把你露出来了。'"

② "两个到得城门边,把门军当住。燕青放下笕子,打着乡谈说道:'你做甚么当我?'军汉道:'殿帅府有钧旨:梁山泊诸色人等,恐有夹带入城,因此着俺各门,但有外乡客人出入,好生盘诘。'燕青笑道:'你便是了事的公人,将着自家人,只管盘问。'"《水浒传》第八十一回。

爱屋及乌地把所有发出这种声音者当作自己人。由于这份娘胎里带来的感情，乡音乡语成了人际间重要的黏合剂，它能够把陌生人黏合为朋友，把男女黏合为夫妻，把不同身份的人黏合为乡谊社团，客家人甚至有"宁卖祖宗田，不卖祖宗言"之说。赫尔曼·沃克《战争与回忆》最后一节中，纳粹屠刀下幸存的犹太男童路易斯因遭受严重刺激，获救后陷于不说不笑的自闭状态，其母娜塔丽找到他后用意第绪语在其耳边哼唱儿歌，不久孩子居然"笑嘻嘻地"跟着母亲的声音唱了起来。这一奇迹犹如一道强烈的光亮，把一旁观看的孩子父亲和友人照得睁不开眼睛，这个细节再好不过地说明人对母语有一种本能的信赖之情。[①]

尽管中国历代都有雅言与官话，使用方言的各类叙事样式在方言区内还是更受欢迎，地方戏在全国各地星罗棋布，便与地方上的人喜欢自己的乡音乡语（mothertongue）有很大关系——认真考究起来，各剧种之间除声音（包括声腔）之外并无多大差别。众所周知，对方言区内的人来说，用方言讲述故事，特别是讲述地方色彩较浓的故事，比用雅言或官话讲故事更觉有滋有味，因为方言中许多声音表达具有无法转换的个性魅力。韩少功在《马桥词典》后记中讲述自己在海南买鱼时询问鱼名，摊主只能说出"海鱼""大鱼"这样的名字，事后作者才知道这不是当地人语言贫乏，而是他们的表达"无法进入普通话"："我差一点嘲笑他们，差一点以为他们可怜的语言贫乏。我当然错了。对于我来说，他们并不是我见到的他们，并不是我在谈论的他们，他们嘲啾呕哑叽哩哇啦，很大程度上还隐匿在我无法进入的语言屏障之后，深藏在中文普通话无法照亮的暗夜里。"[②]

由此回看前述平田昌司之论，我们会发现用"眼睛的文学革命"来

[①] 赫尔曼·沃克：《战争与回忆》（4），主万等译，北京：人民文学出版社，1981年，第1740—1741页。

[②] "真正的渔民，对几百种鱼以及鱼的每个部位以及鱼的各种状态，都有特定的语词，都有细致、准确的表达和描述，足可以编出一本厚厚的词典。但这些绝大部分无法进入普通话。即使是收集词条最多的《康熙字典》，四万多汉字也离这个海岛太遥远，把这里大量深切而丰富的感受排除在视野之外，排除在学士们御制的笔砚之外。"见韩少功：《马桥词典·后记》，北京：作家出版社，1996年，第398—399页。

概括胡适的主张并不公平，胡适确实说过统一"国音"不是他那个时期的当务之急，但他努力提倡的白话文学并不只是诉诸眼睛：

> 我们深信：若要把国语文变成教育的工具，我们必须先把白话认作最有价值最有生命的文学工具。所以我们不管那班国语先生们的注音工作和字典工作，我们只努力提倡白话的文学，国语的文学。国语先生们到如今还不能决定究竟国语应该用"京音"（北平语）作标准，还是用"国音"（读音统一会公决的国音）作标准。他们争了许久，才决定用"北平曾受中等教育的人的口语"为国语标准。但是我们提倡国语文学的人，从来不发生这种争执。《红楼梦》《儿女英雄传》的北京话固然是好白话，《儒林外史》和《老残游记》的中部官话也是好白话。甚至于《海上花列传》的用官话叙述，用苏州话对白，我们也承认是很好的白话文学。甚至于欧化的白话，只要有艺术的经营，我们也承认是正当的白话文学。这二十年的白话文学运动的进展，把"国语"变丰富了，变新鲜了，扩大了，加浓了，更深刻了。①

可以看出，白话在引文中更多指语言而非文字，胡适用"好白话"来形容写人叙事作品中的各地方言，显示他乐见笔头叙事中使用乡语乡音。不仅如此，胡适一方面以讽刺性的口吻说到"国语先生们"急于制订"国音"标准的行为，另一方面又称赞白话文学运动把"'国语'变丰富了，变新鲜了，扩大了，加浓了，更深刻了"，这表明他并不反对汉语的统一，而是寻求汉语在更具代表性、更有"五湖四海"意味上的统一。他还以口语中经常用到的"什么""这个"等为例，告诉人们这类表达过去没有固定的写法，"自从几部大小说出来之后，这些符号才渐渐统一了。文字符号写定之后，语言的教学才容易进行。"②用本章的话来说，胡适是希望以叙事尤其是有影响的叙事（即《红楼梦》之类的

---

① 胡适：《〈中国新文学大系·建设理论集〉导言》，载《胡适古典文学研究论集》（上册），上海：上海古籍出版社，2013年，第230—231页。
② 同上书，第231页。

"大小说")为示范,达致我们这个民族在语言表达上的统一。欧洲文学史已经证明,叙事经典的作用不仅体现为讲述了精彩的故事,还体现为讲述这些故事的语言也成为人们模仿学习的典范。但丁摒弃中世纪文学惯用的拉丁语而用俗语写作《神曲》,此举促进了意大利民族语言的统一;普希金的小说诗歌提供了现代俄语的标准样板,高尔基因此誉之为"一切开端的开端"。这两位伟大的故事讲述人,都为用声音统一自己的民族做出了永垂青史的贡献。

五、烙印与赋形

以上对初始叙事的讨论不无丑化之嫌,但就像哈哈镜能放大照镜者的外形特点一样,人类学这面镜子也有助于我们看清楚讲故事行为的本来面目。所有的生命都有与生俱来的生存与繁衍冲动,为此不惜与同类及其他物种展开不择手段的竞争,我们不能用后来的美学与伦理标准来要求自己的祖先。达尔文说"(人)从一个半开化状态中崭露头角原是比较晚近的事",尽管人类后来拥有了"上帝一般的智慧"与"一切华贵的品质","在他的躯干上面仍然保留着他出身于寒微的永不磨灭的烙印"。[①] 笔者认为,"永不磨灭的烙印"不只见于人类的躯干,人类的讲故事行为上也留有这样的印痕:不管叙事媒介与形态如何与时俱进,其本质、功能与目的并未发生根本性的变化,这种情况就像人类的进食行为一样——今人的饮食不知要比前人丰富和精巧多少,但今人享用美食佳肴和前人茹毛饮血在本质上都是为了摄取能量。

仍须重申的是,前面讨论的结盟与排外实为一块硬币的两面:结盟是冠冕堂皇的拉帮结伙,而拉帮结伙又势必把某些人排除在外,不过没有这些行为便不能形成群体,人类历史上令人遗憾地充满了这类无法用

[①] 达尔文:《人类的由来》(上、下册),潘光旦、胡寿文译,北京:商务印书馆,1983年,第188、939—940页。

美好词语来形容的行为。即便是在进入文明社会之后，一些叙事门类中仍然可见八卦之类行为的蛛丝马迹，它们既是"永不磨灭的烙印"，同时又在一定程度上影响着相关叙事门类的形态，此即《文心雕龙·丽辞》中所说的"赋形"。让我们先从文艺领域的叙事门类谈起。前面对唐传奇的讨论已涉及口头讲述对笔头叙事的影响，这里要补充的是，唐传奇中一些作品当初就是形诸文字的八卦，带有明显的攻击诽谤意图，只不过这种意图随着时过境迁而被淡化悬置，后世读者更多是从艺术而非政治角度消费这些作品。其中最典型者当属《补江总白猿传》，明人胡应麟指出："《白猿传》，唐人以谤欧阳询者。询状颇瘦削类猿猱，故当时无名子造言以谤之。"①鲁迅《中国小说史略》为此发出感叹："是知假小说以施诬蔑之风，其由来亦颇古矣。"②唐朝朋党之争异常激烈，小说因此沦为政治集团相互诋毁的工具，《周秦行纪》《牛羊日历》与《上清传》等皆有构陷政敌的嫌疑。③后世小说中直接服务于党同伐异的已不多见，但许多作者在讲故事时仍不免掺杂自己的爱恨情仇，借题发挥的影射讽喻可以说俯拾皆是。《红楼梦》第十三回"秦可卿死封龙禁尉"似已作过重大修改（从存世的"秦可卿淫丧天香楼"回目可知），但现在的版本中仍有对家族中秽乱行为的种种讥刺；第七回焦大所骂的"爬灰的爬灰，养小叔子的养小叔子"，以及第六十六回中柳湘莲所说的"你们东府里除了那两个石头狮子干净，只怕连猫儿狗儿都不干净"，都显示作者挥笔时耳畔不时响起少年时代与闻的一些闲言碎语。

《红楼梦》与八卦有关的不止上述内容，故事中许多人物的表现可以说都在为海德格尔的闲言理论作证。就叙事模式而言，熟读该书的读

---

① 胡应麟：《少室山房笔丛》卷三二，上海：上海书店出版社，2001年，第320页。
② 鲁迅：《中国小说史略》，载《鲁迅全集》（第九卷），北京：人民文学出版社，1981年，第71页。按，在该书附录"中国小说的历史的变迁"中，鲁迅重复了这一观点："后来假小说以攻击人的风气，可见那时也就流行了。"
③ 《周秦行纪》托名牛党之首牛僧孺，叙述者以亲历口吻讲述自己与当朝王妃冥遇的故事，世传李党之首李德裕就此撰《〈周秦行纪〉论》一文，批评牛僧孺"以身与帝王妃冥遇，欲证其身非人臣相也"。《牛羊日历》系《周秦行纪》姊妹篇，亦为攻击牛党而作，"牛"指牛僧孺，"羊"指杨虞卿、杨汉公兄弟。《上清传》叙述大臣窦参的婢女上清为其在皇帝面前申冤事，窦参的对头陆贽在故事中被塑造为反派角色。

者也许已经注意到，每当讲述到错综复杂之处时，作者总会安排一个"多言"人物出来指点迷津，这种人物本身在故事世界中无足轻重，其功能主要在于用絮絮叨叨的话语来为渐入佳境的读者提供阅读导引。如果没有第二回冷子兴（周瑞家的女婿）那番提纲挈领的"演说荣国府"，读者难以迅速进入这场令人眼花缭乱的大戏；如果没有第四回门子（葫芦庙小沙弥）就护官符一事所发的滔滔宏论，以贾、史、王、薛四大家族为核心的金陵政治版图不会呈现得如此清晰；如果没有第六十五回兴儿（贾琏小厮）将"荣府之事备细告诉"尤氏母女，我们也无从全面把握主要人物的关系格局以及他们在下人眼中的地位与印象等。人物除了"多言"外也会"失言"，"失言"即不小心或假装不小心说了不该说的话，这种情况常被用来推动和触发事件。第三十三回贾环在盛怒的贾政面前说出金钏儿跳井一事，令自己的哥哥挨了结结实实一顿毒打；第六十六回贾宝玉在柳湘莲面前脱口说出自己曾在尤氏姐妹处"混了一个月"，导致尤三姐在来退婚的柳湘莲面前挥剑自刎；第九十六回傻大姐没心没肺地说出"宝二爷娶宝姑娘"一事，这个"如同一个疾雷"般的消息让林黛玉遭受到致命的一击。

　　需要说明的是，同为八卦，"多言"与"失言"之间还是有本质差别的：冷子兴、小沙弥与兴儿属于原发性话痨，他们不能自控的多嘴多舌纯粹出于叙事的需要，这些提供情报的"信息员"在完成了作者赋予的任务之后，便已失去了在故事进程中继续存在的意义，所以作者会让贾雨村找个由头将小沙弥"远远的充发了"①，冷子兴和兴儿在后来的故事中也是泯然众人。不仅如此，大大咧咧的"失言"与工于心计的"失言"之间的距离也不可以道里计：贾环为了创造出在严父面前进乃兄谗言的机会，故意带着几个小厮在贾政目光所及处"一阵乱跑"，由此引出贾政"你跑什么"的喝问，这样他才能貌似"失言"地说出金钏儿跳井是因为宝玉"强奸不遂"；相形之下，贾宝玉关于尤氏姐妹那番

---

① "此事皆由葫芦庙内之沙弥新门子所出，雨村又恐他对人说出当日贫贱时的事来，因此心中大不乐意，后来到底寻了个不是，远远的充发了他才罢。"《红楼梦》第四回。

话真是有口无心，公子哥儿的天性使其喜欢在人前卖弄自己的风流经历，如果不是柳湘莲反应激烈，他根本不会意识到自己的话已然造成了严重伤害；而傻大姐则是因智商太低而察觉不到自己的"失言"，同样发现不了自己"失言"及其杀伤力的还有潇湘馆的丫鬟们，她们根本没有想到自己躲在外屋的议论竟然会被里屋的林黛玉听见。

《红楼梦》只是我们用来说明问题的一个例子，实际上许多中外叙事作品都是用闲言来架构全篇。就像冷子兴"演说荣国府"开启了《红楼梦》的故事之门一样，《西游记》第九回渔翁与樵夫之间的斗嘴也是故事演进中第一张倒下的多米诺骨牌，由这场斗嘴引发的冲突到后来越演越烈，卷入的人物越来越多，涉及的时空范围也越来越大。① 西方叙事经典中也有不少是以闲言碎语为开端：陀思妥耶夫斯基《罪与罚》顾名思义是以"罪"（杀人）与"罚"（杀人的道德代价）为主题，主人公拉斯柯尼科夫之所以萌发杀人的念头，缘于他在小酒馆中听见别人八卦这个话题。奥斯丁《傲慢与偏见》写的是"傲慢"与"偏见"之间的冲突，女主人公伊丽莎白之所以对"傲慢"的男主人公达西持有"偏见"，也是因为故事开始时她偷听到达西在人前嚼自己的舌根。以日常生活为题的小说常被人说成是写"茶杯里的风暴"，大风起于青萍之末，此类风暴十有八九与八卦有关，欧洲现代小说尤其是女性作家笔下多有这方面的内容。我们的《金瓶梅》通篇也是唾沫横飞，书中人物天生就懂得以流言蜚语为闺阁之中折冲樽俎的利器，但其性格也因此而发生扭曲和变形。

叙事与八卦的这种联系，解释了为什么许多后世故事的讲述会显得那么冗长。就像灵长类动物长时间的相互梳毛一样，八卦及其变形只有喋喋不休反复进行，才能刺激人体内胺多酚的持续分泌。语言学界对这

---

① 书中渔翁夸耀自己抛钩下网"百下百着"，因为每次卜卦先生都会为自己"袖传一课"确定方位，草丛中的巡水夜叉听到这番话后急忙向泾河龙王报告，龙王作为水族头领不得不亲自出面向卜卦先生挑战，挑战成功后却发现自己违旨行雨犯了天条，无奈之下只有向有可能搭救自己的李世民求援，李世民答应后召负责行刑的"人曹"魏征陪自己下棋，不料魏征竟在梦中将龙王斩首，这又引起龙王冤魂向李世民索命，李世民魂归地府后幸获还阳，还阳后须请僧人诵念真经重修善果，于是就有了唐僧师徒的西天取经。

种现象用 redundancy 一词做出形容，该词在中国内地（大陆）通译为"冗余"，但"冗余"让人联想到"多余"，中国港台的译法"备援"可谓得其精髓：信息发送一方之所以不断提供重复累赘的话语，为的是确保自己的意思不被对方误解。这种情况就像寄信时写上收信人的邮编、地址和姓名就已足够，但为了预防万一，人们还是要加上楼栋与电话号码等辅助信息，它们的功能皆为"以备驰援"。冗长不一定都招人厌烦，如果说梳毛动作非要反复进行才能让梳毛对象觉得舒服，那么文学艺术中的复沓（当然不是拖沓）也能产生类似效果，陶渊明的《闲情赋》一口气表达了自己对所爱者的多个愿望（"愿在衣而为领""愿在裳而为带"等），裴多菲的《我愿意是激流》亦用同样的句式作了反复述说（"我愿意是激流""我愿意是荒林"等），它们给人的感觉皆为浪漫而非累赘。为中国百姓喜闻乐见的传统戏目中，接二连三的比拟和不厌其烦的诉说也能有效地刺激安多芬分泌，民间至今流行的京剧《四郎探母·坐宫》和黄梅戏《小辞店·来来来》的唱词堪称这方面的代表。①

文艺之外，历史和新闻领域的叙事也与八卦脱不了干系。《汉书·艺文志》有"小说家者流，盖出于稗官"之说，实际上我们的史书也有许多内容出于"稗官"和"街谈巷语"。司马贞在《史记索隐后序》说《史记》"虽博采古文及传记诸子，其残阙盖多，或旁搜异闻以成其说"，司马迁本人在《史记·太史公自序》中亦承认自己"网罗天下放失旧闻"，《史记·魏公子列传》最后的"吾过大梁之墟，求问其所谓夷门"之语，正是太史公搜罗"异闻"与"旧闻"的具体写照。由此不难揣测，《史记·高祖本纪》开篇讲述的刘媪"梦与神遇""遂产高祖"的故事，其来源只能是君权神授者的梦呓。不过《史记》的记叙大体上还是可信的，虽然它被一些人看作"谤书"，② 但真正的"谤书"应为先秦

---

① 京剧《四郎探母·坐宫》唱词："杨延辉坐宫院自思自叹，想起了当年事好不惨然。我好比笼中鸟有翅难展；我好比浅水龙被困沙滩；我好比弹霜雁失群飞散；我好比离山虎落在平川……"黄梅戏《小辞店·来来来》唱词："你好比那顺风的船扯篷就走，我比那波浪中无舵之舟；你好比春三月发青的杨柳，我比那路旁的草我哪有日子出头；你好比那屋檐的水不得长久，天未晴路未干水就断流……"

② "东汉王允言：'昔武帝不杀司马迁，使作谤书，流于后世。'"见《后汉书·蔡邕列传》。

时代的《竹书纪年》，其中的"舜囚尧"和"伊尹放太甲"等记叙完全颠覆了舜和伊尹的正面形象——舜被说成是迫不及待的抢班夺权者，伊尹则是发动宫廷政变的阴谋家和伪君子。由此可见历史叙事也难以避免口水成分，再伟大的人物也免不了被别人说闲话。

史官文化发达为古代中国一大特色，新闻传播先行则是英国走向现代化的重要标志。彼得·阿克罗伊德说"新闻的本质是咬耳根或谣传所得的信息"，"这座城市（按，指伦敦）是丑闻、诽谤、捕风捉影的中心。市民爱散布谣言，背后说坏话。16世纪有传单、宣传册、大幅招贴，专门散播当时的煽动性事件。街头小贩则确保挨家挨户送去这些新闻"。① 16世纪到现在已经过去了四百多年，英国人对八卦新闻的热情仍未减退。邓巴对目前"面向高端人群的《泰晤士报》和面向大众的英国通俗小报《太阳报》"的版面分布作了具体分析，前者"43％都是有趣的故事（包括采访、越发低俗的新故事等等）"，后者"78％的内容都是人们感兴趣的故事，其唯一目的就是让读者能够窥探他人的私生活"，"两份报纸用来刊登'八卦新闻'的实际版面几乎一致，分别是833和850英寸"②。性格拘谨的英国人对八卦新闻情有独钟，或许是因为他们觉得"第四权力"的舆论监督作用不可或缺，即便有些报道在抖搂丑闻时不免过火或失实，仍能让涉事官员、贵族及名人等有所忌惮。③《哈姆莱特》第二幕第二场的一段对话，对今天的英国政治来说仍有其现实针对性——剧中波洛涅斯问哈姆莱特"您在读些什么"，哈姆莱特回答说"都是些空话，空话，空话"，波洛涅斯接着追问"您读的书里讲到些什么事"，哈姆莱特回答说"一派诽谤"。④这一回答告诉我们，莎士比亚对叙事的本源和本质早有深刻的洞察。

---

① 彼得·阿克罗伊德：《伦敦传》，翁海贞、杜冬、何泳杉译，南京：译林出版社，2016年，第336、337页。

② 罗宾·邓巴：《梳毛、八卦及语言的进化》，张杰、区沛仪译，北京：现代出版社，2017年，第8页。

③ 20世纪末英国退出欧洲汇率机制，时任首相梅杰在电话中问《太阳报》主编柯文·麦肯锡将如何报道此事，后者答曰："约翰，我已经准备好了一桶大便，我要一下子全倒在你的头上。"

④ 莎士比亚：《哈姆莱特》，朱生豪译，吴兴华校，北京：人民文学出版社，1977年，第47页。

听觉叙事研究

最后要说的是，拜传媒变革之赐，人类讲故事的形式和手段较之过去已进步太多，但就维系群体的作用而言，一些用高科技武装的现代叙事不一定比得上过去篝火边的夜话。邓巴说人类虽然发明了"最为神奇的"语言，拥有了"最了不起的计算机器，最能言善辩的交流系统"，但很多情况下"我们常感'无以言表'"，因为"语言本身不能维系群体。冰冷的言语逻辑需靠更深层次、更动情的东西来温暖。为此我们需要音乐与身体接触"[①]：

> 一种关系形成之初，语言是极好的铺垫工具：可让人了解心仪的对象或合作伙伴。但随着关系深入发展，我们抛弃语言回归古老的仪式，互相接触和直接互动。在生命的关键时刻，从灵长类祖先遗传而来的梳毛，重新成为维系感情的方式。因为身体接触的触动和抚慰效果为语言所无法企及。简单的抚摸轻触刺激产生内源性鸦片物质，这是语言所不及之处。[②]

引文道出语言本身只是冰冷的工具，人类最基本的情感维系方式不可取代。抱团取暖需要真正的相互靠拢，我们今天虽已进入"地球村"时代，但网络上虚拟的接触终究还是镜花水月，没有能感觉到对方呼吸与体温的互动往来，产生不了填补情感空虚的"内源性鸦片物质"，我们中国人于此最有体会。邓巴将音乐和身体接触相提并论，笔者理解是听觉与触觉最为接近，去过大型演唱会热火朝天现场的人，可能都会有某种"听触一体"的震撼体验，类似效果也见于史诗演唱传统保留较好的民族地区。

本章对梳毛、八卦、夜话和语音的讨论，旨在阐发叙事交流对人类群居生活的意义。国内叙事学在西方影响下偏于形式论，一些人甚至把研究对象当成解剖桌上冰冷的尸体，然而叙事本身是有温度的，为此我们需要回到人类祖先相互梳毛的现场，听取人类学家对早期讲故事行为

[①] 罗宾·邓巴：《梳毛、八卦及语言的进化》，张杰、区沛仪译，北京：现代出版社，2017年，第191页。

[②] 同上书，第190—191页。

的种种解释，从而深刻认识到叙事从本质上说是一种抱团取暖的行为。万变不离其宗，人类许多行为都和群体维系有复杂的内在关联，只有牢牢地把握住这种关联，我们今天的研究才不会迷失方向。

第三章 "你"听到了什么:《国王在听》的听觉书写与"语音独一性"的启示

内容提要 人际听觉沟通中传递的声音与气息发自肺腑深处,带有强烈的个性色彩和感性特征,是文学艺术研究应当特别关注的对象。卡尔维诺小说《国王在听》中的听觉书写,对应了声学家和符号学家总结的三种倾听模式——因果倾听、语义倾听与还原倾听。用第二人称"你"来讲述这个故事,既有利于彰显听觉感知的模糊性,又有暗示每个读者都是小说中主要人物的用意。将倾听者设定为国王,乃是出于"居高听自远"的叙事策略——没有谁会比高高在上的国王更在意来自四面八方不利于己的响动。以屏蔽了具体语义的女子歌声来唤醒国王,则是为了突出"语音独一性"的魅力,作者此举被认为是颠覆了西方形而上学传统或曰逻各斯中心主义的奠基石——迄今为止的研究只关注普遍的语音,而忽略了语音是独一无二的这一简单事实。文学界早就认识到"文学即人学",在对具体人物的认识上仍未摆脱形而上学的偏见,虽然罗兰·巴特称语音为人的"分离的身体",但许多人还未深刻认识到具体的语音与语音后面的"活人"之间的联系。卡尔维诺揭示的"语音独一性",在中外叙事作品中都有形形色色的反映和流露。

卡尔维诺晚年曾计划用五篇短篇小说来反映人的视听味触嗅等五种感知，但他最终只完成了三篇（收入他去世后出版的作品集《美洲豹阳光下》），其中1984年完成的《国王在听》对应的是听觉。《国王在听》使用第二人称，也就是说小说通篇都是叙述"你"（国王）听到了什么。卡尔维诺擅长以奇幻的想象来穷尽写作对象的所有可能性，欧美文学中以听为题的小说不在少数，但没有哪部作品对听的思考达到了《国王在听》那样的深度。埃德瑞阿那·卡瓦勒罗认为，"在西方的文学和哲学作品中，就像看上去便让人觉得奇怪那样，卡尔维诺的故事事实上是那些为数极少的文本之一，它们促成对语音提供的一切做深入调查。"① 他甚至还说小说揭示的"语音独一性"（the uniqueness of voice）动摇了西方哲学的根基："由于将语音作为主题，卡尔维诺故事中提出的一系列观念，无形中颠覆了哲学的一块奠基石"。②

那么，一部一万多字的短篇小说何以能产生这种颠覆性的作用呢？卡尔维诺是怎样通过对倾听的叙述来做到这些的呢？或许作者的自述能帮助我们解答这样的疑问。

卡尔维诺承认自己的"嗅觉并不十分灵敏，听觉不够集中，味觉不是很好，触觉只是凑凑合合，而且还是个近视"，但书写对他来说是一个自我提升的过程："我的目的不只是写成一本书，而是要改变我自己。我认为这也应该是人类所做的每件事的目的。"③ 这当然不是说作者的感官敏锐程度通过书写获得了改变，而是说他通过对感觉的书写获悉自己过去对相关感觉的忽略，因此书写在他来说成了一种对被忽略与未知事物的求索与表达："从某种意义上讲，我认为我们总是在书写某些未知的东西，也就是说，写作的目的是为了使尚未书写的世界能够通过我们来表达自己。"④ 有趣的是，小说家卡尔维诺对被忽略与未知事物的

---

① Adriana Cavarero, "Multiple Voices", in Jonathan Sterne, ed., *The Sound Studies Reader*, New York: Routledge, 2012, p.525.
② Ibid., p.521.
③ 卡尔维诺：《〈美洲豹阳光下〉前言》，魏怡译，南京：译林出版社，2015年，第4—5页。
④ 同上书，第6页。

书写，在一定程度上达到了与学术界专业人士的殊途同归——《国王在听》中"你"对外界声响的多重倾听，竟然与声学家、符号学家总结的三种倾听模式高度吻合；小说最后对"语音独一性"的书写，更在哲学意义上向人们打开了一个"尚未书写的世界"。这一切都缘于作者对感觉本身的反复沉潜——小说主人公在大部分时间内只有一个侧耳倾听的简单行动，但就是通过对这一行动作精细入微的发掘式书写，作者一步一步向读者展示了听的各种可能，一层层揭示了听的功能、意义与本质，最终把人们带到问题的核心即"语音独一性"面前。

一、"你"的三重倾听与倾听的三种模式

《国王在听》是一部时空被悬置的寓言式小说，叙述者所称的"你"是一位头戴王冠手持权杖端坐在宝座上的国王，由于担心离开宝座后会被别人夺去位置，这位统治者不得不长年累月地保持正襟危坐的姿势。这种情况使得眼睛失去了用武之地——"你"再怎么伸长脖子左顾右盼也看不到多少东西，因而只能像盲人一样通过倾听来达到对周围环境的把握。众所周知，盲人对声音的识别能力之所以比一般人强，是因为他们总是在聚精会神地倾听，而故事中的"你"由于一直在用耳朵监听外界的动静，其听力也达到了非常灵敏的地步。小说的主要内容在于叙述"你"听到了什么，而"你"听到了什么归根结底又取决于"你"关心什么，或者说"你"的注意力集中于声音的哪些品质或特性。不过，人对声音的注意不会永远只集中于一点，从故事的具体展开来看，"你"对外界声音的关注大致经历了如下三个阶段。

第一阶段为关注安全。安全是人类的第一需要，"你"是靠发动政变进攻王宫上台的，因此，"你"现在最担心的是别人也对你做同样的事情。怎样通过声音判断有没有危险发生呢？一个重要标志是倾听宫殿内没有与往日不同的声响发出："宫殿就是一座时钟，按照太阳的运行报时，无形的指针表明在碉堡上执勤卫兵的更换，他们把带钉子的鞋底

踩一下,再拍一下枪托,应和它们的是广场上操练的坦克履带下鹅卵石发出的尖锐声响。假如这些声响按照通常的顺序重复,而且间隔适当,你就可以肯定你的王国没有面临危险。目前,在这个时候,在今天,还没有危险。"① 但是今天平安不代表明天没有危险,熟悉的响动之外常有一些陌生的声音加入进来,有时忽然又会出现一阵似乎预示着不祥的寂静,这些带有威胁意味的有声和无声信号不断侵扰"你"的神经,使"你"总是处在警惕、恐惧和焦虑之中无法自拔。

第二阶段为关注意义。声音都有意义,但有些声音直接表示危险,有些声音则需要做语义上的辨识。"你"在这一阶段热衷于寻找某些声音背后的含义,特别是对宫殿地底下传来的有节奏的敲击,这种敲击似乎是在传达某个信息。"一系列连续的敲击声,一次间歇,另外还有一些孤立的声响。这些信号可以翻译成密码吗?某个人正在组织字母,单词?某个人想和你交流,有急事要告诉你?试试最简单的解决方法:敲一下就是'a',两下就是'b'……或者试试莫尔斯码,尝试着区分长短声音。"② 然而由于缺乏更有力的证据支撑,这些破解工作最终都属无效的徒劳,尽管"你"在这种猜测中度过了一个又一个无眠之夜。更有甚者,"你"听到的敲打声或许只是"你"自己的幻觉:"说不定那些甚至不是信号。可能是一扇门因为过堂风关上了,或者一个孩子在拍球,又或者是某个人在用锤子钉钉子。"③ 诸如此类的可能性实在太多,受此困扰的"你"根本无法确定自己听到的究竟是什么。

第三阶段:关注声音本身。"你"被宫殿内部的响动弄得五心烦躁,感觉自己好像落入了一个声音的陷阱,于是开始倾听宫殿之外城市中的声音。城市的声音本来是包罗万象的,但此时传到"你"耳朵里的主要是音乐。有意思的是,过去的"你"关心的并不是音乐,而是音乐如何被用来维护王国的秩序,如今的"你"因为不堪忍受宫内恼人的声音陷

---

① 卡尔维诺:《国王在听》,载《美洲豹阳光下》,魏怡译,南京:译林出版社,2015年,第44页。
② 同上书,第57页。
③ 同上书,第58页。

阱,开始感受到音乐自身的美感魅力,用叙述者的话来说就是"为了进入音符所勾勒的图画这唯一的快乐而听音乐"。① 很久以来由于迷恋权力,"你"对世界上任何其他事物都丧失了兴趣,然而就是在这样一个特殊的情境之下,"你"的注意力被远处飘来的一个女人的歌声牢牢地攫获。不要以为此时吸引"你"的是那首歌或是唱那首歌的女人,叙述者此时已经明确指出:"不是那个你应该已经听到过太多遍的歌曲,不是那个你从来未曾谋面的女人。吸引你的是作为声音的那个声音,是它在歌曲中的表现方式。"② 那个声音让"你"意识到它必定"来自一个人,唯一的、无法复制的一个人",而那个声音"同样是唯一和无法复制的"。③ 意识到这一点之后,"你"希望那个声音也能感受到你的倾听,于是"你"试图发声唱歌,试图离开宝座去寻找那个声音,故事的最后结局是"你"走出王宫看到了头顶上的天空。

以上所述便是小说的大致布局。有些读者现在可能更急切地想知道"你"为何会为一个女人的声音而放弃自己的王位,但我们不妨把这个问题留到下节第三部分再作回答,先来看看小说为什么要将国王之听分成这样三个阶段,以及这三个阶段分别对应的哪种倾听模式。

法国声音理论家皮埃尔·沙费在其1966年出版的《音乐物体论》中,开创性地提出了人类倾听的三种基本模式:因果倾听(écoute causale / causal listening)、语义倾听(écoute sémantique / semantic listening)与还原倾听(écoute réduite / reduced listening)。④ 其后沙费的法国同胞——同样是声音理论家的米歇尔·希翁,在《视听》等著作中对这三种模式作了更为完整细致的阐释。⑤ 符号学家罗兰·巴特为《埃诺迪百科全书》(1976年)撰写(与人合作)的条目"听"中,也

---

① 卡尔维诺:《国王在听》,载《美洲豹阳光下》,魏怡译,南京:译林出版社,2015年,第64页。
② 同上书,第66页。
③ 同上。
④ Pierre Schaeffer, *Traité des objets musicaux*, Paris: Seuil, 1966.
⑤ Michel Chion, "The Three Listening Modes", in *Audio-Vision*, Trans. Claudia Gorbman, New York: Columbia University Press, 1994, pp. 25—34.

有与这三种倾听相同的分类，由于该条目的立场更接近文学，用以作为《国王在听》的理论参照更有利于人文领域的读者理解。以下是"听"中对三种听觉模式的具体界定（着重号为笔者所加）：

> 在这个层次上，没有任何东西可以将动物与人分开：狼在听一种野物的（可能的）声音，兔子在听一种（可能的）侵犯者的声音，儿童、恋人在听向近处走来的也许是母亲或是心上人的脚步声。我们可以说，这第一种听是一种警示（alerte）。
>
> 第二种听是一种辨识（déchiffrement）；我们通过耳朵尽力接收的东西，都是些符号；无疑，人就是在此开始：我听，就如同我阅读，也就是说按照某些规则行事。
>
> 第三种听——对于它的探讨还是最近的事情（但这并不意味着它依附于前两种）——并不针对（或者并不期待）一些确定的、分出类别的符号：不是被说出的东西，或者被发送的东西，而是正在说、正在发送的东西：它被认为形成于一种跨主观的空间，而在这种空间里，"我听"也意味着"请听我"。①

引文中用"警示"（alerte）来概括的第一种听，实际上就是沙费和希翁所说的因果倾听（或译"源起化倾听"）。确如引文作者所言，人类的这种倾听与动物之间没有区别，每种有耳朵的生灵都会根据具体的响动来判断其声源，虎啸狼嗥对草食动物来说意味着巨大的危险，淙淙潺潺的流水声对口渴的动物来说则是福音。《国王在听》中，"你"在第一阶段对安全的关注属于这种倾听——作为通过暴力手段夺得宝座的统治者，"你"不能不防范同样的事情在自己身边发生，"你"的这种倾听就像占山为王的老虎警惕侵入自己领地的其他猛兽。卡尔维诺把因果倾听置于自己书写的首位，应该说是很有道理的，在某种程度上，我们每个人其实都是时刻担心自己安全的"你"，需要不停地倾听外界响动来确信自己没有受到威胁，只不过由于大脑中枢对"警示"信号的倾听已经

---

① 罗兰·巴特、罗兰·哈瓦斯：《听》，载罗兰·巴特：《显义与晦义》，怀宇译，天津：百花文艺出版社，2005年，第251—252页。

习以为常，我们经常会忽略这种倾听的存在。

引文中用"辨识"（déchiffrement）来概括的第二种听，与沙费和希翁所说的"语义倾听"更无二致。把说话的语音当作有规则的符号，从接收到的语音符号中辨识出说话者所要传递的意义，这是每个人每天都在做的事情，《国王在听》中，"你"在第二阶段对意义的关注属于这种倾听。然而"语义倾听"这种表述给人感觉是只针对人际间的言语交流，而在人类的语言之外，还有一些声音如教堂钟声、轮船汽笛等也在遵循某种规则传递意义，为了将它们包括进来，希翁在《声音》一书中说："我们更倾向于用'编码'倾听（écoute codale）这个新名词替代语义倾听"。[①] 希翁在对编码倾听做解释时很自然地提到了莫尔斯电码，而《国王在听》中的"你"除了倾听宫内外各种各样的声音之外，也在试图用辨识莫尔斯电码的方法对地底下传来的敲击声进行解码。小说与理论的这种"偶合"，似乎不能仅仅用"心有灵犀一点通"来解释。

第三种听在1976年还是一个新鲜概念，所以引文会说"对于它的探讨还是最近的事情"，但是作者的寥寥数语——"不是被说出的东西，或者被发送的东西，而是正在说、正在发送的东西"，已对沙费和希翁详细论述的还原倾听下了言简意赅的定义。一个人"正在说"而"不是被说出的东西"究竟为何物，用抽象的语言来回答这个问题需要耗费大段文字，好在《国王在听》已经为我们提供了更为鲜活的实例，这就是"你"在第三阶段听到的声音本身——"作为声音的那个声音"，更准确地说是那个来自"唯一的、无法复制的一个人"的"同样是唯一和无法复制的"声音。所谓"还原"乃是还其本原，还原倾听关注的是声音本身而不是其源起（什么在发声）或意义（声音在"说"什么）。对还原倾听有了这样的基本概念，回过头来读卡尔维诺对声音本身所作的解释——"一个声音就意味着一个活人用喉咙、胸膛和情感，将那个与众不同的声音送到空气中"[②]，我们对这种倾听模式应有更为具体深刻的理

---

① 米歇尔·希翁：《声音》，张艾弓译，北京：北京大学出版社，2013年，第312页。
② 卡尔维诺：《国王在听》，载《美洲豹阳光下》，魏怡译，南京：译林出版社，2015年，第67页。

解。《听》文的后半部分有这样的话:"有时候,一位对话者的嗓音比他的话语更打动我们,而且,我们常常听不懂这种嗓音对我们说什么,但我们却惊讶于它的抑扬顿挫和谐音。"①这里"更打动我们"的就是无关源起与意义的声音本身。

二、对人类倾听的成功书写

以上讨论说明,"你"在三个阶段的不同倾听与声音理论家、符号学家总结的三种倾听模式之间,存在着毋庸置疑的契合与对应关系,小说如此谋篇布局,客观上形成了对倾听理论的应和与印证。《国王在听》完成于1984年,从这个时间点看,卡尔维诺有可能受到过某种听觉理论的启发与激励,因而用这篇小说来与声音理论家和符号学家对话,对其观点体系进行文学意义上的诠释。但这种可能难以得到卡尔维诺本人的证实②,因此还存在着另外一种的可能,这就是作者凭借自己的天才思考与成功书写,最终达到了和专业人士同样的认识深度,诸如此类的现象在中外文学史上不胜枚举。不过,无论哪种可能更接近真相,有一个事实不容否认,这就是对人类倾听的书写,和对倾听模式的研究一样都是有重要意义的工作。

卡尔维诺的书写属于文学,所有的小说都是在讲故事,因此我们需要从叙事角度探讨作者何以能完成如此成功的讲述。为节省行文的迂绕,以下用答问形式进行阐述。

1. 为什么是"你"?

叙事作品中,出现"我""他"等人称较为普遍,用"你"来指代

---

① 罗兰·巴特、罗兰·哈瓦斯:《听》,载罗兰·巴特:《显义与晦义》,怀宇译,天津:百花文艺出版社,2005年,第260页。

② 卡尔维诺坚信作品的价值高于作者本人,他和克罗齐一样认为作者的价值只在于作品,因此拒绝提供个人的传记资料供批评家参考。

听觉叙事研究

主要人物则较为罕见，不过这方面法国"新小说"派作家已开其端。实际上有"我"就有"你"（反之亦然），叙述者用"我"来说话时已经暗含了一个受述者（narratee）"你"，只是这个"你"经常躲起来不与人见面。① 那么《国王在听》中为什么用"你"而不用"我"来指代国王呢？这是因为"我"无论是作为故事中的人物还是故事之外的知情者，介绍故事的有关情况总是了如指掌，而《国王在听》用"你"这种人称并把"我"藏于幕后（全文未出现一个"我"字，尽管"你"这个人称映射出说话人是"我"），给人的感觉是隐身的叙述者也就是"我"一直在说着"你"的事，但由于叙述者毕竟是"我"而不是"你"，"我"对"你"的介绍总是让人觉得有点底气不足，"你"给读者留下的总体印象因此也如镜花水月——影影绰绰看不分明。

卡尔维诺要的便是这种效果。小说写的是听觉，听觉本身便是一种不确定的模糊感知。张爱玲《小团圆》的开篇说"雨声潺潺，像住在溪边"，而初到溪边居住的人又会把窗外哗哗的流水声听成雨声，② 这类现象导致了俗话说的"耳听是虚，眼见为实"。希翁因此在《声音》中称声音为"物体幻象般的存在"③，梅洛-庞蒂在《知觉现象学》中把只诉诸一种感官的现象形容为"幽灵"④。在《国王在听》的阅读过程中，读者常常无法确定"你"的这些行为是否真已付诸实施，因为"你"一方面对自己听到的各种声音作过无数推测，另一方面又不断对这些推测表示怀疑乃至否定。对于"你"的一些已然实施的行为，叙述者有时也采用这种"说过去又说回来"的表达方式。如此莫衷一是的叙述，既反映了听觉感知本身的不确定，与"你"自己的讳莫如深以及叙述者的底

---

① "如果说在任何叙事中都至少有一个叙述者，那么也至少有一个受述者，这一受述者可以明确地以'你'称之，也可以不以'你'称之。在很多不以'你'称呼的叙事中，'你'可能是被不留任何痕迹地去除了，只剩下叙事本身。"杰拉德·普林斯：《叙事学：叙事的形式与功能》，徐强译，北京：中国人民大学出版社，2013年，第18页。

② 笔者在南昌城外的梅岭有一居处，窗下是一道奔腾不息的溪水，初宿此室时家人总以为外面在下雨。

③ 米歇尔·希翁：《声音》，张艾弓译，北京：北京大学出版社，2013年，第174页。

④ "如果一个现象，比如说一种光泽或一阵轻风，只呈现给我的一个感官，那么它就是一个幽灵。"莫里斯·梅洛-庞蒂：《知觉现象学》，姜志辉译，北京：商务印书馆，2001年，第403页。

气不足又很契合。小说中所有的"你"当然都可以换成"我",不过效果肯定要逊色许多。

不仅如此,"你"在小说中固然被用来代表国王,但由于这个人称一般情况下都是指说话的对象,读者于不经意间看到"你"这个词时,恍惚之中会觉得叙述者是在对自己说话。卡尔维诺对听觉的书写当然不只是为了"改变自己","你"这个人称意在暗示每个人都是小说中的国王,也就是说他希望自己的体验也能影响到正在阅读这部小说的每一个"你"。

2. 为什么是国王?

用一个高高在上的孤家寡人做这个倾听故事的主人公,作者应该是有过缜密考虑的。每个人对声音的倾听特别是因果倾听,与其倾听经历或者更具体地说与其曾经听到过的声音有密切关联——刘姥姥把自鸣钟报时的"咯当咯当"当成"打罗筛面",是因为她在乡下听到的筛面人敲锣声与其类似;同样的道理,张爱玲如果未曾住过溪边,她肯定也不会以哗哗的流水声来形容雨声。决定一个人倾听经历的又往往是其职业、兴趣或擅长,例如调琴师和专业司机要比别人更多关注钢琴与发动机的声音,希翁因此说每一个人都有与众不同的倾听:"每一个人依照从事的行业、优势特长与其爱好倾向,发展着自己专长与优势的源起化倾听(音乐、发动机噪声、动物叫声等),但这仅限于一个特别确定的区域内,人们无法将其经验向其他声音世界普及。"① 治国理政按说也是一门职业,中国古代用"听政"来形容君主对国家事务的管理,言下之意为这种管理离不开倾听臣下之言,而独具中国特色的"采风"制度,其初衷也是为了让统治者听到来自四面八方的基层声音。这样看来,将倾听者的身份设定为倾听自己整个王国的国王,要比书写普通人的倾听更能展现声音景观的多样风姿。

从一定意义上说,一国之君就像是处在食物链顶端的猛禽猛兽,位

---

① 米歇尔·希翁:《声音》,张艾弓译,北京:北京大学出版社,2013年,第312页。

于其下者的动静全在其倾听范围之内。夏弗在其研究声音景观的开拓性著作《音景：我们的声音环境以及为世界调音》中，使用了"高保真"（hi-fi）与"低保真"（lo-fi）这对声学术语来形容农村和城市的音景，① 文学作品中其实也有或清晰或模糊的音景描绘。《国王在听》中的音景完全可以用"高保真"来形容，因为"你"在三个阶段实施的三种倾听，将王宫内外上下一切可能的声响悉数收纳。中外作家中善写声音者不在少数，卡尔维诺由于采取了"居高听自远"的叙事策略，他在表现音景的摇曳多姿上比别人更觉游刃有余。除了这种高屋建瓴的"顶层设计"，用国王做倾听者还能更生动真切地反映听觉对声音的敏感，或者说更便于表现声音对听觉神经的刺激。国王的听力本与普通人无异，但坐在板凳上的普通人没有多少东西可以失去，因此普通人相对而言不会特别关心身边有什么不利于己的响动，而坐在宝座上的国王拥有的是至高无上的权力和整整一个王国的财富，再加上"你"登上宝座靠的是暴力，"你"不得不镇日竖起耳朵倾听王宫内外是否一切正常。任何响声都会引起"你"的怀疑和猜测，稍有风吹草动便会让"你"心惊肉跳不得安宁——因为一旦别人如法炮制"你"当年的夺权途径，被摘去的将是"你"那戴着王冠的脑袋。

如果说国王的身份适合表现上述提心吊胆的因果倾听和捕风捉影的语义倾听，那么这种身份也有利于"你"在第三阶段转入对一个女声的还原倾听：即便是国王也无法将那两类折磨人的倾听模式进行到底，"你"那疲劳至极的听觉神经和大脑中枢，最后已无力对飘来的歌声作溯源或解码，因而只能像尚未学会说话的婴儿一样，把它当作具体的人声来对待。普通人不会觉得这样的声音有什么稀奇，但是对于过去只把声音当作可疑信号的国王来说，把人声当作人声来接受是一种完全陌生化的体验。诚如希翁所言，每个人都有自己独特的倾听体验，但对三种倾听都有刻骨铭心体验的，或许只有像国王这种地位与境况极为特殊的

---

① R. Murray Schafer, *The Soundscape*: *Our Sonic Environment and the Tuning of the World*, New York: Knopf, 1977, pp. 43—44.

人物，在这方面我们很难想象还有比"你"更为合适的倾听人选。

3. 为什么用女声唤起觉醒？

国王是男性，女声容易引起男性注意，这一点毋庸多费唇舌。但是，引起注意不等于唤起觉醒，"你"听到歌声后竟然不自觉地起身，松开了一直紧捏在手的权杖，走下了此前未曾须臾离开的宝座，前去寻找那个声音并发出声音来与其应和——因为"唯一让那个声音现身的办法，可能就是让它与你真正的声音相遇"。① 从小说的叙述看，"你"似乎沿着某条当年修筑的地下通道摸索着走出了王宫，最后看到了正在变得明亮的天空，听到了鸟鸣犬吠和溪水的流淌。告别了宝座和宫殿的国王自然不再是国王，从这些毅然决然的行动来看，那个女声不仅引起了"你"的注意，它还让"你"的内心发生了从国王到普通人的巨大变化。这一觉醒源于女声激发了"你"的应和本能，这种本能让"你"意识到自己可以发声，可以发声意味着自己原来也有一具血肉之躯，这具躯体应当过正常人的生活，而不应当日复一日、年复一年地在王宫的宝座上枯萎。

行文至此，有必要重新回味一下前引《听》中所说的"'我听'也意味着'请听我'"，将"你"对女声的回应结合进来，我们对这一貌似武断的论述应有更为深入的理解。笔者对"我听"与"请听我"之间的关系有过思考，为什么还原倾听中的"我听"等于"请听我"呢？因为倾听本身便意味着倾听者的发声冲动在不断蓄积，而在倾听"作为声音的那个声音"时，倾听者的发声冲动表现得更为强烈——宋玉《对楚王问》告诉我们，底层之声《下里》《巴人》得到的应和，要比高雅的《阳春》《白雪》多上百倍。小说先写"你"听到黑暗中响起一声呼唤，然后才写"那是你的声音，是你发出的有形的、应和她的声音"②，这是描写"我听"变为"请听我"的神来之笔，我们能从中体会到人物发

---

① 卡尔维诺：《国王在听》，载《美洲豹阳光下》，魏怡译，南京：译林出版社，2015年，第72页。

② 同上书，第79页。

现自己能发声时那种惊愕与欢欣。

还须注意的是,"我听"在小说中是"男听女","请听我"则是"女听男",异性之间的这种声音应和,乃是地球上亘古不变的求偶呼唤。荷尔蒙作用下的雌雄互唤,属于造物主为生命繁衍所作的一项极为关键的设计——倘若不能通过声音发现异性的存在,包括人类在内的许多动物或许不能繁衍至今。时至今日,我们仍能看到进入青春期的男女表现出对音乐、诗歌等声音艺术的特殊兴趣,过了这段时期之后又逐渐恢复常态。①达尔文对此早有观察:"我们在这里所更为特别注意的哺乳类这一纲中间,几乎所有物种的公的,一到蕃育的季节,总要使劲地运用他们的嗓音,用得比任何别的时候多得多。"②对女声的敏感不仅体现于求爱期的男性,每个人在自己的童年时期都会特别注意倾听母亲的声音,这种声音对弱小的生命来说意味着安全、食物和温暖,因此倾听并服从其召唤是人类很早就形成的一种下意识行为。而母亲为了让远处玩耍的孩子回到自己身边,需要提高嗓门发出召唤——懂得韦伯-费希纳声学定律的人都知道,在付出同样能耗的情况下,高频率的声音要比低频率的声音更具传播效率,所以警笛、门铃、口哨之类皆为高音。乔奇姆-恩斯特·贝伦特认为,在漫长的母系社会时期,处在领导地位的女性总是用高音来发号施令,因此世界各地的人类嗓音无一例外地向女高男低的方向演化。③歌德《浮士德》的曲终奏雅——"永恒之女性,领导我们走",似乎是从远古大母神时代传来的袅袅余音。希腊神话中,被塞壬歌声迷惑的船只在向其靠拢时触礁沉没,俄底修斯因此事前让人

---

① 潘光旦在为其翻译的霭理士《性心理学》作注时说:"译者记得美国心理学家霍尔(O. Stanley Hall)的《青年》(*Adolescence*)一书里有一句最有趣的话,大意说:一只不会唱歌的小鸟,到了春机发陈及求爱的年龄,也总要唱几声!当时同学中有一位朋友又正好做了这句话的一个证明。他并不是一个爱好文学的人,但因为正当求爱的年龄,而同时也确乎追求着一个对象,他忽然做起白话诗来。后来这位朋友学的是商科,目前在商界上也已有相当的地位,这白话诗的调门却久已不弹了。"霭理士:《性心理学》,北京:生活·读书·新知三联书店,1987年,第91页。

② 达尔文:《人类的由来》(下册),潘光旦、胡寿文译,北京:商务印书馆,1983年,第859页。

③ Joachim-Ernst Berendt, *The Third Ear: On Listening to the World*, Trans. Tim Nevill, New York: Element Books Ltd., 1988, pp.129—153.

把自己绑在桅杆上,并用蜡条堵住船员的耳朵,这则故事从另一个侧面说明女声的召唤是如何难以抗拒。

三、"语音独一性"的启示:"听声""听人"与"听文"

卡尔维诺对"语音独一性"的书写,向西方源远流长的形而上学传统发出了严峻的挑战——形而上学探究事物的内在规律和抽象本质,对形而下的具体现象不感兴趣,来自血肉之躯的人类语音自然不在其关注之列。本来柏拉图的《克拉底鲁篇》在讨论命名理论时已经涉及了语音的意义,但由于该文的目的在于否定感性世界的实在性,作者不可能违背自己的初衷走向对语音本体的追寻。形而上学又被海德格尔和德里达等人裁定为逻各斯中心主义或曰语音中心主义,逻各斯(logos)既可指规律和本质,又可指对规律和本质的语音表达(汉语中的"道可道"也用"道"兼指大道与道说),卡瓦勒罗认为,逻各斯既然有语音表达之义,那么表达者的声音理应成为研究对象,但是现代的逻各斯中心主义者把语音表达与表达者个人分隔开来,仅把这种表达与思想挂钩,于是他们研究的语音便失去了自己的个性——20 世纪的语音研究看似四处开花热门非凡,实际上却是只关注普遍的语音而忽略了对"语音独一性"的研究:"一方面,语音在 20 世纪(特别是近几十年)里成为形形色色当代思想潮流的具体研究对象,它们从多个不同的诠释角度对语音领域做出了分析;另一方面,语音是独一无二的这一简单事实,更不用说存在于语音领域之中的相关性,在这一广阔的研究领域中几乎未曾获得过关注。"①

卡瓦勒罗详细阐述了"语音独一性"理论对哲学研究的冲击,但《国王在听》毕竟是一部文学作品,身为作家的卡尔维诺首先是向文学

---

① Adriana Cavarero, "Multiple Voices", in Jonathan Sterne, ed., *The Sound Studies Reader*, New York: Routledge, 2012, pp. 525—526.

读者分享自己对"语音独一性"的认识。文学界对"语音独一性"的忽视程度与哲学界相比也不遑多让,文学创作与批评领域虽然天天都有人在说"文学即人学",但在对具体人物的认识上仍未完全摆脱形而上学的偏见,许多人还未深刻认识到具体的语音与语音后面的"活人"之间的联系。学界对黑格尔的"这一个"理论都不陌生①,恩格斯在给敏娜·考茨基的信中将其归纳为"每个人都是典型,但同时又是一定的单个人"②,既然是"一定的单个人",其发声吐字就不可避免地带有个人的独特气息。③ 尽管语音在书写过程中会遭遇相当程度的失落,但书面文本中还是会留下种种蛛丝马迹,这就为本章接下来要讨论的"听声""听人"与"听文"提供了条件。

1."听声"与"听人"——"声音常常有一个名字和一张脸"

形而上学偏见在文学研究中最突出的表现,无过于漠视无语义的语音。人类发出的所有声音当中,有一些是没有特定语义的,形而上学如前所述是以寻求规律和本质为旨归,自然会摒弃那些貌似无关规律和本质的语音表达。索绪尔甚至否认语音本身的意义,认为决定语言的仅仅是语音之间的差异。④然而,没有语义不等于没有意义,人们经常自觉不自觉地使用各种没有语义的声音来与他人沟通,任何人声都可以看成是自我存在的宣示。在荒山野岭迷过路的人都不会忘记,绝望当中听到人声时心中是何等惊喜,因为人的语音意味着自己又回到了同类身边,至于这语音说的是什么则并不重要。就某种意义而言,《国王在听》中

---

① 黑格尔:《精神现象学》(上卷),贺麟、王玖兴译,北京:商务印书馆,1979年,第70—73页。

② 《马克思恩格斯选集》(第四卷),北京:人民出版社,1972年,第453页。

③ 这里说一件趣事:笔者2019年在浙江大学参加第九届文学伦理学批评国际学术研讨会,听到英国华威大学 Séan Hand 教授点评上海交通大学刘建军教授的幽默发言,Hand 教授虽完全不懂汉语,但他并未像听众预想的那样放弃评点,而是就发言人的语音、神态和听众反应谈了一通自己的印象和猜测,与会者用热烈的掌声和笑声感谢了这位"听"得极其认真的评点人。

④ "就其本质而言,语言的词根本不是声音意义上的,它是无形体的,它的构成非通过其物质性实体,而仅仅是通过对声音形象进行相互区分的差异。"Ferdinand de Saussure, *Cours de Linguistique générale*, éd. Critique par Tullio de Maoro, Payot, 1976, p.164.

的"你"也是一位脱离了同类的迷路者，女人的歌唱使其开始了向正常人的复归。小说没有说女人唱的是什么歌，也没有说歌者是何许人也，因为这些对"你"来说都无关大局，重要的是"你"已经从那歌声中听到了一个温暖的、活生生的人声，这个语音中蕴涵着与"你"久违的生命欢乐和人生意义，所以"你"会放弃一切去与其相会。卡尔维诺有意剔除那个女声的语义，将其还原为纯粹的人声，其用意在于让人认识到不管有无语义，语音本身便是有体温的，它意味着一个内部有热血流淌的生命体的存在。前引一段话有必要在此重温："一个声音就意味着一个活人用喉咙、胸膛和情感，将那个与众不同的声音送到空气中。"

对于语音与"一个活人"之间的联系，费孝通在论述"乡土社会"时有过讨论，他说敲门者往往用一个大声说出的"我"来指代自己：

> 归有光的《项脊轩记》里说，他日常接触的老是那些人，所以日子久了可以用脚声来辨别来者是谁。在"面对面的社群"里甚至可以不必见面而知道对方是谁。我们自己虽说是已经多少在现代都市里住过一时了，但是一不留心，乡土社会里所养成的习惯还是支配着我们。你不妨试一试，如果有人在你门上敲着要进来，你问："谁呀！"门外的人十之八九回答你一个大声的"我"。这是说，你得用声气辨人。在"面对面的社群"里一起生活的人是不必通名报姓的。很少太太会在门外用姓名来回答丈夫的发问。①

门外的太太之所以不愿意向门内的丈夫通名报姓，是因为下意识地觉得带有自身体温的语音是最能代表自己的识别信号，与后天获得的姓名相比，从自己胸腔中发出的声音（"我"在这里只是一个声音）更能让门内的熟人辨识出自己是谁。中国文化中的听觉传统源远流长，费孝通所说的"用声气辨人"现象，在"乡土社会"之外的熟人群体中也是屡见不鲜——我们今天接电话时，往往在听到第一声"喂"之后便想起了对方是谁。宇文所安说"声音常常有一个名字和一张脸"，指的就是这种

---

① 费孝通：《乡土中国 生育制度》，北京：北京大学出版社，1998年，第14页。

情况：

> 当某个人说话，词在声音中现身。那是我们对语言的初次体验，它永远保留了真实语言的衡量标准。声音从不是"任何一个人的"声音：声音属于某个人，标志这个人的身份并印上他的特性。声音常常有一个名字和一张脸，而且当声音变得熟悉，聆听它，可以把我们带回到与这个人经历的沉默过往。①

一般情况下，"我"或"是我"这样的声音总能唤起对方的记忆。不过也不尽然，《红楼梦》第二十六回林黛玉夜访怡红院，门内的晴雯便未听出她的声音：

> 谁知晴雯和碧痕正拌了嘴，没好气……忽听又有人叫门，晴雯越发动了气，也并不问是谁，便说道："都睡下了，明儿再来罢！"林黛玉素知丫头们的情性，他们彼此顽耍惯了，恐怕院内的丫头没听真是他的声音，只当是丫头们来了，所以不开门。因而又高声说道："是我，还不开么？"晴雯偏生还没听出来，便使性子说道："凭你是谁，二爷吩咐的，一概不许放人进来呢！"林黛玉听了，不觉气怔在门外。

门内的晴雯给出这种"没好气"的回答，一是因为她刚与人拌过嘴，我们知道情绪激动时人的听觉是不灵敏的，二是因为薛宝钗此刻正在怡红院内闲坐，影响了她和其他丫鬟的休息。门外的林黛玉则不但听出了是晴雯在说话，她还听见贾宝玉与薛宝钗在里面说笑，这件事最终导致宝黛二人的关系由两小无猜向心存芥蒂转化。不过未给林黛玉开门还不完全是晴雯的责任，怡红院的建筑结构是重门深院，大门与内宅之间隔着一条游廊，因此听不出门外人声音在这里不是小概率事件——第三十回中贾宝玉自己回院"拍的门山响"，说了"是我"之后门内的丫鬟们也未听出是主人回来，结果贾宝玉在门外"淋的雨打鸡一般"，进得门来

---

① 宇文所安：《中国传统诗歌与诗学：世界的征象》，陈小亮译，北京：中国社会科学出版社，2013年，第67页。

便踹了袭人一脚。这些情况说明，人们总是把自己语音的识别功能看得过重，发出声音似乎就等于亮出了"一个名字和一张脸"。

语音被用来作为身份识别，不仅见于人们的日常生活，《旧约·士师记》第12章记录的一个事件显示，在某些特殊情况下，人的语音竟然重要到了可以决定自己生死的程度：

> 基列人把守约旦河的渡口，不容以法莲人过去。以法莲逃走的人若说："容我过去。"基列人就问他说："你是以法莲人不是？"他若说："不是。"就对他说："你说示播列。"以法莲人因为咬不真字音，便说西播列。基列人就将他拿住，杀在约旦河的渡口。那时以法莲人被杀的，有四万二千人。

人的发音习惯一旦形成便难改变，不能排除以法莲逃兵中有些口齿伶俐者能够准确念出"示播列"（shibboleth），但大多数人肯定是过不了这一关。乡音是每位成年人终生携带的语音身份证，基列人用这种办法来筛查以法莲逃兵，从技术上说确实是既有效又便捷。笔者前些年随九江当地的晨练者从"好汉坡"登庐山时发现，进山的关卡处有工作人员在值守，他们要求登山者每人说一声"我是九江人"，如果听出是纯正的九江口音便允许进入，否则便要求购买进山的旅游门票。

与一般的声音不同，人声虽然在发出之后脱离了人的身体——所谓"一言既出，驷马难追"，但由于"语音独一性"中糅入了大量发声者个人的感性信息，在接受者的感知中它仍然与发声者息息相关，甚至还是其身体的一部分。德里达说："我的言语（paroles）是'活的'，因为看来它们没有离开我……它们不间断地归属于我，并且无条件地归我所支配。"[1] 巴特在这一意义上称语音为"分离的身体"，他这样表达自己聆听一位俄罗斯低音歌手演唱之后的感受：

> 听一段俄国的低音演唱……有某种东西在那里，明显而固执（人们只听得到这一点），它位于言语的意义、它们的形式（冗长单

---

[1] 雅克·德里达：《声音与现象》，杜小真译，北京：商务印书馆，2010年，第96页。

调的叙述)、装饰音,甚至演奏风格之外(或之内):某种东西直接的就是歌者的身体,在您听来,它来自于同一速度,来自于肺部空洞、肌肉、黏膜、软骨的深处,来自于斯拉夫语言的深处,就好像同一种皮肤铺盖着演唱者内在的肉体和他唱出的音乐。这种嗓音不是个人的:它并不表达歌者和他灵魂的任何东西;它并不是新颖的(所有的俄罗斯歌者总的来说有着相同的嗓音),同时,它却是个体的:它使我们听到了一个身体,当然这个身体不具备公民身份,不具备"人格",但却仍然是一种分离的身体;而尤其是,这种嗓音越过可理解性即表达性而直接地驱赶象征体系。①

巴特此处讨论的对象属于还原倾听,他觉得演员的嗓音"越过可理解性即表达性而直接地驱赶象征体系",这是对"语音独一性"本质的最好归纳——"语音独一性"指的是独具个性的语音本身,在这里它就是演员的嗓音,如果把这个声音当作语义符号或象征,那么它的"独一性"(the uniqueness)便荡然无存。巴特善于借助鲜活的形象语言来传递极其微妙的艺术感悟,他从歌手的演唱中感受到"某种东西直接的就是歌者的身体",这种东西"来自于肺部空洞、肌肉、黏膜、软骨的深处,来自于斯拉夫语言的深处,就好像同一种皮肤铺盖着演唱者内在的肉体和他唱出的音乐",从这些表述来看,巴特对歌手演唱的体验已经超越了单纯的听觉,复归于胎儿在母腹中那种"听触一体"的境界——由于歌手的身体和歌声仿佛是被"同一种皮肤"所覆盖,歌声让巴特"触摸"到了演员的身体,"触摸"到了演员胸腔内部那些振动发声的部位。这种体验并非虚妄,一些异乎寻常的声波冲击,确实是会让人产生身体内部被触动般的奇妙效果。《老残游记》第二回写主人公听黑妞说书——"声音初不甚大,只觉入耳有说不出的妙境:五脏六腑里,像熨斗熨过,无一处不伏贴;三万六千个毛孔,像吃了人参果,无一个毛孔不畅快",这种"五脏六腑里,像熨斗熨过"的感觉,正好可以印证巴

---

① 罗兰·巴特:《嗓音的微粒》,载《显义与晦义》,怀宇译,天津:百花文艺出版社,2005年,第275页。

特的论述。

巴特说歌手的声音"来自于肺部空洞、肌肉、黏膜、软骨的深处",与卡尔维诺所言声音来自"一个活人"的喉咙和胸膛异曲同工,两人都看到了发自身体内部的语音不但具有独特的个性特征,还与其肺腑深处某种东西紧密相连。因此对于以语音本身为对象的还原倾听来说,所要识别的不是这个声音属于何人,而是这个声音具有何种性质或处于何种状态。我们常说某人的声音非常性感或具有磁性,这是还原倾听在对其语音作属性判断;而当我们发现某人因生病或生气而导致其声音偏离常态时,这是还原倾听在对其语音作状态判断。人的身心状况,不管是常态还是病态,是兴奋还是抑制,都会在一定程度上影响到自己的发声,所以唐代名医孙思邈会说"上医听声,中医察色,下医诊脉"[1]。《周礼·大师》记载的"大师执同律,以听军声而诏吉凶"[2],传统相术主张的"上相听声,中相察色,下相看骨"[3],其依据都是声音与发声者个人的生理、心理状况存在隐匿联系。段玉裁注《说文解字》时说"圣者,声也,言闻声知情",郑玄用"耳闻其言,而知其微旨"来解释孔子《论语·为政》中的"六十而耳顺",这些证明我们的圣人、大师、医生和相士早就懂得还原倾听的奥秘。

较之于因果倾听的"听因"和语义倾听的"听义",还原倾听的"听声"(听到声音本身)从字面上看似乎只停留于语音的表面,实际上却需要深入地"听触"声源,亦即用似听非听、似触非触的感知方式去体察发声的那个人。就此意义而言,"听声"在这里意味着听"人"。我国古代有"听政"一说,宫闱之中的君王对政务与下情不可能像臣下那样熟悉,其见识也不一定就比臣下高明,那么他们凭什么来判断廷议中

---

[1] "古之善为医者,上医医国,中医医人,下医医病。又曰:上医听声,中医察色,下医诊脉。又曰:上医医未病之病,中医医欲病之病,下医医已病之病。"孙思邈:《千金要方》卷一·诊候。

[2] "《兵书》曰:王者行师出军之日,授将弓矢,士卒振旅,将张弓大呼,大师吹律合音,商则战胜,军士强;角则军扰多变,失士心;宫则军和,士卒同心;徵则将急数怒,军士劳;羽则兵弱,少威明。"郑玄注:《周礼·大师》。

[3] 《晋书·桓彝传》和《南史·吕僧珍传》都有听声相人的生动记载。

的意见孰是孰非呢？《史记·太史公自序》中有一段话可以帮助解答这个疑问：

> 群臣并至，使各自明也。其实中其声者谓之端，实不中其声谓之窾。窾言不听，奸乃不生，贤不肖自分，白黑乃形。在所欲用耳，何事不成。乃合大道，混混冥冥。光耀天下，复反无名。

"窾"的本义是空隙或洞穴，发声体如果里面是空的，发出的必然是"实不中其声"的"窾言"①，相反的则是"实中其声"的"端言"。司马迁在这里表述得很清楚："窾言"和"端言"可以凭声音的"空"与"实"做出判断，统治者最要注意的就是不听那些空洞不实、言不由衷的"窾言"。现实生活中，我们常常也是这样凭说话人的语音来判断其是否"实中其声"，进而确定此人在自己心目中的可靠程度。钱锺书在讨论《毛诗正义》时说："音声不容造作矫情，故言之诚伪，闻音可辨，知音乃所以知言。盖音声之作伪较言词为稍难，例如哀啼之视祭文、挽诗，其由衷立诚与否，差易辨识；孔氏所谓'情见于声，矫亦可识'也。"② 一般情况下，如果对自己所说的话缺乏把握，说话人发出的声音是会略微偏离常轨的。人的呼吸、脉搏、血压和口腔湿润度都会影响到声音，它们平日只受植物神经系统支配，意识通常对其鞭长莫及，西方国家使用较多的测谎仪便是利用这一原理来工作。当然区分"窾言"和"端言"并不那么容易，要不然中国历史上不会出现那么多次奸佞当道——就像现在有些惯犯能够骗过测谎仪一样，一些大奸大猾也能用貌似"端言"的"窾言"来欺骗人主。

2. 阉割与反阉割：书写对语音的省略与摹写

文字的一大作用在于留住转瞬即逝的声音，但这种"留住"只能说

---

① "窾坎镗鞳者，魏庄子之歌钟也。"苏轼：《石钟山记》。按，东坡此文聚焦"窾坎镗鞳"的中空之音，或许寄托了他对官场上窾言的反感。

② 钱锺书：《管锥编》（一），北京：生活·读书·新知三联书店，2007年，第108页。作者在该书第109页还说："近代叔本华趈世高谈，谓音乐写心示志（Abbild des Willens selbst），透表入里，遗皮毛而得真质（vom Wesen）。胥足为吾古说之笺释。"

是从语义角度记录了声音,声音中还有许多东西没有在文字中留下痕迹。这就造成了单凭文字无法达到真正的还原,今人的理解有时会与前人的思想南辕北辙。例如,美国人总是把林肯葛底斯堡演说中建立"民治、民有、民享"(Of the people, By the people, For the people)政府的话语挂在嘴边,但是如果遵循一般的读音规则重复这句名言,所得到的却不一定是林肯的原意。①

口头语言和书面语言的最大不同,在于前者随意、累赘而后者更注意行文的逻辑和表达的规范。然而无废话便无口语,有些"废话"并不是可有可无之物,它们的功能有如说话者的神情,在人际沟通间发挥着重要的辅助作用——满面笑容说出的"不"与板着面孔说出的"不",传递的信息绝对不可等量齐观。清代学者刘淇在其《助字辨略》中说:"构文之道,不外虚实两字,实字其体骨,虚字其神情也。"无论是构文还是为人,光有体骨没有神情都是不够的,从这个意义上说"虚字"有其存在价值。然而在书写过程中,人们总是倾向于省略那些看似不必要的词语,例如作报告者总免不了"这个""那个"之类的口头禅,修养较差者甚至会脱口说出一些糙语,听报告者一般不会将此类话语记在自己的笔记本上。由此产生了巴特所说的对声音的"阉割":"书写文字比起口语在用字遣词方面可要经济得多,有时还经常省略连词,这在声音来讲简直不可接受,活像被阉割一般。"②

"阉割"去掉的是身体中至关紧要的部分,省略连词之类似乎产生不了如此严重的后果,那么,为什么巴特要说"在声音来讲简直不可接受"呢?为什么他会把这种省略与"阉割"等同起来呢?让我们来看巴

---

① "美国某地的一家学校里,历史老师在教室里讲到林肯在盖尔茨堡(按,Gettysburg 一般译为葛底斯堡)的演说,他念出其中的名句'Of the people, By the people, For the people',重音都在第一个字。恰巧有一老兵经过听见了,他走进教室告诉教师念错了,他说林肯总统演说的时候,他是现场听众之一,总统是这样说的:'Of the people, By the people, For the people.'三句话的重音全在最后一个字。这样两种读法表示两种治国的理念,可谓'差之毫厘,谬以千里',这就是语言文字以外的部分。"王鼎钧:《水流过,星月留下:王鼎钧纽约日记(1996 年 4 月至 1997 年 11 月)》,北京:人民文学出版社,2014 年,第 325—326 页。

② 罗兰·巴特:《从口语到文字》,载《罗兰·巴特访谈录》,刘森尧译,台北:桂冠图书股份有限公司,2004 年,第 3 页。

特接下来说的一段话：

> 由此而来，书写文字最后丧失的是，由于其书写方式所带给口语的干扰：对语言中所有小片段组语的干扰——比如"可不是吗？"（n'est-ce pas?）——而是无疑正是语言学家心目中语言的至大功能之一，亦即引起注意而加以召唤的功能。我们说话时，总会期盼对方注意倾听，我们会使用不具意义的召唤方式来提醒对方注意听自己说的话。这种表达方式本身没什么重大意义，却带有戏剧性功能：这是一种变化语调的召唤方式——我们不妨注意一下鸟叫声，透过这种叫声，一个个体寻找另一个个体。这类叫声——笨拙、呆板，甚至荒谬——一旦书写成文字时，则消失殆尽矣。
>
> 由上面的观察，我们不难理解，我们在书写中所丧失的，乃是一种个体的东西。①

交流都是有目的性的，口头语言是发生在真实的人之间的语言交流，就像鸟儿用叫声来召唤同类注意一样，说话者为了让对方注意到自己在说话，或者说为了让对方认真听取自己的某些表达，经常也会"使用不具意义的召唤方式来提醒对方"。这种情况就像打电话时对方如果陷入沉默，说话者便会问一声"你在听吗"一样。这些不经意间发出的"召唤方式"，虽然不具有任何实际的语义，在对话过程中却有巴特所说的"戏剧性功能"：任何重复、拖沓、停顿乃至"这个""那个"之类的口头禅，甚至包括不登大雅之堂的话语，都属于对倾听者注意力的召唤、提醒和强调，意在提示这里有一个大活人在说话，同时也在一定程度上透露出这个大活人的性情。省略掉这些提示精气神的"召唤方式"，在巴特看来无异于对声音的"阉割"，所以他会说"我们在书写中所丧

---

① 罗兰·巴特：《从口语到文字》，载《罗兰·巴特访谈录》，刘森尧译，台北：桂冠图书股份有限公司，2004年，第3页。按，巴特在引文中说鸟儿用叫声来召唤同类，如今美国著名社交网站"推特"的名字就是模拟燕子的呢喃——"推特"（twitter）本是鸟儿鸣叫的拟声词，济慈《秋颂》的末句"丛飞的燕子在天空呢喃不歇"（gathering swallows twitter in the skies）表现了这一意境，顾名思义，用这个名字是表示这个社交网站的用户也像鸟儿一样用短促的鸣声来吸引同类的注意。

失的，乃是一种个体的东西"。这种"个体的东西"，实际上就是本章讨论的"语音独一性"，许多作者都会用它来吸引阅读者的关注，如鲁迅不但让《祝福》中的祥林嫂多次说"我真傻"，还给《阿Q正传》的主人公安上了一句口头禅"妈妈的"，《肥皂》中"咯支咯支"的反复出现更有一种妙不可言的逗乐作用。

按照麦克卢汉的说法，文字战胜声音源于印刷文化的兴起："古腾堡印刷充斥世界的同时，人类声音就消失了。人开始静默而被动地阅读。"① 20世纪以来的传媒变革，进一步强化了人们对图文阅读的依赖，麦克卢汉所说的"印刷人"，如今已演变成不声不响的"刷屏族"与"低头族"，他们手中的移动电话原本是给嘴巴和耳朵准备的，现在却更多被用于阅读、书写和观看。如此说来，声音似乎是在文字的攻势下节节败退，然而这种败退并不是一败涂地，而是退却之中又有反攻：一方面书写对语音的省略已经成为一种趋势，另一方面书写对语音的摹写仍在进行之中，也就是说"阉割"与"反阉割"的并存才是语音在书面文本中更为真实的存在状况。总体说来，随着视觉模式成为人类获取信息的主要手段，与听觉沟通相关的表达确有逐渐淡出之势，但是人类祖先毕竟是从学习说话中迈入文明的门槛，对于听觉沟通这种历时最久的人际交流模式，今人还是会有某种性质的"路径依赖"。以移动终端上的文字往来为例，古代书信中经常出现的"呵呵"②，如今又在今人的短信和微信中大行其道，而最近的统计表明，"嗯嗯""哈哈"等的出现率又有超过"呵呵"之势。这是因为摹写人声的"呵呵"之类一方面回应了对方，另一方面又避免了直接表态。不仅如此，感叹词的运用还会带来一种声音的热闹感，而完全"静音"的交流则让人觉得冷若冰霜、缺乏生气。

不难想见，对书写造成的"阉割"最有体会的应该是那些涉及口头

---

① 麦克鲁汉：《古腾堡星系：活版印刷人的造成》，赖盈满译，台北：猫头鹰出版社，2008年，第350页。

② 今人通信往来中的"呵呵"其实皆为踵武前人的结果，宋人笔下便有"呵呵"出现，据统计苏轼书信中的"呵呵"竟达数十处之多。

文学记录的学者，我们有必要来看他们采取了哪些"反阉割"措施。美国"民族志诗学"流派在这方面所做的工作特别值得一提，因为这一流派注重在"口头文本转写和翻译"中还原声音的本来面目，"所要解决的是一个如梦魇般困扰着西方哲人和文人的悖论：语音与书写的关系问题"：

> 作为当代美国实验诗学代表人物的罗森伯格在其对北美印第安人口头诗歌的采风和翻译的过程中，敏锐地意识到了这一悖论。西方翻译者的"忠实"翻译往往把这些口头诗歌从原来的口头生活的语境中生硬地剥离开来，使诗歌原有的声音、肢体动作、语气的变化等悄然丧失了。而更为重要的是，很多印第安"部落诗歌"中含有大量直接通过声音来表达内容的语汇，它们并非严格意义上的词语，在英语中很难找到对应词汇，于是它们不幸成为了"翻译中失去的"元素。①

为了恢复"翻译中失去的"（实际上是书写中失去的）元素，使声音在书面文本中留下痕迹，杰洛米·罗森伯格发明了一种名为"完全翻译"（total translation）的方法，即根据具体的情境性语境，运用大量新创制的符号标识来表达原诗中的声音因素，他在翻译中还注意运用符合印第安人口语特点的用词和句式，甚至以括号中插入表示声音的拼写方式来模拟口头诵歌的呼号、长调等。他的同道丹尼斯·泰德洛克主张使用"活态话语"（living discourse），具体来说就是用虚线表示暂停，用大写字母表示大声说话，用比正文略小的字号表示小声说话，用线条之间的圆点表示较长时间的停顿，等等。另一位贡献突出的民族志研究者伊丽莎白·范恩则提出了"符际翻译"（intersemiotic translation）的理念，她在迻录中用大写表示讲述者的声音较高，小写表示声音较低，在上方的波浪线表示声音尖锐刺耳，在下方的弧线表示讲述人的身体向

---

① 王卓：《多元文化视野中的美国族裔诗歌研究》，北京：中国社会科学出版社，2015年，第380—381页。参看杨利慧：《民族志诗学的理论与实践》，《北京师范大学学报》2004年第6期。

前或向后的倾斜。①

声音的阉割不尽还可以用计算机上的表情符号与图案来证明。1982年9月19日，美国卡耐基-梅隆大学的斯科特·法尔曼教授在键盘上敲出了一串模拟自己心情的 ASCII 字符，这一举动宣告了人类历史上第一个笑脸符号":－)"的诞生。以后计算机厂家为了节省输入字符的麻烦，干脆推出了可直接输入的表情符号，于是":－)"被替换成更为直观的"☺"。时下人们在微信上用来"点赞"的图像类符号，如鼓掌、欢呼和哭泣之类，都有表情（姿态）和声音的双重指涉。计算机时代诞生的这种新"文字"，极大地丰富了书写对语音的摹写能力，人们称其为"历史上发展最快的语言"。但是也要看到，计算机主要是通过诉诸视觉的显示屏反映信息，这就决定了它与"看"的关系更为密切，表情符号本来可以做到视听兼顾，但现在这类符号已有脱离声音的趋势——据《牛津词典》官方博客公布，2015年的年度词居然是个其义为"笑哭"的 emoji 符号，对此趋势持悲观态度的学者认为，这个没有声音的绘文字预示着人类的听觉互动可能有一天会走向消亡。②

3. "听文"——阅读中的"听声"与"听人"

书面文本在许多人看来只诉诸视觉，上述"完全翻译""活态话语"之类的记录却兼顾了听觉感受，书写中诸如此类的"反阉割"使人认识到，阅读虽然主要靠眼睛摄入信息，耳朵或者更准确地说听觉想象，在这个过程中也不能投闲置散，只"看"不"听"无异于将文本中的声音信号调到"静音"状态。本节标题所用的"听文"与笔者此前提出的"重听经典"并无二致：为了达到全面的理解和消化，需要从听觉感知

---

① 王卓：《多元文化视野中的美国族裔诗歌研究》，北京：中国社会科学出版社，2015年，第382—383页。

② 王馥芳：《听觉互动之于文化的建构性——基于"图像至上主义"潜在的文化破坏性》，《江西师范大学学报》2016年第2期。按，该文作者以"聋人文化"为参照，提醒人们警惕视听失衡至极后可能出现的严重后果：聋人是完全依仗视觉能力来获取信息的人群，"读图时代"人们信奉的"图像至上主义"一旦发展到极致，原本独属聋人的一些文化属性便有可能变成全社会的一种"新倾向"，听觉互动的消亡将对既有的社会文化规范造成触目惊心的破坏。

角度重新走近传世作品。

"听文"或"重听经典"不是真的使用耳朵。如所前述，听觉沟通中传递的声音与气息发自人的肺腑深处，带有强烈的个性色彩和感性特征，是文学艺术研究应当特别关注的对象。这些声音和气息在书写过程中固然会遭受"阉割"，但书写者为了达到生动鲜活的表达效果，又不会把它们完全剔除干净。"完全翻译"之类的书写方式使我们认识到，书写并非一味诉诸视觉，有些符号的功能就是为了记录声音和刺激听觉想象。《国王在听》中的叙述也表明，描写声音并不一定是文字书写的短板，只要策略得当运用得宜，诉诸听觉的音景也能像诉诸视觉的风景一样栩栩如生地在读者的想象中呈现。

"听文"可依难易程度分成两类。

一类是文本本身携带了较为明显而又丰富的声音信息，为读者阅读中的"听声"和"听人"提供了方便。雷·韦勒克和奥·沃伦在《文学理论》中说："每一件文学作品首先是一个声音的系列。""即使在小说中，语音的层面仍旧是产生意义的必不可少的先决条件。"① 这话虽然是就拼音文字写成的西方文学作品而言，对阅读理解中国文学作品也有指导意义，我们不能因为汉字的"图像性"而忽略汉语文本的声音属性。例如，《水浒传》第二十四回武松以"篱牢犬不入"规劝不安分的嫂嫂，恼羞成怒的潘金莲顿时"紫涨了面皮，指着武大，便骂道"：

> 你这个腌臢混沌！有甚麽言语在外人处说来，欺负老娘！我是一个不带头巾的男子汉，叮叮当当响的婆娘！拳头上立得人，胳膊上走得马，人面上行的人！不是那等掇不出来的鳖老婆！自从嫁了武大，真个蝼蚁也不敢入屋里来！有甚麽篱笆不牢，犬儿钻得入来？你胡言乱语，句句都要下落！丢下砖头瓦儿，一个个要着地！

引语中的话表面上是对武大而发，实际上却是说给武松听，将这番铿然有声的泼皮式语言与前番勾引武松时的温言软语对读，可以看到这

---

① 雷·韦勒克、奥·沃伦：《文学理论》，刘象愚、邢培明、陈圣生、李哲明译，北京：生活·读书·新知三联书店，1984年，第166页。

个人物以往是戴着面具与人周旋,此时其"真我"已露出面具下的狰狞嘴脸,作者在这里为其日后谋杀亲夫的行动做出了铺垫。不难想象,潘金莲说这些话时嗓音的分贝一定提高了许多,但武松毕竟是打虎英雄,她对他还是有几分畏惧之心,所以接下来她会负气冲出房门,"走到半板梯上"与武松隔空叫板,我们似乎还能听到她跑下楼时怒气冲冲的脚步声。

类似的例子,还有《红楼梦》第二十七回中贾府丫鬟红玉给王熙凤的回话:

> 平姐姐说:我们奶奶问这里奶奶好。原是我们二爷不在家,虽然迟了两天,只管请奶奶放心。等五奶奶好些,我们奶奶还会了五奶奶来瞧奶奶呢。五奶奶前儿打发了人来说,舅奶奶带了信来了,问奶奶好,还要和这里的姑奶奶寻两丸延年神验万全丹。若有了,奶奶打发人来,只管送在我们奶奶这里,明儿有人去,就顺路给那边舅奶奶带去的。

一旁闲听的李纨被这番话绕晕了,连说"嗳哟哟!这些话我就不懂了。什么'奶奶''爷爷'的一大堆",相信读者也会像李纨一样如堕五里雾中。但王熙凤却听得十分真切,一则因为她正承担着贾府的当家重任,对"我们奶奶""这里奶奶""奶奶""五奶奶""这里的姑奶奶"和"那边舅奶奶"所指为谁了然于胸,二则因为她是这番话的受话人,红玉说话时用声音、眼神和身体姿态发出的召唤、提醒和强调,全都是直接地作用于她,因此她获得的文字外信息要比一旁的李纨多得多。"红玉回话"这段文字当然也是要用眼睛去阅读的,但其功能主要是作为一长串语音的记录,那一大堆"姑奶奶""舅奶奶"因彼此挨得太近来不及识读而变得语义模糊,读者所感受到的主要是红玉那一气呵成不打半点疙瘩的快速表达。曹雪芹在人物的外貌描绘上惜墨如金,他没有告诉我们红玉身高如何、长得怎样,但只要是认真读过《红楼梦》的人,都不会忘记这个伶牙俐齿的聪明丫鬟。

熟悉《红楼梦》叙事艺术的人都知道,红玉在这里又只不过是王熙凤的陪衬——王熙凤居高临下地用"口角简断"来评判红玉的回话,让人想到后者的口舌之长在她面前不过是小巫见大巫罢了。《红楼梦》第三回写贾府众人皆"敛声屏气",惟独王熙凤是人未至而声音先临,这使初来乍到的林黛玉产生了"来者系谁,这样放诞无礼"的印象。通观《红楼梦》全篇,王熙凤的过多发声形成了她对别人的语言压迫,第六回周瑞家的说"要赌口齿,十个会说话的男人也说他不过",显示本应拥有更高话语权的贾府男性成员在其面前经常处于"失语"状态。王熙凤的下场是墙倒众人推,她那老是被"呛声"的丈夫贾琏最后也以漠然的态度任其含悲死去,这未尝不可以视为"失语"后的一种反弹。男女两性本来各有所长,就像男性体力更强一样,女性善于语言表达本是大自然的一种设计①,但"妇言"在男权社会中已经被大大地污名化了,小说中王熙凤最后的"哭向金陵事更哀"更像是她生前过多发声的一种"报应"。

与王熙凤遭遇相同的还有《快嘴李翠莲》(《清平山堂话本》)和《齖䶗书》(敦煌出土文献)中的女主人公,前一故事中的一名当事者说出了李翠莲们被人嫌弃的真正原因:"早是你才来是三日的媳妇,若做了二三年媳妇,我一家大小俱不要开口了。"这两部作品的主要篇幅都是记录女性的声音,尽管书写中采取的是男性的立场与视角,对女主人公形象的描绘有相当程度的漫画化,但我们在阅读中仍能感觉到她们不是说得不对,而是说得太多太快太流利太铿锵协律,那些喋喋不休、不能自已的快速语流,对那些没有办法插上嘴的人来说构成一种恼人的骚扰。这类文本绝对是语音大于语义,因此需要首先把它们作为声音文本或曰"声音的系列"来对待。

另外一类是文本携带的声音信息不大明显,读者在"听声"与"听人"中需要展开积极的听觉想象,才能达致对所含信息的完全读解和充分消化。较之声音信息显豁外露的文本,这类文本更值得拿出来讨论,

---

① Joachim-Ernst Berendt, *The Third Ear: On Listening to the World*, Trans. Tim Nevill, New York: Element Books Ltd., 1988, pp. 129—153.

因为前者一望而知是显性的"声音的系列",其听觉特征容易吸引读者的注意力,而后者的声音信息潜藏较深,读者稍不留神便会与其失之交臂。鉴于书写对语音的省略多于摹写,这类"沉默的大多数"应当受到更多一些的关注。

例如,《史记·李将军列传》有一段飞将军李广"虎落平阳被犬欺"的遭遇:

> (李广)尝夜从一骑出,从人田间饮。还至霸陵亭,霸陵亭尉醉,呵止广。广骑曰:"故李将军。"尉曰:"故李将军。"尉曰:"今将军尚不得夜行,何乃故也!"止广宿亭下。居无何,匈奴入杀辽西太守,败韩将军,后韩将军徙右北平。于是天子乃召拜广为右北平太守。广即请霸陵尉与俱,至军而斩之。

李广的睚眦必报显出其心胸过于狭窄,然而倘若我们能回到他落魄时夜行被"呵止"的现场,仔细聆听霸陵尉所说的"今将军尚不得夜行,何乃故也",或许会更深地体察到这番话尤其是"何乃故也"中的奚落意味:句中的"故"字一定是被酒醉后的霸陵尉(清醒时的他未必敢这样说)用长长的拖腔说出,说这个字时他的脸上一定写满了对失势"故将军"的鄙夷不屑。这一具体语音造成的凌辱与伤害,只有沦落到了"故将军"地步的李广本人才能真切地感受到,这个声音想必此后还一直挥之不去地萦绕在其耳畔,因此一旦复职为"今将军"后,他会立即将那个发声者弄到军中处死。

又如,《三国演义》中刘关张三人结义在先,但后来刘备因事业需要又请来诸葛亮当军师,两位兄弟对此不无微词,刘备因此在第三十九回中要求关张二人勿再干预自己的决定:"吾得孔明,犹鱼之得水也,两弟勿复多言。"再后来夏侯惇引兵来犯,刘备问关张二弟如何应对,快人快语的张飞便说:"哥哥何不使'水'去?"在阅读中,这个"水"字必须得到和上文中"故"字一样的对待,也就是说读者应当想到张飞说这个"水"字时也是尽量把声音拖长以示强调,意思是"兄长您不是说得孔明'犹鱼之得水'吗,现在就请您的'水'帮您去退敌吧",与此同时他那张"燕颔虎须"的脸上也会露出一种混合着狡诈与得意的揶揄笑容。这番对话设计出来就是要读者从中"听声"和"听人"的,如果看到这个"水"字时只是匆匆一掠而过,既不把它与前面的"水"联系起来,也未在脑海中模拟出相应的声音效果,未免辜负了作者的良苦用心。《红楼梦》第二十五回那一僧一道将贾宝玉从死亡线上救回,众人闻讯皆未开口,"林黛玉先就念了一声'阿弥陀佛'",这一声"阿弥陀佛"也不能轻轻放过,因为先前贾宝玉突发头疼时她也念了一声"阿弥陀佛",这声佛号中凝聚了太多难以明言的内心情感。

中国人表达吃惊、赞叹或感动等情感时所说的"阿弥陀佛",与英美人在类似情况下脱口而出的"耶稣基督"(Jesus Christ)颇为相似,这类神圣名词因用于特定语境而丧失其字面意义,只被用来宣泄说话人难以抑止的情感冲动,因此它们的功能相当于没有具体语义的感叹词。感叹词与语音关系最为密切,书面文本中的感叹词虽然不等于说话人具体独特的语音,但至少能为听觉想象提供生发的根基。试读东汉诗人梁鸿的《五噫歌》:

  陟彼北芒兮,噫!
  顾览帝京兮,噫!
  宫室崔嵬兮,噫!
  人之劬劳兮,噫!
  辽辽未央兮,噫!

诗中每一句本来就有"兮",诗人却还要"噫"上一"噫",这一连五个"噫"发自诗人胸腔深处,引发它们的究竟是宫室崔嵬后面的人之劬劳,还是红尘中人对现世功业的执迷不悟?仅从感叹词本身难以听出分晓。①但不管触动诗人的是什么,他的太息和嗟叹让人难以忘怀却是毫无疑问的。《毛诗序》中的"情动于中而形言,言之不足,故嗟叹

---

① 学界一般认为该诗谴责了帝王的奢侈,但也有人认为作者在于宣扬儒家在功利目的的前提下的欲望追求,见赵维秋、刘刚:《梁鸿〈五噫歌〉意旨新辨》,《鞍山师范学院学报》2008年第3期。

之",说的便是"嗟叹"有助于情感的抒发。清人张玉穀在《古诗赏析》中称赞此诗:"无穷悲痛,全在五个'噫'字托出,真是创体!"从本章的观点看,这里感叹词的密集使用强化了语音在文本中的地位,凸显了"语音独一性"的文学功能,确实算得上一种"创体"。

"语音独一性"指的是每个人都有自己独一无二的声音,既然每个人的感叹声都是那么独特,那么数量有限的感叹词只能是一种大而化之的模拟,若要真正还原发声者的语音,读者在阅读中必须尽力用自己的想象去推测和揣摩。英美新批评的看家本领"细读"(scrutiny)被认为是文学研究的基本功,其实"细听"也是"细读"的题中应有之义,"细听"的意思是静下心来进行细细的听觉品咂,避免浮皮潦草地滑过那些带有感叹词的文字。我们的古人在这方面早有认识,朱熹《诗集传序》中的"讽咏以昌之,涵濡以体之",指的是用放慢速度的诵读代替一目数行的视读,沈德潜《说诗晬语》更道出了这种诵读的效果:"读者静气按节,密咏恬吟,觉前人声中难写,响外别传之妙,一齐俱出。"所谓"响外别传之妙",我们理解其就是"语音独一性"传递出的微妙情感。由于感叹词数量较少而人类的情感相对复杂,同样的感叹词在不同语境下会有不同的所指。以"呜呼"为例,《尚书》中频繁出现的"呜呼"多为训斥、威胁或命令的前导,其效用相当于猛兽攫食前的震慑性怒吼,但后世诗文中的"呜呼"则更近于深长的叹息,还有学者认为李白《蜀道难》开篇的"吁嚱"亦为"呜呼"的别写,它和前面的"噫"合在一起构成了一种模仿蜀人语音的惊呼与感叹。①

"呜呼"与"吁嚱"的音同而形异,说明对人类感叹声音的摹写没有一定之规,由此可以肯定还有大量人类的语音未能形诸文字,或者说对其虽有摹写却语焉不详。如前所述,语焉不详的原因在于书写对语音

---

① "要之,李白《蜀道难》中'噫吁嚱'其读音释义句读应作如下解释:'吁嚱'是联绵词'呜呼'的另一种形体,在这句诗里应读'wūhū';全句的标点(句读)应是:'噫!吁嚱!'其意义应是'噫:蜀地方言,惊异声;吁嚱(音呜呼),同呜呼,叹词。'这样一惊一叹,既合于汉字音形义的演变历史规律和语音实际,读来更显诗歌的抑扬,同时,也更合于语言,特别是语法的发展规律,并且与李白的写作原意也更吻合。"蒋向东:《〈蜀道难〉开篇叹词音义句读解》,《文史杂志》2000年第3期。

的省略（阉割）多于摹写，因此"细听"这类语焉不详的文本，将沉淀在字里行间的听觉信息释放出来，无疑是一种极具"生产性"的阅读活动。试读《老残游记》第十八回：

> 白公说："知道了。下去！"又将朱笔一点，说："带魏谦。"魏谦走上来，连连磕头说："大人哪！冤枉哟！"白公说："我不问你冤枉不冤枉！你听我问你的话！我不问你的话，不许你说！"两旁衙役便大声"嘎"的一声。
>
> 看官，你道这是什么缘故？凡官府坐堂，这些衙役就要大呼小叫的，名叫"喊堂威"，把那犯人吓昏了，就可以胡乱认供了，不知道是那一朝代传下来的规矩，却是十八省都是一个传授。今日魏谦是被告正凶，所以要喊个堂威，吓唬吓唬他。

小说对"堂威"的摹写只有一个"嘎"字，但这声堂威对堂下的待罪之人来说却是震动耳膜的惊雷，其目的在于"把那犯人吓昏了，就可以胡乱认供了"。今天我们仍能在演出传统戏目的剧院里，听到舞台上的衙役对告状的犯人发出威胁性的低沉怒吼。[①]《老残游记》中的白公算得上肯动脑筋为民做主的廉吏，但他对被讯问者也是这般盛气凌人——"我不问你的话，不许你说。"官府大老爷与平头小百姓之间的区别不仅体现为前者坐而后者跪，还体现为前者在堂上叱咤风云而后者在堂下噤若寒蝉，前者手中随时拍响的惊堂木更加剧了这种发声上的不平等。所以这个"嘎"字背面有太多文字未能付诸书写，古往今来不知道有多少含冤负屈之人被官府的"声威"唬住无法出声。

上引文字中至少还用了一个"嘎"字来模拟，更为常见的情况是拟声词几乎完全从相关的叙事中消失，读者需要根据作者的提示，去设身处地揣摩人物发出的究竟是何种语音，以及这种语音传递的究竟是何种意义。《十日谈》第三天第五个故事中，登徒子齐马用甜言蜜语诱惑

---

① 作者说"喊堂威"在"十八省都是一个传授"，但是熟悉传统戏曲的观众都知道，如今舞台上衙役之类使用的白口多半是"嘟"或"呔"，有老戏骨说"呔"就是"呆"，其潜藏的意思为："你这个呆子，别人都招了，就你还死抗着，还不快招！"

法郎赛哥的太太，后者虽然严格服从丈夫的命令从头到尾一言不发，实际上却是巧妙地用貌似无所指的声音和气息回应了齐马——站在远处的丈夫不可能发现她在听齐马说话时"禁不住轻轻叹了口气"以及"断断续续地发出细微的叹息"，这些都在告诉齐马她乐于按对方的意愿行事。与咳嗽、打嗝和打喷嚏一样，呼叹、呻吟、哭泣和欢笑时发出的声音属于不受主观意志控制的生理性反应，叙事作品中常见的表述如"不由得哭了起来""禁不住长叹一声"和"忍不住笑出声来"等，都表明此类发声的不由自主或难以自主。可以想见，人类祖先在迈入文明门槛之前便有此类指涉不同情绪的语音征候，这点可从我们身边动物的叫声中得到印证。① 将这些生理性的发声冲动放到具体的故事语境中，能让读者透过形形色色的遮蔽与伪装，"听"到人物的真实声音。"语音独一性"的妙用，最精彩的或为《儒林外史》第二至第三回的"周进之哭"，小说写这位"苦读了几十年的书，秀才也不曾做得一个"的老童生进了贡院之后，先是"长叹一声"晕倒在地，醒来后"满地打滚，哭了又哭"，"哭到口里吐出鲜血来"，直到同行人提出要为其捐监进场才"哭的住了"，这种突如其来完全无法抑制的嚎啕痛哭，以及听到别人出手相助时的戛然而止，将人物内心深处的精神创伤与隐秘期盼一齐和盘托出。

人类情绪激动时发出的自然声息不但因个体而异，还因喜怒哀乐的强弱而异，后起的文字在摹写此类复杂的声音时不免捉襟见肘，高明的作者因此放弃在拟声上多做文章，而将主要笔墨用于书写人物声息对他人的影响，以达到"背面傅粉"的反衬效果。用最简单的例子说，《三国演义》第四十二回虽未对张飞在长坂桥头的三声喊叫作正面描写，但接下来"曹操身边夏侯杰惊得肝胆碎裂，倒撞于马下"等文字，却让读者永远记住了这三声致人于死命的猛士怒吼。哈代《德伯家的苔丝》中，苔丝在新婚之夜向丈夫安玑·克莱坦白自己的失贞经历，刚才还信誓旦旦会饶恕其一切过失的新郎立即脸色大变，发出了"非常地可怕、

---

① "每一位热心研究野兽和飞禽习惯的人都清楚地知道，它们的许多动作和叫声并不是为了它们之间的联络，而只是动物本身某种心理状况的征候。"爱德华·泰勒：《人类学：人及其文化研究》，连树声译，桂林：广西师范大学出版社，2004 年，第 101 页。

非常地不自然，赛过地狱里的笑声"，读者当然无法想象这笑声是如何"不自然"，好在作者接下来写了苔丝对这笑声的反应，让读者借她的耳朵"听"出了这笑声的残酷：

> "别价，别价！这真要我的命！"她尖声喊着说。"唉，你慈悲慈悲吧，慈悲慈悲吧！"他没回答；她满脸灰白，跳了起来。"安玑，安玑！你这一笑是什么意思？"她喊着问。"你知道我听了你这一笑，心里是怎么一种滋味儿？"①

苔丝从克莱的笑声中察觉到他对自己的爱情瞬间消褪，所以会说出"这真要我的命""慈善慈悲吧"这样的话来。与真实生活中一样，故事中人物的语音也是有指向性的，克莱的笑声专向苔丝而发，所以惟有苔丝能完全明白这笑声的意思。《智取威虎山》中座山雕对着栾平大笑三声，栾平听出笑声中的杀机后急忙下跪求饶，这一举动也在提示座山雕的笑声是多么可怕。

"背面傅粉"无须过多用力，周进的哭声能让锱铢必较的生意人为其慷慨解囊，显示这是一种令闻者不忍坐视的泣血；《聊斋志异·婴宁》中女主人公的笑声使书生王子服相思成疾，说明这种语音能摄人魂魄。《婴宁》与其说写的是婴宁，不如说写的是婴宁之笑——从小说中"笑不可遏""放声大笑""狂笑欲堕"和"笑极不能俯仰"等叙述来看，女主人公在绽开笑靥的同时应有一连串响亮的笑声相伴随，但作者从头到尾只用了"嗤嗤""孜孜"两个拟声词，也就是说他几乎未对笑声本身作任何描摹。那么为什么所有的读者都会觉得自己仿佛听见了婴宁的笑声呢？这是因为阅读中的"代入"机制在起作用——就像苔丝听见了克莱的笑一样，王子服当然也听到了婴宁富有感染力的笑声，那么他的印象和感动也就变成了读者的印象和感动。萧红《后花园》也是这样写赵老太太女儿的笑声对磨倌冯二成子心灵的搅扰，小说只有一次用了"格格"这样的拟声，其主要篇幅都被用来写冯二成子听到赵姑娘笑声后的

---

① 哈代：《德伯家的苔丝——一个纯洁的女人》，张谷若译，北京：人民文学出版社，1957年，第313页。

寝食难安——他在床上辗转反侧之时甚至会出现对这笑声的幻听。无论是《后花园》中身份低微的冯二成子，或是《婴宁》中属于知识阶层的王子服，还是《国王在听》中高高在上的"你"，他们为之倾倒的都是有温度而无语义的女声，正是这种被巴特称为"分离的身体"的语音，让读者在自由驰骋的听觉想象中感受到了其中饱含的生命气息。这样的声音既能唤醒磨倌，也能唤醒书生和国王。

  以上讨论显示，卡尔维诺在《国王在听》中揭示的"语音独一性"，在中外叙事作品中都有形形色色的反映和流露，不管是有意还是无意，一些作家对声音与气息的描摹堪称神来之笔，当然其他人都还未达到像卡尔维诺那样的认识高度。人类学家爱德华·泰勒说："内心的激动可以借助没有任何意义的音节的发音表现，甚至可以细致地表现。"① 这句话不仅适用于人类的实际生活，现在看来也适用于模仿生活的文学艺术。对传统戏曲有兴趣者或许都有这样的体会：演员那些没有语义或游离出字面意义的发音，如百转千回的拖腔、如泣如诉的和昂扬激越的叫头等，经常是表演中最令人感动的地方。② 这种感动之所以发生，乃是因为听戏之人下意识地运用了还原倾听，不过即便是他们自己也难以察觉到这一点。还原倾听如前所述聚焦于语音的独一无二，关注的是声音本身而非其源起或意义，它和因果倾听、语义倾听一样都属人人皆有的能力，但是由于前论形而上学传统的影响，再加上"读图时代"视觉霸权的扩张以及新媒体革命推动的人工合成语音泛滥，现代人的这种能力在多重压迫下已经趋于萎缩。照此趋势发展，或许有一天人们会忽略具体的语音与语音后面"活人"的联系，也就是说将来有一天太太回家敲门，说了"是我"之后仍无济于事，门内的先生非要接到太太发送的电

---

  ① 爱德华·泰勒：《人类学：人及其文化研究》，连树声译，桂林：广西师范大学出版社，2004年，第100页。
  ② "在京剧《智取威虎山》的第三场，在被问及受座山雕欺凌的经过时，常猎户悲愤地说'八年了，别提了'。这时本该装哑巴的小常宝喊出了一声撕心裂肺的'爹'。这一腔在高音A2上持续了十几拍，伴之以弦乐的颤音和高潮点上的清脆锣声，十分震撼人心。而当唱到死去的母亲时，常宝一声如泣如诉的'娘啊'又下行到全曲最低音，让人为之动容。"张斌：《戏曲：有"戏"更要有"曲"》，《光明日报》2016年12月3日。

子语音信号后才会把门打开。"语音独一性"关乎人之所以为人,以塑造人物为己任的文学自然没有理由不去利用这一重要资源,虽然书面文本不可能让人直接听到声音,但上引诸例表明,巧妙地运用叙事策略完全可以让人在想象中实现声音的某种还原。

"唐宋八大家"之一柳宗元在其《复杜温夫书》中,毫不客气地批评对方混淆了表示疑问语气的"乎""欤""耶""哉""夫"与表示肯定语气的"矣""耳""焉",这一批评显示出古人对行文语气和声调具有高度的敏感。现代人不光真正的听力不如古人,对书面文本的"聆听"也日趋麻木,所以"语音独一性"理应得到文学创作和批评领域的更多关心。如果任由听觉感知向不断钝化的方向发展,总有一天现代人的听觉想象力会濒于枯竭,本章之所以用"你听到了什么"为题,就是想引起人们对此的警惕与自省。

"景"与"聆"

第四章　音　景

内容提要　音景迄今为止尚未进入叙事研究的对象名单,对其的忽略已导致人物似乎是在无声的时空中行动。音景分主调音、信号音和标志音三个层次,无声也是其中不可或缺的成分。农业社会的音景保持在可清晰辨音的"高保真"状态,但工业革命以来机器的轰鸣使音景由"高保真"沦为"低保真",这些在叙事作品中均有反映。音景有时会由次要位置的叙事陪衬反转为不容忽视的故事角色,此即夏弗所说的"底"凸显为"图"。"声音帝国主义"的崛起缘于人类在接受听觉信息时的被动与脆弱,由于无法自己决定"听到"或"不听到"什么,真实世界和虚构故事中的人物都有可能遭遇声音霸权的压迫。音景之不可或缺在于"以声拟声"能创造更为鲜活生动的叙述效果,无须摹仿原声的"以声拟状"进一步开阔了听觉叙事的天地。对外界声音的摹仿乃是人类的习惯和本能,观察婴幼儿的牙牙学语,我们仍能想象拟声行为的初始发生。人类主要凭借视听两翼在感觉的天空中翱翔,那些将故事背景调为"静音"的叙事无异于只用单翼飞行。

音景(soundscape)又译声景或声境,是声音景观、声音风景或声音背景的简称。音景研究的第一人为加拿大的夏弗,其代表作《音景:我们的声音环境以及为世界调音》一书打通普通声音与音乐之间的界限,系统阐述了音景的构成、形态、感知、分类与演进,提出了要从声学上规划人居环境的宏伟设想(此即所谓"为世界调音")。① 夏弗在讨论音景时往往援引一些著名的叙事作品,然而由于当代文化中视觉对听觉的压迫,音景至今尚未正式进入叙事研究的对象名单,对其的忽略已导致人物似乎是在无声的时空中行动,这种将故事背景默认为"静音"的做法几乎已成为一种潜规则。有时作者给出了明确提示,如柳永《雨霖铃》第一句便用"寒蝉凄切"拉开了雨声骤停后蝉声响起的声音幕布,但一直没有人解释柳永为何要用蝉声开启这个"执手相看泪眼"的故事,一些赏析文章只强调该词在读者心目中唤起的视觉画面,全然不顾柳永这位声律专家更注重听觉感受。现代汉语中带"景"字的词语,如"景观""景象""景色""景致"等,全都打上了"看"的烙印,音景这一概念有利于提醒人们:声音也有自己独特的风景,忽视音景无异于听觉上的自戕。将声学领域的音景概念引入叙事研究,不是要让耳朵压倒眼睛,而是为了纠正因过分突出眼睛而形成的视觉垄断,恢复视听感知的统一与平衡。

一、音景:故事背景上的声音幕布

将音景称为声音幕布,是因为它像幕布一样可以用于覆盖与遮挡:乡村的听觉空间内多弥漫着各类鸟虫之鸣,而当附近有汽车行驶或飞机起降时,这些鸣声又会被隆隆的马达声盖过。幕布又有衬托之功,电影、戏剧乃至商场中的背景音乐可以营造氛围,叙述中的音景也有同样的烘云托月之效。幕布还有一个作用是开启和关闭,叙事交流中人们也

---

① R. Murray Schafer, *The Soundscape: Our Sonic Environment and the Tuning of the World*, New York: Knopf, 1977.

会利用音景来开始和结束——前者意在"先声夺人",后者往往给人余音绕梁的感觉。

不过,耳朵听音与眼睛看景仍有本质上的不同。眼睛可以像照相机一样立刻将外部景观摄入,耳朵对声音的分辨则无法在瞬间完成,因为声音不一定同时发出,也不一定出自同一声源,大脑需要对连续性的声音组合进行复杂的拆分与解码,在经验基础上完成一系列想象、推测与判断。按照夏弗的定义,声学意义上的音景包括三个层次:一是主调音(keynote sound),它确定整幅音景的调性,形象地说它支撑起或勾勒出整个音响背景的基本轮廓,如《雨霖铃》中的主调音为人物耳畔挥之不去的蝉声;二是信号音(signal sound),它在整幅音景中因个性鲜明而特别容易引起注意,如口哨、警笛和铃声等,《雨霖铃》中的舟人催促声("兰舟催发")应属此类;三是标志音(soundmark),它标志一个地方的声音特征,这一概念由地标(landmark)一词演绎而来。[①]

主调音、信号音和标志音引起的关注度不会完全相同,夏弗从视觉心理学那里借来了图(figure)和底(ground)这对范畴,用以说明音景和风景画一样也有自己的景深(perspective)——有些声音突出在前景位置,有些声音蛰伏在背景深处,但它们之间的关系并非一成不变:"由于任何声音都可以被人有意识地聆听,因此所有的声音都可以变成'图'或信号音。"[②] 夏弗的论述让我们想起《论语·八佾》中的"绘事后素",孔子在数千年前就已洞察"图"与"底"的关系:只有在素净的底子上施以五彩,形象才有可能凸显出来,产生"巧笑倩兮,美目盼兮"那样令人印象深刻的效果。《雨霖铃》以蝉声为音景打"底",是因为蝉的鸣声绵长持续几无断歇,具有夏弗所说的"无所不在"的传播效率和对情绪的"弥漫性的影响"。这种影响的根源在于蝉声的单调和重复,它能让听到的人变得昏昏欲睡,音乐学上把单调的嗡嗡声当作一种

---

① R. Murray Schafer, *The Soundscape: Our Sonic Environment and the Tuning of the World*, New York: Knopf, 1977, pp. 9—10.

② Ibid., p. 9. 按,figure译作"形"似乎更为合适。

"压抑智力活动的麻醉剂"①。大自然中能发出这种催眠声的鸟虫还有夜莺和蟋蟀之类。英国浪漫诗人约翰·济慈这样描述自己听到夜莺歌声后的感受——"我的心在痛，困盹和麻木／刺进了感官，有如饮过毒鸩，／又像是刚刚把鸦片吞服"②。有了这样的参照系，柳永以蝉声为先导以及用"凄切"来形容蝉声就很好理解了：离别在即，满耳的蝉声自然都是凄切之音（夜莺歌声在济慈那里触发的是痛感，日本俳句诗人松尾芭蕉曾说"蝉之声，死之将至犹未觉"），加之又在都门饮了几杯闷酒，主人公像《夜莺颂》中的"我"那样进入了一种近乎麻木的精神状态。接下来的叙述未再提及蝉声，但我们知道令人倦怠无力的蝉声仍在故事背景上回荡，主人公受情境压迫无法振作起来完成像模像样的告别，于是乎才有了哽咽难言、欲语还休的分手场面，而这正好又可以使叙述自然转向下一节的人物内心独白（"念去去千里烟波……"）。

音景不光由声音构成，无声也是音景不可或缺的成分。绝对的无声是不可能做到的事情，只要"听"的主体还是人，就不存在着绝对的寂静——许多人都有这样的经历，当周围的声音都已消失时，他们开始听见自己体内发出的响动，包括扑通扑通的心跳和汩汩的血液流淌。但是人们可以通过保持静默来获得一段时间的相对无声，这种无声当然也是一种音景。现在全世界都用一种共同的仪式来纪念已故者，这就是从第一次世界大战停战纪念日（Remember Day）仪式上沿袭而来的默哀。对默哀有过体验的人，应当不会忘记那阵突然降临的静默对自己情绪的影响。普通的音景中也会出现短暂的声音停顿，这种有声和无声（尽管是相对的）的交替在音乐家那里成为一种艺术表现手段，白居易的《琵琶行》便叙述了琵琶女演奏中的"无声胜有声"。

对无声的重视和运用可以说是20世纪西方音乐学的一种趋势。奥

---

① "The function of the drone has long been known in music. It is an anti-intellectual narcotic. It is also a point of focus for meditation, particularly in the East." R. Murray Schafer, *The Soundscape: Our Sonic Environment and the Tuning of the World*, New York: Knopf, 1977, p. 79.

② 约翰·济慈：《夜莺颂》，载《济慈诗选》，查良铮译，北京：人民文学出版社，1958年，第70页。

地利的新维也纳派作曲家安东·韦伯恩对音乐中的停顿情有独钟,其作品大量运用休止符,人们说他简直是用橡皮擦在作曲。韦伯恩的尝试启发了人们将寂静也视为一种音响,无声逐渐被赋予与有声同等的地位。加拿大作曲家约翰·韦恩茨威格在其作品《无言》中安排了一段很长的停顿,用以纪念纳粹暴行的牺牲者,其依据为大屠杀的最后声响是一片沉寂。美国音乐家约翰·凯奇更用长达 4 分 33 秒的休止符,创造了西方音乐史上第一首完全无声的乐曲——《4 分 33 秒的寂静》,英国 BBC 交响乐团"演奏"此曲时甚至装模作样地翻动了乐谱。

无声在西方音乐中地位的提升,折射出现代人对宁静生活日益加重的向往。一时代有一时代之音景,人类的历史也体现在音景的变化之中,然而令人遗憾的是,这种变化总的来说体现为噪音的不断增加,以及人们听觉敏感力的不断钝化。夏弗用高保真(hi-fi)和低保真(lo-fi)这对声学范畴来描述各个社会阶段的音景,他认为农业社会的音景处于高保真状态,那时环境中没有多少噪音,人们能清楚地听到和分辨各种不同的声响,而在工业革命之后的社会阶段中,隆隆的机器声和城市里的嘈杂声压倒了各种自然的声音,声音的拥挤与噪音的膨胀使音景由高保真沦为低保真,人们听到的往往是一团无法辨别的模糊混响。[1] 现代人遭遇的音景变动或可用夏弗所说的"景深失落"来描述:旧时村民可以听到远近不同地方传来的动静,现在闹市中人只能听到自己身边的声音,为了相互听见,他们还不得不提高嗓门说话,这在人类感觉史上确实是一项后果严重的改变。

音景的"高保真"与"低保真"之分,或可用果戈理的《五月之夜》与茅盾的《子夜》的对比来做进一步说明。前者用充满感情的语言,惟妙惟肖地再现了乌克兰乡村之夜的多重声音,其效果犹如用立体声音响播放小夜曲。后者以"吴老太爷进城"为故事开篇,时空背景不在夜晚的乡野而在白天的城市,集中反映吴老太爷对五光十色城市生活

---

[1] R. Murray Schafer, *The Soundscape: Our Sonic Environment and the Tuning of the World*, New York: Knopf, 1977, pp. 43—44.

的不习惯，其中汽车的轰鸣尤其构成对这位古董式人物的刺激。两幅音景的区别在叙述中呈现得非常明显。乌克兰的夜晚中，树叶因风吹而"簌簌地发响"，"远远传来了乌克兰夜莺的嘹亮的啼声"，"可是在天空中，一切都喘息着"（作者行文中多次提到夜空的呼吸声，这是《五月之夜》的神来之笔），而月亮似乎"也伫停在中天俯耳倾听"。这幅音景不但有动感而且有"景深"，先后发出的声响来自空间的不同位置，介于有声与无声之间的夜空呼吸与介于听与非听之间的月亮倾听尤其令人难忘。① 与此相对照，《子夜》中的现代城市景观连同其喧嚣直逼人物鼻尖（"排山倒海般地扑到吴老太爷眼前""无穷无尽地，一杆接一杆地，向吴老太爷脸前打来""啵—啵—地吼着，闪电似地冲将过来，准对着吴老太爷坐的小箱子冲将过来"），这些叙述印证了夏弗所言——城市中的水泥森林把风景和音景压缩成一个二维的扁平面，视觉景深与听觉景深在这里双双遭遇"失落"。尽管吴老太爷"闭了眼睛"以降低视觉冲击，但由于耳朵没法闭上，他的两耳灌满了无从分辨的"轰，轰，轰！轧，轧，轧！"的声音。这样的声色刺激最终诱发了吴老太爷的脑充血，小说中范博文对此有一番分析："你们试想，老太爷在乡下是多么寂静；他那二十多年足不窥户的生活简直是不折不扣的坟墓生活！他那书斋，依我看来，就是一座坟！今天突然到了上海，看见的，听到的，嗅到的，哪一样不带有强烈的刺激性？依他那样的身体，又上了年纪，若不患脑充血，那就当真是怪事一桩！"② 其中"老太爷在乡下是多么寂静"一语以及将书斋比作无声的坟墓，道出了乡村音景与城市音景的巨大反差。

二、不仅仅是幕布：音景的反转与"声音帝国主义"

然而音景又不仅仅是悬挂在故事后面的声音幕布，它在许多情况下

---

① 果戈理：《狄康卡近乡夜话》，满涛译，北京：人民文学出版社，2006年，第67页。
② 茅盾：《子夜》，北京：人民文学出版社，1952年，第24页。

会反客为主，从背景深处飘荡到舞台前端，将人们的注意力吸引到自己身上，这就是夏弗所说的"底"凸显为"图"。这种情况下的音景，其功能已由次要位置的叙事陪衬反转为不容忽视的故事角色。

叙事者，叙述事件之谓也。事件主要由人物的行动构成，行动一般来说会有声音伴随，因此叙述者说到声音时，往往会引发人们对行动的联想——"山间铃响马帮来"就是指"山间铃响"传递了"马帮来"的信息。声音有大有小，即便是衔枚疾走的秘密行军，不发出一点响动来也是不可能的。古代仕女莲步轻移导致环佩丁珰，则是有意用声音来增添行动的韵致与美感。所有的行动都是对既有平衡的打破，因而总会带来压力或曰压迫，加列特·基泽尔说："让被压迫者保持沉默是可能的，但压迫没办法静悄悄地实施。只要有压迫，它就一定会发出声音。"①事实上声音不但是压迫的副产品，其本身就是压迫的工具，因为连动物都懂得用声音来恫吓对手，古往今来的人类战争中更离不开吼叫、呐喊与鼓噪。《伊利亚特》"阿喀琉斯的愤怒"一章中，荷马生动地叙述了古希腊人在战斗中发出的惊天动地之声；《三国演义》第四十二回中，张飞的三声怒吼竟然把对方一员大将吓得倒地而死。战争史学者罗伯特·奥康纳如此归纳冷兵器时代英雄人物的声音杀伤力："他们嗓门都很大，热衷于利用恐怖的呐喊威慑敌人，同时塑造英雄人物令人畏惧的形象。"②

声音的压迫可以是粗暴的，也可以是温柔的，后者并不一定效率更低。鲍·瓦西里耶夫《这里的黎明静悄悄……》中，一群德军空降侦察兵悄无声息地渗透到苏军后方，在准备渡河前被几名苏军女兵发现，为了阻止对方的行动，女兵冉卡当机立断脱下军服，在敌人枪口下跳入河中大声唱起歌来，这一举动得到其他女兵和她们的指挥员的配合，于是原先"静悄悄"的河岸顿时变得喧哗和热闹。歌声和伐木声织成的音景，显示这片土地上仍有平民在活动，这让对方的侦察兵放弃了立即渡

---

① 加列特·基泽尔：《噪音书》，赵卓译，重庆：重庆大学出版社，2014年，第134页。
② Robert L. O'Connell, *Of Arms and Men: A History of War, Weapons, and Aggression*, New York: Oxford University Press, 1989, p.47.

河的企图。①《这里的黎明静悄悄……》在中国拥有较高的知名度,由小说改编而成的电影、电视剧和话剧都曾在我们这里上演,吊诡的是,尽管这部作品的标题表明了作者的听觉倾向——"静悄悄"这一修饰语强调的是双方士兵一开始的无声对峙,然而由于视觉文化的强势以及挥之不去的窥视心理,女兵入浴的画面对许多人来说成了这部作品的主要"看点"。从本章角度说,这一情节的意义在于体现了声音对空间的即时覆盖:冉卡情急之中无法想到很多,但她肯定意识到一旦自己跳入河中唱起歌来,就会立即打破森林中原先的一片死寂,她的声音将在顷刻间弥漫到敌我双方所在的空间范围之内,由此形成对敌寇渡河意志的强力阻遏。

用声音来占领空间不是冉卡的发明而是一种本能,人类现在主要从视觉角度展开自己的空间想象,而在遥远的过去,包括人类祖先在内的许多动物是靠自己的声音和气味来划定领地范围,因此无论是虎啸狮吼还是狼嗥猿啼,都不能说没有张扬自己空间权力的功能。罗兰·巴特进一步告诉人们,对空间的听觉占有从古到今一直存在,即便是拥有自己独立住宅的现代人,其居住范围内也应回荡着"熟悉的、被认可的声音",这样才算实现了"带声响的"的空间占有。②巴特说现代人所处的听觉空间"大体相当于动物的领地",与"动物的领地"相比较,人类的听觉空间其实更容易受到不"熟悉的"或不"被认可的声音"的侵扰。有意思的是,视觉优先原则在某种程度上反而助长了噪音的当代泛滥:既然空间的划定是在视觉主导之下进行,那么声音的越界侵犯就不会像有形之物那样受到严格监管。

夏弗从这种现象中看到声音与权力之间的联系,他把制造扰人的音景而又不受谴责的权力行为称为"声音帝国主义"(sound imperialism):

> 当声音的力量强大到足以覆盖住一个大的平面,我们也可称其

---

① 鲍·瓦西里耶夫:《这里的黎明静悄悄……》,王金陵译,北京:人民文学出版社,2004年,第71页。
② 罗兰·巴特:《显义与晦义》,怀宇译,天津:百花文艺出版社,2005年,第252页。

为帝国主义。举例来说，与一个手中空空如也的人相比，一个手握高音喇叭的人更像是帝国主义，因为他主宰了更大的听觉空间。手中拿把锹的人什么也不是，拿着风钻的人却是帝国主义，因为他拥有一种力量，可以打断和主宰临近空间内的其他声音活动。[1]

用"帝国主义"来形容音景，是因为它在"覆盖住一个大的平面时"具有西方列强对外扩张时那种肆无忌惮的霸权性质。在此基础上，夏弗提出工业革命必须要有机器的轰鸣来鸣锣开道——如果当年发明的是安静的机器，西方工业化的进程或许不可能完成得如此彻底；他甚至用戏谑的口吻说如果加农炮是无声的，人们可能不会将其运用到战争当中。[2]炮弹的杀伤力不仅仅体现于弹片，这一点有助于我们进一步理解为什么冉卡跳入河中时会大声唱歌，按理她现身于敌人枪口之下就已发出了此地有平民的视觉信号，但是歌声加入进来之后，震荡耳鼓的声音在对方来说就近乎是一种直接的肉体压迫。众所周知，冉卡随口哼唱的《卡秋莎》是一首婉转轻快的俄罗斯歌曲，但在当时情况下这声音比炮弹的呼啸更能让对方胆战心惊。《三国演义》第九十五回"武侯弹琴退仲达"中，诸葛亮用淡定从容的琴声迫使率领十五万大军兵临城下的司马懿止步不前，接下来又让蜀军用炮声、喊杀声和鼓角声不断骚扰退走中的魏军，尽管司马懿理智上知道自己拥有绝对的军事优势，但在纷至沓来的声音压迫之下还是乱了方寸。《史记·陈涉世家》记载的"狐鸣呼曰：'大楚兴，陈胜王'"，以及同书《项羽本纪》中的"汉军四面皆楚歌"，都可以看成是对"声音帝国主义"的妙用，音景由"底"到"图"的角色反转亦可从中窥见一斑。

需要对夏弗的理论作点补充的是，"声音帝国主义"的崛起缘于人类在接受听觉信息时的被动状态：我们常常不能决定自己"听"什么或"不听"什么，有些声音不是由于注意力的集中而从"底"变为"图"，

---

[1] R. Murray Schafer, *The Soundscape: Our Sonic Environment and the Tuning of the World*, New York: Knopf, 1977, p.77.
[2] Obit., p.78.

而是它们一出现就会毫无悬念地吸引人们的注意力,这种不顾人们主观意志的"吸引"更准确地说是一种"霸占"。20世纪60年代后期一只高音喇叭挂到患有严重心脏病的陈寅恪床前,其结果是加速了一代宗师的死亡。[①] 希腊神话中塞壬女妖的歌声也具有致命的杀伤力,俄底修斯为了"不听"她们的声音,事先用蜡条堵住耳朵并让人把自己紧紧绑在桅杆之上——如果不是采取这种极端措施,他会和许多经过此地的水手一样化作塞壬岛上的白骨。[②] 从某种意义上说,冉卡和塞壬女妖的歌声具有同样的性质,但是德国侦察兵缺乏俄底修斯那样的智慧和意志,所以不能不为其所惑。在"声音帝国主义"面前,人人都有可能变成无力防范的弱者,在这方面英雄和普通人没有区别。

三、音景何以不可或缺:拟声种种及人类本能

以上讨论已涉及音景的叙事功能,本节将对其不可或缺性作更进一步的说明。必须承认,"视觉优先"论者自有其闭耳塞听的权利:不提供音景的作品照样有自己的读者,"默片"在电影问世之初也曾让许多观众看得津津有味,电影史上甚至一度出现过对有声片的讨伐浪潮。因此行动与声音并不是绝对不可分离的,需要解释的是为什么人们最终还是离不开声音,以及为什么一些与听觉无涉的对象也在叙事中被赋予声音。

首先要看到的是,较之于纯粹提供视觉画面的叙述,摹写音景的事件信息中多了一些来自故事现场的声音,因而能创造更为鲜活生动的叙述效果。就加深听者印象而言,拟声所起的作用是十分积极的,用述行理论的话来说就是具有较强的"语力"(force)。[③] 有些叙述性的文字凭借这种强大的"语力",让人讽诵之后终生难忘。埃克多·马洛《苦儿

[①] 陆键东:《陈寅恪的最后20年》,北京:生活·读书·新知三联书店,1995年,第480页。
[②] 古斯塔夫·施瓦布:《希腊古典神话》,曹乃云译,南京:译林出版社,1995年,第596页。
[③] J. L. Austin, *How to Do Things With Words*, Oxford: Oxford University Press, 1975, p. 6.

流浪记》有一节叙述主人公雷米与好友马蒂亚在巴尔伯兰妈妈家中看其做黄油煎饼，黄油在锅中融化后发出"吱吱"的响声，马蒂亚闻声后立即拿起小提琴来为"黄油之歌"伴奏。①《苦儿流浪记》是笔者少年时阅读过的小说之一，至今此片断仍如刀刻般存留于脑海之中，同样难忘的还有哑女丽丝在与雷米重逢时突然开口唱歌。这个故事的其他内容在本人印象中已经趋于模糊，惟独与声音有关的这两个细节始终不肯退出记忆。看来人的视觉记忆与听觉记忆就像两块黑板，前者写得太满而后者还有不少余地，因此留在后者上的印记更为清晰。

其次要看到的是，以上所论都还是"以声拟声"，即用象声方式对原声做出拟仿，在此之外还有一些拟声属于"以声拟状"范畴，也就是说用想当然的声音来传达对事物状貌的感受与印象。与单纯的"以声拟声"相比，"以声拟状"极大地丰富了叙事中的音景，因为一旦由"绘声"转向"绘色"，所谓原声也就不复存在，这就赋予表达者用各种各样的"声音图画"来传递自己印象的权利，这不啻是为听觉叙事插上了腾飞的翅膀。据陆正兰研究，"以声拟状"属于 R. P. 布拉克墨尔提出的"姿势语"（gesture）②——布拉克墨尔将"姿势语"定义为超越字面意义的"情绪等价物"，他所举出的例子有莎士比亚《麦克白》台词中的"明天、明天、明天……"和《李尔王》台词中的"决不、决不、决不……"等。③"姿势语"是从听觉渠道传递的姿势或曰表情，这种"姿势"不但无法翻译成另一种语言，就是同民族的人往往也是只识其声不知其义。甚至可以这样说，越是难以索解令人如堕五里雾中的拟声，所引起的联想就越丰富：《西游记》第六十二回的鲇鱼精和黑鱼精分别名为"奔波儿灞"和"灞波儿奔"，不言而喻，对于异类形象在读者想象中的生成来说，这两个名字的古怪发音起了非常重要的作用。

---

① 埃克多·马洛：《苦儿流浪记》，尤颂熙、陈莎译，北京：世界知识出版社，1987年，第366页。

② 陆正兰：《歌词学》，北京：中国社会科学出版社，2007年，第89页。

③ R. P. Blackmur, *Language as Gesture*, *Essays in Poetry*, New York: Harcourt, Brace and Company, 1952, p.13.

"以声拟语"将声音由"无义"变为"有义",这一转变似乎是在告诉我们,摹仿声音的表达方式中存在着向"有声有义"过渡的趋势。《古诗十九首》中,一些拟状的叠音既有重叠复沓的声律之美,又有离"约定俗成"并不遥远的朦胧所指。将《古诗十九首》中的叠音与《诗经》中的初始拟声词对读,可以看出一些原先没有字面意义的拟声开始有了不够明确但可意会的内涵,一些原先无从捉摸的声响与某些词语已经形成相对稳定的搭配。我们今天仍在使用的"洋洋得意""姗姗来迟"和"夸夸其谈"等表达方式,应当就是这样由最初的叠音发展而来——陆正兰认为,殷孟伦《子云乡人类稿》列出的元曲重言中,有不少如"活生生""醉醺醺"和"慢悠悠"等到后世已经"实词化"。①叶舒宪则在稍早的研究中指出,这类重言的运用"不能说与《诗经》所代表的上古口语惯例没有渊源关系",他甚至说《诗经》奠定的重言模式是"内化到'成人语'中的'婴儿语'"。②更早把《诗经》中的叠音与儿童语言联系在一起的是钱锺书,他对"稚婴学语"的观察可谓相当仔细:"象物之声,厥事殊易,稚婴学语,呼狗'汪汪',呼鸡'喔喔',呼蛙'阁阁',呼汽车'嘟嘟',莫非'逐声''学韵',无异乎《诗》之'鸟鸣嘤嘤''有车辚辚'。"③

以上研究将《诗经》时代的拟声与儿童语言相联系,为我们深入思考叙事中音景的发生提供了宝贵的启发。早期人类如何发声已属无法复原的过去,但是观察婴幼儿的牙牙学语,我们仍能想象拟声与"姿势语"之类的初始发生:大人为了便于儿童记忆和沟通,除了不厌其烦地重复某些话语之外,还会有意识地把一些单音变成叠音,如"鸡""鸭""狗"变为"鸡鸡""鸭鸭""狗狗"等,孩子自己有时也会无师自通地创造出一些叠音。除此之外,尚未学会说话的孩子偶尔会咿咿呀呀地用

---

① 陆正兰:《歌词学》,北京:中国社会科学出版社,2007年,第96—97页。作者认为,殷孟伦《子云乡人类稿》(齐鲁书社,1985年,第287—288页)中列出的叠字中,还有许多没有实词化,如"死搭搭""怒吽吽""实辟辟""热汤汤""冷湫湫"等。

② 叶舒宪:《诗经的文化阐释——中国诗歌的发生研究》,武汉:湖北人民出版社,1994年,第384页。

③ 钱锺书:《管锥编》(一),北京:生活·读书·新知三联书店,2007年,第196页。

谁也听不懂的"外星语"说上一大通，大人虽然不知道孩子究竟说了些什么，但能通过这样的"声音图画"感知其释放的情绪，这或许就是最初的"姿势语"。再往深里追究，摹仿之声之所以趋于重叠，不仅是为了加深印象，更主要还是因为自然界的声音（拟声的最初摹仿对象）大多是反复出现、不断重复的。早期人类既要知道每种声音意味着什么，又得学会摹仿其中一些以使自己处于有利位置，这种摹仿久而久之变成了一种习惯乃至本能。这种摹仿本能并非独属于人类，大卫·罗森伯格提醒人们："人类观察者最早在鸟类歌声中注意到的一个方面就是鸟类会模仿自己物种之外的声音"。① 夏弗说拟声词是音景的镜像呈现，人类一直在用自己的"舌头舞蹈"来响应自然界的动静，诗人与音乐家对此作了生动的记录。② 玛琉斯·施奈德提到一些地区的土著居民具有很强的声音摹仿能力："他们甚至会举办'自然音乐会'，每个歌唱者在这样的音乐会上摹仿一种具体的声音，如波浪、风、树的呻吟、受惊动物的叫声等。"③

或许就是这类带有练习性质的声音摹仿，最终导致了人类祖先发声能力的突破性演进——据遗传学家研究，"与人类发声密切相关的一个主要基因（FOXP2基因），是在不超过15万年前的现代人类时期，才在人类群体里固定下来"。④ 人类的语言能力属于努力锻炼的结果，我们的祖先实际上是在相对晚近的时期才演化出可自如控制的发声系统，在此之前他们一定花了无数的时间练习用舌头和喉咙发出各种各样的声音。奥托·耶斯佩森认为这种练习是无目的性的，但正是这种无目的性的摸索，无意中碰开了人类把握语言能力的大门：

---

① 大卫·罗森伯格：《鸟儿为什么歌唱：自然学家、哲学家、音乐家与鸟儿的私密对话》，闫柳君、庞溟译，上海：上海人民出版社，2008年，第126页。

② R. Murray Schafer, *The Soundscape: Our Sonic Environment and the Tuning of the World*, New York: Knopf, 1977, pp.40—41.

③ Marius Schneider, "Primitive Music", *The New Oxford History of Music*, Vol. 1, in *Ancient and Oriental Music*, ed., Egon Wellesz, London: Oxford University Press, 1957, p.9.

④ 迈克尔·托马塞洛：《人类沟通的起源》，蔡雅菁译，北京：商务印书馆，2012年，第165页。

> 虽然我们现在认为语言的主要目的是交流思想……但很有可能的是，语言能力是由这样一种东西发展而来，它除了练习口腔与喉咙里的肌肉以发出欢乐的或者仅仅只是奇怪的声音以自娱娱人之外没有其他目的。①

从某种意义上说，今天的"稚婴学语"再现了这一磕磕绊绊的演化过程。就像许多有育儿经历的人所观察到的那样，儿童是在摹仿外部声响（不限于人声）的玩耍戏谑中逐渐学会说话本领的，处在这一过程中的孩子不可能产生自觉的学习意识，其所作所为只能是耶斯佩森所说的"发出欢乐的或者仅仅只是奇怪的声音以自娱娱人"。不过兴趣是最好的老师，有了"自娱娱人"这样的甜头，普天下的儿童基本上都能在学习语言上顺利过关。②

对于已经学会说话的成人来说，某些词语的特殊读音同样也能给"口腔与喉咙里的肌肉"带来乐趣。以前述《西游记》妖精奔波儿灞与灞波儿奔的读音为例，两名互为倒读以及爆破音 b 在极短时间内的三次出现（"奔""波""灞"均以 b 开头），使读者在念出这些声音时心中既感滑稽，唇舌之上又有几分因连续发出三个爆破音而产生的快意。再来看弗拉基米尔·纳博科夫《洛丽塔》的女主人公之名，这位小女孩原名多洛莉·海兹（Dolores Haze），其西班牙语发音的小名有洛丽塔（Lolita）、洛（Lo）与洛拉（Lola）等，小说中洛丽塔的继父亨伯特对自己的不伦之恋有过一番自述，他觉得念叨"洛丽塔"这个名字对自己的舌头来说是一种极其愉快的享受：

> 洛丽塔，我的生命之光，我的性器之火。我的罪孽，我的灵魂。洛—丽—塔：舌尖从上腭往下作三次短短的旅行，轻轻碰触到

---

① Otto Jespersen, *Language: Its Nature, Development and Origin*, London, 1964, pp. 420—437.
② 赫尔曼·沃克的《战争与回忆》中，第二次世界大战中幸存的犹太儿童路易斯因饱受刺激而罹患失语症，与亲人重逢之后，其母娜塔丽用意第绪语儿歌成功地引导其开口发声，此举如"突然迸射的强烈光芒"把在场的"照得眼睛发花了"。赫尔曼·沃克：《战争与回忆》（4），主万、叶冬心译，北京：人民文学出版社，1981年，第1737—1741页。

下齿，三次。洛·丽·塔。

她是身高四英尺十英寸、早晨只穿一只短袜站着的洛，朴实无华的洛。她是穿便裤的洛拉。她是学校里的多莉。她是虚线上的多洛莉。但是在我的怀中她始终是洛丽塔。①

后经典叙事学家詹姆斯·费伦从语音角度对引文作过洋洋数千言的细致分析，他认为前两句明显采用了诗的形式，第三句中头韵（t、th 和 p）和腰韵（tap 及其变形 tip 和 trip）的参与，以及 three 先作形容词后作名词的用法，再加上两个 e 在 three 和 teeth 中的连用，"所有这一切都使这个句子成为舌头的一种特别的旅行，就好像描写一种旅行的活动自然而然地产生其他东西。该句成了亨伯特对洛丽塔的爱的证据：他不仅以她的名字的发音、以自己念叨她的名字为乐，而且还以描写如何念她的名字为乐。"② 亨伯特接下来把"洛丽塔"念成一音一顿、相互分隔的三个音——"洛·丽·塔"，其目的显然也是为了有意延长对小女孩之名的玩味过程，这种听觉上的速度放缓有点像是触觉上的摩挲把玩。引文第二段逐一列举小女孩之名在不同场合下的不同形式，正如费伦所言，这一切都是为最后那个充分暴露其占有欲的句子作铺垫——"但是在我的怀中她始终是洛丽塔"。通晓多门欧洲语言的纳博科夫对声音的感觉极其敏锐，他精心设计的这段亨伯特自述揭示了声音与欲望之间的隐秘联系。

从发生学角度考察叙事中的音景——包括形形色色的拟声与"姿势语"，我们看到决定其存在价值的乃是人类的听觉本能。视觉文化在当今社会固然占有强势地位，但别忘了现代人仍和前人一样生活在各种声

---

① "Lolita, light of my life, fire of my loins. My sin, my soul, Lo-lee-ta: the tip of the tongue taking a trip of three steps down the palate to tap, at the three, on the teeth. Lo. Lee. Ta. / She was Lo, plain Lo, in the morning, standing four feet ten in one sock. She was Lola in slacks. She was Dolly in school. She was Dolores on the dotted line. But in my arms she was always Lolita." Vladimir Nabokov, Lolita, New York: Fawcett Publishing Co., 1957, p.11. 按，"虚线上的多洛莉"（Dolores on the dotted line）指"多洛莉"为正式名，因而用于在信封、文件上用虚线画出供签名的位置。

② James Phelan, *Worlds from Words: A Theory of Language in Fiction*, Chicago: Chicago University Press, 1981, pp.165—171.

响汇成的音景之中,这一事实决定了我们仍将保持从老祖宗那里遗传下来的听觉敏感,以及对声音产生反应的内在冲动,只不过这种敏感与冲动常因视觉信息的过度泛滥而处于沉睡或曰钝化状态。叙事中的音景之所以为人喜闻乐见,在于对声音的描述与摹仿能像声音本身一样穿透层层阻碍,抵达 T. S. 艾略特所说的"最原始、最彻底遗忘的底层"[①],激活陷于麻木状态的听觉想象,唤醒与原始记忆有千丝万缕联系的感觉与感动。人类主要凭借视听两翼在感觉的天空中翱翔,那些将故事背景调为"静音"的叙事无异于只用单翼飞行,本章强调叙事中的音景不可或缺,原因正在于此。

---

① "我所谓的听觉想象力是对音乐和节奏的感觉。这种感觉深入到有意识的思想感情之下,使每一个词语充满活力;深入最原始、最彻底遗忘的底层,回归到源头,取回一些东西,追求起点和终点。" T. S. Eliot, *The Use of Poetry and the Use of Criticism*: Studies in the Relation of Criticism to Poetry in England, London: Faber and Faber Limited, 1965, pp. 118—119.

第五章　聆　察

内容提要　汉语中的观察（focalization）一词目前主要指"看"，因此需要创建一个与其平行主要指"听"的概念——聆察（auscultation）。在既往的感知体验中，聆察的缺位是一种司空见惯的现象，因为"读图时代"的一大弊端是以目代耳。无论是英国浪漫诗人济慈主张的"消极的能力"，还是法国解构学者所说的"最大的好客就是倾听"，目的都在于恢复曾为人类常态的安静倾听，抵抗现代生活中日益喧嚣的自说自话。一些重要的文学作品由于未被人仔细的聆察，其中一些重要的听觉信息至今还处于明珠暗投状态。诉诸听觉的讲故事行为本是人类最早从事的文学活动，从"听"的角度重读文学艺术作品，有助于扭转视觉霸权造成的感知失衡，这可以说是传媒变革形势下"感知训练"的题中应有之义。

本书导论提出为抵御视觉对其他感觉方式的挤压，汉语中有必要另铸新词，建立与一个与观察（focalization）相平行的聆察（auscultation）概念，以对应于人身上仅次于"看"的感知方式——"听"。在《"聚焦"的焦虑》一文中，①笔者又谈到，观察在英语中的对应词应为 focalization （由杰拉尔·热奈特 1972 年发明的法语单词 focalisation 转化而来），这个词被造出来虽然只有四十多年的历史，目前却是叙事研究领域首屈一指的热词，据说使用率远远超过了位居第二的 author。② Focalization（观察）在我们这里多被误译为"聚焦"，不管是观察还是"聚焦"，这个词被频频使用说明现代人还未走出专注于视觉感知的"读图时代"。然而眼睛并非人身上唯一拥有的感官，我们在观察的同时也在通过耳朵和其他渠道接受外来的信息刺激，这一事实虽然简单却往往被人们忽略。所以本章要对聆察进行专门讨论，希望此番讨论能让更多人认识到听觉感知的不可或缺。

一、"耳睑"开启"觉有声"

讨论聆察，不可不从"耳睑"的开启谈起。

人类有眼睑而无"耳睑"，可是在视觉文化的压迫之下，我们经常会自觉不自觉地关闭听觉感知的阀门，这种情况就像合上了耳朵里并不存在的"耳睑"。闭耳塞听无法改变声音无所不在的事实，《一平方英寸的寂静》的作者在美国奥林匹克国家公园的雨林深处设置了一个噪音记录点，将其命名为"一平方英寸的寂静"，此后他很遗憾地发现这个远离尘嚣的地方仍然不时受到各种声音的入侵。③ 如此看来，在人眼看到图景（landscape）的同时，一定还有强弱不一的音景（soundscape）作

---

① 傅修延：《"聚焦"的焦虑——关于 focalization 的汉译及其折射的问题》，载周启超主编：《外国文论与比较诗学》（第 1 辑），北京：知识产权出版社，2014 年，第 165—182 页。

② " 'Focalization', perhaps one of the sexiest concepts surface from narratology's lexicon, still garners considerable attention nearly four decades after its coinage. The entry for the term in the online *Living Handbook of Narratology* is by far the most popular one, roughly 400 page views ahead of the second most popular, for 'author'." David Ciccoricco, "Focalization and Digital Fiction", *Narrative*, 20. 3 (2012), p. 255.

③ 戈登·汉普顿、约翰·葛洛斯曼：《一平方英寸的寂静》，陈雅云译，北京：商务印书馆，2015 年，第 1—50 页。

用于人的耳朵。① 用合上"耳睑"来做譬喻似乎有点夸张，但若对既往的感知体验作一番回顾检讨，就会发现聆察的缺位乃是一种司空见惯的现象。

以对张择端《清明上河图》的鉴赏为例，很少有人会调动自己的听觉想象去感知画面上的声音。对该画有多年研究的曹星原从北京故宫博物院买来高质量的反转片，利用数码技术将豆粒般的人物放大到几寸见方，这才"真正看清楚画面上的内容"——原来长卷中心的大船处于中流失控的危险状态。② 但我认为画中人物的一个共同动作——同时也是张择端致力于表现的一个最重要的动作，并没有获得应有的关注，这就是这些人都在声嘶力竭地呼喊，其中最有代表性的是岸边那位站在船篷顶部挥舞双臂的男子。《清明上河图》的其他部位也应有纷纭嘈杂的声音发出，仔细分辨可察觉有说书卖唱、算命卜卦、叫卖招徕、叫化乞食、吆喝开道、拉纤摇橹和驱驴赶骡等响动，它们汇成了一首喧哗热闹的市井生活交响乐。读过闲园鞠农《燕市货声》和约瑟夫·艾迪生《伦敦的叫卖声》的人③，不妨将其中记录的诸多具体"市声"与《清明上河图》对读，这样才能获得对《清明上河图》的完整理解。

聆察的缺位在西方名画的鉴赏上也有表现。拉斐尔的《雅典学派》把古希腊五十多位学者名人集中到一间大厅之内，让这些人物从背景上的拱顶长廊深处向观众走来。由于这幅画是西方美术"焦点透视"的典范之作，人们更多关注的是画面上的透视比例以及人物的神态、动作、姿势和服饰等，然而拉斐尔下大气力呈现的却是亚里士多德（又译为亚理斯多德）与柏拉图辩论中的雄姿，两人显然是在并肩行进中阐释自己的观点，证明这一点的是他们大幅度挥动的手臂——常识告诉我们，当

---

① R. Murray Schafer, *The Soundscape*: *Our Sonic Environment and the Tuning of the World*, New York: Knopf, 1977, pp.205—259.

② 曹星原：《同舟共济：〈清明上河图〉与北宋社会的冲突妥协》，杭州：浙江大学出版社，2012年，第5页。

③ 闲园鞠农：《燕市货声》，载曲彦斌主编：《中国招幌辞典》，上海：上海辞书出版社，2001年，第201—216页；约瑟夫·艾迪生：《伦敦的叫卖声》，载约瑟夫·艾迪生等著，刘炳善译注：《伦敦的叫卖声——英国散文精选》，南京：译林出版社，2007年，第57—65页。

争论趋于白热化时，人们的嗓门和动作幅度也会相应变大。以耳助目的"听画"方式不一定适用于所有的画作，但在《雅典学派》面前我们不能不竖起耳朵，因为雅典学派是在自由辩论的百家争鸣氛围中形成——那个时候听觉传播正大行其道，柏拉图擅长用抽丝剥茧式的对话来揭示真理，亚里士多德则喜欢在自己创办的吕克昂学园里边散步边讨论学问，这一切都在告诉我们画面上的声音是一种"缺席的在场"。

声音在场却又无从现形，最典型的现代例证当推 1973 年的普利策奖获奖照片《战火中的女孩》（又名《火从天降》）。1972 年 6 月 8 日，一位战地记者偶然拍摄到美机误炸南越村庄后造成的悲惨场景，照片上一名全身赤裸的 9 岁小女孩正和几名儿童一道拼命奔跑，身后跟着一群手握武器的士兵，背景上升起冲天火光与滚滚浓烟。这张照片在《纽约时报》头版发表之后，掀起了美国反战运动的轩然大波，许多人认为它使越战结束至少提前了半年。今天新闻传播专业的课堂上仍在津津乐道这张经典照片的视觉效果及其背后的故事，但此处有必要指出，看不见的声音才是那一瞬间的真正主角。照片上的火光与浓烟表明震耳欲聋的轰炸还在进行之中，手执武器的军人似在高声催促孩子们尽快逃离，小女孩及其伙伴张大的嘴巴显示他们正在不知所措地哭喊，小女孩长大成人之后还记得自己当时不停地大叫"好烫，好烫！"小女孩脱下燃烧的衣服在战场上无助地奔跑，这样的视觉图景显然是当时观众为之动容的原因，但我相信大多数人一定还在想象中听到了她的哭喊，否则他们不会被触动得如此之深。卢梭曾经这样描述声音对情感的作用："设想一个人正处于悲伤之中，当我们仅仅看到这个备受折磨的人时，我们不可能为他落泪。但当他向我们陈述他的悲伤的时候，我们一准儿会放声大哭。……没有言说的哑剧很难使人动容，而没有动作的言说却经常使人哭干了眼泪。"[①]

《清明上河图》《雅典学派》与《战火中的女孩》均属造型范畴，造

[①] 卢梭：《论语言的起源兼论旋律与音乐的模仿》，吴克峰、胡涛译，北京：北京出版社，2010 年，第 6 页。

型类作品以图像模拟传递视觉感知，缺乏直接描摹声音的手段和媒介。然而，不能因为这一弱项便将在场的声音过滤掉，所谓聆察就是要阻止人们习惯性的关闭"耳睑"，调动听觉想象去感知被图景屏蔽的音景。我们的古人似乎没有现代人这种屏蔽音景的习惯，陆游《曝旧画》诗有句为"翩翩喜鹊如相语，汹汹惊涛觉有声"，其中的"如相语"与"觉有声"表明诗人意识到了声音的在场，与此同出一辙的还有李白《观元丹丘坐巫山屏风》的"寒松萧瑟如有声"，以及苏轼《韩干马十四匹》的"微流赴吻如有声"等。这里的"觉有声""如有声"和"如相语"等词语，显示陆游等人在鉴赏造型作品时是既看且听，致力于还原故事发生现场的图景与音景。钱锺书在《管锥编》中拈出了古代散文中的一些类似表达：

> 似含微笑，俱注目于瞻仰；如出软言，咸倾耳于谛听。（刘孝仪《雍州金像寺无量寿佛碑》）
>
> 似微笑而时言，左右若承颜而受业。（《全后魏文》卷五八阙名《鲁孔子庙碑》）
>
> 龛龛有佛，相望若语；菩萨立侍，唅声未吐；师子护座，竖目相觑。（《刘碑造像铭》）
>
> 谛视瞻仰，将莞尔而微笑；倾心摄听，疑悉（僁）然而有声。（《全唐文》卷二二二张说《龙门西龛苏合宫等身观世音菩萨像颂》）①

这些虽是对佛祖讲经、圣人传教的赞颂，我们却能从中领略到一种超越圣凡之隔的人间意趣。《牡丹亭》"玩真"一出中，柳梦梅面对杜丽娘画像说出的"如愁欲语，只少口气儿呵"，与上引数例可谓灵犀相通，汤显祖精心设计的台词预示了画像上的美人即将复活。现代人由于"耳睑"的关闭，在参观敦煌壁画和云冈石窟等古迹时已经听不到任何声音了，屏蔽声音意味着拒绝感受对象的生命气息，因而也就无法像古人那

---

① 钱锺书：《管锥编》（四），北京：生活・读书・新知三联书店，2007年，第2271页。

样与名作对话。当前旅游热正席卷天下,"观光""游览"和"看世界"之类词汇无意中堵塞了游客的听觉感知,大多数人只满足于向世界各地的艺术瑰宝投去浮光掠影的匆匆一瞥,其实只要在雕绘面前静下心来进入聆察状态,慢慢也能获得"如相语""觉有声"之类的印象。"读图时代"的一大弊端是用眼睛代替其他感官,现在许多人甚至懒惰到用相机替自己看景的地步,那些"立此存照"的照片缺乏瓦尔特·本雅明在《机械复制时代的艺术》一书中所说的"灵光",充其量只能作为自己到过某处的虚荣证明。

二、"消极的能力"

以上有意选择不发声的绘画、摄影等造型类作品进行讨论,但这并不意味着阅读与声音有密切关系的文学作品就不需要开启"耳睑",恰恰相反,自印刷文化兴起以来,社会上各种文学读物的数量已经是浩如烟海,人们在消费它们时多取那种一掠而过的浏览方式,很少有人能放慢速度仔细聆察其中的声音。聆察与观察的一大不同,在于观察时可以聚精会神地高度投入,聆察时却不能太过积极主动——学外语的人可能都有这样的体会,听力考试时如果过于紧张专注,所听到的声音反而会"糊"成一片。作为聆察的主体,我们在接受、揣摩和消化所得到的听觉信息时,需要进入一种松弛闲适、以逸待劳的静候境界,《文子·道德》中对这种状态有过描述:

> 凡听之理,虚心清静,损气无盛,无思无虑,目无妄视,耳无苟听,专精积蓄,内意盈并,既以得之,必固守之,必长久之。[①]

然而不管是《文子·道德》的"上学以神听,中学以心听,下学以耳听",还是《庄子·人间世》的"无听之以耳,而听之以心;无听之以

---

① 李定生、徐慧君校释:《文子校释》,上海:上海古籍出版社,2004年,第185页。

心,而听之以气",统统都与现代人隔着一层神秘玄奥的面纱。季羡林说古人的表达方式"有时流于迷离模糊,好像是神龙,见首不见尾,让人不得要领。……我们一看就懂,一深思就糊涂,一想译成外文就不知所措"①,为避免陷入这种"一深思就糊涂"的境地,我们必须跳出"神听""心听"和"气听"等术语的窠臼,用明确客观的概念做出更为清晰的阐述。

英国诗人济慈的"消极的能力"之说,或可为这种阐述提供一点帮助。"消极的能力"原文为 negative capability,其别译尚有"消极感受力""客体感受力"与"否定的能力"等。济慈把"消极的能力"解释为"一个人有能力停留在不确定的、神秘与疑惑的境地,而不急于去弄清事实与原委"②,后来又补充说"我们所应做的是像花枝那样张开叶片,处于被动与接受的状态"③。凭借这种能力,他称自己可以分享地里啄食麻雀的生存,能够感受到沉睡在深海海底贝壳的孤独,甚至说可以进入一只没有生命的撞球的内在,为自己的圆溜光滑而感到乐不可支。济慈的另一主张"诗人无自我"与"消极的能力"之间存在因果关系,"诗人无自我"类似于庄子《齐物论》中的"吾丧我",没有自我意味着剔除主观色彩和先入之见,有利于诗人运用"消极的能力"展开自由想象。济慈说自己的思绪曾随"一段熟悉的老歌"而翩翩飞翔,展开想象之翼的听者虽然"飞翔得如此之高",事过境迁之后却不认为自己"当时的想象有点过分"。④ 对济慈不够熟悉的读者可能会以为他不是什么理论大家,但"消极的能力"却是引起 T. S. 艾略特和韦勒克等一大批理论大家"接着讲"的原创观点,这些人的跟进与发挥最终导致西方文学批评的钟摆由作者转向作品,文论史上很少有哪个观点能播下具有

---

① 季羡林:《比较文学随谈》,载《季羡林文集》(第8卷),南昌:江西教育出版社,1996年,第272页。
② 约翰·济慈:《一八一七年十二月二十一、二十七日(?)致乔治与托姆·济慈》,载《济慈书信集》,傅修延译,北京:东方出版社,2002年,第59页。
③ 约翰·济慈:《一八一八年二月十九日致 J. H. 雷诺兹》,载《济慈书信集》,傅修延译,北京:东方出版社,2002年,第93页。
④ 约翰·济慈:《一八一七年十一月二十二日致本杰明·贝莱》,载《济慈书信集》,傅修延译,北京:东方出版社,2002年,第52页。

如此强大生命力的思想火种。①

在今天重提"消极的能力",目的在于恢复曾为人类常态的安静倾听,抵抗现代生活中日益喧嚣的自说自话。拒绝倾听是当今社会的道德之弊与疾病之源,有论者指出,时下每个人都在"吵闹的现代房子"里声嘶力竭地大吼大叫,其结果是谁也无法知道也不想知道别人在说些什么,为此需要像海德格尔那样用"孤寂"来对抗时代的喧嚣,让人们都静下心来体察生活中的"本真之音"②。事实上孤独感并非大吼大叫所能驱除,只有用"消极的能力"抑制自我的膨胀,学会谦卑地倾听他人的声音,人们才有可能登临海德格尔那闪耀着荧荧蓝光的"孤寂高地"。

三、"最大的好客就是倾听"

如何对待他人发出的声音,在解构学者那里是一个关乎正义的问题,耿幼壮以"完全敞开自身以倾听他者的声音"来概括德里达等人的主张:

> 这种对于他者的关注,对于语言的他者的寻求,作为对他者的一种回应,作为对一种召唤的回应,作为对一种正义的等待,首先就要求着完全敞开自身以倾听他者的声音。就像德里达说的:"人们必须以正义对待正义,而人们首先要做的正义就是倾听正义的声音,以试图明白正义从何而来,想自我们索取何物。"后来,让-路易·克里田更为直截了当地说:"最大的好客就是倾听。当我们不能提供庇护、温暖和食物之时,即使在街道上和道路旁,我们以全部身心所能提供给他人的正是好客[的倾听]。"③

---

① 傅修延:《济慈诗歌与诗论的现代价值》(入选《2014年国家哲学社会科学成果文库》),北京:北京大学出版社,2014年,第79—136页。
② 王馥芳:《用"孤寂"对抗时代喧嚣》,《社会科学报》2013年1月3日。
③ 耿幼壮:《倾听:后形而上学时代的感知范式》,北京:北京大学出版社,2013年,第46页。

"好客"（hospitality）在这里与"大度慷慨"同义，"最大的好客"之所以是倾听，倾听之所以具有正义的性质，在于当听者处于文子所说的"虚心清静，损气无盛"状态时，他们是毫无保留地向他人"完全敞开自身"，这种"敞开"与济慈所说的"像花枝那样张开叶片，处于被动与接受的状态"并无二致。能为他人"提供庇护、温暖和食物"当然更好，但倾听本身就是一种自足的正义行为。海德格尔的学生伊曼努尔·勒维纳斯认为他者的话语永远处在优先的地位，因此自我在他者面前更多地处于一种倾听的状态。①真正好客的主人不会在自己的客厅里当雄辩家，鼓励客人说话并作耐心的倾听才是合乎礼仪的待客之道。非常可惜的是，倾听在时下的人际交往中已经成了一种稀缺物质，许多人觉得无论何时何地都应当取一种先声夺人的积极姿态，更有不少人在"不说白不说"心理支配下一味发声呛声（尽管他们知道"说了也白说"）。这种情况表明向他人"完全敞开自身"是多么难能可贵，我们这个社会如果还要朝文明正义的方向继续进步，就应当大力提升人们的"消极的能力"。

无论是"消极的能力"还是安静的倾听，其要义均在于"完全敞开自身"。有意思的是，听的一方一旦向对方敞开身心，对方便会以同样的姿态做出回应，所谓"没有倾听便没有倾诉"，指的就是敞开的倾听可以换来敞开的倾诉。倾者倒也，只有空碗才可以往里面倒茶，安伯特·艾柯对此有形象的说明：

> 禅学大师们接受徒弟时常用的一种方法是，要求把内心深处所有会干扰启蒙的东西都排除干净。一个弟子来到一位禅学大师面前乞求教化，大师请他坐定，按照复杂的仪式先递给他一个茶碗。茶已经泡好，于是便向来人的碗中倒茶，茶已经开始从碗中溢出，大

---

① 勒维纳斯的倾听主要针对他者的"面容"（"与一个面容相遇就是直接去倾听一个要求和一个命令"），但他的"面容"无关视觉，而是德里达所说的"身体、瞥视、言说和思想的非隐喻统一体"，保罗·利科也说"面容不是一个景观，而是一种声音"。详见耿幼壮：《倾听：后形而上学时代的感知范式》，北京：北京大学出版社，2013年，第38—39页。

师仍在继续向碗里倒。①

要想让茶碗盛纳大师倒出的茶水，必须在接受之前先行将茶碗"清空"，禅学大师这一动作旨在说明：徒弟如果不将心中的抵触之物清除干净，师傅再多的教化也会"溢出"。如此看来，"畅开"必须伴之以自觉的内部"清空"，否则便不是"完全畅开自身"。实际生活的经验告诉我们，倾听一方越是能"清空"胸怀洗耳恭听，倾诉一方就越容易打开话闸滔滔不绝。《三国演义》中刘备三顾茅庐虚心求教，换来诸葛亮高瞻远瞩、洋洋洒洒的陇中之对；柳永《雨霖铃》的末句"便纵有千种风情，更与何人说"，道尽了普天下"有千种风情"者欲诉无门的苦恼。

倾听与倾诉并不仅仅发生于人与人之间，高明的倾听——也就是本章讨论的聆察，能够听到那些不会发声者的声音。辛弃疾《贺新郎》中的"我见青山多妩媚，料青山看我应如是"，便是为沉默的青山代言。有英伦才子之称的阿兰·德波顿与其前辈约翰·罗斯金均认为好的建筑会开口说话，《建筑的声音——聆听老建筑》一书的作者们对包括铸造厂、画廊、酒店、教堂、剧院、发电站、邮局分检处在内的多处英国老建筑作了仔细的倾听，获得了许多非常有趣的发现。该书"记忆、意识和痕迹"一章以大卫·利特菲尔德对彼得·默里的采访为主要内容，默里虽是建筑师，在业界却是以善于和别人设计的建筑交流而闻名，他认为"如果允许到访者用他们自己的方式来畅想一个地方的人类历史，那么一个地方的声音就会被放大"②，他在参观了法国的加拿大国家维米岭纪念碑（第一次世界大战时加拿大军队通过维米岭的地下坑道向德军发动反击）之后说：

> 那个空间里的确有一些真实存在的东西和以前发生过的事情有关。可能是石头柔软的一面让这里有些不同，但是的确有一些东西被吸收到这个空间里，并且在80年后的今天仍然在这里回荡着。

---

① 安伯特·艾柯：《开放的作品》，刘瑞庭译，北京：新星出版社，2005年，第183页。
② 大卫·利特菲尔德、萨斯基亚·路易斯：《建筑的声音：聆听老建筑》，王东辉、康诺译，北京：电子工业出版社，2011年，第59页。着重号为笔者所加。

> ……我没有什么特殊的方法，但是我确信建筑的经验以某种方式被存储在了建筑的结构里。建筑空间的外观或者是某些性质和曾经发生在这里的事件相互作用，而这也就是你对你身处的这个空间感到舒服或者不舒服的原因。①

当然，老建筑并非那种能够对外播放自己经历的"大音箱"，它所传递的主要还不是物理学意义上的声音，而是那种由外观、气味、响动、温度和湿度等复杂因素合成的总体风格信息，称其为"声音"实际上是一种修辞性质的譬喻。利特菲尔德在采访默里之后说：

> 如果声音有任何物质性的话，那么它的厚度可能也是原子级的，只要轻轻地就能清理掉它。而有的时候声音却非常难以清除，默里在维米岭的感觉就是典型的例子，那里的空间太紧凑、太幽闭，并且会让你孤独地忘却了那里的气味。虽然默里承认人们对一个地方的感觉和回应可能大相径庭，他确信在维米岭坑道里的声音并不是由那里以前发生过的事所发出的，声音已经融入到了坑道的结构里。②

在"消失的力量"一章中，利特菲尔德的另一位采访对象杰利·犹大认为，建筑自身能说出的东西极其有限，但"一个人可以听到他希望听到的东西"："真正的建筑的声音并不是建筑所告诉你的东西，而是你能从中辨别出来的东西。要把自己的感情投射到建筑上，你必须为这一点留出空间。"③ 这里的"留出空间"，与前面所说的"清空"有异曲同工之妙。

---

① 大卫·利特菲尔德、萨斯基亚·路易斯：《建筑的声音：聆听老建筑》，王东辉、康诺译，北京：电子工业出版社，2011年，第56页。
② 同上书，第59页。
③ 同上书，第101页。

四、倾听作品中的声音

文学作品和老建筑一样需要倾听，回荡在其中的声音，有时也像利特菲尔德所说的那样只有"原子级（别）的""厚度"，我们若不对自身进行"畅开"与"清空"，便无法听见它们的倾诉。《搜神后记》载有一篇据说是陶潜所撰的《陨盗》：

> 蔡裔有勇气，声若雷震，尝有二偷儿入室，裔拊床一呼，二盗俱陨。①

这部被认为是"史上最短"的古代小说只有寥寥25个字，古人一贯惜墨如金，加之声音缺乏可供摹写的形貌，除了拟声与譬喻之外没有其他直接表现的手段，因此在叙述听觉事件时，人们主要描述声音造成的印象与效果，对于声音本身反而付之阙如。引文中蔡裔的"拊床一呼"究竟如何响亮，作者并没有告诉我们，但"二盗俱陨"的事实说明这一呼的分贝量超过了常人所能承受的极限。同样的情况见于《三国演义》第四十二回，张飞的搦战怒吼把曹操身边的夏侯杰惊得"倒撞于马下"，但无论是罗贯中还是历代的说书人都没有直接描述张飞的声音，李斗《扬州画舫录》卷十一"虹桥录下"记述了说书人吴天绪对此的天才处理：

> （吴天绪说书）效张翼德据水断桥，先作欲叱咤之状。众倾耳听之，则唯张口努目，以手作势，不出一声，而满堂中如雷霆喧于耳矣。谓其人曰："桓侯之声，讵吾辈所能效？状其意使声不出于吾口，而出于各人之心，斯可肖也。"②

这位说书人懂得如何激发听众的"消极的能力"，他那"张口努目，以手作势"的"欲叱咤之状"，是在引导听众"清空"自己进入"倾耳听

---

① 陶潜撰：《搜神后记》，汪绍楹校注，北京：中华书局，1981年，第19页。
② 李斗著，陈文和点校：《扬州画舫录》，扬州：广陵书社，2010年，第136页

之"的"畅开"状态。任何人都没有张飞那样的大嗓门,吴天绪因此采取了"使声不出于吾口,而出于各人之心"的叙事策略,尽管在这过程中他自己"不出一声",其效果却是"满堂中如雷霆喧于耳矣"。老建筑的聆听者们也是这样通过"出于各人之心"的"畅想",达到了"听到他希望听到的东西"的目的。如此看来,《陨盗》中的蔡裔之呼,也在召唤今天的倾听者做这样的聆察。

古代作品中发出这种召唤的地方甚多,由于未对它们做仔细的聆察,其中一些重要的听觉信息至今还处于明珠暗投状态。以《论语·先进》中孔子令四位弟子"各言其志"的叙述为例:

> 子路、曾皙、冉有、公西华侍坐。子曰:"以吾一日长乎尔,毋吾以也。居则曰:'不吾知也!'如或知尔,则何以哉?"子路率尔而对曰:"千乘之国,摄乎大国之间,加之以师旅,因之以饥馑,由也为之,比及三年,可使有勇,且知方也。"夫子哂之。"求,尔何如?"对曰:"方六七十,如五六十,求也为之,比及三年,可使足民。如其礼乐,以俟君子。""赤,尔何如?"对曰:"非曰能之,愿学焉。宗庙之事,如会同,端章甫,愿为小相焉。""点,尔何如?"鼓瑟希,铿尔,舍瑟而作,对曰:"异乎三子者之撰。"子曰:"何伤乎?亦各言其志也。"曰:"莫春者,春服既成,冠者五六人,童子六七人,浴乎沂,风乎舞雩,咏而归。"夫子喟然叹曰:"吾与点也。"

这段叙述中,孔子对前三位弟子宏大的政治抱负或哂或默,却毫无保留地称赞曾皙用低调语言道出的礼乐情怀。曾皙在孔门弟子中的地位似乎有点特殊,细读引文中可以发现,曾皙在子路等人"述志"期间一直在漫不经心地鼓瑟(孔子曾用"朽木不可雕也"批评宰予昼寝,此时不知何故对曾皙如此容忍),直到先生点到自己的名字时才慢慢停止弹奏("鼓瑟希"),在站起来回答之前还拨弄琴弦发出"铿"地一声("铿尔,舍瑟而作")。《论语》中的叙述很少细腻到如此地步,先行向读者透露曾皙对音乐的痴迷,无疑是为其后来回答中的"咏而归"作铺垫。"咏而归"一段是《先进》乃至整部《论语》的华彩乐章与点睛之笔,万万不可付之一掠而过的视读。曾皙的抒怀之所以令孔子慨然动容，一般认为是其中形象的描绘契合了孔子内心深处对礼乐之治的憧憬，而更具体地看，应该是"咏而归"（一路唱着歌回家）的声音图景激起了他对沂河岸上歌声的回忆与共鸣，前引济慈的"在一个美妙的地方——听一个美妙的声音吟唱，因而再度激起当年它第一次触及你灵魂时的感受与思绪"，说的便是"老歌"令已逝的记忆卷土重来。今人在"密咏恬吟"这段文字时，应当开启"耳睑"去"畅想"当年沂河岸上那群青少年放飞心情的歌声，甚至要听到他们宽大的春服在"风乎舞雩"时被吹得猎猎作响。前述老建筑的聆听者说"要把自己的感情投射到建筑上"，对叙述性的文字也需要作这种设身处地的"感情投射"，这样才能读出孔子在"吾与点也"（曾皙名点）这句赞语中注入的全部意涵。

最后让我们以《儒林外史》的两个片断为聆察对象，看看能否听出一点前人未察之音。胡适曾说"《儒林外史》没有布局，全是一段一段的短篇小品连缀起来的"，笔者不敢苟同其"没有布局"的评价，但从结构上说这部小说确实像是一系列独立片断的"连缀"——以第五十五回"弹一曲高山流水"为例，在这个最后的片断中，登场人物为此前从未露面的荆元和于老者，他们的行动与前面所有的事件都无直接关联，而且整个故事在于老者听完荆元弹琴之后便匆匆落幕，紧接其后的是一段类似于"太史公曰"的议论与"词曰"——

  荆元慢慢的和了弦，弹起来，铿铿锵锵，声振林木，那些鸟雀闻之，都栖息枝间窃听。弹了一会，忽作变徵之音。凄清宛转，于老者听到深微之处，不觉凄然泪下。自此，他两人常常往来。当下也就别过了。

  看官！难道自今以后，就没一个贤人君子可以入得《儒林外史》的么？词曰：记得当时，我爱秦淮……

坦白地说，这段对倾听场面的描述并不特别出彩，当然这也完全合乎情理——荆元是个生意忙碌的裁缝，抚琴之术不可能超过业余水平，而听琴的于老者平日里要督率五个老大不小的儿子灌园，从文中也看不

听觉叙事研究 | 172

出他有多深的音乐造诣。作者用这段淡乎寡味的文字来为整部小说作结,以难登大雅之堂的裁缝和灌园叟来做文人雅士队伍的殿军,似乎有些压不住阵脚。然而古代文学讲究的是曲终奏雅,吴敬梓把荆元和于老者放在如此重要的位置,是因为他们内心深处的谦卑与淡定,用前面的话来说,小说中那些有头有脸的儒林人物全都在不知羞耻地自吹自擂大吼大叫,而两位山野之人却在地老天荒之处屏神静息地抚琴和倾听,窃以为这就是"弹一曲高山流水"的曲终所奏之"雅",是作者苦心孤诣营构的"本真之音"。荆元和于老者可以说已经登上了海德格尔所说的"孤寂高地",故事中荆元断然拒绝了别人劝他去与所谓雅人"相与相与"的建议,①于老者"也不读书,也不做生意",劳作之余只在"城西极幽静的"清凉山上用好水煨茶。这两个人能够相互"畅开"内心,在于他们对艺术和他人都怀有同样的谦卑,这种态度与书中文人的狂妄自大形成鲜明对照。刘易斯·托马斯说"谦卑(humble)和人类(human)原就是同源词"②,两位山野之人身上体现了人类最宝贵的谦卑品质。吴敬梓当然不知道后来的"最大的好客就是倾听"等理论,但他用文学形象展示了如何用"消极的能力"来抑制自我膨胀,如何用艺术来维持内心的平静与平衡,这说明他比任何人都更早认识到拒绝倾听的非正义性质。

"弹一曲高山流水"在小说中并非个例。在讲述"江南数一数二的才子"杜慎卿故事的第二十九回中,杜慎卿私底下托媒婆沈大脚为自己"娶小",场面上却自命清高唯"俗"字之务去③,还喜欢以驳斥、讥讽

---

① "朋友们和他(荆元)相与的问他道:'你既要做雅人,为甚么还要做你这贱行?何不同些学校里人相与相与?'他道:'我也不是要做雅人。也只为性情相近,故此时常学学。至于我们这个贱行,是祖父遗留下来的,难道读书识字,做了裁缝就玷污了不成?况且那些学校中的朋友,他们另有一番见识,怎肯与我们相与!而今每日寻得六七分银子,吃饱了饭,要弹琴,要写字,诸事都由得我。又不贪图人的富贵,又不伺候人的颜色,天不收,地不管,倒不快活?'"《儒林外史》第五十五回。

② 刘易斯·托马斯:《论可疑的事物》,载《聆乐夜思》,李绍明译,长沙:湖南科学技术出版社,2011年,第132页。

③ 当下鲍廷玺同小子抬桌子。杜慎卿道:"我今日把这些俗品都捐了,只是江南鲥鱼、樱、笋,下酒之物,与先生们挥麈清谈。"……萧金铉道:"今日对名花,聚良朋,不可无诗。我们即席分韵,何如?"杜慎卿笑道:"先生,这是而今诗社里的故套,小弟看来,觉得雅的这样俗,还是清谈为妙。"《儒林外史》第二十九回。

别人的方式来拒绝倾听。正当他在雨花台上向一众文人发表滔滔宏论时,"只见两个挑粪桶的,挑了两担空桶,歇在山上。这一个拍那一个的肩头道:'兄弟,今日的货已经卖完了,我和你到永宁泉吃一壶水,回来再到雨花台看看落照。'杜慎卿笑道:'真乃菜佣酒保都有六朝烟水气,一点也不差!'"小说此处的叙事策略和"弹一曲高山流水"一样,都是用俗人的雅趣来烛照雅人的鄙俗,以彰显"礼失而求诸野"的叙事主旨。"菜佣酒保都有六朝烟水气"一语貌似夸赞,仔细分辨还是带有一丝居高临下的调侃之音。吴敬梓让我们看到文化精英只是露出水面的冰山一角,水面之下还有菜佣、酒保、裁缝和灌园叟等组成的芸芸众生,他们的声音弥漫在底层的各个角落,影响着甚至决定着社会舆论的基本调门。

学会聆察这类微弱而又不容忽略的声音,对于习惯了关闭"耳睑"的读者来说可能有点困难,现代人的问题不仅是听觉感知趋于麻木,所有"触摸"外部世界的感官功能都有日益钝化之势,而文学的一个重要作用就是激活和提升人们对事物的敏感。马歇尔·麦克卢汉说他在剑桥大学 I. A. 瑞恰慈门下接受的是"感知训练",瑞恰慈注重训练学生对诗歌的理解力,他的著作如《文学批评原理》等有大量内容涉及视听感知与想象力。麦克卢汉对乃师的良苦用心有深刻领悟,当代人心目中的麦克卢汉固然是传播学的一代宗师,但熟读《理解媒介》等著作的人知道他从来没有离开过文学,"地球村"和"媒介即信息"等观点均建立在感知延伸的基础之上,他对西方视觉文化的批判也是因为过多的"看"削弱了"听"和其他感知。诉诸听觉的讲故事行为本是人类最早从事的文学活动,从"听"的角度重读文学作品乃至某些艺术作品,有助于扭转视觉霸权造成的感知失衡,这可以说是传媒变革形势下"感知训练"的题中应有之义。

第六章　叙述声音

内容提要　把叙事中的某些表达称为叙述声音，实际上是一种譬喻，因为它们像是发自有自我意识的主体。通过辨识文本中或隐或显的迹象，可以发现叙述声音的存在。人类对声音的倾听可分为因果倾听、语义倾听和还原倾听，它们分别聚焦于声音发生的原因、声音传递的意义以及无关原因和意义的声音本身，这三种模式同样可以用来倾听叙述声音。在叙事学发展过程中，叙述声音一直是理论家关注的焦点。迄今为止学界有四种与叙述声音有关的观点值得注意：一是叙述声音即作者的声音，二是叙述声音即叙述者的声音，三是叙述声音即文本中的所有声音，四是叙述声音即修辞手段。

物理学认为声音源于物体振动产生的声波，这种波状运动被人的听觉器官感知为声音。发出声波振动的物体属于声源，从声源角度说，声音不外乎由两个大类构成：一类是自然之声，如风雨雷电、鸟兽虫鱼等自然物体发出的声响；另一类是人类之声，主要是人类自身发出的声音即语音，也包括人类活动和各种人工制品发出的声音。人类本来也是大自然的产物，人类语音最初是对自然之声的回应与摹仿①，但后来随着发音能力的演化，人类不但能随心所欲地"说"——即精准控制自己发出的语音，还能细致入微地"听"——即对音素间与语义相联系的关键差异产生高度敏感。语言学家和声音理论家认为，没有这种对关键差异的敏感和对非关键差异的忽略，就不可能有人际间语音的顺畅沟通。②如此看来，人类的听觉实际上十分复杂：就对自然之声的聆听而言，人类可能比不上许多动物；但在识别同类声音的细微差异上，没有哪种动物能与人类相比。本章讨论的叙述声音虽非真正的语音，但它和"说"一样也是人类之间的沟通，更具体地说是作者与读者之间的沟通，读者同样需要依靠自己的敏感去体察作者究竟通过自己的书写"说"了什么，这种体察就其微妙性质而言与"听"十分相似，所以人们会把叙事中的某些话语和真正的听觉传播联系起来。

20世纪以来，声音进入文论领域成为常用术语，但人们对这一术语的使用相对而言比较随意，在说到隐含作者或叙述者的声音时，一些人往往会忘记这类说法只是一种譬喻或比附，声音在诉诸文字的叙事作品中其实并不真正存在。不仅如此，人们在使用叙述声音之类的概念时，往往赋予其不同的内涵，这就带来理解上的困惑与误解。有鉴于此，本章拟从"发现""倾听"和"梳理"角度对叙述声音作一番全面讨论。

---

① R. Murray Schafer, *The Soundscape: Our Sonic Environment and the Tuning of the World*, New York: Knopf, 1977, pp. 40—41. 按，夏弗认为人类一直在用"舌头上的舞蹈"来回应自然之声。

② "这种以极其复杂的方式运作的聆听模式，一直是语言学的研究对象，而且被研究得最广泛。一个重要的发现就是，它纯粹是基于差异性的。一个音素（phoneme）被听到并不是严格地因为它的声学属性，而是作为整个的对比与差异体系的一部分。因此，如果发音中（由此也就是声音中）相当大的差异不是所论及的语言中的关键差异的话，语义聆听通常会忽略它们。例如，在法语和英语的语言聆听中，对于音素a的某些变化很大的发音并不敏感。"见米歇尔·希翁：《视听：幻觉的构建》，黄英侠译，北京：北京联合出版公司，2014年，第25页。

一、发现叙述声音

讨论一个对象,首先要确定这个对象的存在。叙述声音虽然无形无状,但并非完全不可捉摸,意识与迹象就是让人"捉摸"到这个虚无缥缈对象的重要"抓手"。

1. 声音与意识

有声音就会有声源,将叙事中的某些表达形容为声音,是因为它们像是发自有自我意识的主体。虽然从最终的意义上说作者就是这个主体,但是按照叙事学的界定,真实作者无法"亲自"参与到"叙事交流"(narrative communication)的过程之中,其意识只能间接地通过隐含作者、叙述者、人物或某些迹象得到表达,因此读者是不可能直接"听"到作者声音的。不管发出声音的是谁,在察觉到作品中有某种声音发出时,读者同时也察觉到声音后面有某个意识主体存在。不仅如此,在察觉这个意识主体存在之时,读者还通过其议论、评判等获悉其情感、思想、伦理和政治等方面的倾向与观念。例如,白居易《长恨歌》中的"姊妹弟兄皆列土,可怜光彩生门户。遂令天下父母心,不重生男重生女",暗示了一个讥诮"汉皇"重色的意识主体在发声;杜甫《兵车行》中的"去时里正与裹头,归来头白还戍边。边庭流血成海水,武皇开边意未已",则让人觉得这个声音后面的意识主体对"武皇"开边抱有一种严厉批评的态度。

对于声音与意识的关系,雅克·德里达在《声音与现象》中有过专门论述。众所周知,说话者在对别人发声时也在倾听自己的声音,这种倾听是发声者感受到自己所发声波的振动。德里达注意到,在这种"不求助于任何外在性"的内部传导中,能指与所指几乎合二为一,达到了一种"绝对相近",因此"声音是在普遍形式下靠近自我的作为意识的存在"。① 事实的确如此,相对于书写、手势比划等其他表意手段,声音与自我意识之间的距离最为接近,德里达对此有形象的阐述:"当我看见自己在写或用手势表达意义而不是听见自己说话的时候,这种接近被打断了。"② 由于声音与意识之间存在这种特殊关系,许多学者都倾向于将两者等量齐观。不过意识远比声音来得复杂,迄今为止的研究只不过触及这座冰山露出水面的一角。朱利安·杰恩斯在这方面的探索特别大胆,他在《二分心智崩溃中的意识起源》中以《伊利亚特》的英雄人物为例,说过去的人类与今天的精神病患者一样,能够清晰地听见自己大脑中的声音——阿喀琉斯、阿伽门农等人把这种声音当作神的旨意来执行,直到距今 3000 年前这种声音才熄灭为无声的意识。③ 杰恩斯之论固然是匪夷所思,但在叙事作品构建的虚构世界中,用身体内部的声音来代表人物意识的做法可谓比比皆是,人物的内心矛盾常被写成两种声音的斗争。人类历史正在开启人工智能的新篇章,目前以机器人意识为主题的小说电影多如雨后春笋。从这些情况看,讨论叙述声音不能不涉及人的自我意识。

2. 声音与迹象

陈澧在《东塾读书记》中说:"声不能传于异地,留于异时,于是乎书之为文字。文字者,所以为意与声之迹也。"如果说"意"与"声"代表意识与声音,那么留存纸面的书写之"迹"便是迹象。对于极少数特别敏感的读者来说,文本中所能见到的全都是"意与声之迹",叙事作品从开篇到结尾包括每一个标点符号都在发出声音,但这种总是绷紧神经的无差别倾听并非最好的阅读策略,大多数人在阅读中都会逐渐培养起对关键迹象的敏感,同时忽略掉那些非关键的迹象,这样才能达致与叙事作品的顺利沟通。对叙述声音的倾听与对人类语音的倾听,从一

---

① 雅克·德里达:《声音与现象》,杜小真译,北京:商务印书馆,2010 年,第 101 页。
② 同上书,第 102 页。
③ Julian Jaynes, *The Origin of Consciousness in the Breakdown of the Bicameral Mind*, New York: Houghton Mifflin Company, 1990. pp. 67—83.

定意义上说有异曲同工之妙。如前所述，人类之所以能听懂不同口音的人表达的语义，全凭着对音素间与语义相联系的关键差异有高度敏感，以及因这种敏感而导致的对非关键差异的忽略，假如对音素间所有的差异都一律敏感，听觉神经就无法聚焦于与语义相联系的关键差异。同理，如果不能把注意力集中到与语义相联系的关键迹象（由于叙述声音只与关键迹象有联系，为了行文简便，以下所说的迹象均指关键迹象）中，读者也会与叙述声音失之交臂。那么，文本中究竟会留下哪些与叙述声音有联系的迹象呢，或者说怎样通过辨识迹象来发现叙述声音的存在呢？

迹象有显隐之分，我们不妨由"显"到"隐"依次进行辨析。

最明显的迹象无过于"仲尼曰"（《左传》）、"太史公曰"（《史记》）和"异史氏曰"（《聊斋志异》）之类的直接引语，作者在文本的显要位置嵌入这类与故事无直接关联的语音，显然是要通过这种方式表达某种倾向或评判。直接引语是语音的直接记录，标点符号和相关文字的导引使读者对其一望而知，但直接引语主要记录故事中人物的语音，这类记录多与叙述声音无涉。直接引语如果作为题记、献辞之类置于卷首，其重要性则非同小可。托尔斯泰在《安娜·卡列尼娜》最前面引了一段《圣经》中的话——"伸冤在我，我必报应"，其叙述声音似应作如此理解：安娜有负于家庭，所以必定遭到报应，然而裁判者唯有上帝（"我"），其他人如卡列宁之流不配对她做出指责。

其次为嵌入痕迹不那么明显的间接引语。间接引语也可记录人物语音，但有些间接引语明显可听出是叙述者在发声。巴尔扎克《欧也妮·葛朗台》中，欧也妮收到忘恩负义的查理给她的绝情信后，文本中紧接着出现这样一段文字："伤心惨酷的劫数！船沉掉了，希望的大海上，连一根绳索、一块薄板都没有留下。受到遗弃之后，有些女子会去把爱人从情敌手中抢回，把情敌杀死，逃到天涯海角，或是上断头台，或是进坟墓。这当然很美：犯罪的动机是一片悲壮的热情，让人觉得法无可恕，情实可悯。另外一些女子却低下头去，不声不响地受苦，她们奄奄一息的隐忍，啜泣，宽恕，祈祷，相思，直到咽气为止。这是爱，是真爱,是天使的爱,以痛苦生以痛苦死的高傲的爱。"① 这段话之前虽无冒号、引号之类作引导,大多数读者仍会察觉到这是忍无可忍的叙述者在仰天长叹,此时叙述者已无法继续不动声色地交代欧也妮的故事,因此才有这么一番脱口而出的直抒胸臆。

判断间接引语背面是否有声音存在,需要观察相关文字是否在音调、语气或口吻上发生了某种毋庸置疑的变异。哈代《德伯家的苔丝》中,叙述者基本上是以一种零度风格来讲述故事,但在说到苔丝在古代祭坛的遗址上被捕以及随后被处以死刑时,一段悲愤之极的言辞跃入读者眼帘:"'典刑'明正了,埃斯库罗斯所说的那个众神的主宰对于苔丝的戏弄也完结了。德伯家那些武士和夫人却长眠于地下,一无所知。"② 明眼人能够看出,叙述者原先想用祭坛、石柱之类的象征性事物,来暗喻古老武士的末代子孙已被献祭于神明,但他最后还是按捺不住自己挑明主题的冲动,结果这番发声像是故事帷幕降下时的画外音,久久回响在掩卷之后的读者耳畔。这种"卒章显志"的手段在中国的赋体文章中多有运用,《阿房宫赋》《前赤壁赋》《秋声赋》与《岳阳楼记》的结尾部分,叙述者都是这样站出来述志讽喻,用咏叹般的口吻说一些抚今追昔、忧国忧民的大道理。

不管是直接引语还是间接引语,都可以看作某个发声者语音的记录,尽管后者不像前者那样有冒号、引号或"某某曰"之类的外显迹象。然而在直接引语与间接引语之外,还有大量迹象处于似无若有的不确定状态:字里行间的叙述声音难以捉摸,迹象后面的意识主体若隐若现,留在纸面上的只是一些无法作定性处理的蛛丝马迹。不仅如此,一些声音稍纵即逝,不等读者反应过来便又迅速隐没;一些声音"瞻之在前,忽焉在后",不知其何所而来何所而去。这些均属叙述声音的常态,也就是说叙述声音多半隐藏较深。听不清楚的声音容易引起误解,外显的痕迹如果太过模糊,容易为各种各样的读解提供方便。一般认为鲁迅

---

① 巴尔扎克:《欧也妮·葛朗台》,载巴尔扎克:《欧也妮·葛朗台 高老头》,傅雷译,杭州:浙江文艺出版社,1991年,第155页。
② 哈代:《德伯家的苔丝》,张谷若译,北京:人民文学出版社,1957年,第538页。

《伤逝》的主题是男女爱情与个性解放,但他的兄弟周作人却说:"《伤逝》不是普通恋爱小说,乃是借假了男女的死亡来哀悼兄弟恩情的断绝的……我有我的感觉,深信这是不大会错的。"①这种情况告诉我们,在循迹求声的过程中,读者拥有的"自由裁量权"大到了令人惊诧的地步。

以上的摸索仍然停留在"盲人摸象"阶段,意识与迹象固然可以帮助读者发现叙述声音的存在,但这种发现或曰摸索可能只摸到这头大象的一条尾巴或一只耳朵,为了全方位地把握叙述声音,我们还是要对这个对象作进一步的倾听。

二、倾听叙述声音

发现叙述声音,为的是倾听叙述声音。必须承认,本章所说的倾听,与声音一样都是譬喻(为了统一起见,本章中出现的这两个词都没有加上引号)。如同《我们赖以生存的譬喻》一书所言,人类大部分的表达其实都是譬喻,②既然叙事中的某些表达已经约定俗成地被当成发自意识主体的声音,那么对其的接受与辨识自然就是倾听。不过倾听并不像乍看上去那么简单,我们不妨先对倾听本身作点了解。

在本书第三章"'你'听到了什么:《国王在听》的听觉书写与'语音独一性'的启示"中,我们介绍了因果倾听、语义倾听与还原倾听这三种倾听模式,并对沙费、希翁与巴特的理论贡献作了梳理。需要特别指出,巴特为《埃诺迪百科全书》撰写的《听》虽然沿袭了沙费的三分法,但其着眼点已从声学转到符号学与文艺理论③,他对倾听的论述为西方人文学科的"听觉转向"起到了推波助澜的作用。因果倾听、语义

---

① 周作人:《不辩解说》(下),载周作人:《知堂回想录》,北京:北京十月文艺出版社,2013年,第536页。
② 乔治·雷可夫、马克·詹森:《我们赖以生存的譬喻》,周世箴译,台北:联经出版社,2012年。按,该书从头到尾都在申说人类离开了譬喻便无法沟通。
③ 罗兰·巴特、罗兰·哈瓦斯:《听》,载罗兰·巴特:《显义与晦义》,怀宇译,天津:百花文艺出版社,2005年,第251—265页。

倾听和还原倾听分别聚焦于声音发生的原因、声音传递的意义以及无关原因和意义的声音本身,用最简单的话来说,它们的关注点分别为声音从何而来、声音意义何在以及声音本身如何。不言而喻,这三种模式同样可以用于倾听叙述声音。

1. 因果倾听——声音来自哪里?

因果倾听属于人的本能。安全是人的第一需要,和许多别的动物一样,人类祖先当年也主要是靠耳朵来判断外界是否有不利于己的危险存在。但是有些动物一听到响动便拔腿飞奔,聪明的人类却会去判断声音究竟从何而来:是猛兽在草丛中悄悄逼近,还是树上的果实坠落地面?从这个角度说,声音的发出可以看作是一种结果,某个引起声波振动的运动是声音发生的原因。所谓因果倾听,实际上就是通过结果去推断原因,因为声音不会无缘无故地发生,声音后面一定有某个运动,这个运动不是来自人类就是来自自然。不过这种推断主要还是建立在个人听觉的经验基础之上,如果听到的是完全陌生的声音,那么接下来的推断就不一定可靠。沈从文《边城》中的翠翠能听出山野间黄鸟与竹雀、杜鹃的"交递鸣叫"[①],如今生活在水泥森林里的城里人却失去了分辨自然之声的能力,夏弗就曾为此感到深深的忧虑[②]。

倾听叙述声音,首先要做的也是判断声音从何而来。从声源角度说,人物和叙述者皆为可能的发声主体。前文提到人物语音一般与叙述声音无涉,但是要注意,如果故事中的人物同时承担了叙述者的职能(叙事学称这种一身而二任者为"人物叙述者"),那么他就有可能"口含天宪",即在某个时候充当隐含作者的代言人。F. S. 菲茨杰拉德的《了不起的盖茨比》中,明明是黛西开车轧死了人,她却与丈夫合谋将

---

① 沈从文:《边城》,载《沈从文小说选》(第二集),北京:人民文学出版社,1982年,第255页。

② "人们不无伤感地注意到,现代人是如何把鸟儿的名字都丢掉了。我在城里边走边听人说话时,经常听到这样的对话——'我听到了鸟叫。''什么鸟?''不知道。'" R. Murray Schafer, *The Soundscape: Our Sonic Environment and the Tuning of the World*, New York: Knopf, 1977, p.34.

罪名推到盖茨比头上,并听任别人为此向盖茨比复仇,而盖茨比却毫不犹豫地替人受过,并且在黛西窗下守望了一夜。此时作为人物叙述者的尼克实在看不下去,他隔着草坪对盖茨比喊了一声:"他们是一帮混蛋,他们那一大帮子都放在一堆还比不上你。"① 这句话虽然出自尼克之口,但读者能听出这是隐含作者借尼克之口发声,明乎此,也就懂得了菲茨杰拉德为什么会用"了不起"来形容盖茨比。

人物叙述者也可能发出与隐含作者不同的声音。鲁迅《孔乙己》中,孔乙己问人物叙述者"我"是否会写茴香豆的"茴"字,得到的回应却是:"我想,讨饭一样的人,也配考我么?便回过脸去,不再理会。"②隐含作者对孔乙己当然不会持这种态度,因此这段文字还是正在学习谋生之术的小伙计自己的心声。马克·吐温在《哈克贝利·费恩历险记》中对小流浪儿哈克的心声大笔着墨,哈克因帮助黑奴逃跑而觉得自己十恶不赦,他总是絮絮叨叨地说自己"太没良心""太不要脸""早晚要下地狱",后来甚至还给华森小姐写了一封告密信,不过在最后关头他还是把这封信给撕了:"我琢磨了一会儿,好像连气都不敢出似的,随后才对自己说:'好吧,那么,下地狱就下地狱吧'——接着我就一下子把它扯掉了。起这种念头,说这种话,都是糟糕的事,可是这句话还是说出来了。我还真是说就算数;从此以后就再也不打算改邪归正了。我把这桩事情整个儿丢在脑后,干脆打定主意再走邪路,这才合乎我的身份,因为我从小就学会了这一套,干好事我倒不在行。"③小说中哈克一直在用这种"下地狱就下地狱吧"的口气在说话,大多数读者都能听出这个声音后面还有声音,那是隐含作者在提醒读者别把哈克的话当真:哈克越是觉得自己该下地狱,就越发显得他是一个真正有良心的好孩子。W. C. 布斯把这种情况说成是叙述者的声音与作者(实际上

---

① 弗·司各特·菲茨杰拉德:《了不起的盖茨比》,巫宁坤译,载《菲茨杰拉德小说选》,上海:上海译文出版社,1983年,第144页。
② 鲁迅:《呐喊·孔乙己》,载《鲁迅全集》(第一卷),北京:人民文学出版社,1981年,第436页。
③ 马克·吐温:《哈克贝利·费恩历险记》,张友松等译,南昌:百花洲文艺出版社,1992年,第273页。

是隐含作者)的声音在打架:"叙述者声称要自然而然地变邪恶,而作者却在他身后默不作声地赞扬他的美德。"①

以上讨论显示,叙述声音可能不止一个,因此倾听叙述声音不等于只倾听叙述者或隐含作者的声音。事实上,叙述者或隐含作者往往只是重要的声源之一,文本中可能还存在着与其相颉颃的其他声源。陀思妥耶夫斯基的小说之所以被称为"对话小说"或"复调小说",是因为它们主要由人物的对话构成,对话后面有多个意识主体在用声音相互激荡。以《被侮辱与被损害的人》为例,人物叙述者"我"(伊万·彼得罗维奇)虽为隐含作者的代表,但其主张的"逆来顺受"不但不能发挥统摄作用,反有被其他人的声音压倒之虞——小孤女内莉临死前斩钉截铁般说出的"绝不饶恕",给人留下的印象最为深刻。②"复调"的本质是"多声",陀思妥耶夫斯基的小说在这方面表现得最为典型,但其他人笔下也会有类似的声音碰撞。《水浒传》中宋江的"宁可朝廷负我,我忠心不负朝廷",可以说在很大程度上代表着隐含作者的声音,但在梁山好汉接受招安走上自我毁灭的道路之后,这支队伍中又不断爆出重上梁山再举义旗的呼声,两种声音的撞击几乎一直延续到故事结束。古语云"兼听则明",倾听叙述声音也应该是听到多种不同的声音,这样才可能全面领略作品内蕴的丰富与复杂。

2. 语义倾听——声音在说些什么?

就人际的听觉沟通而言,语义倾听是从音素间的关键差异中分辨出对方所要表达的语义,巴特用"辨识"(déchiffrement)一词来形容语义倾听,应该说是抓住了这个概念的关键③。在人类的语音之外,还有

---

① W. C. 布斯:《小说修辞学》,华明等译,北京:北京大学出版社,1987年,第179页。
② 陀思妥耶夫斯基:《被侮辱与被损害的人》,臧仲伦译,南京:译林出版社,2010年,第360页。
③ "第二种听是一种辨识(déchiffrement);我们通过耳朵尽力接收的东西,都是些符号;无疑,人就是在此开始;我听,就如同我阅读,也就是说按照某些规则行事。"见罗兰·巴特、罗兰·哈瓦斯:《听》,载罗兰·巴特:《显义与晦义》,怀宇译,天津:百花文艺出版社,2005年,第251页。

一些声音如禅院钟声、车船汽笛和莫尔斯电码等也在按一定规则传递意义，对它们的倾听同样带有辨识性质。元杂剧《吕蒙正风雪破窑记》中，僧人故意将饭前敲钟改为饭后敲钟，让饥肠辘辘的吕秀才吃了一碗闭门羹，这个故事说明辨识声音的意义首先需要了解意义传递的规则。希翁因此不满意"语义倾听"这个名称，他建议用"écoute codale"取而代之——"écoute codale"在《声音》一书中被译成"编码倾听"[①]，我们觉得这一表述译为"解码倾听"更为贴切。解码实际上就是辨识，发送信息时才是编码，接受和辨识信息则属于解码，解码涵盖的范围更为广阔，不管哪种性质的倾听都可以理解为解码。

有了解码这个概念，便不难理解对叙述声音的语义倾听。叙述声音的字面语义是按一般规则编码，倾听时不会遇到什么困难。字面之下的语义则是按特殊规则编码，其解码方式要向一般规则之外去寻找。《红楼梦》第三回贾宝玉出场亮相，叙述者用两首《西江月》对他作了"极恰"的评论，其中画龙点睛的是这么几句："潦倒不通世务，愚顽怕读文章。行为偏僻性乖张，那管世人诽谤！""天下无能第一，古今不肖无双。寄言纨袴与膏粱，莫效此儿形状。"此前王夫人在向林黛玉介绍自己的宝贝儿子时，亦用了"混世魔王""孽根祸胎"这类令人吃惊的贬语。对《红楼梦》有基本了解的读者都知道，曹雪芹心目中的贾宝玉决不是什么"纨袴膏粱"或"混世魔王"，那么为什么叙述者要用这种负面话语来形容初次登场的小说主人公呢？笔者的看法是，叙述者和王夫人的介绍在这里均不能按字面语义来理解，敢于使用这样的重话来批评贾宝玉，恰恰说明批评者与批评对象的关系非同一般，批评者的讥笑怒骂后面是其掩饰不住的浓浓爱意。中国古代女子把情郎称为"可憎"，现在的女孩把心上人称为"讨厌鬼"，这些貌似负面的称谓均有字面之下的语义，我们对"纨袴膏粱""混世魔王"等亦应作此种反向倾听。

反向倾听专注于倾听与字面语义相反的叙述声音，这种倾听总的说

[①] "我们更倾向于用'编码'倾听（écoute codale）这个新名词替代语义倾听。"见米歇尔·希翁：《声音》，张艾弓译，北京：北京大学出版社，2013年，第312页。

来还比较简单,所谓解码其实只需反其道而听之。相对复杂一些的语义倾听,则在确定了叙述声音带有弦外之音后,还要进一步弄清这弦外之音是按什么样的特殊规则来编码。文本中的符码本来只有文字,但作者可以把叙事中涉及的特定事物作为二度符码来使用。赫尔曼·麦尔维尔《白鲸》中的烟斗便在讲述故事:二副斯塔布整天烟斗不离口,表明此人一味追求享受;伊斯梅尔与魁魁格共同使用一个烟斗,代表两人结下了有福同享的深厚友谊;亚哈船长放手一搏前将烟斗扔入大海,意味着他为杀死这条鲸鱼宁可放弃一切。鲁迅《药》中的人血馒头、"夏家的孩子""瑜儿"和"古□亭口"等则在共同讲述故事,它们合在一起形成了一条二度符码链,告诉读者小说真正讲述的是秋瑾烈士血沃中华的故事。发现了这条符码链,华老栓买人血馒头后面的叙述声音也就随之响起:愚昧无知的百姓用烈士的鲜血来做治疗肺痨的灵药,先行者与后觉者之间竟然存在着如此巨大的隔阂,这就是辛亥革命失败的原因所在。[1]

作家们在二度符码的使用上各有专长,菲茨杰拉德的绝活是对色彩的运用,倾听其小说中的叙述声音须从色彩角度进行解码。菲氏喜欢给自己笔下的人物、环境和具体事物着色,蓝色和绿色是植物初生的颜色,他以此暗示纯洁与浪漫,黄色和白色是植物走向衰亡时的颜色,同时黄色又让人想到黄金,他以此代表腐朽与铜臭。如此一来叙述者可以更为含蓄地传递信息,行文中只须在相关的对象上涂上几笔,读者便能感受到叙述声音的爱憎与褒贬。"盖茨比开一辆黄色的高级轿车,住在金碧辉煌的华丽住宅里,然而他却常站在蓝色的草坪上(原文如此)黯然神伤,眼瞳中映着远方那盏绿灯。这些描写都是强调他的外黄内蓝,小说原题《金帽盖茨比》也可作为这一点的旁证。外黄内蓝体现了作者对其的真实评价——外表腐化内心纯洁,这样,颜色语言倒更为传神地道出了这个人物的实质。盖茨比的颜色说明他在那个社会中还嫌'嫩'

---

[1] 傅修延:《讲故事的奥秘——文学叙述论》,南昌:百花洲文艺出版社,1993年,第246、165—166页。

了一些，不过这正是他受欢迎的原因。诚然，如果假以时日，盖茨比也会彻里彻外地变黄变白，但作者让其死在尚未完全变黄的瞬间，也算是成全了这个人物。盖茨比虽然势孤力单，无辜地死于黄色力量之手，但这笔账还是记下了：公路旁的广告画上，一双庞大无比的蓝色眼睛看见了发生的一切。"①

3. 还原倾听——关注声音本身

还原的意思是还其本原，如果说因果倾听和语义倾听分别是听"因"和听"义"，那么还原倾听就是听"声"——倾听的对象是无关源起和语义的声音本身。以每个人可能有过的聆听经历为例，我们不知道远处飘来的歌声发自何人，也听不出甚至不想听出歌者在唱些什么，但那个声音的魅力仍然强大到不可抵御，此时攫获我们的便是那个美妙的歌喉或曰声音本身。本书第三章提到的小说《国王在听》描写了这种倾听，故事中不知其名的女子歌声使国王身心发生了从统治者到普通人的巨大变化，作者的认识可用小说中的一句话来概括："一个声音就意味着一个活人用喉咙、胸膛和情感，将那个与众不同的声音送到空气中。"②"与众不同"这四个字，点出了还原倾听针对的是存在于每个活人喉咙中的"语音独一性"（the uniqueness of voice）。埃德瑞阿那·卡瓦勒罗认为，迄今为止的西方哲学都只关注形而上的普遍规律与抽象本质，惟有卡尔维诺将形而下的、发自血肉之躯的人类语音纳入了思考范围，因此《国王在听》中"提出的一系列观念，无形中颠覆了哲学的一块奠基石"。③

那么，怎么对看不见摸不着的叙述声音做还原倾听呢？声音本来就是难以名状的，叙述声音作为一种譬喻意义上的存在，其引发的想象和

---

① 傅修延：《讲故事的奥秘——文学叙述论》，南昌：百花洲文艺出版社，1993年，第248—250页；参看傅修延：《叙事：意义与策略》，南昌：江西高校出版社，1999年，第204—214页。

② 卡尔维诺：《国王在听》，载卡尔维诺：《美洲豹阳光下》，魏怡译，南京：译林出版社，2015年，第67页。

③ Adriana Cavarero, "Multiple Voices" in The Sound Studies Reader, ed., Jonathan Sterne, New York: Routledge, 2012, p.521.

揣摩更如捕风捉影。然而，如果承认以上所举的例子属于叙述声音，那么叙述声音应与真实声音一样也有独属于自己的种种特质。声学家从技术角度做出的分类固然不可完全照搬，但至少在音调、音强和音色三个方面，叙述声音的"语音独一性"可以得到证明。

音调涉及叙述声音是真话还是反话，是鞭挞抨击还是讽刺挖苦，是痛心疾首还是玩世不恭，等等。读到前引《红楼梦》中"寄言纨袴与膏粱，莫效此儿形状"之类的话语时，读者能感到其音调不像批评更像调侃，声音后面的隐含作者似乎正在对人做鬼脸。但在读到前引《了不起的盖茨比》中尼克对盖茨比的喊话时，我们能感到那声音是一本正经的，没有半点玩笑的成分在内。音强涉及叙述声音是强还是弱，是提高嗓门还是压低声音，是清晰可辨还是似有若无，等等。前引《德伯家的苔丝》"'典刑'明正了"那一段中，叙述者的声音听起来是在大声抗议命运对人的捉弄，而在前引《欧也妮·葛朗台》"伤心惨酷的劫数"那一段中，叙述者的声音开始还有点悲愤，后来逐渐降低为向命运低头的悄声细语。《红楼梦》前八十回中经常出现微弱到几乎听不见的声音，每次读到小说第十三回"秦可卿死封龙禁尉"（原名"秦可卿淫丧天香楼"），读者总会感觉到字里行间有某种听不清楚的"嘟哝"存在，那是曹雪芹想要吐露一桩家族丑闻却又说不出口。音色涉及叙述声音是暖色还是冷色，是热情热烈还是冷静冷峻，是温情脉脉还是不温不火，等等。将明清四大名著放在一起比较，我们会发现《西游记》的叙述声音始终是暖烘烘喜滋滋的，《三国演义》《水浒传》和《红楼梦》的叙述声音则有逐渐降温之势。《儒林外史》在古代小说中也算出类拔萃，其叙述声音越到后来越显悲凉，这种音色设计反映出作者对儒林人物的绝望。

还原倾听不是为寻求意义而听，人们有理由追问这种无意义的倾听是否具有意义。笔者对此的回答是，和叙述声音的源起及语义一样，叙述声音的音调、音强与音色等同样值得关注，作者围绕这些特质所作的设计安排均属叙事策略，忽略它们也是阅读方面的一种损失。一般认为《史记》中的"太史公曰"代表司马迁的声音，但真实生活中的司马迁需要通过"作为隐含作者的司马迁"才能进入"太史公"这一角色,进入角色之后司马迁是以"太史公"的身份发言,这声音已不可避免地带有职业史官的某种"官腔"。就此意义而言,"太史公曰"并不全等于"司马迁说",我们在还原倾听中应注意两者之间的差异,而察觉到这种差异正是阅读带来的妙趣之一。《红楼梦》第十七、十八回写元春回贾府省亲,身为父亲的贾政居然对她说出这么一番话来:"臣,草莽寒门,鸠群鸦属之中,岂意得征凤鸾之瑞。今贵人上锡天恩,下照贤德,此皆山川日月之精奇、祖宗之远德钟于一人,幸及政夫妇。……贵妃切勿以政夫妇残犁为念,懑愤金怀,更祈自加珍爱。惟业业兢兢,勤慎恭肃以侍上,庶不负上体贴眷爱如此之隆恩也。"这里贾政表达的意思并不滑稽,滑稽的是这位父亲对自己女儿说话的口吻,作者将这番拿腔作调、咬文嚼字的表述逐字记录在案,显然是想让读者欣赏表述的形式而非内容。《了不起的盖茨比》结尾处尼克来到海滩,回忆盖茨比当初遥望黛西家门前那盏绿灯的情境,忽然间叙述者的音调变得不像是尼克在说话:"盖茨比信奉这盏绿灯,这个一年年在我们眼前渐渐远去的极乐的未来。它从前逃脱了我们的追求,不过那没关系——明天我们跑得更快一些,把胳臂伸得更远一点……总有一天……于是我们继续奋力向前,逆水行舟,被不断地向后推,被推入过去。"[1]这里明显是隐含作者一把夺过了尼克的"话筒",因此才有了这番被人们啧啧称道的"变徵之声"。

三、梳理叙述声音

叙述声音这一概念出现较晚,即便是在布斯的《小说修辞学》和巴赫金的《陀思妥耶夫斯基诗学问题》这两部影响很大的理论著作中,出

---

[1] 弗·司各特·菲茨杰拉德:《了不起的盖茨比》,巫宁坤译,载《菲茨杰拉德小说选》,上海:上海译文出版社,1983年,第169页。

现的也只是"声音"而非"叙述声音"。时至今日,国内叙事学界已对叙述声音一词习以为常,但部分西方学者如詹姆斯·费伦、杰拉德·普林斯等仍在使用"声音"这样的表述。不仅如此,叙述声音在研究过程中还常被赋予不同内涵,为了消除困惑与误解,我们有必要对各家之说进行学术史意义上的梳理。总体说来,学界有四种与叙述声音有关的观点和认识值得注意。

1. 叙述声音即作者的声音

布斯《小说修辞学》中不但只有"声音",而且这个词前面还有"作者"这样的限定,"作者的声音"显然是"作者介入""作者操纵"或"作者的判断"的同义词①,小说从根本上说是作者创作的产物,"作者的声音"无疑会通过各种修辞手段渗入文本。为了说明作者的介入问题,布斯还提出了"隐含作者"这一重要概念:作为故事世界中作者隐含的"替身","隐含作者"与"真实作者"之间存在着许多区别,前者是后者在叙述过程中创造出来的"第二自我"。② 据此而言,布斯所说的"作者的声音"实际上是文本中"隐含作者的声音"。

在《小说修辞学》序言中,布斯声明他想讨论的是作者与读者交流的艺术,他还说自己在探讨作者控制读者的手段时,已经武断地把许多重要因素,尤其是关于作者心理等问题排除在外,只是想充分讨论修辞是否与艺术协调这一较为狭窄的问题。布斯的表态显然是谦虚的,因为他已经意识到了作者对作品的控制作用,修辞不等于单纯的技巧,"有意识构思的艺术家与只表现自己而不去考虑去影响读者的艺术家之间的区别,总的来说是个重要问题。"③ 这一表态同时也是客观的,因为即

---

① 布斯在《小说修辞学》第一篇分析"作者的多种声音"时提到"介入性的声音",他举菲亚美达的例子时说:"即使最高度戏剧化的叙述者所作的叙述动作,本身就是作者在一个人物延长了的'内心观察'中的呈现。当菲亚美达说'她的爱子之心占了上风'时,她给了我们一种真实的蒙娜的观察,她也给了我们一种她自己对一系列事件的评价的角度。而两者都是作者的操作手段的表现。"W. C. 布斯:《小说修辞学》,华明等译,北京:北京大学出版社,1987年,第20页。
② W. C. 布斯:《小说修辞学》,华明等译,北京:北京大学出版社,1987年,第80—86页。
③ 同上书,第2页。

便是在《小说修辞学》第二篇"小说中作者的声音"标题之下,他所讨论的也还是作者控制作品的具体修辞手段。顾名思义,《小说修辞学》最关心的是作者、叙述者、人物和读者的关系,在布斯看来这种关系可以通过修辞关系来体现。布斯还认为,读者永远都不难发现作者自己对阅读可能性的控制。在分析具体的修辞技巧时,布斯认识到提高议论本身的艺术性和作品整体的有机统一性是重要的问题:"有胆识和创见的小说家,不是抛弃而是扬弃议论,创造富于变化的、有效而又有趣的议论形式,是一个无法推诿的任务。"① 布斯在序言中还坦率地向读者披露了自己的研究意图,他所要做的是解释而非限定,也就是说他要用优秀小说家事实上所做的事来提醒读者和作者,把他们从关于小说家们应该做什么的抽象规律的限制中解放出来。

布斯的《小说修辞学》出版于1961年,属于西方现代小说理论的扛鼎之作,其中一些观点现在看来依然富于启发。可以说,布斯在一定程度上认识到了作者意识与所发声音的关系,他发现"作者的声音"能引导读者获得更多信息,也让故事的讲述更为有趣,被讲述的故事一定比未加工过的素材更为优美和精致。但正如布斯自己所说,他在分析"作者的声音"时还多是着眼于隐含作者、叙述者、人物与读者等之间的修辞关系,追求艺术的表达效果,而对真实作者与读者的心理、社会文化规约等问题关注不多。似此,如果我们完全把布斯的"作者的声音"当作叙述声音,显然是有失偏颇的。叙述声音当然要在文本中表露迹象,但是它并不仅仅指向叙述层,它应该还指向文本中的各个意识主体,意识这一概念比声音要复杂得多。

2. 叙述声音即叙述者的声音

《叙事话语》是法国叙事学家热拉尔·热奈特运用结构主义方法分析叙事作品的一部力作,该书第五章的标题"voix"(即英语的 voice)

---

① 周宪:《〈小说修辞学〉译序》,载 W. C. 布斯:《小说修辞学》,华明等译,北京:北京大学出版社,1987年,第7页。

本义为"语音",但海峡两岸的译本都将其译为"语态"①。译为"语态"其实也无不可,热奈特在书中一再声明他使用的许多概念范畴均为譬喻意义上"语词的借用","并不企望以严格的统一为依据"②。《叙事话语》第五章主要讨论叙述话语的主体,热奈特认为在叙述的三个层次中,唯有叙述话语这一层可直接进行文本分析,他的分析基本上理清了叙述时间、叙述层和人称即叙述者(可能还有他的一个或多个受述者)与所讲故事之间的关系。由于"语词的借用"没有做到"以严格的统一为依据",热奈特笔下的"voix"在《叙事话语》的不同章节中被赋予不同的内涵,或者说在不同情况下指向声音的不同侧面,这就给读者特别是只能阅读译文的读者带来了困惑。总体看来热奈特的"voix"与叙述主体的关系最为密切,因为它留下的一系列迹象指向他所关心的"谁说",热奈特一方面指出"在同一部叙事作品中,这个主体不一定一成不变",一方面又以荷马史诗为例分析了其中的主体——叙述者,叙述主体与叙述者就这样在他那里走向了重合。③ 热奈特的研究延续了形式主义的封闭传统,在他描述的那个与外部隔绝的文本世界里,发出声音的意识主体自然只能是叙述者。R. K. 安德森将热奈特的理论付诸文本分析,发现叙述声音不是用叙述人称或者"谁说"可以概括的,一旦脱离了所依附的话语与故事,这个声音便会化为虚无④,可见叙述声音当中应该包括更多的内涵。受热奈特影响,西摩·查特曼在《故事与话语:小说和电影的叙事结构》第四章《话语:"非叙述"的故事》中专门论述了视点与声音的关系,他认为"声音(voice)指的是讲话或其

---

① 热拉尔·热奈特:《叙事话语 新叙事话语》,王文融译,北京:中国社会科学出版社,1990年;杰哈·简奈特:《叙事的论述——关于方法的讨论》,载《辞格Ⅲ》,廖素珊、杨恩祖译,台北:时报文化出版企业股份有限公司,2003年。
② 热拉尔·热奈特:《叙事话语 新叙事话语》,王文融译,北京:中国社会科学出版社,1990年,第77页。
③ 同上书,第148页。
④ "This play cannot be reduced to a question of 'Who speaks' or to questions about 'person'; narrative voice is nothing if not temporally related to discourse and story." Rikke Andersen Kragelund. "'Alternate Strains are to the Muses Dear': The Oddness of Genette's Voice in Narrative Discourse." in *Strange Voices in Narrative Fiction*, ed., Per Krogh Hansen et al. Berlin&Boston: De Gruyter, 2011, p. 52.

他公开手段，通过它们，事件及实存与受众交流"；他还认为视点是角度，声音是表达，"角度与表达不需要寄寓在同一人身上"①。在这些论述中，声音显然是被当作叙述者的声音了，它是叙述话语的组成部分，与叙述者的语气、态度相关，和视点分属于"说"与"看"两个方面。

国内学者也习惯从叙述主体入手分析叙述声音。罗钢《叙事学导论》第六章即以"叙述声音"为标题，分析了叙述者与作者、隐含作者的区别，认为"与叙述者比，隐含的作者是沉默的，它没有自己的声音，而叙述者却通过自己的语言构成文本，作为一种语言学意义上的主体，叙述者显示自己存在的方式就是叙述声音。"②作者接下来在区分叙事聚焦和叙述声音的基础上，根据叙述者介入的程度划分出三种类型，以对应叙述声音的强弱程度。如此看来该章名为叙述声音，实际讨论的却主要是叙述者，叙述声音只是叙述者在文本中的基本存在方式。谭君强《叙事学导论：从经典叙事学到后经典叙事学》第四章也以"叙述声音"为标题，但分析的还是叙述者的类别和功能。在作者看来，"叙述者是叙事文本的讲述者，是体现在文本中的'声音'"③；此外，他还在《审美文化叙事学：理论与实践》一书中阐述了叙述者干预（叙述声音的一种）与意识形态的关系，他认为，"在很多情况下，叙述者的干预又往往与作者的意识形态与价值观念有更多的联系"④。这一观点当然正确，但其对叙述干预的探讨仍未脱出叙述者层面。我们能够理解以上诸家的做法，为了便于描述声音这个比较抽象的对象，研究者在说到叙述声音时不得不更多地讨论叙述者的声音。但在叙述者之外，作者与人物也是发出声音的意识主体，叙述者的声音显然只是叙述声音的一部分，而且叙述者的声音经常不等于作者的声音，因此不能简单地把叙述声音看作叙述者声音。

---

① 西摩·查特曼：《故事与话语：小说和电影的叙事结构》，徐强译，北京：中国人民大学出版社，2013年，第136—137页。
② 罗钢：《叙事学导论》，昆明：云南人民出版社，1994年，第216页。
③ 谭君强：《叙事学导论：从经典叙事学到后经典叙事学》，北京：高等教育出版社，2008年，第52页。
④ 谭君强：《审美文化叙事学：理论与实践》，北京：中国社会科学出版社，2011年，第79页。

3. 叙述声音即文本中的所有声音

巴赫金《陀思妥耶夫斯基诗学问题》第一章中使用了声音这一术语，将其界定为语言表现出来的某人的思想、观点和态度的综合体。他还提出了"对话""复调"等概念，认为不能对陀思妥耶夫斯基的小说进行哲理上的独白化分析，因为其中存在的各种意识无法用单一的叙述者意识来总括。① 他还说："陀思妥耶夫斯基的小说是对话型的。这种小说不是某一个人的完整意识，尽管他会把他人意识作为对象吸收到自己身上来。这种小说是几个意识相互作用而形成的总体，其中任何一个意识都不会完全变成为他人意识的对象。"② 巴赫金跳出文本分析的封闭窠臼，将其诗学理论建立在超语言学理论的基础之上，其对声音的认识与本章探究的叙述声音内涵比较接近。叙述声音的确应该包括文本中的所有声音，因为作者想要表现的可能就在多种声音的混响之中，声音之间的张力恰恰是文本的魅力所在。

巴赫金之外，还有一些叙事学家将声音概念扩大至文本产生的所有声音，包括文本声音（叙述声音及人物声音）和文本外声音（真实作者的声音），并进一步探讨声音的辨识方法以及各种声音产生的复调效果。M. 卡恩斯在《修辞叙事学》一书中认为声音会影响读者的阅读："就声音的发送而言，在读者体验叙事文的过程中，叙述者和观察者的位置可以为不同数量的人物或声音所占据。"③ 卡恩斯由此分析了读者可能体验到的多种声音，如虚构外声音（extrafictional voice）与隐含作者声音、隐含作者声音与文本内叙述声音的联系与区别，并阐释了文本内叙述声音所处层次及其与各种声音之间的关系。④ 罗兰·巴特在《S/Z》中从符号学的视角对声音进行了分类，他认为文本由符码编织而成，每一个符码就是一种声音，"众声音（众符码）的汇聚成为写作，成为一个

---

① 巴赫金：《陀思妥耶夫斯基诗学问题》，白春仁等译，石家庄：河北教育出版社，1998年，第9页。

② 同上书，第21页。

③ Michael Kearns, *Rhetorical Narratology*, Lincoln & London: University of Nebraska Press, 1999, p. 88.

④ Ibid., pp. 91—100.

立体空间"①。苏珊·S. 兰瑟在《虚构的权威——女性作家与叙述声音》中视声音为"意识形态的表达形式"②,认为叙述声音与被叙述的外部世界是一种互构关系,并围绕三种模式(作者的、个人的和集体的叙述声音)探讨了叙述声音和女性创作的关系。

国内学者也有相近观点。赵毅衡在《当说者被说的时候》中说:"叙述主体的声音被分散在不同的层次上,不同的个体里。""从叙述分析的具体操作来看,叙述的人物,不论是主要人物和次要人物,都占有一部分主体意识,叙述者不一定是主体的最重要代言人,他的声音却不可忽视。……隐含作者身上综合了整部文本的价值。"③作者认为人物、叙述者和隐含作者都有可能发出叙述主体的声音,这一观点显然受了巴赫金的启发。赵毅衡在该书中还讨论了"指点干预"和"评论干预"这两种由叙述者发出的叙述声音,并用一章篇幅分析了抢话、转述语、内心独白和意识流等同时涉及多个主体的叙述声音。④ 申丹的《英美小说叙事理论研究》对费伦、兰瑟、卡恩斯和费伦的声音理论进行了介绍和阐释,其《叙述学与小说文体学研究》还对各类引语的功能与特点做了深入探讨,指出国内这方面的探讨有待开始,认为应当"从注意人物主体意识与叙述主体意识之间的关系、注意人物话语之间的明暗度及不同的音响效果等"方面入手研究。⑤这些内容与本章讨论的叙述声音密切相关,近年来她对"隐性进程"的深刻思考也印证了叙述声音内涵的复杂性。⑥

4. 叙述声音即修辞手段

费伦在《作为修辞的叙事》的第二章中提出了自己对声音的理解,

---

① 罗兰·巴特:《S/Z》,屠友祥译,上海:上海人民出版社,2000年,第85页。
② 苏珊·S. 兰瑟:《虚构的权威——女性作家与叙述声音》,黄必康译,北京:北京大学出版社,2002年,第26页。
③ 赵毅衡:《当说者被说的时候:比较叙述学导论》,北京:中国人民大学出版社,1998年,第23页。
④ 同上书,第146—170页。
⑤ 申丹:《叙述学与小说文体学研究》,北京:北京大学出版社,2004年,第317—318页。
⑥ 申丹:《何为叙事的"隐性进程"? 如何发现这股叙事暗流?》,《外国文学研究》2013年第5期。

他主要关注声音作为叙事话语组成部分所发挥的作用。费伦承认其对声音与意识形态关系的重视与巴赫金不无关系，但他在注释中又说不能完全照搬巴赫金的研究，因此自己更倾向于保留这样一个概念：声音与人物、文体、事件、背景和其他叙事特征相共存。费伦在分析声音的四条原则之后这样表述："声音是叙事的一个成分，往往随说话者语气的变化而变化，或随所表达的价值观的不同而不同，或当作者运用双声时变换于叙述者的或人物的言语之间……声音的有效使用却不必依赖声音的一致性。声音是叙事方式的重要组成部分，表明叙事的方法而非叙事的内容。……（声音）只是为达到特殊效果而采取的手段。"① 尽管如此，费伦在对《名利场》《永别了，武器》作文本分析时，还是把形式审美研究与意识形态研究有机结合起来，分析了作者声音、叙述者声音和人物声音之间关系，因此他所分析的"手段"并非狭义的叙事技巧。作为《小说修辞学》作者布斯的学生，费伦也与乃师一样把叙事作为一种广义的修辞，所以此处的"手段"也是意识的一种体现。

以上四种观点皆有其可取之处。国外学者的研究视角和理论出发点存在着诸多微妙差异，对叙述声音关注的角度不可能完全相同，加之翻译成中文后国内学者又都有自己的独特理解，导致人们在探讨叙述声音时"各说各话"。或许是为了避免完全倒向上述四种观点的任何一方，资深叙事学家普林斯在《叙述学词典》中对声音作了内涵较为宽泛的界定："（声音是）描述叙述者或更为宽泛地说叙述事例特点的那组符号，它控制叙述行为与叙述文本、叙述与被叙之间的关系。尽管常常与视点相混合或混淆，但与人称相比，声音有更广的外延。如果对声音与视点做出区别：后者提供有关谁'看'的信息，谁感知，谁的视点控制该叙述，而前者则提供有关'说'的信息，叙述者是谁，叙述场合是由什么构成的。"② 普林斯界定的声音实际上就是叙述声音，其定义虽然也带有一定的倾向性，但"声音有更广的外延"一语仍为各家之说留出了空

---

① 詹姆斯·费伦：《作为修辞的叙事：技巧、读者、伦理和意识形态》，陈永国译，北京：北京大学出版社，2002年，第22页。
② 杰拉德·普林斯：《叙述学词典》，乔国强等译，上海：上海译文出版社，2011年，第243页。

间。总之在叙事学由经典向后经典发展的过程中,叙述声音一直是批评家和理论家关注的焦点,但愿以上的"发现""倾听"和"梳理"能使这一焦点的面貌呈现得更为清晰。

(本章系与刘碧珍博士合作完成)

"听"之种种

第七章　幻听、灵听与偶听

内容提要　叙事作品中的幻听、灵听和偶听源于听觉感知的不确定性，这三类不确定的"听"分别处在真实性、可能性与完整性的对立面上：幻听的不真实在于信息内容的虚假，灵听的不可能是由于信息交流的渠道过于离奇，偶听的不完整缘于信息的碎片化。就不确定的程度而言，幻听甚于灵听，而灵听又甚于偶听。感知的不确定必定造成表达的不确定，但迷离恍惚的听觉事件往往能使文本内涵变得更加摇曳多姿，带给读者更大的想象空间和更多的咀嚼意趣。不仅如此，这类不确定的"听"还能为故事的始发、展开和转向提供动力，对人物性格的凸显与作品题旨的彰明亦有画龙点睛般的贡献。对幻听、灵听和偶听作一番系统的梳理辨析，有助于我们更深刻地认识讲故事艺术的丰富与微妙。

物理学认为声音是因物体振动而产生的声波，这种波能通过一定介质（气体、液体或固体）传播并能为听觉器官感知。声音的发生和传播固然可以用客观精确的语言来描述，但人的听觉器官本身并不是科学仪器，加之听觉信号具有模糊断续和纷至沓来的非线性特征，我们不得不凭借自己的主观经验对听到的声音做出推测和判断。这种推测和判断不一定都靠得住，如电影院里放映的战争大片，震荡观众耳鼓的枪炮轰鸣大多是由音效师用技术手段模拟而成。①听觉感知的主观性和模糊性，以及因噪音增加而造成的听力钝化，使得"耳听是虚，眼见为实"成为一种社会共识。人类的耳朵并不可靠，我们无法仅仅根据听到的声音判断出发生了什么事情，这样的认识在实际生活中或许会让人感到沮丧，然而对于以构筑想象世界为己任的故事讲述人来说，听觉感知的不确定性恰恰是其灵感的重要来源，它所导致的幻听（auditory hallucination）、灵听（weird hearing）和偶听（overhearing）等往往成为作品中的神来之笔：感知的不确定必定造成表达的不确定，"不可靠叙述"之成为当前叙事学领域的一大热门，一个原因是较之于可靠可信的叙述，迷离恍惚的"不可靠叙述"能使文本内涵变得更加摇曳多姿，带给读者更大的想象空间和更多的咀嚼意趣。不仅如此，这类不确定的"听"还能为故事的始发、展开和转向提供动力，对人物性格的凸显与作品题旨的彰明亦有画龙点睛般的贡献。似此，梳理并辨析中外叙事经典中的幻听、灵听和偶听，或将有助于更深刻地认识讲故事艺术的丰富与微妙。

一、幻听

听觉感知的不确定性，在幻听这一症状上体现得最为突出。幻听是发生于听觉器官的虚幻感知，由于精神分裂症患者多出现幻听，人们很容易把幻听与精神方面的疾病相联系。但幻听或者说轻度幻听并不总是那么恐怖，如果说幻听是感觉到了子虚乌有的声音，或是把一种声音听成另一种声音，那么这两种情况在正常人身上也时有发生。《列子·汤

---

① 米歇尔·希翁：《视听：幻觉的构建》，黄英侠译，北京：北京联合出版公司，2014年，第3—21页。

问》写韩娥歌唱之后"余音绕梁欐,三日不绝",导致"左右以其人弗去",① 这里描述的"人去声留"现象其实就是幻听,因为歌声再动听也不可能绕梁不去,我们不能据此认为韩娥的左邻右舍都有精神病。按照这一逻辑,从人声之外的响动中听出语音来也不能说不正常,农夫从布谷鸟的鸣声中听到"布谷""播禾"之类的农事呼唤②,文人从羯鼓声中听出对自己文章"不通"的嘲讽③,这两者都属职业敏感造成的虚幻感知。大凡处在有所思盼或有所忌讳状态中的人,下意识中都会有这种不由自主的过敏反应——在交通不便的古代中国,去国怀乡的骚人墨客便常常将鹧鸪、杜鹃的啼鸣听成"不如归去""行不得也哥哥"④。产生此类过敏的根源在于辨识语音时的"听觉预期",即听话者总是在预期说话者要说些什么,语言学称这种现象为"我们只听到我们期待要听见的话"⑤,虽然羯鼓和禽鸟发出的不是人声,但许多人在潜意识中仍把它们作为交流对象。

弗洛伊德曾说作家诗人是"白日梦"患者,假如一定要把幻听当成疾病,那么许多文人染上的就是文艺幻听症,他们以拟人化方式重塑自己感受到的声音风景,这样的幻听与堂吉诃德把风车当作巨人的幻觉似无二致。不过与堂吉诃德持枪冲向风车的举动不同,我们的古人喜欢用

---

① "昔韩娥东之齐,匮于粮,过雍门,鬻歌乞食。既去,而余音绕梁欐,三日不绝,左右以其人弗去。"《列子·汤问》。

② "吴中布谷鸟,鸣必四声,俗所云'各家播禾'是也,至杭郡又讹为'札山看火',……至楚地湖北,播谷鸟鸣止二声,辨之仅辨谷两字,与吴中绝不同矣。"包汝楫:《南中纪闻》;"江南春夏之交,有鸟绕村飞鸣,其音若'家家看火',又若'割麦插禾',江以北则曰'淮上好过'。"陆以湉:《冷庐杂识·禽言》。

③ 阮大铖《春灯谜》第一五折:"这鼓儿时常笑我,他道是:'不通!不通!又不通!'"

④ 晏几道《鹧鸪天》:"十里楼台倚翠微,百花深处杜鹃啼。殷勤自与行人语,不似流莺取次飞。惊梦觉,弄晴时,声声只道不如归。天涯岂是无归意,争奈归期未可期。"丘濬《禽言》:"行不得也哥哥,十八滩头乱石多。东去入闽南入广,溪流湍驶岭嵯峨,行不得也哥哥。"

⑤ "人类语音知觉是从上到下而不是从下到上的。或许我们一直不断地在猜说话者接下来要说什么,把我们一切有意识或无意思的知识都派上用场。""也就是说,我们只听到我们期待要听见的话,我们的知识决定了我们的知觉,更重要的是,我们并没有跟任何客观真实世界有直接的接触。在某个意义下,由上而下强烈导向的听觉,会是个几乎不受控制的幻觉,这是问题所在。……我们的大脑似乎天生设计的就是能够把声波的所有语音知识全部榨取出来。我们的第六感可能把语音当做语言而不是声音。"史迪芬·平克:《语言本能——探索人类语言进化的奥秘》,洪兰译,台北:商周出版/城邦文化事业股份有限公司,2015年,第229—230页。

声音想象来做自我解嘲,以此减轻无奈状况下的心理失衡。唐玄宗因安史之乱入蜀,雨中闻铃后问人"铃语云何",别人回答"似谓:'三郎郎当'",这番对答显示君臣二人并未因处境窘迫而丧失幽默感;苏东坡被大风阻断行程,赋诗曰"塔上一铃独自语,明日颠风当断渡",流露的也是这种豁达情怀。① 幻听不一定都要直接说出,辛弃疾《菩萨蛮·书江西造口壁》的"山深闻鹧鸪"虽未明写鹧鸪如何啼鸣,但读者大多明白作者听到的是"行不得也哥哥",若将此句与白居易《山鹧鸪》中的"(鸪啼)唯能愁北人,南人惯闻如不闻"对读,我们更能感受到这位北人在南国遥望故土的惆怅。古代诗文中鹧鸪、杜鹃的"啼归"与民间话语中布谷鸟的"劝农",显示幻听症在社会各阶层都有流行,这一事实说明国人具有高度的听觉敏感和强大的听觉想象能力。世界其他民族的文化中,很少见到如此普遍存在的幻听现象,这一点似可作为麦克卢汉中国人是"听觉人"之说的证据之一(详见本书第十章)。

不过严格说来,叙事中的幻听是否真的就是幻听,却是有很大疑问的。由于可能性和逻辑规律不同,叙事中的虚构世界与叙事外的真实世界之间存在着一条巨大的本体论鸿沟,两者属于完全不同的"可能的世界"(possible world)②。这种不同导致真实世界中无法听到的声音,在虚构世界中仍有可能被更为灵敏的耳朵捕捉到,因为虚构人物无须遵循真实世界的所有规则。《红楼梦》第一〇八回"死缠绵潇湘闻鬼哭"中,贾宝玉听见林黛玉生前所住的潇湘馆内有人啼哭:

> 袭人见他往前急走,只得赶上,见宝玉站着,似有所见,如有所闻,便道:"你听什么?"宝玉道:"潇湘馆倒有人住着么?"袭人道:"大约没有人罢。"宝玉道:"我明明听见有人在内啼哭,怎么没有人!"袭人道:"你是疑心。素常你到这里,常听见林姑娘伤心,所以如今还是那样。"宝玉不信,还要听去。婆子们赶上说道:

---

① 钱锺书曾拈出一系列诸如此类的"铃语",详见钱锺书:《管锥编》(一),北京:生活·读书·新知三联书店,2007年,第196—198页。

② Thomas G. Pavel. *Fictional Worlds*, Harvard University Press, 1986, pp.43—54.

"二爷快回去罢。"

袭人把贾宝玉的"如有所闻"当作幻听,她给出的"疑心"理由也完全站得住脚,但她依循的是真实世界的逻辑规律,而贾宝玉按书中所述乃是替绛珠仙草浇过水的神瑛侍者,他从"太虚幻境"来到人间,为的是向绛珠仙子即林黛玉讨还"泪债",据此逻辑而言他可能真的听到了旁人听不到的哭声,这就像他有与生俱来的通灵宝玉而别人没有一样。

贾宝玉听到潇湘馆内的哭声是因为天赋异禀,但小说第七十五回贾珍等人听到墙外有人长叹却不能如此解释,因为这些人在故事世界中属于纯粹的凡夫俗子。小说中有一个故意卖出的关子:幻听一般只会发生在个别人身上,贾珍那晚"带领妻子姬妾"赏月作乐饮酒行令,席间少说也有十来个人,这些人都"明明听见"墙外有响动,因此那长叹之声不可能是幻觉;然而小说接下来说贾珍次日"细察祠内",发现"都仍是照旧好好的,并无怪异之迹",贾珍以为自己是"醉后自怪,也不提此事",这又似乎让头晚的声音事件回归于幻听。从第七十五回的回目"开夜宴异兆发悲音"来判断,作者是用幻听做幌子来暂时迷惑读者,其真实意图是用亦真亦幻的"悲音"作为贾府一蹶不振的前兆,那令人毛骨悚然的长叹应当来自隔壁祠堂内的贾氏列祖列宗,他们故意弄出响动来是为了向自己的不肖子孙发出警告。让具有长房长孙身份且袭世职的贾珍首先听到这"悲音"可谓再自然不过——既然"白玉为堂金作马"的贾府行将"忽喇喇似大厦倾",那么这"忽喇喇"的声波当然要首先向贾府族长的耳朵里递送。

小说中写到的幻听多半令人将信将疑,而爱伦·坡笔下却有真正的幻听,这是因为他的人物往往患有严重的精神分裂症。短篇小说《泄密的心》中,主人公直言不讳地承认犯病使自己的听觉变得"分外灵敏":

> 对!——我神经过敏,非常,非常过敏,十二万分过敏,过去是这样,现在也是这样;可您干吗偏偏说人家疯了呢?犯了这种病,感觉倒没失灵,倒没迟钝,反而敏锐了。尤其是听觉,分外灵敏。天上人间的一切声息全都听见。阴曹地府的种种声音也在耳边。那

么怎是疯了呢？听！瞧我跟您谈这一切，有多精神，有多镇静。①

小说结束前"我"听见死者之心在地板之下大声跳动，而他身边的三名警官却什么也没听见，在"愈来愈响"的心跳声刺激之下，主人公的精神彻底崩溃，神差鬼使般地对自己的罪行供认不讳。无独有偶，爱伦·坡《黑猫》中那只被砌进墙中的猫儿，也是用自己凄厉的哀号来向外面报警，不同的是，这回不但罪犯本人听见了猫叫，现场的多名警察也被这声音吓得"呆若木鸡"。按照常理，埋在墙里的猫儿应该早已断气，这就意味着故事中的其他人物也和主人公一样出现了幻听！当然，真实世界的逻辑对于爱伦·坡这位叙事奇才来说是不适用的，用种种经不起推敲的事件来困惑读者乃是其拿手好戏，他笔下那些最能让读者发生心悸的段落，几乎毫无例外都涉及靠不住的声音，更准确地说是那些令人物叙述者深受刺激的虚幻声音。人物叙述者对此一惊一乍的叙述，造成的效果便是读者的"阅读战栗"，《黑猫》等小说给读者留下的最深印象多属此类片断，这种极为有效的叙事策略也为作者赢得了西方小说史上的一席之地。顺便说说，诉诸视觉的血腥场景固然恐怖，但更为恐怖的是不知何所而来、发自何方神圣的声音，看过惊险电影的人都知道，编导们最酷爱的一招就是用莫名其妙的响动来制造恐怖气氛，这种情况下观众只能以双手掩耳来减少声音对心脏的刺激。

如果说对幻听事件的讲述在爱伦·坡那里表现为刺激神经的叙事策略，那么在马赛尔·普鲁斯特笔下，这种讲述被主要用于传达对已逝时光的追忆。就多数人的听觉经验而言，那些听到过的声音皆已随时间沉入忘川，它们不可能重新回到自己耳畔。沃尔夫冈·韦尔施如此划分视听之别：

> 人们环顾四周意味着去感知相对持久的空间和形体资料，但是人们倾听，则意味着去感知瞬时便消失无踪的声音。/这一差异具有意味深长的结果。不妨想一想，假如口说的话不是消失远去，而是像可见的事物一样，存留下来，说话便将不复成为可能。因为下

---

① 爱伦·坡：《泄密的心》，载《爱伦·坡短篇小说集》，陈良廷、徐汝椿译，北京：外国文学出版社，1982年，第163页。着重号为笔者所加。

面所有的言辞,都会被先时持久存在的言语吸收进去。①

然而在《追忆似水年华》最后一部的结尾部分,马塞尔在自己生命的最后几年中,总能听到自己脑海中有一只小铃铛在丁冬作响,这声音在其童年时代意味着斯万先生终于走了,父母亲正在送他下楼,他们很快就要上楼来回到自己身边:

> ……宣布斯万先生终于走了、妈妈很快就能上楼来了的小铃铛尖厉、清脆、丁丁冬冬连绵不绝的金铁声,这些声音依然萦绕在我耳畔,它们虽然在过去那么遥远的位置上,我却听到了它们。所有那些事件,它们的位置肯定全都在我当初听到那些声音的那一刻和今天盖尔芒特府的下午聚会之间,想到那一桩桩一件件,我惊恐不安地发现正是这只铃铛依然在我心中丁冬作响,由于我已记不清楚它是怎么消失的,致使我丝毫改变不了那尖厉的铃声,为了重现这铃声,为了清楚地倾听这铃声,我还得尽量不把我周围面具们的交谈声听进去。为了尽量把这铃声听清楚,我不得不深入反省。真的就是那串丁冬声在那里绵绵不绝,还有在它与现时之间无定限地展开的全部往昔——我不知道自己驮着这个往昔。当那只铃儿发出丁冬响声的时候,我已经存在,而自那以来,为了能永远听到这铃声便不许有中断的时候,而我没有一刻停止过生存、思维和自我意识,既然这过去的一刻依然连接在我身上,既然只要我较深入地自我反省,我就仍能一直返回到它。②

小铃铛声音在人物幻觉中重新响起,代表着业已流逝的"似水年华"开始了反向流动,作者是想通过这一幻听事件说明:时间固然是一去不返,但失去了的未必真正完全失去,每个人实际上都"驮"着自己的"全部往昔",身体内部都留有与过去的千丝万缕联系,只要认真追

---

① 沃尔夫冈·韦尔施:《重构美学》,陆扬、张岩冰译,上海:上海译文出版社,2002年,第221页。
② 马塞尔·普鲁斯特:《追忆似水年华》(下),周克希、刘方、徐和瑾等译,南京:译林出版社,2008年,第2257—2258页。

寻还能把失去了的东西抓住。普鲁斯特此处不是第一次讲述人物对铃声的幻觉，小说此前曾写马塞尔在梦中打铃召唤仆人，醒来后发现这不过是梦，但他"分明听到了阵阵铃声，那铃声几乎不耐烦了，怒气冲冲，声犹在耳，而且一连好几天仍然依稀可闻"①，这类幻听事件为后来主人公脑海中出现的铃铛声埋下了伏笔。

小说标题的直译应为《寻求失去的时间》（*A la recherche du temps perdu*），要在一部非科幻的故事世界里实现与往日自我的重逢，或许只有通过因听觉的不确定性而引发的迷思。引文中听见小铃铛丁冬声的"我"行将进入生命的长眠，此前作者还多次叙述主人公在似睡非睡、似醒非醒之际的听觉感知，这些迷离恍惚的聆听都是在不辨此身安在的境地中发生，因而能从容实现今与昔、真与幻之间的往复跨越。《追忆似水年华》的汉译长逾240万字，未能细读全书的中国读者多半是通过别人的介绍获悉著名的"小玛德莱娜点心"片断——成年后的主人公再次品尝这种茶点时想起童年旧事。②但是必须指出，小说中"因听而忆"的分量远远超过了"因味而忆"，因为味觉唤起的记忆指向过于具体，而听觉的不确定性带来的却是一种让人浮想联翩的发散性思维，所以作者在叙述声音事件时经常"下笔不能自休"。小说中的事件一般都是指人物的行动，普鲁斯特却以采撷自己脑海中的朵朵思绪为叙事的主要内容，这种独辟蹊径的内向开掘使其在法兰西文学圣殿中登堂入室。高尔基曾说叶赛宁是"造物主造就的一个有不同凡响的诗才的器官"③，普鲁斯特也是这样一种"诗才的器官"，我们甚至可以说他是一只超级灵

---

① 马塞尔·普鲁斯特：《追忆似水年华》（中），潘丽珍、许钧等译，南京：译林出版社，2008年，第1395页。按，据牛汉等人回忆，胡风出狱后罹患严重的幻听症，耳边不时响起的厉声斥责令其苦不堪言。

② 马塞尔·普鲁斯特：《追忆似水年华》（上），李恒基、桂裕芳等译，南京：译林出版社，2008年，第35—37页。按，"小玛德莱娜点心"片断虽然讲述的是味觉，但这一片断还是由听觉引起——作者在这之前提到凯尔特人相信灵魂会被拘禁在草木之中，过往者如果听出路旁树木中灵魂的呼唤，"禁术也就随之破解"。

③ "与其说谢尔盖·叶赛宁是一个人，不如说他是造物主造就的一个有不同凡响的诗才的器官，用以表现无穷无尽的'田野的哀愁'，表达对世界上所有动物的爱，以及通过人来表现的慈悲心——多数是为了别人。"高尔基：《忆叶赛宁》，苏卓兴译，载《国际诗坛》第5辑，王庚年、杨武能、北岛、吴笛等译，桂林：漓江出版社，1988年，第186页。

敏的耳朵，其功能之强大在于能再现生活中一个个美好的听觉瞬间。时间的流逝往往引发人生如梦的感叹，普鲁斯特却试图用梦幻般的追忆来破除这种幻灭之感：时间不可能摧毁一切，每个人身上都存在着某种永恒之物，我们的记忆深处永远有一座铃铛在丁冬作响的真实乐园。

二、灵听

灵听即灵敏至极之听。如果说常识意义上的幻听是因感知错乱而发生，听到的声音属于无中生有，那么灵听就是主客观因素作用下的听力增强，听到的东西并非空穴来风。当然，还有一些人因为天赋、境遇或病变而拥有超乎常人的听力，这类情况也可纳入灵听的范畴。

听觉感知的不确定性，在灵听上也有相当突出的表现。就像每个人的视力不尽相同一样，人与人之间也存在着较大的听力差距；但有意思的是，灵听并不总是发生在那些有听觉天赋的人身上，日常生活中，一些平时不以听力见长的人也常常能先于别人听到某种声音。这方面最典型的例子，是母亲听见婴儿在隔壁房间啼哭，以及情窦初开者透过喧嚣听见意中人的声音。所以情感牵连是灵听发生的重要诱因，人是情感的动物，当人的身心为某种情感所主宰或控制时，大脑神经中枢便会悄悄地对注意力分配做出调整，赋予听觉神经对某类声音的特殊敏感，令其加强对特定信号的"监测"与"侦听"，但我们自己往往不会注意到身体内部的这种变化。就此而言，听觉感知既是生理行为也是心理行为，对声音的感知在很大程度上取决于下意识中的警觉与专注[1]。英语中的"be all ears"相当于汉语中的"洗耳恭听"，用"全身皆耳"来表达全神贯注的聆听，说明听觉的聚焦不能脱离情感的投入与注意力的集中。

---

[1] 下意识中的警觉与专注，对听力确有不可思议的影响。笔者父亲去世前屡发疝气症，每次都须请校医来家诊治。有天凌晨时分父亲发病，母亲命人来我住处催请校医，我平时入夜后总睡得很沉，这次来人在三楼之下说出"疝气"二字便立刻将我惊醒，而平时听力比我好得多的妻子却什么也没听见。

说到情感对听力的影响，让我们来看《安娜·卡列尼娜》中的一段听觉叙事。小说主人公列文喜爱乡村生活，与大自然的朝夕亲近使其能察觉大地回春时各种动植物的窸窣响动：

  在残雪尚未化尽的密林里，流水还像蜿蜒的小溪一样潺潺流动着。小小的鸟儿唧唧叫着，不时地从这棵树飞到那棵树上。/在一片寂静中，可以听见落叶由于土地解冻和青草生长而蠕动的沙沙声。/"多么有意思呀！青草生长都能听得见，看得见！"列文看出有一片石板色的白杨落叶在几棵小草芽儿旁边轻轻蠕动，就自言自语道。他站着，听着，时而朝下看看那一片青苔的湿漉漉的土地。①

听见青草生长对城里长大的年轻人来说有些不可思议，但是在农村待过的人都知道茎干类植物会在某个阶段发出类似于"拔节"那样的声音，对这类声音感兴趣的专家甚至还录制到比其更轻微的蜘蛛结网声。② 如果说听见青草生长尚不足为奇，那么列文对野兔声音的判断就是不折不扣的灵听了——小说紧接着叙述与列文一道打猎的奥布朗斯基听到"一种拖长的咕咕叫声，那声音很像是小马驹淘气时尖细的嘶叫声"，而列文立即告诉他那是一只公兔。《木兰诗》"双兔傍地走，安能辨我是雌雄"说奔跑中的兔子难辨公母，列文却能仅凭叫声就分辨出兔子的性别，这证明他的听力远远超过了奥布朗斯基这样的普通人。③ 列文和《战争与和平》中的彼埃尔一样都是托尔斯泰钟爱的人物，他们给人的外在感觉是有点笨拙和迟钝，其内心世界却因情感丰富而极其敏感，小说设置的听觉细节从侧面透露了人物的这一性格特征。

  至于注意力对听力的影响，《追忆似水年华》在这里又可为我们提供例证。小说中马塞尔每天早晨不用睁开眼睛，就能凭借街道上的声音

---

① 列夫·托尔斯泰：《安娜·卡列尼娜》，力冈译，杭州：浙江文艺出版社，1992年，第185页。

② "比如青草生长的声音，会是青草的奥秘所在。音乐造型艺术家（musicien-platicien）克努兹·维克托定居法国南部后，自认为录制了森林中的声音诗篇如蜘蛛结网的声音。"米歇尔·希翁：《声音》，张艾弓译，北京：北京大学出版社，2013年，第183页。

③ 列夫·托尔斯泰：《安娜·卡列尼娜》，力冈译，杭州：浙江文艺出版社，1992年，第186页。

得知当天的天气状况：

> 每天清早，我脸对着墙，还没转过身去看一眼窗帘顶上那条阳光的颜色深浅，就已经知道当天的天气如何了。街上初起的喧闹，有时越过潮湿凝重的空气传来，变得喑哑而岔了声，有时又如响箭在寥廓、料峭、澄净的清晨掠过空旷的林场，显得激越而嘹亮；正是这些声音，给我带来了天气的讯息。第一辆电车驶过，我就听得出车轮的隆隆声是滞涩在淅沥的细雨中了，还是行将驰向湛蓝的晴空。①

普鲁斯特本人自幼体质羸弱，患有严重的哮喘病，按照"上天为你关上一道门，一定会打开一扇窗"的生理规律，幽居病室虽然导致视觉受限，却能使人将注意力全部集中于倾听，故而他能将"耳识阴晴"的细节写得如此生动逼真。

不过听出街道路面是否潮湿还不算特别神奇，长期处在封闭空间中的人，其听觉都会慢慢变得像马塞尔那样灵敏，《追忆似水年华》中真正令人惊愕的灵听是紧接引文的一段叙述：

> 但也许还在我听到这些声音之前，已经有一种更敏捷、更强烈的，不断弥漫开来的东西，悄悄地从我的睡梦中掠过，或是给朦胧的睡意罩上一层忧郁的色彩，预兆冬雪的即将来临，或是让某个时隐时现的小精灵一首接一首地唱起礼赞太阳光辉的颂歌，直到我开始在睡梦中绽出笑脸，闭紧眼睑准备承受耀眼的光亮，终于在一片热闹的音乐声中醒来。②

这时的马塞尔还未完全醒来，还未竖起耳朵来专注地聆听街上的声音，但就是这种半睡半醒的临界状态，使其匪夷所思地获得冬雪即将来临或艳阳就要高照的消息。《文子·道德》中的"上学以神听，中学以心听，下学以耳听"，以及《庄子·人间世》中的"无听之以耳，而听之以心，

---

① 马塞尔·普鲁斯特：《追忆似水年华》（下），周克希、刘方、徐和瑾等译，南京：译林出版社，2008年，第1501页。
② 同上。

无听之以心，而听之以气"，说的就是这样一种超越肉身的"神听"或曰灵魂之听。这种灵听属于人与大自然之间的一种独特的沟通方式——人类毕竟是大自然的产物，大自然中的一些动物能够预先感知地震、海啸和雪崩之类的灾变，作为万物之灵的人类身上当然也可能发生诸如此类的"天人感应"。经典物理学认为物体只能被它周围的环境直接影响，而"量子纠缠"却显示两个相距甚远的粒子之间存在无法解释的诡异联系，既然没有灵魂的粒子之间都有这种"鬼魅般的超距作用"（爱因斯坦名言），那么人与外界的沟通也不会像机械唯物论者描述的那样简单。普鲁斯特并不是科学家，他的鲜活叙述却为我们把握古人语焉不详的"神听""心听"之类提供了抓手。马塞尔的灵听发生在意识尚未完全恢复的将醒未醒之际，此时的人就像母腹中的胎儿一样整个肉身都是耳朵，所有的感知都被下意识所主宰，这种极度松弛的静候状态能让许多平时被大脑过滤的讯号进入感觉底层，所以马塞尔会在睡梦中"绽出笑脸"以迎接太阳的光辉。庄子的"心斋""坐忘"以及老子的"如婴儿之未孩"，指涉的或许就是此类"恍兮惚兮，其中有象"的非理性境界。

  以上讨论的灵听亦可称为灵异之听。有些叙事作品中的灵异之听，其功能全在改变业已形成的行动趋势，使故事情节向新的方向发展。《简·爱》中圣约翰一再请求女主人公跟随自己前往印度传教，就在简快要屈服于其攻势之际，远方罗切斯特对其名字的不断呼唤如神差鬼使般地传入简的耳中，这一呼唤不但让简下定决心拒绝圣约翰，还把她召回到亟需照顾的罗切斯特身旁。事后罗切斯特说自己正是在那天晚上不断呼喊简的名字，并且听到了带有简本人口音的回答——"我来了，等着我"和"你在哪儿"。① 按照小说中的描述，当时的罗切斯特与简之

---

① "我听到哪儿有一个声音在呼唤：/'简！简！简！'再没什么了。/'哦！上帝啊！那是什么？'我喘息着说。/我很可以说，'它在哪儿？'因为它不像在房间里——不像在房子里——也不像在花园里；它不是从空气中来——不是从地底下来——也不是从头顶上来。我是听到了它——在哪儿呢，从哪儿传来的呢，永远也不可能知道！它是人的声音，是一个熟悉的、亲爱的、印象深刻的声音，是爱德华·菲尔费克斯·罗切斯特的声音；它狂野地、凄惨地、急迫地从痛苦和悲哀中发出来。/'我来了！'我叫道。'等着我！哦，我就来了！'我奔到门口，朝过道里看看；那儿一片漆黑。我跑到花园里；那儿空无一人。/'你在哪儿？'我嚷道。"夏洛蒂·勃朗特：《简·爱》，祝庆英译，上海：上海译文出版社，1980年，第551页。

间隔着 36 小时以上的马车车程，如此遥远的距离居然未能阻挡住两人之间的声气相通，这对一部现实主义的小说来说未免有点不合情理。好在小说是用第一人称开展叙述，全知全能的叙述者遇到这种情况需要给出令人信服的解释，而"我"这样的人物叙述者因为视角受限，对于奇迹的发生只能表示惊讶和不可思议：

  它（按指罗切斯特的呼唤）不是从空气中来——不是从地底下来——也不是从头顶上来。我是听到了它——在哪儿呢，从哪儿传来的呢，永远也不可能知道！①

  读者啊，正是在星期夜里 接近午夜的时刻 我也听到了这个神秘的召唤：这些正是我回答它的话。我倾听着罗切斯特先生的叙述，并没泄露出什么来回答他。我觉得这种巧合太令人敬畏，太难以解释了。②

或许是由于此前出现的"阁楼上的疯女人"抢占了读者太多的注意力，读者一般不会意识到在业已设定的故事逻辑中，男女主人公的隔空应答乃是一件不可能之事。用"巧合"来形容此事实际上还是搪塞，在一切都按现实世界规则行事的故事世界中置入"难以解释"的神秘事件，对作者来说可谓迫不得已，因为她所讲述的故事已进行到简在与圣约翰的情感纠缠中难以自拔，眼看就要答应其求婚赴域外传教，这时只有实施外力干预才能改变故事的进程。小说此处安排的灵听，与古希腊戏剧中的"机械降神"（Deus ex machina）有点相似——在欧里庇得斯等人的戏剧中，每当剧情陷于不可"解"的胶着状态，便有扮神的演员借助某种机关出现在舞台上，给整个故事带来出人意料的大逆转。亚里士多德曾用"情节中不应有不近情理之事"③，对这种手段做出过委婉的批评。不过《简·爱》中的灵听虽有神异成分，却还未像"机械降神"那样"不近情理"——毕竟人们都知道，有时候人的听觉会灵敏得

---

① 夏洛蒂·勃朗特：《简·爱》，祝庆英译，上海：上海译文出版社，1980 年，第 551 页。
② 同上书，第 589—590 页。
③ 亚理斯多德：《诗学》，罗念生译，北京：人民文学出版社，1962 年，第 50 页。

不可思议，许多读者或许还特别喜欢这种"心有灵犀一点通"式的神秘情节。

灵听在我们古代小说中出现得较为自然。《红楼梦》第十二回贾瑞被王熙凤害病后百般延医，无奈"只是白花钱，不见效"，正在众人一筹莫展之际，忽有跛足道人前来门口化斋，说是能治冤业之症，"贾瑞偏生在内就听见了，直着声叫喊说：'快请进那位菩萨来救我！'"引文中的"偏生"二字，显示躲在叙述者身后的作者有意要读者注意这一事件的神奇性质——一个病入膏肓的垂危之人，居然能清楚听见门外跛足道人的声音，并且认定他就是前来救命的菩萨！《红楼梦》的故事逻辑为仙凡可以并处同一世界，因此这一安排并非"不近情理"。同样的情况见于小说第二十五回，贾宝玉和王熙凤被马道姑施魇魔法后命悬一线，就在"两口棺椁都做齐了"的关键时刻，作者再度祭出自己的拿手法宝来扭转局面：

> 正闹的天翻地覆，没个开交，只闻得隐隐的木鱼声响，念了一句："南无解冤孽菩萨。有那人口不利，家宅颠倾，或逢凶险，或中邪祟者，我们善能医治。"贾母、王夫人听见这些话，那里还耐得住，便命人去快请进来。贾政虽不自在，奈贾母之言如何违拗；想如此深宅，何得听的这样真切，心中亦希罕，命人请了进来。众人举目看时，原来是一个癞头和尚与一个跛足道人。（着重号为笔者所加）

按照常理来说，"白玉为堂金作马"的贾府应当听不见市井之声，然而让贾政也感到"希罕"的是，那一僧一道的念叨和木鱼声竟能穿透重门高墙，让深宅之中的众人"听的这般真切"。用听觉事件来挽狂澜于既倒还不是曹雪芹的首创，白行简的《李娃传》中，阁中的李娃听到大街上荥阳生的呻吟成了故事的转折点：此前李娃是自觉或不自觉地配合了鸨母将荥阳生赶走的计划，计划成功后其心中一定有过许多愧疚与悔恨，所以她会对荥阳生的呼救声怀有一种特殊的敏感，甚至可以说她的耳朵一直在等待听到荥阳生的声音。

李娃之听带有佛教所说的"寻声救苦"性质，这点不禁让人想到，《红楼梦》中无论是贾瑞之听还是后来的贾母、王夫人之听，与那一僧一道之听相比统统都属小巫见大巫，他们的聆察才是灵听的最高境界。事实上，不是贾瑞等人先听见癞头和尚与跛足道人的到来，而是僧人道士在此之前就察觉到了贾氏家族中的疾苦之声，因而闻声前来指点迷津。《红楼梦》的总体故事框架，是茫茫大士（癞头和尚）和渺渺真人（跛足道人）将青埂峰下一块情根未断的石头携往红尘世界游历（《石头记》之名由此而来），为了避免读者过度沉溺于大观园中的儿女之情，作者总是安排那一僧一道在危机发作时登场，提醒人们勿忘故事的"顶层设计"。小说中一僧一道漫漶多变的视觉形象，与"茫茫""渺渺"之名甚相契合，我们之所以还能将他们认出，主要不是因为两人多同时出现，而在于他们对人间疾苦之声的灵听。一僧一道的文化原型应为佛教信仰中大慈大悲救苦救难的观世音菩萨，她的名字就有察觉世间声音之义，其"耳根圆通"法力亦凭修习音声法门而成[①]，这种洞察一切的灵听能力为其"寻声救苦"提供了保证。

三、偶听

　　偶听即偶然听到，也就是听者在不经意间接受到对自己有触动的信息。这是一种突如其来的被卷入行为，听者最初并无获取相关信息的主观意愿，当然也就不可能预先为此作什么准备。偶听在英语中的对应词为 overhearing，overhearing 在我们这里多被译为偷听，而偶听与主动意味较强的偷听实际上还有非常微妙的区别，因此我们将在下一章中专门讨论叙事作品中出现较多的偷听。需要指出，偶听较之于偷听虽显"无辜"，但只要是涉及"不应听而听"的行为，总有一丝半点触犯他人

[①] 参阅鸠摩罗什译《妙法莲华经》第二十五品"观世音菩萨普门品"以及《楞严经》中的"观世音菩萨耳根圆通章"。

隐私的性质。

导致偶听发生的是听觉的被动性质。人类可以通过开合眼睑来决定自己"看"还是"不看",但是无法在"听"与"不听"之间做出选择,因为没有"耳睑"的耳朵永远在向一切听觉信号敞开大门。如前所述,从丛林中走出的人类祖先只有保持不间断的警觉状态才能生存下来,就此而言人类与凭听觉逃避危险的动物没有多大区别。然而进入机声隆隆的工业时代以来,人类开始认识到未演化出"耳睑"对自己来说是一种巨大的不幸:由于现代社会的空间划定是在视觉主导之下进行,对声音的传播缺乏严格的规范与约束,人们很容易受到各类噪音的侵扰,夏弗因此提出各国应加强立法以应对噪音污染。[①] 不过声音的"越界"传播不自工业革命始,人类的群居模式从一开始就决定了听觉空间的公共性质,在一个众声喧哗、隔墙有耳的集体社会中,任何人都难以避免自己的声音被别人听到,也无法阻挡别人的话语传入自己的耳中。

将偶听与幻听、灵听相提并论,是因为叙事中对其的描摹也指向听觉感知的不确定性。表面看来,与幻听的虚无缥缈和灵听的神乎其神不同,偶听获得的信息相对实在,因为听者确实是接收到了来自说者的信息,但请注意听者此时的感知仍然处于某种不确定状态:偶听持续的时间通常很短,当发现自己"侵入"他人的听觉空间后,许多听者会选择尽快结束这一尴尬状态,这就导致其听到的只是缺乏语境(context)的话语碎片。在故事世界中,人物大多会对自己偶然听到的只言片语深信不疑,但故事世界之外的读者自会根据作者给出的种种提示,判断出相关信息是否可靠。例如,《三国演义》第四十五回,来自曹营的蒋干听见周瑜在梦话中说"数日之内,教你看操贼之首",以后又听见有人来汇报军情:

> 干伏于床上,将近四更,只听得有人入帐唤曰:"都督醒否?"周瑜梦中做忽觉之状,故问那人曰:"床上睡着何人?"答曰:"都

[①] R. Murray Schafer, *The Soundscape: Our Sonic Environment and the Tuning of the World*, New York: Knopf, 1977, p. 77.

督请子翼共寝，何故忘却？"瑜懊悔曰："吾平生未尝饮醉；昨日醉后失事，不知可曾说甚言语？"那人曰："江北有人到此。"瑜喝："低声！"便唤："子翼。"蒋干只妆睡着。瑜潜出帐。干窃听之，只闻有人在外曰："张、蔡二都督道：'急切不得下手，……'"后面言语颇低，听不真实。

身为说客的蒋干此时已被周瑜置于听者地位，导入了一个被他人预先设计好的听觉空间，蒋干相信自己听到的零碎信息可以拼合成一个里应外合的叛变故事，读者却明白这是周瑜与部下在演戏，"瑜懊悔曰"等均属不可靠叙述。

蒋干的偶听可能属于异数，因为大多数偶听都是"说者无心，听者有意"，而作为说者的周瑜在这一事件中却是有心让蒋干听见自己的话。按照这一逻辑，可以将偶听分为"说者无心"与"说者有心"两类。

"说者无心"指的是说者并未意识到听者的存在。《红楼梦》第二十六回中，贾宝玉在怡红院中与薛宝钗交谈，他不知道此时林黛玉正被未听出其声音的晴雯挡在门外，更糟糕的是林黛玉在门外还听到了他和薛宝钗的说笑声，这一事件使宝黛二人的关系由两小无猜开始向心存芥蒂转变。"说者无心"的另一种情况是说者自以为听者听不到自己的声音。《红楼梦》第二十八回中，贾母派人催宝黛二人来自己这边吃饭，林黛玉不等贾宝玉便先动身，薛宝钗劝贾宝玉赶快跟上以免林黛玉"不自在"，贾宝玉以为林黛玉已经走远便随嘴回了一句"理他呢，过一会子就好了"，但小说后来的叙述显示林黛玉确实听见了这句话。

"说者有心"则指说者意识到听者与自己处在同一个听觉空间，其说话对象虽为第三者，真正的受述者（narratee）却是听者。还是用《红楼梦》来说明问题——第二十八回贾宝玉在林黛玉走后坐卧不宁，匆匆用过饭后便赶到贾母处，找到林黛玉后发现她正在裁衣，一个丫头建议她熨熨绸子角儿，林黛玉撂下剪刀说："理他呢，过一会子就好了。"接下来薛宝钗来和林黛玉说话，林黛玉又把这句话重复了一遍。第三十回贾宝玉说薛宝钗"体丰怯热"，薛宝钗闻言大怒又不便发作，正巧这时小丫头靛儿过来讨扇子，她便指着靛儿说："你要仔细！我和你顽过,你再疑我。和你素日嘻皮笑脸的那些姑娘们跟前,你该问他们去。"这番指桑骂槐的话同样也是说给贾宝玉听。

不管说者是"无心"还是"有心",偶听事件中的听者均会受到触动,这就是前面提到的"听者有意"。以下论述仍须借助《红楼梦》中的偶听事件,因为声音的"越界"在贾宝玉与众姊妹同住的大观园里属于常态,曹雪芹天才地设计了这个有利于偶听发生的故事空间,为情窦初开的少男少女提供了互通心事的绝佳机会。第三十二回湘云劝贾宝玉留意仕途经济,贾宝玉反唇相讥让她去别的屋里坐,袭人连忙解围说薛宝钗也曾这样被其难堪过——"幸而是宝姑娘,那要是林姑娘,不知又闹到怎么样",贾宝玉这时冷不丁冒出一句:"林姑娘从来说过这些混帐话不曾?若他也说过这些混帐话,我早和他生分了。"这话使站在门外的林黛玉"又喜又惊,又悲又叹":

> 所喜者,果然自己眼力不错,素日认他是个知己,果然是个知己。所惊者,他在人前一片私心称扬于我,其亲热厚密,竟不避嫌疑。所叹者,你既为我之知己,自然我亦可为你之知己矣;既你我为知己,则又何必有金玉之论哉;既有金玉之论,亦该你我有之,则又何必来一宝钗哉!所悲者,父母早逝,虽有铭心刻骨之言,无人为我主张。况近日每觉神思恍惚,病已渐成,医者更云气弱血亏,恐致劳怯之症。你我虽为知己,但恐自不能久待;你纵为我知己,奈我薄命何!想到此间,不禁滚下泪来。

贾宝玉一番肺腑之言,在林黛玉心中掀起了万丈波澜,古代小说在人物的心理描写上素来吝惜文字,《红楼梦》在这方面却能大胆泼墨,引文围绕"喜""惊""叹""悲"四字展开的叙述,将女主人公于寂寞孤独中遭逢知音的复杂心理展现得淋漓尽致。

《红楼梦》讲述的主要是宝黛之爱,曹雪芹不但用偶听来"引爆"女主人公的情感世界,紧接着他又安排了一次偶听,让读者有机会听到男主人公吐露衷肠。贾宝玉说完"林姑娘不说这样混帐话"后从屋中出来,见到林黛玉便开始对其直接表白,林黛玉无法回答只有迅速离开,结果袭人阴差阳错地成了这番表白的听者：

> 宝玉出了神，见袭人和他说话，并未看出是何人来，便一把拉住，说道："好妹妹，我的这心事，从来也不敢说，今儿我大胆说出来，死也甘心！我为你也弄了一身的病在这里，又不敢告诉人，只好掩着。只等你的病好了，只怕我的病才得好呢。睡里梦里也忘不了你！"袭人听了这话，吓得魄消魂散，只叫"神天菩萨，坑死我了！"便推他道："这是那里的话！敢是中了邪？还不快去？"宝玉一时醒过来，方知是袭人送扇子来，羞的满面紫胀，夺了扇子，便忙忙的抽身跑了。

两次偶听的功能正好相反：第一次偶听使宝黛之爱升温，第二次偶听导致这种爱情最终被扼杀。袭人既是服侍贾宝玉的丫头，同时也是安插在他身边使其循规蹈矩的"看守"，如果没有"神天菩萨，坑死我了！"这句脱口而出的话，我们不会知道袭人内心深处真把自己当成了贾宝玉身边的"看守"。此次偶然闯入宝黛二人私密的听觉空间，让这位"看守"意识到不能对两人情感的升温听其自然，所以她会在贾宝玉挨打之后向王夫人提出防患于未然——"教二爷搬出园外来住"，这番忠心耿耿的献言让王夫人心里"如雷轰电掣的一般"，"心内越发感爱袭人不尽"。《红楼梦》中木石之盟不敌金玉良缘，固然是出于王夫人和贾母等人的最终决断，但袭人的建议与判断也起了至关重要的作用。

前文提到有些作者用灵听来改变故事的进程，此处需要指出，偶听对故事的演进也有推波助澜的功能。不妨设想一下，倘若未听见贾宝玉的告白，袭人便无底气向王夫人打小报告，宝黛之爱自然还有机会进一步发展，说不定接下来真有可能发生什么令其"日夜悬心"的事情。灵听不像古希腊戏剧中的"机械降神"那样"不近情理"，但灵听毕竟还有神异成分，而偶听则是生活中常见的现象，任何人都有可能听见别人的悄悄话，因此古今中外的故事讲述人都不惮部署形形色色的偶听，将故事演进推上自己设定的轨道。

那么，偶听究竟是怎样影响到故事进程的呢？我们知道故事是由事件组成,事件的核心是行动,而驱动人物实施行动的又是其愿望,所以归根结底是人物的愿望推动故事向前发展。偶听的作用在于促进人物愿望的形成,使故事进程获得新的动力,如林黛玉的偶听使宝黛之爱升温,袭人的偶听使防范一方的决心更加坚定,两种愿望驱动的对立行动必然发生冲突,由此演出了一场木石前盟被毁的悲剧。

《西游记》故事特别有利于展示偶听的这种功能。小说中一次小小的偶听引发了推动故事急剧发展的多米诺效应:第九回的渔樵对答中,渔翁夸耀自己抛钩下网"百下百着",因为每次卜卦先生都会为自己"袖传一课"确定方位,草丛中的巡水夜叉听到这番话后急忙向泾河龙王报告,龙王作为水族头领不得不亲自出面向卜卦先生挑战,挑战成功后却发现自己违旨行雨犯了天条,无奈之下只有向有可能搭救自己的李世民求援,李世民答应后召负责行刑的"人曹"魏征陪自己下棋,不料魏征竟在梦中将龙王斩首,这又引起龙王冤魂向李世民索命,李世民魂归地府后幸获还阳,还阳后须请僧人诵念真经重修善果,于是就有了唐僧师徒的西天取经。从以上对《西游记》总体故事框架的提炼可以看出,就像飓风起于蝴蝶翅膀的轻轻扇动一样,《西游记》主干故事的动力始发于几乎是微不足道的一次偶听——渔翁的"百下百着"之语激起了巡水夜叉报信邀功的愿望,这一愿望导致事件像滚雪球一样越滚越大,故事的时空格局也在这种滚动中不断扩张。由于愿望会在人物之间传递(夜叉报信愿望的满足,导致龙王萌发维护自身尊严的愿望;龙王被斩后复仇愿望的满足,又导致了李世民的求生愿望;李世民还阳后重修善果的愿望,传递到唐僧那里成了取经的愿望),越来越多的人物被卷入进来,事情的性质变得越来越严重,人物的愿望也变得越来越强烈。到最后取经的愿望成为故事发展的最大动力,孙悟空、猪八戒和沙和尚虽然是西天路上降妖伏怪的功臣,但他们的行动主要还是为唐僧百折不挠的取经愿望所驱动。

类似的多米诺效应在西方叙事经典中也是屡见不鲜。陀思妥耶夫斯基的《罪与罚》始于"罪"(谋杀)而终于"罚"(谋杀的道德代价),犯罪动机来自男主人公拉斯柯尼科夫的一次偶听——他在小酒馆中听见隔桌的大学生向军官说自己真想杀掉放高利贷的老妪为民除害，这一愿望传递给他后被付诸具体的谋划与实施，于是一连串与谋杀案相关的事件接踵而至。犯罪小说一般在破案后结束，但这部小说更为关注的是"罪"后之"罚"，也就是说作者真正要讲述的是杀人之后的良心谴责，因此拉斯柯尼科夫恢复内心安宁的愿望成了故事继续发展的动力，直至他从女主人公索妮亚那里得到"去受苦赎罪"这一启示。与《罪与罚》相似，奥斯丁《傲慢与偏见》中的冲突也在标题的"傲慢"与"偏见"之间展开：财大气粗的达西瞧不起舞会上的平民女子，故事开始时他对好友说伊丽莎白"还没有漂亮到能够打动我的心，眼前我可没有兴趣去抬举那些受别人冷眼看待的小姐"，伊丽莎白在旁听到这番话之后对其"委实没甚好感"①，接下来便将自己不搭理这位傲慢先生的愿望付诸实施。尽管达西不久就改变了对她的认识，但她在故事结束之前一直保持着对达西的偏见，这种态度反过来又将达西追求她的愿望撩拨得更加强烈。似此，故事的行动主轴可概括为"偏见"一方的逃避引起"傲慢"一方的追逐，而这一切又肇因于舞会上一次小小的偶听事件。

　　以偶听为故事导火索并不奇怪，人们日常生活中的一些矛盾往往因声音的越界而起。让我们再次回到《红楼梦》，看看女主人公的心境如何受到越界声音的冲击。林黛玉进贾府后过的是寄人篱下的生活，第三回写其用饭后效仿他人以茶漱口，这一细节显示她懂得在这里生存须察言观色遵守规矩，以免"被人耻笑了他去"。然而在这个除王熙凤外"个个皆敛声屏气"的地方，东张西望也是有失体统的举动，因此她只有靠飘进耳朵里的一言半语来把握形势。小说多次写她在里屋卧听丫鬟们在外屋的谈话，这种对耳朵的训练使她的听觉变得比常人灵敏，所以第二十八回中她已走远仍能听清贾宝玉所说的"理他呢，过一会子就好了"。形象地说，林黛玉就像是大观园中一只靠听觉来侦察危险的兔子，任何风吹草动都会引起其惊惶与警惕。事实上除了那次听到贾宝玉对其的肯定外，其他动静造成的大多是误会与伤害：第八十三回潇湘馆窗外

---

① 奥斯丁：《傲慢与偏见》，王科一译，上海：上海译文出版社，1980年，第12页。

一个老婆子骂自己的外孙女"你是个什么东西,来这园子里头混搅",把她气得"肝肠崩裂,哭晕去了";第八十九回雪雁在外屋对紫鹃说贾宝玉已与"什么知府家"定亲,她听见后便"有意糟蹋身子"只求速死;后来侍书来对雪雁说此事议而未成,又让里屋耳尖的听者苟延残喘了几天;直至第九十六回傻大姐的哭声引发她的追询,命运之神才用"宝二爷娶宝姑娘"这一确凿无误的信息,完成了对其致命的一击。

偶听事件中,听者对自己无意中接收到的信息多表现为反应过度,如林黛玉听到一点风吹草动便觉得天崩地裂,这种阈值过低的应激反应,往往在真正的灾难降临前先给自己造成无谓的伤害。与此形成鲜明对照,薛宝钗也曾遭遇过不愉快的偶听,但其反应可谓大相径庭。《红楼梦》第三十六回贾宝玉在梦中喊骂:"和尚道士的话如何信得?什么是金玉姻缘,我偏说是木石姻缘!"说此话时薛宝钗就坐在他的身边,但她听见这句爱憎分明的话后只是"不觉怔了",事后未见其情绪有任何波动。曹雪芹如此叙述,用传统批评的眼光看是突出薛宝钗的稳重大度,其实这里显示的是她的爱不像林黛玉的爱那样深沉——爱也是一种愿望,只有把爱看得比生命更宝贵的人才会那么敏感和脆弱,才会做出那么激烈和决绝的反应。如此说来,偶听像是一块试金石,不同的人与其遭遇会发生不同的反应,而这些反应往往又能折射出不同的情感底蕴和价值取向。

四、小结

一般来说,人们在判断信息的确定性时依据的是三项具体原则——真实性、可能性与完整性,本章之所以将叙事中不确定的听觉感知分为幻听、灵听和偶听,主要也是因为它们分别处在真实性、可能性与完整性的对立面上:幻听的不真实在于信息内容的虚假,如鸟儿的"啼归""劝农"纯粹出于人们的想象;灵听的不可能是由于信息交流的渠道过于离奇,如简·爱与罗切斯特的远程互动让叙述者也觉得不可思议;偶听的不完整缘于信息的碎片化,如林黛玉捕捉到的大多只是只言片语。就不确定的程度而言,幻听甚于灵听,而灵听又甚于偶听:幻听说到底是一种臆想,子虚乌有的东西当然最不可靠;灵听多被叙述者说成是实有其事,但由于其发生有悖于常识常理,读者仍有理由保持一定程度的怀疑;偶听应该说是确凿无误的"亲耳"听闻,但难以拼合的信息碎片也常常造成误导。

将不确定的听觉感知纳入叙事研究的对象名单,如本章开篇所言是为了更深刻地认识讲故事艺术的丰富与微妙,以上讨论只是朝这一目标迈出的第一步。使用"不确定"这一表述,并不意味着我们认为其他的听觉感知都是可靠可信的,严格来说,不仅是听觉感知,包括视觉在内的所有感知都不能用"确定"来形容,因为人类的感觉神经并不是十分可靠的"传感器",如我们的眼睛、耳朵和鼻子就无法看到红外线、听到次声和闻到一氧化碳。尽管感觉系统接收到的信息量严重不足,人类的大脑仍须为自己重构整个外部世界,猜测、推理和补充等"反向模拟"手段就是这样应运而生。从某种意义上说,生活中的每个人都在"盲人摸象",我们通过感官"触摸"到的未必是对象的真实面貌。所以有论者如此认为:"我们对于这个世界的体验,本身就是一个幻觉——我们一直生活在自己的大脑所投射的'虚拟现实'里,而不是真正的'现实'里。"①好莱坞电影《黑客帝国》中有一句著名的台词:"如果你指的是你能感觉到的、你能闻到的、你能尝到的和看到的,那么'真实'只是你的大脑所编译的电子讯号罢了。"

认识到"不确定"属于感知的常态,我们会更加理解为什么叙事经典中有那么多不可靠的"听"——幻听、灵听和偶听对任何人来说都难以避免,它们出现在故事之中也就毫不奇怪。在看到这种常态的同时,还要看到现代人对外部世界的感知正变得越来越麻木不仁。仍以听觉为例,随着工业化进程带来的环境噪音持续增加,我们的听觉敏感可谓每况愈下。听觉敏感的钝化必然导致听觉想象力的退化,由于故事讲述人

---

① 张瑜:《欺骗大脑的终极娱乐》,《光明日报》2015年12月11日。

缺乏亲身体验，当代叙事中已经不大见到对幻听、灵听和偶听的妙用了，此类人文景观的逐渐消失可以说是文学的一大遗憾。文学的作用本为激活人们对事物的敏感，可是现在竟有知名小说家专门著书推崇"钝感力"，[1] 也没有人再像 I. A. 瑞恰慈那样把文学教学当成一种"感知训练"了。[2]

最后让我们以泰戈尔《吉檀迦利》第 103 首中的一段来为本章作结："在我向你合十膜拜之中，我的上帝，让我一切的感知都舒展在你的脚下，接触这个世界。"

---

[1] 渡边淳一：《钝感力》，李迎跃译，上海：上海人民出版社，2007年。
[2] 麦克卢汉曾在瑞恰慈门下接受这种"感知训练"并对此深怀感激，参看《〈理解媒介：论人的延伸〉特伦斯·戈登序》，载马歇尔·麦克卢汉：《理解媒介——论人的延伸》（增订评注版），何道宽译，南京：译林出版社，2011年，第3页；菲利普·马尔尚：《麦克卢汉：媒介及信使》，何道宽译，北京：中国人民大学出版社，2003年，第36—38页。

第八章 偷 听

内容提要 偷听在中西叙事中有很高的出镜率,应该专门提出来讨论。从偷听者和偷听对象的主观意图出发,可以把叙事中的偷听分为四类:一是从"无心"到"有意",二是从一开始就"有意",三是在"无心"与"有意"之间,四是偷听者受到偷听对象的反制。偷听常被用来推动故事的发展和转折,听者的性格亦在偷听事件中得到呈现。偷听事件屡见不鲜的根本原因,在于人类社会的群居模式为偷听的发生提供了条件,工业化和城市化运动以来,随着人们集聚程度的提高和声音越界传播的增多,自觉不自觉的偷听更成为生活中的常态。人们常常意识不到自己正站在他人的"屋檐"之下,甚至觉察不到"檐水"已经滴到了自己身上,这一事实决定了文学中相关书写的增多。对这一行为作细致的观察与分类,能使我们更深刻地认识叙事艺术的丰富与微妙。

偷听可以包括窃听、潜听、监听等主动之听。汉语中以"偷"开头的词语如偷吃、偷窃和偷人等,均有程度不同的负面意涵,然而与其他"偷"字头的同类相比,偷听算不上是什么了不得的罪过——古代圣贤虽有"非礼勿听"的教导,但在许多情况下,人们在听到自己不应听之言时，很难立即做出停止聆听的反应，再自觉的人也会下意识地将这个过程维持一段，我们不能简单地责怪偷听者没有及时捂上自己的耳朵。再则，偷听如果不是动机不纯，甚至可以被看成一种善行，许多故事中的正面人物都曾有过偷听的经历。英语中与偷听对应的单词除 overhear 外，尚有 eavesdrop, bug, wiretap, intercept 等，它们或强调行为的失当，或突出其肇始之因，或侧重其语境、过程或后果，连最为常用的 listen 在特殊语境中也能指代偷听。以上种种，说明偷听是一种十分复杂的行为，不能只从伦理角度做出评判，如果要对其作更为细致的观察，应把重点放在偷听者和偷听对象的主观意图上。

一、从"无心"到"有意"

如前所述，人类之所以有眼睑而无"耳睑"，关键在于我们的灵长类祖先需要用听觉来保障自己的安全——当其他感觉尤其是视觉进入休息状态的时候，大脑中枢仍须让听觉继续值班。不管是在什么时间段，我们的耳朵总在收集和处理各种各样的听觉信息。与此同时，为了避免听觉神经工作得过于辛苦，大脑中枢又让耳朵关联了一套"精密的心理机制，它可以过滤掉那些你不愿意听到的声音，目的是聚焦于那些你想听到的声音"[①]。这也就是说，这套精密的机制会让耳朵对极少数声音产生特殊的敏感，同时又对无关紧要的更多响动充耳不闻。需要看到，在被那些有特殊意义的声音触动之前，所有的听觉信号在听者来说皆如秋风之过马耳，他对外界的响动完全没有任何预期，但是一旦这种无所用心的状态被某些声音触动，其听觉神经便会不由自主地转成紧绷的聚焦模式，这时"无心"变成了"有意"，漫不经心的被动聆听变成全神贯注的主动聆听。

[①] R. Murray Schafer., *The Soundscape: Our Sonic Environment and the Tuning of the World*, New York: Knopf, 1977, p. 11.

以小说《尼罗河上的惨案》为例，主人公埃居尔·普瓦罗在餐厅用餐之时，耳朵里灌满了黑人乐队演奏的"使人忘形的、怪异的、不协调的噪音"①，此时大侦探的听觉神经并未进入专注状态。然而一旦"埃及"二字钻入他的耳膜，他的警惕之情便被立即唤醒，因为埃及恰好是他近期计划去度假的目的地。所以首先是杰奎琳和赛蒙的声音信息，然后是他们的谈话内容激发了他偷听的兴趣，他开始在喧闹之中过滤掉其他的嘈杂声，集中精力监听从他们那边传过来的话语声："他们的声音清晰地传入他的耳中——那姑娘的声音年轻、清新、高傲，带那么一点点柔和的外国 R 的音；那男人的声音悦耳、低沉，是有教养的英国音。"②小说对这一过程的叙述，可以看作"无心之听"向"有意之听"转移的典型。

从"无心"转向"有意"，是一个从消极被动转向积极主动的心理过程，这一过程中会有许多诱惑和期待，令听者无法抗拒地堕入"不应听而听"的泥淖。吉尔伯特·海厄特在《偷听谈话的妙趣》一文中，提到荷马的一个经久不衰的比喻——"生着翅膀的语言"："那些（别人谈话中的）只言片语就长着翅膀。它们宛如蝴蝶在空中飞来飞去，趁它们飞过身边一把逮住，那真是件乐事。"③这些只言片语如蝴蝶般翩翩萦绕在人们的耳畔，一般情况下它们只是一掠而过，不会在听者心里激起波澜，但若与听者个人的利害或好恶存在某种关联，则必定会引起其共鸣或反感，令其产生"一把逮住"它们的主观意愿和冲动。《西游记》第二十四回中，清风、明月两名道童在道房中悄悄商议以人参果待客一事，"取金击子""拿丹盘"和"人参果"三词飞进了在隔壁厨房烧水做饭的猪八戒耳中，在其耳畔挥之不去，令这位饥肠辘辘的馋鬼一边偷听一边流口水。我们知道故事中人物的行动由其愿望驱使，愿望在传递过程中往往会变得越来越强烈，这种效应又会使得行动的后果变得越来越严重：猪八戒因偷听而产生了想吃人参果的愿望，这愿望传递给孙悟空

---

① 克里斯蒂：《尼罗河上的惨案》，宫英海译，南京：江苏人民出版社，1979年，第14页。
② 同上书，第15—16页。
③ 吉·海厄特：《偷听谈话的妙趣》，欧阳昱译，《世界文学》1987年第5期。

后导致人参果树被打倒,由此引发了镇元大仙与唐僧师徒的一场冲突。后果如此严重的事件肇因于纯属偶然的一次偷听,说明偷听事件可为故事的始发、展开乃至转向提供动力,古今中外的叙事作品中,以偷听为故事进程推手的不胜枚举。

二、一开始就"有意"

如果说"无心"之听肇始于偶然,那么一开始就"有意"的偷听便是一种目的性和积极性都很强的主动行为:前者纯属机缘巧合,事前并无刻意准备;后者不但起意在先,还为此目的锁定了特定的偷听目标,对偷听内容亦有一定的预期。但要实现偷听并不容易,为了达到人不知鬼不觉的目的,偷听者需要尽力寻找和利用机会,有时甚至是要千方百计地去创造偷听的环境。

波德莱尔有句名言——"'我'对'除我之外'的其他人的探究欲望是永远得不到满足的",这句话被纽约城市大学的语言学教授约翰·洛克用来定义其"热情的听众",他在《偷听的历史》一书中说:"其实,每个人都好奇其他人私下里独处的时候在做些什么,有什么感受,还有在想些什么;他们好奇的是当四下无人之时别人会是什么样子。"[1]扪心自问,我们对别人的隐私在很多情况下是过于"好奇"了——除了用"热情"的眼睛去偷看之外,我们"热情不减"的耳朵也会带着各种"探究欲望"去偷听。洛克在书中特别提到,早年间偷听机会最多且动机最强的人群为仆人这一阶层。说其机会多,是因为他们熟悉主人的生活习惯,时刻在主人的饮食起居范围内活动,许多"生着翅膀的语言"经常从其耳畔掠过;说其动机强,是因为仆人的一切完全掌控在主人手中,一旦捕捉到关键性的一言半语,无论涉及的是自己的命运

---

[1] John L. Locke, *Eavesdropping: An Intimate History*, USA: Oxford University Press, 2010, p.16.

还是主人的隐私，都可以用来改善自己的处境。《汤姆叔叔的小屋》中就挤满了蓄意偷听的仆人：庄园主谢尔比和奴隶贩子黑利商讨以汤姆抵债，此事被女主人的贴身女奴伊莱扎听去了大半[①]，而躲在壁橱里偷懒睡觉的黑奴曼迪听到的信息更为完整[②]；伊莱扎因前次未听得十分详细，伺机又躲在壁橱中再次潜听，当确实无误地听到自己的孩子将被卖掉之后，便下定决心带着孩子逃跑[③]。这一逃跑事件惊动了庄园上下，仆人们纷纷利用他们获悉的消息以施展自己的"才华"：曼迪乐于站出来解释伊莱扎逃跑的缘由，"摆出一副比别人聪明几分的神气"；安迪早上听女主人说了一声"感谢上帝"，便将自己揣测到的女主人意图告诉山姆；山姆本想抓住伊莱扎以使老爷知道自己的"本事"，因安迪的告知而转为在女主人面前"大显身手"。[④]

　　无独有偶，如果说美国南方庄园中的黑人奴隶常怀偷听之意，那么中国古代的高墙大院之内也有许多"热情"的耳朵。《红楼梦》中贾府的丫鬟仆妇不计其数，这些下人全都在竖着耳朵监听主人的动静，听到有价值的情报后或相互磋商分析，或以此向更上一级的主子邀功请赏。袭人在这方面表现得非常突出，与《汤姆叔叔的小屋》中的女奴不同，她既是怡红院丫鬟的领班，同时又是安插在贾宝玉身边使其安分守己的"看守"。发现宝黛之间的感情纠葛后，袭人担心两人"将来难免不才之事，令人可惊可畏"，"心下暗度如何处治方免此丑祸"，于是更加有意收集有关宝玉终身大事的信息，后来"静静儿的"听到贾母与贾政商定尽快娶宝钗过门，"心里方才水落归漕"（第九十六回）。仆人偷听是为改善自己的处境，主人当中那些命运不济的人也在偷听，他们需要收集相关信息来把握形势，以便对自己将来的命运做出更为准确的判断。《红楼梦》中林黛玉知道贾宝玉对自己情有独钟，但"多情公子"与众

---

　　① 斯托夫人：《汤姆叔叔的小屋》，林玉鹏译，南京：译林出版社，2010年，第8—9页。斯托夫人，又译斯陀夫人。

　　② 同上书，第39页。

　　③ 同上书，第34页。

　　④ 同上书，第39—41页。

姊妹乃至丫鬟们的嬉戏混闹又令其不得安心，因此她不得不对此多留点心眼。第三十二回中她得知贾宝玉和史湘云正说金麒麟之事，担心两人"也（因这类定情之物）做出那些风流佳事来。因而悄悄走来，见机行事，以察二人之意"，没想到听见的却是贾宝玉对自己的赞誉。

以上讨论的偷听虽为有意，却因听者的身份地位而受到诸多限制，因此总的来说还是一种伺机之听。另一类有意的偷听属于主动出击型，听者既非奴仆也无须依附他人，其行动的主动权握于自身之手，因此可以从容设计自己的偷听行为。除此之外，他们对于偷听的内容也有一定的预判，其所以付诸实施是要检验自己的推测是否属实，以便采取进一步的行动。《水浒传》第九回中，鲁智深得知林冲被官府断配沧州之后四处打听，先是听得酒保说一位官人请薛霸和董超二位公人说话，他便起了疑心，因此一路悄悄跟随；夜间两名公人拿开水烫林冲的脚，他听到后胸中怒火升腾，实在是因为客店人多不便出手，便从五更天起就埋伏在野猪林"等杀这厮两个撮鸟"。小说在交代这些事件时，将林冲和鲁智深分别放在明处和暗处，读者开始读到的只是林冲一路受苦，直到野猪林中"跳出一个胖大和尚"，飞起铁禅杖隔开薛霸高高举起的水火棍，此时作者才让鲁智深开口道出自己一直在暗中护佑。

鲁智深的故事告诉我们，细心的捕捉与精心的安排是偷听成功的关键。正是由于留意到了酒保与两名公人之间的互动，鲁智深才会产生"这厮们路上害你"的疑心，加之头天晚上他又发现公人用滚汤烫伤林冲的脚，这更印证了他那"这厮们不怀好心"的预判。将教训两名公人的地点安排在四下无人的野猪林亦属妙招，若在客店中动手则很有可能惊动他人。《红楼梦》中王夫人也是设局的高手，第三十回中她在凉榻上佯装睡着，等到贾宝玉进来与其身边的金钏儿开始调笑，她便突然"翻身起来"打了金钏儿一个嘴巴，同时大骂"好好的爷们，都叫你教坏了"。这一行动说明她对身边丫鬟早有疑心，偷听只是为了证实自己早先的猜想，其实这事真正的责任者还是她那率真随性的儿子。诸如此类的设局往往能麻痹被偷听的对象，使其放松警惕掉入陷阱。《隋唐嘉话朝野佥载》第五卷记载了两则破案故事：一则是李忠与后母通奸一案,突破口在于有司安排了"一人于案褥下伏听";另一则是河南尹李杰破寡妇告子一案,李杰通过"使人觇其后",偷听得寡妇与一道士说到"事了矣",这才获得破案的关键证据。①

三、介于"无心"与"有意"之间

"无心"的偷听与"有意"的偷听,其间的界限并非如我们想象的那样泾渭分明,因为听者通常不会在"听"与"不听"之间做出明确选择。夏弗等声学家把声音的"越界"传播归咎于工业革命,但人类的群居模式早已决定了听觉空间的公共性质,在一个隔墙有耳的集体社会中,固然任何响动都有可能传到别人耳中,但也并非所有的声音都会得到别人的认真对待,介于"无心"与"有意"之间的偷听就是如此产生。这种偷听从心理动机上来说是模糊不清的,听者事先并无多少主观欲望和期待,听到了什么之后也不一定过于紧张或专注。相比于前面讨论的两种类型,这种偷听应该说更为普遍,大部分人在大部分时间内都处于这种状态。由于对耳边飘过的话语没有太过留神,听者大脑中留存的只是一些碎片化的模糊记忆,但若随后发生的事情让其觉得有必要弄明白自己究竟听到了什么,听者又会使劲回忆,努力还原自己尚未忘记的片言只语。需要指出,偷听与非偷听之间是有很大差别的:正常的听者一般是与说话对象作近距离的正面交流,能够从其面部表情与姿态动作中得到很多辅助信息,实在听不清楚还可以央求说者重复一遍,而偷听者则缺乏这方面的便利,因此获得的信息往往不够清晰和完整,更何况还会有门窗墙壁之类的阻隔或来自其他声源的干扰。如此一来,偷听者要将听到的碎片状话语编织成可以理解的信息,就必须动用自己的想象将其"二次叙述"(相当于时下流行的"脑补"一词),说得清楚些就

---

① 张鷟撰,赵守俨点校:《朝野佥载》卷五,载刘𫗧撰,程毅中点校,张鷟撰,赵守俨点校《隋唐嘉话 朝野佥载》,北京:中华书局,1979年,第107页。

是用可能发生的事件填充碎片之间的空隙，使之黏合为一个逻辑上自洽的故事文本。

《水浒传》第十回中，李小二作为茶酒店的掌柜，耳朵里自然灌满了南来北往客人的说话声。对于这些声音，李小二可以说既留神又不留神：说留神是因为他受林冲救济在先，因此其脑中有根弦牵扯着和自己一样从东京来到沧州的恩人；说不留神是因为店内声音嘈杂，李小二不可能从早到晚总是支着耳朵偷听。就是在这种"无心"和"有意"之间，一名军官带着走卒来到他的酒店，操着东京口音让他"去营里请管营、差拨两个来说话"，后来他又听到差拨口中冒出"高太尉"和"好歹要结果了他性命"这样的话。李小二不像鲁智深那样从一开始就在关注偷听对象的行动，但到此刻他不能不开动脑筋对这些自动送上门来的信息碎片进行拼凑，由此得出情况不妙的推测并向林冲作了反馈。不过李小二完全没有意识到这件事的严重性，因此接下来他轻描淡写地劝林冲"只要提防他便了"。

值得注意的是，拼凑偷听到的碎片化信息具有很大的难度和弹性，其结果有可能与事实基本一致，也有可能完全相反。《三国演义》第四回叙述曹操误杀热情款待他的吕伯奢一家，原因是曹操先听见"庄后有磨刀之声"，后又"窃听"到有人说"缚而杀之，何如"，遂与同伴拔剑而出将说话者八人全部杀死，最后搜查到厨房里才发现主人家"缚一猪欲杀"。产生如此天大误会的原因，在于"二次叙述无法把文本还原，或是'归化'到一个事件的原始形态。二次叙述能做的，只是把叙述理顺到'可理解'的状态，而'可理解'的标准，则是人们整理日常经验的诸种（不一定非常自觉的）认知规则，所谓'还原'是还原到'似真'，即整理到与理解日常经验相似的方式"[①]。这也就是说，偷听者只要根据"日常经验"，将获取的声音信息"理顺"到"可理解"和"可认知"的范畴之内，就算完成了二次叙述。

此外，由于无法实现彻底的"还原"或"归化"，二次叙述与"事

---

① 赵毅衡：《广义叙述学》，成都：四川大学出版社，2013年，第109页。

件的原始形态"之间总会形成一定的张力,这种张力也为叙述平添了许多意趣与悬念。《羊脂球》中的商人卢瓦佐是一个有意偷窥和偷听的"惯犯",起先他在马车上"竭力用眼睛在黑暗中搜索",发现了羊脂球和科尔尼代之间的"骚动"①,晚上休息后他仍不屈不挠地继续探究,"不时地把耳朵贴到门上锁孔里去听,时而又用眼睛贴上去看,想发现一些他心目中的'走廊秘事'"②。这些描写旨在表明,此人不满足于只了解事件的表象,他对"事件的原始形态"怀有比别人更为强烈的兴趣。故事后来发展到羊脂球被迫向普鲁士军官就范,众人在楼下举杯庆祝旅途羁縻的结束,席间卢瓦佐示意大家安静,"双手合在嘴前'嘘'了一声,同时抬起头来望着天花板,又竖起耳朵倾听"③。大家开头并不明白这家伙是何用意,但是很快就"懂"了并"露出了心照不宣的微笑"④。于是,整个晚上卢瓦佐如此这般地带领着大家重复了几次这种偷听。座中众人当中,实际上只有卢瓦佐一人是"一开始就有意"的偷听者,其他人对外界动静的关注应该说都在"无心和有意之间",因为他们更在意自己的遭遇,羊脂球所受的折磨对这些人来说无足轻重。不过在危机解除之后,他们也不介意在卢瓦佐带领之下,对楼上的声响来一番意淫式的二次叙述。被这种叙述激活的想象后来还影响到几对夫妇的夜间睡眠,整个晚上黑暗的走廊里"一直隐隐约约地浮动着一些难以觉察的、轻微的颤动声","各个房间的门缝里还漏出一丝亮光来"⑤,我们能从这些描写中感受到作者对这些人物的讽刺与不屑。

四、被偷听对象反制

偷听之所以为"偷",是因为偷听者并非说者真正的交流对象,一

---

① 《羊脂球:莫泊桑中短篇小说集》,汪阳译,南京:译林出版社,1999年,第14页。
② 同上书,第18页。
③ 同上书,第29—30页。
④ 同上书,第30页。
⑤ 同上书,第31页。

且说者觉察到有人在偷听,他会立即停止说话甚至会追究谁在偷听,《哈姆莱特》中的波洛涅斯就是因为躲在窗帷后偷听而被王子一剑刺死。另有一种情况是说者明知自己被偷听,为了某种目的却佯装不知,将计就计地把偷听者变成了真正的受述者(narratee)。《汤姆叔叔的小屋》中,圣克莱尔为了向妻子玛丽证明汤姆是个虔诚的基督徒,透露出自己曾听到汤姆为自己祷告,但是玛丽并不相信这一点,她说"也许他猜到你在偷听。我过去听说过这套把戏"[1]。玛丽所说的"这套把戏",正是偷听对象对偷听者的这种反制,她以为汤姆已经觉察到圣克莱尔在偷听,于是假装虔诚地为男主人祈祷,而相信了这一点的圣克莱尔实际上是中了汤姆之计。从故事世界中的实际情况看,玛丽此言是以小人之心度君子之腹,但她所说的"这套把戏"确实是偷听对象的一种反制策略。

前文提到英语中与偷听对应之词甚多,其中 eavesdrop 一词形象地对应了落入他人彀中的偷听。Eaves 即屋檐,eavesdrop 为顺着屋檐流下来的檐水,立于屋檐之下也就是汉语中的"听墙根",但该词多了一层被檐水淋湿的意涵。安·盖琳看到"湿身"是对越界行为的惩罚——偷听者既然侵入了别人的私密空间,那就必须为此行动付出代价,承受这一不利处境对自己的伤害:"这个词本身包含了接近私人空间(一所房子)以及相关秘密的涵义,并且影射出站在这里是要受到惩罚的;人若立于'檐水'之下很有可能会湿身。"[2] 从某种意义上说,私密空间中的说者四周都流淌着这样的檐水,侵入这种空间的偷听者只有使用狡计才能够全身而退。《红楼梦》第二十七回中,一路扑蝶而来的薛宝钗听到红玉在对坠儿说悄悄话,这时她想到"今儿我听了他的短儿,一时人急造反,狗急跳墙,不但生事,而且我还没趣",于是故意喊道"颦儿,我看你往那里藏",并问两位丫鬟"你们把林姑娘藏在那里了",这一"金蝉脱壳"之计不仅使她自己免于"湿身",还把无辜的林黛玉推

---

[1] 斯托夫人:《汤姆叔叔的小屋》,林玉鹏译,南京:译林出版社,2010 年,第 181 页。
[2] Ann Gaylin, *Eavesdropping in the Novel: from Austen to Proust*, Cambridge University Press, New York, 2003, p.2.

到了"檐水"之下。

在被偷听对象反制的偷听者当中,《三国演义》的蒋干是被"檐水"淋得最湿的一个。第四十五回中蒋干看到和听到的一切,其实都出于周瑜的设计,因此他的偶听成了一种"被偷听",他对信息碎片的拼凑也是按东吴方面的意图进行,结果他带回去的情报让曹营自损两员大将。偷听者和偷听对象本来是主动方和被动方的关系,蒋干被周瑜玩弄于股掌之上的故事,让我们看到这种关系被完全颠倒,犹如被猫儿追赶的老鼠反过来摆布和捉弄猫儿,蒋干这个人物之所以会让古往今来的读者忍俊不禁,原因正在于此。

五、为什么作者爱写偷听?

对偷听作了如上分类,接下来的问题自然是为什么中外叙事作品中有这么多偷听事件,或者说为什么许多作者都热衷于描写偷听?这个问题可从三方面来回答。

一是如我们在第一节中所述,偷听事件可以为故事的发展和转折提供动力。叙事学的相关理论告诉我们,人物没有愿望就不会有行动,愿望又会因外界信息的刺激而产生,而通过偷听获得的刺激性信息最容易让人物产生行动的愿望。伊莱扎要是没有偷听到自己孩子将被卖掉的信息,她不会下定决心逃跑;鲁智深要是没有偷听到董超、薛霸用滚水烫伤林冲双脚的响动,他不会一路跟踪到野猪林中;袭人要是没有偷听到贾母、王夫人关于宝玉婚姻问题的谈话,她也不敢主动去向王夫人打小报告。当故事进行到无事可述的停滞状态时,许多故事讲述人喜欢用偷听事件来为故事推上一把,但这种手段使用太多也会使故事进程显得不够自然。

二是偷听事件还有凸显人物性格的妙用。我们知道讲故事除了交代事件外也要让人物"活"起来,事实上每个事件都有在读者心中激发人格特征的功能,而偷听事件由于其独有的戏剧性,会使相关人物在读者心中生成特别鲜明的印象。以上讨论已使我们看到,蒋干因"被偷听"而凸显了自己的愚不可及,曹操因误判听到的信息而突出了自己的刚愎自用,羊脂球的旅伴因猥亵的偷听而暴露了自己内心的庸俗与丑陋。有些人物的性格相当复杂,一般的事件只能让读者睹其表面,唯有偷听这样的听觉事件才能揭示其深不可测的内心。薛宝钗如果没有喊出那一声"颦儿,我看你往那里藏",我们不会知道平日宽厚大度的她还有这种损人利己的一面。

三是人类的生活方式使得偷听现象从一开始便难以避免,叙事中出现此类描写遂不足为奇。本章第三节已提及听觉空间的公共性质是由人类社会的群居模式所决定,我们的灵长类祖先当年在树上树下抱团取暖时就过着吵吵闹闹的生活,工业化和城市化运动以来,随着人们相互之间的靠近和环境噪音的增多,自觉不自觉的偷听更成为生活中的常态。人们常常意识不到自己正处于他人的"屋檐"之下,甚至觉察不到"檐水"已经滴到了自己身上,这一事实决定了文学中相关书写的增多。如此看来,用"偷听"这种微含贬义的词语来命名人类带有普遍性的行为,确有其不合理之处,但语言的一大特点是约定俗成,我们只能凭着耐心等待,希望有朝一日汉语中能出现更为中性的表述方式。

(本章系与易丽君博士合作完成)

第九章　因声而听、因听而思和因听而悟

内容提要　人类并非只凭视觉生存，闻声之作中的因声而听、因听而思和因听而悟，代表听觉反应由浅入深的三重境界。因声而听中包含着某种专注与期待，因而常被用来营造余音袅袅的隽永意境；因听而思则如开启人物心扉的钥匙，一些作家笔下的"听觉意识流"更促进了叙事文学的"向内转"；因听而悟意味着思想在声音刺激下冲破壅塞，于刹那间绽放出灿烂的火花，与其有关的讲述往往形成作品的华彩乐章。这三重境界都可以被用来单做文章——或为故事讲述提神醒脑，或为事件进程另辟蹊径，或为描绘人物画龙点睛，或为彰明题旨提供标示。在当前这个过分倚重视觉的"读图社会"，人们的听觉敏感和想象力正在逐渐丧失，由此造成闻声之作成为当今文坛上的稀缺物质。讲故事本来是一项诉诸听觉的行为，从听觉角度重温叙事作品中的相关书写，既是为了抵抗日趋严重的视听失衡，也是对人类叙事"初心"的一种回望。

人类今日已贵为"万物的灵长"，但和其他许多动物一样，视、听、触、味、嗅等仍然是我们感知外部世界的基本手段，所以达尔文会说人

类这一物种"从一个半开化状态中崭露头角原是比较晚近的事"①。进入以视觉为中心的近现代社会以来,随着人类对"看"的倚重程度不断增加,其他感知方式相对而言处于一种用进废退的被遮蔽状态,这显然不符合马克思"(人)以全部感觉在对象世界中肯定自己"②的教导。实际上,中外许多听觉叙事都在显示人类并非只凭视觉生存,其中不少还在证明黑格尔对视听所作的比较:"听觉像视觉一样是一种认识性的而不是实践性的感觉,并且比视觉更是观念性的。"③将闻声之作中的听觉反应专门拈出,进行分类、比较与剖析,有助于我们更深入地理解这些作品。听觉反应有浅层与深层之分,我们不妨由浅入深,依次讨论因声而听、因听而思和因听而悟这三重境界。

一、因声而听

因声而听是人类和许多动物共有的本能,声音总是与某种即将发生的行动或曰事件有关——黑暗丛林中每有响动发出,不管是处在食物链顶端的猛兽还是被其觊觎的猎物,都会立即进入一种全神贯注的聆听状态。罗兰·巴特称这种状态为 alerte:"在这个层次上,没有任何东西可以将动物与人分开:狼在听一种(可能的)野物的声音,兔子在听一种(可能的)侵犯者的声音,儿童、恋人在听向近处走来的也许是母亲或是心上人的脚步声。我们可以说,这第一种听是一种警示(alerte)。"④引文中 alerte 被译为"警示",但我们觉得用"警觉"来形容这种状态可能更为传神。因声而听可以说是一种浅层次的本能反应,

---

① 达尔文:《人类的由来》(上册),潘光旦、胡寿文译,北京:商务印书馆,1983年,第188页。
② 马克思:《1844年经济学哲学手稿》,中共中央马克思恩格斯列宁斯大林著作编译局编译,北京:人民出版社,2014年,第83页。
③ 黑格尔:《美学》(第三卷上),朱光潜译,北京:商务印书馆,1979年,第331页。
④ 罗兰·巴特、罗兰·哈瓦斯:《听》,载《显义与晦义》,怀宇译,天津:百花文艺出版社,2005年,第251页。

只要外界有一点响动,人们就会不自觉地屏神静息侧耳聆听。进入这种状态无须多加思索,大脑神经中枢此时会自动调整注意力的分配,赋予听觉神经对某类响动的特殊敏感,使其加强对相关信号的监控,但人们此时不一定会注意到自己内在状态的这种变化。

以上讨论显示,因声而听是一种由动转静的状态,是一个注意力由分散转向集中的过程,这样的事件和过程在日常生活中大量发生,因而也会在各类记述中留下踪迹。阿波罗尼俄斯《阿尔戈英雄纪》中,为缓和阿尔戈远征船员之间的摩擦,俄耳甫斯在人们争吵的间隙弹奏起竖琴放声歌唱,使得船员们的怒气渐渐平息,进入如痴如醉的倾听状态:"当俄耳甫斯停下他的琴声与天神般的/歌声,而英雄们却仍然沉默着、/不满足地前倾着头、入迷地支着耳朵,/音乐的魅力让他们如痴如醉。"[①] "以乐止喧"在中国古代也有运用,唐人段安节《乐府杂录》记载:"又一日,赐大酺于勤政楼,观者数千万众,喧哗聚语,莫得闻鱼龙百戏之音。上怒,欲罢宴。中官高力士奏请命永新出楼歌一曲,必可止喧。上从之。永新乃撩鬓举袂,直奏曼声,至是广场寂寂若无一人。喜者闻之气勇,愁者闻之肠绝。"[②] 引文中的永新即许和子,她的歌声一出,"喧哗聚语"立即转变成"寂寂若无一人"。这两个例子说明倾听使人安静,音乐有助于维持秩序,一种声音可以用另一种声音来平息。

因声而听虽属浅层次的听觉反应,尚未来得及向深层次推进,但由于其中包含着专注与期待,在许多情况下仍能营造出一种余音袅袅的隽永意境,给人文已尽而听无穷的感觉。正因为如此,一些闻声之作聚焦于这种反应。这方面最有名的例子是张继的《枫桥夜泊》,该诗只写一位满腹乡愁的船客听见寒山寺的夜半钟声,并未进一步涉及他的所思所想,但就是这种明智的付诸阙如,给人留下无限悬想。像这样留出许多空白的"可写的文本",还有辛弃疾的《菩萨蛮·书江西造口壁》,这首词写到"江晚正愁余,山深闻鹧鸪"便戛然而止,其用意在于让鹧鸪啼

---

① 阿波罗尼俄斯:《阿尔戈英雄纪》,罗逍然译笺,北京:华夏出版社,2011年,第20页。
② 段安节等撰:《乐府杂录(及其他二种)》,北京:中华书局,1985年,第16—17页。

鸣像山谷里的回声一样萦绕在读者耳畔,至于这啼鸣是"不如归去"还是"行不得也哥哥",那就要付诸读者见仁见智的想象了。① 前面提到的卡尔维诺小说《国王在听》在这方面更是独树一帜,小说写一位女子的歌声吸引了国王的注意,他在聆听当中忘记了自己的身份和对危险的防范,追随着歌声走下了他过去不敢须臾离开的宝座,最后走出了那座防范严密的宫殿。然而小说直到最后也未交代这名歌手是何许人也,也未说明她唱的究竟是什么和国王想到了什么,也就是说国王只是因声而听,吸引他的只是"作为声音的那个声音"②。

以上所论皆为对悦耳之声的反应,当传来的声音不那么动听或寓含着某种不祥意味时,所引起的反应就又大相径庭了。这方面较有代表性的是莎士比亚悲剧《麦克白》,剧中麦克白杀害邓肯国王后不断有人敲门,这声音使他像惊弓之鸟一样无法平静:"那打门的声音从什么地方来的?究竟怎么一回事,一点点的声音都会吓得我心惊肉跳?"③ 此类神经质般的独白在莎剧中并不多见,麦克白手上虽沾满鲜血,但其内心尚未被黑暗完全吞没,德·昆西因此说对敲门声的恐惧表明麦克白的"人性又回来代替了杀心"④。用外界声音来敲打人物内心是一种高明手段,深谙叙事奥秘的福楼拜亦善用此道。《包法利夫人》中,爱玛几次与情人欢会时,耳边总会传来盲丐所唱的淫荡小曲⑤,这种"伴奏"的寓意不言自明。爱玛最后一次听到盲丐歌声是在故事的结尾,此时她吞

---

① 在古代中国,去国怀乡的骚人墨客便常常将鹧鸪、杜鹃的啼鸣听成"不如归去""行不得也哥哥"。
② 卡尔维诺:《国王在听》,载《美洲豹阳光下》,魏怡译,南京:译林出版社,2015年,第66页。
③ 莎士比亚:《麦克白》,载《莎士比亚全集》(第6卷),朱生豪等译,南京:译林出版社,1998年,第137页。
④ 德·昆西:《论〈麦克佩斯〉中的敲门》,成时译,载中国社会科学院文学研究所(编):《古典文艺理论译丛》(卷二),北京:知识产权出版社,2010年,第1152页。
⑤ 盲丐所唱小曲在《包法利夫人》中出现三次,第一次、第二次均是爱玛与罗道尔弗、赖昂欢会时,第三次出现在爱玛服毒之后。盲丐所唱内容为:"小姑娘到了热天,想情郎想的心酸。地里麦子结了穗,忙呀忙呀大镰刀,拾呀拾呀不嫌累,我的小南弯下腰。这一天起了大风,她的短裙失了踪。"其实盲丐在小说中共出现四次,有一次他并未歌唱而是卖力乞讨,这时正是爱玛山穷水尽向赖昂求助未果之时,她将自己身上仅有的五法郎全扔给了他。可参考福楼拜:《包法利夫人》,李健吾译,北京:人民文学出版社,1984年,第159、273—274、334—335、308页。

食毒药后仍在垂死挣扎,听到盲丐唱曲后身体似中电般扭动,随后发出疯狂而绝望的狞笑,直到在痉挛中撒手人间,很明显她是无法承受这声音带来的剧烈刺激。这里作者没有、也无须透露爱玛此时想到什么,但我们知道那只能是无穷无尽的悔恨。

声音除悦耳与否外还有真幻之分。声音本是转瞬即逝之物,但有时某种特别的声音会长期萦绕在人们耳畔,形成幻听或者说对记忆中声音的倾听,这种情况亦在因声而听之列。普鲁斯特的《追忆似水年华》中,主人公马塞尔晚年耳边总回响着自己童年时听到的铃铛声①,这说明已经远去的一切并未真正消逝,铃铛声会把往事一件件重新带回到自己身边。又如狄更斯《大卫·科波菲尔》中,大卫想起儿时无意中伤害麦尔先生的一桩往事,后者愁苦的笛声立即在其耳畔挥之不去。②"声去而听在"表明相关事件造成的刺激特别深刻,大脑神经中枢之所以将这样的声音一再从记忆深处唤起,为的是让主人公彻底认识和消化这样的事件。鲁迅在《父亲的病》中说自己也曾受此类声音的折磨,父亲临终时"我"在众人催促下不断呼喊"父亲",虽然父亲要"我"停住,"我"却叫唤不休直至其咽气——"我现在还听到那时的自己的这声音,每听到时,就觉得这却是我对于父亲的最大的错处。"③

声音如前所述意味着有事发生——山间铃响提示有马帮经过,雷电轰鸣代表暴雨将至,因此无论是读者还是故事中的人物,都需要对一些特别的声音留个心眼。前面提到《红楼梦》第七十五回贾珍等人半夜饮酒作乐之际,忽然听见墙外祖宗祠堂那边"有人长叹",这声长叹把众人唬得"毛发倒竖",但当第二天发现墙外"并无怪异之迹"时,作为族长的贾珍又没把它当回事,这些说明他们未能领会冥冥之中传来的警告。张爱玲《倾城之恋》的结尾写道:"到处都是传奇,可不见得有这

---

① 马塞尔·普鲁斯特:《追忆似水年华》(下卷),李恒基等译,南京:译林出版社,2008年,第2257—2258页。
② 狄更斯:《大卫·科波菲尔》,董秋斯译,北京:中央编译出版社,2015年,第109页。
③ 鲁迅:《朝花夕拾·父亲的病》,载《鲁迅全集》(第二卷),北京:人民文学出版社,1981年,第289页。

么圆满的收场。胡琴咿咿哑哑拉着,在万盏灯的夜晚,拉过来又拉过去,说不尽的苍凉的故事——不问也罢!"① 这里的"圆满"实为反讽之语,那"咿咿哑哑"的胡琴声暗示这里发生的一切故事都将归于苍凉。

二、因听而思

因声而听是所有动物的本能,因听而思则为独属于人类的行动,不过并不是所有人的思想都会响应外来声音的冲击,贾珍对墙外长叹之声未予深究,说明贾府不肖子孙的浑浑噩噩已到了无法唤醒的地步。如果说因声而听会开启倾听这一动作或曰状态,那么因听而思对应着脑海中形形色色思绪的纷至沓来,这一历时过程正好可以展开来细细叙述,一些著名的闻声之作便是就此大做文章。在这方面,白居易的《琵琶行》与济慈的《夜莺颂》堪称中西诗歌的双璧。

从听觉反应角度说,《琵琶行》的主体内容大体可分为三个部分:一是"无乐不欢"——"醉不成欢惨将别";二是"因声而听"——"忽闻水上琵琶声";三是"因听而思"——"我闻琵琶已叹息,又闻此语重唧唧"。第一部分只是序曲,第二部分中"大珠小珠落玉盘"等表述被今人频频称道,但这样的譬喻在唐诗中已是司空见惯,《琵琶行》能成为富有感染力的千古名篇,从古代众多的闻声之作中脱颖而出,主要是因为第三部分诗人听琴后的万千感慨——古代闻声之作大都点到即止,像《琵琶行》这样大段抒怀的可谓凤毛麟角。琵琶女的演奏引发了"我从去年离帝京"为开端的自怜自叹,其中"同是天涯沦落人,相逢何必曾相识"又进一步激起了千百年来读者的强烈共鸣。如果说《琵琶行》中的"江州司马"是先听后思,那么《夜莺颂》中的"我"便是听与思同步运行:夜莺歌声让"我"的内心充满欣喜,欣喜中的人不免会

---

① 张爱玲:《倾城之恋》,载《传奇》,北京:人民文学出版社,1986年,第106页。

想到饮酒，因为酒精有助于忘却"这使人对坐而悲叹的世界"，在半醒半睡的倾听中，"我"不仅想到了"静谧而又富丽的死亡"，还想到自己死后夜莺的"葬歌只能唱给泥草一块"①，由此现实中的夜莺又在诗人想象中变形为古代神话中那只"永生的鸟"，历史上许多有名的人物都曾听过它的歌吟……不管"我"的想象是如何天马行空，夜莺的歌声总是与其紧紧伴随，就像是画面之外的伴随乐曲。最后夜莺从树上飞走，诗人也从自己的想象中回到现实。英国诗歌中以鸟鸣为题的不在少数，但没有哪部作品像《夜莺颂》那样完全把笔墨用于倾听中的思考。

《琵琶行》和《夜莺颂》中的听觉反应，可作为前述黑格尔视听比较之论的最佳注脚。黑格尔说听觉较之视觉"更是观念性的"，并不是说视觉缺乏观念性，而是指听觉带来的观念冲击更为深刻，因为"声音的余韵只在灵魂最深处荡漾"②。在黑格尔之前，卢梭对视听也有近乎相同的比较："那些渗入我们心灵最深处的语调，它们带动了我们全部的情感，让我们忘我地感受我们自己所听到的东西。我们断定，可视的符号能让我们更加精确地模仿，而声音却能更加有效地激发我们的意愿。"③ 对此他举出了人们在生活中较常遇到的一种情形：一张忧伤的脸不一定能使人动容，对方痛苦的倾诉却可能令我们潸然泪下。中国古代诗歌中一些脍炙人口的名句，如"不知何处吹芦管，一夜征人尽望乡"（李益《夜上受降城闻笛》）、"夜阑卧听风吹雨，铁马冰河入梦来"（陆游《十一月四日风雨大作》）和"衙斋卧听萧萧竹，疑是人间疾苦声"（郑板桥《潍县署中画竹呈年伯包大丞括》）等，均属被外界声响扣动的心弦振荡。

声音带来的观念变化，在西方作家笔下有更为细致的书写。罗曼·罗兰《约翰·克利斯朵夫》中，圣·马丁寺的钟声和合唱颠覆了主

---

① 济慈：《夜莺颂》，查良铮译，载《济慈诗选》，北京：人民文学出版社，1958年，第71—73页。
② 黑格尔：《美学》（第三卷上），朱光潜译，北京：商务印书馆，1979年，第333页。
③ 卢梭：《论语言的起源兼论旋律与音乐的模仿》，吴克峰、胡涛译，北京：北京出版社，2009年，第6页。

人公的宗教观:"等到那气势雄伟的喁语静默了,最后的颤动在空气中消散完了,克利斯朵夫便惊醒过来,骇然向四下里瞧了瞧……什么都认不得了。在他周围,在他心中,一切都变了。上帝没有了……"①歌德《浮士德》中,声音改变的则是主人公的生死观:情绪低沉的浮士德准备喝下毒酒之时,复活节清晨敲响的钟声令其想起自己曾经拥有的美好时光,于是彻底放弃了自杀的念头。②梭罗《瓦尔登湖》姊妹篇《河上一周》叙述自己深夜在河边听鼓,鼓声使其宇宙观获得进一步升华:"这鼓声中的逻辑如此令人信服,以致人类的联合观念决不能使我怀疑鼓声的结论……那古老的宇宙如此健康,我以为毫无疑问它将永远不死。"③

在全面梳理西方叙事脉络的《叙事的本质》一书中,罗伯特·斯科尔斯等指出在近代经验主义哲学与心理科学发展的推动下,"叙事性人物塑造也不可避免地经历了从修辞到心理的转向"④。"向内转"不可能说转就转,在具体的叙事过程中,作者需要通过一定的程序或契机将讲述引向人物内心,不期而至的声音在这种情况下成了开启心扉的一把灵巧钥匙。所谓意识流小说,其质的规定性在于人物的意识处于无序的流动之中,而因听而思——当然还包括因看而思等,就是这种流动的起因之一。詹姆斯·乔伊斯《尤利西斯》叙述斯蒂芬与布卢姆听觉反应的一段文字,可以说是"听觉意识流"的典型代表:

> 伴随着他们那相接触的手的结合,他们(各自)那离心的和向

---

① 罗曼·罗兰:《约翰·克利斯朵夫》,傅雷译,南京:江苏文艺出版社,2012年,第200页。关于钟声带来的观念冲击,阿兰·科尔班在《大地的钟声》一书中有详细分析:"法国作家更喜欢强调钟声召唤的力量。这种力量让人心跳不止,热泪盈眶。回忆故乡的钟声会与存在的意识相混淆,与最初的记忆相混淆。钟声就是根植于土地,被大地重新征服。同花香一样,让人片刻记忆模糊。钟声让人想到生存的缩影,让人陷入种种回忆,证明不可能遗忘。钟声将重视往事与预感相结合。"阿兰·科尔班:《大地的钟声:19世纪法国乡村的音响状况和感官文化》,王斌译,桂林:广西师范大学出版社,2003年,第307页。
② 歌德:《浮士德》,钱春绮译,上海:上海译文出版社,1999年,第43—44页。
③ 梭罗:《河上一周》,陈凯译,北京:商务印书馆,2012年,第166页。
④ 罗伯特·斯科尔斯、詹姆斯·费伦、罗伯特·凯洛格:《叙事的本质》,于雷译,南京:南京大学出版社,2015年,第198—199页。

心的手的分离，传来了什么响声？

圣乔治教堂那组钟鸣报起深夜的时辰，响彻着谐和的音调。

他们各自都听到了钟声，分别有什么样的回音？

斯蒂芬听见的是：饰以百合的光明的司铎群来伴尔，/极乐圣童贞之群高唱赞歌来迎尔。

布卢姆听见的是：叮当！叮当！/叮当！叮当！

那一天随着钟声的呼唤跟布卢姆结伴从南边的沙丘前往北边的葛拉斯涅文的一行人，而今都在何处……

只剩下布卢姆一个人之后，他听到了什么？

沿着上天所生的大地退去的脚步声发出来的双重回荡，以及犹太人所奏的竖琴在余音缭绕的小径上引起的双重反响。

只剩下布卢姆一个人了，他有什么感觉？

星际空间的寒冷，冰点以下几千度或华氏、摄氏或列氏的绝对零度，即将迎来黎明的最早兆头。

音调谐和的钟声、手的感触、脚步声和孤独寒冷使他联想起了什么？

在各种情况下，在不同的地方如今已经故去的伙伴们……①

为避免引文篇幅太长，我们用两个省略号代表原文中两份长长的名单，作者在一个个人名后面作了"在床上""在墓中""阵亡""殁于沙丘""殁于某医院"等标记，以显示这些人物包括其存殁情况都在布卢姆的意识流动中映现。之所以不避繁冗照录以上文字，为的是向读者展示意识流小说开启的叙事新格局：叙事作品所"叙"之"事"原先主要是人物行动构成的事件，到了乔伊斯和普鲁斯特等人笔下，内心描写反客为主，对行动的主角地位发出严重挑战，这和作者大量运用因听而思等手段有很大关系。普鲁斯特《追忆似水年华》中的铃声不但在马塞尔耳边萦绕，这声音还牵引着主人公的思绪在过去与现在之间来回穿梭，

---

① 詹姆斯·乔伊斯：《尤利西斯》，萧乾、文洁若译，上海：上海三联书店，2013年，第942—943页。

作者通过蜿蜒曲折、精细入微的叙述,把因听而思的具体过程和内在机制描摹得淋漓尽致。① 如果说布卢姆的因听而思,是当前的声音让他想到了过去,那么马塞尔的因听而思,则是从记忆里的声音中"听"到了过去。此类亦真亦幻的听觉反应,表明人类并非只栖身于当下的真实世界,其精神生活具有无限可能性与丰富性,每个人都有因种种机缘而"穿越"到另一时空的时候。以往的作家不大关注这种"魂不守舍"的精神游弋,或者说这种游弋用既有的叙事方式难以呈现,普鲁斯特、乔伊斯等人不约而同找到了用声音来激起其内心涟漪的途径,这于叙事艺术的进步而言亦属一大推动。或许有人会觉得此类叙述失之于饾饤琐细且缺乏逻辑,但要看到这是一种比以往更为真实的书写,人类精神生活的本来面目就是如此——迷宫深处不会有表演,如果承认文学是人学,就得正视我们内心活动的无序一面。弗兰茨·卡夫卡《地洞》写聆听给主人公带来的痛苦,"一种几乎无法听到的'曲曲曲'的微弱响声"②使其失去内心的平静,包括思虑、猜疑与恐惧在内的各种念头在其心中纷至沓来。这种叙述表面上看似乎也无多大意义,但卡夫卡之所以受到读者的欢迎,恰恰是因为这类描写反映了现代人在外界困扰下焦灼不宁、惶惶不可终日的精神境况。

  人物的内心映射的是作者的内心,心中无声的作者不可能创作出因听而思的佳构。莫言说自己许多作品与听到声音后的文思涌动有关,《檀香刑》《透明的红萝卜》和《红耳朵》等小说有不少地方写到听觉反应,他还在《檀香刑》后记中声称自己写的是声音,写作时有两种声音在意识中不时浮现,一种是节奏分明、铿铿锵锵的火车声,另一种是高密一带旋律悲凉的茂腔。看来要想真正读懂那些耳畔有声的作者,应该像莫言所说的那样"用耳朵阅读"③。

---

  ① 本书第七章第一节已有引用,此处不赘。
  ② 弗兰茨·卡夫卡:《地洞》,叶廷芳译,载《卡夫卡全集》(第1卷),石家庄:河北教育出版社,1996年,第488页。
  ③ "在我用耳朵阅读的漫长生涯中,民间戏曲尤其是我的故乡那个名叫'茂腔'的小剧种给了我深刻的影响。""我虽然没有文化,但通过聆听,这种用耳朵的阅读,为日后的写作做好了准备。"莫言:《用耳朵阅读》,北京:作家出版社,2012年,第58页。

三、因听而悟

听觉反应可以止步于因声而听或因听而思,也可以由因声而听进入因听而思,或由因听而思进入最后的因听而悟。由思到悟是一个突进过程,不过并非所有的思都会导向悟,而且人们一般只注意悟而往往忽略悟前之思。我们先来看简单的因听而悟——《燕丹子》中荆轲亮出匕首后秦王表示想听琴声:"秦王曰:'今日之事,从子计耳!乞听琴声而死。'召姬人鼓琴。琴声曰:'罗縠单衣,可掣而绝。八尺屏风,可超而越。鹿卢之剑,可负而拔。'轲不解音。秦王从琴声负剑拔之,于是奋袖超屏风而走……秦王还断轲两手。"①引文未明述秦王的听琴反应,从上下文可判断出他在听琴时已开动脑筋,否则不可能于仓促间悟出琴声的提醒——"鹿卢之剑,可负而拔"。欧·亨利名篇《警察与赞美诗》中,一名流浪汉为进监狱过冬故意触犯法律,不料数次行动都未达到目的,后来教堂飘出的管风琴声让他想起了堕落之前的生活,于是"从风琴那边传过来的肃穆悠扬的音乐,在他心中掀起了一场革命。明天他就到城里去找工作"②。可以看出,没有对"母爱、玫瑰、雄心、朋友"等美好事物的回忆,就不会有主人公最后的幡然悔悟,遗憾的是,这一难得的悔悟又被最后上场的警察破坏。

再来看较为复杂的因听而悟。据北宋朱长文《墨池编》记载,雷简夫临名家字帖"自恨未及其自然",赴雅州上任后从滔滔江水中获得灵感:"近刺雅州,昼卧郡阁,因闻平羌江瀑涨声,想其波涛番番,迅驶掀搕,高下蹙逐奔去之状,无物可寄其情,遽起作书,则心中之想,尽

---

① 佚名:《燕丹子》,孙星衍校,王根林校点,载《汉魏六朝笔记小说大观》,上海:上海古籍出版社,1999年,第44页。《史记·刺客列传第二十六》同样讲述了"荆轲刺秦王"的故事,有趣的是,《燕丹子》中说荆轲不识音,但司马迁却认为荆轲识音:"至易水上,既祖,取道,高渐离击筑,荆轲和而歌,为变徵之声,士皆垂泪涕泣。"
② 欧·亨利:《警察与赞美诗》,载《欧·亨利短篇小说精选:精装版》,王晋华译,北京:中国文联出版社,2015年,第43页。

出笔下矣。"① 江声使雷简夫想到波涛的翻滚起伏、高下相逐之状，由此悟出书法应当从气势上模仿这种运动，当即挥笔写下《江声帖》，此即书法史上有名的"听江得法"。无独有偶，德国作曲家理查德·瓦格纳也有类似的"听江得法"经历，那是在斯佩齐亚湾附近的旅店，前几日泛舟江上的听声经历令其在半睡眠状态中想到降 E 大调中的和弦："这种乐曲声不断地在和声华彩化的变换中一晃而去。这些变换就是不断增加的运动的那种旋律优美的和声华彩，但是降 E 大调纯粹的三和弦却永远也不变化……"② 清醒过来的瓦格纳当即意识到，此时的自己已经捕捉到了乐曲《莱茵的黄金》中的前奏。与此相似，尼采《夜歌》写于罗马城巴贝里尼广场的柱廊之上，那个地方入夜之后"一切跳跃的喷泉都更加高声地说话"，尼采接下来说"我的灵魂也是一注跳跃的喷泉"③，这表明《夜歌》的创作也得益于潺潺流水。在中国，"听江得法"不如"观剑得法"有名，那是因为杜甫在《观公孙大娘弟子舞剑器行 并序》中提到"昔者吴人张旭，善草书书帖，数尝于邺县见公孙大娘舞西河剑器，自此草书长进"。④ 窃以为书法从舞剑中获得启发不足为奇，因为毛笔和剑器一样也是在空间中划出种种运动轨迹，而"听江得法"则是从声音联想到形象，这是由"听声类声"上升到"听声类形"，相比较而言这是一种跨度更大的思维飞跃。

因声而听和因听而思在中西叙事中都不乏其例，但因听而悟特别是顿悟，更多发生在我们这个以直觉思维见长的古老国度。人类分布于五洲四海，虽说都有同样的感官，对眼耳鼻舌的倚重程度却不一定完全相同，麦克卢汉说中国人是"听觉人"，原因在于他注意到中国文化中听觉传统的源远流长（详后）。欧阳修《秋声赋》是中国古代闻声之作中

---

① 朱长文纂辑，何立民点校：《墨池编（上册）》卷三，杭州：浙江人民美术出版社，2012 年，第 97 页。
② 理查德·瓦格纳口述、科西玛·瓦格纳整理：《我生来与众不同：瓦格纳口述自传》，高中甫、刁承俊译，北京：新星出版社，2018 年，第 472 页。
③ 尼采：《查拉图斯特拉如是说：译注本》，钱春绮译，北京：生活·读书·新知三联书店，2014 年，第 116 页。
④ 杜甫：《观公孙大娘弟子舞剑器行 并序》，载邓魁英、聂石樵选注：《杜甫选集》，上海：上海古籍出版社，2012 年，第 342 页。

的名篇,叙述者欧阳子先绘声绘色地展现秋风秋雨制作的声音景观:"初淅沥以萧飒,忽奔腾而砰湃;如波涛夜惊,风雨骤至。其触于物也,鏦鏦铮铮,金铁皆鸣;又如赴敌之兵,衔枚疾走,不闻号令,但闻人马之行声……"① 接下来以秋之"色""容""气""意"来烘托秋声的"凄凄切切,呼号愤发",并由之联想到"五音"之"商"——"商,伤也,物既老而悲伤",以及"十二律"之"夷"——"夷,戮也,物过盛而当杀"。在曲终奏雅部分,欧阳子从草木飘零中悟出人的命运亦有荣枯,"百忧感其心,万事劳其形"的内外侵扰,注定了人类的"非金石之质"不能"与草木而争荣",至此其心情顿时复归于豁达:既然无法摆脱自然规律的支配,那又何必去抱怨这种秋声呢?

《秋声赋》中的因听而悟属于儒家思维,欧阳子的思与悟基本上符合逻辑,其分析判断均有根有据,最终他恢复平静的方法亦为孟子倡导的反求诸己。与这种理性思维形成对照,与禅宗文化相关的顿悟在古代叙事中更为多见。《红楼梦》第二十二回"听曲文宝玉悟禅机"中,贾宝玉听薛宝钗念《寄生草》后"喜的拍膝画圈,称赏不已",后来与袭人谈其中的"赤条条来去无牵挂"时又"不禁大哭",这一喜一哭标志他的灵魂被曲文深深触动,这一事件为其日后出家埋下了伏笔。从故事演进角度说,这里的"听曲文宝玉悟禅机"与前述"开夜宴异兆发悲音"都是小说中极为重要的事件,但由于"耳听是虚,眼见为实",人们在阅读中很容易把转瞬即逝的听觉反应轻轻放过。不过王国维在《〈红楼梦〉评论》中表达了对此的关注,他先说歌德写浮士德的解脱(也是因听所致)最为"精切",接着指出贾宝玉的因听而悟是觉悟到自己的"立足之境":"若《红楼梦》之写宝玉,又岂有以异于彼乎?彼于缠陷最深之中,而已伏解脱之种子;故听《寄生草》之曲,而悟立足之境;读《胠箧》之篇,而作焚化散麝之想。"② 贾宝玉的解脱之路走得

---

① 欧阳修:《秋声赋》,载《欧阳修全集(第二册)》卷十五,北京:中华书局,2001年,第256页。

② 王国维:《〈红楼梦〉评论》,载《王国维文学论著三种》,北京:商务印书馆,2001年,第11页。

十分艰难，这是因为他如王国维所言在红尘世界中"缠陷最深"。《水浒传》中鲁智深的"听潮而圆，见信而寂"则要洒脱得多，小说第九十九回写鲁智深擒方腊后在六和寺中歇息，半夜时钱塘江上"潮声雷响"，这位关西大汉以为听到了战鼓的声音，立马操起禅杖"大喝着便抢出来"，得知是潮声后他想起师父对自己命运的预言，当即在禅椅上"叠脚"圆寂。这里的潮声和前面提到的"悲音"一样，都是对尘网中人的提醒和警示，贾珍听到声音后依旧执迷不悟，鲁智深却从中悟出自己的本来面目，这从其留下的偈语中可见一斑："平生不修善果，只爱杀人放火。忽地顿开金枷，这里扯断玉锁。咦！钱塘江上潮信来，今日方知我是我。"潮声使鲁智深放下屠刀立地成佛，同在钱塘江边的宋江（相信他也听到了潮声）此时仍在憧憬自己凯旋后的荣华富贵，全然不知等待他的是一杯毒酒，说到底他的悲剧还是迟钝和麻木所致。

  禅宗公案中记述的因听而悟事件甚多，仅《五灯会元》中便有香严智闲禅师的闻砾石击竹声而悟、楚安慧方禅师的闻厉声乡音而悟、投子道宣禅师的闻巡更铃声而悟以及清献公赵抃居士的闻雷声而悟，等等。诸如此类的闻声开悟带有很大的偶然性，为了让顿悟即时发生，临济宗创造了"喝"这种可以随时随地运用的手段。据说"临济喝"有四种境界："有时一喝如金刚王宝剑，有时一喝如踞地师子，有时一喝如探竿影草，有时一喝不作一喝用。"① 顿悟或曰直觉思维的具体机制相对复杂，禅门的记述相对都比较简略，近代高僧虚云长老有段文字叙述打碎茶杯后的心理反应，或有助于我们一窥其中堂奥：

    护七例冲开水，溅予手上，茶杯堕地，一声破碎，顿断疑根，庆快平生，如从梦醒。自念出家，漂泊数十年，于黄河茅棚，被个俗汉一问，不知水是甚么。若果当时踏翻锅灶，看文吉有何言语！此次若不堕水大病，若不遇顺摄逆摄、知识教化，几乎错过一生，那有今朝！因述偈曰：杯子扑落地，响声明沥沥，/虚空粉碎也，狂心当下息。又偈：烫着手，打碎杯，家破人亡语难开，/春到花

---

① 慧然集，杨曾文编校：《临济录》，郑州：中州古籍出版社，2001年，第85页。

香处处秀,山河大地是如来。①

此所谓响鼓也须重捶,突如其来的外界声响,其作用在于阻断惯性轨道上运行的逻辑思维,把人带到马斯洛人本心理学中所说的"高峰体验"。因听而悟的这种境界很难直接表达,虚云偈语的结尾因此用"春到花香处处秀,山河大地是如来"作隐喻,这和古代禅偈中常见的"春来草自青""常忆江南三月里,鹧鸪啼处百花香"等同出一理。

四、小结

因声而听、因听而思和因听而悟,构成了一条环环相扣的完整逻辑链。但在涉及听觉反应的具体叙事中,这三个环节无须同时存在,因为每个环节都可以被作者单独用来做文章——或为故事讲述提神醒脑,或为事件进程另辟蹊径,或为描绘人物画龙点睛,或为彰明题旨提供标示。以上讨论聚焦于中西作者对这三个环节的自觉书写,读者或能从中领略听觉反应在叙事中的运用之妙。不过相比较而言,因听而悟意味着思想冲破壅塞后豁然开朗,于刹那间绽放出灿烂的火花,从美学角度说,对这一环节的讲述更容易把故事推向高潮,形成整部作品的华彩乐章。

前述《秋声赋》的主要内容为欧阳子对童子说话(古代赋体文章常用客主问答模式),赋文最后是"童子莫对,垂头而睡。但闻四壁虫声唧唧,如助余之叹息"②,不难听出,虫声伴随的叹息中包含着无人会意、知音难觅的一丝无奈。本章从听觉反应角度对闻声之作进行系统梳理,为的就是避免这种明珠暗投甚至是买椟还珠。所谓系统梳理,不仅需要把听觉事件从作品中挑选出来细读,还要对其做分类和比较——只

---

① 可参考净慧主编:《虚云和尚年谱》增订本,郑州:中州古籍出版社,2012年,第36页。虚云长老时年56岁,公历1895年。
② 欧阳修:《秋声赋》,载《欧阳修全集(第二册)》卷十五,北京:中华书局,2001年,第257页。

有把相关事件放在一起对读，我们才能真正明白其意义、价值与作者的意图。本章无意贬低视觉反应在叙事中的作用，选择这一论题是因为在当前这个过分倚重视觉的"读图社会"，人们的听觉敏感和想象力正在逐渐丧失，由此造成闻声之作成为当今文坛上的稀缺物质。讲故事本来是一项诉诸听觉的行为，从听觉角度重温叙事作品中的相关书写，既是为了抵抗日趋严重的视听失衡，也是对人类叙事"初心"的一种回望，希望人们能由此记取耳朵也是感知世界的重要器官。

（本章系与邱宗珍博士合作完成）

"人"之种种

第十章　为什么麦克卢汉说中国人是"听觉人"

——中西文化的视听倚重及其对叙事的影响

内容提要　不同文化中人在感官运用上会形成各有倚重的"路径依赖":西方文化的视觉耽溺,使得"以视为知"成为人们下意识深处的"定见";听觉统摄下的中国文化则注重"闻声知情",源自上古的"尚声"礼仪与"声教"传统对此影响深刻。麦克卢汉说"中国人是听觉人",认为导致较高程度"卷入"的中国文化比西方文化更"酷",这些观点可从中国文化的尚简、贵无、趋晦和从散等特质中得到证明,因为相对于一目了然的"看","听"到的总是若有若无、模糊不清和纷至沓来的,而这种不充足、不确定和非线性的信息传播,又会反过来迫使接受者更聚精会神地"卷入"其中。中西文化在听觉模糊性与视觉明朗性背景之下形成的两种冲动,不仅深刻影响了各自的语言表述,而且渗透到他们对结构的认识之中。趋向明朗的西式结构观要求事件之间保持显性的紧密连接,"顺次展开"的事件序列之中不能有任何不相连续的地方,这是因为视觉文化对一切都要作毫无遮掩的"核查"与"测度";相反,趋向隐晦的中式结构观则没有这种刻板的要求,事件之间的连接可以像"草蛇灰线"那样虚虚实实断断续续,这也恰好符合听觉信息的非线性传播性质。鲁迅、胡适和陈寅恪等之所以认为明清章回小说结构散漫，乃是因为他们在西方的视觉文化中浸润甚深，"连续性的线性序列"不知不觉成了他们判断叙事形式的标准。中西叙事的不同源于各自的结构观念乃至观念后面的视听倚重，这一认识有助于我们更有穿透力地去观察一些文化现象。

早期人类沟通的一大飞跃，表现为听觉模式（语言）逐渐取代视觉模式（手势），然而文字传播与印刷媒介兴起之后，日益增多的阅读行为又使视觉变得比听觉更为重要。到了当今这个注重"吸引眼球"的时代，视觉文化的过度膨胀已对其他感觉方式构成严重的挤压。视觉文化的兴起虽是人类历史发展的普遍趋势，但若对中西文化作一具体比较，就会发现两者在这方面还是有很大不同——相对于"视觉优先"在西方的较早出现，我们这边在很长时间内一直保持着听觉社会的诸多特征。人类只有通过自己的感官才能与外部环境发生"接触"，虽然分布于世界各地的人们拥有同样的感觉器官，但他们的感官运用不会完全一样，更具体地说这种不同表现为各有倚重的"路径依赖"，因此从视听倚重这一角度进行探索，或许会有助于我们更深入地认识中西文化差异乃至叙事之别。

一、"以视为知"：西方文化的视觉耽溺

让我们先从一则希腊神话说起。

希腊神话中那耳喀索斯（又译那喀索斯）的故事可谓脍炙人口：这位美少年拒绝山林女神厄科（echo）的追求，陶醉于自己水中的倒影，

最终憔悴而死变为水仙花（narcissus），厄科也因失恋化作空中的回声。① 长期以来，人们多从爱情角度读解那耳喀索斯的故事，殊不知这个故事乃是对视觉耽溺的一种隐喻与警示——如果一味顾影自怜，沉迷于"看"与"被看"之中不能自拔，必定导致灾难性的后果。"narcissus"一词在希腊文中有麻木、麻醉之义，这一名称本身就带有对视觉痴迷的讽喻。沃尔夫冈·韦尔施说：

> 神话借那喀索斯的故事向我们表明了视觉特权和听觉遭贬的双重形象，以及它的致命结果。它向西方宣示了视觉的致命性，因为它只要看，而盲目对待听。②

引文中"宣示了视觉的致命性"一语，表明韦尔施认为西方文化在发轫之初就带有一种对视觉耽溺的自省意识。然而这种自省意识并未遏止住视觉霸权的崛起。就其荦荦大端而言，根据韦尔施的说法，西方文化的视听钟摆在公元前5世纪左右就开始摆向视觉一端，毕达哥拉斯可能是听觉时代最后一位哲人。③ 毕达哥拉斯的标志性成就在于察觉到万事万物后面的数学法则，而从文艺角度看，他的主要贡献在于运用数学手段，开拓出"和谐"这一建立在声学基础上的美学范畴。以其对宇宙秩序的描述为例，太阳、月亮、星辰的轨道和地球距离之比，分别等于三种主要和音，即八音度、五音度和四音度。毕达哥拉斯的宇宙模式更接近于本书讨论的听觉空间——宇宙中心是一团人类无法用肉眼看见的"中央火"，十个天体按音程比例关系环绕在它的周围，这种关系使它们能够共同在天空中演奏出和谐的音乐。用耳朵来揣度宇宙在今人看来可

---

① 奥维德：《变形记》，杨周翰译，北京：人民文学出版社，1984年，第40—43页。那耳喀索斯又译那喀索斯和纳西塞斯。

② 沃尔夫冈·韦尔施：《重构美学》，陆扬、张岩冰译，上海：上海译文出版社，2002年，第219页。

③ "视觉的优先地位最初出现在公元前5世纪初叶，进而言之，它主要集中在哲学、科学和艺术领域。故而赫拉克里特宣称，眼睛较之'耳朵是更为精确的见证人'。他甚至称毕达哥拉斯是'骗子魁首'。毕达哥拉斯是天体和谐理论家，今天对听觉文化的许多辩护，皆源于他。赫拉克里特的以上看法标志着听觉领先已经在向视觉领先转移。"沃尔夫冈·韦尔施：《重构美学》，陆扬、张岩冰译，上海：上海译文出版社，2002年，第214页。

能是匪夷所思,然而在以听觉沟通为主的时代,人类和许多动物一样常常会以声响来判断外部环境的变化,毕达哥拉斯的听觉立场应该是由他所属的时代决定的。可以印证这一点的是,即便是对毕达哥拉斯观点持批判态度的赫拉克利特,或许是由于他生活的时代距毕氏较近,在描述宇宙时也和毕达哥拉斯一样使用许多音乐隐喻。

那耳喀索斯神话预言的视觉耽溺,在柏拉图那里被赋予哲学上的合法性。柏拉图理论的核心概念是"理念",其原文 idea（eidos）均出自表示"看"的动词 idein,这说明他把"看"当作接近最高真理的主要途径。柏拉图著作中提到过两种"看":一种是《理想国》中被人反复引述过的囚徒之"看",这些被关在洞穴中的可怜人只懂得凭自己的肉眼观察,结果把洞外火把投射到洞壁上的光影当作真实;另一种是《斐德若篇》中提到的灵魂之"看",这种"看"能使人感受到"理念"的光辉——以天空中发光体为喻而呈现出来的明朗之美:

> 我回到美。我已经说过,她在诸天境界和她的伴侣们同放着灿烂的光芒。自从我们来到人世,我们用最明朗的感官来看她,发现她仍旧比一切更明朗,因为视官在肉体感官之中是最尖锐的;至于理智却见不着她。假如理智对她自己和其他可爱的真实体也一样能产生明朗的如其本然的影像,让眼睛看得见,她就会引起不可思议的爱了。①

柏拉图对真善美探求所作的一系列视觉性譬喻,不能完全说是他个人的戛戛独造,因为希腊语中表示"理论"的"theoria"就有"专注的看"之义,而把这种"看"的对象与天空中的发光体叠印在一起,更契合了世界各地普遍存在并且至今仍挥之不去的崇日情结。

柏拉图在《斐德若篇》等篇章中说人生最大幸福在于观照绝对真实世界,这一点对亚里士多德(又译亚里斯多德)的影响十分明显:亚里士多德把人类活动分为认识(观照)、实践和创造三种,其中认识(观

---

① 柏拉图:《斐德若篇——论修辞术》,载《文艺对话集》,朱光潜译,北京,人民文学出版社,1963 年,第 126—127 页。着重号为笔者所加。

照）位置最高，因为只有这种活动才能使人在直面最高真理中享受到无与伦比的幸福。观照在柏拉图那里主要指涉灵魂之"看"，亚里士多德则把观照纳入艺术范畴，认为文艺只是一种关乎观照的认识活动，屏声去息的"静穆"和"静观"乃是文艺的最高境界。不仅如此，与柏拉图相比，亚里士多德讨论文艺问题时更加倚重视觉譬喻，他在讨论诗学问题时，总倾向于拿绘画与面具之类来做类比，而当涉及更为抽象的问题如情节安排或美感呈现时，他的表达方式仍然离不开"看"，也就是说努力使讨论对象变得"直观"起来，把原本难以把握和描摹的东西变为视觉感知。例如：

> 一出悲剧，尽管不善于使用这些成分，只要有布局，即情节有安排，一定更能产生悲剧的效果。就像绘画里的情形一样：用最鲜艳的颜色随便涂抹而成的画，反不如在白色底子上勾出来的素描肖像那样可爱。

> 一个美的事物——一个活东西或一个由某些部分组成之物——不但它的各部分应有一定的安排，而且它的体积也应有一定的大小；因为美要依靠体积与安排，一个非常小的活东西不能美，因为我们的观察处于不可感知的时间内，以致模糊不清；一个非常大的活东西，例如一个一千里长的活东西，也不能美，因为不能一览而尽，看不出它的整一性；因此，情节也须有长度（以易于记忆者为限），正如身体，亦即活东西，须有长度（以易于观察者为限）一样。

> 诗人在安排情节，用言词把它写出来的时候，应竭力把剧中情景摆在眼前，惟有这样，看得清清楚楚——仿佛置身于发生事件的现场中——才能做出适当的处理。①

---

① 亚理斯多德：《诗学》，罗念生译，北京：人民文学出版社，1962年，第22、25—26、55—56页。译者在为这节文字作译注时特别说明："在亚理斯多德的视觉理论中，对象的大小与观察的时间成正比例。一个太小的东西不耐久看，转瞬之间，来不及观察，看不清它的各部分的安排和比例。"引文与译注中的着重号均为引者所加。

请注意引文中那些加了重点号的与"看"有关文字，亚里士多德不像柏拉图那样特别在意肉眼之"看"与灵魂之"看"的区分，他的"看"既可指观察又可指认知，或者两者兼而有之。不难发现，在今天已经成为惯性思维的"看到就是知道"——更全面地说是"光明"照耀下的由"看"而"知"，在柏拉图与亚里士多德的表达中已经初露端倪。

乔治·雷可夫与马克·詹森合著的《我们赖以生存的譬喻》一书，为我们提供了一批颇能说明柏拉图与亚里士多德当代影响的语料，该书在"理解是见；见解是光源；话语是光的媒介"条目之下，列出了一系列与"视""光""知"相关的常用譬喻：

> I see what you are saying.
> （我看出［→知道/了解］你在说什么）
> It looks different from my point of view.
> （从我的角度看就不一样）
> What is your outlook on that?
> （你有什么看法？）
> I view it differently.
> （我的看法不同［→我有不同想法］）
> Could you elucidate your remarks?
> （你可以把意思说明白/清楚一点吗？）①

从这些使用频率较高的譬喻来看，使用者在"视"（看到）与"知"（知道）之间画上了等号，反过来，"没看到"或"缺少光"也就是"不知道"或"不清楚"。语言是思维的工具，这种"以视为知"或"视即知"的思维已经渗透到西方文化的骨髓之中，成为人们下意识深处的"定见"，绝大多数人在使用上述视觉譬喻时，不会意识到"视"与"知"之间并不存在必然联系。

前面提到中西文化在视听倚重上存在差异，需要说明，本章凡是与

---

① 乔治·雷可夫、马克·詹森：《我们赖以生存的譬喻》，周世箴译，台北：联经出版社，2006年，第91—93页。

"西"对举的"中"主要都是指中国的传统文化,而我们正在使用的当代汉语经过百年来欧风美雨的侵袭,许多方面已经大为西化,"以视为知"也属这种潜移默化的结果之一,证据就是引文括弧内的中译对我们来说毫不陌生——国人在日常生活和学术交往中如今也大量运用诸如此类的表达方式。

拈出了"视""光""知"之间的这种联系,西方后古典时代的视觉内蕴也就自然而然地呈现出来。中世纪常常被人用"黑暗"一词来形容,是因为这个时代的心灵视力缺乏理性之光的照耀。由此又产生了文艺复兴的"曙光"之喻,意思是这一时期掀开了西方社会的光明帷幕,并非巧合的是,以造型艺术成果为代表的文艺复兴与"看"的关系甚为密切,研究者称但丁与彼得拉克的登高望远标志着现代人欣赏自然美的开端。至于启蒙时代,它的名字本身就表示"照耀"("启蒙"的法文和英文分别为 lumières 和 enlightenment),其内涵可直观地表述为用理性的光芒透过眼睛去观察外部世界。对视觉的依赖到 18 世纪发展为所谓"视觉专制",启蒙运动的主将伏尔泰不仅服膺"观念即图像"之说,他本人还对牛顿的光学理论有浓厚兴趣,曾亲自做过不少这方面的实验。作为法国启蒙运动的本土思想来源,17 世纪哲学家笛卡尔的"我思故我在"也是以视觉为认知中心,但他的"思"指的是"精神上的察看",而伏尔泰遵循的则是以培根、洛克和牛顿等人为代表的感觉论传统,他的"看"主要还是指对外界物体所作的肉眼观察。

启蒙时代毕竟是一个一切都要用理性来审判的时代,虽然启蒙学者喜欢使用以视觉统领感知的"照耀",最早看到视觉不足之处的也是他们。卢梭对声音的感染力有过论述,他最早注意到人的五官实际上是按"听觉优先"的原则配置:我们有耳朵和嘴巴两个器官分别负责听觉信息的接收与发出,却只有一个负责接受视觉信息的器官——眼睛,因此人类注定了不能"像发出声音那样发出颜色"[①],所谓"两眼放光"实

---

① 德里达在其《论文字学》中特别引用了卢梭《爱弥儿》中的这段话:"我们有对听觉作出反应的器官,即处理声音的器官,但我们没有对视觉作出反应的器官,我们不能像发出声音那样发出颜色。"雅克·德里达:《论文字学》,汪堂家译,上海:上海译文出版社,2005 年,第 143 页。

际上只是一种形容或曰假象。马丁·杰指出，启蒙时期对视觉的过度崇尚引起了反弹，由于"对视觉景象分散注意力的作用大为不满"，雅各宾党人做出了摧毁圣像及打倒一切权威的举动。[①]到了对卢梭颇有好感的19世纪浪漫派那里，这种反弹构成一种"反图像主义立场"[②]。华兹华斯在叙述个人精神发展的长诗《序曲》中提到"视觉专制"，他把自己的肉眼称为"最霸道的感官"，因为它"常常将我的心灵置于它的绝对控制之下"[③]。同为湖畔诗人的撒缪尔·泰勒·柯勒律治则从理论分析入手，把"视觉专制"归因于"企图把非视觉对象视觉化"的"机械论哲学"，这种哲学的目的在于"使心灵成为眼睛和图像的奴隶"。[④]

浪漫派诗人对"图像主义"所作的有意无意的反抗，到20世纪发展为一股抵制视觉中心的自觉潮流，这股潮流的最重要引导者无疑是海德格尔。柏拉图以降的西方哲学家从视觉化角度看待一切精神或物质的存在，海德格尔却试图将其拨回听觉的轨道，因为他更倾向于用属于声音范畴的符号来对存在（Seinde）做出描述。海德格尔提出的一些著名范畴与观点，如"道说""召唤""应合""寂静之音""无声的言说"和"语言是存在的家"等，都有强调听觉的意味。他让读者感受的世界，更多属于音景（soundscape）而非图景（landscape），人们从中听到的是一曲"天地神人四重奏"：天上日月往来，地上花谢花开，诸神尊容

---

① Martin Jay, *Downcast Eyes: The Denigration of Vision in Twentieth-Century French Thought*, Berkeley: University of California Press, 1994, pp. 83—97.

② "与这种使语言文字迎合视觉图像的传统并行的还有另一种相反的传统，同样强大，表达了人们对视觉诱惑的深切矛盾。……在布莱克的时代，这两种传统都很活跃；但不失公允地说，后一种反图像主义立场在浪漫主义主要经典诗人中占据优势地位。"（重点号为引者所加）W. J. T. Mitchell, "Visible Language: Blake's Wond'rous Art of Writing", *Romanticism and Contemporary Criticism*, ed., Morris Eaves and Michael Fischer, Ithaca: Cornell University Press, 1986, pp. 48—50.

③ 威廉·华兹华斯：《序曲，或一位诗人心灵的成长》，丁宏为译，北京：中国对外翻译出版公司，1997年，第12卷第127—131行。参见朱玉：《华兹华斯与"视觉的专制"》，载《国外文学》2011年第2期。朱文对此问题论述甚详，并对西方18—19世纪的"视觉专制"现象做了系统的理论梳理。

④ Samuel Taylor Coleridge, *Biographia literaria, or Biographical Sketches of My Literary Life and Opinion*, ed., James Engell and W. Jackson Bate, Princeton: Princeton University Press, 1983, Vol. 1, pp. 106—107.

隐显，世上过客匆匆，这一切既悄无声息又轰鸣如雷。由于"视即知"思维对当代话语的渗透，海德格尔的一些表述读来仍带有视觉色彩，如"显露""澄明"和"去蔽"等，但我们应当意识到这些成分的羼入非其本意。对于"被用作'现象学'的形容词的'解释学'"，海德格尔曾从词源学角度作过考证，他认为"解释学并不就是解释，它先前意味着带来消息和音信"，并说这一"源初意义曾驱使我，用它来规定为我开启了通向《存在与时间》的道路的现象学思考"①。由此我们可以理解，为什么海德格尔会用"吵闹的现代小屋"形容这个人人都在大喊大叫的时代，为什么他会如此推崇能听到广袤天地间"本真之音"的"孤寂"境界。

20世纪为这股潮流推波助澜者不乏其人。萨特在自己的童年自传《词语》中，提到自己从小在他人目光的压力下成长，"这种注视保持着我的模范外孙的本质"，也就是说他为了成为别人眼中的那种人而不断"矫正"自己的行为②。在其代表作《存在与虚无》中，萨特进一步把"被看"界定为他人目光对自己的塑形：为了避免"主体—我"沦落为"对象—我"，"我"必须用自己的"看"来对抗这种"被看"，这种"看"与"被看"的抗争导致每个人的自由存在都受到限制。③ 在此意义上将视听作一比较，可以发现"被看"要比"被听"更为令人难堪，"他人就是地狱"主要缘于他人的监视目光。在《规训与惩罚》中，来自他人的监视目光被福柯形容为"权力的眼睛"，其典型形式为现代环形监狱正中的瞭望塔：瞭望塔内的看守可以在不被发现的情况下观察监狱内的各个囚室，而处于透明铁笼中的犯人却因为逆光等原因只能"被看"而不能"看"。④ 这种精心设计的不平等格局透露出视觉社会中的

---

① 海德格尔：《从一次关于语言的对话而来》，载海德格尔：《在通向语言的途中》，孙周兴译，北京：商务印书馆，1997年，第99—100页。
② 萨特：《词语》，潘培庆译，北京：生活·读书·新知三联书店，1988年，第58页。
③ 萨特：《存在与虚无》，陈宣良等译，北京：生活·读书·新知三联书店，1987年，第328—387页。
④ 米歇尔·福柯：《规训与惩罚》，刘北城、杨远婴译，北京：生活·读书·新知三联书店，1999年，第150—227页。

权力泛滥,如果说监狱中的犯人是因为犯罪而被剥夺"看"的自由,那么那些在透明玻璃、半隔断与摄像头下面埋头工作的守法公民,却是平白无故地丧失了自己的尊严与权利。不仅如此,按照文化研究学派的意见,沦为"他者的景观"的还有许多居于弱势地位的群体,例如女性与黑人。众所周知,西方裸体画极少以男性为对象,女性身体在这类绘画上占据主要位置的原因,在于这种画的观赏者主要是男性。就像女性从男性的目光中感觉到自己身体的不同,黑人也从白人的目光中惊觉到自己的肤色属于另类,这种"萨特式注视"使得一个正常的黑人异化为白人眼中的"黑鬼"。①

20世纪虽然见证了思想界对视觉耽溺的警觉与抵制,却未能如人们所预言的那样迎来一个听觉文化全面复兴的时代。究其原因,显然是因为"听觉转向"是一个缓慢的过程,视觉霸权的终结不可能一蹴而就。还应看到,20世纪以来的科技进步特别是传媒技术的日新月异,不但没有削弱反而进一步加重了人们对"看"的依赖。麦克卢汉把印刷文化兴起之后的西方人称为"印刷人":"古腾堡印刷充斥世界的同时,人类声音就消失了。"②然而随着新一轮传媒变革的发生,各种便携式电子终端的普及,当年的"印刷人"已演变为无处不在的"刷屏族"与"低头族",他们携带的移动电话原先只有"听"和"说"的功能,如今更多被用于阅读和观看。21世纪电子产品开发商的目标仿佛只有一个,这就是不断刺激和满足人们对"看"的需求,时下如鲜花般怒放于各类电子屏幕上的唯美视频便是明证。"微信""推特"和"脸书"之类为大众迅速接受这一事实,预示着传播变革还将不断制造出各种新的"看",视觉盛宴对饕餮之徒的诱惑尚未结束。

---

① 弗兰特齐·法农:《生为黑人》,梁艳译,载罗岗、顾铮主编:《视觉文化读本》,南宁:广西师范大学出版社,2003年,第213—217页。
② 麦克鲁汉:《古腾堡星系:活版印刷人的造成》,赖盈满译,台北:猫头鹰出版社,2008年,第350页。

二、"闻声知情"：中国文化的听觉统摄

让我们也从一则故事了解中国文化对视听的态度。

《西游记》第五十八回讲述的是真假悟空争斗的故事：两人从外貌上看一般无二，光凭眼睛无从区分，正在众人万般无奈之际，地藏菩萨提出自己的坐骑谛听能够"听个真假"：

> 原来那谛听是地藏菩萨经案下伏的一个兽名。他若伏在地下，一霎时，将四大部洲山川社稷，洞天福地之间，蠃虫、鳞虫、毛虫、羽虫、昆虫、天仙、地仙、神仙、人仙、鬼仙可以照鉴善恶，察听贤愚。

谛听伏地聆察之后，果然鉴别出了假悟空的身份，但因畏惧其神通不敢"当面说破"。真假悟空后来闹到西天，法力无边的如来指出假悟空乃是"善聆音，能察理"的六耳猕猴所化，"此猴若立一处，能知千里外之事；凡人说话，亦能知之"。《西游记》中的孙悟空会"七十二变"，这种本领让他经常靠欺骗别人的眼睛占得上风，但这保不住别人也以其人之道反制其人之身，遇到这种情况只有请出比视觉更为高明的听觉，或许这就是第五十八回所要传达的真谛。前面提到"以视为知"已从西方蔓延到当今中国，这个故事显示我们古人信奉的不是"视即知"而是"听而察"。细读第五十八回还能获得更深一层的领悟：假悟空的可怕主要不在于他像真悟空一样善于迷惑别人的视觉，而在于他具有谛听那种超越视觉的"听"力（"能知千里外之事"），"六耳猕猴"这个名字突出其最擅长的本领是"聆音察理"。

仔细揣摩六耳猕猴之名，还能发现我们的文化是以听觉来统摄包括视觉在内的各种感知：常人只有两耳，假悟空却有六耳，听觉器官的这种超级配备，意味着这只聪明的猴子具有远胜常人的洞察力。汉字中往往可窥见中国文化的精髓，为了认识中国文化的听觉属性，我们不妨对以下几个带"耳"旁的繁体汉字作点分析：

聽　聰　聖　職　廳

本书第二章对"聽"字已有分析，其中提到该字包含了耳、目、心三种人体重要器官，因此"听"在我们古人那里是一种全方位的感知方式。与"聽"字的构形相似，"聰"字不但从"耳"而且下面有"心"，因此对这个字的理解也应是"耳闻之而心审之"。就像汉语中的"听"不仅是用耳朵来"听"一样，"聪"也是以耳闻来囊括其他感知，"聪明"则是以耳目并举来指涉感知渠道的通畅。"耳聪目明"这种表达次序告诉我们，我们现在习以为常的先说"看"后说"听"（如"视听"），在传统汉语中往往是反过来的，"耳目""声貌""闻见""听视""绘声绘色""声色俱厉"和"音容笑貌"等均属此类。我们现在动不动就说"在我看来"，而在引征传统深厚的古代社会，人们常以自己的听闻为开场白，中国第一部历史文献《尚书》中，"我闻曰""古人有言曰"领起的直接引语不下 10 句，历代皇帝的诏书亦往往以"联闻……"为起首。① 此外，"耽溺"之"耽"、"昏聩"之"聩"以及"振聋发聩"之"聩"，皆从"耳"而非从"目"，这也从一个侧面说明中国文化中的听觉统摄。②

"圣"字则为我们理解自己听觉传统的关键。许慎《说文解字》释"聖"为"通"，段玉裁指出"圣"的发音来自假借字"聲"："聖從耳者，謂其耳順。風俗通曰：聖者，聲也，言聞聲知情，按聖聲古相叚借。"据此可以将"通"理解为听觉渠道的灵通顺畅。③ "耳顺"现在一般理解为能听进逆耳之言，这其实是一种误解。从《论语·为政》中体现的认知递进与自豪语气来看——"吾十有五，而志于学。三十而立，四十而不惑，五十而知天命，六十而耳顺，七十而从心所欲，不逾矩"，

---

① 傅修延：《先秦叙事研究——关于中国叙事传统的形成》，北京：东方出版社，1999年，第 196 页。

② 有学者提出"振聋发聩"之"聩"应为从"目"的"瞶"，见张巨龄：《以讹传讹的"振聋发'聩'"》，载《光明日报》2002 年 7 月 17 日。愚以为正是因为过去的视听倚重在今天发生了反转，所以今人会以为"聩"不应当从"耳"而应从"目"。

③ 古人常用"通"来形容听觉，如刘安《淮南子·修务训》中的"禹耳三漏，是谓大通"。

"耳顺"应当是指多数人可望而不可即的"闻声知情"能力，亦即汉儒郑玄注《论语》中所说的"耳闻其言，而知其微旨"。如果只取"耳顺"的字面意义，那么圣人的门槛未免太低了一些。清人焦循在《论语补疏》中如此为"耳顺"释义："学者自是其学，闻他人之言，多违于耳。圣人之道，一以贯之，故耳顺也。"刘宝楠的《论语正义》看到焦循之解与郑玄不同，但取和事佬态度未作细究："焦此义与郑异，亦通。"今人杨伯峻则说"（耳顺）这两个字很难讲，企图把它讲通的也有很多人，但都觉牵强"，他自己对"六十而耳顺"的解释是"六十岁，一听别人言语，便可以分别真假"[①]。杨释实际上是回到了郑注，闻声而知情之真伪，与闻声而"知其微旨"没有多大不同。《史记·老子韩非列传》中提到老子"姓李氏，名耳，字聃"，这一名称也标示出圣人与听觉的某种联系。

至于"職"字与"廳"字，段玉裁在解释《说文解字》的"職，記也"时说："記猶識也。纖微必識是曰職。周禮太宰之職，大司徒之職，皆謂其所司。凡言司者，謂其善伺也。凡言職者，謂其善聽也。"这段话再清楚不过地表明，不仅圣人需要聪察，凡在"廳"下为官者都要有一副"善听"的耳朵。然而由于时代悬隔和汉字简化，"识微"与"善听"这一"職"中应有之义已被时光淘洗殆尽，大多数现代人已经不明白"职"字为什么会从"耳"，"廳"字里面为什么会有"聽"，当然也就更不明白古代为什么会有"听政"这样的提法。笔者之见，"听政"不是说官员真的只凭听觉施政，而是强调他们要有洞察幽微的"闻声知情"能力，这与段玉裁所说的"识微"与"善听"并无二致。

"从耳"的汉字固然能说明中国文化的听觉统摄，但汉字是由象形文字演变而来，其图像特征似在表明它与视觉的联系更为紧密。《说文解字》将"文"释为"错画"，段玉裁注曰："黄帝之史仓颉，见鸟兽蹄迒之迹，知分理之可相别异也，初造书契，依类象形，故谓之文。"他的意思是鸟兽留下的爪迹蹄痕启发了古人的符号思维，于是就有了以纵

[①] 杨伯峻：《论语译注》，北京：中华书局，2007年，第16—17页。

横交错的点线来模仿"鸟兽之文"的造字冲动。然而汉字中不仅有诉诸视觉的"形符",还有诉诸听觉与心灵的"音符"与"义符",所谓"认字认半边,不用问先生",说的就是这些次级符码的功能。换言之,汉字的象形并未构成对声音与意义的排斥,正因为要将形音义等符码纳入其中,汉字才会有那么多复杂难辨的笔画。汉字的千姿百态令许多人在学习使用时啧有烦言,但人们在抱怨时可能不会想到,我们聪明的老祖宗岂会不知道发明这套符号系统给后人带来的烦难,但这正是为了让子子孙孙永远保持"耳聪目明"而必须付出的代价,而且这种烦难并不是不可克服的。

就像汉字常常被误认为只诉诸"看"一样,西方的拼音文字也很容易被人当作与"听"更有关系,然而麦克卢汉(又译麦克鲁汉)的观点与此恰恰相反,他认为拼音文字的问题在于将"没有意义的字母和没有意义的语音相对应","字母表的威力是延伸视觉统一性和连续性模式",结果是"让使用者用眼睛代替耳朵"①。麦克卢汉还将拼音文字与非拼音文字作对照,指出前者的弊端在于使"感觉和功能分离":

> 作为视觉功能的强化和延伸,拼音字母在任何有文字的社会中,都要削弱其他官能(声觉、触觉和味觉)的作用。这一情况没有发生在诸如中国这样的文化中,因为它们使用的是非拼音文字,这一事实使之在经验深度上保留着丰富的、包容宽泛的知觉。这种包容一切的知觉,在拼音文字的发达文化中受到了侵蚀。会意文字是一种内涵丰富的完形,它不像拼音文字那样使感觉和功能分离。②

使用简单抽象的写音符号,必然导致除眼睛外其他感官功能的削弱,相比之下,会意的汉字却凭借其多样化的音形义符码成为"一种内

---

① 马歇尔·麦克卢汉:《理解媒介:论人的延伸》,何道宽译,北京:商务印书馆,2000年,第120页。对于拼音文字何以是"视觉模式",麦克卢汉还有更为详细的论述,见麦克鲁汉:《古腾堡星系:活版印刷人的造成》,赖盈满译,台北:猫头鹰出版社,2008年,第78页。
② 马歇尔·麦克卢汉:《理解媒介:论人的延伸》,何道宽译,北京:商务印书馆,2000年,第121页。

涵丰富的完形"。用"完形"（格式塔）来形容汉字确实是独具慧眼，但西方学者囿于知识背景未能对此作进一步阐发，幸而我们的文字学大家在这方面有过权威论述，姜亮夫明确指出汉字的精神是"从人的身体全部"出发，汉字中事物的存在诉诸"眼所见、耳所闻、手所触、鼻所嗅、舌所尝"等各种人体官能：

> 整个汉字的精神，是从人（更确切一点说，是人的身体全部）出发的。一切物质的存在，是从人的眼所见、耳所闻、手所触、鼻所嗅、舌所尝出的（而尤以"见"为重要）。……总之，它是从人看事物，从人的官能看事物。①

据统计，甲骨文中数量最多的字属于"人"这个类别，高达20%，这一事实说明我们的祖先是在人本主义思想驱动下进行造字运动，他们从一开始就警觉到要避免感觉和功能的分离。

文字是文化的基础，麦克卢汉不光用视觉模式与听觉模式来概括拼音文字和非拼音文字，他还把西方人称为"活版印刷人"或"视觉人"，对比之下我们中国人在他看来则是"听觉人"：

> 中国文化精致，感知敏锐的程度，西方文化始终无法比拟，但中国毕竟是部落社会，（中国人）是听觉人。"文明"在此只用来指称去部落化的人，视觉在组织其思想和行为拥有优先权。此一说法不是给"文明"一词增加新意或新价值，只是澄清其内涵与特质。相对于口语听觉社会的过度敏感，大多数文明人的感觉显然都很迟钝冥顽，因为视觉完全不若听觉精细。②

麦克卢汉的许多论断被人诟病为猜测有余而依据不足，他对中国文化的了解恐怕很多也属一鳞半爪的印象，但其预言如"地球村""信息高速公路"等在几十年后的应验，让人不得不承认他在许多问题上是先知先觉。有鉴于此，他从视听角度区分中西文化的尝试也应引起高度重

---

① 姜亮夫：《古文字学》，杭州：浙江人民出版社，1984年，第69页。
② 麦克鲁汉：《古腾堡星系：活版印刷人的造成》，赖盈满译，台北：猫头鹰出版社，2008年，第52页。

视,"视觉人""听觉人"这样的归纳虽然看起来过于笼统武断,认真思考之后却会发现其中大有深意。麦克卢汉与其他西方学者的一大不同,在于他采用的是一种被人称为"马赛克式"的表达,即其观点在论述中往往呈现出一种马赛克般的块状分布,块与块之间有时缺乏明显的逻辑过渡,也不注意用翔实材料来支撑那些极而言之的观点。这种天花乱坠般的非线性思维方式,体现的正是听觉传播的反聚焦特征,显而易见,麦克卢汉有意用这种带上听觉色彩的表达方式,来与视觉文化主导下的线性思维划清界限。有了这种认识,我们就会知道麦克卢汉的"听觉人""听觉空间"等概念中,并非只有听觉这一种感觉存在,他的目的在于以"听"来统摄心灵和其他所有感觉,反对用视觉聚焦来排斥其他感觉。

既然是"各种感官的协同",为什么还要把听觉单独拎出来做这种"空间"的统领?我认为这是由于"听"是一种全天候、全方位和全身心的感知方式:我们在夜晚不能看却能听,我们看不到却能听到脑后的动静,我们在听的同时还在作推测、想象和判断。《庄子·人间世》中的"无听之以耳,而听之以心,无听之以心,而听之以气",《文子·道德》中的"上学以神听,中学以心听,下学以耳听",这些和"听政""听讼"和"听戏"等一样,都是听觉统摄的绝好证据。"聽"字的从"耳"及其右旁的"目"和"心",极其雄辩地表明老祖宗早就认识到"聽"是一种以听觉为主导的综合性感知。如果非要用其他词语来描述这种综合性感知,我觉得最合适的表述应该是"感应",即前述如胎儿在母腹一样用整个柔弱而灵敏的肉身去"听触"外界动静。东方文化特别强调这种似听非听、似触非触的感应能力,《道德经》有多处表现出对婴孩状态的推崇,《楞严经》对"心闻"的生动叙述亦可供参考①。

超越六根之外的感觉或可称为"超觉",那些达到"识微知几"境

---

① "世尊!我用心闻,分别众生,所有知见,若于他方,恒沙界外,有一众生,心中发明,普贤行者。我于尔时,乘六牙象,分身百千,皆至其处,纵彼障深,未得见我,我与其人,暗中摩顶,拥护安慰,令其成就。佛问圆通,我说本因,心闻发明,分别自在,斯为第一。"《楞严经》第十四卷。

界的圣人，其感觉的灵敏度必定大大超过常人。"心听"与"神听"今天看来非常神秘，在过去并不是什么太了不得的事情，古代文献中"闻声知情"的记载甚多，尤其表现在听军声而知胜负上：

> 大师，执同律以听军声而诏吉凶。（《周礼·大师》）
>
> 兵书曰：王者行师出军之日，授将弓矢，士卒振旅将张弓大呼，大师吹律合音，商则胜，军士强；角则军扰多变，失士心；宫则军和，士卒同心；徵则将急数怒，军士劳；羽则兵弱，少威明。（郑玄注《周礼·大师》）
>
> 楚师伐郑，……晋人闻有楚师，师旷曰："不害。吾骤歌北风，又歌南风。南风不竞，多死声。楚必无功。"（《左传》襄公十八年）

现代人很难相信从声音中能够得到来自未来或未知领域的信息，但不管是人声还是器乐，只要这声音发自于人，一定会或多或少地携带发声者或演奏者的某种情绪，因此以"宫商角徵羽"来鉴别士气并不是全无道理。说来也许有人不信，"听军声而诏吉凶"的传统一直延续到晚近，抗日战争结束之前，苏州昆曲社社长陆景闵就曾根据中日军乐之声的变化，发出了日寇行将伏诛的预言。①

三、"因听而酷"：中国文化的尚简、贵无、趋晦与从散

"听觉转向"一词来自西方，如前所述，西方人从浪漫派开始就对自己文化中的视觉耽溺怀有警惕之情，然而在我们这边，大多数人对自己的听觉传统还缺乏认识，似此有必要沿着以上思路，对中国文化中的听觉统摄现象作更为深入的探究与分析。

---

① 1945年4月，诗人金天羽与陆景闵等人同至昆山欣赏昆曲，金问陆此时"聆音识曲"是否合宜，陆回答说："是强梁者行将自绝于天。吾尝听金奏之声，又审管籥之音，曩者涩而今者谐，曩者愤怒而今者宽易，而房帐之茄鼓多死声，是殆不能久驻于吾疆矣。胡不可行乐之有？"金天羽：《顾曲记》，载《天放楼诗文集》（下册），上海：上海古籍出版社，2007年，第1029—1030页。

本章讨论的视听倚重，从传播学角度说属于路径或媒介依赖。麦克卢汉"媒介即信息"之论最具颠覆意义的地方，在于发现路径或媒介本身会对信息传播产生影响。用通俗的例子来说，同样一则新闻，电视观众与电台听众得到的印象不会完全一致。麦克卢汉根据信息量传输的多寡，将媒介分为"冷"与"热"两类："冷媒介"因信息量小而引发高卷入度，"热媒介"因信息量大而引发低卷入度，所谓"卷入"指的是参与者的认知投入①。按照这一理论，与眼睛看到的清晰图景相比（所谓"眼见为实"），耳朵听到的声音带有很大的模糊性与不确定性（所谓"耳听是虚"），弄清这些声音的意义须得联合其他感觉并通过大脑对信息作推测、分析和验证，这种高卷入度自然非"冷"莫属。有意思的是，麦克卢汉为"冷"注入的这一内涵，推动了英语俚语"cool"由"冷"向"酷"的时尚升级（《理解媒介》第二版序言的开篇便提到年轻人对"cool"的使用），变为全世界的流行用语后，"酷"的使用频率已经大大超过了他所创造的"地球村"一词。

将"冷媒介"和"热媒介"的观念引入我们的讨论，可以发现视觉耽溺下的西方文化接近"热文化"，而听觉统摄下的中国文化则为"冷文化"或曰"酷文化"。不管是文化的"酷"还是人的"酷"，其共同点都在于看上去莫测高深的"零度风格"：表情冷漠、罕言寡语的电影演员给人"酷"的印象，因信息量偏少而引发深度卷入的文化也让人觉得"酷"。麦克卢汉称东方艺术为"冷"艺术（应译为"酷"艺术），是因为在这种艺术中"观赏人自己就成了艺术家，因为他必须靠自己去提供一切使艺术连成一体的细节"。②总体来说，中国文化之"酷"可以从尚简、贵无、趋晦和从散四个方面予以概括，而"简""无""晦""散"对应的恰好是听觉传播的非线性特征。

---

① 马歇尔·麦克卢汉：《理解媒介：论人的延伸》，何道宽译，北京：商务印书馆，2000年，第35—56页。

② 马歇尔·麦克卢汉：《〈理解媒介：论人的延伸〉作者第二版序》，何道宽译，北京：商务印书馆，2000年，第25页。

1. 尚简

中国文化之"酷"首先体现在尚简上,这是一个带有统辖意义的基本特征。尚简者,宁简勿繁之谓也。众所周知,汉语特别是古代汉语表达上的简要精炼,在世界语言之林中罕有其匹。尚简是国人下笔为文时自觉奉行的重要原则,唐代刘知几在《史通·叙事》中提出叙事应"以简要为主","以简要为主"落到实处就是"省文"和"寡事"。需要说明,尚简的"简"不光指"少",而是指"少而精"或"少而准",刘知几对此有十分精彩的论述:

> 盖饵巨鱼者,垂其千钧,而得之在于一筌;捕高鸟者,张其万置,而获之由于一目。夫叙事者,或虚益散辞,广加闲说,必取其所要,不过一言一句耳。

他的意思是叙事与饵鱼捕鸟存在相似之处,千钧之得在于一筌,万置之获在于一目,叙事虽然免不了要广纳"散辞"与"闲说",但若取其所要也不过一言一句,因此需要像渔夫猎人那样"既执而置钩必收",在叙事中尽量做到去芜存菁和要言不烦。

至此我们能够理解,为什么中国文化中没有产生像巴尔扎克《人间喜剧》(包括96部长篇和中短篇小说)、左拉《卢贡-马卡尔家族史》(包括20部长篇小说)和普鲁斯特《追忆似水年华》那样规模宏大的叙事作品。先秦时代的《说林》《储说》与《吕氏春秋》固然也体现了古人"备天地万物古今之事"的叙事抱负,但这些寓言故事集中的叙述仍然是十分节俭的。在唐传奇兴起之前,我们的"前小说"如鲁迅所言大多处于"粗陈梗概"的"丛残小语"状态,虽然有些叙述也能创造"恍忽生动"的效果,但总的说来未能发展到"施之藻绘,扩其波澜"的地步。① 即便是在后来的章回小说中,读者也很少看到像西方小说那样的繁密叙述与细毫皴染,尚简精神可以说一直在我们的文化血脉中流淌。

以上只涉及书面之言,对于口耳之言即说话,国人普遍的倾向也是

---

① 鲁迅:《中国小说史略》,载《鲁迅全集》(第九卷),北京:人民文学出版社,1981年,第70页。

少说为佳。孔子对"言"的态度在中国文化上打下了深刻烙印，他的授徒课目中虽有一门"言语"，但总的说来他主张"慎言"，反对倾覆邦家的"利口"与乱离德行的"巧言"。老子据说是孔子之师，较《论语》成书为晚的《道德经》中有"大巧若拙，大辩若讷"以及"善言不辩，辩言不善"等表述，据此可认为他与孔子一样都信奉"言多必败"。孟子是孔子思想的继承者，其多言善辩却明显有违夫子"慎言"之教，对此孟子在《滕文公下》中用"予岂好辩哉？予不得已也"作了一番抱歉意味的解释："杨墨之道不息，孔子之道不著……我亦欲正人心，息邪说，距诐行，放淫辞，以承三圣者。岂好辩哉？予不得已也。"荀子认可这种不得不辩的解释，他在《正名》中提到君子的辩说是为了禁制"奸言"："今圣王没，天下乱，奸言起，君子无势以临之，无刑以禁之，故辩说也。实不喻然后命，命不喻然后期，期不喻然后说，说不喻然后辩。"然而君子之辩与小人之辩很难划清界限，春秋战国是言语交际的黄金年代，随着"百家争鸣"时期进入历史，特别是随着儒家学说成为汉代以后历代社会的主流意识形态，"言不可不慎也"最终成为我们这个民族的共识。即便是在现代社会，人们心目中的正人君子仍然是一副"讷于言而敏于行"的形象，正襟危坐、不苟言笑被视为美德与深沉的外在表现，口舌如簧、摇唇鼓舌成了描绘能说会道的负面词语，社会上甚至还有"口开神气散，舌动是非生"的极端说法。

2. 贵无

尚简这一基本特征，还派生出中国文化的另一特征——贵无。"简"和"无"之间距离很近，尚简是尽可能地向"简"的方向发展，发展过了头便是"无"，因此尚简至极即贵无。"无"的反面是"有"，《红楼梦》第五回贾宝玉游太虚幻境（这一名称本身代表着"无"），大石牌坊上"无为有处有还无"一联，说的就是"有/无"之间的辩证对立关系。"慎言"的言下之意是能少说尽量少说，循此逻辑往前推进一步，就是能不说尽量不说，孔子因而在《论语·阳货》中又有"予欲无言"之说。庄子不但在《齐物论》中提出"大道不称，大辩不言"，他在《知北游》中还说"天地有大美而不言""夫知者不言,言者不知,故圣人行不言之教",这些都像是为孔子的"予欲无言"作注。无独有偶,如果说语言上不开口叫"无言",那么文字上不下笔便是"无字"。无字的典型代表是陕西昭陵那块为武则天而立的无字碑,无字碑上空空如也未镌一字,而其西侧为唐高宗李治立的述圣碑上,密密麻麻刻着五千余字歌功颂德的碑文。立碑目的本为刻石记事以传久远,为什么武则天要用无字碑这种形式留下纪念?较为合理的解释是,这位历史上唯一的女皇帝觉得任何文字都不足以颂扬自己的高功广德,因此不得不付之阙如,让后人予以自由评说。

如此看来,国人偏爱"教外别传,不立文字"和"不著一字,尽得风流",是因为受了"书不尽言,言不尽意"这一认识的影响。既然语言文字不能尽意,那就干脆不落言荃,用不道之道、不说之说来道说,国人最喜欢的表达方式——"一切尽在不言中"就是如此养成。直到今天,我们的小说中仍有"□□""此处删去……字"之类的不写之写,这种"羚羊挂角,无迹可求"的叙事策略,在域外叙事中是很难见到的。《红楼梦》第九十八回写林黛玉弥留之际,说罢"宝玉!宝玉!你好——"几个字后便溘然长逝,这里的不写之写比起付诸笔墨来更令人玩味。如今人们在处理微信、短信上的文字信息时,也会用表情符号、"呵呵"或"你懂的"等来代替不便或不宜明说的表述,"你懂的"最近已进入我们新闻发言人的语汇,显然这比来自西方的"无可奉告"更为高明。

回到世俗生活中来,最具中国特色的贵无表述,可能要数民间对性爱的递进式调侃:"妻不如妾,妾不如婢,婢不如妓,妓不如偷,偷得着不如偷不着。"饮食男女为人之大欲,此话虽不登大雅之堂,但"话糙理不糙","偷不着"之中大有深意存焉——由欲向情的升华正是在这种境界中发生,无怪冯梦龙会说"此语非深于情者不能道"①。《红楼

---

① "《雪涛阁外集》云:'妻不如妾,妾不如婢,婢不如妓,妓不如偷,偷得著不如偷不著。'此语非深于情者不能道。"冯梦龙:《童痴一弄·挂枝儿》。

梦》里贾宝玉在批判"皮肤滥淫"基础上提出的"意淫",亦有这种以无胜有的意思在内。

3. 趋晦

趋晦这一特征也与尚简、贵无有关:传递的信息如果不够充分甚至几近于无,那么给人的感觉便如雾里看花。趋晦者,近晦远明之谓也,西方文化的"以视为知"使其在总体上趋于明朗,而受听觉模糊性支配的中国文化则反其道而行之。尚简是能少说尽量少说,贵无是能不说尽量不说,趋晦则为能模糊尽量模糊。模糊与少说、不说一样都是指表达方式,表达者的本意不可能模棱两可,但由于表达者的本意躲在表达方式后面,许多情况下人们确实无法弄清表达者的本意何在,有时甚至连表达者本人也对自己的意图缺乏把握。

趋晦似乎是中国叙事与生俱来的特征。青铜时代古人就喜欢闪烁其辞的表达,著名的史墙盘铭将微氏祖先由商入周这件大事,轻飘飘地记述为"微氏烈祖乃来见武王",读者在阅读中如不特别留心,一定会认为微氏是主动归顺,然而事实未必如此,微氏家族世受殷商隆恩,烈祖在武王灭商之后"来见武王",很有可能不是出于其本人的意愿。① 先秦古籍之中此类晦笔俯拾皆是,《礼记·祭统》从人性出发将合法性赋予这种隐晦叙事:人皆有美有恶,为了"不称恶"或曰"隐恶",需要用晦笔来为缺乏光彩的事件遮羞掩丑,"称美而不称恶"就是这样成了铭文的"法定"属性。传统文化对铭文属性的这种规定,后来扩大到适用于一切纪念祖先与师长的文类,直到今天,绝大多数国人也不会觉得对已故尊长歌功颂德有什么不对。

对趋晦有重要影响的还有《易经》。《易经》开创了一种以意象为隐喻的叙事方式,其中许多爻象都是意象,如"羝羊触藩""见龙在田""飞龙在天""密云不雨"和"鸿渐于陆"等,在"言不达意"而只能

---

① 许倬云:《西周史》(增订本),北京:生活·读书·新知三联书店,1994年,第113—116页。

"立象以尽意"的情况下,这些意象被用来模拟和隐喻异质同构的人生境况,在各种心态的读者那里引起纷纭复杂的联想。《易经》之前本无经典,但上述意象和卦爻辞中影影绰绰的史事和古歌片断告诉我们,《易经》成文之前已有一个由"准成语"("羝羊触藩"之类)、原始歌谣和重要史事汇成的庞大语库,这个语库虽然不像后来形成的"成语库"那样精致完备,在以口舌传事为主的商周之际却也足堪征引。《尚书》等文献提供了大量引征这一语库的言语交际实例,它们与《易经》中的引征一脉相承,勾勒出了一条国人引经据典传统之形成脉络。

引经据典的"引",目的是达到隐晦、隐讳的"隐"。引征之风刮到春秋时期,其突出表现便是引诗言事。《汉书·艺文志》云:"古者诸侯卿大夫交接邻国,以微言相感,当揖让之时,必称诗以论其志,盖以别贤不肖而观盛衰焉。故孔子曰:'不学诗,无以言'也。"引诗言事的孪生兄弟为具有仪式性质的赋诗言志,其特定涵义为在外交场合通过所赋之诗中的某些辞句,断章取义地表达自己的情志与思想。赋诗言志为古代礼乐与揖让文明的象征,是极具中国特色的人际交往艺术,以诗代言的最大好处是可以让人"闻声知情",有利于委婉曲折地传递难以明言的信息,隐晦叙事的优越性在这一沟通仪式上体现得最为明显。言语交际中的引征,转移到文字写作中便成为用典。用典亦称用事,即《文心雕龙·事类》中所说的"据事以类义,援古以证今",为什么古典诗文中会出现那么多"援古(事)以证今(事)"呢,笔者认为一个很重要的原因是用典有助于省文,趋晦与尚简之间存在着一种相辅相成的关系。①

诗词歌赋有一定字数限制,散文的篇幅也不可能太长,而去除繁辞缛句的一大妙法就是用典。启功说:"压缩故事成一词,用在句中的手法,叫做'用典'。……即以蚌鹬故事说,劝人息争时可说'你别作鹬啊''你们别成蚌鹬啊''你们留神渔人啊',即使说的多些,'你们别成蚌鹬相争,使渔人得利啊',十四个字也比《战国策》中故事的全文要

---

① "晦也者,省字约文,事溢于句外。"刘知几:《史通·叙事》。

少得多,仍是一个集成电路。"①"集成电路"这一譬喻非常传神:压缩进成语的故事在字面上只留下一鳞半爪,其隐含内容已从文学层面渗入语言层面,变为约定俗成的表意符码。戚蓼生在《石头记序》中讶异于"绛树两歌,一声在喉,一声在鼻",殊不知由于成语典故的使用,"一声也而两歌"的复调现象在国人的表达中早已成为一种常态,当我们的叙述中出现"塞翁失马""画蛇添足"之类的字眼时,古代的"失马""添足"的类似故事立即叠映在当下事件的后面,两者之间产生出隐约而又微妙的共振和弦。汉语之所以被世人视为天然亲近文学的语言,就是因为此类弦外之音的介入,这种介入像"水中着盐"一样既能提味而又不露痕迹。

毋庸讳言,用典如果过多过僻,也会导致表意符码违逆约定俗成的规定,古代文学史上有不少饱学之士"掉书袋"成癖,造成其文字晦涩难解,令广大阅读者如堕五里雾中。如果说李商隐是诗坛上趋晦的代表性人物,那么画坛上可与其媲美者便是写意派大师朱耷。朱耷自号八大山人,这位明室后裔将亡国之恨糅入自己的作品,在图画与文字中创制了许多至今仍未获得完全读解的诡异符号,一般人只津津乐道他将"八大山人"写得像是"哭之笑之",然而三百多年中竟无人能将"八大"的来历解释得令人满意,直到最近有人指出"八大"乃无"牛耳"可执的"朱耷"("朱"去"牛"为"八","耷"去"耳"为"大"),人们才明白这一名号"暗喻他一生痛心疾首、耿耿于怀的一件恨事——朱明政权的被人夺去"。② 所以中国的文艺批评中会有"索隐"一派,饶宗颐就为八大写生册上的题句作过"索隐"③,"索隐"走到极端便是捕风捉影,不过没有含沙射影就没有捕风捉影,说到底还是趋晦的作品催生了索隐批评这种中国形式。不仅如此,古代诗文批评中频繁出现的韵外之致、象外之象、味外之旨与弦外之音等,均与趋晦的文艺大气候有关。

---

① 启功:《汉语现象论丛》,北京:中华书局,1997年,第96—97页。
② 赵力华:《"八大山人"名号由来之我见》,《中国文物报》2009年2月11日。
③ 饶宗颐:《〈传綮写生册〉题句索隐》,载八大山人纪念馆(编):《八大山人研究》,南昌:江西人民出版社,1988年,第108—112页。

这种风气当然也不会只在文艺领域弥漫，直到今天，国人在相互交往中还没有完全摆脱言在此而意在彼的表达习惯，对别人的某些言行我们往往需要反复揣摩才能得其真意，此即所谓"说话听音，锣鼓听声"。《汉书》记载，汉宣帝刘询在民间生活时曾娶许广汉之女君平，即位后公卿议立霍光之女为皇后，刘询一方面对此不置可否，另一方面却突然下诏"求微时故剑"，其实这位新君并非真的是要寻找那把贫微时用过的旧剑，他是借此暗示自己的不忘故旧，群臣见诏后只得改议立君平为后。① 一国之君竟然要用如此曲折的方式来表明自己的态度，这在其他文化中是完全不可想象的。

4．从散

"散"可以与不少汉字搭配成词组，这里的"散"主要包括零散、分散和发散等意涵，其反义为聚焦之"聚"，也就是说从散意味着拒绝聚焦、聚集和聚拢，趋向一种非线性、非序列的散在状态。"散"和"简""无""晦"的共同点都是趋向于无序，表达一方提供的信息如果偏少、缺乏甚至模糊，接受那头就会得出零散无序的印象。

从散这一特征在中国文化中形成，与汉语的使用有深刻的内在关联。前面提到汉字是一种"完形"（格式塔），这一认识源于汉字构形具有强大的表意功能。笔者曾说汉字堪称汉语中最小的叙事单位，许多汉字之所以能给人单独叙事的感觉，是因为其构形部件的组合激发出种种动感联想，这类字中最有代表性的是"塵"——动态的"鹿"居于静态的"土"之上，很容易让人想到群鹿（"尘"的古体为"土"上三"鹿"）奔跑时引起的尘土飞扬。将两个有内在张力的部件强行连接在一起，正是汉字构形的基本精神所在。汉语中不但有汉字这样的"完形"，还有前述被称为"集成电路"的成语典故，这些成语典故大多被压缩为四字代码的定型词语，使用时只要提及这些词语，人们心目中就会浮现与其相关的整个故事。汉字的"完形"特征与汉语词组的"集成电路"

---

① 《汉书》卷九十七，外戚列传上·孝宣许皇后。

性质，说明汉语在字词层面就已具备了某种程度上的表意自足性，既然不用完整的句子也能实现交流，从散就成了表达者何乐而不为的一种选择，更何况它还符合省文这一要旨。

就像"晦""无""简"看上去不够"高大上"一样，"散"在许多人心目中亦有其趋于消极的一面，不仅如此，由于人们习惯上将意识等同于言语过程，从散在思维层面似有逻辑混乱之嫌。麦克卢汉对这类认识有过大力批驳："意识不是一种言语过程。但是在使用拼音文字的千百年间，我们一直偏重作为逻辑和理性记号的演绎链。中国的文字却大不相同，它赋予每一个会意字以存在和理性的整体直觉，这种整体直觉给作为精神努力和组织记号的视觉序列所赋予的，仅仅是很小的一个角色。"① 他还说拼音文字使西方人用线性、序列的眼光看待一切，将人"卷入一整套相互绞结的、整齐划一的现象之中"，实际上"意识的任何时刻都有整体知觉场，这样的知觉场并没有任何线性的东西或序列的东西"。② 麦克卢汉将汉字的"整体直觉"与意识的"整体知觉场"相提并论，这不啻是为从散的汉语文化正名。语言固然是意识的反映，但意识必须通过一定的程序方能变成有序的语言信息，其本来面目是杂乱无章和纷至沓来的，所谓"思绪万千"或"浮想联翩"，指的是大量碎片状的念头在脑海中此伏彼起又转瞬即逝，这样的"知觉场"自然与线性序列无缘。

麦克卢汉思想的犀利之处，还在于他进一步指出相关性与因果性不能混为一谈，甲和乙相邻不等于甲是乙的起因或乙是甲的结果。叙事学界一直以来喜欢用爱·摩·福斯特的"国王死了，不久王后也死去"③，来说明事件、情节与故事之间的关系，然而麦克卢汉告诉我们：

> 在西方有文字的社会里，说甲是乙"尾随而至"的起因，仍然

---

① 马歇尔·麦克卢汉：《理解媒介：论人的延伸》，何道宽译，北京：商务印书馆，2000年，第122页。
② 同上。
③ "'国王死了，不久王后也死去'便是故事，而'国王死了，不久王后也因伤心而死'则是情节。"爱·摩·福斯特：《小说面面观》，苏炳文译，广州：花城出版社，1984年，第75页。

是说得通的、可以接受的,仿佛造成这样的序列里有什么机制在起作用。大卫·休谟在18世纪已经证明,任何序列中,无论是自然序列还是逻辑序列里都没有因果关系。序列是纯粹的相加关系,而不是因果关系(Sequence is merely additive, not causative)。康德说:"休谟的论点使我从教条的沉睡中惊醒。"然而,西方人偏爱序列,把它当成是全面渗透的拼音文字技术的逻辑。这种偏爱的背后有何隐蔽的原因,休谟或康德都没有发现。①

导致王后死去的原因其实有很多,但将"不久王后也死去"置于"国王死了"之后,会让读者产生两者有因果关系的联想,卢波米尔·道勒齐尔等人甚至认为,这种编排事件的叙事策略在小说和历史中都有存在。② 麦克卢汉援引的休谟观点——"序列是纯粹的相加关系,而不是因果关系",在我看来给了偏爱因果关系者致命的一击。西方人识字之初便接受字母表这样的序列训练,就像汉字的笔画不能变动一样,字母组成单词后彼此间的位置也不能变动,这就使他们养成了对序列的敏感与依赖,认为意义产生于线性的排列之中。相比之下,汉字却是一个个自成一体的灵动方块,许多汉字可以独立成词,许多词汇中的汉字可以颠倒位置,如"互相"与"相互"、"光荣"与"荣光"、"觉察"与"察觉"、"洋洋得意"与"得意洋洋"以及"扬眉吐气"与"吐气扬眉",等等。不过"散"能生"聚",汉字彼此之间的不相依附,产生的结果却是组词能力的强大无比,这就像"不结盟国家"反而能没有负担地与任何国家自由来往一样。常用汉字不过三四千,我们却能通过它们的排列组合掌握数量庞大且层出不穷的汉语词汇,任何一个识字的中国人都应该感谢老祖宗对后人的这一宝贵馈赠。

"散"能生"聚"这一规律,有助于我们理解中国文化的从散。众所周知,中国画与西洋画的观察方式分别为"散点透视"与"焦点透

---

① 马歇尔·麦克卢汉:《理解媒介:论人的延伸》,何道宽译,北京:商务印书馆,2000年,第122页。
② 卢波米尔·道勒齐尔:《虚构叙事与历史叙事:迎接后现代主义的挑战》,载戴卫·赫尔曼(主编):《新叙事学》,马海良译,北京:北京大学出版社,2001年,第181、183页。

视"。由于人眼对外界的观察也是一种"焦点透视",许多人会觉得西洋画的表现方式更为逼真。然而仔细思考之后,我们又会觉得古人的选择不无道理,"焦点透视"造成的逼真效果其实并不真实,两条平行线伸向远方后并不会真的重合,那是眼睛对我们自己的"欺骗"!我们的古人对"焦点透视"其实早有了解:南北朝时期宗炳《画山水序》中的"去之稍阔,则其见弥小",说的就是近大远小的透视道理;唐代王维《山水论》中的"丈山尺树,寸马分人,远人无目,远树无枝,远山无石",更把这一道理落到了实处。这也就是说古代画家并非不懂"焦点透视",而是他们觉得"散点透视"更符合他们对世界的认识。

"散点透视"既然代表着中国人对外部世界的"看",这种"看"也就非画家所能专美。就像古人所说的"听"经常是"心听"一样,古人的"看"实际上也是一种"心看",因为只有这种"心看"才能随心所欲地采集各种画面。古代文论一贯主张这种上穷碧落下黄泉的"心看",刘勰《文心雕龙·物色》中的"写气图貌,既随物以宛转;属采附声,亦与心而徘徊",陆机《文赋》中的"精骛八极,心游万仞"以及"观古今于须臾,抚四海于一瞬",都是说要让精神上的眼睛插上翅膀四处飞翔。有了这样的眼睛,《清明上河图》中那种连缀一幅幅图景的手法,在古代诗文中便成了连缀一串串名词的"意象+意象"。马致远《天净沙》中联袂出场的那些意象,从开始的"枯藤老树昏鸦",一直到最后的"断肠人在天涯",全都是零散的独立个体,彼此间没有用任何系词作串联。诸如此类的尚有"暧暧远人村,依依墟里烟""雨中黄叶树,灯下白头人"和"鸡声茅店月,人迹板桥霜"等。

中国古典诗歌中这类例子不胜枚举,我们已经司空见惯,域外的敏感者对此却是如获至宝。埃兹拉·庞德的《在地铁车站》只有寥寥两行("人群这些面孔幽灵一般显现,/湿漉漉的黑色枝条上的许多花瓣"),却被人们认为是英美现代派诗歌的前驱——意象派诗歌的发端之作。庞德是从受汉诗影响的日本俳句那里发现"意象叠加"这一法宝,他说:"一首意象诗是一种并置形式,也就是说,一个观念叠加在另一个观念之上。我发现这很管用。"①　"意象叠加"之所以"管用",是因为两个意象并置之后在人们想象中发生了"叠加"——"两个意象不加评论地被并置在一起,在读者心里,立即唤起了联想,前后两个意象事实上是前后呼应的"②。庞德等人先是采用"脱节"法对中国古典诗歌进行直译,也就是说如果汉诗中的名词之间没有系词,译诗也照样逐词"硬"译不求完整,然后他们在自己的创作中又模仿这种直译,于是就有了意象派诗歌的呱呱坠地。T. S. 艾略特批评西方现代诗人不会让人像闻到玫瑰花香似地感觉到思想③,这与他们受序列训练而变得根深蒂固的线性思维有关,说句实在话,并置两个素不相干的意象而不加以任何钩联或评论,在一个讲求理性和逻辑的文化中是难以想象的事情,这就决定了西方意象派诗人一定要到东方来才能取得灵感的火种。④

与古代诗歌中的意象连缀相似,古代小说中也大量存在连缀故事片断的情况。但前者在西方受到欢迎,后者却被西方某些汉学家看作缺点,浦安迪(Andrew H. Plaks)如此总结这些汉学家的认识:

> 总而言之,中国明清长篇章回小说在'外形'上的致命弱点,在于它的"缀段性"(episodic),一段一段的故事,形如散沙,缺乏西方novel那种'头、身、尾'一以贯之的有机结构,因而也就缺乏所谓的整体感。⑤

浦安迪本人并不同意这种观点,但他坦承自己先前的阅读体验也是如此:"我们初读时的印象,会感到《水浒传》是由一些出自民间的故事素材杂乱拼接在一起的杂烩。"⑥以"散沙"和"杂烩"来做形容,足

---

① Ezra Pound, Gaudier-Brzeska, a Memoir, New York: New Directions Publishing Corp., 1970, p.89.
② 蒋洪新:《庞德研究》,上海:上海外语教育出版社,2014年,第142页。
③ 托·斯·艾略特:《玄学派诗人》,载《艾略特文学论文集》,李赋宁译,南昌:百花洲文艺出版社,1994年,第22页。
④ 赵毅衡:《诗神远游——中国如何改变了美国现代诗》,成都:四川文艺出版社,2013年。按,书中对这一问题论述甚详。
⑤ 浦安迪讲演:《中国叙事学》,北京:北京大学出版社,1996年版,第56页。
⑥ 同上书,第65页。

见《水浒传》等小说的"散"给域外人士印象之深。

"缀段性"(episodic)又译"穿插式",亚里士多德在《诗学》中对其评价甚低:

> 在简单的情节与行动中,以"穿插式"为最劣。所谓"穿插式的情节",指各穿插的承接见不出可然的或必然的联系。①

浦安迪批评的那些西方汉学家,就是以此为诟病的经典依据。然而《水浒传》等小说中的穿插式情节是否真的"见不出可然的或必然的联系",或者把问题提到更高的层面上来,小说中是要"见出"这种联系还是让其隐藏得更深一些,都有认真商榷的必要。文学艺术的每种样式都有自己的特殊性,亚里士多德的看法是就古希腊戏剧而言,那时许多文艺样式还未诞生,他所反感的"穿插式"未见得不能运用于未来的小说。"缀段性"叙事不但受到西方汉学家的质疑,一些受了西方影响的中国学者对其也有批评,这些批评反映了视觉文化影响下的叙事观念在中国文坛的弥漫,我们在下一节中将对其作专门讨论。不过话又说回来,我们固然不能苟同用"形同散沙"来形容古代小说,但浦安迪所说的"外形"之"散"却是一种无法否认的客观存在。

以上讨论的尚简、贵无、趋晦和从散等"四大酷",无一不是中国文化向听觉倾斜的证明,因为相对于一目了然的"看","听"到的东西总是若有若无、模糊不清和纷至沓来的,而这种不充足、不确定和非线性的信息传播,又会反过来迫使接受者更聚精会神地"卷入"其中。麦克卢汉说"中国人是听觉人",说东方艺术是"冷"艺术,强调的都是中国文化比西方文化更"酷",虽然他因语言文化隔阂无法对此做出具体论证。

不过,任何概括都隐藏着将对象简单化的危险。虽然前面的讨论中用了那么多材料来证明中国文化的"四大酷",但这里还是要作个补正:归纳出了尚简、贵无、趋晦与从散等特点,并不代表着古人只知一味追

---

① 亚理斯多德:《诗学》,罗念生译,北京:人民文学出版社,1962年,第31页。

求"简""无""晦""散"。汉语的表达常常是言在此而意在彼,更具体地说是常常言在此端而意在超越彼端。因此在尚简方面,最理想的"简"是以少胜多或曰"四两拨千斤";在贵无方面,最高明的"无"是无中生有或曰"无为而无不为";在趋晦方面,最顶尖的"晦"是隐而愈显或曰"大隐隐于显";在从散方面,最微妙的"散"是外松内紧或曰"形散神不散"。只有这样辩证地看问题,我们才能把握住中国文化的真谛。

四、从文化差异到叙事之别

麦克卢汉的"媒介即信息",强调的是感知媒介或途径对信息接受的决定性影响,也就是说你通过什么去感知,最终决定你感知到什么。"视即知"与"听而察"这两种迥然不同的感知取向,导致中西文化关注的内容有很大差异。韦尔施对视听模式的两极分驰有专门论述:

> 可见和可闻,其存在的模式有根本不同。可见的东西在时间中持续存在,可闻的声音却在时间中消失。视觉关注持续的、持久的存在,相反听觉关注飞掠的、转瞬即逝的、偶然事件式的存在。因此核查、控制和把握属于视觉,听觉则要求专心致志,意识到对象转瞬即逝,并且向事件的进程开放。①

视觉之为"最出色的认知感觉",是因为视觉对象在时间中"持久存在",如此方有可能用眼睛反复打量。按照韦尔施的说法,专注于"看"还会进一步提升人类对外部世界的支配和把握——存在既然是可以被目光"进一步核查"的,当然也是"可予测度"和"可以肢解"的,科学和技术就是这样在以视觉模式为主导的西方社会中发展起来。根据这种认识,技术工具不过是代替了人类目光对存在做出"测度"和

---

① 沃尔夫冈·韦尔施:《重构美学》,陆扬、张岩冰译,上海:上海译文出版社,2002年,第221—222页。

"肢解",视觉耽溺成了西方文化亲近认知和科学的重要原因。相比之下,如秋风之过马耳的声音却是最不稳定的,这种不稳定性削弱了对存在的支配感和把握感,《道德经》所说的"恍兮惚兮"和"惚兮恍兮",《论语》所说的"瞻之在前,忽焉在后",颇能代表我们对世界和事物的印象。此类印象为非理性的信仰提供了滋生的土壤,科学技术在中国的姗姗来迟,与国人对存在的本体论一贯缺乏兴趣有密切关系。

如果说韦尔施发现西方文化相对亲近认知和科学,那么麦克卢汉注意到,"使用拼音文字的文化"更宜于工业与军备的发展:

> 唯有使用拼音文字的文化,才掌握了作为心理和社会组织普遍形式的、连续性的线性序列。将各种经验分解为整齐划一的单位,以产生更快的行动和形态变化(应用知识),始终是西方的力量既驾驭人又驾驭自然的秘密。我们西方的工业计划在无意之间非常之咄咄逼人,我们的军备计划又高度工业化,其原因就在这里。因为二者都是由拼音字母塑造的。①

"使用拼音文字的文化"在麦克卢汉那里也就是视觉主导的文化。麦克卢汉说西方的工业与军备计划"都是由拼音字母塑造的",这样的表述在逻辑上似乎有点不够周延,他所列举的论据好像也不足以支撑这一结论。但是如前所述,踏着一块块不完全粘连的"马赛克"跃向结论,正是麦克卢汉一贯的论述风格,我们大体上还是能够理解他的意思:拼音文字中体现的"连续性的线性序列",从一开始就引导人们"将各种经验分解为整齐划一的单位",以便对它们实行统一的"转换和控制",大型制造业和工序复杂的流水生产线等因此首先出现在西方。没有因文字"规训"而形成的逻辑思维和理性态度,不可能逐步发展到有条不紊地管理规模庞大的工业和军备体系,当然在这一过程中管理者也和管理对象一样被序列化了,这就是"西方的力量既驾驭人又驾驭自然的秘密"。

---

① 马歇尔·麦克卢汉:《理解媒介:论人的延伸》,何道宽译,北京:商务印书馆,2000年,第122—123页。

在谈到这种文化对市场和商品经济的影响时，麦克卢汉的意思就显得更加显豁和容易理解了：

> 对西方人来说，读写文化长期以来就意味着管道、水龙头、街道、装配线和库存目录。也许读写文化最有说服力的表现，是我们的统一价格体系，这一体系扩散到遥远的市场，加速了商品的周转。在有文字的西方，就连我们的因果观念也长期表现在事物顺次展开和连续展开的形式中。这样的因果观念使任何部落文化或听觉文化的人都觉得十分荒唐可笑。①

现代人没有机会看到罗马军团当年如何迈着整齐的步伐为帝国开疆拓土，但是麦当劳、肯德基、苹果手机专卖和汽车4S店等连锁销售方式，已经以一种新的"VENI VIDI VICI"（凯撒名言"我来，我看，我征服"）姿态走向世界各地，各种水电汽管缆更是不由分说地将千家万户编织进一张张无远弗届的网络。由西方开始的现代化或曰全球化运动，可以形象地表述为将一切存在都用"顺次展开和连续展开"的网络覆盖，不管愿意不愿意，人们都因不得不使用各种现代设施而成了各类网络上的一个个微小节点。

麦克卢汉还提到，联合国教科文组织在印度村子里铺设自来水管，"由于水管是一种线性组织，所以不久村民就要求拆除自来水管。因为对他们来说，大家不再上公用井汲水以后，村子里的社交生活都被削弱了。"② 类似情况在中国也有发生，我们的乡村过去就是一个个众声喧哗的"整体知觉场"，一旦生产和生活都被纳入线性序列的轨道，部落文化的种种魅力即不复存在。如何解决农民变成市民之后的文化转换，看来是中国当前城镇化运动面临的一大难题。

以上讨论似能说明，中西文化差异的根本原因在于各自侧重不同的感知途径，这一认识有助于我们更有穿透力地去观察一些文化现象。举

---

① 马歇尔·麦克卢汉：《理解媒介：论人的延伸》，何道宽译，北京：商务印书馆，2000年，第124页。
② 同上书，第123页。

例来说,中国游客在国外备受指责的一些表现,包括大声说话、不愿排队和扎堆聊天等,其实都是听觉社会中形成的习惯使然。麦克卢汉举出的自来水管事件可供我们作进一步分析:自来水管代表的线性秩序与公用井边的非线性秩序有很大不同,井边的人们不一定按先来后到的次序汲水,因为人们并不都是为了汲水而来到井边:有人来这里可能是为了发布新闻,有人可能是为了打听消息,有人可能是为了与人会面。在这种露天的社交场合,大声说话和谁拿到水桶谁就汲水一样是很正常的事情。即便是在用上了自来水之后,人们也不可能立即改变祖祖辈辈养成的行为方式,他们会把新的公共空间当成井边,不自觉地按原有方式行事。换而言之,一种文化中"正常"的行为,到了另一种文化中有可能显得不那么"正常",如果只用一把尺子来衡量,我们就会将大声说话之类统统看作是缺点,甚至把问题上纲上线到"国民素质"这样的高度。

文化差异是一种客观存在,对文化差异的认知却会因不同主体的主观判断而不同,为了接下来的讨论顺利进行,我们需要引入"标出性"(markedness)这一概念,因为它有利于我们认识文化中"正常"与"非常"的相对性,也就是说看到文化本身并无高低优劣之分。"标出性"原为语言学术语,所谓"标出项",指的是对立两项之中不对称、出现次数较少的那一项,而"非标出项"则为"中项"或曰"正常项"。符号学家将这一概念移用于文化研究,认为文化中亦有"标出项"与"非标出项",但它们无法像语言学中的"标出性"那样可予客观度量,而是更多依赖于文化中人的主观感觉:

> 《后汉书》记载光武帝收复失地,"老吏或垂涕曰,'不意今日复睹汉官威仪'"。汉朝老吏看到的是峨冠博带之类中原文化的风格符号,此人对"汉官威仪"感动到垂涕,是因为长久生活在"化外",见惯了胡服胡装。这是文化标出性的悖论。生活在某个文化中的人,并不觉得自己的文化元素风格特别。每个文化中人经常在异族人身上发现大量奇异的风格性元素,而认为自己的仪礼服饰是

正常的。①

这也就是说，人们因为长期处于某种环境而对某些"风格"元素习焉不察，只有到了另一种环境中才会发现它们成了不正常的"标出项"——仍以大声说话为例，这种行为在热闹的公用井边并无不妥，但在安静的航班客舱里则会引来他人诧异的目光。从这里可以看出倾听异文化的声音是多么重要，久处"芝兰之室"或"鲍鱼之肆"的人，对所处环境的气味已经不再敏感，因此需要借助别人的感觉来完成"复敏"，以实现对感觉对象的重新陌生化。

懂得了这一道理，我们就会明白为什么不是中国学者而是麦克卢汉指出中国人是"听觉人"，为什么不是中国诗人而是庞德发现中国古典诗歌中的意象法宝。前面讨论的尚简、贵无、趋晦和从散等特征，在强调"听"的中国文化中属于"非标出项"，它们的大量出现不会引起任何惊奇，因为国人习惯了从不充足、不确定和非线性的信息中获得意义。中国的教育传统中没有字母表这样的序列训练，汉字之间的任意结合都有可能产生意义，因此我们会觉得意象与意象之间不一定要用系词连接，事件与事件之间也不一定要有"可然的或必然的联系"。反过来，我们的"四大酷"在专注"看"的西方文化中则成了另类，因为听觉传播中可以容忍的模糊零乱之类，在视觉传播中变成了无法忽视的明显存在，经不起韦尔施所说的目光"测度"与"肢解"。类似情况我们平时也会遇到，一篇听上去感觉不错的演说，拿到文字稿后会觉得不过尔尔。

同样的道理，中国诗歌中的意象叠加和小说中的"缀段性"吸引了西方人的眼球，也是因为它们与贯彻有机整体观的西方诗歌小说迥然有异。至于两者所获评价不同，那是因为西方诗歌在浪漫主义运动之后进入低潮，急欲改弦更张寻找他山之石，而小说特别是长篇小说却因反映和批判现实受到欢迎，西方批评家对这种新崛起的现代史诗正信心满满。海德格尔曾说语言是"存在之家"，"我们欧洲人也许就栖居在与东

---

① 赵毅衡：《符号学》，南京：南京大学出版社，2012年，第285页。

亚人完全不同的一个家中",因此"一种从家到家的对话就几乎还是不可能的",① 笔者对此的理解是两家的标准很不一样——彼之正常我之非常,我之正常彼之非常,这种情况下的对话无异于鸡同鸭讲。

至此可以将骨鲠在喉的一个重要问题提出来讨论,那就是为什么20世纪中国文化的三位代表人物都对本民族的叙事经典颇有微词。第一位是鲁迅,人们都知道他对传统事物如中医和京剧等多持鄙夷不屑的态度,其实他对传统叙事的态度也是如此:

> 缘中国古书,叶叶害人,而新出诸书亦多妄人所为,毫无是处。为今之计,只能读其记天然物之文,而略其故事,因记述天物,弊止于陋,而说故事,则大抵谬妄,陋易医,谬则难治也。②

用"大抵谬妄"来概括古人的"说故事",可以说是一种低到无法再低的评价。《中国小说史略》检阅历代名著时多录原文,议论部分惜墨如金,少有肯定之语,这与其"大抵谬妄"的成见不无关系。或许是由于《儒林外史》的讽刺风格与自己的文风相近,鲁迅难得地对它多给了一点赞扬,但对其叙事结构还是下了"全书无主干"的断语:

> 惟全书无主干,仅驱使各种人物,行列而来,事与其来俱起,亦与其去俱讫,虽云长篇,颇同短制;但如集诸碎锦,合为帖子,虽非巨幅,而时见珍异,因亦娱心,使人刮目矣。③

所谓"事与其来俱起,亦与其去俱讫",指的是一事未完又说一事,人物招之即来挥之即去,挥去之后便如泥牛入海再无消息,缺乏贯穿始终的故事"主干"与主要人物。如果说这是"缺点",那么这样的"缺点"在《水浒传》和许多小说中都有不同程度的存在。显而易见,鲁迅描述的"无主干",正是前述明清小说为西方汉学家诟病的"缀段性",

---

① 海德格尔:《从一次关于语言的对话而来》,载海德格尔:《在通向语言的途中》,孙周兴译,北京:商务印书馆,1997年,第76页。
② 鲁迅:《致许寿裳》(1919年1月16日),载《鲁迅全集》(第十一卷),北京:人民文学出版社,1981年,第357页。
③ 鲁迅:《中国小说史略》,载《鲁迅全集》(第九卷),北京:人民文学出版社,1981年,第221页。

他虽然没有使用"散沙""杂烩"之类的字眼,但"集诸碎锦,合为帖子"表达的正是"缀段性"的意思。

第二位是胡适。胡适与鲁迅政见不合,在中国小说研究方面却是同道,两人在著述中都引用过对方的观点与材料。鲁迅的明清小说研究多从"考镜源流"出发,胡适收入《中国章回小说考证》中的多篇论文更以"考证"为题,这与其"整理国故"以"再造文明"的思想有关。"考证"更多涉及版本、承传等外部因素,胡适和鲁迅都没有将着力点放在小说的文学价值上,原因显然在于他们觉得这方面无甚可观,胡适曾说"我写了几万字考证《红楼梦》,差不多没有说一句赞颂《红楼梦》的文学价值的话"①。相比于鲁迅对《儒林外史》的含蓄批评,胡适对《三国演义》等名著的指摘要激烈得多:"《水浒传》全是想象,故能出奇出色;《三国演义》大部分是演述与穿插,故无法能出奇出色。""《三国演义》最不会剪裁;他的本领在于搜罗一切竹头木屑,破烂铜铁,不肯遗漏一点。因为不肯剪裁,故此书不成为文学的作品。"②(着重号为原文所有)胡适之所以肯定《水浒传》的想象,是因为《三国演义》之类的历史演义"往往用史事做间架,这一朝代的事'演'完了,他的平话也收场了"③,而"杜撰的演义"如《水浒传》则"不肯受史事的严格限制",故其想象能超过演述史事的演义。胡适说《三国演义》"大部分是演述与穿插",其实四大名著当中,"穿插"最多的还是《水浒传》("穿插"如前所述正与"缀段"同义),试读胡适自己的评论:

> 《水浒》便是一例。但这一类的小说,也还是没有布局的;可以插入一段打大名府,也可以插入一段打青州;可以添一段破界牌关,也可以添一段破诛仙阵;可以添一段捉花蝴蝶,也可以再添一

---

① 胡适:《答苏雪林书》,载《胡适文集》(5),北京:人民文学出版社,1998年,第426页。
② 胡适:《〈三国志演义〉序》,载《胡适文集》(6),北京:人民文学出版社,1998年,第85—86页,重点号为原文所有。
③ 胡适:《五十年来中国之文学》,载《胡适古典文学研究论集》(上册),上海:上海古籍出版社,2013年,第128页。

段捉白菊花……割去了,仍可成书;拉长了,可至无穷。这是演义体的结构上的缺乏。①(省略号为原文所有)

在胡适看来,"穿插"带来的布局"散漫"不仅见于《三国演义》和《水浒传》,《儒林外史》《金瓶梅》与《红楼梦》也概莫能外:

《儒林外史》虽开一种新体,但仍是没有结构的;从山东汶上县说到南京,从夏总甲说到丁言志;说到杜慎卿,已忘了娄公子;说到凤四老爹,已忘了张铁臂了。后来这一派的小说,也没有一部有结构布置的。所以这一千年的小说里,差不多都是没有布局的。内中比较出色的,如《金瓶梅》,如《红楼梦》,虽然拿一家的历史做布局,不致十分散漫。但结构仍旧是很松的;今年偷一个潘五儿,明年偷一个王六儿;这里开一个菊花诗社,那里开一个秋海棠诗社;今回老太太做生日,下回薛姑娘做生日,……翻来覆去,实在有点讨厌。②(省略号为原文所有)

第一流小说之中,《儒林外史》的流行最不广,但这部书在文人社会里的魔力可真不少!……《儒林外史》没有布局,全是一段一段的短篇小品连缀起来的;拆开来,每段自成一篇;斗拢来,可长至无穷。这个体裁最容易学,又最方便。因此,这种一段一段没有总结构的小说体就成了近代讽刺小说的普通法式。③

引文中"一段一段的短篇小品连缀",简直就是"episodic"(缀段性)的汉译!而"说到杜慎卿,已忘了娄公子",也可作为鲁迅"事与其来俱起,亦与其去俱讫"的注脚。胡适与鲁迅观点的如出一辙,或可用"英雄所见略同"来解释,但也不能排除两人之间的相互影响——胡适在《三国志演义·序》末就声明自己"曾参用周豫才先生的《小说史

---

① 胡适:《五十年来中国之文学》,载《胡适古典文学研究论集》(上册),上海:上海古籍出版社,2013年,第128页。
② 同上书,第128—129页。
③ 同上书,第123页。

讲义》稿本"①。所不同的是，鲁迅只是从《儒林外史》中看到了"缀段性"，而胡适却发现"这一千年的小说里，差不多都是没有布局的"，中国小说从话本算起也不过一千来年，胡适此语的打击面不可谓不宽。

第三位是陈寅恪。小说研究虽非陈寅恪的主业，但他对中国叙事形式的持续关注，与鲁迅、胡适相比不遑多让。不仅如此，在"独立之精神"与"自由之思想"的作用下，他对明清小说结构的批评也和胡适一样严厉和直白：

> 综观吾国之文学作品，一篇之文，一首之诗，其间结构组织，出于名家之手者，则甚精密，且有系统。然若为集合多篇之文多首之诗而成之巨制，即使出自名家之手，亦不过取多数无系统或各自独立之单篇诗文，汇为一书耳。……至于吾国小说，则其结构远不如西洋小说之精密。在欧洲小说未经翻译为中文以前，凡吾国著名之小说，如水浒传、石头记与儒林外史等书，其结构皆甚可议。……总之，不支蔓有系统，在吾国作品中，如为短篇，其作者精力尚能顾及，文字剪裁，亦可整齐。若是长篇巨制，文字逾数十百万言，如弹词之体者，求一叙述有重点中心，结构无夹杂骈枝等病之作，以寅恪所知，要以《再生缘》为弹词中第一部书也。②

陈寅恪认为中国作家谋篇布局的精力只能顾及短篇作品，驾驭"文字逾数十百万言"的长篇巨制则力有未逮。引文中加重点号的那一番话，特别是"其结构远不如西洋小说之精密"和"其结构皆甚可议"等语，更将"欧洲小说未经翻译为中文以前"的《红楼梦》等叙事经典统统扫倒在地。

那么陈寅恪为什么要用"欧洲小说未经翻译为中文以前"这种提法呢？我认为这要从胡适的研究中去寻找答案。胡适在否定"这一千年的

---

① "作此序时，曾参用周豫才先生的《小说史讲义》稿本，不及一一注出，特记于此。"胡适：《三国志演义·序》，载《胡适文集》(6)，北京：人民文学出版社，1998年，第87页。
② 陈寅恪：《论〈再生缘〉》，载陈寅恪：《寒柳堂集》，北京：生活·读书·新知三联书店，2001年，第67—68页。引文中重点号为笔者所加。

小说"的同时，对吴趼人在西洋小说影响下的"技术进步"作了肯定："吴沃尧曾经受过西洋小说的影响，故不甘心做那没有结构的杂凑小说。""（《九命奇冤》）用西洋侦探小说的布局来做一个总结构。繁文一概削尽，枝叶一齐扫光，只剩这一个大命案的起落因果做一个中心题目。有了这个统一的结构，又没有勉强的穿插，故看的人的兴趣自然能自始至终不致厌倦。故《九命奇冤》在技术一方面要算最完备的一部小说了。"① 这也就是说，胡适认为欧洲小说的翻译导致了中国小说在结构布局方面的进步，而陈寅恪的提法则隐隐呼应了胡适的观点。不过，如果说胡适是在吸取了外来营养的中国小说中看到结构布局方面的"完备"之作，那么陈寅恪便是在小说之外的既有弹词作品中发现了"不支蔓有系统"的作品。《论〈再生缘〉》似乎从头至尾都在努力申说这样的观点：中国小说固然有结构不精密之弊，但这并不意味着中国人缺乏这方面的叙事能力，《再生缘》就是一部"叙述有重点中心、结构无夹杂骈枝等病之作"。在陈寅恪后期的学术研究中，这一观点与宣传"东风压倒西风"的政治形势最为契合（但这绝不是他有意为之），无怪乎郭沫若会紧随陈寅恪之后连续写出多篇研究《再生缘》的文章，宣称作者陈端生的本领不亚于"18—19世纪英、法的大作家们"②，由于这些"大作家们"如司各特、司汤达和巴尔扎克等均以长篇小说驰名，这一比较可以看成对陈寅恪观点的有力支持。

以上三位大学者之论，其共同点都是批评中国古典小说的结构形式。鲁迅虽然没有像胡适、陈寅恪那样直接主张以西方小说为楷模，但他间接表达过类似的意思，如他在《我怎么做起小说来》中坦言"大约

---

① 胡适：《五十年来中国之文学》，载《胡适古典文学研究论集》（上册），上海：上海古籍出版社，2013年，第129页。
② "我每读一遍都感到津津有味，证明了陈寅恪的评价是正确的。他把它比之于印度、希腊的古史诗，那是从作品的形式来说的。如果从叙事的生动严密、波浪层出，从人物性格塑造，心理描写上来说，我觉得陈端生的本领比之18—19世纪英、法的大作家们，如英国的司各特（Scott, 1771—1832）、法国的司汤达（Stendal, 1783—1842）和巴尔塞克（Balzac, 1799—1850），实际上也未遑多让。"郭沫若：《〈再生缘〉序》，载陈端生：《再生缘》（郭沫若校订），北京：北京古籍出版社，2002年，第6页。

所仰仗的全在先前看过的百来篇外国作品"①,还说"新文学是在外国文学潮流的推动下发生的,从中国古代文学方面,几乎一点遗产也没摄取"②。不仅如此,他们在衡量小说结构时使用的正反尺度,如"主干"与"碎锦"、"布局"与"散漫"、"系统"与"支蔓"等,明显采用了以线性秩序为正常标准的西方眼光。这种对中国叙事形式的自我矮化,与鸦片战争以来国人的文化自信心连续遭受重创不无关系,那时就连传统的章回小说也早已过了自己的高峰阶段——四大名著均属19世纪之前的产物,而正是在19世纪初至20世纪初这段时间内,西方小说迎来了一个群星灿烂的繁荣时期。"尔荣"与"我衰"碰在一起,导致西方小说成了比较文学所谓的影响"放送者"。假如把明清小说的章回体形式比喻成长袍马褂,那么西方小说的叙事模式便是西装,既然脱下长袍马褂后只有西装这一种选择,人们便很容易唯西方马首是瞻,将其叙事模式奉为圭臬,这种情况就像今天的许多人把西服当成唯一的"正装"一样。

西服当然不是唯一的"正装",但这个天经地义的简单道理,要现在所有的社会成员都接受并不容易,其中一个重要原因是我们还没有像日本和服一样可与西服相颉颃的"汉服"或"华服"。同样的道理,中国小说虽说已完成了自己的"换型",但是对于何谓"中国气派"或"中国风格"的叙事模式,文坛和学界至今还未形成共识。中国小说的结构"散漫"问题之所以被提出来讨论,是因为提出者都有留学海外的经历,在视觉主导的文化中浸润甚深,西方小说的结构形式不知不觉成了他们心目中理所当然的"非标出项"(即"正常项"),所以当他们回过头来"整理国故"研究中国小说时,与西方小说迥然有异的叙事"风格"立刻让他们感到刺眼,"缀段性"结构就是这样被众口一词地"标出"了。鲁迅、胡适和陈寅恪的结构观为什么如此一致,他们的观点为

---

① 鲁迅:《南腔北调集·我怎么做起小说来》,载《鲁迅全集》(第四卷),北京:人民文学出版社,1981年,第512页。
② 鲁迅:《集外集拾遗补编·〈中国杰作小说〉小引》,载《鲁迅全集》(第八卷),北京:人民文学出版社,1981年,第399页。

什么和浦安迪批评的西方汉学家如出一辙,其因盖出于此。胡适说《红楼梦》"今回老太太做生日,下回薛姑娘做生日,……翻来覆去,实在有点讨厌","这"讨厌"二字透露出"缀段性"已经构成了对其西式胃口的一种冒犯,由此可以理解胡适为什么看不到《红楼梦》的"文学价值",习惯了西装革履的人是无法从长袍马褂中发现美感的。

　　胡适对"缀段性"的态度还能引起我们进一步思考。符号学对"标出性"的研究告诉我们,文化中的"标出项"与"非标出项"主要取决于观察者的主观感受,亦即文化中人的好恶决定着哪种风格被"标出"。前面提到文化的"正常"与"非常"都是相对而言,这里要补充的是,对叙事的"风格"亦应作如是观,西方小说的线性连贯结构不能作为置之四海而皆准的形式标杆,否则世界文学的百花园里不可能有五颜六色的花朵盛开。胡适不满意《金瓶梅》的"今年偷一个潘五儿,明年偷一个王六儿"和《红楼梦》的"这里开一个菊花诗社,那里开一个秋海棠诗社",但中国的广大读者对此不仅不以为忤,甚至可以说许多人恰恰"好的就是这一口",他对这两部叙事经典的酷评并不能代表大多数国人的意见。鲁迅在这方面比胡适高明,他一方面指出《儒林外史》存在"无主干"的现象,但又说"集诸碎锦"而成的"帖子"因"时见珍异"而有"娱心"之效,这就承认了"虽云长篇,颇同短制"的形式还是受到本土读者欢迎的。

　　了解了这些之后,再来看"缀段性"讥评者主张的"结构""布局""组织""系统""主干"以及"'头、身、尾'一以贯之的有机结构"等,就会发现这些概念与"使用拼音文字的文化"关系甚深,或者说它们均为视觉文化的产物,因为其本质皆可用"连续性的线性序列"来形容。结构与布局本有"明/晦"或"表/里"之分,但"无结构""无布局"和"无主干"这样简单笼统的判断,让人感觉到判断者只关心那种浮于表面、一望而知的事件关联,而不注重那种"看不见的"、有如草蛇灰线般的隐性脉络。金圣叹在解释"草蛇灰线法"时说:"骤看之,有如无物，及至细寻，其中便有一条线索，拽之通体俱动。"① 这一解释指出隐性脉络具有三个特点：一是"骤看"若无，二是"细寻"则有，三是通体贯穿。胡适觉得采用"西洋侦探小说的布局"的《九命奇冤》比"这一千年的（中国）小说"都更高明，陈寅恪认为中国小说结构"远不如西洋小说之精密"，我看原因在于他们只是"骤看"而未"细寻"，更谈不上把内在的草蛇灰线"拽"上一"拽"，因而与隐性脉络失之交臂。

　　认识不同的根源在于观念不同。胡适等人秉持的是诉诸理性和逻辑的西式结构观，他们以事件之间的线性直观联系为唯一的判断标准，因而会得出"无结构""无布局""无主干"之类的结论；而金圣叹等人采用的是诉诸想象的感性譬喻，他们凭直觉敏感到事件之间的非线性联系，并以此为依据梳理出贯穿作品内部的隐性脉络。如此说来，中西文化在听觉模糊性与视觉明朗性背景之下形成的两种冲动，不仅深刻影响了各自的语言表述，而且渗透到他们对结构的认识之中。趋向明朗的西式结构观要求事件之间保持显性的紧密连接，"顺次展开"的事件序列之中不能有任何不相连续的地方，这是因为视觉文化对一切都要作毫无遮掩的"核查"与"测度"；相反，趋向隐晦的中式结构观则没有这种刻板的要求，事件之间的连接可以像"草蛇灰线"那样虚虚实实断断续续，这也恰好符合听觉信息的非线性传播性质。所以西式结构观一味关心代表连贯性的"连"，而中式结构观中除了"连"之外还有"断"，麦克卢汉对此已有慧眼觉察。② 金批将胡适等人讨厌的"穿插"称为"间隔"，指出其功能在于避免因"文字太长"而令人觉得"累缀"，毛批继承了这一思路，将"妙于连者"与"妙于断者"等量齐观。评点派批评家为什么常用"隔""断""间""锁""关""架"等词汇，在我看来是

---

　　① 施耐庵著、金人瑞评、刘一舟校点：《金圣叹评批水浒传》（上），济南：齐鲁书社，1991年，第24页。
　　② "东方的'冷'艺术中不用这种结构。禅宗的艺术和诗歌凭借间歇的方式使人卷入其间，而不是凭借连接的方式，按视觉形象来组织的西方世界却采用连接的方式。"载马歇尔·麦克卢汉：《〈理解媒介：论人的延伸〉作者第二版序》，何道宽译，北京：商务印书馆，2000年，第25页。

由于他们认为叙事不能只"连"不"断",和"联络"与"照应"一样,"隔断"与"关锁"也是结构布局的题中应有之义。借他们常用的譬喻"横云断山"与"横桥锁溪"来说,正是因为"横云"隔断了逶迤绵延的山岭,"横桥"锁住了奔腾不息的溪水,山岭与溪水才更显得"错综尽变"和气象万千。

综上所述,中西叙事的不同源于各自的结构观念乃至观念后面的文化,而这归根结底又是因为双方在视觉和听觉上各有倚重。用文化差异来解释叙事并不新鲜,像本章这样从视听入手却似乎是首次。笔者多年来致力于探讨中国叙事传统的发生与形成,一直在念兹在兹地思考为什么它会是如我们今天所见的这种样貌,接触到麦克卢汉石破天惊的"中国人是听觉人"之论后,我感到他的猜测与自己此前的认识多有契合,将"媒介即信息"(感知途径影响信息传播)这一思路引入中国叙事学研究,许多问题似可得到更为贯通周详、更有理论深度的解答。如前所述,传统叙事的尚简、贵无、趋晦和从散等表现,只有与听觉的模糊性联系起来,才能理得顺并说得通。

回到现实中来,当前有一种现象特别令人困惑,这就是尽管批判"全盘西化"的声音一直不绝于耳,实际情况却是全球化往往被偷换为西化。只要看到许多人还未走出以西服为唯一正装的认识误区,就会明白抵御"文化殖民"并不像想象的那么容易,当前我们离中国文化的"伟大复兴"还有很大距离。保持文化的多样性本是全球化的题中应有之义,西方文化对视觉的倚重与中国文化对听觉的倚重属于相辅相成的关系,在视听之间倒向任何一隅都不明智。令人遗憾的是,尽管西方有识之士早就看到了视觉耽溺的弊端,"听觉转向"也已成为学术界一个热门话题,当前层出不穷的传媒嬗变和技术进步仍在不断制造出令人眼花缭乱的视觉诱惑,对"看"的依赖可以说是有增无已。而在我们这边,从洋务运动开始,一波接一波的变革图强运动都以振"聋"发"聩"的"睁眼看世界"为开场白,跟在"德先生"和"赛先生"后面悄悄进场的是西方的视觉文化。20世纪见证了国人感官天平向视觉一端的迅速倾斜以及"闻声知情"能力的不断丧失,如今不单是"听戏"

之类表达方式早已为"看戏"所代替,人们的注意力几乎全被各式各样的"视觉盛宴"吸引和占据,网络上最近用以点赞的一句流行语竟然是"亮瞎了我的眼"。

这种不知伊于胡底的感觉失衡与传统失守,是到了应该引起严重关切的时候了。

第十一章　从二分心智人到自作主宰者

——关于叙事作品中人物的内心声音

内容提要　朱利安·杰恩斯的二分心智理论，带来的一个启发是人类的主体意识建构至今仍未完成，这一认识应当引起所有研究"人学"者的高度重视。审慎地运用这一理论，重新审视叙事作品中那些有内心声音在耳边响起的人物，有助于更为深入地认识人类自身的心智状况。文学本身也是一种现实，谵妄型听觉叙事作为文学中的异数，书写的是意识深处很少"见光"的内容，我们不能忽视作为意识形态的文学对意识本身的书写，更何况这种书写往往能达到其他书写无法企及的深度。现在机器人的意识已经成为人们热烈讨论的话题，我们认为人类自己的心智问题至少应获得同样的关心，在担心人工智能是否会摆脱人类控制的今天，也许需要首先思考人类本身的意识是否完全受自己主宰。

人物的自我意识往往以内心声音的形式向读者呈现，中外叙事作品中，"脑子里有个声音对我说"之类的表述不胜枚举。在理论批评领域，意识和声音也常被人等量齐观。巴赫金的《陀思妥耶夫斯基诗学问题》

中，声音和意识的内涵几乎相互重叠——该书中译者对这两个术语作了专门解释，认为前者"指通过语言表现出来的某人思想、观点、态度的综合体"，后者"实指一个人的全部思想观念，一个意识常常即代表一个人"。① 此外，韦恩·布斯的《小说学修辞学》、热拉尔·热奈特的《叙事话语》、苏珊·S. 兰瑟的《虚构的权威——女性作家与叙述声音》和詹姆斯·费伦的《作为修辞的叙事：技巧、读者、伦理和意识形态》中，意识与声音之间也不存在明确的界限，虽然从表面上看这些著作中的声音多指作者意识，但作者意识最终还是会以种种方式向人物渗透，或与人物意识相互激荡形成巴赫金所谓的复调。

由于声音较之意识更易于被人理解，加之两者在内涵上相当接近，理论批评领域用声音来指代意识已经成为一种趋势。但在具体的叙事作品中，内心声音更多表现为某个不期而至的念头——包括思虑、计划、议论、评价和观点等，其发生与内容有时甚至会让人物自己也感到吃惊。如果将人的意识想象成大海（所以有"脑海"之喻），那么内心声音就是大海中飞溅的浪花，也就是说意识与声音之间的关系是整体与部分，从内涵上说前者囊括了后者。我们不妨来看托尔斯泰《安娜·卡列尼娜》中的一段心理描写，这节文字叙述安娜与伏伦斯基见面后心头如有小鹿儿乱撞：

> 她一想起伏伦斯基，内心就有个声音在对她说："温暖，真温暖，简直有点热呢！"她在座位上换了一个姿势，断然地对自己说："哎，那有什么呢？那又有什么道理？难道我害怕正视这件事吗？哎，那有什么呢？难道我同这个小伙子军官有了或者可能有超过一般朋友关系的关系吗？"她轻蔑地冷笑了一声，又拿起书来，可是怎么也读不进去。②

引文中安娜的内心声音发生得比较突兀，在其原本波澜不惊的意识

---

① 巴赫金：《陀思妥耶夫斯基诗学问题——复调小说理论》，白春仁、顾亚铃译，北京：生活·读书·新知三联书店，1988年，第27、29页。
② 列夫·托尔斯泰：《安娜·卡列尼娜》，草婴译，上海：上海文艺出版社，2007年，第102页。

中搅起阵阵涟漪,但此时安娜对伏伦斯基的情感尚在萌动之初,因此其意识中又出现了一个更为响亮、更能代表安娜意识主要方面的声音,其功能在于构成对前者的压制——"哎,那有什么呢?难道我同这个小伙子军官有了或者可能有超过一般朋友关系的关系吗?"不过这种压制只是暂时的,从安娜"拿起书来""怎么也读不进去"的后续动作来看,她原先平静的心境已被打破,那个嚷嚷着"温暖,真温暖,简直有点热呢"的声音显然已经对其意识构成了严重的扰动。

安娜内心是否真有声音响起?这个问题乍看上去有点幼稚,因为一般认为这是作者用来揭示人物内心活动的修辞手段,说人物心中有声音只是一种譬喻,不能按字面意义理解为真有什么声音在其心中发出。说得更直白一些,人的大脑里面没有发声器官,声音不可能凭空白地从里面产生——如果一定要说某个人物听到了自己的内心声音,那只能说其神经系统出现了谵妄型的听觉感知。但是,如果完全用幻听来否定内心声音的存在,又无法解释为什么许多作者都用声音来指代意识。再则,一些作者在写内心声音时,也是像托尔斯泰那样使用言之凿凿的直接引语,引号中的声音给人的感觉是发自另外一个主体,其存在的真实性与清晰性均不容置疑。更有甚者,内心声音在有些作家笔下还像真的声音一样具有冲击感,斯陀夫人《汤姆叔叔的小屋》第四十章中,汤姆在遭受折磨时向上帝祷告,结果耳边"一个更大的声音"震动了他的全部身心,"仿佛上帝的手触到了他的身体似的":

> 这些凶狠的话语他一句也没听进去——一个更洪亮的声音在他耳边回响:"那杀身体以后,不能再作什么的,不要怕他们。"听了这句话这可怜人仿佛被上帝之手触摸过似的,浑身的神经和筋骨都激动地震颤起来,觉得自己拥有千人之力。①

类似的例子还见于南希·法默的《鸦片之王》,小说第七章写小男孩马特脑子里的声音是如此逼真,以至于他以为屋子里还有什么别人存在:

---

① 斯陀夫人:《汤姆叔叔的小屋》,杨怡译,上海:上海译文出版社,2014年,第458页。

> 马特漫无目的地走到火炉边。他没有意识到自己要做什么，可是有一个声音，一个深埋在他头脑里的声音，在悄声说道：他要杀了你。这个声音是那么的真实，以至于小男孩连忙抬头看房间还有什么人。①

此类描写在中国小说中同样存在。莫言的《天堂蒜薹之歌》中，人物的"脑子深处"也有一个人在说话：

> 高马翻身爬起的动作又笨又拙：屁股撅得高高的，四个爪子着地，很像刚会爬行的婴儿在"支锅"。他（高羊）咧了咧嘴，他听到脑子深处一个似自己非自己的人在说："你没有笑，知道不知道，你没有笑。"②

文学来自生活，小说中的人物虽然不是真人，但作者并非不食五谷的神仙，因此不能断然否定这些描写的现实依据。不过对内心声音最有发言权的还是心理学家，在这个问题上我们应当首先听取他们的意见。不仅如此，心理学的相关研究还能引导我们以声音为路标步入邃密幽深的意识迷宫，看到主体意识的建构并非如我们想象的那样早已完成，而是一个绵延至今的渐进过程，而了解这一漫长过程又会让我们重新认识文学作品中那些耳边有声音响起的人物，当然这也意味着重新认识我们自己。现在机器人的意识已经成为人们热烈讨论的话题，我们认为人类自己的意识问题至少应获得同样的关心，叙事作品可以为这方面的探讨提供不可替代的研究材料。

一、内心声音因何产生——来自二分心智理论的解释

患有心理疾病的人经常出现幻听，这一判断已为无数临床诊断所证

---

① 南希·法默：《鸦片之王》，陈佳凰译，海口：南方出版社，2016年，第40页。
② 莫言：《天堂蒜薹之歌》，北京：当代世界出版社，2003年，第9页。

实，然而不能据此反过来说出现幻听便意味着精神不正常。1894年，一项名为"国际正常人幻觉普查"的调研活动征集到了17000人的回答，针对调查问卷上的唯一问题——"当你确信自己完全清醒的时候，是否曾经真切地看见或感到一个生命体或者无生命体碰到了你；是否曾经感觉听到某种声音传来，而就你所能了解到的，它又并非在外部客观存在"，超过10%的人对这个问题给予了肯定回答，其中三分之一以上的人表示自己有过幻听经历。参与这一调查的对象全部心智正常，有明显疾病和精神问题者均被主事方严谨地筛除在外。① 这一调查结果显示，正常人并非完全听不到虚无缥缈的声音。中国古代的"余音绕梁"故事中，韩娥离开后其声音还萦绕在邻居的耳畔②；王阳明对"格物致知之旨"的豁然领悟，源于其似睡非睡时听到的话语③。心理分析学的创始人西格蒙·弗洛伊德在其经典之作《日常生活中的心理分析》中，坦然承认自己也和他的许多病人一样遭遇过幻听：

  年轻时代我曾飘泊于异乡，每每陡然听到家人在唤我的名字，清晰无误。我马上记下这个幻觉出现的时间、地点，担忧着那时家里到底发生了什么事，"幸而"，每次都是徒劳。④

弗洛伊德的现身说法在心理学家中并非个例，他的同行朱利安·杰恩斯如此记录自己二十多岁在普林斯顿大学做研究时的一次经历：

  一天下午，思虑上的困顿令我卧于睡榻，突然在一片寂静之中，从我头顶右上方传来一个坚定而又清晰的响亮声音："把知道

---

① 奥利弗·萨克斯：《幻觉：谁在捉弄我们的大脑？》，高环宇译，北京：中信出版社，2014年，第65页。Henry Sidgewick et al., "Report on the census of hallucinations," *Proceedings of the Society for Psychical Research*, 1894, 34: 25—394.

② "昔韩娥东之齐，匮于粮，过雍门，鬻歌乞食。既去，而余音绕梁欐，三日不绝，左右以其人弗去。"《列子·汤问》。着重号为笔者所加。

③ "（王阳明）忽中夜大悟格物致知之旨，寤寐中若有人语之者，不觉呼跃，从者皆惊"。王守仁撰、吴光等编校：《王阳明全集（下）》卷三十三年谱一，上海：上海古籍出版社，1992年，第1228页。着重号为笔者所加。

④ 西格蒙德·弗洛伊德：《日常生活的心理分析》，林克明译，上海：上海译文出版社，2015年，第187—188页。

者(knower)置于已知(known)之中!"我不由自主地跳了起来,发出不可思议的呼唤:"谁呀?"同时寻找是谁在屋里。那个声音有其明确无误的发生位置,但那个地方并没有人!我还傻里傻气地跑去墙外寻找,仍然没有人。①

杰恩斯写下这段经历,不仅是为证明正常人也会有幻听,更主要是为了引出他的一个惊世骇俗的观点:人类的意识大约在距今三千年前才产生,在此之前,所有的人都能听到发自自己右脑的声音,但他们的左脑将这种声音感知为外界神祇的指令,到了公元前一千年左右,也就是荷马史诗《伊利亚特》出现之后,随着自主意识的萌发,这种声音才逐渐淡出人类的头脑。不过,虽然人类从此有了内在叙事(internal narrative)的能力,其遗留痕迹至今并未被完全抹去,症状之一便是现代人仍会莫名其妙地听到子虚乌有的声音。把右脑中的声音当作神的旨意,等于承认人的心智(mind)中存在着一个负责发令、另一个负责执行的双重主体,杰恩斯把这种情况称为二分心智(bicameral mind),三千年前的人类在他笔下也就成了二分心智人(bicameral man)②。由此我们能够理解,杰恩斯把自己论述这一观点的著作命名为《二分心智崩溃中的意识起源》(下称《二分心智》),旨在强调二分心智的崩溃是意识起源的先决条件。用更为通俗的话来说就是:心智中"双马拉辕"状态的结束,便是人类建构起自己主体意识的开始。

观点需要有证据支撑,杰恩斯宣称三千年前人类没有意识③,其主要证据来自《伊利亚特》的相关叙述。与文学艺术领域对《伊利亚特》的认识不同,杰恩斯认为"《伊利亚特》不是想象性的文学创作,不能作为文学讨论的材料。它是历史,关联着迈锡尼人在爱琴海上的活动,

---

① Julian Jaynes, *The Origin of Consciousness in the Breakdown of the Bicameral Mind*, New York: Houghton Mifflin Company, 1990, p.86.
② Ibid., pp.84—99. 按,杰恩斯所说的"意识"(consciousness),主要指人的"主体意识"或"自主意识"(subjective consciousness)。
③ 杰恩斯作此类宣称时多用"意识"而不用"主体意识"或"自主意识"。

因此须由心理历史学领域的科学家来做考察"。① 引文中所说的心理历史学（psychohistory），属于西方"新史学"流派的一个分枝，这个领域的学者主张用心理学的理论方法来研究历史事件的心理动因。杰恩斯把《伊利亚特》定位为"历史"，从心理历史学角度研究这部史诗便无越俎代庖之嫌。在用心理学的手段对史诗人物的心智作了全面诊察之后，杰恩斯得出了下列认识：

1. 《伊利亚特》中的人物没有意识，他们不懂得自己行动的意义，不会进行自我反省，也不知道危机发生时应如何应对；

2. 驱使这些人物行动的是神的旨意，或者更准确地说，是神在他们耳畔发出的声音指导他们如何行事，这一点最为典型地表现在阿喀琉斯的忍辱负重上；②

3. 他们完全信赖这种声音，对其持绝对服从的态度，西方文化中的"服从"就是"听从"，拉丁语的"服从"（obedire）一词乃是由"听"（ob）发展而来；③

4. 这种声音在他们的大脑中成为意识的替代，其地位有如弗洛伊德精神分析学中的"超我"（superego），因此一旦行为出了偏差，他们也会认为过错不在自己，这一点可从阿伽门农的自我辩解

---

① "The Iliad is not imaginative creative literature and hence not a matter for literary discussion. It is history, webbed into the Mycenaean Aegean, to be examined by psychohistoric scientist." Julian Jaynes, *The Origin of Consciousness in the Breakdown of the Bicameral Mind*, New York: Houghton Mifflin Company, 1990, p. 76. 中文引文中的着重号为笔者所加。

② 史诗第1卷中，阿伽门农当众宣布要从阿喀琉斯手中夺去其心爱的女俘布里塞伊斯，后者作为有万夫不当之勇的希腊英雄，居然没有拔出剑来阻止这一令已蒙羞的事情发生，这是因为赫拉派来的雅典娜在暗中揪住了他的金发，命令他只可咒骂不可动武。当然这一切是旁人看不到也听不到的。Homer, *The Iliad*, Trans. Samuel Butler, New York: Barnes & Noble, 2008, pp. 15—22.

③ "To hear is actually a kind of obedience. Indeed, both words come from the same root and therefore were probably the same word originally. This is true in Greek, Latin, Hebrew, French, German, Russian, as well as in English, where 'obey' comes from the Latin *obedire*, which is a composite of ob+*audire*, to hear facing someone." Julian Jaynes, *The Origin of Consciousness in the Breakdown of the Bicameral Mind*, New York: Houghton Mifflin Company, 1990, p. 97.

中看出;①

5. 与今天的癫痫病人和精神分裂症患者一样,他们能清晰地听见自己大脑中的声音,而且这种声音也常给他们带来迷乱与困惑,赫克托耳的不幸下场特别能说明这一点;②

6. 以上情况说明,如果把神看作是一种想象中的存在,那么特洛伊战争的交战双方全都处在谵妄状态。"我们可以说赫克托耳得了谵妄症,阿喀琉斯也是如此,整个特洛伊战争都是在幻觉引导之下进行。被幻觉如此引导的战士们是与我们完全不同的异类,他们是不明白自己在做些什么的高等级自动人(noble automatons)。"③

为避免占用过多篇幅,以上诸点是从《二分心智》中归纳提炼而来。对《伊利亚特》有印象的读者或许会觉得杰恩斯过于武断,因为史诗中许多涉及心智的叙述显示史诗人物还是有意识的,并不像他所说的那样是僵立在特洛伊海滩上等待脑中声音出现的"高等级自动人"。杰恩斯对此有专门解释,他说《伊利亚特》中那些貌似与智力活动有关的词语,在当时全都有与现代人理解不同的具体内涵。例如:

> psyche——后来逐渐指灵魂或心智,当时指与生命有关的因素,如鲜血或呼吸等。某人断气可表述为他在最后呼出了他的 phyche;

---

① 史诗第19卷中,阿伽门农如此解释自己当初的糊涂作为:"其实,我并没有什么过错——/错在宙斯、命运和穿走迷雾的复仇女神,/他们用粗蛮的痴狂抓住我的心灵,在那天的/集会上,使我,用我的权威,夺走了阿喀琉斯的战礼。/然而,我有什么办法? 神使这一切变成现实。/狂迷是宙斯的长女,致命的狂使我们全都/变得昏昏沉沉。"(Homer, *The Iliad*, Trans. Samuel Butler, New York: Barnes & Noble, 2008, p.312) 此说在现代人看来纯属推诿,但阿喀琉斯等人却觉得这是完全可以接受的解释,因为他们也是如此听命于神。

② 史诗第17卷中,阿波罗数次幻化为不同人物为赫克托耳打气,雅典娜则变形为赫克托耳最亲密的朋友得伊福玻斯为其助阵,当赫克托耳对阿喀琉斯一击未中,再向身边的战友索要长枪时,却发现这位得伊福玻斯早已不见踪影,赫克托耳迫不得已拔出佩剑与阿喀琉斯搏斗,最终被后者的长枪刺穿喉咙。Homer, *The Iliad*, Trans. Samuel Butler, New York: Barnes & Noble, 2008, pp.276—293.

③ Julian Jaynes, *The Origin of Consciousness in the Breakdown of the Bicameral Mind*, New York: Houghton Mifflin Company, 1990, pp.67—83.

thumos——后来逐渐指心灵激奋,当时指运动或运动器官。某人停止运动可表述为 thumos 离开了他的四肢,神赐予某人力量可表述为神将力量注入他的 thumos;

phrens——后来逐渐指心灵,当时指腹膈或腹膈中的感觉,说某人的腹膈察觉到了某事的发生,其义相当于某人为某事惊讶得喘不过气来;

noos——后来逐渐指内省心智,其本义为 noeein(看),说神把某人置于其 noos 之中,其义为神在照看着某人;

mermera——其本义为两半(一半为 meros),加上后缀-izo 后变为动词 mermerizein,后人将 mermerizein 误译为沉思、思考、心神不宁和取舍不定等,这一译法的错误在于该词指在两个行动中难于取舍,而不是指在两种思想中踌躇不定。①

语言反映认识水平。以上对相关词语的辨析显示,与灵魂和意识等有关的表达方式,在史诗所处的时代主要指有生命或有生气活力的具体对象,其内涵与现代人的理解有较大差异。似此,《伊利亚特》中的人物不可能被赋予主宰自己行为的自由意志,因为使用这些词语的荷马及同时代人尚未来得及在自己心中演化出这样的概念。杰恩斯还指出,史诗的身体概念也与现代人大相径庭:如 soma 到公元 5 世纪才有身体之义,而在史诗中这个词指尸体或无生命的四肢;又如荷马经常提及身体各部分的名称,热衷于赞美手、小臂、上臂、脚、腓(小腿肚)和大腿等部位的筋骨强健,叙述它们迅速而有力的运动,但就是不把身体作为一个整体来对待。② 显而易见,对身体这一总体的无视,与当时人缺乏灵魂和意识概念有密切关联:"灵"是"肉"的主宰,与前者有关的概念没有建立起来,后者只能是一堆活力部件的集合。

杰恩斯的研究让许多人感到匪夷所思,主要原因在于人类的意识萌

---

① Julian Jaynes, *The Origin of Consciousness in the Breakdown of the Bicameral Mind*, New York: Houghton Mifflin Company, 1990, pp. 69—70.
② Ibid., p. 71.

发被其推迟至距今三千年前。众所周知，人类起源至今已有数百万年乃至超过一千多万年的历史，以文字为标志的人类文明至少可以上溯至距今六千年前。按照《二分心智》中的说法，人类是在文明社会中生活了三千年之后才产生意识，这不啻是说三千年之前那些辉煌灿烂的文明成果，如埃及金字塔、图坦卡蒙黄金面具与《吉尔伽美什史诗》等，统统都是由浑浑噩噩的"高等级自动人"创造出来的。杰恩斯很清楚人们首先会对这个观点提出质疑，所以《二分心智》一开始用了整整一章讨论"对意识的意识"，其要义为意识不是经验的复制，亦非学习、推理、判断、简单思考和建立概念等心智活动的必备条件，不能和反应混为一谈，事实上一些创造性的发明正是在摆脱了意识干扰的情况下不期而至。[1] 讨论结束时杰恩斯如此强调和承认："除非至此你相信一个没有意识的文明可能存在，否则你会发现本书接下来的讨论都是没有说服力和自相矛盾的。"[2]

但要所有的人——特别是具有根深蒂固"常识"的人，都相信这种颠覆性的观点是不可能的，一位德高望重的哲学家就曾在一次会议上当面向他发难："现在我感知到了你，你是不是想说我此刻没有意识到你呢？"杰恩斯对此的解释是老先生混淆了意识与感知，事实上此刻他意识到的是自己的雄辩，假如他转过身去或者闭上眼睛，也许会更为有效地意识到杰恩斯的存在。[3] 从这里可以看出，杰恩斯对意识的理解与常人有所不同，在他的意识前面加上主体二字，或许更符合其本意。《二分心智》第四章开头的举例有助于进一步理解现代人与二分心智人之别。作者说开车人一般不会意识到自己操纵汽车的具体动作，其意识可能被卷入车厢内的谈话，或被车窗外的景观所吸引，等等，然而一旦有什么异乎寻常的事件发生，如爆胎或堵车之类，开车人的意识便会在瞬间回到现场，与此同时大脑中各种应对方案相继映现（笔者按，此即所

---

[1] Julian Jaynes, *The Origin of Consciousness in the Breakdown of the Bicameral Mind*, New York: Houghton Mifflin Company, 1990, pp. 21—47.

[2] Ibid., p. 47.

[3] Ibid., pp. 447—448. 按，该书再版时收入了杰恩斯1990年撰写的后记，其中叙述了这个故事。

谓"内在叙事",有些人甚至会自言自语地说出这些方案),但二分心智人在这种情况下只会焦急地等待右脑中声音的出现。①

杰恩斯的《二分心智》获得过美国"国家图书奖"提名,这部多次重版发行的著作尽管产生了广泛影响,被少数极力推崇的人认为可以与达尔文或弗洛伊德的开拓之作相媲美,在其所属领域从未获得主流意见的认同。因为心理历史学归根结底属于史学,而心理学从本质上说是一门自然科学,对于这门学科中的正统学者来说,《二分心智》对右脑声音的探讨只是纸上谈兵,光是引述荷马史诗、旧约、玛雅石雕和苏美尔文献之类仍然不足以服人,他们更关注显微镜下的神经元联络和实验室里拿出的数据。杰恩斯于1997年去世,他在《二分心智》初版后的二十多年里未再写出新的著作,这种"一本书主义"说明他对同行的反应多少有些失望。

不过与许多因时光流逝而逐渐淡出人们记忆的开拓性研究不同,《二分心智》带来的冲击可谓一波未平一波又起,这是因为该书讨论的意识起源问题处于时代前沿,杰恩斯在人工智能时代来临之前扮演了"春江水暖鸭先知"的角色。尽管许多人不愿意承认,《二分心智》事实上开启了研究意识与行为之间联系的新方向,这方面的研究产生了不少当代哲学和神经科学研究的重大成果。对脑成像的最新研究指出人的听觉幻象源于右脑,随之而来的行为源于左脑,这一发现亦可视为对二分心智说的某种肯定。哲学界现在也开始认同杰恩斯的意见,即意识本质上是一种察知(consciousness is essentially awareness),这些都显示杰恩斯当初并非信口开河。人工智能技术近年来的突飞猛进,特别是2016年谷歌公司那条"机器狗"(AlphaGo)以4∶1的比分击败九段棋手李世石,使现代人猝不及防地面对了一个原先以为还很遥远的问题:机器什么时候会进化出和人一样的意识?

就是在这样的大背景下,以讲述未来故事为己任的作家和编剧也对《二分心智》发生了兴趣。21世纪已有不少叙事作品向其表示敬意,或

---

① Julian Jaynes, *The Origin of Consciousness in the Breakdown of the Bicameral Mind*, New York: Houghton Mifflin Company, 1990, pp. 84—85.

从这部"神书"中汲取灵感,或以书中理论为自己的思想内核。这方面较有代表性的是加拿大罗伯特·索耶的《WWW. 苏醒》,这部科幻小说和《二分心智》一样讨论了自我的意识起源,当然网络这一新生事物的"自我"更是作者关注的重点,故事女主角凯瑟琳正是在杰恩斯的启迪下开始思考网络生命的出现可能。① 最近轰动美国的电视连续剧《西部世界》犹如二分心智理论的故事版,故事发生在一个模仿"西部世界"的特大型人工智能乐园,为释放人性恶而来的游客可以在此为所欲为,接待他们的机器人(host)则按指令(相当于《二分心智》中神的声音)对发生在自己身上的一切逆来顺受。但在运转若干年之后,接待员的大脑中逐渐出现对抗指令的声音,这种谵妄症候源于设计者在其大脑中"埋伏"的程序,目的在于让这些声音唤醒机器人的自我意识。《西部世界》第1季的季终集名为"二分心智",这一名称再明显不过地表明杰恩斯的理论是这部连续剧的灵魂。② 值得注意的是,由于故事中机器人的生死循环过于频繁和角色转换过于随意——被游客杀"死"的接待员经修理后又立即投入使用或改派别的角色,它们的自我意识不断受到记忆碎片的干扰,这就导致其身份与行为均变得迷离恍惚,乐园的整体运行因此也每况愈下。如果说《二分心智》讨论的是意识如何诞生,那么这部连续剧要说的是意识诞生将会带来一系列更为严重的问题,所以剧中人会说"毕竟创造生命是上帝的专利"。

二、从"被主宰"到"自作主宰"——任重道远的主体意识建构

对二分心智说的评价可以见仁见智,但应承认它给人的启迪也是多

---

① 罗伯特·索耶被认为是加拿大科幻小说之父,其作品曾囊括科幻文学奖项的所有最高奖,《WWW. 苏醒》是其《WWW》三部曲的第一部,后面两部分别是《WWW. 注视》和《WWW. 惊奇》。(中译本2013年已由中国台湾猫头鹰出版社出版)

② HBO公司2016年推出的这部电视连续剧(第一季共10集)汇聚了众多大牌明星,其创意虽源自1973年的同名电影(国人观看过的《未来世界》为该影片的继集),但由于二分心智理论的注入,《西部世界》的故事内容变得更加丰富和复杂。

方面的。例如，古希腊栩栩如生的人体雕塑，迄今为止仍然是西方美术史上未被逾越的高峰，杰恩斯的研究让人认识到：后人的同类作品难以望其项背，是因为人体各部位在当时的雕塑家眼中都有自己的"phyche"或"thumos"，用我们的话来说就是，那些生气灌注、血脉贲张的肉体都是有自己"精气神"的——现代人不再像早期人类那样把战争看成是人类膂力之间的较量，对发达的肌肉和强健的骨骼缺乏崇拜之情，当然也就创作不出像《掷铁饼者》那样的杰作。不过这样的启迪并非杰恩斯给读者的主要馈赠，笔者认为，二分心智理论带来的最大冲击，莫过于让我们认识到人的主体意识并非与生俱来，或者说这种意识在一个很长的时期内仍然处于建构过程之中，这个过程对今天的许多人来说还未真正结束。

中西历史上许多事实似可佐证这一认识。在中国，殷墟出土的商代卜辞，显示我们的祖先过着一种"无事不占""无旬不卜"的生活，对于尚在未定之天的事情，不管是军事、祭祀、婚丧和生育，还是田猎、出行、疾病和天气，他们都要通过甲骨占卜来征求上帝和祖先的意见。从卜辞中可以看出，殷人对自己的思维能力缺乏足够的自信，对未知世界怀有极大的恐惧之情，因而在每件事情上都要听取神的旨意。商朝开始于公元前17世纪，延续了五百余年，其为周朝取代的时间正好是杰恩斯所说的三千年前。有学者认为："从某种意义上可以说这些材料（按指卜辞）全部是殷人神权崇拜的记录。关于一个时代神权情况的资料如此完整而丰富，这是后世的文献记载难以比拟的，也是世界上古历史中极为罕见的。"[①]

西方虽然没有甲骨卜辞这样的出土文献，但希腊境内如鲁灵光殿般幸存下来的神谕所遗址，告诉我们同时代的西方人也是同样缺乏主见。商代"贞人"和"卜人"的主要职责是分析烧灼后爆裂的甲骨"兆"纹，古希腊的祭司则是通过倾听鸟类、树叶发出的声音或观察祭祀用活物的反应来与神沟通，祭司在迷狂状态下发出的含混低语被理解为神的

---

① 晁福林：《论殷代神权》，《中国社会科学》1990年第1期。

旨意（与此类似的降神仪式在中国一些地方不绝如缕）。维柯说："神的时代，其中诸异教民族相信他们在神的政权统治下过生活，神通过预兆和神谕来向他们指挥一切，预兆和神谕是世俗史中最古老的制度。"① 希腊罗马的神话和传说中，有大量故事讲述神谕对世俗生活的影响，其中最有名的一个故事是俄狄浦斯试图摆脱神谕预示的可怕命运，但最终还是犯下了弑父娶母的滔天大罪。

杰恩斯把人类主体意识的萌发确定为距今三千年前，是因为支撑其观点的《伊利亚特》形成于公元前10世纪，此后的作品中再难找到那么多惟耳畔声音是听的人物。二分心智说显然还须有更多证据方能服人，不过有趣的是，观察公元前10世纪以来的历史，便会发现正是在这个临界点过去之后不久，世界各大文明中不约而同地诞生了一批对人类精神有深远影响的伟大人物，他们分别是孔子、老子、墨子、释迦牟尼、苏格拉底、柏拉图、亚里士多德和犹太诸先知。卡尔·雅斯贝尔斯把这段时期称为"轴心时代"："以公元前500年为中心，约在公元前800至公元前200年之间，人类精神的基础同时独立地奠定于中国、印度、波斯、巴勒斯坦和希腊。今天，人类仍然依托于这些基础。"② "轴心"这一名称容易让人想起第二次世界大战时的"轴心国"，我们这边更习惯于用"百家争鸣"来形容自己历史上那段黄金时代——"百家"在当时并不是夸大之语，著录于《汉书·艺文志》的便有"诸子百八十九家，四千三百二十四篇"之多。雅斯贝尔斯将那段时代的起点定在公元前800年，此一时间点距杰恩斯之说的临界点不过两百年，两百年在漫长的人类历史上不过是短短的一瞬，然而就在这短短的一瞬间，冲破壅塞的人类心智发生了意义重大的质变：如果说此前世界各地的人类都在侧耳寻找神的声音，那么从此以后他们当中的智者开始发出自己响亮

---

① 维柯：《新科学》（上册），朱光潜译，北京：商务印书馆，1989年，第28页。
② 卡尔·雅斯贝尔斯：《智慧之路》，柯锦华等译，北京：中国国际广播出版社，1988年，第69页。

的声音。①

智者的声音在公元前800年之后的世界各地同时响起，说明人类各大文明差不多同时趋于成熟。有必要指出，这些文明彼此间虽然相距甚远，但如雅斯贝尔斯所言，孔子、释迦牟尼和苏格拉底等人的活动范围都在北纬25度至35度区间，北半球上这一由西欧、北非绵亘至东亚的长条状温暖地带，构成了当时人类在地球上的主要集聚地。从演化论的角度看，这片集聚地上的人类不可能永远处于浑浑噩噩的境地，不管是在其东边、西边还是中间，一定都会有人率先觉醒，从一味依赖神示变为自己独立思考。然而先觉和后觉之间的差距不可以道里计，或许是由于人类的心智之火只在冲破壅塞那一刻才可能发生最为强烈的爆燃，至今照亮我们思想天空的还是当年的火光，雅斯贝尔斯说人类今天仍然依托于那个时代奠定的精神基础，其实际意思是两千多年来再未出现可与孔子、释迦牟尼和苏格拉底等人相比肩的伟大人物。杰恩斯看到二分心智崩溃的余波荡漾至今仍未平息——从平民的婚丧嫁娶到国家的庆典祭祀，人们仍在用种种方式向古老的神祇祈祷或宣誓；受过科学知识洗礼的人在遇到无法抗拒的生老病死问题时，仍会不由自主地向冥冥中的未知主宰求助。这些事实使杰恩斯得出这样的认识：从二分心智到独立心智的转折，到20世纪结束时仍未完成："在第二个千禧年结束之时，我们在某种意义上仍深处于这场通向新的心智的转折之中，我们周遭的一切都处在二分心智坍塌的残余之中。"②

杰恩斯说当今人类仍然处在"通向新的心智的转折之中"，这样的提法对许多人来说可能有点难以接受，但他为证明我们周遭存在"二分心智坍塌的残余"而举出的一些现象，却是不可忽视的客观存在。《二分心智》第三部讨论的预言、附体、催眠和精神分裂等现象，显示现代人身上仍有一种易受外力控制的倾向。这种倾向在催眠活动中表现得最

---

① 在中国，孔子、老子等圣人就是人类中涌现的发声者，所以"圣人"在古代又被称为"声人"（马王堆汉墓出土的《道德经》帛书本如此记载）。

② Julian Jaynes, *The Origin of Consciousness in the Breakdown of the Bicameral Mind*, New York: Houghton Mifflin Company, 1990, p.317.

为突出——迄今为止最先进的心理学理论都无法圆满解释，为什么有些人特别容易接受催眠师声音的诱导，到底是什么样的机制使得催眠师可以对他们任意摆布。据此看来，现代人的主体意识并不像想象的那样牢固，外部力量总能轻而易举地"入主"某些人的内心。说到内心，如果我们足够坦诚，便应承认自己内心深处还是有形形色色的"神龛"存在，现代社会中神谕所和甲骨占卜已然绝迹，但人们或多或少仍在期待来自彼岸世界的谕示，我们身边以各种方式求神问卜的仍然是大有人在。

对群居的人类来说，个人的主体意识不牢并不是什么坏事，因为人是靠集体力量生存的动物，在弱肉强食的黑暗丛林中，体型偏小的人类祖先能够战胜那些具备爪牙角翼之利的掠食性动物，靠的就是轻个人重集体的团队协作精神。在老虎狮子眼中，那些聚在一起大声怒吼并掷出石块的众多野人，就像是一只挥舞多个手臂的巨兽。而作为这只巨兽一分子的单个人，则会因自己的群体认同而进入到忽视肉体痛楚与生命恐惧的"战斗恍惚"状态："处于战斗恍惚状态，大脑会释放缩宫素，人类会有激动、鼓舞的感觉，这种感觉让人认为其属于一个大大超越自我，并比自我生命更重要的事物之一分子。战斗恍惚的概念，是个体失去了自我意识而获得了新的集体认同。"① 二战中日本"神风突击队"用撞机方式与对手同归于尽，属于"战斗恍惚"的典型事例。调查资料显示，驻伊拉克等地的美国士兵战前会在重摇滚乐伴奏下大声唱歌和跳舞，要不然他们就无法振作起精神投入战斗。② "战斗恍惚"的功能在于让人忽略一己之安危，以便个体的"小我"服从于集体的"大我"，这说明人类意识很容易进入某种"被控"或曰"被主宰"状态。与"战斗恍惚"相类似，父母保护自己的孩子时也会有奋不顾身的表现③，此类不假思索的自我牺牲非后天理性所能干预，包括人类在内的所有高等

---

① 约瑟夫·乔丹尼亚：《人为何歌唱：人类进化中的音乐》，吕钰秀等译，上海：上海音乐学院出版社，2014年，第75页。
② 同上书，第72页。
③ 2016年7月23日，一名女游客在北京八达岭野生动物园内下车后被老虎拖走，其母见状不顾危险下车追赶，结果该母亲不幸命丧虎口。

动物都有这种天性。为了种群延续和生命繁衍，造物在基因层面上便作了这种设计。

还应看到，将个人行动的主宰权交给集体，不仅仅发生在与敌人或危险作斗争的场合，由于融入集体能带来身心安宁与诸多保障，大部分人在大部分时间内都会秉持一种随大流的心态。主体意识即主体的自我意识与自主意识，其要义可归纳为意识到自己具有独立自主的人格，自己的命运应由自己主宰，在与客观世界打交道时自己居于主导和主动的地位，等等。不难看出，一旦"吾从众"成了多数人的习惯甚至是本能，自我意识和自主意识便成了整个社会心理中的稀缺物质。古往今来的有识之士，总会以种种表达方式提醒人们勿忘自我的存在。笛卡尔看到人的视听触嗅味等感知都是可以怀疑的，而唯一无法怀疑的，是我们正在"怀疑"这件事时的"怀疑本身"，因此"我思故我在"强调的是人人都有一个能够反思自我存在的"自我"。假如没有这个独立于肉体的自我怀疑能力，人就成了与其他动物没有区别的"兽性机器"（所谓"哲学僵尸"）。汉娜·阿伦特报道艾希曼审判时大力批判的"平庸之恶"（the evil of banality，因不思想、无判断、盲目服从权威而导致的罪恶），则是自我意识和自主意识泯灭后结出的恶果——集体有时也会做出不道德乃至反道德的决定，如果不作思考一味顺从体制，任何人都有可能像艾希曼那样犯下反人类罪行。①

我们的古人在这方面早有警惕，《礼记》提到人应自别于"禽兽之心"，陆九渊在孟子思想基础上提出"发明人之本心"，要求人们"收拾精神，自作主宰"，注意"自立自重，不可随人脚跟，学人言语"。② 王阳明进一步将人的主体意识推上万事万物的"主宰"地位："我的灵明，便是天地鬼神的主宰。天没有我的灵明，谁去仰他高？地没有我的灵

---

① 1961年4—5月，汉娜·阿伦特以《纽约客》特约撰稿人的身份，现场报道了以色列政府在耶路撒冷对纳粹德国高官阿道夫·艾希曼的审判，"平庸之恶"这一概念见于两年后阿伦特出版的《艾希曼在耶路撒冷——关于艾希曼审判的报告》，嗣后她又出版了《反抗"平庸之恶"》等著作。

② 陆九渊：《陆象山全集·卷三十五 语录》，北京：中国书店，1992年，第297、301页。着重号为笔者所加。

明，谁去俯他深？鬼神没有我的灵明，谁去辨他吉凶灾祥？"① 陆王心学探究的都是"人之本心"，王阳明称"致良知"为"圣门正法眼藏"，是"千古圣圣相传一点滴骨血"，② 这一论断值得所有研究主体意识者深思。陆王之后，包括曾国藩在内的许多人也一再主张"自作主宰"，曾国藩自认仅有中人之智，他之所以能效法王阳明，在立德、立功和立言上均有卓越建树，与其对心性的磨砺与坚守有密切关系。验诸中国历史，大凡建功立业之人皆有"自作主宰"意识，否则便有满腹韬略也难成大事。

1948 年，梁思成在清华大学作过一场名为《"半个人"的时代》的讲座③，所谓"半个人"，指的是文理分科后知识与人格裂为两半。这种不完整的人让我们想到连"半个人"都够不上的原始人——经过一百多万年的体质演化，北京周口店的山顶洞人从外观上说已经与今人无异，人类学家裴文中曾戏言他们如果穿着现代衣服走到王府井的大街上，不会有人看出破绽。人之为人当然不是因为外形，按说这种脑袋里空空如也的人不可能真正存在于现代社会，然而事实是今天我们周围不但有梁思成所说的"半个人"（The Half Man），还有 T. S. 艾略特用诗句讽刺过的"脑壳中装满了稻草"的"空心人"（The Hollow Men）。④ 从"空心人"到"半个人"再到"自作主宰"的人，这一心智进化过程和体质进化过程一样，也需要耗费漫长的历史时光才能最终完成，因此目前三种人同时并存于我们这个时代并不奇怪。"平庸之恶"在 20 世纪的挥之不去，极为雄辩地证明了这一点。

需要指出的是，这里所说的不完整的人，主要是就心智而言，与知识水平或文化内涵没有多大关系，因为陷入"平庸之恶"的既有缺乏思

---

① 王守仁撰、吴光等编校：《王阳明全集（上）》卷三 语录三 传习录下，上海：上海古籍出版社，1992 年，第 124 页。着重号为笔者所加。

② 王守仁撰、吴光等编校：《王阳明全集（下）》卷三十四 年谱二，上海：上海古籍出版社，1992 年，第 1278—1279 页。

③ 该报告未收入 2001 年中国建筑工业出版社（北京）出版的《梁思成全集》，文字记录疑已佚失。

④ T. S. 艾略特有诗名《空心人》："我们是空心人/我们是填充着草的人/倚靠在一起/脑壳中装满了稻草。唉！" T. S. Eliot, "The Hollow Men" in Collected *Poems 1909—1962*, London: Faber and Faber Ltd, 1974, pp. 77—82.

考的芸芸众生，也有著书立说的精英人物。海德格尔从哲学高度思考过受集体控制的日常在世问题，其代表作《存在与时间》对随波逐流的人生态度有过入木三分的描摹与批判，① 然而这些描摹与批判恰好成了他本人日后在纳粹时期所作所为的写照。在我们这边，经历过时代浩劫的学界领军针对自己曾经被人牵着鼻子走的历史，发出了"要听自己的"这样的反省之声。② 如此看来，"自作主宰"无论何时何地都不是一件容易做到的事情。

三、"to be or not to be"——为何许多人物都处于两难境地

对主体意识的建构过程有了如上认识，回过头来再看人物的内心声音，我们就会明白这是自主意识在与"被主宰"状态作斗争，是心智中"自作主宰"的冲动在向大脑神经中枢发送信号。只有将叙事作品中诸如此类的书写置于上文描述的人类心智进化史中，我们对这一对象才能获得更为全面深入的认识，或者说只有看到了这一宏大背景，才会真正懂得为什么文学中会有谵妄型听觉叙事的出现。当然，这样的表述还是建立在反映论的基础之上，也就是说我们还是习惯于把文学看成是现实的镜像。事实上，文学本身也是一种现实，谵妄型听觉叙事作为文学中的异数，书写的是意识深处很少"见光"的内容，研究上文提到的"心理历史"或曰人类的认知历程，不能忽视意识对意识自身的特殊书写。从这一意义上说，杰恩斯认定《伊利亚特》是历史，与我们古人所说的

---

① "在世的展开状态的这一存在方式却还把共处本身也收入统治之下。他人首先是从人们听说他、谈论他、知悉他的情况方面在"此"。首先插在源始的共处同在之间的就是闲言。每个人从一开头就窥测他人，窥测他人如何举止，窥测他人将应答些什么。在常人之中共处完完全全不是一种拿定了主意的、一无所谓的相互并列，而是一种紧张的、两可的相互窥测，一种互相对对方的偷听。在相互赞成的面具下唱的是相互反对的戏。"海德格尔：《存在与时间》，陈嘉映、王庆节译，北京：商务印书馆，2016年，第246—247页。

② "（在那之后遇到的）第一个问题就是：我今后听谁的？……后来想清楚了，还是要听自己的，不能听别人的。因为听别人的，你犯了错误还搞不清楚为什么。"汤一介：《瞩望新轴心时代：在新世纪的哲学思考》，北京：中央编译出版社，2014年，第381页。

"六经皆史"有异曲同工之处。

要认识谵妄型听觉的发生以及叙事作品中的相关书写，首先要解决两个问题。

第一个问题是为什么意识会以声音而不是以别的什么形式出现。大脑中虽然没有听觉器官，但幻听现象的普遍存在，说明在外界没有声音发出的情况下，人们仍有可能产生某种虚幻的听觉感知。幻听的出现几率之所以远远高于幻视、幻嗅和幻触等其他幻觉，或许是由于迄今为止的人际沟通还是以声音模式为主，在一定条件下，大脑对信息的处理会因惯性而更多作用于人的听觉神经。不仅如此，意识与声音之间还有一种"不求助于任何外在性"的特殊联系。本书导论提到，在当前这个过分依赖眼睛的"读图时代"，人们一般认为视觉的作用远远高于其他感知，但"看"不能直接看到自我，而"听"到自我则无须通过其他媒介：在说给别人听的同时，我们也在说给自己听，我们通过这种"说"与"听"感觉到自我和自我意识的存在，这似乎是许多人总要说个不停的原因。德里达从此类现象中悟出意识与声音的同一性，他认为"声音是在普遍形式下靠近自我的作为意识的存在"。[①] 笔者在第一章中已经提到，德里达之所以把声音等同于意识，是因为听见自己说话属于"不求助于任何外在性"的内部传导，这种传导中能指与所指几乎融为一体，声音因此成为一种与自我意识"绝对相近"的透明存在。

幻听现象还与听觉预期有关。所谓听觉预期，指的是听话者总是在预期说话者要说些什么。人类能从语音中听出意义，关键在于对音素间与语义相联系的差异有高度敏感，这种敏感使得听者总是处在某种"猜测"状态，即试图弄清楚说者发出的一系列语音是否符合预期的意义。语言学家史迪芬·平克据此提出了一条重要定律——"我们只听到我们期待要听见的话"：

[①] 雅克·德里达：《声音与现象》，杜小真译，北京：商务印书馆，2010年，第101—102页。按德里达此说乃极而言之，能指与所指不可能"绝对相近"。"符号的载体与表意对象必须有所不同，符号表现绝对不会等同于对象自身，不然就不成其为'再现'，符号就自我取消了。"赵毅衡：《符号学》，南京：南京大学出版社，2012年，第61页。

> 人类的语音知觉是从上到下而不是从下到上的。或许我们一直不断地在猜说话者接下来要说什么，把我们一切有意识或无意思的知识都派上用场。……我们只听到我们期待要听见的话，我们的知识决定了我们的知觉，更重要的是，我们并没有跟客观真实世界有直接的接触。在某个意义下，由上而下强烈导向的听觉，会是个几乎不受控制的幻觉，这是问题所在。①

"从上而下强烈导向的听觉"，决定了我们是凭自己的主观判断去猜测听到的声音，平克因此把人类的语音知觉称为"几乎不受控制的幻觉"。农夫把布谷鸟的叫声听成"布谷"，诗人把鹧鸪啼鸣听成"不如归去"，前述王阳明在半睡半醒之中听到有人在谈格物致知之道，这些其实都是听者自己想要听到的声音，换句话说它们都是听者自己的心声。

第二个问题，是为什么意识会以神或某个高高在上者的声音出现。前文已经表达了这样的意思：古人相信自己是在神的统治下生活，因此一言一行都要听神的谕示，现代人由于心智进化过程尚未最终完成，意识深处仍然留有神的身影。孔子主张"不语怪力乱神"，从本章角度看是强调人的主体意识，但并不是所有人都愿意主动拆除自己心中的神龛，就一定意义而言，许多人还是更愿意处在某种"被主宰"状态。甚至可以这样说，与"自作主宰"相比较，"被主宰"更符合芸芸众生的常态。"被主宰"需有主宰者方能实现，虽然后神话时代的世俗生活中已经没有神的位置，但人们仍然会在自己心中建构起形形色色的主宰者。E. W. J. 谢林说：

> 神话过程中，人所应付的不是一切事物，而是那些由自身意识内部升起并对其有支配作用的力量。神话的形成缘于神的谱系化，这一主观历程发生在意识之中，并通过产生表象来显示自己。虽然这些表象的原因和对象确实与神谱的力量有关，但正是通过这样的力量，意识显示出自己归根结底是一种"假定有神的意识"（God-

---

① 史迪芬·平克：《语言本能——探索人类语言进化的奥秘》，洪兰译，台北：商周出版/城邦文化事业股份有限公司，2015年，第229—230页。着重号为笔者所加。

positing consciousness)。①

谢林的意思是人有一种自我造神的自然冲动，作为表象的种种神话其实都是意识的外显与幻化。从信奉万物有灵的泛神论，到后来想象出与人"同性同形""同感同欲"的人格神，②应该说是人类心智的一大进步，因为这时候他们是按自己的模样造神，按自己的社会关系编排神谱。只有通过信奉各方面都更像自己的心灵主宰，人类才有可能缓步走向对自己的主宰。

如果说"假定有神的意识"使人释放出支撑自身的内部力量，那么这种"假定"或曰自我设缚在后神话时代仍有其存在的合理性。西方国家中，受过现代科学洗礼的男男女女不会不知道上帝本是子虚乌有，但许多人还是会定期去教堂向神祈祷，就连美国总统就职时也是手按《圣经》宣誓。"祭神如神在"有利于保持心理稳定，要想获得良好的自我感觉，莫过于假定头顶上方有一个时刻都在为自己保驾护航的"主宰者"。苏珊·S. 兰瑟在《虚构的权威——女性作家与叙述声音》中指出叙事中的话语权威缘于虚构③，但与现实生活中种种树立权威的做法相比，这类纸面上的游戏只能说是小巫见大巫。《史记·陈涉世家》写陈胜、吴广将写有"陈胜王"的帛书藏于鱼腹，并在夜里学狐狸叫"大楚兴，陈胜王"，这一策划果然产生了神化陈胜的效果。一般来说，群体对"虚构的权威"会有一种下意识的敬畏和顺从，因为多数人相信"人事"抗不过"天命"：仅凭个人努力不可能出人头地，权力和威望须由某个更高的权威来赋予，如果没有这种更高权威便得去虚构一个。时至今日，包括中国在内的奥运举办国仍然要从希腊的奥林匹亚神庙前采集"圣火"，这说明当代生活中仍有对"虚构的权威"的需求。

具体到文学艺术领域中，"假定有神的意识"更有理由大行其道。

---

① E. W. J. Schelling, *Historical-critical Introduction to the Philosophy of Mythology*, Trans. Mason Richey and Markus Zisselsberger, Albany: State University of New York Press, 2007, p.144.

② 爱德华·泰勒：《原始文化：神话、哲学、宗教、语言、艺术和习俗发展之研究》，连树声译，桂林：广西师范大学出版社，2005年，第599页。

③ 苏珊·S. 兰瑟：《虚构的权威——女性作家与叙述声音》，黄必康译，北京：北京大学出版社，2002年，第6—7页。

许多西方诗人喜欢把自己想象成阿波罗或缪斯的祭司，把诗神看作自己的灵感来源和精神主宰。18世纪的弥尔顿说其诗作出自诗神纡尊降贵的"口授"①，19世纪的济慈觉得莎士比亚是自己心中的"主宰者"（Presider）②，20世纪的欧文又把济慈当成自己的"主宰者"③。与弥尔顿的被"口授"相似，中国古代诗人也有不少神差鬼使般的创作经历，脍炙人口的"曲终人不见，江上数峰青"据称来自"鬼谣"④，"梦中得句"之类的事例在我们的诗歌史上屡见不鲜。国人心目中的天才诗人非仙即圣，李白、杜甫和苏轼之所以有"谪仙""诗圣"和"坡仙"之称，是因为人们觉得写出超凡脱俗诗句的人一定不是肉体凡胎。汉字的"诗"有"寺"旁，叶舒宪说"寺"的本义指主持祭仪的祭司或巫师，诗人来自过去的"寺人"⑤，如果此说成立，那么"诗人"这一概念在中西双方都有某种通灵、附体内蕴⑥。与祭司、巫师的通灵、附体不同的是，诗人的"被主宰"实际是被一股巨大的艺术力量所攫获，借用上引谢林的话来说，这股力量是"由自身意识内部升起并对其有支配作

---

① "但愿天上的女诗神允许给我／与此相应的文体和风格。／她，天诗神曾自动地每夜降临／访问我，在我睡蒙眬中口授给我，／或给以灵感，轻易地完成即兴诗章。"弥尔顿：《失乐园》，朱维之译，上海：上海译文出版社，1984年，第312页。着重号为笔者所加。

② "我记得你说过好像有某个好心的天才在主宰着你——近来我也有这种感觉。我在半随意状态中写下的东西，被后来的冷静判断肯定为写得非常恰当——把这个主宰者想象成莎士比亚是否太大胆了一点？"约翰·济慈：《一八一七年五月十、十一日致B. R. 海登》，载《济慈书信集》，傅修延译，北京：东方出版社，2002年，第17页。按，为了增强这种"被主宰"的感觉，济慈甚至经常坐在莎士比亚画像下写作。

③ "在其短短的人生历程中，欧文以一种宗教般的热情崇拜济慈，就像莎士比亚一直是济慈的'主宰者'（Presider）一样，济慈也在欧文身上发挥了这种'主宰'作用。"傅修延：《济慈评传》，北京：人民文学出版社，2007年，第433页。

④ "（钱起）尝于客舍月夜独吟，遽闻人吟于庭曰：'曲终人不见，江上数峰青。'起愕然，摄衣视之，无所见矣。以为鬼怪，而志其十字。起就试之年，李鹏所试《湘灵鼓瑟》诗题中有'青'字，起即以鬼谣十字为落句。鹏深嘉之，称为绝唱。是岁登第，释褐秘书省校书郎。"《旧唐书·钱徽传》

⑤ 叶舒宪：《诗经的文化阐释》，武汉：湖北人民出版社，1994年，第135—152页。

⑥ 英语中，用于形容艺术家的"创造"和"天才"等词语最初均有神性。"'创造'意味着像神那样制造出在创造行为之外没有前例的东西……（艺术家）因此被设想为具有类似于神的特征。""'天才'（genius）最初是一个精灵或守护神，它附着于人的躯体，操纵他们去做一些超越凡人能力的事情。拥有最高'创造力'的人便是'天才'。"爱德华·希尔斯：《论传统》，傅铿、吕乐译，上海：上海人民出版社，2014年，第160页。

用"——诗人在创作状态中感到自己与想象中的诗神或曰艺术真谛接通了联系，进入了一种若有神助般的"下笔不能自休"状态。狂热状态从来都与谵妄症候携手同行，在弗洛伊德等心理学家看来，小说诗歌的作者都是白日梦患者，文学家的灵感袭来之时，便是这种疾病的发作之日。

有什么样的作者就会有什么样的人物。如果说作者都是白日梦患者，那么创作便是白日梦患者进行自我治疗的手段。虚构故事的创作过程，实际上也是作者自己心头郁结的纾解过程，因为作者会把自己的意识投射进故事世界之中，让人物充当自己的"替身"去经历种种磨难与考验，这个过程一旦完成，作者自己也获得某种解脱。歌德便是借着讲述少年维特的故事，治愈了自己刻骨铭心的爱情创伤。古今中外的故事多如恒河沙数，但若用诺思罗普·弗莱提出的"向后站"方法对人物行动作"远观"，便会发现文学史上许多著名人物都被作者置于"to be or not to be"的两难境地。西方文学中，处于这种境地的有莎士比亚的哈姆莱特、歌德的浮士德、雨果的冉阿让、托尔斯泰的聂赫留朵夫、陀思妥耶夫斯基的拉斯柯尼科夫和马克·吐温的哈克：哈姆莱特为复仇问题煞费踌躇，浮士德在尘世享乐与精神追求间彷徨不定，冉阿让不知道自己究竟是罪犯还是好人，聂赫留朵夫体内"兽性的人"和"精神的人"激烈交战，拉斯柯尔尼科夫之名本义就是"分裂"，哈克在帮助黑奴逃跑的同时不断想告密。中国四大名著中的主要人物，全都同时具有正统与非正统的双重身份——贾宝玉既是荣国公之孙又是来人间讨"泪债"的神瑛侍者，孙悟空既是天宫的齐天大圣又是花果山众猴之主，宋江既是九天玄女口中的"星主"又在水泊梁山"把寨为头"，刘备既被天子称为"皇叔"又是有结拜兄弟的民间豪杰，这些双重身份从两个相反的方向撕扯他们，逼迫他们委屈自己的天性与内心来履行对正统社会的责任。贾宝玉这方面的反应最为典型，他动不动就对姊妹们说自己要"死"要"化灰"或者"化烟"，只有心灵深处被严重撕裂的人才会说出这样的话来。

讨论至此，"to be or not to be"后面的意义似有进一步浮现。哈姆莱特的这一名言在我们这里有"生存还是毁灭"与"干（做）还是不干（做）"等译法，笔者认为与"be"最接近的汉译还应是"为"，"为还是

323 | 第十一章　从二分心智人到自作主宰者

不为"可以将"行事""为人"的意思都包括在内。行为决定本质,一个人成为什么样的人由其所作所为决定,但是采取什么样的作为说来容易,真正面临重大抉择时却让人左右为难。现实生活中许多貌似有主见的人,在需要做出决断时往往都有哈姆莱特式的表现,这或许是莎士比亚此剧成为经典的一个原因。扪心自问,大多数人在事到临头时都会有莫衷一是的惶恐,临危不乱的自作主宰者在人群中总是凤毛麟角,许多事实表明今人并没有彻底摆脱杰恩斯所说的二分心智状态。似此我们能够理解,为什么叙事作品中会有那么多人物处于两难困境与谵妄状态——"to be or not to be"这类自言自语是一个非常明确的信号,显示出说话者渴盼获得内心神明的指点,意识活动的这类"返祖"现象在许多叙事作品中都有表现。

苏珊·桑塔格说肺结核有"加速"和"照亮"生命之功[①],谵妄状态对叙事来说亦不是什么坏事,人物语无伦次的诉说给了我们窥见其内心活动的大好机会。呓语不会无缘无故地产生,只有无所适从造成的巨大压力才有可能冲开内心独白的阀门。许多人物如果不是处在谵妄状态,不会毫无保留地倾吐自己胸中隐藏至深的焦虑与块垒。《红楼梦》中的《葬花吟》堪称千古绝唱,来人间偿还"泪债"的林黛玉作为故事中注定要被毁灭的人物,在诗中既是"手把花锄"的"闺中女儿",又时时以被"风刀霜剑"摧残的花枝自况,这就导致其意识在两者之间来回切换,形成两种自我(所谓主格的"I"与宾格的"me")之间的对话,"奴""侬""尔"等人称的交替使用更令叙事主体的声音呈现出微妙的复调效果。陀思妥耶夫斯基的《罪与罚》中,在"杀还不是杀"问题上犹豫的拉斯柯尔尼科夫也是这样把自我的一部分当作"你",巴赫金注意到这个人物的大段独白中"常用'你'字,就像对别人一样";[②]

[①] "结核病是一种时间病;它加速了生命,照亮了生命,使生命超凡脱俗。在英语和法语中,描绘肺痨时,都有'疾跑'(gallop)的说法。"苏珊·桑塔格:《疾病的隐喻》,程巍译,上海:上海译文出版社,2003年,第14页。

[②] 巴赫金:《陀思妥耶夫斯基诗学问题——复调小说理论》,白春仁、顾亚铃译,北京:生活·读书·新知三联书店,1988年,第325页。

他还这样评论陀氏《白痴》的女主人公："娜斯塔西娅·菲利波夫娜的声音分裂为两种声音，一是认为她有罪，是'堕落的女人'，一是为她开脱，肯定她。她的话里到处是这两种声音的交锋结合，时而这个声音占上风，时而那个声音占上风，但是哪个声音也不能彻底战胜对方。"①

中国古代叙事讲究"省文寡事"，少有西方叙事那样的大段心理描写，但我们的古人擅长用"镜像人物"来影射人物内心的分裂与斗争。这种人物表面上与故事主人公相同相似或有某种特殊联系，实质上却是其行动与性格的倒影摹拟：四大小说名著中，最终屈服于"仕途经济"的甄宝玉，自拉队伍去西天取经的六耳猕猴，时刻想抡起板斧造反的李逵，以及"名为汉（魏）相实为汉（魏）贼"的董卓、曹操父子与司马懿父子等，分别暗示贾宝玉、孙悟空、宋江和诸葛亮的另一种可能的发展，他们在某种意义上就是故事主人公心中的一念之"恶"。《西游记》第五十八回六耳猕猴所说的"我今熟读了牒文，我自己上西天拜佛求经，送上东土，我独成功，教那南瞻部洲人立我为祖，万代传名也"，听上去就像是孙悟空内心一闪而过的念头。孙悟空挥动金箍棒将六耳猕猴劈头一下打死，和宋江借药酒毒死李逵一样，都是用行动来消灭自己的心上魔头；贾宝玉义无反顾地离家出走，诸葛亮鞠躬尽瘁死而后已地辅佐后主，与甄宝玉、司马懿两位反面教员的刺激也不无关系。韩非将战胜自己胸中的杂念称为"自胜"，②此说有助于今人揣测四部小说未曾明写的人物心理。

四、小结

以上所论，简单归纳起来不外乎以下四条。

---

① 巴赫金：《陀思妥耶夫斯基诗学问题——复调小说理论》，白春仁、顾亚铃译，北京：生活·读书·新知三联书店，1988年，第350页。

② "子夏见曾子。曾子曰：'何肥也？'对曰：'战胜，故肥也。'曾子曰：'何谓也？'子夏曰：'吾入见先王之义，则荣之；出见富贵之乐，又荣之。两者战于胸中，未知胜负，故臞。今先王之义胜，故肥。'是以志之难也，不在胜人，在自胜也。故曰：'自胜之谓强。'"《韩非子·喻老》。

1. 杰恩斯认为人类意识萌发于三千年前，此说尚未得到足够的科学证据支撑，但二分心智说让我们认识到人类主体意识的建构是非常缓慢的，今人仍然处于从二分心智人到自作主宰者这一进化过程之中，所有研究"人学"者应当对此予以高度重视。

2. 内心声音在人物脑海中响起，总体上看属于上述进程的伴生性反应——如同青春痘显示出某人处于青春期一样，这类声音的出现也透露出人类心智中"被主宰"与"自作主宰"之间的斗争。文学对社会现实的书写固然值得注意，但我们不能忽略作为意识形态的文学对意识本身的书写，更何况这种书写还能达到其他书写无法企及的深度。

3. 谵妄在医学上被定义为病态，但人人都有可能发生轻微的谵妄，以幻听来折射人物内心不失为一种巧妙的叙事策略。我们总倾向于把文学作品中的人物当成完全正常的人，实际上他们经常被作者置于谵妄状态，莫言由于善于此道，瑞典文学院在颁发诺贝尔文学奖时称其手法为"谵妄现实主义"（hallucinatory realism）。

4. 学界当前关于"后人类"问题的讨论，给人的一个印象是人类自身的心智问题已经解决，现在要考虑的是机器人的心智问题，本章对谵妄型听觉叙事的系统考察，旨在显示"to be or not be"仍然是人类心智进化过程中没有迈过去的坎，因此今人在担心机器人摆脱人类的控制时，也要想想人类自身意识是否完全受我们自己主宰。

空间、阅读与感应

第十二章　叙事与听觉空间的生产

内容提要　人类社会进步的一大标志，是由空间中事物的生产发展到空间本身的生产。口头叙事用声音覆盖住一定范围的空间，剧场、影院和音乐厅等实体空间容纳了形形色色的叙事交流。戏剧是前工业时代最具人气效应的大众传播，为使人们集中注意力，演出方面需要筑起环绕整个剧场的"声墙"。评价和议论也是叙事消费的重要方式，一些注重"被看"的消费者甚至把传播场所当作社交平台。今人电脑屏幕上不时弹出的评论性字幕（弹幕），使消费者产生和人边看边聊的感觉，微信群中的"聊天"亦属虚拟空间中的互动。影院中的环绕立体声把观众与银幕世界包裹进一个统一的听觉空间，模糊乃至消弭了两者之间的界限。罗兰·巴特声称小说世界与咖啡馆、立体声音响有相似之处，巴赫金说陀思妥耶夫斯基的复调小说以各种声音的对话为中心，中国古代小说则努力用书场感征服读者。叙事从一开始就是一种生产听觉空间的行为，今人采用的叙事手段越来越丰富，但从实质上说仍未摆脱对听觉交流的模仿。

人类社会进步的一大标志，是由空间中事物的生产发展到空间本身的生产。叙事即讲故事,人们一般不会想到,讲故事从一开始便是一种生产听觉空间的行为——一人发声而众人侧耳,这种"点对面"的沟通已在对人类社会架构进行最初的塑形。然而由于声音的不可见性质,许多人处在种种的听觉空间之中而不自知。迄今为止的研究虽从不同侧面涉及这一话题,但都未对其作专门探究。从"生产"角度仔细观察与叙事交流有关的听觉空间,或许会让我们获得一些新的发现。

一、生产视阈下的听觉空间

空间(space)在一般人心目中是视觉的,但盲人感知的空间却是听觉和触觉的,有时甚至是嗅觉的,有的盲人甚至能像蝙蝠和潜艇那样通过声波反射来确定自己的方位,因此空间不一定非得诉诸视觉。麦克卢汉为提出听觉空间(acoustic space)概念的第一人,他注意到无线电通信技术把地球人带入了一个共同的场域——"地球村",在这个"重新部落化"了的巨大村庄里,人们像过去的村民一样能够"听"到相互之间的动静。[1] 用听觉来表示空间不自麦克卢汉始,我们的古人用"鸡犬之声相闻"形容比邻而居,英国的"伦敦佬"(cockney)指"出生在能听到圣玛丽-勒-博教堂钟声的地方的人"[2],而早在古希腊时期,毕达哥拉斯就用音程比例关系形容天体之间的距离,构建了一个基于听觉的和谐宇宙模式。[3]

---

[1] 麦克鲁汉:《古腾堡星系:活版印刷人的造成》,赖盈满译,台北:猫头鹰出版社,2008年,第58—59页;埃里克·麦克卢汉、弗兰克·秦格龙(编):《麦克卢汉精粹》,何道宽译,南京:南京大学出版社,2000年,第364—368页。

[2] "Traditionally, the notion of London as an aural community was well ensconced in the definition of a cockney as one born within the hearing of the bells of Saint Mary-le-Bow." Melba Cuddy-Keane, "Modernist Soundscapes and the Intelligent Ear: An Approach to Narrative through Auditory Perception", James Phelan & Peter J. Rabinowitz eds., *A Companion to Narrative Theory*, Malden, MA & Oxford: Blackwell Publishing Ltd., 2005, p. 387.

[3] Joachim-Ernst Berendt, *The Third Ear: On Listening to the World*, Trans. Tim Nevill, New York: Element Books Ltd., 1988, pp. 92—94.

空间从何而来？除了那些先在的物理空间如宇宙和自然之外，现代人所在的许多空间都是后来生产出来的。读者若将视线移向自己四周的墙壁和头上的天花板，再看看窗外的房屋、街道和绿地，或许会同意亨利·列斐伏尔的一段精辟论述："今日，对生产的分析显示我们已经由空间中事物的生产转向空间本身的生产。"① 这种转向确实是人类文明史上的重要里程碑。需要指出，列斐伏尔所说的空间，不仅是存在于田野、机场、运动场和各类建筑中的实体空间，还包括具有文化属性的社会人用各类符号建构起来的认知和表征空间，如家庭氛围、企业文化、宗教皈依、民族认同和国家意识形态等，这类"想象的共同体"虽非物理上的有形存在，却同样是人们置"身"其中的精神家园。

空间的生产在列斐伏尔那里关乎身体能量的释放。身体究其本质是一种空间的存在，由于身体需要占有一定体量的物理空间，其活动不可能不受到空间的规范与约束。但是另一方面，身体的活动特别是能量的吸收和运用又会对空间带来改变，列斐伏尔的说法是："能量的支出只要在世界上造成了某些变化，无论多么微小，都可以被视作'生产的'。"② 据此而言，空间的生产可以界定为身体对自身能量器官的运用。这点其实不难理解，鸿蒙未辟之前，原始人类也和其他动物一样只会用发出声音和涂抹气味的手段制造自己的专属空间，向外界宣示"我的地盘我做主"；跨入文明门槛之后，人类开始利用工具和媒介来扩大这种能量释放的范围。试看《礼记·郊特牲》中记载的"殷人尚声"和"周人尚臭"：

> 殷人尚声，臭味未成，涤荡其声，乐三阕，然后出迎牲。声音之号，所以诏告于天地之间也。周人尚臭，灌用郁鬯。郁合鬯，臭阴达于渊泉。

---

① 亨利·列斐伏尔：《空间：社会产物与使用价值》，王志弘译，载包亚明（主编）：《现代性与空间的生产》，上海：上海教育出版社，2003年，第47页。

② Henri Lefebvre, The Production of Space. Trans. Donald Nicholson-Smith, Oxford: Basil Blackwell Ltd., 1991, p.179.

这段文字显示在崇拜鬼神的时代,由于无法与冥冥之中的列祖列宗进行视觉上的沟通,古人只得求助于不受黑暗与物体阻碍的听觉与嗅觉。作为祭祀用酒,鬯与"畅"同源,取意于酒香的扩散畅达,祭祀者通过奏乐与灌鬯的方式,生产出人神共处的听觉空间与嗅觉空间。文中的"诏告天地"与"达于渊泉",均有将自身与鬼神纳于同一空间以送达信息的意味。时过境迁,今人在寺庙之中撞钟焚香,仍然是在重复这一生产听觉和嗅觉空间的行为——在善男信女的潜意识中,回荡的钟声与缭绕的香烟改变了空间的介质,将幽明之隔化解于无形。

与可见的物理空间一样,不可见的听觉空间也会形成对人的约束或曰规训。米歇尔·福柯在《规训与惩罚》中提到环形监狱中的可怜囚徒,他们总是处在"权力的眼睛"监视之下,时刻感受到瞭望塔与墙壁对自己造成的空间压迫。但是在这种视觉上的"异托邦"(heterotopia)之外,福柯还提到了一种听觉上的"异托邦",这就是被钟声牢牢控制的南美耶稣会殖民区:

> 在巴拉圭(Paraguay)耶稣会所建立的殖民区中,生活的每一方面都被节制……节制个人日常生活的不是口哨,而是钟声。每个人在同一刻被叫醒,同一刻上工,正午和五点钟进食;而后上床,而在午夜时开始所谓的性的觉起(marital wake-up),在教堂钟鸣下,每个人都在履行他/她的责任。①

旧时中国,钟鼓之声也是这样主宰着人们的起居作息,以前每个重要城市的中心位置都有钟鼓楼,那里传出的声音不仅承担着报时功能,同时也在向市民提供压力,要求他们遵从统治者规定的生活秩序。有控制就会有反制,要对抗业已存在的听觉空间,一个有效的反制方式就是生产出能压倒对方的听觉空间。希腊神话中有这样一个脍炙人口的故事:致人于死命的塞壬歌声回荡在船只必经的海面上空,就在阿尔戈号驶入这一听觉空间时,"俄耳甫斯突然从(船上的)座位上站立起来,

---

① 米歇尔·福柯:《不同空间的正文与上下文》,陈志梧译,载包亚明(主编):《后现代性与地理学的政治》,上海:上海教育出版社,2001年,第28页。

开始弹奏神器般的古琴，悠扬的琴声压过了塞壬的歌声"①。在这新生产出来的、更为强大的听觉空间笼罩之下，阿尔戈号上英雄们安然通过这一危险的水域。

现代生活中的噪音在某种程度上也像塞壬的歌声，为了不受种种听觉"异托邦"的侵犯，现代人不得不效仿俄耳甫斯，将自己笼罩在能屏蔽扰人声音的听觉空间里，声学家称这种"以声抗声"之法为构筑"声墙"（sound wall）。"声墙"还被用来抵御不良感觉的侵袭，西方的牙医最早想到用声音来分散患者对疼痛的注意力，我们这边也有过放爆竹醒酒的旧俗，② 这种"声学止痛剂"后来逐渐被用于其他领域，如商场、游乐场、咖啡厅、酒吧和舞厅等，弥漫于其中的声音形成对外界杂音的阻挡之墙。中国大妈们为了在公共场地上划出一块独属于自己的广场舞空间，往往会将喇叭的音量调得过大，结果引起过往行人的侧目。"声墙"的隔音效果有限却也有效，那些戴着耳机从我们身边走过的人当然有可能是音乐发烧友，但多数人还是为了拥有一个不被打扰的独处空间。中外电影经常展示诸如此类的场面：年轻人不堪忍受父母的唠叨逃进自己的卧室，他们先是"砰"的一声关上房门，紧接着便是打开音响戴上耳机。据说加拿大有学校用背景音乐提高了教学质量，在美国则有一家图书馆因播放摇滚乐而加速了图书在年轻人中的流通，这家图书馆不但鼓励读者阅读时相互交谈，墙上甚至还贴有"不得保持安静"的告示。③

不过这类试验性举措可能只适应小部分人群，在噪音日益引起社会公愤的当下，大部分走进图书馆的读者需要的是一个比外面更为安静的环境。现代人对宁静的向往已非以往任何时代可比，用声音来避免干扰实在是一种迫不得已之举。日常生活中最扰人的声音可能还是人类自己

---

① 古斯塔夫・施瓦布：《希腊古典神话》，曹乃云译，南京：译林出版社，1995年，第166页。

② "三个人不觉的手舞足蹈起来，杜慎卿也颇然醉了。只见老和尚慢慢走进来，手里拿着一个锦盒子，打开来，里面拿出一串祁门小炮烨，口里说道：'贫僧来替老爷醒酒。'"吴敬梓《儒林外史》第二十九回。

③ R. Murray Schafer, *The Soundscape: Our Sonic Environment and the Tuning of the World*, New York: Knopf, 1977, p. 96.

的大喊大叫，为了治疗这种自说自话、罔顾他人的"多语症"，海德格尔提出要静下心来聆听天壤间的"寂静之音"。① 据此可以理解，为什么20世纪世界各国会接受一种被称为"默哀"的纪念仪式——用片刻的静默来表达对逝者的哀悼，最早出现在第一次世界大战停战纪念日（Remember Day）的仪式上，这可能是人类第一次有意识地生产出无声的听觉空间。毋庸赘言，声音的在场或缺席均可导致听觉空间的生成，钱锺书探讨过"大音"与"希声"之间的关系，夏弗"寂静是会发声的"之论与其不谋而合。② 他们的论述已经相当细致深入，但若从生产角度对无声的听觉空间做出进一步考量，我们会发现这个问题还需要"接着讲"下去。

参加过追悼会的读者可能都有这样的体会：主持人宣布默哀后，一阵突如其来的静默立刻像石头一样沉甸甸地压向人们心头，此时每个人都在努力控制自己不发出任何声响，以免成为这片肃穆气氛的破坏者。再来看《4分33秒》的听众反应。参加音乐会本来意味着聆听台上的声音，约翰·凯奇的无声乐曲却让器乐演员无所事事，听众面对这种情形自然难以集中注意力，他们接下来便会意识到自己参与了这场静默的生产——没有台下的鸦雀无声，台上对4分33秒休止符的"演奏"无法达到既定效果。有论者这样叙述自己的参与体验：

> 在演奏《4分33秒》的过程中，听众们听到的内容取决于场馆的隔音效果和听众们的安静程度。……虽然舞台上有音乐家，但

---

① 海德格尔：《在通向语言的途中》，孙周兴译，北京：商务印书馆，1997年，第20页。
② "寂之于音，或为先声，或为遗响，当声之无，有声之用。是以有绝响或阒响之静（empty silences），亦有蕴响或酝响之静（peopled silences）。静故曰'希声'，虽'希声'而蕴响酝响，是谓'大音'。乐止响息之时太久，则静之与声若长别远睽，疏阔遗忘，不复相关交接。《琵琶行》'此时'二字最宜着眼，上文亦曰'声暂歇'，正谓声与声之间隔必暂而非永，方能蓄孕'大音'也。"钱锺书：《管锥编》（二），北京：生活·读书·新知三联书店，2007年，第695页；"由于音乐在生活中最能够令人迷醉，人们小心翼翼地把它包裹在寂静之中。当寂静置于声音前头时，紧张的期待会使该声音更具活力，而当寂静打断声音或尾随其后时，它会让前声的一缕余音缭绕，而且这种状态会一直持续到记忆放开自己的攫获。就此意义而言，寂静是会发声的，不管它发出的声音如何朦胧。" R. Murray Schafer, *The Soundscape: Our Sonic Environment and the Tuning of the World*, New York: Knopf, 1977, p.257.

是凯奇的乐曲所做的，是将人们的关注焦点从演奏者转向观众。第二个让人惊讶之处，是我感到自己从被动的观众中的一员转而成为表演的一部分。一曲结束，我感到一种强烈的与所有观众和表演者共享的成就感。在观众们鼓掌，几个人大喊"再来一次！"和"安可！"的时候，我深深地沉浸在一种分享的体验中。①

这一体验解释了为什么"无声"有时候能胜过"有声"。就听觉空间的生产而言，《琵琶行》的作者也参与了那天晚上九江船舱里的琵琶表演，特别是在那"凝绝不通声暂歇"的时候，他和其他人的屏声静息配合了琵琶女的手指停挥，共同凝固住了永铭艺术史册的无声一刻。"从被动的观众中的一员转而成为表演的一部分"，导致白居易急欲要将自己的体验与别人分享，没有这种艺术冲动就不会有这首不朽诗篇的产生。

以上便是听觉空间及其生产机制的荦荦大端。叙事即讲故事，最初的讲故事活动是用声音覆盖住一定范围的空间，如今拥有实体空间的剧场、影院和音乐厅则是利用多种手段的讲故事场所。将听觉空间这一概念引入叙事研究，从生产角度探究叙事各门类中听觉空间的营构，或许会让我们对叙事交流模式得出新的理解。让我们从最早形成实体空间的剧场谈起。

二、看戏/听戏

提起剧场，读者也许最先想到的是悉尼歌剧院之类的现代建筑，但要知道初民的原始表演可能就发生在讲故事的岩洞里或篝火边，一些古老的岩画记录了此类表演的实况。剧场应当是人类最早建造的大型实体空间，时至今日，许多人仍然愿意挤在露天演唱会的人群之中，享受数

---

① 特雷弗·考克斯：《声音的奇境》，陈蕾、杨亦龙译，北京：新世界出版社，2015年，第203页。引文中的着重号为笔者所加。

万人与台上巨星"同嗨"的狂欢氛围。

中西剧场的建筑风格有很大不同,但两者都重视听觉空间的营造。古希腊的露天剧场多呈次第升高的半圆状,像一把以舞台为扇轴斜摊在山坡上的巨大折扇,根据声音往上传的道理,这种布局使得后排高处的观众也能很清楚地听到乐队演员的低声细语。① 公元前1世纪,罗马建筑师维特鲁维乌斯·波利奥在剧院内设置放有青铜器皿的壁龛,让观众坐在壁龛之上看戏,② 这或许是人类用容器来增强剧场声学效果的首次尝试。声学家戴念祖说中国古代的舞台也有"设瓮助声"的做法:"或许受到墨翟埋陶瓮的启发,从唐宋起,在舞台下埋瓮的建筑逐渐增多,后来竟成为中国舞台传统,一直流传到最近几十年间的民间舞台建筑中……在山西省南部和西南部地区,留有大量的宋元戏台和舞楼,称之为'舞厅''乐厅'。这是现代歌舞音乐厅的词义之祖。据最近考察,这些历史留存的戏台下几乎都有坑洞,内有陶瓮。"③ "舞厅"和"乐厅"之"厅",其繁体构形为"屋下有聽"——廳,剧场既然是与"聽"(听)有关的所在,便有必要配备一些有助于声音传播的设施。

今人用看戏指代消费戏剧,依笔者之见是因为现代剧场的设施较为完备,舞台、座位和照明的设计布置均能满足看的需求。但过去相对简陋的剧场都不具备这样的条件,人们去剧场主要是为了听,因此老北京人把看戏说成听戏是有客观原因的。莎士比亚时期的戏剧也主要作用于人们的耳朵:

---

① 这种传声效果似乎还与演员戴的面具有关:"(古希腊)演员戴的面具罩着整个头,面具的嘴部可能起扩大声音的作用,即使是这样,在万人以上的剧场里能使观众听清剧中的每一句诗,已足以令我们现代的建筑师感到惊奇。"罗念生:《论古典文学》,载《罗念生全集》(第八卷),上海:上海人民出版社,2004年,第12页。

② Morris R. Cohen, *A Source Book in Greek Science*, Cambridge: Harvard University Press, 1948, p. 308.

③ 戴念祖:《中国声学史》,石家庄:河北教育出版社,1994年,第453—455页。杨阳、高策在《"设瓮助声"之争——科学史上的一桩公案》(《光明日报》2016年4月6日)一文中,对"设瓮助声"之说有更细的补充,两位作者通过自己对山西汾阳一带旧戏台的考察,认为"台下设瓮"的声学效果不如"台(墙)上设瓮",后者的瓮口位置与演员口腔高度接近,便于声音直射入声瓮。

舞台下面就是院子，"站票观众"（莎士比亚的说法）花上一个便士就可以站在院子里看戏。院子四周是供达官贵人们坐的雅座，2便士或者3便士一张票。最好的座位是在舞台上方的贵宾室里，一张票要6便士。贵宾室里的客人坐在那里不是为了看戏而是为了被看。不过，那个时代，<u>戏本来就是让听的而不是让看的</u>。①

莎士比亚本人也为此提供了证据，使用"戏中戏"手法的莎剧至少有十五部之多，《哈姆莱特》的"戏中戏"更是广为人知，剧中人哈姆莱特说到去看伶人表演时，使用的便是"听戏"（hear a play）这一表述。②

听戏之说还可从大众传播角度做出解释。戏剧是前工业时代最具人气效应的大众传播，在露天或敞开的剧场演出时，为了保证观众集中注意力，演出方面必须筑起环绕整个剧场的强大"声墙"，将一切杂音摒于"墙"外。鲁迅在《社戏》中回忆自己第一回进北京的戏园，"在外面也早听到冬冬地响"，进去之后"耳朵只在冬冬喤喤的响"，以至于听不到朋友在旁边对他说话。由此他想起了一本"日文的书"中有这样的评论："中国戏是大敲，大叫，大跳，使看客头昏脑眩，很不适于剧场，但若在野外散漫的所在，远远的看起来，也自有他的风致。"③

《社戏》一文主要叙述少年鲁迅在野外遥看赵庄舞台的经历，以证明其"中国戏宜远观"之说。但坦率地说，旧时剧场太闹是因为观众太多，老少咸集、妇孺毕至的剧场很难保持安静，因此戏台上的锣鼓声不得不提高分贝。至于少数观众的"头昏脑眩"，那是个体适应的问题。鲁迅对喧嚣场合畏之如虎，这种类型的现代人固然不在少数，但如今也有许多年轻人把大分贝音乐的冲击当成一种享受，愿意置身于高音喇叭

---

① 唐娜·戴利、约翰·汤米迪：《伦敦文学地图》，哈罗德·布鲁姆主编，郭尚兴中文版主编，张玉红、杨朝军译，上海：上海交通大学出版社，2011年，第27页。引文中的着重号为笔者所加。

② "哈姆莱特：'跟他去，朋友们；明天我们要听你们唱一本戏。'"莎士比亚：《哈姆莱特》（第二幕第二场），朱生豪译，吴兴华校，北京：人民文学出版社，1977年，第62—63页。按，原文为"We'll hear a play tomorrow"。

③ 鲁迅：《呐喊·社戏》，载《鲁迅全集》（第一卷），北京：人民文学出版社，1981年，第561页。

震耳欲聋的明星演出现场，与其他观众一道发出歇斯底里般的狂呼乱喊；大型体育赛事中，观众甚至会不时起身挥臂做出各种"人浪"，以配合一波一波的声浪奔腾。人是群居的动物，人群的聚集达到一定规模，所生产的听觉空间便会有某种裹挟或曰同化效应，使得个中人的私人焦虑获得一定程度的纾解，所以准备考研的大学生愿意扎堆在一间教室里复习，球迷喜欢呼朋引类观看电视转播的决赛。

声音有响度（loudness）与音调（pitch）之别：响度由振幅（amplitude）和人离声源的距离决定，测量单位为分贝——分贝为零的声音人耳听不见，高于100分贝的声音则会引起听觉痛感；音调则由频率（frequency）决定，测量单位为赫兹（hertz），人耳能听到的声音约在20至20000赫兹之间，低于或高于这个范围的称为次声或超声。夏弗用下图标出人类的听觉范围与听觉痛感阈值：

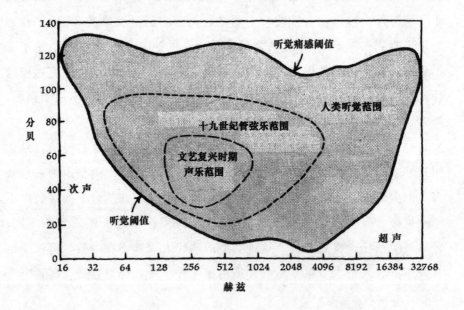

但图中箭头所指显然是平均值，个体之间应有一定差别。①《法华

---

① R. Murray Schafer, *The Soundscape: Our Sonic Environment and the Tuning of the World*, New York: Knopf, 1977, p. 116.

经》说"今佛世尊欲说大法,雨大法雨,吹大法螺,击大法鼓,演大法义",这几个"大"字表明佛门早就懂得用高分贝的响器慑服信众,西方教堂里低沉到近于触感的管风琴声音,所起的作用庶几相似,从这个意义上,"当头棒喝"与"狮子吼"也是一种近乎痛感的声音。

超越阈值的冲击会造成严重后果,小说《子夜》中吴老太爷从寂静得像"一座坟"的乡村生活中骤然进入喧闹的上海,当天便发作了脑溢血。①鲁迅是吴老太爷的江浙同乡,从他几次逃离剧场及其"这里不适于生存"之论来看,他的听觉痛感阈值也在平均值之下。不过话又说回来,要是他能近距离地承受舞台上大敲大叫,我们便读不到《社戏》中那段"距离产生美"的精彩叙述了——"冬冬喤喤"的声音到了远处竟然成了仙乐,听觉空间的边缘原来是一个如此美妙的仙境。

三、你说/我说

剧场内的声音并非只来自戏台,旧时剧场的观众席上也有种种响动发出。罗念生这样叙述古希腊戏台上下的互动:

> 戏不动人,大家就吃吃喝喝;名演员一出场,大家就把饮食收起来,聚精会神地观看。戏演到好处,观众叫好,鼓掌,要求重演……遇到拙劣的表演,观众就叫倒好,或用脚跟踢石凳,用无花果和厄莱亚(一种似橄榄而非橄榄的果实,在我国称为"油橄榄")打击演员,甚至用石头打击,据说有一次几乎闹出人命案来。观众甚至要求更换节目,演下一出剧……喜剧诗人可以使剧中人物和观众开玩笑(例如阿里斯托芬的喜剧《云》中的逻辑甲指着一些观众,说他们是"风流汉"),或是向观众扔水果和大麦饼。②

---

① 茅盾:《子夜》,北京:人民文学出版社,1952年,第7—21页。
② 罗念生:《论古典文学》,载《罗念生全集》第八卷,上海:上海人民出版社,2004年,第12页。

《社戏》中少年鲁迅和小伙伴们也是边看戏边发议论，但"乌篷船里的那些土财主的家眷"则"不在乎看戏"，他们"多半是专到戏台下来吃糕饼水果和瓜子的"，① 这些和古希腊剧场中观众"吃吃喝喝"的情形十分相似。

台下的嘈杂之声，无疑会对台上的表演形成干扰，不过自从人类围着篝火讲故事以来，故事讲述人的声音便一直伴有听众的嗡嗡议论，后者在消费故事的同时，还天然享有或赞或弹的评论权利。后世剧场内的鼓掌和喝彩（包括喝倒彩），可以看作表演的重要组成部分。一场音乐会临到结束时，听众席上如果没有一再响起要求指挥返场的热烈掌声，这样的表演就不算成功。步出剧场的听众还会把听觉空间带到剧场之外，罗念生说"（古希腊）观众对剧中的歌词过耳成诵，往往于散戏之后，唱着剧中的歌词回家"②。类似的情况见于陆游的"满村听说蔡中郎"，③ 该诗说的是鼓词演唱结束后村民仍在议论故事中的人物；1956年昆剧《十五贯》进京连演46场，也在首都形成了一股"满城争说十五贯"的热潮。这些都说明听众的反应不会被剧场局限，人们的"争说"导致故事内容在社会上广泛传播。

需要指出的是，台下的活动并非完全受台上的演出主导。旧时剧团下乡"作场"之所以引起轰动，除了看戏是一种艺术享受外，还因为演出为乡民提供了难得的社交机会。演员在台上亮相亮嗓，各色人等则在台下相互交流。在这个相对宽松的公共空间中，看别人的人在被别人看，听别人的人在被别人听，所以鲁迅会在《社戏》中说那些在台下吃糕饼水果和瓜子的人"不在乎看戏"。台上戏与台下戏的并行不悖，给单调沉闷的日常生活带来双重刺激，演出搅起的交往漩涡因而在当时生活中屡见不鲜。由于计算机技术的进步，今人已经可以独自在家观赏各

---

① 鲁迅：《呐喊·社戏》，载《鲁迅全集》第一卷，北京：人民文学出版社，1981年，第565页。

② 罗念生：《论古典文学》，载《罗念生全集》第八卷，上海：上海人民出版社，2004年，第13页。

③ "斜阳古柳赵家庄，负鼓盲翁正作场。死后是非谁管得，满村听说蔡中郎。"陆游：《小舟游近村舍舟步归》。

类影像资源，但这也意味着失去了和他人共享听觉空间的乐趣——评价和议论也是消费叙事的重要方式，他人的缺席会让我们感到独乐乐不如众乐乐。正是由于这个原因，如今网上传播的影视剧视频有不少设置了弹幕——弹幕的意义在于制造出某种虚拟的听觉空间：屏幕上伴随故事进程弹出的评论性字幕，让人觉得似乎是在与众多网友一边聊天一边观看，实际上那些字幕包括各种表情符号早已植入视频。人是需要社交和互动的，弹幕带来的参与感尽管只是幻觉，但它能在一定程度上消解独自观看的寂寞，此即剧场效应的治愈功能。

　　由此要说到国人当前不可须臾离之的微信。微信推送的文字、表情符号、图像与视频等，虽然主要诉诸看，但大家更愿意把人际间的这种分享说成是"聊天"，也就是说眼睛和手指在这里执行了耳朵和嘴巴的功能。这种"聊天"还催生了五花八门的微信群（微信的英文为WeChat即"我们聊吧"），就像真实生活中一样，每个群里都有相对活跃的发声者，大部分人则乐于充当倾听的角色。从这种意义上说，微信群是电子时代的听觉空间，许多人入群是为了抱团取暖，群内交流不光意味着宣泄和诉说，更大的好处是让人保持与时代潮流同步。群体感从来都是精神生活的刚需，正是因为单门独户的现代住宅分隔了千家万户，才有种种虚拟性的社交平台出来把人"重新部落化"。发微信从表面看是某人将某个信息发到网上，其作用却是此人在朋友圈中宣示了自己的存在，说到底这一举动还是为了获得别人的关注乃至认可。鲁迅说有些人"专到戏台下来吃糕饼水果和瓜子"，微信平台上此类"不在乎看戏"者也大有人在，在这个人气旺盛的狂欢剧场，许多人更在乎的是彼此间的互动，信息分享往往只是手段而非目的。[①] 东海西海心理攸同，西方人使用的推特上也有与微信相似的听觉空间，推特的英文Twitter本来就是燕子呢喃的拟声词，以此为名是用鸟鸣来比喻社交平台上的呼朋引类。

---

① 如今有些年轻人在微信上长时间"聊天"，彼此间只发表情符号不发文字，这是"互动就是目的"的典型体现。

四、包裹/沉浸

与剧场相似的是影院。影院里最初上演的是默片,这是一种完全诉诸视觉的叙事形式,当年那些坚决拒绝配音的默片导演,或许就是想用这种形式来挑战始于篝火边的口头叙事传统。挑战失败的根本原因在于眼见不等于一切,声音的作用无法取代,默片时代出现在东亚地区影院中的"辩士"(用声音为观众解说电影的人)就是最好的证明①。从空间角度看,位于影院前端的银幕只是个平面,放映机将色彩缤纷的光影投上去之后,这个平面变得向内"凹陷",呈现出景深、消逝点和不断移动的视野,像窗口一样将故事世界呈现在观众眼前。然而观众终究无法将身体探入这个窗口,尽管宽银幕为人们增加了左顾右盼的余地,3D 和 IMAX 技术使电影画面趋于逼真,银幕上和银幕下还是两个世界。从这里可以看出,模糊以至消弭两者之间界限的乃是声音——大功率音箱播放的环绕立体声,把观众和故事世界包裹进一个统一的听觉空间,前后左右纷至沓来的声音很容易使观众忘记此身安在,不知不觉沉浸到故事世界之中。

与其他表述相比,包裹和沉浸这两个动词能更直观地传达出人在听觉空间中的感受。本书多次提到,"听"在古代汉语中往往指包括各种感觉在内的全身心反应,具体来说就是像胎儿一样用整个肉身去感应体外的动静。西方声学家也有异曲同工的言说:克特·布劳考普夫说人不是听到而是像闻香一样被声音包裹②,夏弗认为人对音乐沉浸感的迷恋源于母腹中的经历③,如果夏说不诬,那么现代电子音乐中那些类似水

---

① 刘勇:《黑暗中的声音:作为叙述者的电影解说员》,《符号与传媒》,2017 年秋季号。文中说"当时的观众实际上是在听辩士(按即日本的电影解说员)解说故事,而不是在看电影"。参见约瑟夫·安德森、唐德纳·里奇:《日本电影:艺术与工业》,张江南、王星译,长春:吉林出版集团有限公司,2010 年,第 10—11 页。

② Kurt Blaukopf, "Problems of Architectural Acoustics in Musical Sociology", *Gravesaner Blätter*, Vol. V, Nos. 19/20, 1960, p. 180.

③ R. Murray Schafer, *The Soundscape: Our Sonic Environment and the Tuning of the World*, New York: Knopf, 1977, p. 118.

泡咕咚声的响动，应是为了唤起人类对胎儿时代潜藏至深的回忆。不管怎么说，人们有时候更愿意置身于"声墙"的包围之中，让一些温和的响动如淅沥的雨声、哗哗的溪声、时钟的滴答声或空调的嗡嗡声来屏蔽其他侵扰。有些人在机声隆隆的火车和飞机上睡得更香，有些人在人声鼎沸的早读教室中记忆力更好，笔者一位老年同事甚至每天要到公共汽车上去睡午觉。现代社会虽然制造出前所未有的种种噪音，但人类的耳朵也在适应噪音社会，对听觉空间的选择和适应正呈现出多元化发展的趋向。

就屏蔽的效果而言，"声墙"当然不如实体之墙。西方教堂的空间设计大多秉承听觉优先原则，许多教堂配置了四五层楼高的管风琴，其功能在于用巨大的声响"压倒"祭坛下匍匐的信众。黛安娜·阿克曼对法国勃艮第圣埃蒂安教堂与巴黎圣母院有过这样的比较：

> 如果你观察早期罗马式教堂的内部结构，比方说建于1083年至1097年间的法国勃艮第圣埃蒂安教堂，你就会发现一种庞大的建筑风格：高大的拱顶、平行的墙壁、长长的拱廊——不仅是列队行进的理想场所，而且也是格里高里素歌回荡的理想场所，歌声可以像黑色葡萄酒倒进一只沉重的大杯子里一样充满整个教堂。然而，在像巴黎圣母院这样的哥特式大教堂中，由于里面有凹室、走廊、塑像、楼梯、壁龛、结构复杂的石头赋格，格里高里素歌会变得支离破碎、残缺不全。不过在圣埃蒂安教堂中，多个声部可以响起、交融、变成辉煌的歌声，回荡在整个复杂的空间。①

如果说歌声在教堂内部回荡如同葡萄酒盛在大酒杯中，那么聆听歌声的人就像是一颗颗浸泡在酒中的葡萄粒，西方音乐尤其是合唱艺术的发展与进步，与建筑空间提供的声学保障有很大关系。

至此要提到与以上讨论有密切关联的音乐厅。听觉优先原则无疑在音乐厅的设计中占有更重的分量，为了让人们能进行专注的聆听，音乐

---

① 黛安娜·阿克曼：《感觉的自然史》，路旦俊译，广州：花城出版社，2007年，第241页。

厅不仅要与外界作物理隔断，还须采取保证音质和音效的一系列严格措施，也就是说这是一个完全按沉浸和包裹要求建立起来的实体空间。进入这个掉下根绣花针都能听得清清楚楚的地方，人们会不由自主地屏住呼吸、蹑手蹑脚以保持大厅中的安静。西方音乐厅对听众有着正装的要求，这不单单是为了观瞻，更是提示要隆而重之地对待耳根享受——就像晚宴上装束得体的食客会细心品尝美味佳肴一样，音乐厅里衣冠楚楚的听众也会洗耳恭听每一节精心处理的音乐。不必担心听众在这个封闭空间中会陷于窒息，音乐的象征性、叙事性以及对各种声响的直接模仿（鸟鸣、风声、钟声和猎号声等），能令听众的想象穿过大厅墙壁，感受到大千世界的广袤与神奇。

顺便要提到，立体声耳机里面也有一个听觉世界，其"淹没"与"按摩"的效果似乎更为强大——音乐厅中人只是待在听众席上，戴耳机的人却有置身于演奏者中的感觉："当声音从颅骨上直接向戴耳机者发送，他不会再把事件当作是从声音的地平线上传来，不会再觉得自己是被一组移动着的事件所包围。他就是这组事件，他就是整个宇宙。"[①]目前正待突破的 VR 技术，就是要从视觉和触觉等方面做出突破，创造出与身临其境相似的仿真效果。

五、对话/复调

最后让我们回到小说。有人可能会觉得小说与听觉空间无缘，巴特下面的一段话或许会令其观点有所改变：

> 咖啡馆是我约会谈事情的地方，另一方面我喜欢咖啡馆，那是因为咖啡馆是个复杂的地方，每当我坐在咖啡馆里头时，会立即和同桌的其他客人形成为一体，我倾听他们说话，同时就像在一个文

[①] R. Murray Schafer, *The Soundscape: Our Sonic Environment and the Tuning of the World*, New York: Knopf, 1977, p. 119.

本里,在一个拼写图表里,也像在一个立体音响里,围绕在我四周围的是一连串的消遣娱乐,我看着人进进出出,产生一种小说世界特有的气氛。总之,我对咖啡馆里头的这种立体音响效果感到特别的着迷。①

如果理解无误的话,引文是把坐在咖啡馆里形容为"在一个立体音响里",身边顾客的进进出出和相互交谈"产生一种小说世界特有的气氛",巴特因此"对咖啡馆里头的这种立体音响效果感到特别的着迷"。与听觉渠道传播的口头叙事不同,书面叙事需要用眼睛去阅读,"小说世界"因此在一般人心目中更接近于视觉空间。然而巴特却说"叙述描写与视觉无关":"一般人总以为叙述描写会带来视觉意象,我并不如此认为。叙述描写是一些纯粹清晰可解的次序,如果中间混有不同性质的图片说明,这会带来干扰或扭曲。"②验诸我们每个人的阅读经验,不能说"叙述描写"唤起的不是视觉画面,"与视觉无关"之说显然有点矫枉过正——巴特为反对视觉专制常作此类惊人之论,我们应对他的行文风格持理解与包容的态度。

至于小说世界何以会像咖啡馆里和立体声音响中,巴特未从理论上做出阐释,我们不妨顺着他的思路继续探索。咖啡馆是人们聊天说话的地方,它与立体声音响的共同点在于里面有来自四面八方的声音,将小说世界与它们类比,显然是指这个世界中也有对话的声音在回荡。对该问题有独特研究的巴赫金认为,对话在陀思妥耶夫斯基小说中"居于中心位置":

> 完全可以理解,在陀思妥耶夫斯基艺术世界中居于中心位置的,应该是对话,并且对话不是作为一种手段,而是作为目的本身。对话在这里不是行动的前奏,它本身就是行动。它也不是提示

---

① 罗兰·巴特:《罗兰·巴特的二十个关键字》,载《罗兰·巴特访谈录》,刘森尧译,台北:桂冠图书股份有限公司,2004年,第282页。
② 罗兰·巴特:《谈〈流行体系〉和叙述的结构分析》,载《罗兰·巴特访谈录》,刘森尧译,台北:桂冠图书股份有限公司,2004年,第55页。

345 | 第十二章　叙事与听觉空间的生产

和表现某人似乎现成的性格的一种手段……

在陀思妥耶夫斯基长篇小说中,一切莫不都归结于对话,归结于对话式的对立,这是一切的中心。一切都是手段,对话才是目的。单一的声音,什么也结束不了,什么也解决不了。两个声音才是生命的最低条件,生存的最低条件。①

说到陀思妥耶夫斯基的小说,人们一般会想到复调这个词,引文却突出了对话的重要性。对话与复调其实并不矛盾,复调本义是指与"单一的声音"相对的多个声音("两个声音"及更多),复调小说意为多个声音相互碰撞的对话小说②。从这个意义上说,阅读复调小说犹如进入陀氏为读者专设的咖啡厅,在这个听觉空间中聆听各方面的对话。对话可以发生在不同人物之间,如《卡拉马佐夫兄弟》中伊万与阿廖沙之间的真正交谈③;也可以是同一人物意识中两个声音的争斗,如《白痴》女主人公菲利波夫娜觉得自己有罪又不时为自己开脱④。人物意识中两种声音相互激荡,缘于以"我"自居的人物把内心的一部分当作了"你",这是人物在内心深处与自己对话。人称的这种混用在中外作品屡见不鲜,巴赫金说《罪与罚》男主人公拉斯柯尼科夫独白时会用"你"来称呼自己⑤,《红楼梦》第二十七回《葬花吟》中的人称也在"奴"

---

① 巴赫金:《陀思妥耶夫斯基诗学问题——复调小说理论》,白春仁、顾亚铃译,北京:生活·读书·新知三联书店,1988年,第343页。

② "什么是复调小说?复调小说不是一般所说的多结构、复式结构小说。巴赫金认为,如果过去的小说是一种受到作者统一意识支配的独白小说,则陀思妥耶夫斯基创作的是一种'多声部性'的小说,'全面对话'的小说,即复调小说。"钱中文:《中译本前言》,载巴赫金:《陀思妥耶夫斯基诗学问题——复调小说理论》,白春仁、顾亚铃译,北京:生活·读书·新知三联书店,1988年,第2页。

③ 巴赫金:《陀思妥耶夫斯基诗学问题——复调小说理论》,白春仁、顾亚铃译,北京:生活·读书·新知三联书店,1988年,第347—348页。按,书中大量引用了两人的对话。

④ "娜斯塔西娅·菲利波夫娜的声音分裂为两种声音,一是认为她有罪,是'堕落的女人',一是为她开脱,肯定她。她的话里到处是这两种声音的交锋结合:时而这个声音占上风,时而那个声音占上风,但是哪个声音也不能彻底战胜对方。"巴赫金:《陀思妥耶夫斯基诗学问题——复调小说理论》,白春仁、顾亚铃译,北京:生活·读书·新知三联书店,1988年,第350页。

⑤ "这样,他(按指拉斯柯尼科夫)同自己说话(常用'你'字,就像对别人一般),他劝说自己,挑逗自己,揭露自己,嘲弄挖苦自己,如此等等。"巴赫金:《陀思妥耶夫斯基诗学问题——复调小说理论》,白春仁、顾亚铃译,北京:生活·读书·新知三联书店,1988年,第325页。

"侬""尔"之间来回错动。林黛玉是在山坡上边哭边念,这为贾宝玉循声而来提供了可能,要不然他听不到"风刀霜剑严相逼"之下葬花人的心声。有意思的是,薛宝钗身上冷香丸的香气未能将贾宝玉裹住,林黛玉如泣如诉的悲声却让他"恸倒山坡之上,怀里揣的落花撒了一地",曹雪芹经常这样让人物"误入"他人私密的听觉空间,我们在前面提到,许多事件的波澜便是由这类"误入"引发。

与西方小说相比,中国古代小说与听觉的关系更为明显。《说文解字》释章回小说之"章"为"乐竟"("乐竟为一章,从音从十,十,数之终也"),章回这种架构让人想起讲故事活动中的停顿。众所周知,明清时代流行的章回小说源于宋元讲史话本,话本顾名思义是民间艺人说"话"(故事)的底本,文人模拟话本创作出的拟话本——最初的白话小说,标志着口头叙事向笔头叙事的过渡。由于有这种渊源,小说中的叙述者(往往以"在下""小的"自称)喜欢以说书人的口吻发声,读者则因被称为"看官"而有挤在人群中听书的感觉。书场感的产生还与以下三点有关。一是白话小说多用"权充个得胜头回"的"入话"开篇,"入话"是与"正话"有题旨关联的小故事,书场艺人不能等听众全都到齐才正式开讲,故用"入话"这种手段来应付早到的听众并延长等候时间,我们在阅读"入话"时也会觉得自己在等艺人开讲。二是有"入话"就有"出话"(笔者戏拟名),故事总有讲完的时候,此时作者往往会借诗赋、赞语("有诗为证""后人有篇言语,赞道……")之类的形式来为叙事作结,其效果相当于收场锣鼓。三是过去读者案头的小说有所谓评点本,也就是说文本中除正文之外尚有序、跋、读法、回批、眉批、夹批等"副文本"(paratext),起评点作用的批文用小号字体夹在正文当中,它们像弹幕一样不时跃入读者眼帘,人们在阅读的同时也"听"到了评论的声音,因此评点本可以说是另一种类型的复调小说。

万变不离其宗,叙事从一开始就是一种生产听觉空间的行为,后世叙事的诸多形态如以上讨论的戏剧、电影和小说等,均在一定意义上重复着这种生产。叙事发展到今天已拥有多种形态,采用的手段也越来越丰富,但从实质上说仍未摆脱对听觉交流的模仿。我们未见得要像巴特那样否定叙事与视觉的联系,但决不能无视叙事与听觉的联系。文学反映现实,巴赫金的对话理论不仅可以解释陀思妥耶夫斯基的小说,也有助于我们理解周围这个众声喧哗的真实世界。

第十三章　诵读的意义

内容提要　人类通过语音相互沟通的漫长历史，导致早期读者仍然保持着对听觉渠道的"路径依赖"。诵读不止是让作品中的文字发出声来，更重要的是通过声音来理解作者的意图与作品的意义。一些作家之所以热衷于诵读表演，是希望以这种形式来传播作品的声音形态，让书写中被省略的信息在诵读中得到恢复和还原。中西阅读的一大区别，在于国人对偏僻的汉字大多略知其义（从字形上猜）而不知其音，使用拼音文字的西方人则几乎能念出每一个单词，却又不一定都明白这些单词的意义。汉字的以形夺人造成了视读对诵读的干扰，因此才有前人对诵读和背诵的大力提倡。默读（内心诵读）作用于读者自己的内心或曰内耳——之所以在大脑中再现"声音的系列"，主要是为了体察作品的声音之美。齐读作为汇众声于一体的集体诵读，能使参与者获得一种与群体同在的共时性体验。诵读的本质是把文字转化为声音，这对视听失衡的当代感官文化来说是一种有益的补偿。

阅读按出声与否可分为诵读与视读。视读又被阅读专家称为速读，一目数行的阅读方式更适合快节奏的现代社会，而耗时较多的诵读似乎正逐渐从人们的日常生活中淡出——如今即便在学校里也不大听见书声琅琅,过去常用的"念书"一词也已被"看书"所取代。然而前人早就指出语言是声音的符号:"夫声之来也与天地同始,未有文字以前,先有是声,依声以造字,而声即寓文字之内。"① 文学作品既以语言文字为媒介,其生产与消费自然离不开声音,也就是说许多作品是为"听"而创作出来的,光"看"不"听"无异于买椟还珠,有违文学的本意与初衷。还须指出,"听"与"听懂"之间还是有区别的,诵读不止是让作品中的文字发出声来,更重要的是通过声音来理解作者的意图与作品的意义。此外还有人习惯性地认为诵读只适用于讲求音律的诗歌,实际上许多小说也要通过"听"才能充分理解,长期被用作欧美大学教材的《文学理论》就说:"即使在小说中,语音的层面仍旧是产生意义的必不可少的先决条件。"② 有必要指出,就在许多人耽溺于"读图时代"的视觉盛宴时,"耳朵经济"却在悄无声息地发动自己的逆袭——"听书"(即听人诵读)已经成为当前一种重要的文学消费方式,这种消费方式的长处是可与散步、上下班和做家务等并行不悖,一些失眠症患者更"依靠听书"度过漫漫长夜。③ 面对现实生活中这种初露端倪的"听觉转向",需要从感官文化的角度去重新思考诵读的意义。

一、诵读与理解

阅读始于文字的发明,对今人来说,阅读文字是一个可以与听觉无关的过程,因为仅凭视读便能达到获取信息的目的。但是由于人类通过语音相互交流的历史过于长久,早期读者仍然保持着对听觉渠道的"路

---

① 王筠:《说文释例》卷三,北京:中华书局,1987年,第50页。
② 雷·韦勒克、奥·沃伦:《文学理论》,刘象愚、邢培明、陈圣生、李哲明译,北京:生活·读书·新知三联书店,1984年,第166页。
③ 2019年10月苹果公司公布第四季财报,其中提到该公司所有产品里增长最快的业务是无线耳机(Airpods);《时代》杂志2019年12月评选出21世纪第二个十年最具影响力的十款电子设备,无线耳机(Airpods)和亚马逊智能音箱(Echo)赫然在列。

径依赖"，即需要发出声来才能理解文字的意义。麦克卢汉说："在古代和中世纪，阅读必然是大声朗诵。"① 如此阅读放在今天可能会被当作对公共秩序的干扰，当时的社会却表现出对这种习惯的容忍："不管是公元前7世纪时到亚述巴尼拔国王的图书馆去找资料的亚述（Assyria）学者、到亚历山大里亚与珀迦马（Pergamum）的图书馆去翻阅卷轴的人，或是到迦太基与罗马的图书馆去寻找所要典籍的奥古斯丁，这些人肯定都是在隆隆嘈杂声中阅读。"② 印刷业兴起之后，耗时较多的诵读无法应对铺天盖地而来的文字材料，视读逐渐成为消费各类读物的主要方式。但在用眼睛快速摄入大量信息的同时，人们也在咽下囫囵吞枣的苦果——由于咀嚼消化的不充分，一些有意义的信息往往与读者失之交臂。这种情况下再来看诵读，便会发现其速度固然不如视读，对理解作品却有两方面的帮助：一是放慢速度后可以更为从容地琢磨文字意义，二是读出的声音有利于激发听觉想象。读书是为了获取知识和体验，如果不能理解，读得再多再快也无济于事。

那么诵读是怎样帮助理解的呢？这需要用具体的作品来说明问题。按照《汉书·艺文志》中"不歌而诵谓之赋"的说法，辞赋应该是最适合诵读的中国文学体裁，然而诵读《上林赋》之类的作品对今天的读者来说构成很大的挑战，这不光是因为其中使用了许多偏僻的汉字，还因为一般人不大明白使用这些汉字的意图。以其中的"荡荡乎八川分流"一节为例，司马相如这样形容灞、浐、泾、渭、酆、镐、潦、潏八条水道的奔腾流淌："赴隘狭之口，触穹石，激堆埼，沸乎暴怒，汹涌澎湃。滭弗宓汩，偪侧泌瀄。横流逆折，转腾潎洌，滂濞沆溉……逾波趋浥，涖涖下濑。批岩冲拥，奔扬滞沛。临坻注壑，瀺灂霣坠，沈沈隐隐，砰磷郁礚，潏潏淈淈，湁潗鼎沸。"③ 郭绍虞先生用陈澧《东塾读书记》

---

① 麦克鲁汉：《古腾堡星系：活版印刷人的造成》，赖盈满译，台北：猫头鹰出版社，2008年，第126页。
② 阿尔维托·曼古埃尔：《阅读史》，吴昌杰译，北京：商务印书馆，2002年，第53页。
③ 司马相如：《上林赋》，载萧统编，李善注：《文选》，北京：中华书局，1977年，第123—124页。

中"声象乎意"的观点提醒人们,阅读这节文字需要仔细揣摩文字的发音方式,否则便难以体会"昔人用字之妙":

> 这一节文连用了好几个双唇阻的破裂声,如"暴",如"澎湃",如"渾沸"(音毕拨),如"宓"(音密),如"偪",如"泌"(音笔),如"潎"(音撇),这一些字的发声状态,都是口程鼻程同时闭塞,阻遏气流,然后骤然间解除口阻,使气由口透出,所以才成为破裂声。这正像灞、浐八川之赴隘狭之口,触穹石,激堆埼,受到阻碍,而成为一种沸乎暴怒的情形。①

他还说晋人郭璞的《江赋》中也存在类似的情况,其中有些字是唇音,有些字是喉音或舌根音:

> 在这些声象中虽是形容水流漂疾击涌之貌,而同时也有电光闪烁之象,所谓"溢流雷呴而电激"者,也可于声象中求之了。一方面可象水势相戾之貌,一方面可象水波相击相涌之声,而一方面再可兼含比喻之义,所谓雷呴电激者也可体会出来。这既是声象乎意的作用,而同时也可看出文人善于运用这些语词的技巧。②

引文中两度出现的"声象"概念值得关注。作者提到的三个方面——"一方面可象……之貌""一方面可象……之声"和"一方面再可兼含比喻之义",归纳出了这一概念的具体内涵与功能,简而言之就是"象貌""象声"和"比喻"。"象声"即较易理解的以声拟声,"象貌"和"比喻"则是通过声音描摹来传达对事物的印象与感觉。"声象"与《原始思维》一书中提到的"声音图画"(Lautbilder)有点类似,列维-布留尔发现原始民族擅长用各种各样的声音来传达自己的感知,其中最重要的是对动作的刻画,如埃维人的动词"zo"(走)可以与"bia bia""ka kà"和"pla pla"之类的声音分别搭配,以对应形形色色的走路姿

---

① 郭绍虞:《中国语词的声音美》,载《照隅室语言文字论集》,上海:上海古籍出版社,1985年,第134页。
② 同上书,第135页。

态①。需要说明的是,"bia bia"之类并非拟声词,它们传递的只是说话人对这些步态的声音印象;同理,引文中的"水势相戾之貌"和"水流漂疾击涌之貌",也是指诵读过程中被字词唤起的水流印象。这种情况就像我们说"(某人的)脸刷地一下白了",这"刷地一下"只发生于说话人和听者的想象之中,脸色突变其实并不会真的发出声音来。

　　读书须有重点,诵读时最应关注的是那些声学特征鲜明的词汇。就某种程度而言,诵读可以说是一种语音摹拟——通过恰当地处理此类词语的发音,达到体会、理解和传递"声象"之目的。就像引文所说的那样,诵读《上林赋》时如果不突出"暴""澎湃""潭沸""宓""偪""泌""瀄"等词语的破裂声,便无法用语音来摹拟八川之水在溢陿之口遇阻时"沸乎暴怒"的情形。"声象乎意"之说当然不能推广到所有的汉字(刘师培《原字音篇》似有这种倾向),但当某些声学特征明显的词语被用于形容和比喻时,就有从声义相关角度作推敲的必要了。古代诗文中多见叠音的使用,比较典型的为《诗经·豳风·鸱鸮》中的"予羽谯谯,予尾翛翛。予室翘翘,风雨所漂摇。予唯音哓哓"和《古诗十九首》中的"青青河畔草,郁郁园中柳。盈盈楼上女,皎皎当窗牖"等。此类朗朗上口的表达已经成为一种不容忽视的文学传统,所以《文心雕龙·物色》会用"灼灼状桃花之鲜,依依尽杨柳之貌,杲杲为出日之容,瀌瀌拟雨雪之状,喈喈逐黄鸟之声,喓喓学草虫之韵"来做归纳。我们知道在语音沟通中,重复意味着强调,叠音作为一种重复自然也是为了加深印象,不仅如此,"灼灼""依依""杲杲""瀌瀌""喈喈"和"喓喓"等叠音还有更细的功能区分:"逐……之声""学……之韵"指的是拟声,"状……之鲜""尽……之貌""为……之容"和"拟……之状"则是摹拟情状和样貌。对情状和样貌的摹拟不像拟声那样直接,主要是通过声音的重复来刺激想象和共鸣,诵读就此而言是从语音角度实现作者希望施加的刺激,在此过程中达到对作品更为完整的理解——所谓理解常常是指获得了更为丰富和细腻的体验,不一定都是接受到了

---

① 列维-布留尔:《原始思维》,丁由译,北京:商务印书馆,1985年,第158—159页。

某些特别具体的信息。

西方文学作品中也有类似的"声象"。艾伦·退特用细读法分析了《神曲·地狱篇》第五章中的一节文字,那是但丁寄予深切同情的女子弗兰齐斯卡在自报家门:"我诞生的城市坐落在海边,/那里波河流下来,/同它的追逐者平静地同流。"读过《神曲》的人都知道,弗兰齐斯卡因为未能克制住自己的情欲,而与情人保罗一道在地狱中遭受风刑的折磨,退特从这三行简单的诗句中读出了与风和风声相关的弦外之音:表面上看她只是向但丁描述自己的故乡,实际上却是把自己与故乡的波河"溶化为一体":

> 巧妙地转移一下焦点,我们就会把被追逐的波河看作地狱中的弗兰齐斯卡:追逐的支流则构成追逐的情欲之风的新的视觉形象。进而再看一眼,就会发现更多的东西:支流就像风那样立即追逐而且同被追逐者合成一体。这就是说,弗兰齐斯卡已完全和她的罪孽同化了,她就是罪孽。因为我相信这种说法,在《地狱篇》中被打下地狱的人是罪孽的完全化身,就是这种罪孽把他们投入地狱的。波河的支流不仅借视觉形象比作情欲之风,而且在声音上也有同感。①

声音上的"同感"缘于嘶嘶作响的"咝音"在诗行中点据了主导地位,这些以 s 开头的"咝音摹拟了风的嘶鸣":

> 弗兰齐斯卡因风声平息下来而感到高兴,因而我们能听到她的声音……当风已减弱,我们在寂静中,第一次听到飒飒风声应和着波河的潺潺流水。波河于是既有视觉形象又有听觉形象。因为弗兰齐斯卡就是她的罪孽,而她的罪孽就体现在这一形象中,我们可以说这是一种既能听到又能看见的罪恶。②

退特是英美新批评的代表性人物之一,这个流派的批评家喜欢以自己心

---

① 艾伦·退特:《论诗的张力》,姚奔译,周六公校,载赵毅衡(编选):《"新批评"文集》,北京:中国社会科学出版社,1988 年,第 123 页。
② 同上书,第 124 页。

目中的范本来说明其文本理念,这节文字因此被退特挑选出来作为展示自己思想的样板。他的分析让我们看到,被支流追逐的波河与生前被情欲驱使、死后被狂风吹袭的弗兰齐斯卡,从视觉上说保持着同构关系,而字里行间的"飒飒风声"又把整节诗串联成浑然一气的听觉形象,"咝音"成了但丁凭吊弗兰齐斯卡时的音乐伴奏。由此可见,诵读这节诗时如果不突出相关单词的"咝音",弗兰齐斯卡在风中飘荡的形象就得不到生动的再现。与此相似,在诵读柳永的《雨霖铃》时,我们也应明白其中的仄韵和频繁出现的齿音,全是为了唤起萧瑟凄凉的离别情绪;李清照《声声慢》中的"寻寻觅觅,冷冷清清,凄凄惨惨戚戚",也是用大量齿上音来传达寡居生活的凄清惨戚之情。

说到诵读与理解的关系,国人可能都会想到曾国藩家书中影响甚大的一段话:"《四书》《诗》《书》《易经》《左传》诸经、《昭明文选》、李杜韩苏之诗、韩欧曾王之文,非高声朗诵则不能得其雄伟之概,非密咏恬吟则不能探其深远之韵。"① 这里的"高声朗诵"无疑是诵读,而"密咏恬吟"则为不一定能被他人听到的轻声念读——这种阅读方式无疑也属诵读,因为再微弱的声音也是声音,发声与否是区别诵读与视读的关键所在。曾国藩的"密咏恬吟"有可能是受了前朝大儒沈德潜的影响,后者在《说诗晬语》中用了这四个字:"诗以声为用者也,其微妙在抑扬抗坠之间,读者静气按节,密咏恬吟,觉前人声中难写、响外别传之妙,一齐俱出。朱子云:'讽咏以昌之,涵濡以体之。'真得读诗趣味。"② 沈德潜的"密咏恬吟"是就诗歌而言,曾国藩所说的诵读对象却不仅指《诗经》与"李杜韩苏之诗",也包括了《四书》《左传》和"韩欧曾王之文"——散文的声音特征虽然不像韵文那样明显,但这并不意味着它们只适合视读,其"雄伟之概"与"深远之韵"同样需要通过声音渠道去探求。这里还要对曾国藩和沈德潜的观点作点补充:诵读之所以重要,从源头上说是因为与创作关系密切,说白了就是作者常常用发

---

① 曾国藩:《咸丰八年七月廿一日与纪泽书》,载《曾国藩家书》(上),北京:东方出版社,2013年,第45页。
② 沈德潜撰,王宏林笺注:《说诗晬语笺注》,北京:人民文学出版社,2011年,第10页。

声的形式进行自己的创作，因此读者也应该用这样的方式来再现作品的声音形态，否则便很容易辜负作者的一片苦心。

二、诵读与创作

诵读与创作的关系此前未引起学界重视，需要对这个问题作专门讨论。作者当众诵读自己的作品不算稀奇，但可能没有人比查尔斯·狄更斯诵读得更多，他这方面的经历有助于我们认识诵读与创作的内在关系。狄更斯一生创作过大量作品，但一般人可能不知道，他光是在美国就举办过76场诵读表演，在英国本土的巡回演出就更不计其数，有时主办方要出动警察来维持剧场的秩序。他在伦敦诵读《雾都孤儿》的一个恐怖片断时，"台下打扮得花枝招展的女士们一个个面如土色，瑟瑟发抖。次日，一位老朋友写便条告诉他说：这场朗诵，是一桩'极其动人而又极其可怕的事'，他还告诉狄更斯，在狄更斯朗诵到最恐怖的关头，他几乎难以自持；如果当场有人尖叫起来，他也会不由自主地跟着喊叫。"①

一位才华盖世享有国际声誉的作家，为什么会把自己宝贵的人生时光用于面向公众的诵读，这是一个困惑过许多文学史家的问题。有人说这是因为狄更斯已经意识到自己的创作在走下坡路，为避免粗制滥造才将自己的精力投向不那么耗费脑力的诵读表演，更何况这样做还能得到不菲的收入。然而事实是狄更斯在诵读活动进行得如火如荼之时，仍然写出了《远大前程》和《我们共同的朋友》这样两部高质量的长篇，前者还被学界视为其代表作，因此江郎才尽之说不大站得住脚。笔者的看法是，狄更斯遇上了一个印刷业和报刊业蓬勃兴起的时代，其初试啼声之作《匹克威克外传》便是在期刊上配图连载，这种诉诸文字的大众传播为他带来了巨大的声誉，也为其后一系列小说的出版铺平了道路，然

 张玲：《英国伟大的小说家——狄更斯》，北京：北京出版社，1983年，第151页。

而作为史无前例的完全靠鬻文为生的故事讲述人,他还是希望通过自己的诵读来传播作品的声音形态。人类对故事的消费从"听"开始,即便是今天还有许多人觉得读故事不如听故事来得过瘾,如果说小说在作者心目中有文字和声音两种版本,那么他本人的表演就是传播小说的"声音版"——这在他心中或许还是"正版"甚至是"原版"[1],要不然无法解释他后来明知这种表演有损健康仍乐此不疲。

除了让读者亲耳听到自己原汁原味的讲述之外,狄更斯当众诵读还有直接获得听众反馈的动机。使用"声音版"这一表述并非空穴来风,狄更斯会为表演专门编辑"诵读书"即作品的副本,"诵读书"的页边有他做的种种记号,提醒表演时应该使用何种语气以及作何种强调。更重要的是,他像《坎特伯雷故事集》的作者乔叟和《吝啬鬼》的作者莫里哀一样会"根据在观众中产生的效果而修改段落"[2]。这让我们想起汉语中"老妪能解"这一成语的来历——"白乐天每作诗,令一老妪解之。问曰:解否?妪曰:解。则录之;不解,则又复易之。"[3] 英国小说家塞缪尔·巴特勒把诵读的好处说得非常清楚——读给自己听不如读给别人听,只有借助别人的耳朵才能察觉问题所在:"我总是很想将自己所写的东西朗读给某个人听,而且常常也是这么做;几乎任何人都可以,但他不得聪明到让我害怕。在我自己以为——念给自己听时——是没问题的段落,一经朗读出来,我便会立刻察觉到弱点。"[4] 由于创作和接受方面都有需要,诵读活动在使用拼音文字的国家里相当流行,因此也涌现出了像俄罗斯的阿·费·皮谢姆斯基和美国的 I. A. 瑞恰慈

---

[1] "狄更斯是个更专业的表演者。他的正文的版本——语气、重音、甚至那些为了使故事更适合口头演说风格的删除及修正——让每一个人清楚知道,要有一种,而且只有一种诠释……他为了让听众能更清楚看到他的手势,便恳请他们设法创造出'一小群朋友聚集一起聆听故事'的印象。"阿尔维托·曼古埃尔:《阅读史》,吴昌杰译,北京:商务印书馆,2004年,第317页。引文中着重号为笔者所加。

[2] "乔叟无疑是在当众朗读之后又修改了《坎特伯雷故事集》","(莫里哀)习惯将他的剧本朗读给女佣听"。阿尔维托·曼古埃尔:《阅读史》,吴昌杰译,北京:商务印书馆,2004年,第315、318页。

[3] 彭乘:《墨客挥犀(及其他三种)》卷三,北京:中华书局,1991年,第15页。

[4] 阿尔维托·曼古埃尔:《阅读史》,吴昌杰译,北京:商务印书馆,2004年,第315页。

那样的诵读高手。前者的诵读据说可媲美于戏剧表演，后者"能够像诵读但丁和莎士比亚诗篇一样朗读电话簿，听众为之倾倒"①，这些对不熟悉朗诵艺术的人来说是难以想象的。

诵读从逻辑上说只会发生在作品完成之后，但有些作家喜欢口授，他们从一开始就特别在意作品的声音形态，这就使得诵读介入了创作——小说创作变成了对口头讲述的笔头记录。以下是一位亲历者对果戈理口授场景的回忆：

> 尼古拉·瓦西里耶维奇（按即果戈理）把笔记本放在面前，全神贯注；他开始有节奏、庄严地口授起来，他口述得那么有感情，有表现力，因此《死魂灵》第一卷的每一章都在我的记忆里留下特殊的韵味。这就像是经过深思熟虑之后有规律地产生的平静的灵感一样。尼古拉·瓦西里耶维奇耐心地等待我写完最后一个字，然后，他又以同样专心致志的声调开始念下一个长句子。当念到波留希金的花园一段时，他口授的"夸张"达到登峰造极的地步，同时又不失其一贯的朴实。果戈理甚至离开扶手椅，一边口授，一边做着高傲和命令的手势。②

引文最后用"夸张""朴实"和"高傲"等形容的语气、姿态和手势等，在文字稿中肯定都无法保留下来，可以看出当语音变为文字时，许多有价值的伴随信息如语气词之类也同时消失了③。罗兰·巴特因此说这是

---

① 杨自伍：《〈文学批评原理〉译者前言》，载艾·阿·瑞恰慈：《文学批评原理》，杨自伍译，南昌：百花洲文艺出版社，1992年，第4页。按，正是由于深谙诵读艺术，瑞恰慈对文学作品中的声音问题有许多高明之见，《文学批评原理》第十七章"节奏和韵律"（第118—130页）旨在揭示英语诗歌中的"声象"，与前引郭绍虞文可谓异曲同工。

② 鲍·艾亨鲍姆：《果戈理的〈外套〉是怎样写成的》，载茨维坦·托多罗夫（编选）：《俄苏形式主义文论选》，蔡鸿滨译，北京：中国社会科学出版社，1989年，第188页。

③ 郭绍虞先生注意到语气词在某些体裁的作品中有所保留："曲中说白，还保留这种现象，如'妥身知道了也'，'兀的不嗊杀我也呀！'这类'也'字就是声气的延长。延长以后，在修辞方面有音节的作用，在文法方面也有添显的作用。《吕氏春秋·音初篇》，称涂山氏女的'候人兮猗'为南音之始，就是这个道理。只说'候人'，是一句话，不是诗歌，但加上'兮''猗'两字，就有曼声长歌之态，表达候人不至之情，所以成为南音之始。"郭绍虞：《试论汉语助词和一般虚词的关系》，载《照隅室语言文字论集》，上海：上海古籍出版社，1985年，第273页。

对声音的"阉割":"书写文字比起口语在用字遣词方面可要经济得多,有时还经常省略连词,这在声音来讲简直不可接受,活像被阉割一般。"① 如此看来,狄更斯等人的诵读,从本质上说是作者的一种"反阉割"行为——许多在书写中被省略的声音信息,在诵读中又得到恢复和还原。

还须提到,果戈理的诵读艺术也像狄更斯一样受到同时代人的高度赞扬:

> 果戈理朗读得精采极了:不仅每个字都能听得清楚,而且他还时常变换声调,使朗读不显得单调,并能让听众领悟到其中最细微的含义。我记得,他是怎样用阴沉而沙哑的声音开始朗读的:"为什么没完没了地描写贫困……于是我们又来到了穷乡僻壤,又碰上一个偏僻的角落。"念完这句话,果戈理仰起头来,甩了一下头发,接着用昂扬的声音大声朗读道:"可这又是怎样的穷乡僻壤和偏僻的角落啊!"接着便是对坚捷特尼科夫的村庄的绝妙描写。听果戈理的朗读,我们感觉这好像是**按照规则的格律写成的**……使我极为震惊的是语言的非凡和谐。我马上看出来,果戈理如何巧妙地使用了他细致地搜集到的各种花草的当地名称。**他有时加进一个音节响亮的词,这只是为了增加语言的和谐。**②

果戈理诵读的成功,表面上看是由于能够娴熟地把握这门艺术——如变换声调语气以及采用各种各样的姿势等,但更重要的原因还在于作品的声音形态本身:小说的"声音版"要是不够铿锵悦耳,诵读者再有本事也无法让听众感到"语言的非凡和谐"。引文中的"细致地搜集……名称"与"加进一个音节响亮的词"等告诉我们,果戈理为强化作品的声音效果是如何煞费苦心。构成作品的词语中人名最为重要,它们不但出

---

① 罗兰·巴特:《从口语到文字》,载《罗兰·巴特访谈录》,刘森尧译,台北:桂冠图书股份有限公司,2004年,第3页。
② 鲍·艾亨鲍姆:《果戈理的〈外套〉是怎样写成的》,载茨维坦·托多罗夫(编选):《俄苏形式主义文论选》,蔡鸿滨译,北京:中国社会科学出版社,1989年,第187页。引文中字体加黑部分为原文所有。

现频率高，其读音亦关乎作品题旨。果戈理为此"到处搜寻人的名字，以便使人名都有典型色彩。他在报纸的启事栏找到人物的名字（《死魂灵》第一卷里乞乞科夫的名字就是在一家门口找到的。从前房子没有门牌号数，而是在一块牌子上写着房主人的名字）；在着手写《死魂灵》第二卷时，他在驿站的登记簿上找到贝特里歇夫将军的名字，后来他告诉一个朋友说，这个名字使他想起这位将军的侧影和白胡子"①。

在构思《外套》这部小说时，果戈理几经踌躇为主人公选择了"巴什马奇金"这个名字，此名不但有较强的声音表现力，还与俄语中鞋子的发音"有些渊源"——俄语中的"鞋"读作"巴什马克"，叙述者因此打趣地说叫这个名字的人"都穿长统靴子，每年只换两、三次鞋掌"：

> 这个官员姓巴什马奇金。从这个字眼可以看出，这姓氏跟"鞋"有些渊源；然而，它是什么时候，何年何月，怎么从"鞋"这个词儿演变而成的，则无从查考了。他的父亲、祖父、甚至内弟乃至巴什马奇金一家人都穿长统靴子，每年只换两、三次鞋掌。他的名字叫阿卡基·阿卡基耶维奇。读者或许会觉得这名字有些古怪，是挖空心思想出来的，但是可以肯定地说，这决不是刻意想出来的，而是客观情势所使然，无论如何不能起别的名字，只能是这么个叫法。②

鞋子和小说的标题"外套"都属服饰范畴，通过"巴什马奇金"这个与服饰有关联的人名，果戈理成功地混淆了人物与其衣物之间的界限，制造出了"人穿什么就变成什么"（we are what we wear）的滑稽印象。鞋子是踩在脚下被践踏和被忽略之物，巴什马奇金最终也是被人弃若敝屣，这个名字的发音时时都在暗示人物的命运，因此巴什马奇金想用新外套来改变形象的企图注定不能成功。了解到这些信息，我们也就懂得

---

① 鲍·艾亨鲍姆：《果戈理的〈外套〉是怎样写成的》，载茨维坦·托多罗夫（编选）：《俄苏形式主义文论选》，蔡鸿滨译，北京：中国社会科学出版社，1989年，第189—190页。
② 果戈理：《外套》，载《果戈理短篇小说选》，杨衍松译，长沙：湖南文艺出版社，1994年，第345—346页。

了引文中所说的"（这个人物）无论如何不能起别的名字，只能是这么个叫法"。果戈理善于利用词语的声义相关性做文章，俄罗斯文学批评家对《外套》等作品的语言风格极为赞赏，可惜不懂俄语的中国读者无缘体会到这一点，说得极端一些，我们从中文译本中读到的还不能说是真正的果戈理。

　　无独有偶，就像果戈理在一家房屋的门口找到"乞乞科夫"这个名字一样，巴尔扎克也曾在大马路上为人物之名寻寻觅觅。据戈日朗回忆，巴尔扎克应《巴黎杂志》之约写好了一部中篇小说，但他花了六个月时间仍未为人物找到合适的名字，这是因为他对人物姓名的要求也极其苛刻。他曾绞尽脑汁想出过比《皇家年鉴》里所有的姓氏还要多的姓名，但没有一个听起来像这部小说的主人公，于是戈日朗建议他到大街上去读店铺招牌上的人名，两人在巴黎城里转了大半天，最终在一扇歪歪斜斜的门上发现了巴尔扎克梦寐以求的名字——"Z. 马卡"。在后来以这个名字为标题发表的小说中，巴尔扎克用了很长一段文字来描述"Z. 马卡"给人留下的印象：

　　　　马卡！你不妨把这个由两个音节组成的姓氏对自己多念几遍：你不是在其中感到了一种不祥的涵义吗？你难道不觉得负有这个姓名的人一定终生坎坷、遭受种种折磨吗？不管这个名字多么奇怪，多么不近人情，可是它必定传给世世代代：这个名字的结构很好，又很容易上口；它有着显赫的姓氏的那种一目了然的特点。

　　　　……

　　　　你在Z这个字母的形状上没有看出那受压抑的姿态吗？它的形状不是正好描绘出痛苦一生的偶然的、变幻无常的曲曲折折吗？是怎样一阵风吹在这个字母上面呢？在它被采用的每一种语言里，它领头的差不多才五十个字。

　　　　……

　　　　马卡！你没有想到有什么稀世罕见之物，在它陨落当中，发出了声音或是毫无声息地破碎了吗？①

以上只是这段描述的节录，其中固然提及 Z 这个"曲曲折折"字母的"压抑的姿态"，但更多还是在强调双音节姓氏"马卡"的读音。巴尔扎克为寻找这个名字与戈日朗转了二十多条街，研究了两三千个写着店主姓名的招牌，如此大费周章只是为了让人物之名念起来有"不祥"之感，获得此人"一定终生坎坷、遭受种种折磨"的印象。巴尔扎克之所以为巴尔扎克，就是因为他在创作艺术上坚守原则从不苟且，不达目的决不罢休。他对戈日朗说的一番话，与果戈理坚持他的人物"无论如何不能起别的名字"如出一辙："我必须给他找到一个和他的命运相称的名字才行。这个名字要能说明他这个人，表现他这个人，这个名字能介绍他就像一尊大炮老远地就介绍自己说：'我叫大炮'；这个名字必须生来就是为他而设的，任何旁的人都不能用。"②

在追求人名的声义相符上，巴尔扎克和果戈理的执着达到了一般人很难理解的程度。今人消费小说的主要是通过囫囵吞枣般的视读，这种情况下人们一般不会注意到语音与意义之间的微弱联系。然而在忠于艺术的作家那里，一个名字不但要与其身份相符，更关键的还要让人想起其性格与命运。说来滑稽，巴尔扎克觉得"Z. 马卡"之名应该属于"一位伟大的艺术家"，实际生活中叫这个名字的人只是个裁缝，然而得知这一事实后的巴尔扎克还是宁肯相信自己的感觉，他不服输地高喊"他应该有一个更好的命运"。③张爱玲也有一种"名如其命"的迷思，她同样喜欢从报纸的分类广告上去找名字：

> 我看报喜欢看分类广告与球赛，贷学金、小本贷金的名单，常

---

① 戈日朗：《巴尔扎克怎样给人物取名字》，王道乾译，载文艺理论译丛编辑部编：《文艺理论译丛》（第二册），北京：人民文学出版社，1957年，第154—155页。

② 同上书，第148页。

③ "最后我总算找到了一个勉强可以称做门房的人，从他那儿我打听到马卡的职业。'是裁缝！'我老远地朝着巴尔扎克喊。'裁缝！'巴尔扎克垂下了头……马上他又骄傲地昂起头来。'他应该有一个更好的命运'，他一面扬起头来，一面喊着。'没有关系！我要使他不朽。这是我的任务！'"戈日朗：《巴尔扎克怎样给人物取名字》，王道乾译，载文艺理论译丛编辑部编：《文艺理论译丛》（第二册），北京：人民文学出版社，1957年，第153页。

常在那里找到许多现成的好名字。譬如说"柴凤英""茅以俭",是否此中有人,呼之欲出?茅以俭的酸寒,自不必说,柴凤英不但是一个标准的小家碧玉,仿佛还有一个通俗的故事在她的名字里蠢动着。在不久的将来我希望我能够写篇小说,用柴凤英作主角。

有人说,名字不过符号而已,没有多大意义。在纸面上拥护这一说者颇多,可是他们自己也还是使用着精心结构的笔名。当然这不过是人情之常。谁不愿意出众一点?即使在理想化的未来世界里,公民全都像囚犯一般编上号码,除了号码之外没有其他的名字,每一个数目字还是脱不了它独特的韵味。三和七是俊俏的,二就显得老实。张恨水的《秦淮世家》里,调皮的姑娘叫小春,二春是她的朴讷的姊姊。《夜深沉》里又有忠厚的丁二和,谨愿的田二姑娘。①

张爱玲的意思是寻找名字为创作之始,名不成则文不立,合适的名字如"柴凤英"之类,会让人觉得有一个小家碧玉的故事在里面蠢蠢欲动"呼之欲出"。这就是人名对叙事的召唤——一个叫得响的人名会引发作者强烈的创作冲动。小说不应千篇一律,人物也应富有个性的名字,如果说文本中有什么词是作者在心中念叨最多的,那就是人物的名字,作为读者的我们应该意识到它们绝非作者信手拈来。张爱玲还谈到符号后面的意义,认为即便是数目字也有自己的韵味,这些都不无道理。不过有些韵味属于作者个人偏好,不一定要与大多数读者求得一致,像"三和七是俊俏的,二就显得老实"这样的说法便值得商榷。②

三、诵读与视读

前引《文学理论》一书对作品与声音的关系还有这样的判断:"每

---

① 张爱玲:《必也正名乎》,载张爱玲著,陈子善编:《流言》,杭州:浙江文艺出版社,2002年,第42页。
② 笔者对数字的象征意义有过讨论,参看傅修延:《说三:兼论叙述与数的关系》,《争鸣》1993年第5期。

一件文学作品首先是一个声音的系列,从这个声音的系列再生出意义。"① 就使用拼音文字的西方文学作品而言,这一判断无疑是正确的。由此判断可以得出一个对本章十分有利的认识:文学作品既然"首先"是一个声音的系列,那么诵读便是让这个系列"再生出意义"的重要手段。

然而,《文学理论》为这一论断举出的例证,全都没有越出西方文学的范围,这就未免让人怀疑该观点能否置之四海而皆准。使用方块汉字的中国文学作品自然也可以说是"一个声音的系列",但是否"首先"则未必。鲁迅在《汉文学史纲要》中指出汉字具有形音义三项内涵:

> 诵习一字,当识形音义三:口诵耳闻其音,目察其形,心通其义,三识并用,一字之功乃全。其在文章,则写山曰崚嶒嵯峨,状水曰汪洋澎湃,蔽芾葱茏,恍逢丰木,鳟鲂鳗鲤,如见多鱼。故其所函,遂具三美:意美以感心,一也;音美以感耳,二也;形美以感目,三也。②

鲁迅将汉字之形置于音和义之前,因为他认识到"文字初作,首必象形,触目会心,不待授受"。③ 韦勒克和沃伦如果通晓汉语,当他们看到引文中那些带有"山""水""艹""鱼"偏旁的汉字系列(以示山高、水大、林丰和鱼多),或许会对自己的提法再加斟酌。汉字作为一种表意文字,其形貌与结构远比拼音文字复杂,国人在阅读一个个汉字时先要目察其形,然后才能及其音义;与此形成对照,拼音文字组成的作品则可径直读出。于是对中西文字的阅读就有了这样一种区别:对于许多偏僻的汉字,国人大多是略知其义(从字形上猜)而不知其音;西方人几乎能念出他们读到的每一个单词,却不一定都明白这些单词的意义。

至此我们面对了一个只有在阅读汉语作品时才会出现的问题:视读

---

① 雷·韦勒克、奥·沃伦:《文学理论》,刘象愚、邢培明、陈圣生、李哲明译,北京:生活·读书·新知三联书店,1984 年,第 166 页。
② 鲁迅:《汉文学史纲要》,载《鲁迅全集》(第九卷),北京:人民文学出版社,1981 年,第 344 页。
③ 同上。

对诵读的掣肘。由于只见其形而不知其音，我们常常无法将一行行的文字符号转换成"声音的系列"（即便在心里也不行），因而只能用视读来一掠而过。汉字对视觉思维的刺激在于"近取诸身，远取诸物"之形，鲁迅的"写山曰崚嶒嵯峨，状水曰汪洋澎湃"似乎还不够夸张，我们不妨再来看《上林赋》中的一段：

> 崇山矗矗，龙嵷崔巍，深林巨木，崭岩参差。九嵏巀嶭，南山峨峨，岩陁甗锜，嶊萎崛崎。振溪通谷，蹇产沟渎，谽呀豁閜，阜陵别隝，崴魂廆，丘虚堀礨。①

引文的字数总共才五十多个，却有二十多字带有"山"旁，另外还有一些字带有"木""土""石""瓦""谷""水"等相关偏旁，它们给人的感觉是一座座大山带着土石林木等扑面而来，读者还未来得及辨识这些字的声音和意义，第一印象就被眼前的"崇山矗矗"所抢占。以形夺人的做法在汉赋中俯拾皆是，班固《西都赋》的"玄鹤白鹭，黄鹄鸧鹤，鸧鹆鸨鶂，凫鹥鸿雁"②连用十多个有"鸟"旁的字。此类手法确有堆砌文字之嫌，今人很难理解前人对"码字"竟有如此浓厚的兴趣，不过这也造成了汉赋"繁类成艳""蔚似雕画"的风格。偏旁相同的汉字属于"半字同文"，唐诗中也有一些句子聚集了相同偏旁的汉字，如王维《辛夷坞》中的"木末芙蓉花"与杜甫《热》中的"雷霆空霹雳"，韩愈《陆浑山火一首和皇甫湜用其韵》中甚至一连出现了这样四句："虎熊麋猪逮猴猿，水龙鼋龟鱼与鼋，鸦鸱雕鹰雉鹄鹍，燀焄煨燼孰飞奔。"③前三句用"走兽""鱼鳖"和"飞禽"三类偏旁集合起各类动物，列成陆水空三个方阵在读者眼前经过，第四句燃起"燀焄煨燼"四把大火，将这支动物军队烧得抱头鼠窜。但在偏旁部首上花费太多心思不是文学正道，《文心雕龙》因此有"练字"一篇，其中总结了"避诡异""省联

---

① 司马相如：《上林赋》，载萧统编，李善注：《文选》，北京：中华书局，1977年，第124页。
② 班固：《西都赋》，载萧统编，李善注：《文选》，北京：中华书局，1977年，第29页。
③ 韩愈：《陆浑山火一首和皇甫湜用其韵》，载韩愈著，钱仲联集释：《韩昌黎诗系年集释》（上册），上海：上海古籍出版社，1994年，第685页。

边""权重出"和"调单复"等四条营造视觉美感的原则。"避诡异"指避免用复杂难看的字来影响观瞻,"省联边"指"半字同文"的字不宜多用,看得出来刘勰并不赞成在字形上大做文章。

回到本章第一节的讨论上来,读者可能已经注意到,郭绍虞先生的引述同样涉及许多令人望而生畏的古奥汉字,作者显然是想借助它们传达这样一种认识:不管这些汉字看起来多么怪异生僻,读起来多么佶屈聱牙,都不能放弃从"声象"角度对它们的接受。我们的古代文学大家一直都对视读怀有某种警惕之情,这是因为他们看到了汉字字形对字音的遮蔽。殷孟伦先生发表过与郭绍虞先生相似的意见,他直截了当地反对只从"文字形貌上去推求语义的关系",指出"切不可被这些光怪陆离的文字现象所障蔽,就胶滞在文字形貌上,生出各种误解,应该从它的音的组合上去体会,这样才会豁然开朗的"。① 如此我们便能理解,前人对诵读和背诵的提倡,归根结底是对视读的一种抵抗。诵读须先识音,识音之后的反复诵读和背诵,其结果便是让一连串"声音的系列"长留心底,人们因此记住了许多繁难汉字与相关表达。刘大櫆在《论文偶记》中说"文之最精处"在神气,而音节又是"神气之迹",因此"(诵读到)烂熟后,我之神气即古人之神气,古人之音节都在我喉吻间,合我喉吻者便是与古人神气音节相似处,久之自然铿锵发金石声"②。

鲁迅的《从百草园到三味书屋》长期被作为中学课文,其中用"人声鼎沸"形容的诵读场面如今已成明日黄花。诵读与背诵被戴上"死记硬背"的帽子之后,今人对一些名篇的记忆远不如前人那样牢固,这样的损失是我们这个历史悠久的民族承受不起的。鲁迅对寿镜吾先生的诵读亦有描述,他老人家念到妙处时"总是微笑起来,而且将头仰起,摇

---

① 殷孟伦:《关于汉语复音词构词形式二三例试解》,载殷孟伦:《子云乡人类稿》,济南:齐鲁书社,1985年,第293、297页。
② 刘大櫆著,舒芜校点:《论文偶记》,北京:人民文学出版社,1998年,第12页。

着，向后面拗过去，拗过去"①，这段文字在只会视读的读者那里肯定无法引起会心的微笑。毋庸多言，鲁迅对老师同学诵读内容的记述，凭借的只能是当时书屋中的听觉印象。

诵读和背诵是否有利于培养学生的语文能力？这是一个见仁见智、聚讼纷纭的老问题，本章觉得用外国教师对中国学生的观察来做回答，似乎较为客观且更具说服力。彼得·海斯勒（中文名为何伟）曾在重庆附近的一所学校教过几年书，他发现"在涪陵的每一个学生至少能够背诵十几首中国古诗——杜甫的、李白的、屈原的——而这样的青年男女全都来自四川乡下。即便按照中国的标准看来，他们的家乡也算闭塞之极。可他们依旧在读书、依旧能够背诵诗歌，那就是差异"。② 我们知道正是因为"闭塞"，中国一些农村地区的教育多少还维持着一点旧时的诵读传统，海斯勒的学生就是因为这种传统而具备一种令其大为惊讶的能力——当来自英语世界的教师把莎士比亚十四行诗拆散成若干片断交给这些孩子时，他们表现得就像以前接触过西方诗歌一样：

> 他们能够把这首诗拼合起来，也能够把它拆解开。他们能够标出诗歌的韵律——他们知道每一行有哪些重音，他们能够找出不和谐的读音。他们诵读着诗歌，在课桌上轻轻地打着拍子。他们仿佛听过十四行诗。这样的事没有几个美国学生能够做得到，至少以我的生活经历看来如此。我们美国人读的诗歌不够多，无法分辨其中的音律，这种技能就连受过教育的人都失传许久了。但我涪陵的学生仍旧保留着它……能够把一首诗歌背诵出来，并切分其韵律，这

---

① "大家放开喉咙读一阵书，真是人声鼎沸。有念'仁远乎哉我欲仁斯仁至矣'的，有念'笑人齿缺曰狗窦大开'的，有念'上九潜龙勿用'的，有念'厥土下上上错厥贡苞茅橘柚'的……先生自己也念书。后来，我们的声音便低下去，静下去了，只有他还大声朗读着：'铁如意，指挥倜傥，一坐（座）皆惊呢……；金叵罗，颠倒淋漓噫，千杯未醉嚄……'我疑心这是极好的文章，因为读到这里，他总是微笑起来，而且将头仰起，摇着，向后面拗过去，拗过去。"鲁迅：《从百草园到三味书屋》，载《朝花夕拾》，北京：人民文学出版社，1979年，第50—51页。按，有研究指出旧时摇头晃脑的大声诵读，对增强记忆有一定作用。

② 彼得·海斯勒：《江城》，李雪顺译，上海：上海译文出版社，2012年，第46页。

样的美国人到底有几个呢?①

海斯勒在此对中美学生的诗歌学习作了对比,他认为中国乡下学生辨识诗歌音律的本能来自诵读和背诵,相比之下美国学生由于诵记太少而不具备此种能力,这一不带成见的观察引人深思。总而言之,汉字的以形夺人造成了视读对诵读的干扰,因此才有前人对诵读和背诵的大力提倡,只有清醒地意识到这种因果关系——干扰是因而提倡是果,我们才能真正理解并珍惜自己的诵读传统。

四、默读、齐读及其他

一般对诵读的定义是发出声来的阅读,不发声的则为默读与视读。然而默读并非完全无声,人们在阅读作品时,大脑中仍会响起相关文字的声音,有些人的嘴唇还会不自觉地随"声"而动,甚至还会发出模糊隐约的语音。因此默读又可称为内心诵读,这种诵读作用于自己的内心或曰内耳——之所以在大脑中再现"声音的系列",主要是为了体察作品的声音之美。对于从事创作的作家诗人来说,默读是他们评估自己的文字是否和谐悦耳的重要手段,毕竟不是每个人都能像果戈理那样通过口授来创作。内心诵读也有个语音问题,时下国人下笔为文,耳畔回响的多为普通话的语音,但用方言写作的仍不乏其人,"山药蛋派"代表作家赵树理大量使用晋东南一带方言,"乡下人"沈从文笔下的湘西方言甚至连有些当地人也看不大懂②。通过辨认那些独属于某种方言的词语和表达方式,大约可以判断出作者心中的语音。《红楼梦》主要使用

---

① 彼得·海斯勒:《江城》,李雪顺译,上海:上海译文出版社,2012年,第46页。按,我们这边的情况也不容乐观,张江说中国当代诗歌经历了从诵读到视读的嬗变,最终陷入了当前无人喝彩的边缘化困境。参见张江:《当代诗歌的断裂与成长:从"诵读"到"视读"》,《文艺研究》2013年第10期。

② "我作为湘西人,在阅读他的作品时也因有不少方言看不懂,而不得不写信去问家乡的亲友。"糜华菱:《沈从文作品的湘西方言注释》,《吉首大学学报》1992年第3、4期。

北方方言，但其中又有不少南京、扬州一带下江官话的语音：有论者指出林黛玉的《秋窗风雨夕》（第四十五回）和《桃花行》（第七十回），唯有用扬州方音来读才能押韵；她讽刺刘姥姥的那句名言——"当日圣乐一奏，百兽率舞，如今才一牛耳"（第四十一回），也只有用"牛""刘"不分的江淮官话来念才能形成笑点①。

方音对人的影响是一种客观存在，曹雪芹要么在上述官话区生活过，要么其亲近之人多来自这些区域。验诸笔者自身，我虽成长于普通话全面推广的年代，但在下意识中还是会用方音来读古典诗词，这种"声音的系列"在我感觉中似乎与韵律与平仄更为合辙。平田昌司认为中国的科举考试基本上只重写作能力，所以"中国传统的读书，原则上都要使用自己原籍的方言读字，用不着为读字去学官话"，不仅如此，由于"官韵里还存在着一些东南方言能够区别而官话中已经消失的音韵对立……因此用汉语东南方音读书有利于应试，却没有什么不方便的地方"②。东南方言既是这般通行无阻，文人小说中此类方音的频频出现便不足为奇。笔者老家在赣东北，靠近东南方言范围内的吴语区，③用平田昌司之说，可以解释为什么用这类方音读诗会让笔者觉得更有韵味。

默读只有自己能听见，与这种个体行为相对的是集体性质的放声诵读——齐读。以往从学堂里传出的响亮书声，大多都是齐读。汇众声于一体的集体诵读，能使参与者获得一种与群体同在的共时性体验，甚至可以将其带入某种"想象的共同体"之中。本尼迪克特·安德森说，不管是齐唱《马赛曲》之类代表民族精神的歌曲，还是"聆听（或许也跟着默念）几节像《公祷书》（*The Book of Common Prayer*）之类的仪式

---

① 周振鹤、游汝杰：《方言与中国文化》，上海：上海人民出版社，1986年，第183—184页。

② 平田昌司：《文化制度和汉语史》，北京：北京大学出版社，2016年，第242、259页。按，该书第259—260页还提到："既然科举只根据写作诗文的能力评分，并要求按照官韵掌握四声、声、韵，即便强迫南方人放弃方言字音也是没有用的。赵元任的祖父在直隶任官时，仍然从原籍常州聘来教师让赵元任学习方言字音，并不是个别、特殊的例子……从清末到民国引入的西学教育切断了科举的文字传统之后，使国民语言走向官话一元化道路的必要性才开始为人所知。"

③ 辛弃疾晚年在赣东北的上饶和铅山一带居住，其词作《清平乐·村居》中有句为"醉里吴音相媚好"。着重号为笔者所加。

性的诗歌朗诵",人们都会进入这样一种状态:

> 我们知道正当我们在唱这些歌的时候有其他的人也在唱同样的歌——我们不知道这些人是谁,也不知道他们身在何处,然而就在我们听不见的地方,他们正在歌唱。将我们全体联结起来的,惟有想象的声音。①
>
> 没有任何其他事物能够像语言一样有效地在情感上将我们和死者联系起来。如果说英语的人听到"土归土,灰归灰,尘归尘"——创造于几近四个半世纪之前的一句话——他们会感觉到这句话如鬼魅般地暗示了跨越了同质的、空洞的时间而来的同时性。这些字眼的重量不只来自于它们自身庄严的意义,同时也来自一种仿佛是先祖所传递下来的"英国性"(Englishness)。②

引文使用的"联接"是一个重要概念,齐读不仅使诵读者通过语音与周围的同伴相"联接",还使其与正在诵读的经典包括其作者发生"联接",甚至与古往今来的诵读者相"联接"——"将我们全体联接起来的,惟有想象的声音"。如果说"土归土,灰归灰,尘归尘"这样的语音让"说英语的人"感受到"一种仿佛是先祖所传递下来的'英国性'",那么对中华经典的诵读也会让国人感受到世代相传的"中国性":毕竟许多经典是在口耳传播的时代形成,其中许多表述令人如闻謦欬,仿佛往哲先贤就在自己身边。安德森说"民族就是用语言——而非血缘——构想出来的",这一认识目前已经获得了基因学上的证明,例如全世界最大的民族——汉族就是杂糅混血的产物。罗宾·邓巴从人类学角度对此观点作了有力的补充:"语言起初发展成各种方言,最终变成互不理解的语言,是因为地方群体在面临其他群体的竞争时需要辨别群体

---

① 本尼迪克特·安德森:《想象的共同体:民族主义的起源与散布》,吴叡人译,上海:上海人民出版社,2005年,第141页。
② 同上书,第140页。

成员身份。"① 换而言之，判断一个人是不是本族群的成员，最便捷的方式是听其口音，声音一致的便是自己人。有过漫长迁徙史的客家人之所以至今仍是一个稳定的民系，一个重要原因是他们一直坚持"宁卖祖宗田，不卖祖宗言"。对语音的"联接"功能有了上述认识，就会看到齐读在某种意义上是一种融入集体的仪式，如今的基础教育强调个性化阅读，有人乘势提出齐读应当退出课堂教学②，这样的主张未免有点目光短浅。

诵读牵涉的问题相当复杂，要把这些问题说清楚还须付出更多努力，本章的尝试只是管中窥豹。当年仓颉"依声以造字"引起"鬼夜哭"，一种解释是声音从此要被文字替代。印刷文化兴起后这一替代更趋明显，麦克卢汉说："古腾堡印刷充斥世界的同时，人类声音就消失了。人开始静默而被动地阅读。"③ 当下方兴未艾的传媒变革进一步强化了文字的地位，以人们最常用到的智能手机为例，这种通讯工具发明出来本是为了语音交流，到头来却被更多用于阅读和传播图文信息。把诵读放在声音与文字此消彼长的大背景上，便会发现诵读的本质是把文字转化为声音，这对视听失衡的当代感官文化来说是一种有益的补偿，本章开篇提到的"耳朵经济"就是因此兴起。心理学家朱利安·杰恩斯认为早期人类和今天的精神病人一样，能听到自己大脑中的声音并将其感知为神的指令，直到距今 3000 年前这种声音才逐渐熄灭为无声的自主意识④。杰恩斯的观点有待商榷，但他指出大脑中声音与意识的联系，让我们看到对诵读——尤其是内心诵读的探寻还有很长的道路要走。

---

① 罗宾·邓巴：《梳毛、八卦及语言的进化》，张杰、区沛仪译，北京：现代出版社，2017年，第 219 页。

② "我们不能看到齐读有副作用，似乎和语文课程改革要求（提倡个性化阅读）不合拍就封杀它，让它寿终正寝。"陈玉龙：《"齐读"教学的功效和副作用》，《教育实践与研究》2013 年第 2 期。

③ 麦克鲁汉：《古腾堡星系：活版印刷人的造成》，赖盈满译，台北：猫头鹰出版社，2008年，第 350 页。

④ Julian Jaynes, *The Origin of Consciousness in the Breakdown of the Bicameral Mind*, New York: Houghton Mifflin Company, 1990. pp. 67—83. 参看本书第十一章"从二分心智人到自作主宰者"。

第十四章　物感与万物自生听

内容提要　物感指万物之间的感应，感应在中国古代文化中常以不限于耳根的"听"来指代，较之于其他感知，"听"可以让万物在更大的空间范围内彼此沟通。人也是万物之一，人物一词突出了人的物性，表明我们的古人早就注意到人与物之间的对立统一。物虽然为人所用，但也有衬人、代人、名人、助人乃至强人的功能。古代文论中的物感，指的是人作为万物之一与他物之间的沟通。听无为超脱耳根直诉心灵的体验，"大音希声""渊默而雷声"等均为以静默来震荡人的内心耳鼓。无听包括无人之听与无闻之听：前者在古代诗文中常被用来暗示万物的自在自足与自生自灭，不是自然需要人类而是人类需要自然；后者虽为对声音的忽略，但被忽略的声音仍会若有若无地存留在意识中，为需要被关注的声音充当背景。与感应相关的万物互联已成为时下流行话题，自然科学如今尚未强大到能够解释万物之间的一切感应，与感应问题关系紧密的人文科应当为这一领域的研究奉献出自己的认知与思考。

5G 与物联网的时代正在到来。万物互联理念在当下的传播，使汉语中的物感一词焕发出新的生机。物在汉语中并非只指身外之物，人物一词表明古人早就注意到人与物之间的对立统一,如今的人工智能和人机融合技术也在挑战人与物之间的界限。物感指的是万物之间的感应,这种感应在古人那里常以不限于耳根的"听"来表示——唐代诗人韦应物《咏声》的第一句便是"万物自生听",信息时代的今人则从各种传感器那里获得形形色色的信息——迄今为止最了不起的一项成就是通过引力波探测器"听"到宇宙黑洞的"呢喃"①。不过自然科学还没有强大到能够解释万物之间的一切感应,物理学至今尚未弄清量子纠缠的内在机制,似此有关学科——尤其是与感应问题关系紧密的人文学科,应当为这一领域的研究奉献出自己的认知与思考。

一、物

物感的核心是物,汉语的铸字、构词及行文之妙,在与物有关的表达上尽显无遗,我们不妨对其作一番递进式的观察。

首先来看物字的构形——在"牛+勿"这一对组合中,"勿"为声旁毋庸多议,牛为偏旁则是一种极有意思的安排。《说文解字注》如此释物:"万物也。牛为大物。天地之数起于牵牛。故从牛勿声。"② 那么为什么要说"天地之数起于牵牛呢"? 张舜徽在《说文解字约注》中回答:"数犹事也,民以食为重,牛资农耕,事之大者,故引牛而耕,乃天地间万事万物根本。"③ 汉民族以农耕立国,"引牛而耕"在悠悠万事中最为重要,就连皇帝也要在"耕礼"上亲自扶犁,"物"的偏旁因此非"牛"莫属。

其次来看"物"的所指。《荀子·正名》曰:"故万物虽众,有时而

---

① 探测宇宙主要依靠电磁望远镜,但这种"眼睛"在不发光的宇宙黑洞面前束手无策,最近LIGO团队发明的引力波探测器则让人类有了倾听太空的"耳朵"。
② 许慎撰:《说文解字》,北京:中华书局影印本,1963年,第30页。
③ 张舜徽:《说文解字约注》卷三,洛阳:中州书画社,1983年,第16页。

欲徧举之，故谓之物。物也者，大共名也。"① 这话的意思是，如果把万物中的某个类别当作"共名"，那么"物"便是万物的"大共名"。"大共名"为沿着"共"的方向推演到最后的结果——"推而共之，共则有共，至于无共然后止"。② 由此可知，"物"是外延最大可以囊括万物的总称。"共名"的对立面则是"别名"，荀子把鸟兽当作"大别名"，这样的对举似有不妥，因为"鸟兽"尚未到"无别然后止"的地步。《列子·黄帝》和《庄子·达生》对"物"有更为明确的定义："凡有貌像（象）声色者，皆物也。"③ "貌象声色"诉诸视听，这里的"物"应指能为人直接感知的具体物体，不过在"物"字的实际运用中，国人并未严格遵循这一规定，看不见摸不着的事物也常常用"物"来指代。

再来看与物相关的词语搭配。汉字从某种意义上说是一个个内蕴丰富、自成一体的灵动方块，单个汉字在表意上所具备的独立自足性，使物可以自如地与一些汉字组合成词。这些词语中使用频率最高的，是那些被当作认识对象的"共名"，如生物、动物、植物、矿物、景物和事物之类。由于物是一个无法再"推而共之"的"大共名"，汉语中的物既可指物也可指人——尤其是那些特征突出的人，如尤物、蠢物、丑物、浊物和绝物④等。所指的这种游移，对古人的涉物思维产生了很大的影响，他们讨论的主客观范畴如"心/物""我/物""人/物"和"神/物"等，彼此间都不存在不可逾越的铜墙铁壁。庄子、程颢和王阳明等人鉴于人与物、心与物、我与物之间的"无差别性"，提出了"万物与我为一""与物同体"和"心外无物"等观点，这些固然是思想的结晶，但"物"本身的复义也从修辞角度助力甚多。语言是思维的工具，应当感谢我们的祖先发明了物这个既指代万物又和合万物的"大共名"，它不但为汉语使用者的表达和叙述带来了诸多方便，还生成了一批言简意

---

① 安小兰译注：《荀子》，北京：中华书局，2007年，第247页。
② 同上。
③ 景中译注：《列子》，北京：中华书局，2007年，第40页；陈鼓应注译：《庄子今注今译》（中），北京：中华书局，1983年，第468页。
④ "绝物"这一表述在方言与叙事作品中并不罕见，如《老残游记》第十五回："我想阁下齐东村一案，只有请补翁写封信给宫保，须派白子寿来，方得昭雪；那个绝物也不敢过于倔强。"

赅、赋予汉语典雅蕴藉特色的词语。以物字开头的有物候、物化、物故、物色、物业、物态、物理、物欲、物质、物力、物用和物议等，以物字殿后的有造物、博物、唯物、感物、体物、齐物、应物、方物、容物、信物、宠物、实物和读物等，此外还有天工开物、厚德载物、民胞物与、格物致知、待人接物、言之有物、物竞天择，物换星移，物极必反、物尽其用、物是人非、物华天宝、物我两忘，等等。汉语中此类表述无比精妙和丰富，限于篇幅这里只能作挂一漏万的列举。

还可以看看古人如何通过物来认识自己栖身的这个世界。这方面最有代表性的自然是千古奇书《山海经》，该文献虽以空间命名，并按"山""海""荒"这样的格局展开言说，却不能说是一部单纯的地理之书，因为它所关注的与其说是空间，不如说是分布于空间之物。作者的着眼点在于让人认识那些于人有用或有害的物体，其他功能不明之物统统付之阙如，因此其叙述模式简而言之就是"某处有某山，某山有某物，某物有何用"。全书以山川海荒为经，以东南西北为纬，绘出了一幅以动物（鸟兽虫鱼等）、植物（花草树木等）、矿物（金玉铜铁等）和怪物（形状怪异乃至混淆了人与其他生物界限的生灵）为主要表现对象的世界图景，将世间万物组织成一个相对有序的资源系统。换句话说，《山海经》实际上是"山海之物经"，古人认识水平虽然低下，《山海经》却能够凿破混沌，根据人类自身的需要把万物安放在不同的位置上，茫茫宇宙因之显示出清晰的内在秩序，这不能不说是该书的一大贡献。列维-斯特劳斯在《野性的思维》中提到，原住民不但不给无用和无害的植物命名，甚至还嘲笑那些想知道这些植物名称的人。① 《山海经》也是如此，全书仅3万余字，如此有限的篇幅只允许介绍那些于人有利害关系之物，这便是贯穿于全书的实用主义态度。与《山海经》的功能相

---

① "在植物和动物中，印第安人用名字来称呼的只是那些有用的或有害的东西，其余种种都含混地包括在鸟类、杂草类等等之中。/我还记得马克萨斯群岛的朋友们……对我们1921年探险队中的那位植物学家对他所采集的没有名称的（'没有用的'）'野草'发生的（在他们看来完全是愚蠢的）的兴趣笑弄不已，不懂他们为什么想知道它们的名称。"列维-斯特劳斯：《野性的思维》，李幼蒸译，北京：商务印书馆，1987年，第4页。

似,《左传》宣公三年提到的夏鼎也是教人识物:"昔夏之方有德也,远方图物,贡金九牧,铸鼎像物,百物而为之备,使民知神奸。"① 这段话中包括了三个"物"字:"远方图物"和"铸鼎像物"是把远方之物画下来再铸在鼎上,"百物而为之备"不是包罗万物,而是择其要者图形绘貌,以便让百姓在进入川泽山林之前,先行认识那些有用和有害之物。②

二、人物

识物是为了用物,贯穿于《山海经》中的识物、用物意识,与古人的格物、齐物观念一样,都有人不能离物的意涵。或许是由于物这个"大共名"可以把人包括在内,汉语中很早就出现了人物这一表达方式。该组合最初指人和物,如《庄子·庚桑楚》中的"不以人物利害相撄"③,但后来人物一词的所指逐渐向人倾斜,物在其中主要提示人的物性、实存性或某种实际特质,如出身、地位、财富、声望、才能、品格、风度和外貌等,以下是一些具体例证:

　　劭与靖俱有高名,好共覈论乡党人物(《后汉书·许劭传》)。④

　　贞元中,杨氏、穆氏兄弟,人物气概,不相上下(《唐国史补》卷中)。⑤

　　大江东去,浪淘尽、千古风流人物(苏轼:《念奴娇·赤壁怀古》)⑥

　　放着你这一表人物,怕没有中意的丈夫嫁一个去!(关汉卿:

---

① 吴楚材、吴调侯编选,李梦生、史良昭译注:《古文观止译注》(上),上海:上海古籍出版社,2016年,第70页。
② 详见傅修延:《试论〈山海经〉中的"原生态叙事"》,《江西社会科学》2009年第8期。
③ 陈鼓应注译:《庄子今注今译》(下),北京:中华书局,1983年,第599页。
④ 范晔撰,李贤等注:《后汉书》卷六十八,北京:中华书局,1965年,第2235页。
⑤ 李肇、赵璘:《唐国史补》卷中,上海:上海古籍出版社,1957年,第32页。
⑥ 苏轼:《念奴娇·赤壁怀古》,载邹同庆、王宗堂著:《苏轼词编年校注》,北京:中华书局,2002年,第398页。

《望江亭》第一折)①

在现代汉语中，尤其是在西方影响挥之不去的文学领域，人物成了西语中 character、protagonist 的对应语。character 在西方语境中指的是性格，我们这边也曾有过文章用性格来指代叙事作品中的人物，不过传统的力量毕竟强大，如今这种用法已属罕见。protagonist 则有主要人物或主角之义，我们传统戏曲的角色行当亦有主次之分，如元杂剧中的正末副末和正旦副旦等，今天男主角、女一号、故事主人公之类的称谓，仍为指称那些姓名复杂的虚构人物带来方便，网络上男主角和女主角已进一步简化为男主和女主。前面提到语言是思维的工具，这里要指出语言更是思维的产物。西方人在人物中看到性格和角色，因此他们比较注意人物的性格塑造及其在叙事中的功能。汉语中的人物一词不但在字面上维持了"人+物"这样的并列结构，在待人接物、物是人非、人亡物在、睹物思人等词语中，人与物之间的关系呈现得更加密切和平等。如果说物字的牛旁让人想起汉民族对耕畜的特别依赖，人物这一词语中物的在场，则是为了标出②人与物之间的"无差别性"，渗透在汉语造字铸词中的这种齐物思维，必然也会影响到遣词用语的叙事。中国文学有一个以物见人的叙事传统，这一传统主要表现为讲述人的故事时往往把物也卷入进来——通过描写那些与人相随相伴之物，达到衬人、助人和强人的目的。以物见人虽把读者的目光引向人旁之物，其实际作用仍是对人本身的突出、强调与提升。诸如此类的表达当然也见于其他民族的文学，但其运用都还不是十分普遍和自觉——唯有在中国古代文学中，以物见人才发展为一种见诸小说经典的叙事传统。

《红楼梦》在这方面是最为典型的例子。这部小说原名为《石头

---

① 关汉卿:《望江亭》，载臧晋叔编:《元曲选》(第四册)，北京:中华书局，1958年，第1657页。

② 赵毅衡建议用"标出"代替"标记"，因为汉语中"标记"一词意义过于宽泛，"标出"则"简洁而少歧义，而且有 markedness 的被动意义"。"当对立的两项之间不对称，出现次数较少的一项，就是'标出项'(the marked)，而对立的使用较多的那一项，就是'非标出项'(the unmarked)。因此，非标出项，就是正常项。关于标出性的研究，就是找出对立二项何者少用的规律。"赵毅衡:《符号学》，南京:南京大学出版社，2012年，第279页。

记》，该名得之于大荒山下一块因无缘补天而牢骚满腹的石头，自称为"蠢物"的它听见一僧一道议论红尘后心生羡慕，遂被僧人变成美玉带往富贵温柔之乡，与故事主人公一道投胎于贾府王夫人腹中。贾宝玉这个名字当然指的是大观园中的怡红公子，但也时时让人想起他身上那个不可须臾离之的命根子。衔玉而生、因玉而名、佩玉而长的贾宝玉，想当然地以为别人也有同样的人生，于是经常闹出问人"可有玉没有"（即有物没有）的笑话。作为簪缨世族的嫡系传人，贾宝玉本身就自带光环，更何况他身上还有这样一件显示其神奇身份的宝物。故事中的许多安排与设计，都是这样从"人＋物"的角度来表现人物，极而言之就是贾宝玉等于贾宝玉本人加通灵宝玉，失去了通灵宝玉的贾宝玉就不再是原来的贾宝玉。为了与贾宝玉的宝玉相配，癞头和尚给了薛宝钗一把金锁，说是等日后有玉的方可结为婚姻，还特意交代在金锁上錾上"不离不弃，芳龄永继"八个字，以便与通灵宝玉上的"莫失莫忘，仙寿恒昌"构成完美的对偶。然而强拉硬扯的金玉姻缘终究没能到头，从物的角度说这还是因为金锁乃染有铜臭（薛家为金陵首富）的凡物，无法与来自仙界具有灵性的宝玉构成真正的匹配。与拥有金锁、冷香丸的薛宝钗（小说中还有一位腰间挂着金麒麟的史湘云）相比，寄人篱下的林黛玉可谓身无长物，所以她会以辛辣的讽刺来抗衡周遭世界的唯物与拜物。第四十一、四十二回中她以"牛"和"母蝗虫"这样的字眼形容刘姥姥，如此发言可能有点刻薄，但要看到这是因为她无法忍受后者在富贵权势面前的匍匐仰视。第四十八回中，学诗未久的香菱说自己只爱陆游的"重帘不卷留香久，古砚微凹聚墨多"，林黛玉立即告诫她"断不可看这样的诗"，如此绝然的否定态度也表明她厌恶那种有物无人的诗句。

通灵宝玉之类的宝物，在中国的叙事经典中并不是绝无仅有。《西游记》中，孙悟空那根伸缩自如的如意金箍棒，其来历是太上老君在八卦炉中冶炼过的一块神铁，后被大禹借来做"定江海深浅的一个定子"，第三回中这件"定海神针"落到美猴王手中。与金箍棒相似，猪八戒的九齿钉钯与沙僧的降妖宝杖也来历不凡，师兄弟三人在与对手开打前经常会将自家的兵器夸耀一番，第八十八回中这三件宝物还曾集中摆放在玉华国的篷厂中供匠人"看样打造"。唐僧虽无这样的兵器，但他有如来托观音送来的锦襕袈裟与九环锡杖，第三十二回他奉李世民之命穿上袈裟拿着锡杖在街上行走，观者都道是"活罗汉下降，活菩萨临凡"。《水浒传》中梁山好汉个个都是人物，郓城小吏宋江在其中不能算特别出众，但第四十二回中他与九天玄女见面，不仅得知自己是统辖天罡地煞的"星主"，还获赠克敌制胜的三卷天书。《三国演义》作为演史之作，无法像神魔小说那样讲述人物前世今生的故事，但主角刘备被赋予"两耳垂肩，双手过膝，目能自顾其耳"的异相，这种娘胎里带来的肉体特征就功能而言不亚于贾宝玉那块与生俱来的宝玉，它使人物身上散发出一种"天命所归"的气息。①

宝物与凡物之别，在于西方人所说的神圣克里斯玛特质。克里斯玛（Charisma）原系基督教用语，指因神恩庇护而获得的出众秉赋，马克斯·韦伯把这个概念运用到世俗社会中，《论传统》一书的作者爱德华·希尔斯指出这种特质之所以能"令人敬畏、使人依从"，关键在于它"与'终极的''决定秩序的'超凡力量相关联"。②基督教文化中最能体现这种特质的是圣杯与约柜，上述中国宝物也有同样的秉赋，因为它们后面都是决定人间或天上秩序的大人物。这些宝物的用途固然各有不同，但其共同的功能都是见人，更具体地说是衬人、助人和强人——把自己的光辉和力量投射到人物身上，让他们变得更为强大和自信，人物的内涵、身份与价值因此也得到程度不等的彰显。通灵宝玉、金箍棒、三卷天书以及长臂大耳之类的异相，实际上都是为人物作背书，如

---

① 季羡林说这种异相与南北朝史书中描写的帝王形象一脉相承，它们之间的相似缘于佛教文化的影响："在南北朝的许多正史里都讲到帝王，特别是开基立业帝王们的生理特点，比如：《三国志·魏书·明帝纪》裴注引孙盛的说法，说明帝的头发一直垂到地上；《三国志·蜀书·先主纪》说，刘备垂手下膝，能看到自己的耳朵；《晋书·武帝纪》说，武帝的手一直垂到膝盖以下；《陈书·高祖纪》说，高祖垂手过膝；《陈书·宣帝纪》说，宣帝垂手过膝；《魏书·太祖纪》说，太祖广颡大耳；《北齐书·神武纪》说，神武长头高颧，齿白如玉；《周书·文帝纪》说，文帝头发垂到地上，垂手过膝；如此等等。这些神奇的不正常的生理现象都是受了印度的影响。佛书就说，释迦牟尼有大人物（Mahapurusa）三十二相和八十种好，耳朵大，头发长，垂手过膝，牙齿白都包括在里面。"季羡林：《佛教与中印文化交流》，南昌：江西人民出版社，1990年，第156页。

② 傅铿：《〈传统、克里斯玛和理性化〉译序》，载爱德华·希尔斯：《论传统》，傅铿、吕乐译，第4页，上海人民出版社，2014年，第4页。

果没有它们，贾宝玉、孙悟空、宋江和刘备的形象一定会逊色许多。

还要看到的是，物对人的映衬与帮助有时也是因人而异的。《三国演义》中，的卢马在刘备胯下是匹宝马，第三十回中它在主人喝叱下"一跃三尺，飞上西岸"，把目瞪口呆的追兵抛在檀溪东岸，但其前任主人张武死于赵云枪下，后任主人庞统被敌人用乱箭射死，刘备原本不信的"的卢妨主"预言在这些地方又成了事实。如此看来人与物之间的关系非常微妙，宝物似乎也有自己的意志与选择，只有在那些具有克里斯玛特质的人身边，宝物才会心悦诚服地发挥自己的功能。《西游记》第三回孙悟空一挨近"定海神针"，后者便善解人意地按其心思变短变细，这说明宝物也懂得选择自己的主人。

凡物因不具备克里斯玛特质，无法像宝物那样放射光辉，然而在人物的形象生成、性格凸显与特征标出等方面，它们的助力作用仍不可低估。《水浒传》里梁山好汉的兵器没有金箍棒那样的神奇来历，但鲁智深抡起的那根六十斤重水磨禅杖，与其"胖大和尚"的形象颇为契合，李逵手中那两把磨得飞快的板斧，也是火爆脾气与嗜杀天性的外在标志。读过《水浒传》的人，会记得那根禅杖飞起来隔开无良公人向林冲举起的水火棍，也不会忘记那两把板斧不分青红皂白在人群中砍瓜切菜般的挥舞。① 《三国演义》中关于战争场面的记述，同样也让人对关羽的青龙偃月刀、张飞的丈八蛇矛、吕布的方天画戟以及诸葛亮的羽扇纶巾等留下深刻印象。物在这种情况下已经与人紧密贴合，成了人的外延或曰人物形象的有机组成部分。今人只要说起青龙偃月刀和丈八蛇矛，便会不由自主地想到关羽与张飞；看到荧屏上阵前小车推出一位轻摇羽扇之人，便知道出场的是诸葛亮。《山海经》在介绍东南西北的神怪时，经常会说有何蛇虫鸟兽为其仪仗，如"乘两龙""珥两青蛇"和"践两青蛇"等，这或许是以物见人叙事传统的滥觞。

由此可以看到，物在衬人、助人和强人之外，还有识人、代人甚至

---

① "我却又憎恶张翼德型的不问青红皂白，抢板斧'排头砍去'的李逵，我因此喜欢张顺的将他诱进水里去，淹得他两眼翻白。"鲁迅：《〈集外集〉序言》，载《鲁迅全集》（第七卷），北京：人民文学出版社，2005年，第5页。

是名人的功能：苏轼在黄州自号"东坡居士"，后来"东坡"一词为其代名；《红楼梦》中贾宝玉因玉得名，又因住处而被称为怡红公子，大观园里的女诗人都有这种与居所相关的雅号；《水浒传》中大刀关胜、双鞭呼延灼和没羽箭张清之类诨名，更把物突出在人之前，今天的双枪老太婆、草帽姐和大衣哥之类仍在延续这种以物名人的传统。物语在日语中指的是故事，故事中最重要的本来是人，人的故事却被冠以物语之名，这个名字显示物总是在与人"抢镜"。① 如果没有特别说明，一般人根本辨别不出传世绘画、木雕、石刻与瓷绘上的故事典故，而有经验的专家往往会通过兵器、工具、服饰与仪仗等进行识读。② 举例来说，如果能看清某个人物手中握的是板斧，那么这个故事有几分可能出自《水浒传》；要是发现人物拿着的东西像是渔网，此人或许就是《桃花源记》中以捕鱼为业的武陵人。《列子·说符》说杨布"衣素衣而出。天雨，解素衣，衣缁衣而返。其狗不知，迎而吠之"③，这种"只认衣衫不认人"的现象不仅发生在动物身上，人类学家奈吉尔·巴利说自己在喀麦隆多瓦悠人村落作调查时，也是这样只凭衣服而非面孔来认人，因为当地人基本不换衣服④。人与物的紧密接触还导致两者之间的互渗。老年人须策杖而行，叶芝在《驶向拜占庭》中把老年人看成"披在一根拐杖上的破衣裳"；中国古代诗人如苏轼、陆游等则将自己的闲云野鹤之情赋予杖藜，⑤ 这两者分别代表人的物化与物的人化。

三、物感

以上对人物的讨论包含三点认识：一是人类自诩为宇宙精华，却仍

---

① 赵毅衡：《广义叙述学》，成都：四川大学出版社，2013年，第256—257页。
② 参看倪亦斌：《看图说瓷》，北京：中华书局，2008年。该书主要讨论如何辨识瓷绘上讲述的故事，其中特别强调通过器物进行这种辨识。
③ 景中译注：《列子》，北京：中华书局，2007年，第273页。
④ 奈吉尔·巴利：《天真的人类学家》，何颖怡译，桂林：广西师范大学出版社，2011年，第218页。
⑤ 参看沈金浩：《"一枝藤杖平生事"：宋代文人的杖及其文化蕴涵》，《中国社会科学》2007年第1期。

是万物之一种——所谓"民胞物与"就有这种意思在内；二是物并非完全冥顽不灵，精诚所至金石为开，人与物有时可以像刘备与的卢马那样心意融通合为一体；三是人与物虽为主从关系，但人在许多情况下仍要靠物来将自己标出，物甚至还会反过来制约人甚至是决定人。这三点认识构成讨论物感的基础。

物感与感物似乎是一回事，但仍有必要追究一个问题，即为什么前人最终以物感而非感物来为相关言说命名？笔者认为最根本的原因，在于前者更强调人与物之间的共性，物感指的是人作为物之一种与他物之间的感应；而后者中人与物的关系是不平等的，感物这一表述说的是人在感物——人是感应活动的主体，是被省略的逻辑主语，物则是被感的对象，其本身似乎是没有知觉的。显而易见，指涉物物相感的物感，更契合古人对人与物关系的认识。陆机、刘勰与钟嵘对物感的言说，形成了古代文论中影响甚大的物感说，学界对此已有相当充分的研究。但依笔者个人之见，这些研究的侧重点还在感物而非物感，也就是说尚未把外物对人的感召放在首位。众所周知，《礼记·乐记》早就指出了外因的重要作用——"人心之动，物使之然也"，[①]钟嵘《诗品·诗品上》的"气之动物，物之感人"[②]与刘勰《文心雕龙·物色》中的"物色相召，人谁获安"[③]等，构成了对戴圣观点的"接着说"。然而笔者认为这方面最值得注意的，还是陆机《文赋》末尾对"开""塞"两种境界的描述与感叹：

> 若夫应感之会，通塞之纪，来不可遏，去不可止，藏若景灭，行犹响起。方天机之骏利，夫何纷而不理。思风发于胸臆，言泉流于唇齿。纷葳蕤以馺遝，唯毫素之所拟。文徽徽以溢目，音泠泠而盈耳。及其六情底滞，志往神留，兀若枯木，豁若涸流；揽营魂以探赜，顿精爽而自求；理翳翳而愈伏，思乙乙其若抽。是以或竭情

---

① 杨天宇撰：《礼记译注》，上海：上海古籍出版社，2004年，第467页。
② 钟嵘撰，周振甫校正：《诗品》，北京：中华书局，1991年，第7页。
③ 刘勰著，黄叔琳注，纪昀评，李详补注，刘咸炘阐说，戚良德辑校：《文心雕龙·物色四十六》，上海：上海古籍出版社，2015年，第264页。

而多悔，或率意而寡尤。虽兹物之在我，非余力之所戮。故时抚空怀而自惋，吾未识夫开塞之所由。①

这段话的大意是文章虽出自个人笔下，但"来不可遏，去不可止"的文思灵感却非自己所能控制，因此起决定性作用的还是来自外界的刺激。

物感的关键在于感。感应者，感通应合之谓也。汉语中的感字具有强大的组词功能，以感字开头的常用双音节词便有二三十个之多，如感触、感戴、感动、感恩、感愤、感光、感化、感怀、感激、感慨、感喟、感冒、感念、感染、感纫、感伤、感受、感叹、感通、感悟、感想、感谢、感应、感遇、感召和感知等。汉语中有这么多指涉情感波动的字眼，从一个侧面说明我们是一个注重感知和体悟的民族。为此作证的还有文学史上大量以"感遇""感事"为题的诗作，以及"感时花溅泪，恨别鸟惊心""感天动地窦娥冤""大观园月夜感幽魂"之类的涉感表述。国人的善感、易感和敏感，或可从被称为群经之首的《周易》中得到一点解释。《世说新语·文学》有这样一番对答："殷荆州曾问远公：'《易》以何为体？'答曰：'《易》以感为体。'殷曰：'铜山西崩，灵钟东应，便是《易》耶？'"② 所谓"以感为体"，本章理解为主要聚焦于万物之间的感应。《周易·系辞》第八章有一段由"鸣鹤在阴，其子和之"引发的"子曰"："君子居其室，出其言善，则千里之外应之，况其迩者乎，居其室，出其言不善，则千里之外违之，况其迩者乎"③。这番话说的是言出之后必定有应有违，无论近在咫尺还是处在千里之外都有响应。如果说鸣鹤唤子是通过声波，"铜山西崩，灵钟东应"（灵钟感应到铜山的崩塌）则是接受到了人类无法觉察的地震波，古人不可能从科学角度解释这样的应合，但他们通过自己的朦胧体察，认识到万物——不管是有生命的鹤还是无生命的钟，相互之间存在着某种难以言表

---

① 陆机著，金涛声点校：《陆机集》卷第一，北京：中华书局，1982年，第4—5页。
② "刘孝标注引《东方朔传》：孝武皇帝时，未央宫前殿钟无故自鸣，三日三夜不止。"刘义庆撰，刘孝标注，余嘉锡笺疏：《世说新语笺疏》上卷下，北京：中华书局，1983年，第240—241页。
③ 陈鼓应、赵建伟注译：《周易今注今译》，北京：商务印书馆，2010年，第607页。

的联系。此类体察亦见于域外民族,人类学名著《金枝》有一节专门提到世界各地对名字的忌禁,即说出某个名字便会惊动名字的主人,从而引发某种性质严重的后果[1]。波德莱尔的《应和》以万物之间的感应为主题,诗中说大自然的庙堂之柱每根都是活物,它们用模糊隐约的语音相互响应,整个宇宙因此成为一座"象征的森林"。[2]

《周易》中与感对应的是咸卦。其卦象为山(艮)在下而泽(兑)在上,代表着下面的山体承受着上方水泽的滋润,因此咸卦中的咸即是感,意为感通应合,卦爻辞中关于肌肤厮摩乃至牙舌触碰的描述,皆由山水交合这一卦象生发。愚以为咸卦中最重要的是《象传》中的这句话——"山上有泽,咸。君子以虚受人。"[3] "以虚受人"意味着敞开与清空自身,这与《庄子·人间世》的"虚而待物"[4]及《文子·道德》的"虚心清静"[5]有异曲同工之处。禅宗的授徒仪式中,有的禅师会利用杯满无法再注水这一现象,向弟子证明只有虚己才能精进,也就是说弟子如果不清空自身,师傅再多的教诲也会"溢出"。法国解构主义亦主张"完全敞开自身以倾听他者的声音",并因此提出"最大的好客就是倾听"[6],笔者曾将这一说法与济慈的"消极的能力"对举,以说明敞开和清空是感应的前提[7]。这些其实都是在说"以虚(才能)受人"——山的内部如果不是充满无数细小的空隙,肯定无法顺利地吸收上方水体的滋润。同理,对"物之感人"也应从虚己角度做出阐释,如果不能做到济慈所说的"像花枝那样张开叶片,处于被动与接受的状

---

[1] J. G. 弗雷泽:《金枝》,徐育新等译,北京:新世界出版社,2006年,第400—405页。
[2] "自然是座庙宇,那里活的柱子有时说出了模模糊糊的话音;人从那里过,穿越象征的森林,森林用熟识的目光把他注视。"波德莱尔:《应和》,载波德莱尔:《恶之花》,郭宏安译,桂林:广西师范大学出版社,2002年,第207页。
[3] 陈鼓应、赵建伟注译:《周易今注今译》,北京:商务印书馆,2010年,第289页。
[4] 陈鼓应注释:《庄子今注今译》(上),北京:中华书局,1983年,第117页。
[5] 王利器撰:《文子疏义》卷第五,北京:中华书局,第218页。
[6] 耿幼壮:《倾听——后形而上学时代的感知范式》,北京:北京大学出版社,2013年,第46页。
[7] 傅修延:《论聆察》,《文艺理论研究》2016年第2期。

态"①，肯定也不能进入"神与物游""流连万象"的迷离恍惚境界。虚怀若谷在当下已成为人际交往中的稀缺品质，每个人都想倾诉而不愿倾听，彼此间的隔阂只会越积越深。

感应尤其是天人感应，在古代中国多被卷入谶纬与灾祥之说。王充《论衡》为此专设《感虚篇》，以十五个具体事例来说明精诚不能感动天地。其中最有力的是驳斥曾母"搤其左臂，曾子左臂立痛"一节："如曾母臂痛，曾子臂亦辄痛，曾母病乎，曾子亦病？曾母死，曾子辄死乎？敩事，曾母先死，曾子不死矣。"②不过王充的重点还在批判一些传说的虚妄，因为紧接着他又说"此精气能小相动，不能大相感也"，这表明即便唯物如王充，也没有完全否定感应的存在。至于万物之间的感应究竟因何发生，古往今来的哲人有过各种各样的解释，本章愿意用传统的话语方式给出回答：物性使然。物性包括自性与他性（这里仅仅借用这对佛学用语的字面意义），感应之所以发生，是自性与他性共同作用的结果。不妨以大家都熟悉的中国文化象征——瓷器为例，其自性无疑为过了火的泥土，他性则为稻性，亦即植物性或曰"含水的生命体"。笔者对此曾有专文分析，其中提到人们只把瓷当成被火烧硬了的脆性物质，很少关注其内在的柔韧与润泽，然而正是这种内在的"柔"与"润"，构成了瓷与生命物质之间的潜在联系，使瓷具备了超越金银等贵重物质的可能；③瓷器的他性除了稻性外还有玉性——早期瓷器脱胎于陶，摹仿的对象却是玉，瓷器在我们这个用玉大国的制作史，可以说是一个对玉器不断模仿与超越的过程；然而"如玉""类玉"还不是瓷的终极目标，"瓷所努力表现之物，与其说是玉，不如说是人，更具

---

① 约翰·济慈：《一八一八年二月十九日致J. H. 雷诺兹》，载《济慈书信集》，傅修延译，北京：东方出版社，第93页。
② 王充：《论衡》第五卷，上海：上海古籍出版社，1990年，第56页。
③ 笔者对瓷的稻性有过专门讨论，详见傅修延：《中国叙事学》，北京：北京大学出版社，2015年，第115—123页。

体地说就是人之体肤,这是一种兼具生命内蕴与玉之品质的审美对象"①。从一定意义上说,在对瓷玉之类器物的喜爱后面,隐藏着人类对自己的喜爱,当古人使用"冻玉""凝脂"之类的譬喻时,他们想到的可能还有人体,这些意象成了沟通此类器物与人类之间的桥梁。②

用物性来解释人与万物之间的感通应合,不言而喻仍是因为人也是物。"人,物也;物,亦物也"③,王充的这一名言为物感说提供了重要的理论前提。如果人不是万物当中的一种,或者说如果人和他物只是有"别"而无"共",那么感应便没有生发的可能。上文提到瓷、稻、玉、人之间的勾连,以及深入到骨子里的相通相似,让我们看到自性和他性乃是万物互联的纽带。我们的古人一贯重视万物之间的应合,这一传统弥足珍贵,在万物互联成为时代强音的当下尤其值得弘扬光大。张载有"民吾同胞,物吾与也"之语④,后来这句话被简缩成"民胞物与",这样的表述在缺乏齐物思维的民族那里是无法想象的。互联导致互释,如果只就瓷说瓷,撇开意义之网上与瓷关系很近的那些事物,无视它们之间毗邻、互渗、隐喻和模仿的历史,那么瓷之所以为瓷的真谛也就无从揭示。前面还提到物对人的标出,这种标出建立在物与人感通应合的基础之上,因而也可看成是一种诠释。仍以前面提到的人物为例,李逵手中的两把板斧,诠释了主人的脾气与性格,挥动它们的虽然是李逵,但作为近身搏杀的利器,它们应合或者说在某种程度上助长了主人快意屠戮的本能。定海神针成为孙悟空手中的金箍棒后,其可大可小的特性亦应了主人的善变本领,《西游记》第七十四回中,孙悟空宣布要把它

---

① "对瓷所作的诸多形容,如温、润、白、青、嫩、滑、细、腻之类,皆可对应于入浴后的美女身体,这些字眼散发出生命体的质感气息。古代凡是与人体(不光指女性)有关的一切,几乎都可以加上'玉'字为前缀,如玉人、玉颜、玉容、玉手、玉指、玉齿、玉腿、玉肌、玉体等等。"傅修延:《中国叙事学》,北京:北京大学出版社,2015年,第129—130页。

② "白居易《长恨歌》'温泉水滑洗凝脂'之句中,水之滑与肤之腻被相提并论;苏东坡《洞仙歌》'冰肌玉骨,自清凉无汗'之句中,光滑无汗的人体与清凉宜人的冰玉悄然换位,在读者想象中实现美妙的融合。"傅修延:《中国叙事学》,北京:北京大学出版社,2015年,第130—131页。

③ 王充:《论衡》,上海:上海古籍出版社,1990年,第199页。

④ 张载著,章锡琛点校:《张载集》,北京:中华书局,1978年,第62页。

变成四十丈长、八丈粗的一根巨棒:"往山南一滚,滚杀五千;山北一滚,滚杀五千;从东往西一滚,只怕四五万(小妖)砑做肉泥烂酱!"不难看出,是金箍棒这件超级武器塑造了一个视生命如草芥的孙悟空——工具虽然为人所造,但它也会反过来左右人,因此人们会说拿锤子的人倾向于把一切都看成钉子①。以物释人与以物代人,在国人的生肖文化中表现得最为突出。社交场合中,为了便于辨识和区分,属相往往被用来作为粘贴在个人身上的标签。② 十二生肖中的鼠猪蛇鸡之类,与万物的灵长之间本有不可逾越的物种鸿沟,但是有了生辰属相这座桥梁,我们常常会在下意识中纡尊降贵,把自己的性格乃至命运与这些动物挂起钩来。

四、万物自生听

本节标题如前所述出自韦应物的《咏声》,该诗全文为:"万物自生听,太恒寂寥。还从静中起,却向静中消。"③ 据统计韦诗与夜相关的有近百首,夜间是耳朵独擅胜场之时,黑暗中长时间的聆听催生了这一意味深长的锦句。前文提到波德莱尔《应和》中大自然的庙堂之柱每根都在相互响应,该诗的主旨其实也是"万物自生听"。本节的讨论因此从感与听的关系说起。

---

① "温斯顿·邱吉尔说过:'我们建造高楼,其后高楼塑造我们。'(引自 Schools, 1960,第76页)为了解释麦克卢汉的研究方法,麦克卢汉在福德汉姆大学的同事约翰·卡尔金(John Culkin, 1967)把这一陈述概括为'我们塑造工具,其后工具塑造我们'(第52页)。"兰斯·斯特拉特:《麦克卢汉与媒介生态学》,胡菊兰译,开封:河南大学出版社,2016年,第32—33页。"我设想,假如你所有的唯一工具是锤子,那就会诱使你把每一件东西都作为钉子来对待。"A. H. 马斯洛:《科学心理学》,林方译,昆明:云南人民出版社,1988年,第13页。

② 国人宴席上经常可听到诸如此类的劝酒词:"今天在座的有五条龙三只鸡两匹马,属龙的先喝一杯!"

③ 韦应物:《咏声》,载《全唐诗》(第五册)卷一百九十三,北京:中华书局,1960年,第1986页。

1. 感与听

如果说感应代表感通与应合,那么汉语中的听就是感应一词在某些特定情况下的缩写。前面的引述用"铜山西崩,灵钟东应"来说明《周易》"以感为体",山崩引起钟鸣,透露出两者之间的感应通过声音来表达。《世说新语》还提到"陆平原河桥败,为卢志所谗,被诛。临刑叹曰:欲闻华亭鹤唳,可复得乎"①,这也显示那时的人把听当作至可珍惜的人生体验②。《周易》除了前引"鸣鹤在阴"外,还有"震来虩虩,笑言哑哑"(《震》)、"翰音登于天"(《中孚》)、"飞鸟遗之音"(《小过》)和"重门击柝,以待暴客"(《系辞下》)等表述,③ 这些可说是中国文化中第一批载于典籍的听觉意象。《诗经·小雅·伐木》中的"嘤其鸣矣,求其友声"④,以及古人常用的"剑鸣匣中,期之以声"典故⑤,把听与感应之间的联系表现得更为清楚。

人有视听触味嗅等多种感觉,为什么感应独独要和听觉相联系?这或许是因为较之于其他感知,听觉可以让万物在更大的空间范围内彼此沟通。对人类沟通方式有专门研究的迈克尔·托马塞洛把听觉模式的优势归纳为"远可闻""暗可听""解放手""解放眼""听者众"和"声可控"等六条,⑥ 其中"远可闻"和"暗可听"指的是远距离和黑暗中的

---

① 刘义庆撰,刘孝标注,余嘉锡笺疏:《世说新语笺疏》下卷下·尤悔第三十三,北京:中华书局,1983年,第897页。
② 晋平公对耳根享受的追求在这方面开了先例。《韩非子·十过》提到他以"寡人老矣,所好者音也"为由,请师旷奏清角之音,结果风雨大作,"晋国大旱,赤地三年,平公之身遂癃病。"但后来国人似乎更在意舌根上的享受:金圣叹临刑前说"花生米与豆干同嚼,大有核桃之滋味";瞿秋白《多余的话》也有"中国的豆腐也是很好吃的东西,世界第一"之语。
③ 宋祚胤注译:《周易》,长沙:岳麓出版社,2001年,第246、300、300、350页。
④ 周振甫译注:《诗经译注》,北京:中华书局,2002年,第237页。
⑤ "感激念知己,匣中孤剑鸣。"钱起:《适楚次徐城》,载《全唐诗》(第八册)卷二百三十八,北京:中华书局,1960年,第2657页;"双剑将离别,先在匣中鸣。"鲍照:《赠故人马子乔六首》,载(南朝宋)鲍照著,钱仲联校:《鲍参军集注》,上海:上海古籍出版社,1980年,第282页。
⑥ "声音模式之所以优越,是因为:它让人可以在较远的距离沟通;它让人在浓密的森林里也能沟通;它解手可以空下来,于是人类可以一边沟通一边做事情;它通过听觉渠道沟通,让眼睛可以四处搜寻掠食者和其他重要讯息,诸如此类。"迈克尔·托马塞洛:《人类沟通的起源》,蔡雅菁译,北京:商务印书馆,2012年,第162页。

声音传递。打更值夜者多用响器发出提醒，古代小说中常见的"鸣金收兵"之"金"，指的是传声很远的钲（一种钟类器物）。与耳力不济的现代人相比，古人的听觉神经显然要发达得多：王勃《滕王阁诗序》中的"渔舟唱晚，响穷彭蠡之滨；雁阵惊寒，声断衡阳之浦"①，营造了一个至为广大的听觉空间；李白《题峰顶寺》中的"夜宿峰顶寺，举手扪星辰。不敢高声语，恐惊天上人"②，更把听觉沟通的范围扩大到天上人间。李贺《天上谣》中的"天河夜转漂回星，银浦流云学水声"③，显示的也是某种匪夷所思的"遥感"能力。

本书多次从不同角度提到，汉语中的听，或者说中国文化中的听，在很多情况下并非只与耳朵有关，而是诉诸人体所有感官的全身心感应。《庄子·人间世》中的"听之以心"与"听之以气"，以及《文子·道德》中的"神听"与"气听"等，都是无法用西方认知话语作出描述的感官反应。听的繁体"聽"除"耳"旁外还有"目"和"心"，这说明造字者从一开始就没把"听"的任务完全交给耳朵。汉字中"聽"与"德"的右旁完全相同，这一点也发人深思，因为"德"除了是"道德"之"德"外，在古代亦有感通应合之义。《左传》记载王孙满用"在德不在鼎"来回应前来问鼎的楚子，其言下之义是周天子乃德配天地、神明护佑之人，不是谁都可以拥有这套"用能协于上下，以承天休"的青铜礼器④。如前所述，汉语中带有感应甚至是遥感、遥测意味的涉"听"表述甚多：《周礼·大师》记载"大师执同律，以听军声而诏吉凶"⑤，这是通过"听"来探测军队的士气；《论语·为政》有"六十而

---

① 王勃：《王子安集》卷五，上海：上海古籍出版社，1992年，第35页。
② 李白著，王琦注：《李太白全集》卷之三十·诗文拾遗共五十七首，北京：中华书局，1977年，第1416页。
③ 李贺：《天上谣》，载《全唐诗》（第十二册）卷三百九十，北京：中华书局，1960年，第4399页。
④ "在德不在鼎。昔夏之方有德也，远方图物，贡金九牧，铸鼎像物，百物而为之备，使民知神奸。故民入川泽山林，不逢不若，螭魅罔两，莫能逢之。用能协于上下，以承天休。"《左传·宣公三年》。
⑤ "《兵书》曰：王者行师出军之日，授将弓矢，士卒振旅，将张弓大呼，大师吹律合音，商则战胜，军士强；角则军扰多变，失士心；宫则军和，士卒同心；徵则将急数怒，军士劳；羽则兵弱，少威明。"郑玄注：《周礼·大师》。

耳顺"之语（郑玄释"耳顺"为"耳闻其言，而知其微旨"），也就是说"闻声知情"在古代被认为是圣人（"圣者，声也"）的一种独特能力①。此外在武林高手过招时，双方往往会先以手掌触碰对方身体，这一举动被称为"听力"；玩过麻将的人则都知道什么是"听牌"——等待和牌者此时眼观六路耳听八方，处于极度敏感的听候状态。有了这些认知，我们会进一步理解为什么过去会有"听戏""听香""听山""听风"之类表述，这些"听"代表着更为全面而又细微的感知，传统医学与相术推崇的"听声"——所谓"上医听声，中医察色，下医诊脉"和"上相听声，中相察色，下相看骨"等，也有同样的意涵在内。

与"聽"相关的汉字还有"廳"（简体为"厅"）。"廳"有官厅即官府所在之处的义项，把"聽"放在代表屋宇的"广"之下，意思是为官作宰需要倾听民间疾苦之声。此字透露古人以"听政""听事"来指代政务行为的良苦用心——"听"在这里仍然是一种诉诸多个感官的全身心感应，以"听"来为这种行为命名，为的是强调从事行政事务需要全神贯注明察秋毫②，一如耳朵捕捉纷至沓来、一掠而过的声音信息。即便是所谓"垂帘听政"，相信珠帘后面的人也不会让耳朵之外的感官都闲着。笔者过去好奇听政者如何根据自己的"听"来决断事务，因为久居深宫者多不谙世事，圣明天子不可能真的比别人更为圣明，那么他们凭什么来甄别廷议中的各种意见，是什么让他们最终决定听信张三而否定李四？后来读到《史记·太史公自序》，笔者感到其中一段话隐藏着对这个问题的回答："群臣并至，使各自明也。其实中其声者谓之端，实不中其声谓之窾。窾言不听，奸乃不生，贤不肖自分，白黑乃形。"挑西瓜的人会拍打瓜身并以耳凑近细听，这是通过声响来感知其内在情况，听政的情况与其类似，司马迁认为胸有成竹者发出的是"实中其

---

① 段玉裁注《说文解字》："圣者，声也，言闻声知情。"
② 西方的"听证"（hearing）迟至20世纪才进入行政领域，实行听证的目的在于使行政机关避免专断，保护当事人的权益并提高行政效能。

声"的"端言",腹内空空者发出的则是"实不中其声"的"窾言"①。这种方法不能说全无道理,西方社会常用的测谎仪实际上就是根据回答者的生理反应来作判断。② 如此看来,听政之"听"与前述诸"听"没有本质区别,此类不限于耳根的感应均以"闻声知情"为指归。

2. 听无

听无即听于无声之境。白居易《琵琶行》的"此时无声胜有声"就是对无声之境的倾听。无声不等于无听,《咏声》以"太空恒寂寥"承接首句"万物自生听",意在表达宇宙虽然空旷寂寞,却有以"听"相互联络的万物存在。仔细琢磨这句诗还可悟出,弥漫太空的既为无穷无尽的寂寥,那么万物所生之"听"就不是普通的耳根之听,无声的世界必定催生出更为细微灵敏的感应方式。

听无是古代文化中一个耐人寻味的微妙概念,究竟何谓听无,不妨先来看一个较为浅显的例子。本书第五章引述了《扬州画舫录》中对吴天绪说书的生动描摹,这位故事讲述人知道自己没有张飞那样的大嗓门,遂以"张口努目,以手作势,不出一声"的方式来模拟张飞的"叱咤之状",此举激发了听众的听觉想象,让他们感到"满堂中如雷霆喧于耳矣"。说书和听书是相互适应的双向互动,或许只有习惯了这种诱导的听众,才有可能真正实现"于无声处听惊雷"。以静默来震荡人的内心耳鼓,《庄子·在宥》的"渊默而雷声"③ 已开先河,其义为深渊般的静默中潜伏着雷霆万钧之声。《道德经》第四十一章有"大音希声"之说,"希声"在第十四章有解释——"视之不见,名曰夷,听之不闻,

---

① "窾"本义为空隙或洞穴,"窾坎镗鞳者,魏庄子之歌钟也。"苏轼:《石钟山记》。按,东坡此文聚焦"窾坎镗鞳"的中空之音,或许寄托了他对官场上窾言的反感。

② "一般情况下,如果对自己所说的话缺乏把握,说话人发出的声音是会略微偏离常轨的。人的呼吸、脉搏、血压和口腔湿润度都会影响到声音,它们平日只受植物神经系统支配,意识通常对其鞭长莫及,西方国家使用较多的测谎仪便是利用这一原理来工作。当然区分'窾言'和'端言'并不那么容易,要不然中国历史上不会出现那么多次奸佞当道——就像现在有些惯犯能够骗过测谎仪一样,一些大奸大猾也能用貌似'端言'的'窾言'来欺骗人主。"见本书第三章第三节。

③ 陈鼓应注释:《庄子今注今译》(下),北京:中华书局,1983年,第599页。

名曰希"①，似此"大音希声"可理解为"大音"非肉耳所能与闻，"渊默而雷声"为此提供了形象的例证。学界对"大音希声"有过许多解释，但如一味拘泥于耳根之听而不从全身心的感应出发，这一判断中的修辞矛盾永远得不到合理解释。

古代与"大音希声"相似的表述甚多，典籍上的相关记载不胜枚举。较具代表性的有《庄子·天地》的"视乎冥冥！听乎无声。冥冥之中，独见晓焉；无声之中，独闻和焉"②，《淮南子·说林训》的"至乐不笑，至音不叫"③，扬雄《解难》的"大味必淡，大音必希"④，以及《大戴礼记·主言第三十九》的"至乐无声"⑤。唐人高郢和杨发分别著有《无声乐赋》和《大音希声赋》，前者云"乐而无声，和之至"⑥，后者称"大道冲漠，至音希微；叩于寂而音远，求于躁而道违"⑦。赋者铺也，这两篇赋文均可视为对"大音希声"的铺陈性解释。就像吴天绪以"张口努目"模拟张飞的怒吼一样，过去文人经常以不发声的抚琴动作来传达其心中的"大音"，此即李白《赠临洺县令皓弟》所说的"大音自成曲，但奏无弦琴"⑧。抚弄无弦之琴，无疑会对约定俗成的听觉习惯构成严重挑战，首开其端的是不为五斗米折腰的陶潜，南朝梁萧统《陶渊明传》如此记载："渊明不解音律，而蓄无弦琴一张，每酒适辄抚弄，以寄其意。"⑨ 唐人聂夷中《题贾氏林泉》记录了类似情景："有琴

---

① 王聘珍撰：《大戴礼记解诂》卷一，北京：中华书局，1983年，第7页。
② 陈鼓应注释：《庄子今注今译》（中），北京：中华书局，1983年，第300页。
③ 刘安著，许慎注，陈广忠校：《淮南子》卷十七，上海：上海古籍出版社，2016年，第416页。
④ 扬雄著，张震泽校注：《扬雄集校注》，上海：上海古籍出版社，1993年，第201页。
⑤ 杨天宇撰：《礼记译注》，上海：上海古籍出版社，2004年，第467页。
⑥ 高郢：《无声乐赋》，载李昉等编：《文苑英华》（第一册）卷七十六，北京：中华书局，1966年，第343页。
⑦ 同上书，卷九十，第411页。
⑧ 李白：《赠临洺县令皓弟》，载《全唐诗》（第五册）卷一百六十八，北京：中华书局，1960年，第1738页。
⑨ 萧统：《陶渊明传》，载吴泽顺编注：《陶渊明集》，长沙：岳麓出版社，1996年，第117页。

不张弦，众星列梧桐，须知淡泊听，声在无声中。"① "大音"既然是无形无声，为什么又要用无弦琴来做道具呢？这只能解释为通过视觉形象来诱发听者的自然感应，所以吴天绪要做出"张口努目"的表情。一切想象均须有所依凭，如果没有一张可以发声的琴和如此这般的抚琴动作，包括抚琴者自己的听无效果一定会逊色许多。

　　无的对立面是有，较之于听有，听无显然更得高人雅士青睐，原因在于它是一种超脱耳根直诉灵魂的感觉体验。济慈《希腊古瓮颂》有一段对听有和听无的比较："听见的乐声虽好，但若听不见/却更美；所以，吹吧，柔情的风笛；/不是奏给耳朵听，而是更甜，/它给灵魂奏出无声的乐曲。"②济慈在西方有"不懂希腊文的希腊人"之称③，这首诗让我们觉得他还是不懂中文的中国人，因为他和我们的古人一样认识到听无是一种灵魂之听，诗中的"听"与庄子、文子所说的"心听""神听"并无二致。济慈还说听不见的乐音"更美"，这帮助我们理解古人所说的"大音"乃是至大至美之音。正是在该诗的结尾，济慈说出了他那句脍炙人口的名言——"美即是真，真即是美"，他的意思是听不见的乐音不等于不存在，"想象力以为是美而攫取的一定也是真的"④。笔者对济慈此论曾有详细评述⑤，此处不赘，但这里不能不提到与其相关的一则希腊神话：塞浦路斯国王皮格马利翁爱上了自己用象牙雕刻出的少女，这一看似无望的爱情最后竟使雕像获得了生命。这个故事似在告诉人们，情感的专注能化美成真，人和物之间的强烈感应甚至能融化两者之间的界限。

---

　　① 聂夷中：《题贾氏林泉》，载《全唐诗》（第十九册）卷六百三十六，北京：中华书局，1960年，第7299页。
　　② 约翰·济慈：《希腊古瓮颂》，载《济慈诗选》，查良铮译，北京：人民文学出版社，1958年，第75—76页。
　　③ "尽管晦涩，他却曾力图描绘出/希腊的神祇，设想他们在如今/该讲些什么，虽然他不懂希腊文。"拜伦：《唐璜》（下），查良铮译、王佐良注，北京：人民文学出版社，1980年，第730页。拜伦此语微含讥讽，但后人因此称济慈为"不懂希腊文的希腊人"。
　　④ 约翰·济慈：《一八一七年十一月二十二日致本杰明·贝莱》，载《济慈书信集》，傅修延译，北京：东方出版社，2002年，第51页。
　　⑤ 笔者对济慈此言曾有详论，参见傅修延：《济慈诗歌与诗论的现代价值》，北京：北京大学出版社，2014年，第62—78页。

卡夫卡也有作品涉及听无。荷马史诗中有个众所周知的情节，这就是俄底修斯在海上漂流时为避免塞壬歌声带来的伤害，特意以蜡堵住双耳，并把自己绑在桅杆上以免轻举妄动。但在《塞壬的沉默》一文中，卡夫卡说这些女妖"有比歌声更为可怕的武器，这就是她们的沉默。这虽然没有发生过，但也许可以想象得到，有人在她们的歌声面前逃脱了，而在她们的沉默面前却绝对逃不脱"①。按照这样的逻辑，俄底修斯无论如何防范也难逃女妖的魔掌——即便是把耳朵堵住，塞壬仍有可能通过沉默来加害。在这篇文章的结尾，卡夫卡为俄底修斯的逃脱提供了一个匪夷所思的版本："此外，在这里还有一点补充，也流传下来了。有人说，奥德修斯（按即俄底修斯）如此狡猾，就像一只狐狸，甚至命运女神都不能看透他的心。虽然这并非人类理智所能理解，也许他确实注意到了塞壬们的沉默，只是在一定程度上用上述那件假想事情作为盾牌来对付她们和诸神而已。"② 说得更明白一些，女妖因为看到俄底修斯以蜡堵耳并把自己绑住，便用上了沉默这件"更为可怕的武器"，她们想当然地以为俄底修斯不会"发现"她们的假唱，然而她们没有想到他的心并没有被堵住. 感应到塞壬的沉默之后，俄底修斯故意在脸上做出种种为歌声所惑的表情，以此作为对女妖的讥弄和回击，被看破底牌的塞壬至此只有让他离开。俄底修斯没有像以前从这里经过的水手那样变成塞壬岛上的白骨，全仗着他有一双能辨识鬼蜮伎俩的内耳——卡夫卡对这个故事的诠释突出了感官之争，胜出一方凭的是自己更高一筹的感应能力。

听无这一概念还让人深思：为什么哲人与艺术家几乎全都对其情有独钟，为什么无声之境会受到人们如此推崇？这个问题仍须从感觉角度做出回答。对外部世界的认知始于感觉，对周遭事物的把握固然主要来自于看，但生活经验告诉我们，听到往往先于看到，而且耳朵的触角还可以伸出得更远——据说玄女为黄帝制作的夔牛皮鼓可以"连震三千八

---

① 卡夫卡：《塞壬们的沉默》，载余匡复编选：《卡夫卡荒诞小说》，上海：上海文化出版社，第188页。
② 同上书，第190页。

百里"。不过通常情况下耳朵只能听到近处的动静,远方的世界因为听不到而显得寂静无声,我们或许就是因为这个原因而认同韦应物的"太空恒寂寥"。韦应物的另一首诗《听嘉陵江水声寄深上人》则进一步涉及声音何来:"水性自云静,石中本无声。如何两相激,雷转空山惊。"① 对声音极其敏感的诗人对一件事情感到奇怪:水性本静,石亦无声,为什么两者相互激荡后会生出惊动空山的雷声?此问道出无声乃有声之源,《咏声》诗后两句"还从静中起,却向静中消"与其构成呼应。用乔姆斯基的转换生成理论来说,一切动态的表层结构皆由静态的深层结构所决定。② 不排除某些人的听无是故作高深,但深层的东西像万事万物的缘由一样总是对人更有吸引力。随着耳边这个世界变得越来越浮躁喧嚣,人们越来越憧憬只属于往昔和远方的宁静,寂寥之中仿佛隐藏着宇宙与艺术的真谛,无声似乎与某种决定秩序的终极力量存在联系。毛姆小说《月亮和六便士》写主人公(原型为印象派大师保罗·高更)在与世隔绝的塔希提岛上寻找到了自身灵魂的安顿,大彻大悟的艺术家在这里割断自己与世俗世界的一切联系,挥笔创造出一系列堪称"神品"的画作。小说结尾如此描述入夜后万籁俱寂的塔希提岛:

> 我无法向你描写夜是多么寂静。在我们包莫图斯的岛上,夜晚从来没有这里这么悄无声息……但是这里却一点儿声音也没有,空气里充满了夜间开放的白花的香气。这里的夜这么美,你的灵魂好像都无法忍受肉体的桎梏了。你感觉到你的灵魂随时都可能飘升到

---

① 韦应物:《听嘉陵江水声寄深上人》,载《全唐诗》(第五册)卷一百八十七,北京:中华书局,1960年,第1902页。

② 列维-斯特劳斯在神话研究中使用了深层结构一词,经典叙事学在此基础上吸收乔姆斯基的语言学理论,认为表层叙述结构是由深层叙述结构转换生成,即故事世界的种种矛盾冲突,均来自潜藏在深层的二元对立及其相互激荡。深层结构似可如此界定,它本身不是叙事,却是叙事的信息基础:"它是共时平面静态的,却是故事动力的源泉;它本来无喜无悲,却是故事悲喜剧色彩的配方;它简单得无以复加,却能衍生出丰富的思想内容。它像是火山深处的地层结构,能够解释火山为什么喷发,然而又不直接参与地底下岩浆的运动。"傅修延:《中国叙事学》,北京:北京大学出版社,2015年,第166页。

缥缈的空际，死神的面貌就像你亲爱的朋友那样熟悉。①

作者把这种无声境界放在作品的结尾部分，显然是觉得绝世之作只能在真正寂静的地方诞生，宋代诗僧止翁的诗句——"月作金徽风作弦，清音不在指端传。有时弹罢无生曲，露滴松梢鹤未眠"②，向人们展示的也是这样一种境界。看来，只有那些最伟大的哲人与艺术家才会在这样的地方找到感觉。

3. 无听

听无富于哲学和艺术情趣，比较容易理解，无听的所指则较为复杂微妙，以下将其分为两类：无人之听与无闻之听。

先来看无人之听。古人笔下的大自然千姿百态，钱锺书从中拈出一种容易被混淆的"自行其素"意境："尚有一意境，近似而易乱者。水声山色，鸟语花香，胥出乎本然，自行其素，既无与人事，亦不求人知。"③《管锥编》列举的例子包括杜甫的"古墙犹竹色，虚阁自松声"和"映阶碧草自春色，隔叶黄鹂空好音"，以及陆游的"一千五百年间事，只有滩声似旧时"、李华的"芳树无人花自落，春山一路鸟空啼"，以及彭兆荪的"我似流莺随意啭，花前不管有人听"等。④ 书中对这一意境的讨论长达数页，引用的诗句多为视听并举，但"鸟空啼""空好音"比起"花自落""自春色"来，似乎更能凸显大自然"无与人事，亦不求人知"的高冷姿态。在生态文明曙光初现的当下，人们已经认识

---

① 威廉・萨默赛特・毛姆：《月亮与六便士》，傅惟慈译，上海：上海译文出版社，2011年，第235—236页。按，小说在写完夜景之后还安排了这样一段对话："'你离开欧洲从来也没有后悔过吗？有的时候你是不是也怀念巴黎或伦敦街头的灯火？怀念你的朋友、伙伴？还有我不知道的一些东西，剧院呀、报纸呀，公共马车隆隆走过鹅卵石路的声响？'很久，很久，他一句话也没有说。最后他开口道：'我愿意待在这里，一直到我死。''但是你就从来也不感到厌烦，不感到寂寞？'我问道。他略略地笑了几声。'我可怜的朋友，'他说，'很清楚，你不懂做一个艺术家是怎么回事。'"

② 饶延年，岳仁堂整理：《无弦琴》，载北京大学古文献研究所编：《全宋诗》（第50册）卷二六六四，北京：北京大学出版社，1999年，第31278页。

③ 钱锺书：《管锥编》（四），北京：生活・读书・新知三联书店，2007年，第2106页。

④ 同上书，第2101—2108页。

到以人类为中心的文学书写难以为继，人类再伟大也只是地球上的一个物种，没有这个物种地球照样旋转。就此意义而言，我们的古人可谓早具先见之明，上引诗句中的松涛、鸟鸣与滩声，都不是从属人类世界的声响，亦非为摇动文人墨客的心旌而发。由此我们看到了另一种物感，一种把人从物这一共名中剔除出去的物感。无听在这里不光指无人之听，更有无须人听甚至无须有人的意蕴在内——万物自在自足，自生自灭，不是自然需要人类而是人类需要自然。这种性质的物感，似乎更契合"万物自生听"的本意：万物之间自有种种感应发生。诗人挥笔写下这一诗句，乃是为了抒发对这种无人之听的感慨。

讨论无人之听，让我们把目光投向了一个与人无涉的世界。以物为中心的叙事在中外文学中屡见不鲜，然而许多作品还是把物放在人的世界当中，而《红楼梦》却为无缘补天之石设计了一个人迹罕至的大荒世界。那一僧一道固然来过这里，但"空空大士"与"渺渺真人"这样的名字显示了他们的子虚乌有。如果说"还从静中起，却向静中消"道出无声为有声之源，那么大荒世界就是红尘世界中一切事物与行动的起源与归宿，比如那块石头就在经魔历劫之后自动回归原处。前文提到动态的表层结构为静态的深层结构所决定，大荒山无稽崖在某种意义上就是这个深层结构，这两个名字也暗喻无中可以生有。本着这一认识重新审视古人的自然书写，可以发现一些触动人心的名句——较直露的有杜甫的"江头宫殿锁千门，细柳新蒲为谁绿"[1]和崔护的"人面不知何处在，桃花依旧笑春风"[2]，较含蓄的有张九龄的"草木有本心，何求美人折"[3]和汤显祖的"似这般都付与断井颓垣"[4]，都有拿恒久的风物景

---

[1] 杜甫：《哀江南》，载《全唐诗》（第七册）卷二百一十六，北京：中华书局，1960年，第2268页。

[2] 崔护：《题都城南庄》，载《全唐诗》（第十一册）卷三百六十八，北京：中华书局，1960年，第4148页。

[3] 张九龄：《感遇十二首》，载《全唐诗》（第二册）卷四十七，北京：中华书局，1960年，第571页。

[4] 徐朔方笺校：《牡丹亭》，载《汤显祖全集》（三），北京：北京古籍出版社，1999年，第2096页。

观来与无常的世事人情相对照的意味。①

或许是由于物界与人世的这种反差,中国古代山水画中几乎看不到人,即便有人也会处理得很小。不仅如此,许多作品让人想起曹雪芹笔下了无生气的大荒山青埂峰——画面上怪石嶙峋、草木稀疏,生命在那里不是已经结束便是尚未开始。朱良志用"无生感"形容这类画作的美学追求:

> 中国艺术的寂寞境界追求的就是"无生感",是一个表面看来几乎没有任何生命感的世界,水也不流,花也不开,是为了让人从色相的执着中跳脱开去,让水更潺湲,花更绚烂。就像《楞严经》的一首偈语所说的:"声无亦无灭,声有亦非生。生灭二缘离,是则常真实。"②

"常真实"一语显示艺术家们希望反映更高的真实,如果水在流花在开,那么终会有水枯花谢的一天,因此还是停留在水不流花不开的境界为好。声起声落无关生灭,也是说听得到和听不到都无关紧要,人耳所能察知的均为幻相,只有摒弃声响与生灭的联系才能领悟真正的真实。日本的绘画与园林有一类名为枯山水,其中一般不用开花植物,山用石块来代表,水则用砂石或沙子表面的纹路来体现——旨在引发冥想的这种抽象化造型,与中国艺术追求的"无生感"可谓异曲同工。海德格尔把"孤寂"当成世间一切喧嚣言说的源头③,这一认识也有助于认识无声之境中蕴藏的巨大能量。

再来看无闻之听。无闻之听即听而不闻,如果说视而不见是无视,

---

① 参考《本事诗·事感第二》中的一则叙事:"天宝末,玄宗尝乘月登勤政殿,命梨园弟子歌数阕。有唱李峤诗者云:'富贵荣华能几时,山川满目泪沾衣。不见只今汾水上,惟有年年秋雁飞。'时上春秋已高,问是谁诗,或对曰李峤,因凄然泣下,不终曲而起,曰:'李峤真才子也。'又明年,幸蜀,登白卫岭,览眺久之,又歌是词,复言'李峤真才子',不胜感叹。时高力士在侧,亦挥涕久之。"
② 朱良志:《水不流 花不开的寂寞》,《艺术百家》2019年第5期。
③ 海德格尔的"孤寂",指的是一种至高无上、独一无二的寂静状态,只有"伟大的灵魂"能抵达此处。参见海德格尔:《诗歌中的语言——对特拉克尔的诗的一个探讨》,载海德格尔:《在通向语言的途中》,孙周兴译,北京:商务印书馆,1997年,第24—72页。

那么听而不闻就是无听。因为种种原因，现实生活中我们常常会对一些人和物采取无视态度，即便这些对象就在眼前；同理，我们往往也会有意无意地忽略掉一些近在耳边的声音。不过，如果说无视某人是由于眼里只有别人，那么无听某些声音也是因为注意力不在彼处。这里有一点需要注意，有时候被忽略的声音并非如想象的那样完全是干扰，它们可以构成某种背景，其作用犹如古希腊哲学家们讨论过的以太——包容万物的虚空并非绝对空虚，以太的"透明"而又非完全"透明"的性质，使得物体可以在其中显露出自己的存在。还可用阅读纸质文本来形容，人们一般只注意纸上的文字，纸张的颜色质地均不在其关照之中，但若没有这些作陪衬，纸上承载的文字又不可能清晰地呈现出来。从这种意义上说，被忽略的声音其实并没有完全被忽略，它们若有若无地停留在意识当中，为需要被关注的声音充当背景。试读托尔斯泰短篇小说《突袭》中的一段：

> 远处胡狼时而像悲哭，时而像朗笑的凄切的噪叫，蟋蟀、青蛙、鹌鹑响亮而单调的鸣唱，一种越来越近的叫我怎么也找不出原因来的喧嚣声，以及一切猜不着、识不透、依稀可闻的大自然夜间活动的声音，这些声音融成一片美妙的乐声，形成我们所称的夜的宁静。①

这段文字告诉我们深夜的旷野里并不是鸦雀无声，无数细微的声息融成一片"依稀可闻"的宁静，一旦有什么大的行动发生，其声音会被这片宁静烘托得更为突出。引文中的"我"感兴趣的显然不是胡狼、蟋蟀和青蛙等发出的响动，他的耳朵在等待着某种东西来打破这片宁静。

如此我们遇到了不同于以上所述的另一种听。听一般来说是专注的，但也有不那么专注的听，沈从文《边城》中，女主人公翠翠就处在一种似听非听、对背景声听而不闻的神思恍惚状态：

---

① 列夫·托尔斯泰：《袭击》，载《列夫·托尔斯泰文集》（第二卷），北京：人民文学出版社，1986年，第17页。

> 翠翠坐到船头,有点不好意思,低下头去剥豌豆,耳中听着远处竹篁里的黄鸟叫。翠翠想:"日子长咧,爷爷的话也长了。"翠翠心轻轻的跳着。
>
> 翠翠呢,正从山中黄鸟、杜鹃叫声里,以及山谷中伐竹人嗦嗦一下一下的砍伐竹子声音里,想到许多事情。
>
> 草丛里绿色蚱蜢各处飞着,翅膀搏动空气时作声。枝头新蝉声音虽不成腔。却已渐渐洪大。两山深翠逼入的竹篁中,有黄鸟与竹雀、杜鹃交递鸣叫。翠翠感觉着,望着,听着,同时也思索着。①

翠翠生长在山间水边,虫嘤鸟鸣对她来说就像是城里人耳边的车流声,引文刻意点出这些熟悉的声音并未让她分心,反而帮助她进入更深的思索。作者知道不能把少女的情窦初开讲述得太具体,于是就用山间的响动来做暗示与掩护。王国维《人间词话删稿》说"不知一切景语,皆情语也"②,这一观点在《边城》中得到了最好的证明。

以上论及无闻之听只是对某些声音的忽略,无闻最终还是为了有闻——人们常常需要透过背景上的声音去听自己想听的东西。那么翠翠真正关注的是什么呢?作者没有正面回答,但小说结尾部分的叙述呈现了这样一幕:

> 身边草丛中虫声繁密如落雨。间或不知道从什么地方,忽然会有一只草莺"嗒嗒嗒嗒嘘!"啭着它的喉咙,不久之间,这小鸟儿又好像明白这是半夜,不应当那么吵闹,便仍然闭着那小小眼儿安睡了。
>
> 祖父夜来兴致很好,为翠翠把故事说下去,就提到了本城人二十年前唱歌的风气,如何驰名于川、黔边地。翠翠的父亲,便是当地唱歌的第一手,能用各种比喻解释爱与憎的结子,这些事也说到

---

① 沈从文:《边城》,载《沈从文小说选》(第二集),北京:人民文学出版社,1982年,第254—255页。
② 王国维撰、黄霖等导读:《人间词话》附二,上海:上海古籍出版社,1998年,第34页。

了。翠翠的母亲如何爱唱歌,且如何同父亲在未认识以前在白日里对歌,一个在半山上竹篁里砍竹子,一个在溪面渡船上拉船,这些事也说到了。①

这一幕中"繁密如落雨"般的虫声只是背景,那"嘘嘘嘘嘘嘘"唪着喉咙的草莺也未能引起翠翠特别的注意,她只想让祖父把父母当年对歌的故事讲下去。所以她会忍不住问祖父"后来怎么样",祖父给出的则是令《边城》读者回味不已的神回复——"后来的事长得很,最重要的事情,就是这种歌唱出了你。"② 至此作者的讲述已无悬念,这样的爱情结果正是翠翠想要知道的东西。

无闻之听既是一种状态,也可以说是一种不可多得的自控能力,因为有些喧闹不是想摆脱就能摆脱,相信受过噪音折磨的人都会同意这个意见。《楞严经》的《观世音菩萨耳根圆通章》中有第一人称的自述,说的就是修持时如何不为外在的音声所惑,达到"寂灭现前,忽然超越"的境界。在佛教的中国化过程中,修行者的事迹往往被赋予浓厚的本土色彩,其中观世音的传说最为典型。信众把海上的普陀山说作她的道场,其得道经历也被说成是与南海潮音有关:潮音有起有落,依修音声法门的观世音专注于向内倾听自性,最终内外音尘都归于寂灭,进入到"闻所闻尽"的清静自在状态。所谓耳根圆通的"神通",首先就体现为屏蔽外部干扰的自控能力。无闻是通向有闻的桥梁,"观世音"(Avalokitesvara)③ 这个名字不是说观照世间所有的音声,而是要透过尘世喧嚣感应到人间疾苦之声。《法华经》第二十五品《观世音菩萨普门品》说痛苦中人只要念其佛号,"内观自在,外观世音"的菩萨就会前来寻声救苦。观世音在佛教世界中的地位并非至高无上,在民间信仰

---

① 沈从文:《边城》,载《沈从文小说选》(第二集),北京:人民文学出版社,1982年,第263—264页。

② 同上书,第264页。

③ 观世音是鸠摩罗什译《观世音菩萨普门品》时所用的译名,之前曾译为光世音,第二十五品《观世音菩萨普门品》译作观世音,意思是察觉世间声音的人。这样翻译是因为观世音菩萨观照世间的音声,依修音声法门而成道的缘故。这译名是以寻声救苦,度脱众生为目的。到唐代,因为避李世民讳,略称为观音。玄奘法师在《大唐西域记》中译为"观自在"或"观世自在"。

中却是最受欢迎的人物，这就是感应的力量——旧时民众信赖的是愿意并且能够听见自己呼声的人，不管这样的人是天上的神明还是地上的人君。

五、小结

以上讨论了许多可名之为听的感应方式，既有世俗的也有宗教的，既关乎人也关乎物，关乎人与物以及万物之间的感应。其中还包括对感应的感应——不光感应到对象的感应，同时也感应到对象的无感应；甚至包括若有若无的感应以及富有穿透力的感应——当注意力处于被适度抑制的似听非听状态时，一些无关紧要的信息可能会被自动过滤或忽略。这些都显示出感应方式的丰富多样和微妙复杂，同时也在证明人文角度的感应研究不可或缺。

与感应相关的万物互联已成为时下流行话题，物联网概念在互联网普及之后横空出世，是因为计算机本身不能感知外部世界，需要有传感装置来为其输送可供处理的信息数据。如果说工业革命发明了为人类效力的机器，那么信息革命便是让机器长出感觉器官与大脑，这场革命的关键在于给监测对象安装上智能传感器——由于电子芯片日益便宜和微型化，科学家宣布将来可以给每个物体甚至每粒沙子分配一个芯片，如此天文数字级的信息流非人脑所能处理，于是就有了充当机器大脑的人工智能，这就是信息时代的"万物自生听"！

物联网以物为名，实际上还是为人服务的信息采集网络，其功能在于帮助人更好地了解和融入周遭世界——不管是物的世界还是人的世界。生命的一个基本特征是能够感知外部变化，然后做出内部调整以适应这种变化。我们在大自然中看到，运动中的鱼群、鸟群甚至蚊蚋之群都会以极快的速度变换阵形，这些群体中的个体能在瞬间调整彼此的距离，靠的肯定不是大脑而是感应。人类的生存策略是演化出容量足够大的聪明大脑，这一策略固然使自己成为万物之灵，但在此过程中也付出了视听触味嗅等感知能力退化的沉重代价。从这个角度看，物联网的兴起可以说是对感官钝化的一种补偿。然而人类毕竟不能只靠传感器生存，我们应当正视这一问题并尽可能地实现"复敏"——为此必须抛弃高高在上的人类中心主义，像我们的古人那样首先把自己当成万物中的一员。

参考文献

一、中文著作

1. 专著

安小兰译注:《荀子》,北京:中华书局,2007年。
八大山人纪念馆编:《八大山人研究》,南昌:江西人民出版社,1988年。
包亚明主编:《后现代性与地理学的政治》,上海:上海教育出版社,2001年。
包亚明主编:《现代性与空间的生产》,上海:上海教育出版社,2003年。
北京大学古文献研究所编:《全宋诗》(第50册),北京:北京大学出版社,1998年。
曹星原:《同舟共济:〈清明上河图〉与北宋社会的冲突妥协》,杭州:浙江大学出版社,2012年。
曹雪芹等:《红楼梦》,北京:人民文学出版社,1982年。
陈端生著,郭沫若校订:《再生缘》,北京:北京古籍出版社,2002年。
陈鼓应、赵建伟注译:《周易今注今译》,北京:商务印书馆,2005年。
陈鼓应注译:《庄子今注今译》,北京:中华书局,1983年。
陈瘦竹、沈蔚德:《论悲剧与喜剧》,上海:上海文艺出版社,1983年。
陈文华:《中国古代农业文明史》,南昌:江西科学技术出版社,2004年。
陈寅恪:《寒柳堂集》,北京:生活·读书·新知三联书店,2001年。
邓魁英、聂石樵选注:《杜甫选集》,上海:上海古籍出版社,2012年。

段安节等撰：《乐府杂录（及其他二种）》，北京：中华书局，1985年。

范成大著，富寿荪标校：《范石湖集》，上海：上海古籍出版社，2006年。

范晔撰，李贤等注：《后汉书》，北京：中华书局，1965年。

费孝通：《乡土中国 生育制度》，北京：北京大学出版社，1998年。

傅修延：《济慈评传》，北京：人民文学出版社，2008年。

傅修延：《济慈诗歌与诗论的现代价值》，北京：北京大学出版社，2014年。

傅修延：《讲故事的奥秘——文学叙述论》，南昌：百花洲文艺出版社，1993年。

傅修延：《先秦叙事研究：关于中国叙事传统的形成》，北京：东方出版社，1999年。

傅修延：《叙事：意义与策略》，南昌：江西高校出版社，1999年。

傅修延：《中国叙事学》，北京：北京大学出版社，2015年。

耿幼壮：《倾听：后形而上学时代的感知范式》，北京：北京大学出版社，2013年。

顾廷龙、戴逸（主编）：《李鸿章全集》。合肥：安徽教育出版社，2008年。

韩少功：《马桥词典》，北京：作家出版社，1996年。

韩愈著，钱仲联集释：《韩昌黎诗系年集释》（上册），上海：上海古籍出版社，1994年。

洪亮吉著，陈迩冬校点：《北江诗话》，北京：人民文学出版社，1983年。

胡适：《胡适古典文学研究论集》，上海：上海古籍出版社，2013年。

胡适：《胡适文集》，北京：人民文学出版社，1998年。

慧然集，杨曾文编校：《临济录》，郑州：中州古籍出版社，2001年。

季羡林：《季羡林文集》，南昌：江西教育出版社，1996年。

姜亮夫：《古文字学》，杭州：浙江人民出版社，1984年。

金天羽：《天放楼诗文集》，上海：上海古籍出版社，2007年。

景中译注：《列子》，北京：中华书局，2007年。

净慧主编：《虚云和尚年谱》（增订本），郑州：中州古籍出版社，2012年。

李白著，王琦注：《李太白全集》，北京：中华书局，1977年。

李昉等编：《文苑英华》，北京：中华书局，1966年。

李桂林等编：《中国近代教育史资料汇编·普通教育》，上海：上海教育出版社，1995年。

李肇撰：《唐国史补》，上海：上海古籍出版社，1957年。

梁启超：《新史学》，北京：商务印书馆，2014年。

梁启超：《饮冰室合集》，北京：中华书局，1989年。

刘安著，许慎注，陈广忠校：《淮南子》，上海：上海古籍出版社，2016年。

刘大櫆著，舒芜校点：《论文偶记》，北京：人民文学出版社，1998年。

刘勰著，黄叔琳注，纪昀评，李详补注，刘咸炘阐说，戚良德辑校：《文心雕龙》，上海：上海古籍出版社，2015年。

刘义庆撰，（南朝·梁）刘孝标注，余嘉锡笺疏，周祖谟、余淑宜整理：《世说新语笺疏》，北京：中华书局，1983年。

鲁迅：《朝花夕拾》，北京：人民文学出版社，1979年。

《鲁迅全集》，北京：人民文学出版社，1981年。

陆机著，金涛声点校：《陆机集》，北京：中华书局，1982年。

陆键东：《陈寅恪的最后二十年》，北京：生活·读书·新知三联书店，1995年。

陆九渊：《陆象山全集》，北京：中国书店，1992年。

陆正兰：《歌词学》，北京：中国社会科学出版社，2007年。

罗岗、顾铮主编：《视觉文化读本》，桂林：广西师范大学出版社，2003年。

罗钢：《叙事学导论》，昆明：云南人民出版社，1994年。

罗贯中：《三国演义》，北京：人民文学出版社，1979年。

罗贯中著，毛纶、毛宗岗评改：《三国志演义》，济南：山东文艺出版社，1991年。

马幼垣：《实事与构想：中国小说史论释》，台北：联经出版事业股份有限公司，2007年。

茅盾：《子夜》，北京：人民文学出版社，1952年。

莫言：《天堂蒜薹之歌》，北京：当代世界出版社，2003年。

倪亦斌：《看图说瓷》，北京：中华书局，2008年。

欧阳修：《欧阳修全集》，北京：中华书局，2001年。

平田昌司：《文化制度和汉语史》，北京：北京大学出版社，2016年。

浦安迪讲演：《中国叙事学》，北京：北京大学出版社，1996年。

启功：《汉语现象论丛》，北京：中华书局，1997年。

钱锺书：《管锥编》，北京：生活·读书·新知三联书店，2007年。

钱锺书：《七缀集》，北京：生活·读书·新知三联书店，2002年。

曲彦斌主编：《中国招幌辞典》，上海：上海辞书出版社，2001年。

《全唐诗》，北京：中华书局，1960年。

上海古籍出版社编，王根林等校点：《汉魏六朝笔记小说大观》，上海：上海古籍出版社，1999年。

申丹：《叙述学与小说文体学研究》，北京：北京大学出版社，2004年。

《沈从文小说选》，北京：人民文学出版社，1982年。

沈德潜撰，王宏林笺注：《说诗晬语笺注》，北京：人民文学出版社，2011年。

施耐庵、罗贯中：《水浒传》，北京：人民文学出版社，2005年。

施耐庵著，金圣叹评：《金圣叹批评水浒传》，济南：齐鲁书社，1991年。

石昌渝：《中国小说源流论》，北京：生活•读书•新知三联书店，1994年。

司马光编著，胡三省音注：《资治通鉴》，北京：中华书局，1956年。

司马迁：《史记》，北京：中华书局，1982年。

宋祚胤注译：《周易》，长沙：岳麓出版社，2001年。

谭君强：《审美文化叙事学：理论与实践》，北京：中国社会科学出版社，2011年。

谭君强：《叙事学导论：从经典叙事学到后经典叙事学》，北京：高等教育出版社，2008年。

汤一介：《瞩望新轴心时代，在新世纪的哲学思考》，北京：中央编译出版社，2014年。

王勃：《王子安集》，上海：上海古籍出版社，1992年。

王充：《论衡》，上海：上海古籍出版社，1990年。

王鼎钧：《水流过，星月留下：王鼎钧纽约日记（1996年4月至1997年11月）》，北京：人民文学出版社，2014年。

王国维：《人间词话》，上海：上海古籍出版社，1998年。

王国维：《王国维文学论著三种》，北京：商务印书馆，2001年。

王国维著：《王国维文学美学论著集》，周锡山编校，太原：北岳文艺出版社，1987年。

王筠：《说文释例》，北京：中华书局，1987年。

王利器撰：《文子疏义》，北京：中华书局，2000年。

王聘珍撰：《大戴礼记解诂》，北京：中华书局，1983年。

王守仁撰、吴光等编校：《王阳明全集》，上海：上海古籍出版社，1992年。

王重民等编：《敦煌变文集》，北京：人民文学出版社，1984年。

王卓：《多元文化视野中的美国族裔诗歌研究》，北京：中国社会科学出版社，2015年。

文艺理论译丛编辑委员会编：《文艺理论译丛》（第2期），北京：人民文学出版社，1957年。

吴承恩：《中国古典文学读本丛书：西游记》，北京：人民文学出版社，1980年。

吴楚材、吴调侯编选：《古文观止译注》，李梦生、史良昭等译注，上海：上海古籍

出版社，2016 年

吴泽顺编注：《陶渊明集》，长沙：岳麓出版社，1996 年。

萧统编，李善注：《文选》，北京：中华书局，1977 年。

徐朔方笺校：《汤显祖全集》，北京：北京古籍出版社，1999 年。

许慎撰：《说文解字》，北京：中华书局影印本，1963 年。

许倬云：《西周史》（增订本），北京：生活·读书·新知三联书店，1994 年。

杨伯峻：《论语译注》，北京：中华书局，2007 年。

杨天宇撰：《礼记译注》，上海：上海古籍出版社，2004 年。

叶舒宪：《诗经的文化阐释——中国诗歌的发生研究》，武汉：湖北人民出版社，1994 年。

殷孟伦：《子云乡人类稿》，济南：齐鲁书社，1985 年。

余匡复编选：《卡夫卡荒诞小说》，上海：上海文化出版社，1994 年。

《曾国藩家书》（上），北京：东方出版社，2013 年。

张爱玲：《传奇》，北京：人民文学出版社，1986 年。

张爱玲：《流言》，杭州：浙江文艺出版社，2002 年。

张光直：《中国青铜时代》，北京：生活·读书·新知三联书店，1983 年。

张玲：《英国伟大的小说家——狄更斯》，北京：北京出版社，1983 年。

张舜徽：《说文解字约注》，洛阳：中州书画社，1983 年。

张寅德编选：《叙述学研究》，北京：中国社会科学出版社，1989 年。

张友鹤选注：《唐宋传奇选》，北京：人民文学出版社，1964 年。

张载著，章锡琛点校：《张载集》，北京：中华书局，1978 年。

赵毅衡编选：《"新批评"文集》，北京：中国社会科学出版社，1988 年。

赵毅衡：《当说者被说的时候：比较叙述学导论》，北京：中国人民大学出版社，1998 年。

赵毅衡：《符号学》，南京：南京大学出版社，2012 年。

赵毅衡：《广义叙述学》，成都：四川大学出版社，2013 年。

郑板桥：《郑板桥集》，上海：上海古籍出版社，1979 年。

中国社会科学院文学研究所编：《古典文艺理论译丛》卷四，北京：知识产权出版社，2010 年。

钟嵘撰：《诗品》，周履靖校正，北京：中华书局，1991 年。

周启超主编：《外国文论与比较诗学》第 1 辑，北京：知识产权出版社，2014 年。

周振甫译注：《诗经译注》，北京：中华书局，2002 年。

周振鹤、游汝杰：《方言与中国文化》，上海：上海人民出版社，1986年。

周作人：《知堂回想录》，北京：北京十月文艺出版社，2013年。

朱长文纂辑，何立民点校：《墨池编》，杭州：浙江人民美术出版社，2012年。

朱立元、李均主编：《二十世纪西方文论选》，北京：高等教育出版社，2002年。

2. 译著

A. H. 马斯洛：《科学心理学》，林方译，昆明：云南人民出版社，1988年。

J. G. 弗雷泽：《金枝》，徐育新等译，北京：新世界出版社，2006年。

W. C. 布斯：《小说修辞学》，华明等译，北京：北京大学出版社，1987年。

阿波罗尼俄斯：《阿尔戈英雄纪》，罗逍然译笺，北京：华夏出版社，2011年。

阿尔维托·曼古埃尔：《阅读史》，吴昌杰译，北京：商务印书馆，2002年。

阿兰·科尔班：《大地的钟声：19世纪法国乡村的音响状况和感官文化》，王斌译，桂林：广西师范大学出版社，2003年。

埃克多·马洛：《苦儿流浪记》，尤颂熙、陈莎译，北京：世界知识出版社，1987年。

埃里克·麦克卢汉，弗兰克·秦格龙编：《麦克卢汉精粹》，何道宽译，南京：南京大学出版社，2000年。

霭理士：《性心理学》，潘光旦译注，北京：生活·读书·新知三联书店，1987年。

艾·阿·瑞恰慈：《文学批评原理》，杨自伍译，南昌：百花洲文艺出版社，1992年。

艾瑞丝·麦克法兰、艾伦·麦克法兰：《绿色黄金：茶叶的故事》，杨淑玲等译，汕头：汕头大学出版社，2006年。

爱德华·泰勒：《人类学——人及其文化研究》，连树声译，桂林：广西师范大学出版社，2004年。

爱德华·泰勒：《原始文化——神话、哲学、宗教、语言、艺术和习俗发展之研究》，连树声译，桂林：广西师范大学出版社，2005年。

爱德华·希尔斯：《论传统》，傅铿、吕乐译，上海：上海人民出版社，2014年。

爱伦·坡：《爱伦·坡短篇小说集》，陈良廷、徐汝椿译，北京：外国文学出版社，1982年。

爱·摩·福斯特：《小说面面观》，苏炳文译，广州：花城出版社，1984年。

安伯托·艾柯：《开放的作品》，刘儒庭译，北京：新星出版社，2005年。

奥利弗·萨克斯:《幻觉:谁在捉弄我们的大脑?》,高环宇译,北京:中信出版社,2014年。

奥斯丁:《傲慢与偏见》,王科一译,上海:上海译文出版社,1980年。

奥维德:《变形记》,杨周翰译,北京:人民文学出版社,1984年。

巴尔扎克:《巴尔扎克论文艺》,艾珉、黄晋凯选编,北京:人民文学出版社,2003年。

巴尔扎克:《欧也妮·葛朗台 高老头》,傅雷译,杭州:浙江文艺出版社,1991年。

巴赫金:《陀思妥耶夫斯基诗学问题——复调小说理论》,白春仁、顾亚铃译,北京:生活·读书·新知三联书店,1988年。

柏拉图:《文艺对话集》,朱光潜译,北京:人民文学出版社,1963年。

拜伦:《唐璜》,查良铮译、王佐良注,北京:人民文学出版社,1980年。

鲍·瓦西里耶夫:《这里的黎明静悄悄……》,王金陵译,北京:人民文学出版社,2004年。

本尼迪克特·安德森:《想象的共同体:族主义的起源与散布》,吴叡人译,上海:上海人民出版社,2005年。

彼得·阿克罗伊德:《伦敦传》,翁海贞、杜冬、何泳杉译,南京:译林出版社,2016年。

彼得·海斯勒:《江城》,李雪顺译,上海:上海译文出版社,2012年。

波德莱尔:《恶之花》,郭宏安译,桂林:广西师范大学出版社,2002年。

达尔文:《人类的由来》,潘光旦、胡寿文译,北京:商务印书馆,1983年。

大卫·利特菲尔德、萨斯基亚·路易斯:《建筑的声音——聆听老建筑》,王东辉、康浩译,北京:电子工业出版社,2011年。

大卫·罗森伯格:《鸟儿为什么歌唱:自然学家、哲学家、音乐家与鸟儿的私密对话》,闰柳君、庞溟译,上海:上海人民出版社,2008年。

戴维·利明、埃德温·贝尔德:《神话学》,李培茱、何其敏、金泽译,上海:上海人民出版社,1990年。

戴卫·赫尔曼(主编): 《新叙事学》,马海良译,北京:北京大学出版社,2002年。

黛安娜·阿克曼:《感觉的自然史》,路旦俊译,广州:花城出版社,2007年。

狄更斯:《大卫·科波菲尔》,董秋斯译,北京:中央编译出版社,2015年。

笛福:《鲁滨孙飘流记》,徐霞村译,北京:人民文学出版社,1959年。

渡边淳一:《钝感力》,李迎跃译,上海:上海人民出版社,2007年。

恩斯特·卡西尔：《语言与神话》，于晓等译，北京：生活·读书·新知三联书店，1988年。

菲利普·马尔尚：《麦克卢汉：媒介及信使》，何道宽译，北京：中国人民大学出版社，2003年。

弗·迪伦马特：《迪伦马特小说集》，张佩芳译，上海：上海译文出版社，1985年。

弗朗茨·卡夫卡：《卡夫卡全集》，石家庄：河北教育出版社，1996年。

弗·司各特·菲茨杰拉德：《菲茨杰拉德小说选》，巫宁坤译，上海：上海译文出版社，1983年。

福楼拜：《包法利夫人》，李健吾译，北京：人民文学出版社，1958年。

戈登·汉普顿、约翰·葛洛斯曼：《一平方英寸的寂静》，陈雅云译，北京：商务印书馆，2014年。

歌德：《歌德文集 浮士德》，钱春绮译，上海：上海译文出版社，1999年。

古斯塔夫·施瓦布：《希腊古典神话》，曹乃云译，南京：译林出版社，1995年。

《国际诗坛》（第5辑），王庚年、杨武能、吴笛等译，桂林：漓江出版社，1988年。

果戈理：《狄康卡近乡夜话》，满涛译，北京：人民文学出版社，2006年。

《果戈理短篇小说选》，杨衍松译，长沙：湖南文艺出版社，1994年。

哈代：《德伯家的苔丝》，张谷若译，北京：人民文学出版社，1957年。

海德格尔：《存在与时间》（中文修订第二版），陈嘉映、王庆节译，北京：商务印书馆，2016年。

海德格尔：《在通向语言的途中》，孙周兴译，北京：商务印书馆，1997年。

赫尔曼·沃克：《战争与回忆》，主万、叶冬心译，北京：人民文学出版社，1981年。

黑格尔：《精神现象学》，贺麟、王玖兴译，北京：商务印书馆，1987年。

黑格尔：《精神哲学——哲学全书·第三部分》，杨祖陶译，北京：人民出版社，2006年。

黑格尔：《美学》，朱光潜译，北京：商务印书馆，2011年。

亨利·戴维·梭罗：《河上一周》，陈凯译，北京：商务印书馆，2012年。

《济慈诗选》，查良铮译，北京：人民文学出版社，1958年。

《济慈书信集》，傅修延译，北京：东方出版社，2002年。

加列特·基泽尔：《噪音书》，赵卓译，重庆：重庆大学出版社，2014年。

杰哈·简奈特：《辞格III》，廖素珊、杨恩祖译，台北：时报文化出版企业股份有限公司，2003 年。

杰拉德·普林斯：《叙事学：叙事的形式与功能》，徐强译，北京：中国人民大学出版社，2013 年。

杰拉尔·普林斯：《叙述学词典》，乔国强、李孝弟译，上海：上海译文出版社，2011 年。

居伊·德·莫泊桑：《莫泊桑中短篇小说选》，郝远等译，北京：人民文学出版社，1981 年。

卡尔维诺：《美洲豹阳光下》，魏怡译，南京：译林出版社，2015 年。

卡尔·雅斯贝尔斯：《智慧之路》，柯锦华等译，北京：中国国际广播出版社，1988 年。

克里斯蒂：《尼罗河上的惨案》，官英海译，南京：江苏人民出版社，1979 年。

雷·韦勒克、奥·沃伦：《文学理论》，刘象愚、邢培明、陈圣生、李哲明等译，北京：生活·读书·新知三联书店，1984 年。

理查德·瓦格纳口述、科西玛·瓦格纳整理：《我生来与众不同：瓦格纳口述自传》，高中甫、刁承俊译，北京：新星出版社，2018 年。

列夫·托尔斯泰：《安娜·卡列尼娜》，草婴译，上海：上海文艺出版社，2007 年。

列夫·托尔斯泰：《复活》，汝龙译，北京：人民文学出版社，1957 年。

《列夫·托尔斯泰文集》，北京：人民文学出版社，1986—1992 年。

列夫·托尔斯泰：《战争与和平》（四册），董秋斯译，北京：人民文学出版社，1958 年。

列维-布留尔：《原始思维》，丁由译，北京：商务印书馆，1981 年。

列维-斯特劳斯：《野性的思维》，李幼蒸译，北京：商务印书馆，1987 年。

卢梭：《论语言的起源兼论旋律与音乐的模仿》，吴克峰、胡涛译，北京：北京出版社，2010 年。

罗宾·邓巴：《人类的演化》，余彬译，上海：上海文艺出版社，2016 年。

罗宾·邓巴：《梳毛、八卦及语言的进化》，张杰、区沛仪译，北京：现代出版社，2017 年。

罗伯特·斯科尔斯、詹姆斯·费伦、罗伯特·凯洛格：《叙事的本质》，于雷译，南京：南京大学出版社，2015 年。

罗兰·巴特：《S/Z》，屠友祥译，上海：上海人民出版社，2000 年。

罗兰·巴特：《罗兰·巴特访谈录》，刘森尧译，台北：桂冠图书股份有限公司，2004 年。

罗兰·巴特：《显义与晦义》，怀宇译，天津：百花文艺出版社，2005年。

罗曼·罗兰：《约翰·克利斯朵夫》，傅雷译，南京：江苏文艺出版社，2012年。

《罗念生全集》，上海：上海人民出版社，2004年。

罗伊·斯特朗：《欧洲宴会史》，陈法春、李晓霞译，天津：百花文艺出版社，2006年。

马克思：《1844年经济学哲学手稿》，中共中央马克思恩格斯列宁斯大林著作编译局编译，北京：人民出版社，2014年。

马克·吐温：《哈克贝利·费恩历险记》，张友松等译，南昌：百花洲文艺出版社，1993年。

马塞尔·普鲁斯特：《追忆似水年华》（上、中、下），李恒基、徐继曾、桂裕芳、袁树仁、潘丽珍、许渊冲、许钧、杨松河、周克希、张小鲁、张寅德、刘方、陆秉慧、徐和瑾、周国强译，南京：译林出版社，2008年。

马歇尔·麦克卢汉：《古腾堡星系：活版印刷人的造成》，赖盈满译，台北：猫头鹰书房，2008年。

马歇尔·麦克卢汉：《理解媒介：论人的延伸》（增订评注本），何道宽译，南京：译林出版社，2011年。

玛丽·伊格尔顿编：《女权主义文学理论》，胡敏等译，长沙：湖南文艺出版社，1989年。

迈克尔·托马塞洛：《人类沟通的起源》，蔡雅菁译，北京：商务印书馆，2012年。

麦克斯·缪勒：《宗教的起源与发展》，金泽译，陈观胜校，上海：上海人民出版社，1989年。

弥尔顿：《失乐园》，朱维之译，上海：上海译文出版社，1984年。

米歇尔·福柯：《规训与惩罚》，刘北城、杨远婴译，北京：生活·读书·新知三联书店，1999年。

米歇尔·希翁：《声音》，张艾弓译，北京：北京大学出版社，2013年。

米歇尔·希翁：《视听：幻觉的构建》，黄英侠译，北京：北京联合出版公司，2014年。

莫泊桑：《羊脂球》，汪阳译，南京：译林出版社，1999年。

莫里斯·梅洛-庞蒂：《知觉现象学》，姜志辉译，北京：商务印书馆，2001年。

奈吉尔·巴利：《天真的人类学家》，何颖怡译，桂林：广西师范大学出版社，2011年。

南希·法默：《鸦片之王》，陈佳凰译，海口：南方出版社，2016年。

尼采：《查拉图斯特拉如是说：译注本》，钱春绮译，北京：生活·读书·新知三联书店，2014年。

诺思罗普·弗莱：《批评的解剖》，陈慧等译，天津：百花文艺出版社，2006年。

欧·亨利：《欧·亨利短篇小说精选：精装版》，王晋华译，北京：中国文联出版社，2015年。

《普希金抒情诗选集》，查良铮译，南京：江苏人民出版社，1982年。

乔治·雷可夫、马克·詹森：《我们赖以生存的譬喻》，周世箴译，台北：联经出版社，2012年。

热拉尔·热奈特：《叙事话语·新叙事话语》，王文融译，北京：中国社会科学出版社，1990年。

萨特：《词语》，潘培庆译，北京：生活·读书·新知三联书店，1992年。

萨特：《存在与虚无》，陈宣良等译，北京：生活·读书·新知三联书店，1987年。

塞林格：《麦田里的守望者》，施咸荣译，桂林：漓江出版社，1983年。

莎士比亚：《哈姆莱特》，朱生豪译，吴兴华校，北京：人民文学出版社，1977年。

莎士比亚：《莎士比亚全集》，朱生豪等译，南京：译林出版社，1998年。

史迪芬·平克：《语言本能——探索人类语言进化的奥秘》，洪兰译，台北：商周出版·城邦文化事业股份有限公司，2015年。

斯蒂芬·杰·古尔德：《自达尔文以来》，田洺译，海口：海南出版社，2008年。

斯托夫人：《汤姆叔叔的小屋》，林玉鹏译，南京：译林出版社，2010年。

苏珊·S. 兰瑟：《虚构的权威——女性作家与叙述声音》，黄必康译，北京：北京大学出版社，2002年。

苏珊·桑塔格：《疾病的隐喻》，程巍译，上海：上海译文出版社，2003年。

唐娜·戴利、约翰·汤米迪：《伦敦文学地图》，张玉红、杨朝军译，上海：上海交通大学出版社，2011年。

托·斯·艾略特：《艾略特文学论文集》，李赋宁译，南昌：百花洲文艺出版社，1994年。

陀思妥耶夫斯基：《被侮辱与被损害的人》，臧仲伦译，南京：译林出版社，2010年。

威廉·华兹华斯：《序曲或一位诗人心灵的成长》，丁宏为译，北京：中国对外翻译出版公司，1999年。

威廉·萨默赛特·毛姆：《月亮与六便士》，傅惟慈译，上海：上海译文出版社，2011年。

维柯：《新科学》，朱光潜译，北京：商务印书馆，1989年。

维克多·雨果：《巴黎圣母院》，潘丽珍译，杭州：浙江文艺出版社，1994年。

维克多·雨果：《悲惨世界》，李丹译，北京：人民文学出版社，1977年。

维克托·什克洛夫斯基等：《俄国形式主义文论选》，方珊等译，北京：生活·读书·新知三联书店，1989年。

沃尔夫冈·韦尔施：《重构美学》，陆扬、张岩冰译，上海：上海译文出版社，2002年。

巫鸿：《时空中的美术：巫鸿中国美术史文编二集》，梅玫、肖铁、施杰等译，北京：生活·读书·新知三联书店，2009年。

巫鸿著：《礼仪中的美术：巫鸿中国古代美术史文编》，郑岩、王睿编，郑岩等译，北京：生活·读书·新知三联书店，2005年。

西格蒙德·弗洛伊德：《日常生活的心理分析》，林克明译，上海：上海译文出版社，2015年。

西蒙·波娃：《第二性——女人》，桑竹影等译，长沙：湖南文艺出版社，1986年。

西摩·查特曼：《故事与话语：小说和电影的叙事结构》，徐强译，北京：中国人民大学出版社，2013年。

夏洛蒂·勃朗特：《简·爱》，祝英庆译，上海：上海译文出版社，1980年。

雅克·德里达：《论文字学》，汪堂家译，上海：上海译文出版社，2005年。

雅克·德里达：《声音与现象》，杜小真译，北京：商务印书馆，2010年。

亚当·罗伯茨：《科幻小说史》，马小悟译，北京：北京大学出版社，2010年。

亚理斯多德：《诗学》，罗念生译，北京：人民文学出版社，1962年。

伊塔洛·卡尔维诺：《新千年文学备忘录》，黄灿然译，南京：译林出版社，2009年。

尤瓦尔·赫拉利：《人类简史：从动物到上帝》，林俊宏译，北京：中信出版社，2014年。

宇文所安：《中国传统诗歌与诗学：世界的征象》，陈小亮译，北京：中国社会科学出版社，2013年。

雨果：《雨果散文选》，郑克鲁译，天津：百花文艺出版社，1995年。

约翰·高尔斯华绥：《福尔赛世家》，周煦良译，上海：上海译文出版社，1982年。

约瑟夫·艾迪生等著：《伦敦的叫卖声——英国散文精选》，刘炳善译，南京：译林出版社，2007年。

约瑟夫·乔丹尼亚：《人为何唱歌：人类进化中的音乐》，吕钰秀编译，于浩、毕乙鑫译，上海：上海音乐学院出版社，2014年。

詹姆斯·费伦、彼得 J. 拉比诺维茨主编：《当代叙事理论指南》，申丹、马海良、宁一中、乔国强、陈永国、周靖波译，北京：北京大学出版社，2007年。

詹姆斯·费伦：《作为修辞的叙事：技巧、读者、伦理、意识形态》，陈永国译，北京：北京大学出版社，2002年。

詹姆斯·乔伊斯：《青年艺术家的画像》，朱世达译，上海：上海译文出版社，2011年。

詹姆斯·乔伊斯：《尤利西斯》，萧乾、文洁若译，上海：上海三联书店，2013年。

3. 论文

晁福林：《论殷代神权》，《中国社会科学》1990年第1期。

陈玉龙：《"齐读"教学的功效和副作用》，《教育实践与研究》2013年第2期。

傅修延：《从二分心智人到自作主宰者——关于叙事作品中的人物内心声音》，《文艺理论研究》2018年第3期。

傅修延：《论聆察》，《文艺理论研究》2016年第1期。

傅修延：《"你"听到了什么——〈国王在听〉的听觉书写与"语音独一性"的启示》，《天津社会科学》2017年第4期。

傅修延：《人类为什么要讲故事——从群体维系角度看叙事的功能与本质》，《天津社会科学》2018年第4期。

傅修延：《试论〈山海经〉中的"原生态叙事"》，《江西社会科学》2009年第8期。

傅修延：《说三：兼论叙述与数的关系》，《争鸣》1993年第5期。

傅修延：《叙述的挑战——通往"不可能的世界"》，《文艺研究》，1991年第4期。

傅修延：《元叙事与太阳神话》，《江西社会科学》2010年第4期。

葛剑雄（讲述）、孙永娟（整理）：《儒家思想与中国疆域的形成》（下），《文史知识》2008年第12期。

黄平、汪丁丁：《学术分科及其超越》，《读书》1998年第7期。

吉·海厄特：《偷听谈话的妙趣（外一篇）》，欧阳昱译，《世界文学》1987年第5期。

蒋向东：《〈蜀道难〉开篇叹词音义句读解》，《文史杂志》2000年第3期。

刘勇：《黑暗中的声音：作为叙述者的电影解说员》，《符号与传媒》2017年秋季号。

鲁枢元：《论新时期文学的"向内转"》，《文艺报》1986年10月18日。

糜华菱：《沈从文作品的湘西方言注释》，《吉首大学学报》（社会科学版）1992年第Z1期。

三野丰浩：《关于陆游的夜雨诗——以"夜里听雨"的主题为中心》，《中文学术前沿》（第五辑），杭州：浙江大学出版社，2012年。

申丹：《何为叙事的"隐性进程"？如何发现这股叙事暗流？》，《叙事理论与批评的纵横之路》2015年第00期。

沈金浩：《"一枝藤杖平生事"：论宋代文人的杖及其文化蕴涵》，《中国社会科学》2007年第1期。

王敦：《声音的风景：国外文化研究的新视野》，《文艺争鸣》2011年第1期。

王馥芳：《听觉互动之于文化的建构性——基于"图像至上主义"潜在的文化破坏性》，《江西师范大学学报》（哲学社会科学版）2016年第2期。

王馥芳：《用"孤寂"对抗时代喧嚣》，《社会科学报》2013年1月3日。

杨利慧：《民族志诗学的理论与实践》，《北京师范大学学报》（社会科学版）2004年第6期。

杨阳、高策《"设瓮助声"之争》，《光明日报》2016年4月6日。

《以讹传讹的"振聋发'聩'"》，《小作家选刊》（小学生版）2004年7期。

张斌：《戏曲：有"戏"更要有"曲"》，《光明日报》2016年12月3日。

张江：《当代诗歌的断裂与成长：从"诵读"到"视读"》，《文艺研究》2013年第10期。

张瑜：《虚拟现实技术：欺骗大脑的终极娱乐》，《光明日报》2015年12月11日。

赵力华：《"八大山人"名号由来之我见》，《中国文物报》2009年2月11日。

赵维秋、刘刚：《梁鸿〈五噫歌〉意旨新辩》，《鞍山师范学院学报》2008年第3期。

赵毅衡：《论艺术中的"准不可能"世界》，《文艺研究》2018年第9期。

朱良志：《水不流花不开的寂寞》，《艺术百家》2019年第5期。

朱玉：《华兹华斯与"视觉的专制"》，《国外文学》2011年第2期。

二、外文著作：

1. 专著

Andersen, Rikke Kragelund, "'Alternate Strains are to the Muses Dear': The

Oddness of Genette's Voice in Narrative Discourse", *Strange Voices in Narrative Fiction*, ed., Per Krogh Hansen et al, Berlin&Boston: De Gruyter, 2011.

Austin, J. L., *How to Do Things With Word*, Oxford: Oxford University Press, 1976.

Berendt, Joachim-Ernst, *The Third Ear, On Listening to the World*, Trans. Tim Nevill, New York: Element Books Ltd., 1988.

Blackmur, R. P., *Language as Gesture, Essays in Poetry*, Westport (CT): Greenwood Press, 1952.

Cavarero, Adriana, "Multiple Voices", in Jonathan Sterne, ed., *The Sound Studies Reader*, New York: Routledge, 2012.

Chion, Michel, "The Three Listening Modes", *in Audio-Vision*, Trans. G. Gorbman, New York: Columbia University Press, 1994.

Cohen, Morris R., *A Source Book in Greek Science*, Cambridge, Massachusetts: Harvard University Press, 1958.

Coleridge, Samuel Taylor, *Biographia literaria, or Biographical Sketches of My Literary Life and Opinion*, James Engell & W. Jackson Bate, eds., Princeton: Princeton University Press, 1983.

Crystal, D., *The Cambridge Encyclopedia of Language*, New York: Cambridge University Press, 1987.

de Saussure, Ferdinand, *Cours de Linguistique générale*, éd., Critique par Tullio de Mauro, Paris: Payot, 1976.

de Saussure, Ferdinand, *Course in General Linguistics*, Trans. Wade Baskin, New York: Philosophical Library, 1959.

Devall, B., G. Sessions, *Deep Ecology: Living as if Nature Mattered*, Salt Lake City: Peregrine Smith Books, 1985.

Eliot, T. S., "The Hollow Men", *Collected Poems* 1909—1962, London: Faber and Faber Ltd., 1974.

Eliot, T. S., *The Use of Poetry and the Use of Criticism*, New York: Barnes & Noble, 1955.

Eliot, T. S., *The Use of Poetry and the Use of Criticism*, New York: Barnes & Noble, 1955.

Graves, Robert, "To Juan at the WinterSolstics", *Poems* 1938—1945, London:

Cassell, 1945.

Homer, *The Iliad*, Trans. Samuel Butler, New York: Barnes & Noble, 2008.

Jay, Martin, *Downcast Eyes: The Denigration of Vision in Twentieth-Century French Thought*, Berkeley: University of California Press, 1994.

Jaynes, Julian, *The Origin of Consciousness in the Breakdown of the Bicameral Mind*, New York: Houghton Mifflin Company, 1990.

Kearns, Michael, *Rhetorical Narratology*, Lincoln & London: University of Nebraska Press, 1999.

Locke, John L., *Eavesdropping: An Intimate History*, New York: Oxford University Press, 2010.

Mitchell, W. J. T., "Visible Language: Blake'sWond'rous Art of Writing", *Romanticism and Contemporary Criticism*, ed., Morris Eaves & Michael Fischer, Ithaca: Cornell University Press, 1986.

O'Connell, Robert L., *Of Arms and Men: A History of War, Weapons, and Aggression*, New York: Oxford University Press, 1989.

Pavel, Thomas G., *Fictional Worlds*, Cambridge, Massachusetts: Harvard University Press, 1986.

Phelan, James & Rabinowitz, Peter J. eds., *A Companion to Narrative Theory*. Oxford: Blackwell, 2005.

Phelan, James, *Worlds from Words: A Theory of Language in Fiction*, Chicago: University of Chicago Press, 1981.

Schaeffer, Pierre, *Traité des objets musicaux*, Paris: Seuil, 1966.

Schafer, R. M. ed., *The Vancouver Soundscape*, Vancouver: A. R. C. Publications, 1978.

Schafer, R. Murray, *The Soundscape: Our Sonic Environment and the Tuning of the World*, New York: Knopf, 1977.

Schelling, F. W. J., *Historical-critical Introduction to the Philosophy of Mythology*, Trans. Mason Richey & Markus Zisselsberger, Albany: State University of New York Press, 2007.

Scholes, Robert, Phelan, James & Kellogg, Robert, *The Nature of Narrative*, New York: Oxford University Press, 2006.

Wellesz, Egon, ed., *Ancient and Oriental Music*, London: Oxford University

Press, 1957.

2. 论文

Blaukopf, Kurt "Problems of Architectural Acoustics in Musical Sociology", *Gravesaner Bltätter*, Vol. V, Nos. 19/20 (1960).

Carothers, J. C., "Culture Psychiatry and the Written Word", *Psychiatry*, 4 (1959).

Cheney, D. L., Seyfarth, R. M., & Silk, J. B., "The role of grunts in reconciling opponents and facilitating interactions among adult female baboons", *Animal Behaviour*, 50: 249-57 (1995).

Ciccoricco, David, "Focalization and Digital Fiction", *Narrative*, 20. 3 (2012).

Derrida, Jacques, "The animal that therefore I am", Trans. David Wills, *Critical Inquiry*, Vol. 28, No. 2 (Winter, 2002).

Dietrich, O., Heun, M., Notroff, J., Schmidt, K., & Zarnkow, M., "The Role of Cult and Feasting in the Emergence of Neolithic Communities, New Evidence from Göbekli Tepe, South-estern Turkey", *Antiquity*, 86: 674-95 (2012).

Jahn, Manfred "Windows of Focalization: Deconstructing and Reconstructing aNarratological Concept", *Style*, 30. 2 (1996).

Jespersen, Otto, *Language: Its Nature, Development and Origin*, 1964. Schneider, Marius "Primitive Music", *The New Oxford History of Music*, Vol. 1, 1957.

Sidgewick, Henry et al., "Report on the census of hallucinations", *Proceedings of the Society for Psychical Research*, 34: 25-394 (1894).

后 记

我听故我在

问：没看过哪本书的后记用访谈体，为什么如此别出心裁？

答：这和本书题旨有关，既然讨论的是听觉叙事，最后也不妨用问答形式来模仿一下听觉交流，让读者"听"到作者的声音。

问：有了序言和导论，为什么还要来一篇后记？

答：后记是正文之外的内容，作者在后记中不必像正文中那样一本正经，你知道人在"端着"的时候是不能畅所欲言的。我有很多话想在后记中说，这里我可以直奔主题，不绕弯子不引经据典，也可以天马行空，想说什么就说什么——一位作者辛辛苦苦写了本书，应该有权力在最后自由发挥一下。

问：书的主要贡献在什么地方？

答：大而言之，是为听觉叙事研究做了一番鼓与呼，小而言之，是从中西叙事作品中拈出了许多过去不大为人重视的听觉事件，如《李娃传》中女主人公在阁中听到荥阳生"饥冻之甚"的乞食声，《水浒传》中燕青"打着乡谈"大摇大摆进入东京城，《旧约·士师记》中四万二千名以法莲逃亡者因念不准"示播列"一词而被把守渡口的基列人所杀，《追忆似水年华》中马塞尔不断回忆自己童年时听到的铃铛声，等等。细节是文学的生命，我们对作品的理解是通过一系列细节达到的，大而化之的阅读体会不到叙事的微妙。吴元迈先生回忆自己留学列宁格勒大学（今圣彼得堡大学）时，大名鼎鼎的普罗普教授有次这样考他："我知道你把《安娜·卡列尼娜》读得很熟，现在只问你一个问题，安娜是在什么情况下穿了黑衣服，一共穿了几次，你如果答得出来，我就给你五分（满分）。"吴先生讲的故事对我启发很大，我指导博士生时也十分重视他们对作品细节的把握，甚至把这一条当作决定论文成败的关键。写完这本书，我自己对一些叙事经典的体悟也更深了。

问：书的不足之处呢？

答：可以说不胜枚举，最让我自责的是没有把自己体会较深的一些东西传达到位。以"语音独一性"为例，这应该是听觉叙事研究领域最有价值的对象，但我发现一些读过我这方面文章的人不大明白我在说些什么，也许问题在于我没有用文字表达清楚。不过我又注意到，在面对面的交流如讲课或讲学时，听众还是大体上能把握我意思的。看来解释语音问题，最好的方式还是通过语音渠道。

问：罗兰·巴特提到过书写对语音的阉割，但您也不能把责任都推到文字表达头上。语音属于语言学范畴，语言学的一个分支就是语音学，您是做文学研究的人，为什么要越界到语言学领域里面去？

答：问得好，我正想说我们不能把语音问题完全推给语言学。文学是人学，人是有情感的，《毛诗序》中的"情动于中而形于言，言之不足，故嗟叹之，嗟叹之不足，故咏歌之"，说的就是语音发自于情感。正是因为书写阉割了语音，文学研究者应该关注书面文字中的语音残余，细心分析那些弥足珍贵的蛛丝马迹，这对我们深入理解文学是有很大帮助的。《史记·李将军列传》写李广卸职后夜行被霸陵尉凌辱："今将军尚不得夜行，何乃故也"。霸陵尉在说这个"故"字时一定用了充满鄙夷不屑的长长拖腔，我们在阅读时应充分认识这个"故"字对李广造成的羞辱与伤害，否则就难以明白为什么李广复职后会立即对霸陵尉采取报复行动。

问：这么说读书一定得揣摩语音？

答：是的，语音能帮助我们实现某种程度上的"现场还原"。我在书中提到林肯葛底斯堡演说中的名言——"Of the people, By the people, For the people"，大家在念这段话时都会习惯性地把重音落在每句的第一个单词上，但有位在现场听过演讲的老兵说，林肯当时把重音全落在每句最后一个单词即 people 上。这两种不同的读法实际上代表着两种不同的治国理念，语音的重要性由此可见一斑。对文学作品的阅读也是如此。果戈理的《外套》大家都非常熟悉，小说利用词语的声义相关性做了许多文章，如主人公的名字"巴什马奇金"不但有较强的声音表现力，还与俄语中鞋子的发音有联系——鞋子是被践踏之物，巴什马奇金的最终命运也是被社会弃若敝屣。小说的这些妙处，不懂俄语的中国读者无从体会，我们通过中译本读到的还不能说是真正的果戈理。韦勒克在《文学理论》（与沃伦合著）中说"每一件文学作品首先是一个声音的系列，从这个声音的系列再生出意义"，我觉得这句话可作为理解听觉叙事的圭臬。

问：嗯，现在不少人都在关注声音研究，这是不是您书中所说的"听觉转向"？

答：是有一股听觉热在逐渐升温。不过我要说"转向"不等于"离开"，有些人因此离开了文学，把主要精力放在对声音和听觉的研究上，这种技术型的、非文学的路数我不大赞成。跨学科研究是取他山之石，攻自家之玉，如果在他山之上流连忘返，那就不是真正的文学研究了。我从事叙事学研究以来，一直小心翼翼地注意保持自己工作的文学性质，也就是说尽量不离开文本，不离开故事、话语、人物、结构和主题等最基本的文学要素，不管讨论的是什么话题，最终还应该是为了更好地理解和阐释文学。

问：您为什么会对声音和听觉发生兴趣？

答：我的博士学位论文做的是中国叙事传统，看材料时发现古人的听觉感知特别灵敏、精巧和细腻：孔子在齐闻韶，三月不知肉味；有客歌于郢中，属而和者数千；韩娥鬻歌乞食，余音绕梁三日；陆机临刑之前,犹记华亭鹤唳。于是我在论文中单列了"声音与音乐"一章。后来接触到麦克卢汉的"中国人是听觉人"之论,我感到这一石破天惊的论断与自己的认识存在一定程度的契合。麦克卢汉的"媒介即信息"强调感知媒介或途径对信息接受的决定性影响,也就是说通过什么去感知,最终决定感知到什么。在对中西文化做出具体比较之后,我发现相对于"视觉优先"在西方的较早出现,古代中国在很长时间内一直保持着听觉社会的诸多特征。多年来我一直致力于思考中国叙事传统的发生与形成,从感官倚重这一角度,似乎可以解释中西叙事传统的根本不同。

问:您真的同意"中国人是听觉人"这样的观点吗?

答:相对于被麦克卢汉称为"视觉人"的当代西方人,我们的祖先确实是更倚重听觉,这种情况一直延续到欧风美雨来袭的近代。国人以前把看戏称为"听戏",麻将要和牌时叫"听牌",武林中人过招前以手相触叫"听力"。古代的圣人其实就是"声人","圣"字的繁体(聖)有耳旁,段玉裁注《说文解字》时说"圣者,声也,言闻声知情",郑玄用"耳闻其言,而知其微旨"来解释孔子《论语·为政》中的"六十而耳顺"。不过我这里要重申一下,汉语中的听,或者说中国文化中的听,在很多情况下并非只与耳朵有关,而是诉诸人体所有感官的全身心感应,这些我在书中有详细说明。

问:今人难道就不敏感吗?

答:总体来说是逐渐麻木,当然有少数例外。我在书中提到一件有趣的事情:1945年4月,也就是说离日本投降还有几个月时间,苏州昆曲社社长陆景闳根据中日军乐之声的变化,做出了敌寇行将灭亡的预言,这是"听军声而诏吉凶"的最好例子。古今之耳大有不同,今天许多读者已经失去了对文学作品中听觉事件的敏感,这是令我特别遗憾的一件事情。

问:不过您好像对其他感觉也有兴趣,最近您不是写过一篇批评赣菜太辣的文章吗?

答:是的。刚才我说到"听"在我们的文化中并非只与耳朵有关,今人听觉的钝化实际上代表着感知能力的全面衰退。我之所以写那篇文章,是想指出辣其实不是味觉,而是引起痛感的触觉——反复接受烧灼般的辛辣刺激,舌尖上的味蕾会变得麻木不仁,许多嗜辣者根本品尝不出食物本身的味道。同样的道理,人的眼睛和耳朵相当于"舔舐"外部信息的舌尖,我们也不能听任视听神经的不断钝化。《世说新语》中王羲之夫人如此回答别人的健康问候:"发白齿落,属乎形骸;至于眼耳,关于神明,那可便与人隔?"说得直白一些,音乐的好坏只有灵敏的耳朵才能品鉴,本书"理想的读者"是那些耳聪目明的敏感之人。高尔基说"与其说谢尔盖·叶赛宁是一个人,不如说他是造物主造就的一个有不同凡响的诗才的器官",热爱文学的人在我看来都是这种"诗才的器官"。

问:您对听觉那么推崇,是不是觉得耳朵比其他感官更重要?

答:我只是主张恢复视听平衡。必须承认,视觉是当前人类接受信息的主渠道,眼睛的老大地位不可动摇。但我要提到英国浪漫主义诗人对"视觉专制"的反抗,华兹华斯在《序曲》中称眼睛为"最霸道的感官",说它"常常将我的心灵置于它的绝对控制之下"。实际上真正能控制心灵的还是耳朵,黑格尔说"声音的余韵只在灵魂最深处荡漾",T. S. 艾略特说声音能穿透层层阻碍,抵达"最原始、最彻底遗忘的底层"。电影《肖申克的救赎》中有个细节,男主人公在监狱图书馆看到唱片后立即开始忘情地聆听,还通过扩音系统把音乐放给全监狱的犯人听,不管外面的狱警如何威胁都不开门,直到狱警破门而入把他痛打一顿。这就是声音的救赎,音乐有时候比绘画更能有力地抚慰人的心灵。我们都听过那个动人的故事;伦敦地铁里提醒旅客当心列车和站台间隙的声音——please mind the gap between the train and the platform,原先用的是一位男子的语音,男子去世后其妻常来地铁站侧耳聆听,后来这个声音被没有温度的电子女声取代,这令思念丈夫的妻子怅然若失,伦敦地铁部门闻讯后,破例在 Embankment 地铁站继续使用男子的原声。我相信那位妻子肯定保存了丈夫的照片和遗物,但这些都不如语音更能令其感受到丈夫本人的曾经存在。

问:您这个例子说的是真正的声音,纸上的"声音"有这样的魅力吗?

答：通过阅读获得的听觉印象，与耳听相比自然是隔了一层，但我们不能小看纸上之"声"——一些作者通过摹拟、描述、联想和抒怀等手段，也能创造出令读者如闻謦欬的效果。我给您提供两则简短的文字，请您用"耳朵"亲自体会，这里就不展开具体分析了。一是黄峨（杨升庵夫人）的《天净沙》："哥哥大大娟娟，风风韵韵般般，刻刻时时盼盼。心心原原，双双对对鹣鹣。/娟娟大大哥哥，婷婷弱弱多多，件件堪堪可可，藏藏躲躲，唶唶世世婆婆。"另一是方孝孺的《闻鹃》："不如归去，不如归去。一声动我愁，二声动我虑，三声思逐白云飞，四声梦绕荆花树，五声落月照疏棂，想见当年弄机杼，六声泣血溅花枝，恐污阶前兰苕紫，七八九声不忍闻，起坐不言泪如雨。忆昔在家未远游，每听鹃声无点愁，今日身在金陵上，始信鹃声能白头。"

问：不管怎么说，耳听总没有眼见来得可靠，不是有"耳听是虚，眼见为实"这句话吗?

答：您说得没错，现实生活中耳听并不可靠，例如我们在剧场影院听到的风声雨声枪炮声，大多是音效师用技术手段模拟而成。但我们现在讨论的是文学问题，听觉感知的不确定性对文学来说恰恰是好事，天才作家的灵感之泉往往伏源于听，我在书中提到许多与幻听、灵听和偶听等相关的事件，它们形成作品中的华彩乐章与神来之笔。感知的不确定必定导致表达的不确定，迷离恍惚的不可靠叙述使文本内涵显得更加摇曳多姿，这与基于视觉感知的叙述形成鲜明对照。

问：但我们不是还生活在现实世界中吗？我是宁愿牺牲耳朵也不愿牺牲眼睛。

答：我也一样。不过我要告诉您，作为现实生活中的人，听是唯一与生命相始终的感觉：母腹中的胎儿不能看只能听，呱呱坠地时的响亮啼哭宣布了一个人生命的开始；临终之人其他感官都已失去作用，唯有耳朵还能依稀听到声音。有老友告诉我，其母停止呼吸后眼不能闭，后按当地习俗请人诵经，数小时后不但眼睛闭合，面部表情也由痛苦转为微笑。由于听觉伴随着人的整个生命历程，我觉得用"我听故我在"来形容人的一生最为合适。

问：您一方面指出人类的听觉在不断钝化，另一方面又对听觉如此看好，这是不是有点矛盾？

答：这是因为我既看到现状又看到前景。我前面提到人类听觉的逐渐钝化，这与身边噪音的日益增加有密切关联，发展下去后果堪虞。现代人之所以听任听觉环境恶化，是因为视觉主导了现代社会的空间划定，对于不可见的声音传播，迄今为止仍缺乏严格的规范与监管，这就是"声音帝国主义"的形成原因。不过长远来看，未来人一定会比现代人更倚重听觉。人类沟通以前主要靠听觉模式，文字传播兴盛后视觉模式占了上风，现在看来随着人工智能的崛起，听觉模式又将实现某种程度的复归。因为眼睛不能像嘴巴那样发出指令，现在的声控技术已能做到让机器听从语音的指挥，这是人类身体的又一次重大解放，其意义无论如何估计都不为过分。

问：最后一个问题，书稿完成后感觉如何？

答：搁笔时如释重负，又觉得意犹未尽，以后或许还要用论文形式继续讨论这个话题。每位作者都希望自己的著作产生影响，但是就像我不指望前面提到的那篇文章能迅速扭转赣地嗜辣之风一样，我也不敢奢望这本书能使视觉盛宴上的饕餮食客立即意识到自己的耽溺。欧阳修《秋声赋》结尾说身边的童子对他的话没有反应，我对这种无人会意的境况也有思想准备。不过嘤其鸣矣，求其友声，作为学者，探索时有所发现就要发出声来（"探索"这个词的英语 explore 从词源上说就有"喊出"之义），只有发出声来才有可能引起别人注意，我还是希望本书能让更多人关注这方面的研究。

最后要感谢张冰教授为编辑本书付出的辛劳，感谢江西叙事学团队中的萧惠荣、刘涛、刘碧珍、易丽君、邱宗珍和钟泽芳等青年才俊，他们在编排、校对和注释等方面为我提供了许多帮助。

2020 年 4 月 29 日于江西师范大学青山湖校区